Eine Heldin, die einem ans Herz wächst. Mit der man lacht und weint und manchmal beides zugleich.

ELLIE KANN IHR GLÜCK KAUM FASSEN. Sie hat die Liebe ihres Lebens gefunden. Doch dann verunglückt ihr Mann.

Als die junge Ellie Kendall ihren Mann Jamie bei einem tragischen Autounfall verliert, bricht eine Welt für sie zusammen. Doch die Trauer wird durch die Ankunft von Jamies Vater gestört. Der Hollywood-Schauspieler kauft seiner unglücklichen Schwiegertochter kurz entschlossen ein wunderschönes Haus in Londons bester Lage. Und in Primrose Hill beginnt unerwartet ein neues Kapitel in Ellies Leben: Die neue Nachbarin Roo, Expopstar ohne Gesangstalent und mit Hang zum Riesenchaos, erwählt Ellie zur neuen besten Freundin; Todd, Jamies Freund aus Schulzeiten, bietet seine starke Schulter und ein bisschen mehr an; und der neue Chef sieht nicht nur umwerfend aus, sondern würde auch alles für ein Lächeln von Ellie tun.

Eine feinfühlige und liebenswerte Geschichte über die Schönheit des Lebens.

Weitere Titel der Autorin lieferbar bei FISCHER Taschenbuch:
›Herzflittern‹ (ISBN 978-3-596-17189-7)
›Mitten im Gefühl‹ (ISBN 978-3-596-17746-2)
›Sommerkussverkauf‹ (ISBN 978-3-596-17190-3)
›Glücksgriff‹ (ISBN 978-3-596-17748-6)

Jill Mansell arbeitete an einer neurologischen Klinik, bis sie sich dem Schreiben zuwandte. Sie lebt in Bristol und ist mit einer Gesamtauflage von über 5 Millionen Büchern in England sehr erfolgreich.

Weitere Informationen, auch zu E-Book-Ausgaben, finden Sie bei www.fischerverlage.de

Jill Mansell

Herz über Nacht

Roman

Aus dem Englischen von Tatjana Kruse

FISCHER Taschenbuch

Ein dickes Dankeschön meinem wunderbaren Sohn Cory, dem der perfekte englische Titel für dieses Buch einfiel.

MIX
Papier aus verantwortungsvollen Quellen
FSC® C083411
FSC
www.fsc.org

Erschienen bei FISCHER Taschenbuch

Frankfurt am Main, August 2014
Die Originalausgabe erschien 2011 unter dem Titel
›To the Moon and Back‹ im Verlag HEADLINE REVIEW, London

Dieses Werk wurde vermittelt durch die Literarische
Agentur Thomas Schlück, 30827 Garbsen.
Für die deutschsprachige Ausgabe:

Satz: Druckerei C.H.Beck, Nördlingen
Druck und Bindung: CPI books GmbH, Leck
Printed in Germany
ISBN 978-3-596-19676-0

Für Cino, meine bessere Hälfte.
Wir hatten wirklich nicht erwartet,
es auch nur sechs Monate miteinander auszuhalten, oder?
Und jetzt sind es schon 25 Jahre.
Irgendwann sollten wir uns überlegen,
ob es nicht eine gute Idee wäre, zu heiraten …

1. Kapitel

»Was würdest du nur ohne mich machen?«

Ellie, die eben aus der Dusche kam, blieb in der Schlafzimmertür stehen und genoss die verführerische Aussicht. Ganz ehrlich, gab es irgendetwas, das besser war als ein umwerfend gutaussehender 28-Jähriger, der nichts als weiße Boxershorts trug und mit einem Dampfbügeleisen einen schwarzen Rock glättete?

Und er gehört mir, mir allein. Ihre Heiratsurkunde bestätigte das.

»Na schön, sag nichts, ich weiß, was du machen würdest.« Jamie beugte sich vor und zog den Stecker des Bügeleisens aus der Wand. »Du würdest mit einem zerknitterten Rock herumlaufen.«

»Möglich.« Sie zog das limonengrüne Badetuch fester um ihre Brust. »Aber das muss ich ja nicht, oder? Denn ich hab ja dich.« Sie beugte sich über das Bügelbrett und küsste den Mann, den zu küssen sie niemals müde wurde.

»Dann bist du also dankbar?« Er zog spielerisch an dem Badetuch.

»Bin ich. Und wie. Ich danke dir von ganzem Herzen.«

»Falls du dir grade überlegst, wie du dich erkenntlich zeigen könntest, fiele mir zufällig etwas ein.« Er grinste schief.

Bedauernd klopfte Ellie auf ihre Armbanduhr. »Wir haben keine Zeit. Und schau dir meine Haare an. Ich muss mich anziehen und mein Gesicht machen … nein, hör auf!« Sie schnappte sich den Rock und tänzelte außer Reichweite, bevor Jamie sich über sie hermachen konnte.

An diesem Abend würden sie getrennt ausgehen. Sie wollte mit einer Gruppe Kolleginnen zu einer Vorstellung von *The Rocky Horror Show*, bei der es Pflicht war, im Kostüm zu kommen. Deswegen der schwarze Rock, den sie letztes Jahr in einem Secondhandladen gekauft und mit einer Gartenschere für eine Halloween-Party bearbeitet hatte. Seitdem lag er im hintersten Winkel des Kleiderschrankes, aber für den Rocky-Horror-Ausflug war er – zusammen mit einer verrückten Frisur, breiten Lidstrichen und Netzstrümpfen – genau das Richtige.

»Na schön. Welches Hemd soll ich anziehen?« Jamie zeigte auf die Hemden, die er gebügelt hatte, während sie unter der Dusche war. »Das blaue? Oder das weiße?« Auf ihn wartete ein Klassentreffen in Guildford.

»Wie wäre es mit dem rosafarbenen?«, schlug Ellie vor. Sie sah, wie sich seine Mundwinkel nach unten zogen, was ein Indiz dafür war, dass ihm etwas unangenehm schien.

»Ich weiß nicht recht. Nicht heute Abend.«

»Warum nicht?«

»Darum nicht ... Ich möchte heute Abend lieber das blaue tragen.«

Sie nahm das magentafarbene Hemd aus dem Schrank und wackelte verführerisch damit. »Aber es ist herrlich! Schau dir nur die *Farbe* an. Warum willst du es nicht anziehen?«

»Weil ich nicht will, dass alle bei meinem Anblick denken, dass ich schwul bin.«

»Ach, komm schon! Nur weil es rosa ist?«

Jamie zog eine Lass-es-mich-nicht-extra-aussprechen-Schnute. »Das ist ein ziemlich schwules Rosa.«

Na schön, vielleicht war es das wirklich, aber er konnte das tragen. »Ich habe es dir extra zu Weihnachten geschenkt! Du hättest es ja in den Laden zurückbringen und umtauschen können!« Ellie schüttelte verständnislos den Kopf. »Aber du hast gesagt, dass es dir gefällt.«

»Ich wollte deine Gefühle nicht verletzen«, wagte Jamie zu sagen. »Außerdem sehe ich es mir gern an. Ich mag es nur nicht tragen.«

»Die Farbe würde dir wirklich gut stehen.«

»Ich ziehe es bald mal an, versprochen.« Er nahm das blaue Hemd vom Kleiderbügel und schlüpfte hinein.

Echt, Männer! »Also gut, aber sei gewarnt. Zum nächsten Weihnachtsfest gibt es keine Geschenke. Das wird dich lehren, über meinen Modegeschmack nicht die Nase zu rümpfen.«

Jamie musste grinsen. »Soll das heißen, dass ich dir auch nichts kaufen muss?«

»Komm mir ja nicht so! Es wird dir noch leidtun. Nein, weg von mir!« Ellie kreischte vor Lachen, während sie sich in eine Ecke des Wohnzimmers gedrängt sah. »Ich habe doch gesagt, wir haben keine *Zeit*!«

Jamie schlang seine Arme um ihre Taille und zog sie an sich. »Manchmal muss man einfach seine Prioritäten neu ordnen und sich Zeit *nehmen*«, flüsterte er überzeugend in ihr Ohr.

RRRRINNGGGGG, machte die Türglocke. Jamie fasste sich ans Herz und taumelte nach hinten, als habe ihn ein Schuss getroffen. »Nein, nein, nein, das ist nicht fair …«

»Oh, so ein Pech. Gerade als ich dabei war, meine Meinung zu ändern.« Ellie flitzte an ihm vorbei zum Fenster und schaute nach unten auf den Gehweg.

Todd winkte zu ihr hoch. Sie winkte zurück.

»Wenn man bedenkt, dass er mal mein Freund war.« Jamie riss das Fenster auf und brüllte: »Du bist zu früh.«

»Ich weiß.« Todd breitete seine Arme aus und war offenbar sehr zufrieden mit sich. »Weil du zu mir gesagt hast, ich solle auf keinen Fall zu spät kommen.«

Jamie rollte mit den Augen. »Zum ersten Mal in zwanzig Jahren kommt er zu früh.« Er hob seine Stimme und rief nach unten: »Hör mal, wir sind hier gerade beschäftigt? Wie wär's, wenn du uns einen Gefallen tust und zehn Minuten um den Block läufst?«

»Vergiss es!«

»Ach komm schon.«

»Da wird nichts draus. Und mach endlich die Tür auf.« Todd sprang auf und ab und rieb die Hände aneinander. »Hier draußen herrscht arktische Kälte. Ich friere mir die Eier ab.«

»Wow«, staunte Todd und begrüßte Ellie mit einem Kuss, als sie endlich aus dem Schlafzimmer kam. »Sehr dezent. Gefällt mir. Auf dem Weg zur Kirche?«

»Haha.« Sie mochte Todd sehr, was gut war, denn er war Jamies bester Freund. Seit beinahe zwanzig Jahren waren die beiden unzertrennlich. Ihre Charaktere ergänzten einander, und sie hatten denselben Humor. Die Witzeleien zwischen ihnen nahmen daher kein Ende. Jamie und Todd waren ein nonstop Komikerduo, und Ellie lebte in der Angst, Todd würde eine Frau kennenlernen, die sie nicht mochte. Denn was konnte schlimmer sein? Wie sollten sie damit zurechtkommen? Würde die Freundschaft diese Belastung aushalten? Der Gedanke ängstigte sie. Doch ihr blieb nichts anderes übrig, als das Beste zu hoffen und zu beten, dass er jemand Großartiges finden würde.

»Also gut, kann's losgehen?« Jamie fuhr an diesem Abend. Er klimperte mit den Schlüsseln. »Lasst uns aufbrechen. Wo sollen wir dich absetzen?«

Ellie sprühte noch einen kräftigen Schwall Glitzerspray auf ihr nach hinten gekämmtes Haar. Das brachte Glück. »An der U-Bahn-Station. Wir treffen uns alle im *Frog and Bucket*.«

»Du kannst doch nicht in dieser Aufmachung mit der U-Bahn fahren!« Jamie kniff sie in den Po, als sie an ihm vorbei die Treppe hinunterstieg. »Wir fahren dich zum Pub.«

»Bäh.« Todd schmatzte mit den Lippen. »Ich habe Haarspray im Mund.«

»Bitte weit öffnen.« Ellie lugte hinein. »Hoppla, da ist auch Glitzer mit drin.«

Jamie grinste. »Wenn er nachher seine Jungendschwärmereien trifft, wird er sicher glänzend ankommen.«

Ellie wischte etwas Glitzer von Todds Wange. »Gott hilf diesen armen Frauen.«

Als Ellie wieder in ihre Straße in Hammersmith einbog, war es beinahe ein Uhr nachts. Es war ein gelungener Abend gewesen: Ihr Hals war wund vom Singen, und die Fußsohlen brannten noch vom Tanzen. Während der Show waren sie auf und ab gesprungen und hatten die Lieder mitgeschmettert, deren Texte alle auswendig kannten. Hinterher, auf dem Weg zum *Frog and Bucket*, wo sie eine letzte Runde trinken wollten, hatten alle lauthals den ›Time Warp‹ gesungen.

»Das macht zehn Pfund fünfzig.«

Sie bezahlte den Fahrer, kletterte aus dem Taxi und schaute sich um, ob Jamie schon zu Hause war. Das Auto war nirgends zu sehen, aber vielleicht hatte er ja um die Ecke geparkt. Die Wohnung hinter den Fenstern lag im Dunkeln, aber auch das konnte bedeuten, dass er schon im Bett lag.

Ellie schloss auf, spürte die Stille und wusste, dass sie als Erste nach Hause gekommen war. Das war okay, denn sie war immer noch mit Adrenalin vollgepumpt. Wenn Jamie nach Hause kam, würde sie ihn verführen und wiedergutmachen, was sie durch Todds verfrühtes Erscheinen verpasst hatten. *Toddus interruptus*, haha. Er war die persönliche Empfängnisverhütung auf zwei Beinen. Ellie musste lächeln, als sie das Licht im Wohnzimmer einschaltete. Sie würde sich ein Sandwich toasten und eine DVD einlegen. Oh, der Anrufbeantworter blinkte. Sie drückte auf den Knopf und hörte die erste Nachricht ab. Die Stimme kannte sie nicht, aber der Namen kam ihr bekannt vor.

»Hey, Jamie, was ist lo-os? Hier ist Rodders, Alter. Was ist denn mit dir und Todd, hä? Du hast doch gesagt, dass ihr kommt. Ruf mich an, Kumpel. Du verpasst einen umwerfenden Abend.«

Der Anruf endete. Rodders war Rod Johnson, der das Klassentreffen in Guildford organisiert hatte. Er hatte vor einer Stunde angerufen, was überhaupt keinen Sinn ergab. Oder waren Jamie und Todd zum Klassentreffen gefahren, hatten durch ein Fenster geschaut und beschlossen, dass sie doch keine Lust hatten, und waren heimlich davongeschlichen?

Denn welche Erklärung konnte es sonst dafür geben, dass sie nicht aufgetaucht waren?

Das einzige Geräusch im Raum, das Ticken der Uhr, die Jamies Großmutter ihnen zur Hochzeit geschenkt hatte, schien jetzt lauter. Ellie wühlte in ihrer Handtasche nach ihrem Handy. Sie hatte es ausgeschaltet, als sie vor fünf Stunden ins Theater gegangen waren.

Sieben verpasste Anrufe. Eine Nachricht. Ihr Herz schlug kräftig in ihrem Brustkorb. Ellies Bewusstsein schien sich zu teilen. Eine Hälfte ihres Gehirns sagte ihr, dass dies hier alles nicht wahr sein konnte und Jamie sicher jeden Moment nach Hause kommen würde.

Die andere Hälfte ihres Gehirns lauschte einer Frauenstimme, die auf ihrer Voicemail die Nachricht hinterlassen hatte, dass Jamie Kendall in einen Verkehrsunfall verwickelt war und sie bitte möglichst bald die folgende Nummer anrufen solle …

Und dann begann der Boden unter Ellies Füßen zu schwanken, als ihr eine Männerstimme sagte, sie solle zum Royal Surrey County Hospital in Guildford kommen. Jamie befinde sich in einem kritischen Zustand – *nein, nein, das kann nicht sein*, schrie die Stimme in ihrem Kopf – und werde gerade von der Notaufnahme in die Intensivstation verlegt.

2. Kapitel

Piep. Piep. Piep. Piep. Piep.

Das Geräusch des Herzmonitors übertönte alles. Solange er piepste, war alles in Ordnung. Mit jeder Faser ihres Seins zwang Ellie den Monitor, nicht mit dem Piepsen aufzuhören.

Es war vier Uhr in der Nacht, aber auf der Intensivstation brannte blauweißes Licht. Die meisten Krankenschwestern waren mit einem älteren Patienten am anderen Ende der Station beschäftigt, riefen sich Anweisungen zu und zogen scheppernd Gerätschaften über den Krankenhausboden. Ellie blendete den Lärm aus. Sie musste ihre ganze Aufmerksamkeit auf das Piepen richten. Und auf Jamie, der wie ein lebensgroßes Wachsmodell im Bett lag.

Wie konnte das nur passieren? Wie?

Die linke Seite von Jamies Kopf war angeschwollen und dunkelblau verfärbt. Er lag im Koma, reagierte nicht. Seine Haut war warm, aber wenn sie seine Hand hielt, dann schlossen sich seine Finger nicht um ihre. Wenn sie seinen Namen aussprach, zeigte er keine Reaktion. Selbst auf den schmerzhaften Druck am Brustbein, den ein Arzt mit den Fingerknochen ausgeführt hatte, reagierte er nicht.

Er konnte nicht einmal selbsttätig atmen. Ein Beatmungsgerät musste helfen. Plastikröhren liefen in seinen Körper. Alle Funktionen wurden elektronisch überwacht. Das Ganze wirkte wie eine Szene aus einem Film. Aber es war real. In Gedanken versunken, zuckte Ellie zusammen, als eine Hand auf ihre Schulter gelegt wurde.

»Entschuldigen Sie«, sagte die Krankenschwester. »Aber dürften wir Sie bitten, eine Zeitlang die Station zu verlassen?«

»Darf ich nicht bleiben? Ich möchte hier sein.«

»Ich weiß, meine Liebe.« Die Schwester schüttelte bedauernd den Kopf und zeigte auf die hektischen Aktivitäten am anderen

Ende der Station. »Nur kurz. Holen Sie sich eine Tasse Tee. Wir rufen Sie, sobald wir können.«

Sie bat nicht darum, sie forderte Ellie auf. Mit wackligen Knien machte sich Ellie auf den Weg. Zwei Türen wurden aufgestoßen, und drei weißgekleidete Ärzte stürmten herein.

Es war Zeit, Jamies Dad anzurufen. O Gott, wie sollte sie ihm das nur beibringen? Aber sie musste es tun.

Bitte, mach, dass es aufhört.

Draußen empfingen sie Temperaturen unter null, und ihre Zähne klapperten. Der Boden war vereist, die Pfützen zugefroren. Wie hatte Jamie sich gefühlt, als der Wagen auf dem Eis ins Schlingern geraten war? Welche Gedanken waren ihm durch den Kopf gegangen, als er merkte, dass er die Kontrolle verlor? Sie ertrug es nicht, daran zu denken, konnte die Bilderflut aber auch nicht aufhalten. Furchtbare Szenen tauchten immer wieder vor ihrem inneren Auge auf. Wenn es nur einen Schalter gäbe, den sie umlegen könnte, um diese Bilder auszublenden. Hatte er aufgeschrien, als sein Wagen gegen die Leitplanke prallte? Wenn er aufwachte, würde er sich dann an jedes Detail erinnern, oder wäre die Erinnerung an den Unfall wie ausgelöscht?

Also schön, tu es jetzt, ruf Tony in Los Angeles an und erzähle ihm, was passiert ist. Ob er herfliegen konnte? Oder hatte er Verpflichtungen für einen Dreh, aus denen er nicht herauskam?

Ellies Hände zitterten, als sie die Nummer auf ihrem Handy suchte. Der Zeitunterschied zwischen Los Angeles und London betrug acht Stunden, so dass es dort 20 Uhr 30 war. Was sollte sie sagen, wenn er an den Apparat ging? Was waren die besten Worte? Na schön, einfach auf *Anrufen* drücken. Tu es. Je eher es vorbei war, desto schneller konnte sie zurück zu Jamie.

Wenige Augenblicke später hörte sie die bekannte Stimme am anderen Ende der Leitung. *Tu es jetzt.*

»Tony?« Ihr war bewusst, dass sie ihm das Herz entzweireißen würde. Ihre Stimme brach. »O Tony, es tut mir so leid. Es hat einen Unfall gegeben …«

Fünfzehn Minuten später kam die Krankenschwester zu ihr in den Aufenthaltsraum. Ellie durfte zurück auf die Intensivstation, wo wieder Ruhe eingekehrt war. Sie sah, dass die Vorhänge um das Bett des älteren Patienten, der vorhin im Mittelpunkt der Aufmerksamkeit gestanden hatte, zugezogen waren.

»Ist alles wieder gut?«

Sanft erwiderte die Schwester: »Wir haben ihn leider verloren.«

Ihn *verloren*?

Wollte sie damit sagen, dass der Mann hinter den Vorhängen jetzt *tot* war?

O nein, so was geschah sonst nur im Fernsehen, in sicherer Entfernung. Nicht hier, ein paar Meter entfernt.

»Setzen Sie sich, meine Liebe.« Die Schwester führte sie zu dem Stuhl neben Jamies Bett. »Holen Sie tief Luft. Ich besorge Ihnen ein Glas Wasser. Sie müssen jetzt stark sein.«

Stark? Ellie schluckte. Sie fühlte sich ungefähr so stark wie ein neugeborenes Kätzchen. Jamie lag hier auf einer Station, auf der Menschen starben, und jede Minute war schrecklicher als die davor. Und sie trug ein Rocky Horror Outfit! Es gab kaum etwas Unpassenderes, aber nach Hause zu gehen und sich etwas Normales anzuziehen, stand außer Frage. Sie konnte Jamie nicht alleinlassen …

O Jamie, wach auf, bitte, öffne die Augen und sag mir, dass alles gut wird.

Der Tote am Ende des Raums wurde auf eine Metallbahre gelegt und von zwei Pflegern von der Station gerollt. Zwei neue Patienten trafen ein: eine zum Skelett abgemagerte Frau mit gelb verfärbter Haut und ein männlicher Teenager. Verwandte weinten an ihren Betten und warfen Ellie in ihrem gezackten Minirock und den Netzstrümpfen befremdete Blicke zu. In einem unbeobachteten Augenblick küsste Ellie Jamies Gesicht, aber es fühlte sich fremd an. Jetzt hatte er verräterische Glitzerspuren auf seiner Stirn und seiner Wange.

»Tut mir leid wegen des Glitzers«, sagte Ellie zur Schwester, als diese Jamies Werte kontrollierte.

»Das macht überhaupt nichts. Wir tupfen ihn einfach mit einem feuchten Wattebausch ab, damit er nichts in die Augen bekommt. Soll ich nachsehen, ob wir etwas zum Anziehen für Sie haben, oder wollen Sie eine Freundin anrufen, die Ihnen etwas vorbeibringt?«

Es fühlte sich immer noch wie mitten in der Nacht an, aber die Uhr an der Wand zeigte 9 Uhr 30. Draußen war es hell. Mit einem Ruck wurde Ellie klar, dass man sie an ihrem Arbeitsplatz vermisste. Draußen in der richtigen Welt ging das Leben weiter, als ob nichts geschehen wäre.

»Äh … ich benachrichtige eine Freundin.«

Draußen rief Ellie bei ihrer Arbeitsstelle an. Paula nahm ab und gab einen Seufzer von sich. »Du faules Stück. Ich habe gestern Abend sehr viel mehr getrunken als du, aber *ich* habe es geschafft, pünktlich zu sein!«

»O Paula, ich bin im Krankenhaus, und ich brauche deine H-hilfe …«

Mit dunklen Ringen unter den Augen, die Müdigkeit und Trauer hinterlassen hatten, blieb Ellie an Jamies Bett. Der chemische Geruch der Desinfektionsmittel brannte in der Nase. Ärzte kamen und gingen, führten verschiedene medizinische Tests durch. Endlich kam Paula in einem Taxi, sie war mit Tränen überströmt und fassungslos. Die Freundin brachte Kleidung zum Wechseln, Toilettenartikel und eine hastig gekaufte Karte mit Genesungswünschen für Jamie, die alle Kollegen und Kolleginnen unterschrieben hatten. Da sie nicht auf die Station durfte, umklammerte sie Ellies Hände und schluchzte: »Du Arme, ich kann es einfach nicht glauben«, und »Er kommt doch wieder in Ordnung, oder? Also, er muss doch nicht sterben?«

Wie betäubt ließ sich Ellie von ihr umarmen. Es war eine Erleichterung, als Paula sich endlich von ihr löste und ging. Ellie wollte nichts als zurück zu Jamies Bett und dem Piepsen lauschen.

Es vergingen einige Stunden, bis die Krankenschwester erneut kam und ihr mitteilte, dass Todd draußen wartete. Weil es sonst keine Angehörigen gab und er Jamies ältester und bester Freund war, erklärten sich die Schwestern damit einverstanden, ihn auf die Station zu lassen.

Ellies Magen drehte sich um, als sie Todd erblickte. Er hatte Schnittwunden und Blutergüsse am Kopf und an den Händen. Man hatte ihn über Nacht zur Beobachtung im Krankenhaus behalten, aber sonst ging es ihm gut. Er legte die Arme um sie, doch sie entzog sich ihm. Sie wollte nicht berührt und umarmt werden, ihre Haut war zu sensibel. Es war wie bei einer Grippe, wenn bereits die Haarbürste auf der Kopfhaut zum Schmerz wurde. Wie konnten zwei Menschen im selben Auto sitzen, denselben Unfall durchleben, aber einer von ihnen kam nahezu unverletzt davon?

Das war unfair. Absolut unfair. Sie mochte Todd, aber wie konnte es sein, dass er praktisch ungeschoren davongekommen war? Warum lag Jamie jetzt ohne Bewusstsein im Bett? Nicht, dass sie diese Gedanken jemals laut ausgesprochen hätte. Aber so waren Leben und Schicksal wohl nun mal, es war *niemals* fair. Gute Menschen wurden von einem Schicksalsschlag ereilt, während das Glück auch schlechten Menschen zuteilwurde.

Und es war ja nicht so, dass Todd ein schlechter Mensch wäre. Es war nur so, dass von den beiden Männern er nicht derjenige war, den sie von ganzem Herzen liebte.

Aber er liebte Jamie. Ellie setzte sich wieder und sah, wie er um das Bett ging und seine Hand auf Jamies nackte Schulter legte. Ein Muskel zuckte in seinem Gesicht, als er mit aschfahlem Gesicht auf seinen besten Freund hinunterschaute.

Piep. Piep. Piep.

Piep. Piep.

Pieppppppppppppppp …

»O Gott, was ist los? Nein nein nein – – –«

»Keine Panik.« Eine Schwester eilte herbei, steckte die Elektrode, die abgegangen war, als Todds Ärmel über Jamies Schlüsselbein gestrichen war, wieder an. »Na bitte«, sagte sie, als das regelmäßige Piepsen wieder einsetzte. »Alles geregelt.«

»Tut mir leid.« Sichtlich erschüttert, trat Todd vom Bett zurück und wischte sich einen Schweißtropfen von der Oberlippe.

Als die Schwester sie wieder allein ließ, fragte Ellie: »Wie ist es passiert?«

»Ich weiß es nicht.« Todd zuckte hilflos mit den Schultern. »Wir sind nicht zu schnell gefahren. Der Wagen brach plötzlich aus und geriet ins Schlittern. Es war wie in Zeitlupe, aber gleichzeitig war alles beschleunigt. Ich sagte noch ›O Scheiße‹, und Jamie sagte ›Mist‹.« Todds Fingerknöchel wurden weiß, so sehr bemühte er sich, die Tränen zurückzuhalten. »Wir wussten nicht einmal, dass die Straße vereist war, bis es zu spät war.« Ihm brach die Stimme. »Und dann ist es einfach … passiert.«

Todd war gegangen. Weitere Tests wurden durchgeführt. Jamies Blutergüsse wurden dunkler. Die Nacht kam und mit ihr Jamies Vater. Tony rief auf der Station an und teilte mit, dass er soeben in Heathrow gelandet sei und jetzt auf dem Weg zum Krankenhaus war. Die Schwester, die mit ihm sprach, erkannte seine Stimme. Innerhalb von Minuten hatte es ich herumgesprochen, dass Jamie der Sohn von Tony Weston war … *dem Schauspieler*. Hinter dem professionellen Äußeren wuchs die Aufregung. Ellie beobachtete die Schwester und fragte sich hoffnungsvoll, ob sie sich irgendwie mehr anstrengen würden, Jamie zu helfen. Und falls sie tatsächlich einen Anreiz brauchten, sollte sie ihnen dann vielleicht Geld anbieten?

Der Gedanke löste ein Vorstellung in ihr aus, über die sie ein klein wenig lächeln musste. Wie würde sie Jamie *das* erklären, wenn er nach Hause kam, entsetzt auf ihren Kontoauszug starrte und zu wissen verlangte, warum sie ihr gemeinsames Konto geplündert hatte.

Vierzig Minuten später traf Tony ein. Er war Mitte fünfzig, braungebrannt und sah blendend aus. Das Pflegepersonal erkannte in ihm sofort den angesehenen Schauspieler, der nach Amerika gezogen war und dort Engländer der Oberklasse spielte, obwohl er in einer 2-Zimmer-Sozialwohnung in Basingstoke aufgewachsen war. Trotz der allgemeinen Euphorie auf der Station war Ellie einfach nur erleichtert, ihn zu sehen. Jetzt war sie nicht länger diejenige, die die Verantwortung trug. Jamies Dad war da, und er war ein richtiger Erwachsener. Tränen der Erschöpfung strömten ihr über das Gesicht, als er sie umarmte.

»Ach Süße.« Mehr sagte Tony nicht, mehr musste er auch nicht sagen. Er roch nach Flugzeug und Kaffee und aufwendig gereinigten Hemden. Er war nicht rasiert. Tony wandte seine Aufmerksamkeit Jamie zu. Stumm betrachtete er ihn, vibrierte förmlich vor Schmerz. Schließlich murmelte er: »Oh, mein kleiner Junge.« Seine Stimme zitterte.

Wenige Minuten später erschien der Chefarzt und stellte sich vor. Ellie sah zu, wie auch er verschiedene neurologische Tests an Jamie durchführte, die die Ärzte seit seinem Eintreffen auf der Station regelmäßig wiederholt hatten. Sie studierte den Gesichtsausdruck, während der Arzt Jamie untersuchte, um Hinweise dafür zu finden, dass er erleichtert lächelte, sich umdrehte und sagte: »Jetzt macht er eindeutig Fortschritte. Noch ein paar Stunden, dann wecken wir ihn auf.«

Los, sag es. Bitte, sag es einfach.

Das Lächeln erschien nicht. Sie und Tony saßen schweigend an

Jamies Bett und sahen zu, wie der Facharzt mit ernster Miene etwas in Jamies Akte notierte. Schließlich drehte er sich zu ihnen um, und Ellie hatte das Gefühl, als habe man abrupt den Stuhl unter ihr weggezogen. Ein dröhnendes Rauschen erklang in ihren Ohren. Wollte die Natur auf diese Weise die Worte übertönen, von denen sie wusste, dass Ellie sie nicht hören wollte?

Aber das Rauschen war nicht laut genug. Die Angst bildete sich wie ein Zementklumpen in ihrer Brust. Neben ihr schüttelte Tony leicht den Kopf, während der Rest seines Körpers zu Stein erstarrt war. Eine der leitenden Schwestern schaute sie mitfühlend an.

Tu das nicht, sag es nicht, Jamie könnte dich hören …

»Es tut mir sehr leid«, verkündete der Chefarzt. »Aber die Tests sind eindeutig. Es gibt keinerlei Hirnfunktionen mehr.« Er hielt kurz inne. »Verstehen Sie, was das bedeutet?«

Nein, nein, neeeeeinnn …

»Sie wollen uns damit sagen, dass er hirntot ist.« Tonys Worte klangen gequält. »Er ist von uns gegangen. Mein Junge ist von uns gegangen.«

Der Chefarzt nickte traurig. »Ich fürchte, das ist er.«

3. Kapitel

Fünfzehn Monate später »Bist du sicher, dass du keine Lust auf Kino hast?« Es war Freitag 17 Uhr, und Paula räumte die Abfälle vom Schreibtisch. Sie stopfte Make-up-Utensilien in ihre übergroße Handtasche, warf ihre Arbeitsschuhe, eine halbvolle Limoflasche und eine Tüte Kettle Chips für die Busfahrt obendrauf. »Denn wenn du mitkommen möchtest, wäre das echt großartig. Wir hätten dich gern dabei.«

Ellie war gerührt. Es klang, als würden zwei Luftballone einen Igel einladen. Noch dazu zwei frisch verliebte Luftballone auf einem Rendezvous. Es war sehr einfühlsam von Paula, ihr dieses Angebot zu unterbreiten, aber nicht im Traum würde sie annehmen. Paula und Dan gingen erst seit drei Wochen miteinander aus, und Paula versuchte alles, um sich nicht anmerken zu lassen, wie verrückt sie nach ihm war. Dennoch war es offensichtlich, dass sie sich total verknallt hatte. Das war noch eines der ›Geheimnisse‹, von denen sie, Ellie, scheinbar nichts wusste, um ihre Gefühle zu schonen.

»Danke, aber ich möchte zu B&Q und die Tapete abholen, die ich bestellt habe.« Klang das langweilig? Egal, langweilig, aber der Wahrheit entsprechend.

Paula hielt kurz inne und bedachte sie mit diesem mitfühlenden Blick, den Ellie mittlerweile so gut kannte. Dann meinte sie fröhlich: »Tja, das wird sicher schön. Ich meine, wenn du mit allem fertig bist. Ist die Tapete fürs Wohnzimmer?«

Ellie nickte. An den Wänden des Wohnzimmers wuchs schwarzer Schimmel. Da Überstreichen nicht funktioniert hatte, bestand der nächste logische Schritt darin, eine Tapete darüberzukleben.

»Tja, wenn du morgen jemand brauchst, der dir hilft, dann können Dan und ich vorbeikommen und dir zur Hand gehen. Ich meine, ich hab zwar noch nie tapeziert, aber wie schwer kann das schon sein?«

Herrje, Paula hatte ja schon ein Problem damit, ihren Lippenstift ordentlich aufzutragen.

»Ist schon gut, ich schaffe das allein.« Ellie schulterte ihre Handtasche und umarmte Paula. »Außerdem werde ich morgen nicht tapezieren. Tony kommt für ein paar Tage vorbei und wird mich zum Essen ausführen.«

»Tut er das? *Großartig*!« Paula war erleichtert und rief begeistert: »Du Glückliche!« Dann zuckte sie zusammen und schlug sich mit der Hand auf den Mund. »Mein Gott, tut mir leid. Ich bin ja so dämlich.«

Es war schon Dutzende Male passiert. Vielleicht sogar Hunderte Male. Egal, wie oft Ellie ihr sagte, sie solle sich keinen Kopf machen, Paula tat es trotzdem. Bei der Arbeit taten es alle; es war eine Art Pawlow'scher Reflex, den sie nicht kontrollieren konnten.

»Ich kann mich ja wirklich glücklich preisen. Wir treffen uns nämlich im Ivy.«

»Wow!«

»Ach Quatsch. Wir treffen uns nur im Ivy, essen werden wir bei McDonald's.«

Paulas Augen wurden groß. »Echt jetzt?«

Es war süß, wie leicht sie hereinzulegen war. »Nein, ich nehme dich nur auf den Arm«, räumte Ellie mit einem Lächeln ein. »Wahrscheinlich werden wir auch im Ivy zu Mittag essen.«

»Blödes … blödes … *blödes*, nutzloses Mistzeugs …« Um Mitternacht stand Ellie kurz davor, die Tapete vor Wut in kleine Fetzen zu reißen. Sie klammerte sich mit einer Hand an die Stehleiter und klopfte mit der anderen wild die obere Ecke der Tapetenbahn fest. Seit vierzig Minuten wehrte sich diese nun gegen das Aufhängen. Als sich die gegenüberliegende Ecke wölbte, hatte Ellie keine Hand mehr frei, um die angrenzende Bahn daran zu hindern, sich ebenfalls zu lösen und die Wand herunterzurollen.

»Das langt, mir reicht's!« Mit einem Aufschrei schlug Ellie auf die erste Bahn ein, traf jedoch die Wand, so dass ihre Handfläche brannte. Na gut, die Tapete hatte sie so wütend gemacht, dass sie sich offenbar in Basil Fawlty aus *Fawlty Towers* verwandelte. Es war Zeit, aufzuhören. Es war nicht ihre Schuld, man hatte ihr eine unaufhängbare oder nichtklebende Tapete verkauft. Das war alles. Soll sie doch von der Wand fallen, wenn sie will. Lass es gut sein, entferne dich vom Ort des Verbrechens und hole dir stattdessen ein KitKat aus dem Kühlschrank.

Als Ellie aus der Küche wiederkam, wandte sie der massakrierten Wand demonstrativ den Rücken zu – mittlerweile rollten sich *alle* Tapetenbahnen langsam auf. Sie warf sich auf das Sofa, wickelte das KitKat aus und zappte sich durch die Fernsehkanäle. O wie schön, *Schlaflos in Seattle*, wie lange lief der Film bereits?

Plötzlich kam Jamie ins Wohnzimmer und setzte sich zu ihr auf das Sofa. Er trug seine alten Jeans und das rosa Hemd, das er zum Klassentreffen nicht hatte tragen wollen. In letzter Zeit hatte er es oft an. Ellie sah ihn gern in dem Hemd, und sie hatte recht, was die Farbe anging, es stand ihm *sehr* gut. Sie wusste besser als er selbst, was Jamie stand.

»Toll tapeziert.« Er grinste sie an und setzte sich in einen Schneidersitz. Seine nackten Füße waren nur wenige Zentimeter von ihrem Knie entfernt.

»Ich weiß, ich bin genial.« Ellie besah sich jedes Detail seines Gesichts, die funkelnden blauen Augen, das sonnengebleichte blonde Haar, seine gebräunte Haut.

»Du solltest Profi werden. Es gibt Leute, die viel Geld dafür bezahlen, dass man ihr Heim auf diese Weise umgestaltet. Du weißt ja, wie man das nennt, nicht wahr?« Jamie nickte mit ernster Miene, zeigte auf die nackten Wände und die eingerollten, zerknautschten Tapetenbahnen. »Das ist der postmoderne Shabby Chic.«

»Wenn du dir die Mühe gemacht hättest, mir zu helfen, sähe es jetzt sicher besser aus«, sagte Ellie.

»Ah, es macht aber viel mehr Spaß, dir dabei zuzuschauen.«

»Du warst einfach nur zu faul, mir zu helfen.«

Er lächelte sie traurig an. »Ach Süße, wenn ich gekonnt hätte, ich hätte es getan, das weißt du doch.«

Ellie spürte das vertraute Brennen in ihren Augen. Natürlich wusste sie das. Sie hatten so hart dafür gearbeitet, diese Wohnung ganz nach ihren Vorstellungen zu gestalten. Und sie würde jetzt *nicht* weinen. »Okay, es reicht, du kannst jetzt gehen. Ich werde mir den Film anschauen.«

Er drehte den Kopf, sah misstrauisch zum Fernsehgerät. »Ist das etwa so ein schmalziger Frauenfilm?«

Wie gut er sie kannte. Ellie nickte. »Mhm.«

Jamie hielt entsetzt die Hände hoch. Science-Fiction- und Kriegsfilme waren sein Ding. »Dann überlasse ich dich mal der Gefühlsduselei. Gute Nacht, mein Prachtmädchen.«

»Gute Nacht.«

Aber an diesem Abend fesselte der Film sie nicht. Nach zehn Minuten hatte Ellie noch immer nicht in die Story gefunden. Sie schaltete das Fernsehgerät aus. Sie konnte Jamie zurückrufen, aber das würde sie nicht tun. Allmählich bereitete es ihr Sorgen, zumindest ein wenig, dass sie nicht ganz normal schien. Denn Jamie war nicht mehr da. Er war auch kein Geist. Sie formte einfach ein Bild von ihm vor ihrem inneren Auge, sprach mit ihm und ließ ihn antworten, als sei er real. In der Schule hatten ihre Lehrer ihr immer bestätigt, dass ihre Phantasie allzu lebhaft sei. Tja, sie hatten recht gehabt. Und jetzt setzte sie ihre Phantasie zum Guten ein. Denn sich vorzustellen, dass Jamie immer noch bei ihr war, wirkte wie ein Trost. Sie fühlte sich dadurch … *besser*. Zumindest während sie es tat. Hinterher fühlte sie sich manchmal schlechter. Einsam und allein und trauriger denn je. Aber meistens war es gut.

Wenn Jamie nur als echter Geist erscheinen könnte … tja, das wäre besser, aber bislang war das noch nicht geschehen. Und eigentlich glaubte sie ohnehin nicht an Geister. So behielt sie wenigstens die Hoheit über seine Kleider. Wenn sie wollte, dass Jamie im Smoking oder im Ballettröckchen erschien, konnte er sich nicht dagegen wehren.

Ellie wischte sich mit dem Handrücken über die Augen. Manchmal merkte sie erst, dass sie weinte, wenn ihr die Tränen vom Kinn tropften und über ihren Hals liefen. Sie vermisste Jamie so sehr, dass sie sich bisweilen fragte, wie es ihr gelang, weiterzumachen. Aber immerhin waren es jetzt schon fünfzehn

Monate, und irgendwie hatte sie es geschafft. Vielleicht war sie verrückt, weil sie Jamie heraufbeschwor und imaginäre Unterhaltungen mit ihm führte, aber es war ihre Bewältigungsstrategie, und Ellie war noch nicht bereit, diese aufzugeben.

Ellie freute sich immer, wenn Jamies Dad nach England kam und mit ihr essen ging. Sie hatten beide den wichtigsten Menschen in ihrem Leben verloren, und ihre Begegnungen hätten morbide ausfallen können, aber das ließ Tony nie zu. Natürlich war die Trauer da, aber zumindest in der Öffentlichkeit wurde nicht darin geschwelgt. Stattdessen sprachen sie über Jamie, zelebrierten die Erinnerung an ihn und dachten an glücklichere Zeiten zurück. Sie lachten viel, speisten gut und tranken im Laufe des Essens für gewöhnlich zwei Flaschen Wein, die Ellie sich niemals hätte leisten können. Nach den Treffen waren sie beide bereichert, weil sie neue Dinge erfahren hatten über den jungen Mann, den sie beide liebten.

Das war das Beste an ihren Treffen. Es war, als ob man verborgene Schätze hob. Heute, mitten in der geschäftigen Atmosphäre des Ivy, hatte Tony sie bereits mit der Geschichte von Jamies Feier anlässlich seines sechsten Geburtstages ergötzt. Eines der kleinen Mädchen hatte einen Kuss als Revanche für ihr Geschenk von ihm gefordert. Jamie, der zutiefst entsetzt war, hatte ihr prompt das immer noch eingepackte Geschenk zurückgegeben.

»Diese öffentliche Küsserei hat ihm nie besonders zugesagt.« Ellie grinste. Die Geschichte hatte eine Erinnerung in ihr wachgerufen. »Als er zum ersten Mal meine Kolleginnen traf, küsste ihn eine am Ende des Abends auf die Wange. Du hättest seinen Gesichtsausdruck sehen sollen. Man hätte glauben können, sie habe ihn *abgeleckt*.«

Sie demonstrierte Jamies damalige Reaktion, imitierte seine Grimasse. Dann musste sie laut lachen, weil sie merkte, dass der

Kellner, der ihnen gerade Wein nachschenken wollte, glaubte, ihre Grimasse gelte ihm.

»Wo wir gerade davon sprechen, ist in dieser Richtung mal etwas passiert?«

Nicht zum ersten Mal schnitt Tony dieses Thema an. Er hob die Augenbrauen und nickte bedeutsam, um ihr zu zeigen, dass er von ihr sprach. Genauer gesagt davon, ob sie schon einen anderen Mann geküsst hatte.

»Nein. Nein, nichts.« Ellie schüttelte den Kopf.

»Das kommt noch.« Er lächelte zuversichtlich. »Früher oder später.«

Wohl eher später. Sie war nicht einmal ansatzweise dazu bereit. Schon allein bei dem Gedanken wurde ihr schlecht. Was, wenn Jamie nicht einverstanden war?

Ellie tunkte eine Riesengarnele in die Sauce hollandaise. Es war eine Sache, nicht an Geister zu glauben, aber der Himmel war etwas völlig anderes. Man konnte die Möglichkeit, dass die Toten dort oben waren und auf einen herabschauten, nicht völlig ausschließen. Laut sagte sie: »Ich weiß. Aber jetzt noch nicht.«

Tony war zu einfühlsam, um weiterzubohren. Mühelos wechselte er das Thema, nahm anerkennend einen Schluck Wein – die Flasche hatte 85 Pfund gekostet! – und fragte: »Was ist mit der Wohnung? Sind diese lauten Nachbarn endlich ausgezogen?«

»O ja, vor zwei Wochen. Gott sei Dank.« Sie lächelte, ging aber nicht näher ins Detail. Er musste nicht wissen, dass die neuen Nachbarn sich als hundertmal schlimmer erwiesen. Die Vormieter hatten ziemlich laut *Eminem* gespielt, und das recht häufig. Aber gegen die neue Familie wirkten sie fast handzahm. In den vergangenen zwei Wochen hatte es ein halbes Dutzend Schlägereien gegeben, und fast jede Nacht musste die Polizei anrücken. Vom Bellen der Hunde einmal abgesehen. Am schlimmsten war, dass *Eminem* durch *Celine Dion* und *Josh Groban* ersetzt worden war.

Wenn Ellie die Wahl gehabt hätte, sie hätte mit Freuden *Eminem* zurückgeholt. Aber es war höchst unwahrscheinlich, dass ihr diese Wahl zuteilwerden würde. Bevor Tony Fragen zu den neuen Nachbarn stellen konnte, sagte sie: »Ach, habe ich dir schon erzählt, dass ich das Wohnzimmer renoviere?« Na bitte, er war nicht der Einzige, der das Thema wechseln konnte. Sie erzählte ihm von der katastrophalen Schlacht mit der Tapete und machte daraus eine lustige Geschichte. Den Teil, als Jamie aufgetaucht war, ließ sie weg. Es war ihr kleines Geheimnis. Viele Menschen sprachen nach einem Trauerfall mit denen, die sie verloren hatten. Sie wusste das. Weniger normal war allerdings, dass der Tote antwortete.

Zack McLaren hatte sich mit dem Direktor einer IT-Firma, mit der er möglicherweise bald lukrative Geschäfte tätigen würde, zum Mittagessen verabredet. Normalerweise konnte er sich mühelos auf ein solches Gespräch konzentrieren, aber an diesem Tag erwies sich das Ganze als schwierig. Als er vor das Restaurant getreten war, um einen Anruf zu tätigen, hatte eine Frau in einem rosa Mantel seine Aufmerksamkeit erregt. Sie hatte langes dunkles Haar, ihre Augen waren hellbraun, ihre Wangen rosig, und die Wirkung, die sie auf ihn ausübte, war außergewöhnlich. Er konnte einfach nicht aufhören, sie anzustarren. Wer immer sie war, er wollte mehr über sie erfahren. Großer Gott, was für ein seltsames Gefühl. So etwas hatte er noch nie zuvor empfunden.

Als sie an ihm vorüberging, roch Zack einen Hauch ihres Parfüms. Es war irgendein frischer und blumiger Duft, der ihm nicht vertraut war, der aber sofort einen nachhaltigen Eindruck hinterließ. Er drehte sich um, betrachtete ihr glänzendes Haar, den schmalen, rosa Mantel und die langen Beine in den schwarzen

Strümpfen. Wirklich unglaubliche Beine. Sein Herz pochte heftig. Was *geschah* nur mit ihm? Dann wurde ihm klar, wohin sie ihre unglaublichen Beine trugen, und aus dem Pochen seines Herzens wurde ein Galopp. Sie ging direkt zum Ivy …

Zack beendete rasch sein Telefonat und folgte ihr. Gerade noch rechtzeitig, um zu sehen, wie sie herzlich von jemand begrüßt wurde, den er erkannte.

Und jetzt, eineinhalb Stunden später, hatte er immer noch Mühe, den Ausführungen seines Gesprächspartners zu folgen. Auf der anderen Seite des Raumes saß die Frau im rosa Mantel, jetzt ohne Mantel. Sie trug ein Wollkleid in der Farbe von Parma-Veilchen. Sie war nicht die allerschönste Frau, die er je gesehen hatte, aber sie strahlte etwas Unglaubliches aus. Wenn sie mit einer Freundin zu Mittag gegessen hätte, dann wäre er an ihren Tisch getreten und hätte sich vorgestellt, obwohl er so etwas noch nie in seinem Leben getan hat. Jedenfalls hätte er herausgefunden, wer sie war. Er hätte ihr seine Visitenkarte gegeben, sie gebeten, ihn anzurufen. Nein, er hätte gefragt, ob *er* sie anrufen dürfe, und hätte sie dann zum Abendessen eingeladen, vorzugsweise sehr bald …

Aber sie war nicht mit einer Freundin hier. Stattdessen genoss sie ein entzückendes, unterhaltsames Mittagessen mit dem Schauspieler Tony Weston. Sie plauderten, lachten viel, kannten einander eindeutig gut und genossen die gegenseitige Gesellschaft.

Und das bedeutete, dass sie eine Störung höchstwahrscheinlich nicht zu schätzen gewusst hätte. Deswegen saß er hier fest – viel zu weit entfernt, um ihrer Unterhaltung zu lauschen oder auch nur zu hören, wie ihre Stimme klang – während der Firmenchef ihm gegenüber endlos über Finanzprognosen schwafelte und …

»Und? Was halten Sie davon?«

Mist. Typisch. Zack lenkte seine Aufmerksamkeit zurück dem Grund, warum er an diesem Tag im Ivy weilte. Nun ja, dem ursprünglichen Grund.

»Ich halte es für … interessant.« Er nickte sinnierend.

»Und wie fällt Ihr Urteil aus? Haben wir einen Deal?«

Das war lächerlich. Er war Profi. So etwas war ihm noch nie zuvor passiert.

»Ian, ich kann heute noch keine Entscheidung fällen.« Das war natürlich deshalb, weil er nicht die leiseste Ahnung hatte, worüber Ian in der vergangenen Stunde geredet hatte. »Ich muss noch einmal die Zahlen durchgehen, mich mit ein paar Leuten unterhalten. Aber ich komme am Montagnachmittag auf Sie zu, versprochen.«

Ian lehnte sich zurück, nahm einen Schluck Wasser und warf ihm einen misstrauischen Blick zu. »Ist alles in Ordnung? Sie scheinen heute ein wenig … abwesend.«

Wie würde Ian reagieren, wenn er sich plötzlich über den Tisch lehnen und ihm sagen würde: »Die Sache ist die, da drüben sitzt eine Frau, mir völlig fremd, aber wenn ich sie nur anschaue, überkommt mich ein Gefühl, das ich in meinem Leben bisher noch nicht kannte.«

Was würde der schroffe, rotgesichtige Ian dazu sagen?

Das war natürlich eine rein theoretische Frage, denn sie waren Geschäftsleute, und sie waren hier, um über Geschäfte zu sprechen, und er würde sich hüten, private Angelegenheiten auszupacken.

»Mir geht es gut. Hab lediglich einen kleinen Jetlag.« Zack schenkte Ian ein kurzes, aufmunterndes Lächeln. Er musste an seine Glaubwürdigkeit als Geschäftsmann denken. Er wollte auf keinen Fall zur Lachnummer werden.

Als Ellie und Tony das Restaurant verließen, war es 15 Uhr 30. Draußen auf der Straße winkte Tony ein Taxi herbei. Ellie umarmte ihn.

»Ich danke dir sehr für das Mittagessen. Es war schön, dich wiederzusehen.«

»Ganz meinerseits.« Er öffnete die Wagentür des Taxis. »Steig ein. Ich setze dich zu Hause ab.«

»Aber das liegt doch gar nicht in deiner Richtung.« Ellie schüttelte den Kopf. »Ehrlich, ich komme schon zurecht. Ich nehme die U-Bahn.«

»Es regnet aber. Lass mich dich absetzen.« Amüsiert fügte Tony hinzu: »Ist schon in Ordnung, ich kann es mir leisten.« Er bedeutete ihr, vor ihm einzusteigen.

Na schön, er hatte ja recht, was den Regen anging. Der wurde stetig stärker. Vom Wein milde gestimmt, gab sie nach und stieg – nicht ganz so elegant – in den Wagen. Erst als sie schon auf dem Weg Richtung Hammersmith waren, sagte Tony: »Außerdem will ich die Tapetenkatastrophe mit eigenen Augen sehen.«

»O nein, du kannst nicht hereinkommen!« Die Worte platzten aus ihr heraus, bevor sie sie zurückhalten konnte. Sie hatte bereits geplant, das Taxi am Ende ihrer Straße anhalten zu lassen. Und Tony und sie hatten sich immer in Restaurants getroffen. Er war seit beinahe zwei Jahren nicht mehr in der Wohnung gewesen. Ihre Haut kribbelte, Ellie wusste, dass ihn der jetzige Zustand der Wohnung schockieren würde.

»Das ist aber nicht sehr gastfreundlich«, entgegnete Tony sanft.

»Es tut mir leid, so habe ich es nicht gemeint.« Sie schüttelte beschämt den Kopf. »Es ist nur so … unordentlich.«

Er lächelte. »Du meinst, es steht schmutziges Geschirr in der Spüle?«

»Viel schlimmer.« Ellie spürte, wie sich ihre Wangen rot färbten. »Die ganze Wohnung ist … o Gott, es ist alles ein wenig … runtergekommen. Es wäre mir wirklich lieber, wenn du nicht mit hochkommst.«

Aber Tony Weston hatte es so weit gebracht, weil er sich nicht einfach abwimmeln ließ. Er tätschelte ihre Hand. »Ich werde kein Urteil über dich fällen, Kleine. Wofür hältst du mich, für ein Monster? Ich möchte mir nur diese widerspenstige Tapete ansehen.«

»Bitte nicht. Ich habe es einfach vergeigt, das ist alles.«

»Als ich von der Schauspielschule kam und noch keine Engagements hatte, da pflegte ich einem Freund auszuhelfen, der als Maler und Tapezierer arbeitete«, sagte Tony.

»Oh, das wusste ich nicht.«

Er lächelte. »Tja, ich stecke voller Überraschungen.«

»Hmm.« Ellie ließ sich in den Sitz sinken. Sie wusste, wann sie sich geschlagen geben musste.

4. Kapitel

»Mein Gott«, sagte Tony, »darum wolltest du mich also nicht hier haben.«

»So, jetzt weißt du es.« Nichts übertraf ein frisches paar Augen – und Ohren –, um einen daran zu erinnern, in was für einer Bruchbude man hauste. Ellie war wie versteinert und schämte sich für das Chaos. Alleine war ihr gar nicht bewusst gewesen, wie schlimm es tatsächlich aussah. Sie beobachtete Tony, der durch die Wohnung tigerte. Vor einem Jahr war ihre reizende Vermieterin Moira an einem Herzinfarkt gestorben, und ihr Sohn hatte die Immobilie übernommen. Und der weniger reizende Ron hatte keine Zeit verschwendet und in sämtlichen Wohnungen dubiose Gestalten untergebracht. Es hatte eine Weile gedauert, bevor Ellie herausfand, dass die Stadtverwaltung ihm hohe Summen dafür bezahlte, Familien aufzunehmen, die den Behörden bekannt waren. Die Bekanntheit stand damit im Zusammenhang, dass die Familien ihre früheren Wohnungen derart verwüstet hatten, dass ihnen zwangsgekündigt werden musste.

Das hier war also ihre letzte Zuflucht. Aber anstatt einen Gang zurückzuschalten, schienen sie sich einen Wettstreit zu liefern, wer der lauteste und störendste Mieter in Hammersmith, wenn nicht in ganz London war.

Wie um es zu beweisen, ertönte aus der oberen Wohnung ein tosender Lärm wie von einem Rugbyspiel. Das Rumpeln wurde durch die nackten Dielenbretter verstärkt, denn der faulige Teppich der Leute lag momentan im winzigen Vorgarten. Der Nachbar Josh Groban schmetterte bei voll aufgedrehter Lautstärke irgendeine Schnulze. Die beiden Hunde spielten verrückt. Die Matriarchin der Nachbarsfamilie, eine Frau jenseits der fünfzig mit dem Gesicht einer Bulldogge und der Stimme eines Zementmischers, brüllte: »Wenn ihr beiden verfickten Arschlöcher nicht sofort damit aufhört, werfe ich euch hochkant aus dem Fenster.«

»Redet sie mit den Hunden?«, erkundigte sich Tony.

»Möglich. Oder mit ihren Söhnen. Davon hat sie nämlich vier.«

»Und versperrt mir nicht immer die Sicht auf die Glotze, ihr verfickten Junkies!«

»Damit meint sie die beiden jüngsten Söhne«, erläuterte Ellie.

»Das ist ja furchtbar.« Tony war empört.

»Man gewöhnt sich daran.« Meistens gelang es Ellie, den schlimmsten Lärm einfach auszublenden.

»Und was ist das?« Tony zeigte auf die mit Flecken übersäte Wand des Wohnzimmers.

»Jemand hat vergessen, das Badewasser abzudrehen.«

»Als ob es hier nicht schon feucht genug wäre.« Tony atmete den moderigen Geruch ein, den nicht einmal Febreze hatte überdecken können. Er inspizierte die nackte Wand, an der sie in der letzten Nacht gearbeitet hatte. »Wenn du es überhaupt geschafft hättest, eine Tapete auf dem Schimmel anzubringen, wäre sie über kurz oder lang wieder feucht gewesen. Um Himmels willen, Ellie, die Wohnung ist ein einziges Gesundheitsrisiko. Hast du den Vermieter nicht aufgefordert, den Schaden zu beheben?«

Ungefähr eine Million Mal. Aber ihr Vermieter hatte sich taub gestellt. Ellie wusste, dass es Ron am liebsten wäre, wenn sie auszog. Dann könnte er hier eine weitere Familie unterbringen und dafür Geld kassieren. Sie zuckte mit den Schultern. »Ich habe ihn darum gebeten, aber …«

»Fick dich, du fette Kuh«, bellte eine Männerstimme. Gleich darauf wurde eine Tür zugeschlagen, und man hörte Schritte die Treppe hinunterpoltern. Dann wurde die Haustür zugeknallt. Tony sah aus dem Wohnzimmerfenster, wie der dürre, blau-weiß gekleidete Junge auf dem Gehweg stehen blieb und mit dem Handy telefonierte. Innerhalb von Sekunden fuhr ein funkelnder BMW mit getönten Scheiben vor und blieb mit kreischenden Bremsen stehen. Eine Scheibe glitt nach unten, Geld und ein kleines Päckchen wechselten den Besitzer, und schon raste der Wagen weiter.

»Lass dich bloß nicht von ihnen entdecken«, rief Ellie rasch.

Es war natürlich zu spät. Der Junge hatte sich bereits umgedreht und entdeckte Tony am Fenster. Er grinste fies, streckte den Mittelfinger hoch und spuckte vor sich, bevor er wieder ins Haus trat. Als er an ihrer Tür im ersten Stock vorbeikam, brüllte er: »Verdammt neugierige Arschlöcher hier!«

Tony schaute auf den winzigen Vorgarten, der fast vollständig von aufgeplatzten Mülltüten und dem fleckigen Teppich in Beschlag genommen wurde, und sagte ungläubig: »Da liegen Spritzen im Dreck.«

»Ich weiß.« Ellies Haut prickelte erneut. Sie schämte sich. Als ob *sie* die Spritzen dort hingeworfen hätte. Wie schäbig musste ihm all das wohl im Vergleich zu seinem millionenteuren Palast in den Hollywood Hills vorkommen?

»Ellie.« Sein Tonfall änderte sich. »Um Himmels willen, warum hast du mir nie gesagt, wie runtergekommen die Gegend geworden ist?«

Sie zuckte mit den Schultern, konnte es ihm nicht erklären. Auf einer Skala von eins bis zehn war der Verlust von Jamie eine Zehn. Im Vergleich dazu waren unerträgliche Nachbarn maximal eine Zwei. Und wenn das lächerlich klang, tja, dann war das eben so. »Man gewöhnt sich daran. Es ist nur Lärm.« Um sich abzulenken, hatte sie sich angewöhnt, Jamie heraufzubeschwören und sich mit ihm zu unterhalten. Man musste nur den Rest ausblenden, das Schreien, das Zuknallen der Türen, die permanent jaulende Celine Dion.

»Ellie! Es liegen gebrauchte Spritzen in deinem Vorgarten. Dieses Haus sollte mit einer Warnung des Gesundheitsministeriums versehen sein. Du kannst unmöglich hierbleiben.«

Von oben dröhnte es erneut: »Verpiss dich, du Arsch, das ist meine letzte Dose!«

Ellie presste die Lippen aufeinander. Sie wusste, dass Tony recht hatte. Und wenn sie ihre eigene Freundin gewesen wäre, hätte sie genau dasselbe gesagt. Aber was Tony nicht verstand, war, dass Jamie und sie hier zusammengelebt hatten. Sie hatten die Wohnung gefunden, waren als glückliche Frischvermählte hier eingezogen, hatten sich geliebt, hatten gelacht und mehr als drei Jahre lang eine wunderbare Zeit hier verlebt. Die Zimmer waren voller Erinnerungen, und sie wusste nicht, ob sie es ertragen könnte, von hier wegzugehen …

»Ist schon gut, ich bin ja nicht völlig verblödet.« Tonys Stimme wurde weich, als er sah, wie sich ihre Augen mit Tränen füllten. »Es geht dabei um Jamie, nicht wahr?«

Ihr Hals zog sich zusammen. »Ja.« Peinlicherweise kam die Antwort wie ein Fiepsen heraus.

»Dann war die Wohnung früher also nicht so?«

Sie nickte.

»Du weißt, was ich als Nächstes sagen werde, oder?«

Erschöpft nickte sie neuerlich. »Vermutlich.«

»Wenn Jamie die Wohnung jetzt sehen könnte, wäre er entsetzt.« Tony sprach sanft, aber fest. »Er würde wollen, dass du von hier wegziehst.«

»Aua, du Scheißkerl, dafür mach ich dich verdammt nochmal alle!« Man hörte einen Schlag, ein Krachen, und dann flogen Scherben zusammen mit einer Bierdose am Fenster vorbei.

»Er würde wollen, dass du in Sicherheit bist«, fuhr Tony fort. Er legte den Kopf in den Nacken, schaute zur Decke hoch und meinte trocken: »Obwohl deine Nachbarn ein exzellentes Timing haben, das muss man ihnen lassen.«

Ob das ein weiterer Grund war, warum sie alles versucht hatte, ihre Situation vor Jamies Vater geheim zu halten?

Drei Tage nach ihrem Mittagessen im Ivy stand Ellie vor einer eindrucksvollen, viktorianischen Villa in der Nevis Street, ganz in der Nähe der Regents Park Road, im Herzen von Primrose Hill. Die Fassade des Hauses war in einem zarten Gelb gestrichen, die Schiebefenster waren weiß umrahmt, und der Vorgarten war klein, aber sehr gepflegt. Weit und breit war kein faulender Teppich in Sicht.

Das war ohne Zweifel ein wirklich schönes Wohnviertel.

»Und?« Tony stand neben ihr. »Was hältst du davon?«

»Ganz ehrlich? Mir ist übel. Ich kann nicht glauben, dass du das tust.«

»Hör zu, ich tue das nicht für dich. Es ist eine solide Investition. Jedes Mal, wenn ich nach England komme, wohne ich in einem Hotel. Es ist ein sehr nettes Hotel, aber es ist kein Zuhause.« Er zeigte auf das Gebäude vor ihnen. »Ich brauche also eine Zweitwohnung, und auf mich wirkt das hier ziemlich gut. Aber wenn die Wohnung die meiste Zeit leer steht, dann schießen meine Versicherungsbeiträge in die Höhe. Ich hätte auch dauernd Angst, dass sich illegal jemand einnistet. Wenn hier aber jemand wohnt und alles im Auge behält, dann muss ich mir keinerlei Gedanken machen. Für mich klingt das sinnvoll.«

Der Immobilienmakler traf ein und ließ sie in die Wohnung. Sie lag ebenso wie die Wohnung, die sie in den letzten vier Jahren bewohnt hatte, im ersten Stock. Ansonsten war diese Wohnung jedoch völlig anders. Es gab zwei großzügige Schlafzimmer, jedes mit einem eigenen Badezimmer, dazu noch eine Gästetoilette, dann einen riesigen, lichtdurchfluteten Wohnraum und eine ultramoderne Küche. Der Anblick glich eher einem Hochglanzmagazin. Alles war sauber und trocken, frisch gestrichen und angenehm duftend. *Makellos*.

»Kein Schimmel«, stellte Tony klar. »Keine Feuchtigkeit. Keine Celine Dion.«

»Gerade jetzt, wo ich mich an sie gewöhnt hatte«, sagte Ellie.

»Gefällt es dir?«

»Natürlich gefällt es mir.« Was konnte einem hier schon nicht gefallen? Sie schob die Hände in die Taschen ihrer roten Jacke, um die Tatsache zu verbergen, dass sie zitterten.

»Dürften wir einen Augenblick allein sein?« Tony wartete, bis der Makler gegangen war. »Kleine, jetzt hörst du mir mal zu. Ich kann es mir leisten. Wir tun uns gegenseitig einen Gefallen.« Er schwieg kurz. »James war mein einziges Kind. Was soll ich denn mit meinem Geld sonst anfangen?«

Ellie nickte. »Ich weiß, und ich bin dir auch dankbar. Aber … es ist mir gerade alles zu viel.«

»Na schön, was hältst du von folgendem Vorschlag? Ich kaufe die Wohnung. Und du ziehst nicht ein. Irgendwelche Gestalten nisten sich hier heimlich ein, verwüsten alles und machen mir Scherereien. Am Ende geht das ganze Viertel den Bach runter.« Er zuckte mit den Schultern. »Sollte dieser Fall eintreten, ist es allein deine Schuld. Jeder in Primrose Hill wird dich hassen.«

Sie lächelte. »Wie schön, dass du mich überhaupt nicht unter

Druck setzt. Äh … lässt du mich ein paar Minuten hier allein? Ich möchte … mich ungestört umschauen.«

Tony gesellte sich zu dem Immobilienmakler. Ellie wusste, dass sie sich albern verhielt, aber sie musste einfach auf Nummer Sicher gehen. Sie schloss die Augen, konzentrierte sich.

»Oh, du Angsthase«, rief eine amüsierte Stimme hinter ihr.

Sie drehte sich um und sah Jamie, der mit verschränkten Armen an der geschlossenen Wohnzimmertür lehnte. Er trug ein weißes Hemd und saubere Jeans. In gutmütigem Unglauben schüttelte er den Kopf.

Oh, Gott sei Dank!

»Hast du wirklich geglaubt, ich würde mich hier nicht sehen lassen?«

Sie atmete erleichtert aus. »Ich wollte nur sichergehen.«

»Tja, hier bin ich.« Er breitete die Arme aus. »Ta-da!«

»Dein Dad ist wunderbar!«

»Ich weiß. Das hat er von mir.«

Ellie musterte ihn. »Was hältst du hiervon?«

»Von der Wohnung? Sie ist phantastisch.«

»Dann soll ich also ja sagen?«

»Ich denke, es wäre dumm von dir, nein zu sagen«, meinte Jamie.

Eigentlich war das geschummelt, weil die Worte aus ihrem eigenen Gehirn stammten. Sie legte ihm die Worte ja in den Mund.

Ach, was soll's. Es schien ihm nichts auszumachen.

»Na gut.« Sie nickte. »Dann mache ich es.«

Jamie zwinkerte und schenkte ihr eines seiner ermutigenden Lächeln, die sie am meisten vermisste. »Gut.«

5. Kapitel

»Mein Gott, schau dir das nur an, ein Traum ist wahr geworden. Du hast ja so ein *Glück* … o nein! Tut mir leid!« Paula schlug sich die Hand vor den Mund. »Ich hab's schon wieder gesagt. Dabei hast du überhaupt kein Glück. Oje.«

»Wenn du noch ein einziges Mal sagst, dass es dir leidtut, muss ich dir ein Kissen an den Kopf schleudern.« Ellie legte das graue Samtkissen wieder auf das Sofa und klopfte es stolz zurecht. War es wirklich erst einen Monat her, dass sie die Wohnung zusammen mit Tony zum ersten Mal gesehen hatte? So sah wohl die Macht des Bargelds aus. Ohne eine Hypothek aufnehmen zu müssen, hatte Tony einfach seine Anwälte auf die Angelegenheit angesetzt, und der Verkauf war in Rekordzeit über die Bühne gegangen.

Und jetzt war sie hier in ihrem neuen Heim, umgeben von Umzugskartons. Ihre alte Wohnung in Hammersmith vermisste sie kein bisschen.

Allerdings war sie auch erst vor drei Stunden ausgezogen.

»Also gut, was soll ich tun?« Paula rollte ostentativ ihre Ärmel hoch und mimte einen Anschein von Effizienz. »Ich will helfen. Sollen wir mit diesen hier anfangen?« Ohne auf eine Antwort zu warten, riss sie das Klebeband von einem der Kartons. »Sag mir einfach, wo die Sachen hinsollen und … oh … oh nein, gehören die Jamie?« Erschüttert warf sie die Hemden und Pullis wieder in den Karton. »Es tut mir so leid, das wollte ich nicht. Ich hatte ja keine Ahnung.«

Paula ging um 17 Uhr. Gemeinsam hatten sie ein gutes Dutzend Kartons ausgeräumt. Es war sehr nett von ihr, an ihrem freien Tag vorbeizuschauen und zu helfen. Ellie war dankbar, aber jetzt war sie auch erschöpft. Die emotionale, weichherzige Paula war dreimal in Tränen ausgebrochen. Als sie ein Foto von Ellie und Jamie auf ihren Flitterwochen in Cornwall ausgepackt hatte, begann sie wie ein Schlosshund zu heulen: »O Gott, wie hältst du das nur *aus*?«

Als Paula in der Schlafzimmertür stehend sah, wie Ellie einige von Jamies Lieblingskleidungsstücken im Kleiderschrank verstaute, hatte sie mit zitternder Stimme erklärt: »Ich weiß *wirklich* nicht, wie du damit klarkommst.«

Und als sie hörte, dass Ellie drei Taschen mit Jamies Sachen in einen Secondhandladen gegeben hatte, dessen Erlöse einem wohltätigen Zweck zugutekämen, hatte sie geschluchzt: »O Ell, du bist ja so *tapfer*.«

Als ob sie eine Wahl hätte. Ellie stellte fest, dass sie, nicht zum ersten Mal, Paula trösten musste.

Um genau zu sein, war es schon Hunderte Male so gewesen.

Am nächsten Morgen wachte Ellie erst nach elf Uhr auf. Sie war so erschöpft gewesen, und ihr Wecker lag immer noch in einem der Umzugskartons. Leider wusste sie nicht, in welchem. Die gute Nachricht war, dass sie drei Tage freihatte, darum war es egal. In ihrem weißen Frotteebademantel trank sie ans Fenster gelehnt einen Becher Tee, während sie auf die Straße schaute. Die Sonne schien und spiegelte sich in den Fensterscheiben der Häuser auf der gegenüberliegenden Straßenseite. Sie sah winzige Balkone mit gusseisernen Geländern, auf denen unzählige Blumentöpfe standen. Auch die Fenster hatten Blumenkästen. Hier in Primrose Hill schien sogar die Luft sauberer. Auf der Straße standen funkelnde Luxusautos. Eine elegante brünette Mittfünfzigern in hautengen Jeans sprang aus einem schwarzen Geländewagen, schulterte eine teuer aussehende Tasche und stolzierte in Richtung der Geschäfte. Weiter unten an der Straße wurde eine schwarzgoldene Chaiselongue vorsichtig aus einem flaschengrünen Speditionswagen geladen.

Ellie verglich die Szene geistig mit ihrer alten Straße. Als sie gestern ausgezogen war, hatte sie ein benutztes Kondom vor dem

Gartentor ihres alten Hauses liegen sehen. Anstatt angewidert zu sein, war sie erleichtert gewesen, weil hier jemand wenigstens verhütet hatte.

Sie lehnte sich gegen den Fenstersims und bewunderte die saubere, ordentliche Straße. Ein weiterer Firmenwagen fuhr vor und lieferte ein riesiges, in Zellophan gehülltes Gebinde an eines der Nachbarhäuser.

Meine Güte, passte sie überhaupt hierher, oder würde sie sich unbeholfen und deplatziert fühlen? Was, wenn es hier *allzu* vornehm und perfekt zuging?

Gleich darauf fuhr ein Taxi vor, eine smaragdgrüne Haustür wurde aufgestoßen, und ein blonder Wirbelwind kam herausgestürmt. Einen Augenblick lang glaubte Ellie, es handele sich um einen knochigen jungen Mann in einem weißen T-Shirt und mit tiefsitzender Sporthose, der seine Haare silberweiß gebleicht und superkurz geschnitten hatte. Aber nein, es war eine Frau. Als die Gestalt sich umdrehte, sah Ellie den knallroten Lippenstift, die baumelnden Ohrringe und die mit Strass besetzte Tasche. Na gut, das alles war noch kein Beweis dafür, dass es sich tatsächlich um eine Frau handelte, aber ein Mann hätte sich doch wenigstens die Mühe gemacht, seinen BH mit Socken auszustopfen.

Vor Ellies Augen blieb die Frau abrupt stehen, signalisierte dem Taxifahrer zu warten, lief wieder ins Haus zurück und kam zwanzig Sekunden später heraus. Triumphierend schwenkte sie ihr Handy und warf die Tür hinter sich ins Schloss. Dann sprang sie ins Taxi, und der Wagen fuhr davon.

Etwas Kleines und Glitzerndes baumelte im Schloss der Haustür. Hoppla. Waren die Bewohner von Primrose Hill wirklich so entspannt wie Dörfler aus den 1950er Jahren, was die Sicherheitsvorkehrungen anging? Nur für den Fall, dass sie das nicht waren, stellte Ellie ihren Becher auf dem Fenstersims ab, zog den Gürtel ihres Bademantels etwas fester, rannte nach unten und aus dem Haus.

Ihr Bademantel klappte auf, als sie über die Straße lief. Der Straßenbelag war kalt unter ihren nackten Füßen. Ein vorbeiradelnder Teenager in einem grünen Kapuzenshirt, der die Schlüssel ebenfalls im Türschloss stecken sah, legte sein Fahrrad auf dem Bürgersteig ab und ging auf die smaragdgrüne Tür zu.

Ellie lief an ihm vorbei und schnappte sich die Schlüssel, bevor er sie greifen konnte. Offenbar unterschied sich Primrose Hill doch nicht so sehr von Hammersmith. Der Junge erschrak und rief: »Ich hatte nichts Schlimmes vor, ehrlich nicht. Ich hätte sie aufs Polizeirevier gebracht.«

Er war blass, hatte eine Stachelfrisur und wirkte wie ertappt.

»Aber klar doch. Ist schon in Ordnung, das musst du jetzt nicht mehr tun.« Ellie schenkte ihm ein unterkühltes Lächeln und ließ die Schlüssel in die Tasche ihres Bademantels gleiten. Sie kam sich vor wie Wonder Woman. Nun ja, Wonder Woman im Bademantel und mit verstrubbelten Haaren. »Ich kümmere mich um die Schlüssel meiner Nachbarin. Bei mir sind sie sicher.«

Der Junge starrte sie feindselig an, er war wohl eher ein Opportunist als ein eiskalter Krimineller. »Bei mir wären sie auch sicher gewesen.«

»Das freut mich zu hören.« Sie klopfte auf ihre Bademanteltasche und drehte sich triumphierend um. Ha, was für eine Leistung, noch keinen Tag in der Nevis Street und schon eine Verfechterin des Gemeinwohls! Wenn sie nicht eingegriffen hätte, dann wäre ihre Nachbarin womöglich in ein leergeräumtes Haus zurückgekommen.

Man hörte quietschende Reifen auf dem Straßenbelag, und der Beinahe-Einbrecher radelte davon. Die beiden Männer am Ende der Straße, die die Chaiselongue inzwischen ausgeliefert hatten, musterten die kaum bekleidete Ellie anerkennend. Der Jüngere von beiden pfiff bewundernd und rief: »Schlafgewandelt, Schätzchen? Schlimm, nicht wahr, wenn man aufwacht und feststellt, dass man mitten auf der Straße steht.«

Ellie grinste und winkte ihnen zu, bevor sie schnell in ihr Haus trat.

In ihrer Wohnung angekommen, duschte sie und zog schwarze Jeans, ein dunkelgraues Sweatshirt und rosafarbene Flipflops an. Bevor sie mit dem Auspacken fortfuhr, wollte sie die Schlüssel auf das Polizeirevier bringen.

Aber wo genau war das nächste Polizeirevier? Und wenn die Frau nach Hause kam und merkte, dass sie keine Schlüssel hatte, wäre es dann nicht einfacher und schneller, ihre Schlüssel hier bei ihr abzuholen?

Ellie schrieb eine Benachrichtigung und suchte zwischen den Kartons eine Rolle Tesafilm. Als sie keine fand, entschied sie sich daher für das Nächstbeste. Dann überquerte sie die Straße erneut. Sie entfernte den Schutzstreifen eines Pflasters und klebte ihren Zettel an die Türklingel.

Sehr zufrieden angesichts ihres Einfallsreichtums, kehrte sie in ihre Wohnung zurück.

Um 14 Uhr rief Paula von der Arbeit an, um zu fragen, wie es ihr ging. Um 15 Uhr legte Ellie eine Pause ein und aß einen Krispy Kreme Doughnut und eine Tüte Kartoffelchips. Um 15 Uhr 30 blickte sie auf eine ordentliche Sammlung von Umzugskartons, die leer und zusammengefaltet darauf warteten, entsorgt zu werden.

Zwanzig Minuten später – sie kämpfte grade mit einem Bettdeckenbezug – klingelte es. Rückwärts robbte Ellie aus dem Bezug, setzte ein fröhliches Lächeln auf und ging zur Tür. Es war an der Zeit, die Frau von gegenüber kennenzulernen und sich in Primrose Hill willkommen heißen zu lassen. Außerdem würde sie von ihrem Erlebnis mit dem Beinahe-Einbrecher erzählen, den sie zum Teufel geschickt hatte …

»Hallo, haben Sie meine Schlüssel?« Die Stimme aus der Sprechanlage klang atemlos.

»Hallo, ja, genau. Einen Moment. Ich betätige den Türöffner, dann können Sie hochkommen. Sie müssen die Unordnung entschuldigen, ich bin gestern erst eingezogen, deshalb …«

»Hören Sie, es tut mir leid, aber ich bin furchtbar in Eile. Können Sie die Schlüssel nicht einfach herunterwerfen?«

Oh. Pikiert nahm Ellie den Finger vom Türöffner und ging zu einem der Schiebefenster im Wohnzimmer. Sie schob die untere Fensterhälfte nach oben, beugte sich hinaus und sah die Frau mit dem kurzgeschnittenen, weißblonden Haar, die ungeduldig auf dem Gehweg wartete. In dem Moment, als sie Ellie entdeckte, streckte sie den Arm vor und rief: »Ich fange sie. Schnell!«

Die Schlüssel lagen auf dem Couchtisch, zusammengehalten von einem bunten Swarovski-Kristallschlüsselring. Ellie tat wie geheißen und warf sie zu der Frau, die sie natürlich nicht fing. Sie schrie auf, als die Schlüssel über den Straßenbelag schlitterten und nur wenige Zentimeter von einem Gully liegen blieben.

Nachdem sie die Schlüssel aufgehoben hatte, hob sie grüßend die Hand und rief: »Super, Sie sind die Beste«, dann eilte sie an einem wartenden Taxi vorbei und flitzte in ihr Haus.

Nicht einmal ein »Dankeschön«.

Tja, auch gut.

Ellie atmete aus und kehrte ins Schlafzimmer zurück, um ihren Kampf mit dem Bettdeckenbezug wiederaufzunehmen. Fünf Minuten später klingelte das Telefon im Wohnzimmer. Als sie den Hörer abhob, sah sie durch das Fenster, wie die blonde Frau wieder aus ihrem Haus gelaufen kam. Jetzt trug sie ein leuchtend rotes Kleid und farblich passende Stöckelschuhe.

»Wie geht es dir?« Es war Tony, der aus Los Angeles anrief.

»Bestens.«

»Sind die Ortsansässigen freundlich?«

»Weiß ich noch nicht. »Ellie beobachtete, wie die Frau in das Taxi sprang, ohne auch nur zu ihrer Wohnung hochzuschauen. »Ich habe noch keinen kennengelernt.«

Später an diesem Abend umfing sie eine Welle der Einsamkeit, aus der nicht einmal Jamies Besuch sie retten konnte.

»Du hast den ganzen Tag über so gut wie nichts gegessen«, stellte Jamie geradeheraus fest. »Komm schon, sei wieder fröhlich. Mach dir ein paar Nudeln oder so was.«

Sie sah ihn an. »Sag mir nicht, was ich tun soll.«

»Ich sage dir gar nichts, ich unterbreite nur Vorschläge. Du könntest dir die Soße machen, die ich immer so gern gegessen habe.«

Ellies Magen knurrte. Zugegeben, er nervte, aber er hatte nicht ganz unrecht. Sie bereitete eine Soße aus Tomaten und Rotwein zu, gab gebräunte Zwiebeln und Knoblauch hinein und ließ sie auf dem Herd köcheln. Großer Gott, im Fernsehen lief absolut nichts. Sie spürte, wie sie schwach wurde. Ihr Blick wanderte zu der Box mit DVDs, die an der Wand stand.

»Tu es nicht«, sagte Jamie, der ihre Gedanken lesen konnte. Natürlich konnte er ihre Gedanken lesen, er war ja mitten in ihrem Kopf.

»Warum nicht?«

»Weil du jedes Mal weinen musst.«

»Ja und?«

Er sah sie an, schüttelte den Kopf. »Ich mag es nicht, wenn du weinst.«

»Tja, Pech.« Ellie ging die DVDs durch und fand diejenige, nach der sie gesucht hatte. »Manchmal brauche ich das. Du musst mir ja nicht Gesellschaft leisten.«

Jamie zuckte mit den Schultern und ging. Sie beugte sich vor und schob die DVD in den Player.

War das nun Teil der Läuterung oder eine Form der Selbstfolter? Ellie stellte eine Schachtel mit Papiertüchern in Reichweite, drückte auf *Abspielen* und lehnte sich zurück, um Jamie am Strand von Cornwall zu sehen. Zwei Jahre war das jetzt her. Es war nicht der imaginäre Jamie, sondern der *echte* Jamie, auf dem Bildschirm von Todd mit seinem Camcorder eingefangen. Sie und Jamie alberten in den Wellen herum, jagten sich ins Wasser und rollten sich zu guter Letzt im Sand. Damals, als das Leben noch normal und glücklich war. Ihnen war nie der Gedanke gekommen, dass ihnen das, was sie miteinander teilten, plötzlich und ohne Vorwarnung entrissen werden könnte und …

Rrrring. Die Türglocke. Um 23 Uhr 30. Um Himmels willen, sie hatte ja noch nicht einmal Gelegenheit gehabt, mit dem Weinen anzufangen. Rrrring.

War das ein Scherz? Ungläubig hievte sich Ellie vom Sofa und ging zur Sprechanlage. Kurz angebunden rief sie: »Ja?«

»Sind Sie wach?«

Ellie schloss die Augen. »Wie bitte?«

»Tut mir leid, ich weiß, es ist spät. Ich habe gesehen, dass bei Ihnen noch Licht brennt. Sie haben doch noch nicht geschlafen, oder?«

»Nein.«

»Oh, gut. Hören Sie, war ich vorhin sehr unhöflich?«

Ellie lehnte sich gegen den Türrahmen, hörte die Besorgnis in der Stimme der jungen Frau. »Möglicherweise ein kleines bisschen, ja.«

»Mist, ich wusste es! Habe ich mich wenigstens für die Schlüssel bedankt?«

»Jetzt, wo Sie es erwähnen, nein, haben Sie nicht.«

»Na schön, darf ich Ihnen erklären, warum? Die Sache ist die, ich musste unglaublich dringend aufs Klo, und ich fürchtete, meine Blase würde *explodieren*. Ich konnte kaum sprechen, geschweige denn in den ersten Stock kommen. Als Sie mir die Schlüssel zuwarfen, und ich mich danach bücken musste, dachte ich, ich würde die Straße fluten! Und ich übertreibe nicht. Darum habe ich vergessen, mich bei Ihnen zu bedanken. Es tut mir wirklich sehr leid, wenn ich unhöflich war.«

Ellie lächelte und spürte, wie sie locker wurde. »Entschuldigung angenommen.«

»Hurra!« Die Frau stieß einen kleinen Erleichterungsschrei aus. »Ich habe auch etwas für Sie. Wäre es okay, wenn ich kurz hochkomme?«

»Nur, wenn Sie denken, dass Ihre Blase das aushält.«

6. Kapitel

Ellie betätigte den Summer, öffnete die Wohnungstür und wartete auf ihre Besucherin. Innerhalb weniger Sekunden kam die Frau mit den kurzen weißblonden Haaren die Treppe hochgepoltert. »Hallo, ich bin Roo! Ich habe Ihnen ein kleines Dankeschön mitgebracht. Es stammt aus dem Supermarkt, denn das war das einzige Geschäft, was noch geöffnet hatte.« Von nahem wirkte sie zierlich in ihrem dünnen roten Kleid mit den Spaghettiträgern, den nackten Beinen und den turmhohen Pfennigabsätzen. Sie platzte in die Wohnung. »Oh, das riecht aber gut hier!« Sie setzte ihre Tüten auf dem Couchtisch ab und zog zwei Sträuße mit leuchtend orangefarbenen Rosen heraus. »Die sind für Sie.«

»Danke.« Ellie fand die Geste rührend. »Das wäre doch nicht nötig gewesen.«

»Seien Sie still. Hier, das ist auch für Sie.« Mit großer Geste zog sie eine Flasche Chablis und eine Schachtel mit Trüffelpralinen hervor. »Und die auch.«

Ellie schüttelte den Kopf. »Das ist viel zu viel.«

»Ist es nicht, wenn man sich wirklich entschuldigen und danke sagen will. Und wenn sie die Sachen nicht annehmen, esse ich am Schluss alle Pralinen selbst und trinke den Wein.«

Ihre Stimme klang seltsam vertraut. Ellie grübelte, wo sie sie schon einmal gehört hatte. Sie nahm ihr die gekühlte Flasche ab. »Wir können sie gleich öffnen, wenn Sie mögen.«

»Toll, ich hatte gehofft, dass sie mich einladen!« Roo folgte ihr erwartungsvoll in die Küche. »Oh, Pastasoße. Es duftet phantastisch!«

Sie hatte keinen auffallenden Akzent, aber ihre Stimme weckte in Ellie irgendeine Erinnerung. Heimlich musterte sie ihr Gesicht. Ellie hatte das deutliche Gefühl, Roo schon einmal begegnet zu sein. Sie war vermutlich Anfang dreißig, schlank und braungebrannt, mit großen, dunklen Augen, die ein herzförmiges Gesicht dominierten. Unter der dicken Schicht Make-up war Roo umwerfend schön.

»Aha, es rattert im Gehirn.« Roo nahm ihr den Korkenzieher ab und öffnete behände den Wein. Sie legte den Kopf schräg und meinte amüsiert: »Haben Sie es schon herausgefunden?«

»Oh Gott, jetzt schäme ich mich. Ich wusste, dass ich Sie von irgendwoher kenne.« Das war der Moment für wilde Spekulationen. »Also gut, ich arbeite im Brace-House-Bürogebäude in Twickenham. Sind Sie eine unserer Kundinnen?«

»Nein.«

Mist.

»Das war mir gleich klar. Hm, lassen Sie mich nachdenken … Haben Sie jemals in einem Geschäft gearbeitet?«

»Großer Gott, nein. Das klingt nach harter Arbeit.« Roo goss den Wein in zwei Gläser. »Ist auch ganz schlecht für die Füße. Außer es wäre in einem Laden, in dem man sitzen darf. Das wäre vielleicht noch auszuhalten.«

»Also schön, lassen Sie mich nachdenken.« Ellie bemühte sich redlich. »In einer Zahnarztpraxis? Im Krankenhaus? Beim Friseur? Oder sind wir uns auf einer Party begegnet? Oh, waren Sie jemals im *Frog and Bucket* in Hammersmith?«

»Nein, und das will ich auch niemals. Klingt viel zu schleimig. Sie liegen meilenweit daneben.«

»Dann muss ich passen. Oder Sie müssen mir einen Hinweis geben.« Jetzt wurde es langsam richtig peinlich.

Roo stieß klangvoll mit Ellie an. »Also gut, stellen Sie sich vor, ich hätte lange schwarze Haare und würde im Fernsehen in einem Paillettenkleid herumhüpfen, während ich Playback und nicht lippensynchron in ein Mikro singe.«

»O mein Gott, jetzt hab ich's!« Ellie vergoss Wein auf die Küchentheke, als bei ihr der Groschen fiel. »Sie sind eine der *Deevas*!« Das war noch peinlicher. Sie waren sich natürlich nie zuvor begegnet. Sie hatte Roo im Fernsehen gesehen.

»Machen Sie sich keinen Kopf. Es ist mir lieber, wenn die Leute mich nicht erkennen.« Roo zupfte an einer kurzen weißblonden Locke. »Darum auch die Haare. Jedenfalls ist das alles schon lange her. Wir sind erwachsen geworden.« Sie rollte mit den Augen. »Na ja, mehr oder weniger.«

Meine Güte, die *Three Deevas* waren vor sieben oder acht Jahren megaerfolgreich gewesen. Sie wurden als Mädchenband mit Biss vermarktet, um das Erbe der *Spice Girls* anzutreten. Ihre Lieder wurden überall gespielt, ihr erstes Album war ein voller Triumph. Eine Schwarze mit blonden Haaren, eine Weiße mit schwarzen Haaren und eine Asiatin mit superlangen Wimpern und Glatze.

Ellie suchte in ihrer Erinnerung nach weiteren Details. Dolly, Daisy und Mia Deeva, unter diesen Namen hatten sie firmiert. Ihre erste Single war ein Sensationserfolg: *Wenn ich dich wirklich lieben würde, könnte ich mich auch an deinen Namen erinnern.* Im Radio wurde die Zeile »Männer sind nur zum Ficken gut, sonst zu nichts« mit einem Pfeifen übertönt.

Aber das Musikgeschäft war bekanntermaßen schwierig. Acht Monate später hatte sich Dolly Deeva ein bisschen danebenbenommen, als sie bei einem Live-Mitschnitt einer Kindersendung ihre Brüste zeigte. Dann war Mia Deeva bei einem Benefizkonzert von der Bühne gefallen und hatte sich beide Beine gebrochen. Und schließlich hatte Daisy Deeva im angetrunkenen Zustand bei einem Interview auf MTV erklärt, dass sie keine Note halten könne, dass Dolly Deeva gar keine Vegetarierin sei und dass ihr Schwachkopf von Manager sich endlich zu seinem Schwulsein bekennen solle.

Danach war es mit dem Erfolg vorbei. Ein Jahr nachdem sie in der Öffentlichkeit aufgetaucht waren, war der Zauber vorbei. Die *Three Deevas* trennten sich und verschwanden in der Versenkung, als neue Mädchenbands am Pophimmel erschienen.

Fasziniert meinte Ellie: »Sie waren Daisy.«

»Bitten Sie mich bloß nicht, etwas zu singen.« Roo schnitt eine Grimasse. »Das kann ich nämlich wirklich nicht. Sollen wir nicht lieber über Sie reden?«

Aber bevor sie die Unterhaltung fortsetzten, mussten sie einen Topf Spaghetti zum Kochen bringen, damit sie etwas zur Soße hatten. Als das erledigt war, kehrten sie ins Wohnzimmer zurück. Roo sah den azurblauen Ozean und den weißen Sandstrand auf dem Fernsehbildschirm und rief: »Oh, was haben Sie sich denn gerade angeschaut? *Mamma Mia*?«

Bevor Ellie reagieren konnte, hatte sich Roo schon die Fernbedienung geschnappt und auf *Abspielen* gedrückt. Ellie sagte: »Nein, das ist …«

»Ich sehe schon, es ist nicht *Mamma Mia*.« Roo schaute aufmerksam auf den Bildschirm, auf dem Jamie gerade dabei war, Ellie ins Wasser zu jagen, während sich eine Welle an ihnen brach und sie in Gischt tauchte. Todd, der aus sicherer Entfernung den Camcorder bediente, rief: »Könnt ihr euch kein Zimmer leisten!«

»Das sind ja *Sie*.« Roo sah zu Ellie, dann auf die Schachtel mit Papiertüchern auf der Sofalehne. Es dämmerte ihr. »O nein, Sie waren hier ganz allein, haben sich selbstgedrehte Videos angeschaut und sind emotional geworden. Wer ist der Mann? Sagen Sie es nicht, lassen Sie mich raten. Sie sind nicht mehr zusammen.«

Ellie fehlten kurz die Worte. »Äh, also, nein …«

»Ha, ich wusste es! Und er hat Sie sitzenlassen, das ist offensichtlich, weil Sie sich sonst diese Filme nicht anschauen würden, nicht wahr? Hören Sie, das tut Ihnen nicht gut.« Roo nahm die Schachtel mit den Papiertüchern, machte ts-ts-ts und stellte sie außer Reichweite auf den Boden. »Vertrauen Sie mir, Männer sind es nicht wert. Sie müssen Ihr Leben einfach weiterleben. Zugegeben, er war ein Hübscher …« Sie drehte sich wieder zum Fernsehgerät, drückte auf *Pause* und ließ Jamie mitten im Sprung erstarren. »Aber er hat Sie verlassen, also sollten Sie jetzt nicht über seine Vorzüge grübeln. Fragen Sie sich lieber, welcher Kerl ein T-Shirt in der Farbe von Babykacke trägt. Und sehen Sie seine Beine? Viel zu knochig! Und ich wette, er hat geschnarcht!«

Ellie zögerte, ihre Gedanken rasten. Es war bereits zu spät, um Roo jetzt noch die Wahrheit über Jamie zu sagen. Sie würde zur Salzsäule erstarren. Außerdem würde sie auf der Stelle aufhören, pietätlos und lustig zu sein, und sie stattdessen mit diesem Ach-wie-schrecklich-Ausdruck bedenken. Das passierte ausnahmslos jedes Mal. Sobald jemand herausfand, dass sie Witwe war, veränderte sich das Verhalten umgehend.

Tut mir leid, Jamie.

Laut sagte sie: »Stimmt, manchmal hat er geschnarcht.«

»Ich wusste es!« Roo klatschte in die Hände. »Und er hat dürre Spaghetti-Beinchen. Konzentrieren Sie sich einfach auf seine Schwächen, dann kommen Sie im null Komma nichts über ihn hinweg. Vertrauen Sie mir, ich habe darin Übung. Ich sollte Kummerkastentante werden.«

»Sie haben recht. Das mache ich. Und zwar ab sofort.« Ellie nahm die Fernbedienung an sich und schaltete das DVD-Gerät schwungvoll aus. Sie setzte sich und zeigte auf das Sofa. »Na also, es geht mir schon besser. Und jetzt sind Sie an der Reihe. Erzählen Sie mir von Primrose Hill.«

»Dürre Beinchen? Wie Spaghetti?«

Es war zwei Uhr nachts, und Roo Taylor war eben gegangen. Sie war Single, hatte Ellie herausgefunden, traf sich aber derzeit mit einem Mann namens Niall, der angeblich wie Simon Cowell aussah und phantastisch im Bett war. Sie liebte Weine aus Neuseeland, Heimwerkersendungen im Fernsehen und Kosmetikartikel von MAC. In Wirklichkeit hieß sie Rosalind, aber ihr Vater hatte sie Roo genannt, weil sie so ein quietschvergnügtes Baby gewesen war. Sie arbeitete noch immer in der Musikindustrie und schrieb Songs für Menschen, die wirklich singen konnten …

»Entschuldige mal! *Dürr?*« Jamie trug seine türkisfarbenen Strandshorts. Empört zeigte er auf seine Beine. »Und du widersprichst ihr nicht einmal! Meine Beine sind tipptopp. Sie sind *sportlich*.«

Ellie trug die Gläser in die Küche. »Deine Knie sind ein wenig knubbelig.«

»Das müssen sie auch sein! Es sind Knie! Knie müssen knubbelig sein. Wenn wir keine Knie hätten, könnten wir die Beine nicht beugen. Außerdem hast du behauptet, dass ich schnarche.«

»Ich sagte: manchmal.«

»Gelegentlich«, protestierte Jamie. »*Gelegentlich* schnarche ich. Wie jeder normale Mann. Und ihre unverschämte Bemerkung über mein T-Shirt …«

»Ich werde jetzt nichts sagen …« Den Streit hatten sie damals in dem Strandshop schon geführt, als Jamie darauf bestanden hatte, genau dieses Shirt zu kaufen. Sie hatte dagegengehalten, die Farbe sei eine grauenhafte Kreuzung aus Khaki und Banane. Ellie schwieg kurz, dann verkündete sie: »Aber ich habe es dir ja gleich gesagt.«

Jamie zuckte mit den Schultern. »Du hast allerdings zu erwähnen vergessen, dass ich tot bin.«

»Ich weiß. Ist das für dich in Ordnung?«

»Süße, wenn es für dich dadurch leichter wird, dann soll es mir recht sein.«

Das war der Vorteil einer Unterhaltung mit jemand, den es eigentlich gar nicht gab: Man konnte ihn dazu bringen, alles zu sagen. Es war Betrug, aber gleichzeitig tröstlich.

»Ich sage ihr schon irgendwann die Wahrheit.« Ellie spülte die Gläser.

»Tu das. Gehst du jetzt zu Bett?«

Sie trocknete sich die Hände und nickte. »Ja.«

»Ist gut, dann lasse ich dir jetzt deine Privatsphäre. Gute Nacht, Süße. Wir sehen uns morgen.«

»Gute Nacht.«

Es war ihr lieber, wenn er sich ordentlich verabschiedete. Sich vorzustellen, wie er neben ihr im Bett lag, ertrug sie einfach nicht. Sie hängte das Küchentuch auf und sah Jamie nach, wie er die Küche verließ.

O Jamie, wo bist du? War ich jetzt nicht lange genug ohne dich?

Bitte komm zurück.

7. Kapitel

»Oh, du Dummerchen, hörst du mir überhaupt *jemals* zu?«

Im sonnigen Badezimmer betätigte Ellie die Spülung und wusch sich anschließend die Hände. Als sie aus dem Bad kam, stand Roo im Flur und schwenkte das Flitterwochenfoto in der Hand.

»Das stand auf dem Nachttisch«, sagte Ellie.

»Ich weiß! Du und dieser Jemand mit den dürren Beinen! Hör mal, es ist nicht hilfreich, solche Sachen offen aufzustellen. Das macht es nur schlimmer.«

»Was hattest du eigentlich in meinem Schlafzimmer zu suchen?«

»Ich habe geschnüffelt. Ich bin sehr neugierig. Aber keine Sorge, ich öffne keine Schubladen. Ich wollte nur sehen, was du mit dem Raum gemacht hast. Und er sieht sehr nett aus«, erklärte Roo. »Abgesehen *hiervon*.«

Ellie wohnte jetzt seit zehn Tagen hier. Es war wohl allmählich Zeit. »Es wurde während unserer Flitterwochen aufgenommen.«

»Du warst verheiratet? Das hast du mir ja gar nicht gesagt.« Roo studierte das Foto noch einmal mit einem kritischen Blick. »Nur gut, dass ihr keine Kinder hattet – die hätten womöglich seine Beine geerbt.«

»Ich muss dir noch etwas sagen.« Ellie holte tief Luft. »Wir haben uns eigentlich nicht getrennt.« Sie holte rasch noch einmal Luft, weil ihr die Worte immer noch schwer über die Lippen kamen. »Er ist gestorben.«

Stille.

Anhaltende Stille.

Schließlich sagte Roo: »O Gott, wann?«

»Letztes Jahr im Januar.«

»*O Gott.*« Roo sah das Foto noch einmal an. »Und ich habe mich über seine Beine lustig gemacht.«

»Mach dir darüber keine Gedanken.« Ellie brachte ein Lächeln zustande. »Ich habe mich auch immer über sie lustig gemacht.«

Als sie wieder im Wohnzimmer waren, warf sich Roo auf das Sofa und nahm eine Handvoll Twiglets. »Also schön, mir tut alles leid, was ich gesagt habe. Aber jetzt musst du mir von ihm erzählen.«

War es wirklich erst neun Tage her, seit sie Roo kennengelernt hatte? Am ersten Abend hatten sie stundenlang geredet. Seitdem kam Roo fast jeden Tag vorbei, und jetzt fühlte es sich bereits an, als ob sie sich seit Jahren kennen würden. Der Zeitpunkt war ideal, denn Marsha, Roos beste Freundin, war vor kurzem nach Neuseeland gezogen und hatte in Roos Leben eine freundinnenförmige Lücke hinterlassen. Ellie war dankbar dafür. Roo war unterhaltsam, lustig, impulsiv und hatte eine unglaubliche Anzahl von Exfreunden. Es war außerdem hilfreich, so zu tun, als seien sie zwei alleinstehende Frauen, die ein glückliches Leben in Primrose Hill führten, das von der Suche nach den besten Push-up-Büstenhaltern und Lippenstift-Vergleichen zwischen Chanel und Dior dominiert wurde.

Also brühte Ellie zwei Tassen Tee auf und verbrachte die nächste Stunde damit, über Jamie zu reden. Sie erzählte Roo alles: wie sie ihn das erste Mal getroffen hatte, wie er gewesen und wie er gestorben war. Roo bat sie um Fotos, und gemeinsam blätterten sie im Fotoalbum.

Schließlich drehte sich Roo zu ihr um und rief pathetisch: »Warum hast du mir das nicht schon früher erzählt?«

»Bleib so, verändere ja nicht deinen Gesichtsausdruck, bewege keinen Muskel!« Ellie sprang auf, nahm den Spiegel vom Kaminsims herunter und trug ihn zum Sofa. »Hier bitte, schau dich an.« Sie hielt Roo den Spiegel hin. »Deshalb!«

Entsetzen, Mitgefühl, Mitleid … all das war an Roos Gesicht abzulesen. Sie merkte es selbst. »Oh, stimmt. Tut mir leid.«

»Ist schon gut, man gewöhnt sich daran. Aber es war nett, zur Abwechslung mal wieder normal behandelt zu werden. Bei der Arbeit habe ich manchmal das Gefühl, dass alle auf Zehenspitzen um mich herumschleichen. Es ist, als ob sie durch ein Minenfeld gehen würden.«

Roo rief rasch: »Das werde ich nicht tun.«

»Sie machen es nicht absichtlich, aber sie behandeln mich anders.«

Vehement schüttelte Roo den Kopf. »Ich verspreche, das werde ich nicht tun. So bin ich einfach nicht.«

»Außer, dass du dir gerade ein ganzes Fotoalbum angeschaut hast, ohne dich auch nur ein einziges Mal über unser Aussehen lustig zu machen«, stellte Ellie klar.

»Ja schon, aber nur, weil es nicht fair gewesen wäre. Außerdem hätte es deine Gefühle verletzen können.« Roo schnitt eine Grimasse, sichtlich bemüht, dass Ellie sie verstand. »Ich würde mich schrecklich fühlen, wenn ich etwas sage, was dir Kummer bereitet, wo du schon so viel durchmachen musstest …«

»Pst. Das bekomme ich die ganze Zeit zu hören.« Ellie trank ihren zweiten Becher Tee leer. »Mir wäre es lieber, du würdest dich normal verhalten.«

Sie klopfte auf ihre Armbanduhr. »Es ist 19 Uhr. Triffst du dich nicht um acht mit Niall?«

Roo sprang auf, als hätte man ihr einen elektrischen Schlag versetzt. »Wie spät ist es? Ich habe mich ja noch überhaupt nicht hergerichtet.« Sie war noch in der Beziehungsphase, in der die Vorbereitungen für eine Verabredung stundenlang dauerten. Unschlüssig blieb sie noch einen Moment stehen. »O Gott, es fühlt sich schrecklich an, dich jetzt allein zu lassen.«

»Pst.«

»Okay, ist gut, ich gehe.« In der Tür blieb Roo stehen. »Hör mal, bist du sicher, dass es für dich in Ordnung ist?«

»Pssst!!«

»Ja, ich weiß, es ist nur …«

»Ich bin keine drei mehr«, erwiderte Ellie, »ich komme schon klar. Zieh los und amüsiere dich mit Niall und erzähle mir morgen alles, abgemacht?«

»*Alles*?«, fragte Roo mit hochgezogener Augenbraue und einem Funkeln in den Augen.

»Die biologischen Feinheiten darfst du auslassen.« Ellie entspannte sich. Sie wollte nichts weiter, als normal behandelt zu werden. »Ich habe längst vergessen, worum es bei diesem Schmuddelkram geht.«

Am nächsten Tag erhielt Ellie zur Mittagszeit eine E-Mail. Sie saß an ihrem Arbeitsplatz im Brace-House-Bürozentrum und arbeitete sich durch den Berg an Berichten, die abgetippt werden wollten. Paula hatte ihr Kaffee gebracht und ein Sandwich besorgt, das sie nicht bestellt hatte. Sosehr Ellie es auch versuchte, sie verstand einfach nicht, wie man Gurken mögen konnte. Sie schmeckten feucht. Und grün. Und einfach ... bäh ... gurkisch. Mit einer Hand zog sie die größten Gurkenstückchen heraus und ließ sie in den Mülleimer fallen. Mit der anderen Hand öffnete sie eine E-Mail von Michael, ihrem Chef, in der er sie bat, ein paar Überstunden zu machen, um den Arbeitsrückstand aufzuholen.

Verdammt, wie kam sie aus dieser Nummer nur raus? Als sie das letzte Mal nein gesagt hatte, fing er mit einer Geschichte an, wie ihm die Überstunden nach seiner schlimmen Scheidung geholfen hätten, mit dem Schmerz fertig zu werden. Im nächsten Moment plingte eine neue E-Mail auf dem Bildschirm auf, und das Herz wurde ihr eng. In der Betreffzeile stand nur *Hallo*, aber der Absender war Todd.

Ellie legte das Sandwich aus der Hand, das sie ohnehin nicht gewollt hatte. Eine Mischung aus Schuldgefühlen und Angst ließ ihren Mund trocken werden. Warum nahm Todd gerade jetzt Kontakt zu ihr auf? Zuletzt hatte er sich vor vier Monaten an Jamies Todestag gemeldet. Damals hatte er ihr eine kurze, gestelzt klingende Mail geschickt, auf die sie noch gestelzter geantwortet hatte.

Sie hasste diese neue Unbeholfenheit. Todd und Jamie hatten sich so nahegestanden; hatten sich wie Brüder geliebt. Und sie drei zusammen waren ein Team gewesen. Undenkbar, dass sich daran etwas ändern würde.

Aber das war damals gewesen, bevor das Undenkbare geschehen war und ihr Leben für immer verändert hatte. Ellie konnte nur mit Mühe schlucken. Nach Jamies Tod waren sie und Todd von Gefühlen überwältigt worden. Todd hatte sich bittere Vorwürfe gemacht. Er, der notorische Zuspätkommer, war ausgerechnet an diesem Abend zu früh eingetroffen. Es war alles seine Schuld; hätten sie die Fahrt zur richtigen Zeit angetreten – also zu spät –, dann wäre der Unfall nicht passiert. Das hatte er Ellie bei der Beerdigung erzählt. Bis dahin war Ellie nie der Gedanke gekommen, dass es einen Unterschied gemacht hätte. Doch mit einem Mal war die Saat gesät, und in ihr wuchs der Groll. Sein frühzeitiges Eintreffen hatte sie und Jamie gestört. Wegen Todd hatte sie die letzte Möglichkeit zu Sex mit Jamie verpasst. Und vielleicht wäre der Unfall überhaupt nicht passiert, wenn sie das Haus eine halbe Stunde später verlassen hätten, denn dann – und das war eine *Tatsache* – hätte das Streufahrzeug die Straßen bereits präpariert gehabt.

Es dauerte ein paar Sekunden, bis ihr klarwurde, dass Todd natürlich keine Schuld traf. Doch da war es bereits zu spät. Der Schaden war angerichtet, das Unbehagen zwischen ihnen nicht mehr zu überbrücken, und sie hatten getrennt voneinander getrauert. Drei Monate nach dem Unfall war Todd – zu Ellies Erleichterung – in die Vereinigten Staaten gezogen. Und in ihr schwelte noch immer der unmögliche Wunsch, dass von den beiden Jamie derjenige gewesen wäre, der den Unfall überlebt hätte.

Es war beschämend, unfair, und sie hasste sich für ihre Gedanken, aber so fühlte sie nun einmal. Im Grunde war sie ein schrecklicher Mensch.

Ellie brachte es dennoch nicht über sich, die Mail ungelesen zu löschen. Sie klickte Todds Namen an, und die Mail öffnete sich:

Hallo Ellie,

tja, es ist schon eine Weile her, nicht wahr? Ich hoffe, es geht Dir gut, und bei der Arbeit läuft alles rund.

Ich wollte Dir mitteilen, dass ich meinen Job in Boston aufgegeben habe und nächste Woche nach Hause zurückkomme, um in der Londoner Zweigstelle zu arbeiten. Ein Jahr USA hat mir gereicht. Ich frage mich, ob

wir uns treffen können, wenn ich zurück bin. Ich würde Dich gern wiedersehen und über alte Zeiten reden.
Ich hoffe, es geht Dir ähnlich. Gib mir einfach Bescheid. Wohnst Du noch in Hammersmith?
Liebe Grüße, Todd
PS: Du hast ja keine Ahnung, wie lange ich gebraucht habe, um diese kurze Mail zu schreiben. Ich hoffe von ganzem Herzen, dass das Leben gut zu Dir ist, Ell. Ich habe Dich vermisst.

Ellie lehnte sich zurück. Ein vertrautes Gefühl des Grauens machte sich in ihrer Magengrube breit. Es war, wie wenn man die Post öffnete und vom Arzt den Termin für den nächsten Abstrich vorgegeben bekam.

Aber was konnte sie schon tun? Sollte sie vorgeben, die Mail sei im Spamordner verlorengegangen? Oder ihre E-Mail-Adresse ändern? Todd wusste ja nicht, wo sie jetzt wohnte … Ach, Schluss damit. Sich vor ihm zu verstecken war nicht die Lösung für das Problem. Er würde sie über kurz oder lang finden …

»Schwer beschäftigt, Ellie?«

Mist, Michael stand direkt hinter ihr. Diese verdammten Filzpantoffeln von ihm, mit denen er sich unbemerkt durch das Büro schleichen konnte.

»Tut mir leid.« Rasch schloss sie die E-Mail, aber vermutlich hatte er bereits über die Schulter mitgelesen.

»Sie wissen doch, welche Einstellung das Unternehmen zu privaten E-Mails hat.« Michael hatte die unangenehme Angewohnheit, Luft durch die untere Zahnreihe einzuziehen, wenn er ›den Boss‹ mimte. Ellie krümmte sich, als er das jetzt wieder tat, und beugte sich noch ein wenig weiter auf ihre Tastatur hinunter, als er seine Hand auf ihre Schulter legte. »Aber unter den gegebenen Umständen will ich natürlich nicht so sein. Todd war Jamies Freund, nicht wahr?«

Sie nickte, wappnete sich innerlich für das unvermeidliche

Tätscheln ihrer Schulter. Michael hielt sich wahrscheinlich für einfühlsam und mitfühlend, aber offen gestanden jagte ihr seine Berührungen kalte Schauer über den Rücken. Von all den scheußlichen Aspekten des Witwentums waren ungewollte Berührungen mit Abstand das Schlimmste. Michael fühlte sich gezwungen, sie zu trösten, und es schien unangebracht, sich darüber zu beklagen. Der Arme, er meinte es doch nur gut. Was sollte sie tun? Sie konnte ihn ja schlecht der sexuellen Belästigung bezichtigen. »Wie wäre es denn nun mit ein paar Überstunden heute Abend?« Wieder ein Schulterdrücken.

»Also, die Sache ist die … ich muss eigentlich … etwas erledigen …« Nein, das funktionierte nicht. Sie war eine schlechte Lügnerin. »Na schön, eine Stunde kann ich einschieben.«

Michael sog wieder Luft zwischen den Zähnen ein. »Wir müssen den Arbeitsberg wirklich in Angriff nehmen. Zwei Stunden wären besser. Ich fahre Sie dann auch nach Hause.«

Sie zögerte und sah aus dem Fenster. Den ganzen Tag hatte es schon wie aus Kübeln geschüttet. Und ihre U-Bahn-Strecke war wegen Bauarbeiten gesperrt. Wenn sie an der Bushaltestelle warten musste, wären ihre rosa Wildlederschuhe ruiniert. »Ist gut, abgemacht.«

Michael strahlte. »Sie sind großartig.« Er drückte erneut.

Kaum hatte er ihr Büro verlassen, öffnete Ellie Todds Mail erneut. *Na los, bring es hinter dich, dann spukt es dir auch nicht länger durch den Kopf.*

Hallo Todd,
es freut mich, dass es Dir gutgeht. Ich hoffe, Du hast eine gute Heimreise. Mir geht es so gut, wie man es eben erwarten kann. Im Moment schiebe ich viele Überstunden, so dass ich nur selten abends frei habe. Vielleicht können wir uns treffen, sobald es hier weniger hektisch zugeht.
Liebe Grüße, Ellie

Sie drückte auf *Senden*. Na also, erledigt. Wenn Todd ihre spröde Antwort erhielt, würde ihm klarwerden, dass sie noch nicht bereit war, ihn wiederzusehen.

Todd war nicht dumm. Er würde sie verstehen.

8. Kapitel

Um 20 Uhr 30 hielt Michael vor der Wohnung in der Nevis Street. Der Regen, der auf das Dach des Honda Civic prasselte, klang wie ein endloser Trommelwirbel. Weit und breit war keine Menschenseele zu sehen. Alle anderen waren zu vernünftig, um sich bei einem solchen Wolkenbruch vor die Tür zu wagen.

Nach Hause gebracht zu werden war schön, die Unterhaltung dagegen weniger. Während sich der gepflegte Wagen seinen Weg quer durch die Stadt bahnte, erzählte Michael in aller Ausführlichkeit von seiner Einsamkeit. Eigentlich war das ziemlich bewegend. Seit dem Scheitern seiner Ehe musste er mit ansehen, wie seine Exfrau sich ein neues Leben aufbaute, erneut heiratete und Zwillingsmädchen das Leben schenkte. Sein Selbstvertrauen hingegen war in den Keller gerutscht, und sein einziger Versuch, wieder unter Leute zu gehen, scheiterte grandios. Anlässlich des Junggesellenabschieds eines Freundes hatte er in einen Club eng mit einer Frau getanzt, die sich später als Mann herausstellte. »Wissen Sie, niemand sonst versteht, wie mir zumute ist.« Sein Gesicht wirkte im Licht der Straßenlampen bleich und ernst. »Nur Sie, Ellie. Wir sitzen beide im selben Boot.«

Ellie schnallte sich los. Sie war sich ziemlich sicher, dass sie noch nie mit einem Mann getanzt hatte, der sich später als Frau herausstellte. »Ich weiß, aber es wird besser. Irgendwann lernen Sie jemand kennen. Wie auch immer, danke fürs Mitnehmen …«

»Gehen Sie noch nicht!« Michaels Arm schoss vor, er packte ihre Hand. »Ellie, Sie sind ganz allein. Ich auch.«

Bäh, er streichelte ihre Fingerknöchel.

»Wir verdienen es, glücklich zu sein, oder etwa nicht? Wie wäre es, wenn wir zusammen glücklich sind? Ich würde Ihnen niemals weh tun, das verspreche ich.« Er hyperventilierte jetzt beinahe und rutschte noch ein wenig näher. Fassungslos sah Ellie zu, wie er die Lippen spitzte. Seine andere Hand umfasste ihre Taille und …

Klick.

Gott sei Dank, vom Sicherheitsgurt gerettet! Michael war jämmerlich außer Übung, was romantische Vorstöße anbetraf. Er hatte vergessen, sich loszuschnallen.

»Michael, nein. Hören Sie auf!«

Sein Gesicht fiel in sich zusammen, als sie ihn von sich stieß.

»Ich kann das nicht.«

»Nein?«

Ellie sah, wie diese neuerliche Zurückweisung sich innerlich zu all den anderen addierte, die Michael in seinem Leben schon erlitten hatte.

»Es tut mir leid, ich möchte das nicht. Aber es ist nett von Ihnen, es … anzubieten.« O Gott, jetzt bebte auch noch sein Kinn. Bitte, er wird doch jetzt nicht anfangen zu weinen?

»Ist gut, ich habe schon verstanden.« Michael lehnte sich zurück, in seinen Augen glitzerten Tränen. »Die Botschaft kam laut und deutlich an. Ich bin nicht Ihr Typ.« Er wischte sich mit der Hand über das Gesicht und seufzte schwer. »Ich bin 35 Jahre alt, und noch nie stand jemand auf mich. Ich scheine *niemandes* Typ zu sein.«

Man konnte durchaus Mitleid mit jemand haben, ohne persönlich etwas an der Situation ändern zu wollen. »Ach, Michael, das ist doch nicht wahr«, widersprach Ellie. »Ihre Frau muss irgendwann auf Sie geflogen sein.«

Er schüttelte traurig den Kopf. »Sie sagte, sie habe mich nur geheiratet, weil ich so ein großes Haus hatte.«

»Igitt, das ist ja ekelhaft.« Roo schaute rasch bei ihr vorbei, bevor sie zur Comedy-Nacht in die *O'Reillys Bar* nach Camden fuhr. Sie schauderte theatralisch. »Was für ein Widerling!«

»Er ist kein Widerling, das ist es ja. Er ist einfach nur traurig und einsam.« Ellie schwieg kurz. »Es war trotzdem ein *bisschen* eklig.«

»Du hast ihn abgewiesen. Und er ist dein Chef. Das wird bei der Arbeit sicher unangenehm werden.«

Roo hatte nicht ganz unrecht. Es war alles andere als ideal, erst die unbeholfenen, schmierigen Anmachen des eigenen Chefs abwehren und ihn anschließend trösten zu müssen. Ihr hatte das Ganze weiter nichts ausgemacht, aber Michael würde sich höchstwahrscheinlich gedemütigt fühlen.

»Vielleicht sollte ich Ausschau nach einem anderen Job halten.« Ellie hatte in den vergangenen zwei Wochen bereits vage darüber nachgedacht. Sie arbeitete nun schon seit sechs Jahren im Bürozentrum, und seit sie in den Norden Londons gezogen war, dauerte die Anreise zum Brace House sehr viel länger. Aber das hatte ja keine Eile. Dennoch war es zur Abwechslung bestimmt ganz nett, für jemand zu arbeiten, der einem nicht die Hand auf die Schulter legte und sie tröstend *drückte*.

»Ich muss los.« Roo sprang auf, als draußen ein röhrender Dieselmotor zu hören war. »Bist du sicher, dass du nicht mitkommen möchtest?«

»Nein, danke. Hast du nicht gesehen, wie es draußen schüttet?«

»Darum habe ich ja auch telefonisch ein Taxi vorbestellt. Komm schon, gib dir einen Ruck. Es wird bestimmt ein großartiger Abend!«

Ellie schüttelte den Kopf. »Ich bin völlig groggy. Angemacht zu werden laugt einen ganz schön aus. Ich gönne mir ein Bad und gehe früh zu Bett. Aber danke trotzdem.«

»Es gefällt mir nicht, dich allein zurückzulassen.«

Wie eine klapprige alte Jungfer.

»Und mir gefällt es nicht, wenn du mir sagst, dass es dir nicht gefällt, mich allein zurückzulassen. Ich bin kein Pflegefall.«

»So habe ich es nicht gemeint. Kommst du klar?«

»Jetzt klingst du wie Paula. Es geht mir gut, versprochen.« Sobald Roo gegangen war, würde sie einen gemütlichen und ausgiebigen Plausch mit Jamie führen. Das war doch nicht zu schrullig, oder?

»Ja, aber …«

»Geh!«

Aber an diesem Abend spielte Jamie nicht mit. Ellie musste feststellen, dass sie ihn nicht heraufbeschwören konnte. Wahrscheinlich war sie zu müde. Sie nahm ein Bad und versuchte es hinterher noch einmal, konnte sich aber einfach nicht richtig konzentrieren.

Und als ob er ihr beweisen wollte, tauchte er auf, als sie gerade am Einschlafen war und es überhaupt nicht probiert hatte.

»Du bist nicht fair.«

Beim Klang von Jamies Stimme öffnete sie die Augen. Und da saß er, am Fußende des Bettes, und musterte sie eindringlich.

»Du weißt, worüber ich mit dir sprechen möchte, oder?«, begann Ellie.

Er bedachte sie mit einem bedeutungsvollen Blick.«

Willst du mich zwingen, es auszusprechen? Na schön, also gut. Todd hat mir eine E-Mail geschickt, und ich habe ihm geantwortet. Ich war absolut höflich.«

»Du bist nicht fair«, ermahnte sie Jamie.

»Weißt du, was? Das ist mir egal.«

»Ist es dir nicht.«

»Wer bist du, mein Gewissen?« Tja, blöde Frage. Ellie wusste die Antwort ja selber.

»Du kannst Todd nicht die Schuld an dem geben, was passiert ist.«

»Ich höre gar nicht zu.« Sie schloss die Augen, rollte sich auf den Bauch und zog die Decke über den Kopf.

»Glaubst du nicht, dass er sich schlimm genug fühlt?«

»Sei ruhig.«

»Er war mein bester Freund.« Jamies Stimme wurde weich.

Eine heiße Träne rann an Ellies Wange hinab. »Geh weg«, murmelte sie. »Ich schlafe.«

Das kleine, blau-weiße Café mitten zwischen den Läden der Regents Park Road war einer von Roos Lieblingsplätzen, um Inspiration zu finden. Zumindest war das ihre Ausrede. Offiziell pflegte sie zu erklären, dass sie auf der Jagd nach Ideen für ihre Songtexte war und mögliche Melodien in ihrem Kopf durchging. In Wirklichkeit genoss sie einfach die umtriebige Atmosphäre, liebte es, Leute zu beobachten und dabei heiße Schokolade und Toast mit Käse und Pilzen zu verspeisen.

Der sintflutartige Regen vom Vortag hatte die Straßen saubergespült. An diesem Tag brannte die Sonne am kobaltblauen Himmel, und es war warm genug, um im T-Shirt im Freien zu sitzen. Roo, die ihre neue Sonnenbrille zum ersten Mal ausführte, hatte es sich an einem der Stahltische auf dem Gehweg gemütlich gemacht und tippte auf ihrem Laptop herum. Beobachter hätten ihre Professionalität und ihre Aura von Effizienz bewundert. Niemand hätte vermutet, dass sie in Wirklichkeit Fotos von Richard Armitage anschaute, ihr Horoskop studierte und die neuesten, fiesen Klatschgeschichten auf *Popbitch* las.

Es kam eben nur darauf an, effizient zu *wirken*.

»… und damit ist es also beschlossen. Wir ziehen nach Albufeira!« Die dunkelhaarige Frau am Nebentisch erzählte einer Freundin stolz das Neueste. Beide waren Ende fünfzig und für Primrose Hill altbacken gekleidet. Auf ihrem Tisch standen Teetassen und Teller mit Käse-Zitronen-Torte. »Roy wird den ganzen Tag Golf spielen, und ich werde das Nichtstun genießen.«

»Wie wunderbar. Du wirst es herrlich haben! Natürlich werden wir dich hier vermissen.« Ihre grauhaarige Freundin nickte eifrig. »Und ihr habt doch sicher ein Gästezimmer, oder? Dann können Jim und ich euch besuchen kommen! Wir könnten alle zwei Wochen vorbeischauen!«

»Tja, ja-a …«

Roo verbarg ihr Lächeln angesichts der nicht gerade begeisterten Antwort der dunkelhaarigen Frau. Lauschen gehörte zu ihren Lieblingsbeschäftigungen. Es gefiel ihr, die Interaktionen anderer Menschen zu beobachten.

»Hast du deinem Arbeitgeber schon gekündigt?«

»Noch nicht. Zack ist heute in Manchester. Ich werde es ihm morgen mitteilen. Er wird vermutlich am Boden zerstört sein, wenn er mich verliert. Wir arbeiten so gut zusammen. Ist die Käsetorte nicht ein wenig *zitroniger* als sonst?«

»Möglich. Aber er wird sicher kein Problem haben, jemand Neues zu finden, oder? Schließlich sprechen wir hier von Zack McLaren. Er wird von Bewerbungen von Frauen, die für ihn arbeiten wollen, förmlich überschwemmt werden!«

Die dunkelhaarige Frau schnaubte verächtlich. »Genau das will er ja aber nicht. Er will jemanden, der den Job erledigt, jemand Vertrauenswürdiges, der auf seine Arbeit stolz ist. Kein schmachtendes Blondchen im Minirock.«

Roo, die gerade einen sehr kurzen Minirock trug, tippte den Namen in Google ein und sah, wie eine Reihe von Fotos auf dem Bildschirm aufgingen. Zack McLaren war offenbar Unternehmer. Und er war ein echter *Hingucker*. Verdammt, die herrische alte Schachtel arbeitete für diesen Mann? Verstohlen musterte Roo ihre flachen Slipper, die 60er-Jahre-Dauerwelle und den leichten Damenbart auf der Oberlippe der Frau. Was hatte dieser Zack sich nur dabei gedacht?

Zehn Minuten später strich sich die Frau geziert Kuchenkrümel aus den Mundwinkeln, trank ihren Tee aus und stand auf.

»Tja, ich muss wieder zur Arbeit. Heute Nachmittag gibt es im Büro viel zu tun. Eins kann ich dir sagen«, fügte sie selbstgefällig hinzu, »Zack wird es nicht leicht haben, jemand zu finden, der meine Fußstapfen ausfüllen kann.«

Ihre Freundin nickte. »Da hast du recht, Barbara.«

»Ich habe immer recht.« Barbara strahlte. »Ich melde mich bei dir. Tschüssikowski!«

Wie konnte Zack McLaren jemand einstellen, der Tschüssikowski sagte? Und deren Knöchel über den Rand ihrer Schuhe quollen? Roo schob ihre Sonnenbrille nach oben und sah Barbara nach, die wie ein Nilpferd die Straße entlangtrampelte.

Kurz bevor sie außer Sicht war, kam Roo eine Idee, die Adrenalinstöße durch ihren Körper schickte. Eilig klappte sie ihren Laptop zu, sprang auf und machte sich an die Verfolgung.

Barbara war um die Ecke gebogen. Als Roo sie wieder im Blickfeld hatte, war sie schon halb die Ancram Street hinuntermarschiert. Plötzlich blieb sie stehen, zog einen Schlüssel aus ihrer Handtasche und stieg die Stufen zu einer Villa im georgianischen Stil mit Stuckfassade und Säuleneingang hinauf. Die Eingangstür war feuerrot.

Dort musste sich Barbaras Arbeitsplatz befinden. Wenn sie nicht gelogen hatte und sich stattdessen mit einem heimlichen Liebhaber für einen Nachmittag voll wildem, leidenschaftlichem Sex traf.

Nein, höchstwahrscheinlich war das ihr Arbeitsplatz.

Roo trat auf das Haus zu und klingelte. Aus der Sprechanlage neben der roten Tür ertönte ein Knarzen, und eine beflissene Stimme rief: »Ja?«

»Barbara? Ich habe eine Nachricht für Sie.«

»Was denn für eine Nachricht?«

»Na schön, es ist mehr ein Antrag. Aber nicht von der Heiratssorte«, fügte Roo hinzu. »Darf ich reinkommen?«

Sekunden später wurde die Tür geöffnet. Barbara baute sich im Türrahmen auf und musterte Roo, die auf der obersten Treppenstufe stand. Schließlich sagte sie: »Sie haben eben im Café gesessen.«

»Das stimmt. Sie haben einen scharfen Blick!« Roo strahlte. Ein wenig Schmeichelei konnte nie schaden. »Ich hörte zufällig, dass Sie Ihre Stelle aufgeben werden.«

»Ach ja?« Barbara bat sie nicht einzutreten. »Und was hat das mit Ihnen zu tun?«

»Nun, würde Ihr Chef es nicht sehr zu schätzen wissen, wenn Sie ihm bei Ihrer Kündigung gleich einen Ersatz präsentieren könnten? Ich denke schon. Und ich denke, es war Schicksal, dass wir heute beide in diesem Café saßen.«

Barbaras helle Augen wurden schmal. »Tja, wie nett von Ihnen, sich anzubieten, aber ich glaube, wir suchen nach einem anderen Typ.« Sie inspizierte Roos kurzen Rock, die silbernen Uggs und das türkisfarbene T-Shirt mit dem Aufdruck *Ich hab's mit deinem Dad getrieben*.

»O Gott, nein, doch nicht ich. Ha, was für eine Vorstellung!« Roo winkte entsetzt mit beiden Händen ab. Es war unklar, wer von beiden angesichts dieser Vorstellung entsetzter war. »Nein, nein, habe an jemand anderes gedacht. Sie ist das genaue Gegenteil von mir, ehrlich. Sie arbeitet in einem Bürozentrum in Twickenham, aber das hier wäre so viel praktischer. Und sie tippt so schnell wie der Blitz …« Roo wackelte mit den Fingern, um das zu unterstreichen. »Ehrlich, Sie sollten sie kennenlernen, sie wäre perfekt.«

»Wie alt?«

»Fast dreißig.«

»Wir haben uns eine reifere Person vorgestellt«, erwiderte Barbara.

»Ich weiß. Ich habe gehört, wie Sie vorhin meinten, dass sich Frauen darum reißen würden, hier zu arbeiten. Aber meine Freundin ist anders. *Völlig anders*. Sie trägt keine Miniröcke. Sie ist effizient und arbeitet fleißig, und sie würde Ihren Chef niemals anschmachten. Wirklich, Sie sollten sie in Erwägung ziehen.«

9. Kapitel

»Du hast *was* getan?« Die Heimfahrt war alles andere als angenehm gewesen. Verspätungen in der Circle Line hatten dazu geführt, dass sich die Pendler wie Sardinen in zu wenige Waggons pressten. Am Schluss war Ellie zwischen zwei Männern eingequetscht gewesen, die anscheinend noch keine Bekanntschaft mit Deodorants gemacht hatten. Jetzt litt sie an der Einbildung, dass deren Körpergeruch sich tief in ihre Jacke eingebrannt hatte. Sie zog die Jacke aus und warf sie direkt in die Waschmaschine.

»Ich habe einen Job für dich gefunden.« Roo hatte sie vor der Haustür abgepasst. Jetzt fuhr sie ihren Laptop hoch. »Höchstwahrscheinlich. Also, möglicherweise. Aber du hast ja selbst gesagt, es sei an der Zeit für eine Veränderung. Also habe ich heute zugeschlagen.« Sie zog eine Visitenkarte aus ihrem linken BH-Körbchen und schwenkte sie hin und her. »Du musst nur diese Nummer anrufen und ein Vorstellungsgespräch vereinbaren.«

»Wo ist der Job?«

»Gleich hier in Primrose Hill. In der Ancram Street. Zu Fuß nur fünf Minuten.« Einschmeichelnd fügte Roo hinzu: »Überleg dir nur, nie wieder zwischen stinkenden Menschen eingekeilt sein!«

»Du formulierst brillant.«

»Ich weiß, darum bin ich ja auch eine so geniale Songtexterin. Nichts ist schlimmer als Schweiß, der stinkt«, improvisierte sie, »wenn dir ein supercooler Kerl in der U-Bahn zuwinkt, o yeah …«

»Dein Land braucht dich.« Ellie kicherte. »Du solltest die nächste königliche Hofdichterin werden.«

»Na gut, der Reim war mies. Aber wo wir gerade von supercoolen Kerlen sprechen, schau dir den hier an.« Roo drehte den Laptop um, damit Ellie auf den Bildschirm schauen konnte.

»Wer ist das?«

»Zack McLaren. Der Mann, der eine neue Privatsekretärin braucht. Ich würde mich ja selbst für die Stelle bewerben, aber man muss diese ganzen Sekretärinnensachen können. Was hältst du von ihm? Ziemlich sexy, nicht? Er ist Unternehmer! Schau dir diese *Augen* an …«

Ellie musterte das Foto. Es ließ sich nicht leugnen, dass dieser Zack ein attraktives Exemplar von Mann war, mit seinem glänzend dunklen Haar und den Filmstar-Wangenknochen. In dem maßgeschneiderten Anzug steckte sichtlich ein durchtrainierter Körper. Und seine Augen strahlten. Neben ihr sabberte Roo.

»Die Sache ist die«, fing Ellie an, »das ist so, als wenn man einen Vegetarier bittet, von einem Filetsteak zu schwärmen. Ich sehe, dass er attraktiv ist, aber das sind Perlen vor die Säue. Im Augenblick hat das alles für mich keine Bedeutung. Kein Interesse.«

»Ich weiß, ich weiß, aber er will ja auch niemand, der hin und weg von ihm ist. Er will keine Sekretärin, die ihm ihre Titten entgegenreckt wie ein affektierter Teenager. Darum passt es ja so gut. Denn du würdest nichts davon tun. Du wärst *perfekt.*«

»Na ja …«

»Und falls es zwischen mir und Niall irgendwann nicht mehr

funktioniert, steht er hier ganz oben auf Liste.« Liebevoll streichelte Roo den Bildschirm. »Er sieht aus, als wäre er phantastisch im Bett.«

Zwei Stunden später langte Ellie quer über den Couchtisch und nahm die Visitenkarte zur Hand. Roo hatte sie noch einmal nachdrücklich aufgefordert, darüber nachzudenken. Und das hatte sie getan. Sie hatte außerdem die frisch gewaschene lila Jacke aus der Waschmaschine gezogen und daran geschnuppert. Der Schweißgeruch schien mittlerweile Teil der Fasern geworden zu sein. Das war der Nachteil, wenn man eine allzu lebhafte Phantasie besaß. Von nun an würde der Anblick der Jacke ausreichen, um Übelkeit hervorzurufen.

Und hier nun war die Möglichkeit auf eine neue Arbeitsstelle, fußläufig zur Wohnung. Ein Arbeitsplatz, an dem ihre Vergangenheit nicht die Einstellung anderer beeinflussen würde, weil keiner davon wusste.

Ehrlich, sie musste eigentlich nicht groß nachdenken.

Es war fast 21 Uhr. Zu spät für einen Anruf, oder? Ellie nahm das Telefon zur Hand und tippte die Nummer ein.

Dann mal los …

Das Telefon klingelte in dem Moment, als Zack die Haustür aufsperrte. Nach einem langen Tag voller Besprechungen, gefolgt von einer dreistündigen Autofahrt zurück von Manchester, wollte er nur noch ein kaltes Bier und anspruchsloses Fernsehen, bevor er sich zu Bett packte.

Aber das stand ohnehin nicht zur Debatte. Er musste ein detailliertes Unternehmenskonzept ausarbeiten und mehrere Briefe diktieren. Zack zog sein Jackett aus, stieß die Tür zum Büro auf, stellte die Aktentasche auf den Schreibtisch und nahm den Hörer des immer noch klingelnden Telefons ab.

»Hallo, spricht da Mr McLaren?«

Es war eine Frauenstimme, die er nicht kannte. Zack kickte sich die Schuhe von den Füßen und griff nach einem Stift. »Am Apparat.«

»Ja dann, hallo noch mal! Ich rufe wegen der Stelle an.«

»Stelle?«

»Richtig. Ich heiße Ellie Kendall, und meine Freundin hat mich überredet, Sie anzurufen. Ich hoffe, Sie ziehen mich in Betracht, denn ich glaube, wir wären ein wirklich gutes Team. Ich wohne ganz in der Nähe, arbeite engagiert, tippe schnell und ich …«

»Moment mal, es tut mir leid, aber ich kann Ihnen nicht ganz folgen. Ich weiß gar nicht, wovon Sie reden«, unterbrach Zack.

»Oh!« Sie klang überrascht.

»Für welche Stelle wollen Sie sich denn bewerben?«

»Nun ja, für die Ihrer Privatsekretärin.«

»Es tut mir leid, das muss ein Missverständnis sein. Ich habe bereits eine Privatsekretärin und bin absolut zufrieden mit ihr.«

»Oh, verstehe, aber … nein, schon gut, es tut mir leid. Mein Fehler. Tut mir leid, dass ich Sie belästigt habe. Auf Wiederhören.«

»Moment …« Aber es war zu spät, sie hatte bereits aufgelegt. Und warum hätte sie das Gespräch auch fortführen sollen? Zacks Magen knurrte, rief ihm in Erinnerung, dass er etwas essen musste, bevor er sich an den Papierkram machte. Ein eiskaltes Bier und ein höllisch scharfes Curry war genau das, was er brauchte. Danach würde er die dringendsten Briefe diktieren, damit Barbara sie gleich morgen früh tippen und abschicken konnte.

»So sieht es also aus. Ich weiß, das muss ein Schock für Sie sein, aber ich versichere Ihnen, Sie müssen sich keinerlei Gedanken machen. Ich überlasse Sie nicht dem Chaos.« Barbara klang tröstend. »Ich werde mich ganz und gar der Aufgabe verschreiben, Ihnen einen würdigen Ersatz zu besorgen.«

Zack schaute auf ihr Kündigungsschreiben, das sie ihm in die Hand gedrückt hatte, bevor sie zu ihrer kleinen Rede ansetzte.

»Danke. Tja, es tut mir leid, Sie zu verlieren. Aber ich freue mich natürlich für Sie. Die Algarve ist wunderbar. Und man weiß ja nie, vielleicht fangen Sie auch noch mit dem Golfspiel an.«

Barbara schüttelte den Kopf. »Niemals, das kann ich Ihnen versichern.«

Er lächelte andeutungsweise. »Somit wäre zumindest ein Rätsel gelöst.«

»Wie bitte?«

»Gestern Abend rief mich jemand an. Eine Dame wollte sich für die Stelle meiner Privatsekretärin bewerben.«

Barbara schloss entnervt die Augen. »Diese furchtbare, aufdringliche Person. Es tut mir so leid. Ich hatte ihr doch eindrücklich erklärt, dass ich es Ihnen erst heute sagen werde.«

Zack erwiderte zerstreut: »Aber Sie haben es ihr gestern schon erzählt?«

»Natürlich habe ich es ihr nicht erzählt! Sie hat ein privates Gespräch belauscht! Dann ist sie mir hierher gefolgt und schlug tatsächlich vor, ihre Freundin könne doch die Stelle übernehmen. Sie war unglaublich aufdringlich. Ich habe ihr letzten Endes eine Visitenkarte gegeben, nur um sie loszuwerden.«

»Tja, das nenne ich tatkräftig.« Barbaras Reaktion amüsierte ihn. »Die Freundin klang jedenfalls sehr engagiert. Vielleicht sollte ich mich einmal mit ihr unterhalten.«

»O nein, nein, nein.« Barbaras Doppelkinn schaukelte, als sie heftig den Kopf schüttelte. »Nein, nein, nein, nein, vertrauen Sie mir, sie ist absolut nicht die Art von Person, die Sie einstellen wollen.«

»Aber … Moment mal, habe ich Sie richtig verstanden? Sie haben die Freundin der Frau doch gar nicht getroffen.«

»Zack, das musste ich auch nicht. Diese Frau hatte eine Frisur wie ein *Punk-Rocker*, abgesäbelt und gefärbt. Und sie trug silberne Stiefel!« Barbara blickte angewidert. »Ihr ganzes Outfit war bizarr. Und ihr T-Shirt geradezu obszön. Glauben Sie mir, Sie wollen niemand einstellen, der mit so einer Person befreundet ist. Nein, nein, überlassen Sie das alles mal mir. Ich finde schon die richtige Dame für Sie.«

Um sie zu necken, ergänzte Zack: »Oder den richtigen Mann.«

»Ich kann Ihnen versichern, es wird eine Dame sein.« Mit einem abschätzigen Schnauben erklärte Barbara: »Männer sind zu Multitasking nicht fähig.«

Es war Donnerstagabend. Barbara hatte Wort gehalten und eine Liste mit sechs ungeheuer passenden Bewerberinnen für die Stelle der Privatsekretärin erstellt. Zack hatte den Nachmittag mit Vorstellungsgesprächen verbracht, und man konnte mit Fug und Recht behaupten, dass dies nicht die drei aufregendsten Stunden seines Lebens gewesen waren.

Alle Damen waren höchst effizient, unglaublich gut organisiert und verfügten über langjährige Erfahrung. Aber alle verströmten sie die gleiche Aura. Jede einzelne war Mitte bis Ende fünfzig gewesen, mit praktischer Frisur und so gut wie keinem Make-up. Sie alle trugen vernünftige Kleidung, Röcke, die bis über die Knie reichten, Schuhe mit flachen Absätzen, kurze, unlackierte Fingernägel. Im Grunde hatte Barbara ihm ein halbes Dutzend Klone ihrer selbst präsentiert. Zack leuchtete ihre Auswahl ein, aber die Aussicht, eine von ihnen einzustellen, erfüllte ihn – das musste leider gesagt werden – mit Grauen.

Fünfzehn Minuten später trat er aus der Dusche und wickelte sich ein Handtuch um die Hüfte. Er ging nach unten ins Büro, blätterte das Notizbuch auf seinem Schreibtisch durch und fand die Seite, nach der er gesucht hatte.

Da war die Telefonnummer, die er sich notiert hatte. Diejenige der Frau, deren Freundin Barbara vergangene Woche so in Angst und Schrecken versetzt hatte. Zack musste angesichts der Erzählung lächeln. Er wählte die Nummer, obwohl er absolut nichts über die Frau wusste. Er war sich jedoch sicher, dass sie nicht so geklungen hatte, als würde sie halblange Röcke und Dauerwelle tragen.

Nach dem dritten Klingeln wurde abgenommen. »Hallo?« *Klong*. Man hörte ein Klappern, gefolgt von einem dumpfen Aufprall. »Tut mir leid. Hallo noch mal.«

»Was ist passiert?«

»Ich wollte nach dem Telefon greifen und bin dabei vom Sofa gefallen. Wer spricht denn da?«

»Zack McLaren.«

»Oh! Hören Sie, darf ich noch mal sagen, wie leid mir das wegen letzter Woche tut? Hab ich Sie in eine unangenehme Situation gebracht? Ihre arme Privatsekretärin, ich hoffe, Sie waren nicht sauer auf sie.«

Amüsiert meinte Zack: »Ich bin niemals sauer. Hören Sie, ich habe mich gefragt, ob Sie morgen früh zu einem Vorstellungsgespräch vorbeikommen könnten?«

»Ehrlich? Das wäre phantastisch! Aber morgen geht es nicht. Ich fahre mit dem ersten Zug nach Glasgow.« Sie klang aufrichtig bedauernd. »Es ist der achtzigste Geburtstag meiner Großmutter, und wir veranstalten eine Überraschungsparty für sie, die ich nicht verpassen darf. Aber Sonntagabend komme ich zurück.« Hoffnungsvoll fügte sie hinzu: »Ginge es bei Ihnen auch nächste Woche?«

Verdammt. »Tut mir leid, aber ich habe die anderen Bewerberinnen schon alle getroffen. Ich habe ihnen mein Wort gegeben, mich morgen bei ihnen zu melden.«

»Oh.« Es trat eine Pause ein. »Tja, ich habe im Augenblick nichts weiter zu tun. Abgesehen davon, vom Sofa zu fallen. Wie wäre es, wenn ich mir schnell etwas überziehe und in dreißig Minuten bei Ihnen vorbeischaue?« Eine weitere Pause. »Äh ... das klingt jetzt, als ob ich nackt sei, aber ich bin nicht nackt, ich trage meinen Pyjama. O Gott, definitiv zu viele Informationen. Soll ich in dreißig Minuten vorbeikommen, vollständig bekleidet?«

Zack betrachtete sein Spiegelbild im Bürofenster. Er sagte ihr nicht, dass er, abgesehen von dem Handtuch um seine Hüfte, nichts trug. Darum ging es ja auch gar nicht. »Das geht leider nicht. Ich bin heute Abend geschäftlich zum Essen verabredet.« Er hatte ihre Nummer aus einem Impuls heraus gewählt, aber er konnte unmöglich jemanden einstellen, den er noch nie zuvor gesehen hatte. Und er war der Hauptredner bei dem Essen an diesem Abend, darum durfte er sich auch nicht verspäten. »Tja, wir haben es versucht, aber vermutlich müssen wir es dabei bewenden lassen. Ein Fall von schlechtem Timing.« Er sah auf seine Uhr. Es war schon acht. In zehn Minuten würde er mit dem Wagen abgeholt werden, er musste sich wirklich beeilen. »Danke trotzdem.«

»Ist gut.« Die Frau namens Ellie klang enttäuscht. »Tja, ich danke Ihnen ebenfalls, dass Sie an mich gedacht haben. Es war sehr nett von Ihnen, mich anzurufen. Schade, dass wir keinen Termin gefunden haben.«

Sie hatte eine attraktive Stimme, klar und melodisch, die Art von Stimme, der man gern zuhörte. *Wenn ich nur Zeit hätte.* »Mir tut es auch leid. Viel Glück bei Ihrer Jobsuche«, sagte Zack. »Auf Wiederhören.«

10. Kapitel

»Wie läuft es mit der Neuen?« Louisa, die neben Zack auf dem Beifahrersitz saß, klappte die Sonnenblende herunter und zog sich im Spiegel die Lippen nach. »Hat sie sich schon eingewöhnt?«

Zack nickte. Letzten Endes hatte er sich für Christine entschieden, eine der sechs Bewerberinnen. Sie erwies sich in jeder Hinsicht als ebenso effizient wie Barbara. Christine war Ende fünfzig und an Mode nicht interessiert. Sie hatte buschige Augenbrauen und eine Vorliebe für Faltenröcke. Eleganz war ein Fremdwort für sie. Aber sie konnte so schnell tippen, dass ihre Wurstfinger ein einziges verschwommenes Bild abgaben. Außerdem brachte sie ihr Mittagessen zur Arbeit mit und aß an ihrem Schreibtisch Eiersandwiches mit Mayonnaise, die sie mit merkwürdig riechendem Kräutertee hinunterspülte.

»Isst sie immer noch diese Eiersandwiches?«

»Jeden Tag.«

»Tja, vielleicht probiert sie eines Tages mal ein Käse-und-Tomaten-Sandwich. Kannst du da vorn bitte kurz anhalten?« Sie zeigte auf eine Reihe von Geschäften. »Ich brauche für die Fahrt ein paar Zeitschriften.«

Zacks Herz rutschte etwas tiefer. Er traf sich jetzt seit fast drei Monaten mit Louisa. Sie war selbstsicher, glamourös und unglaublich attraktiv. Aber aus bitterer Erfahrung wusste er, dass sie die nächsten beiden Stunden laut aus ihren Zeitschriften vorlesen würde, wenn er jetzt am Kiosk anhielt. Aus irgendeinem Grund glaubte sie, es würde ihn ebenso faszinieren, Klatschgeschichten über Prominente, Weisheiten von Beziehungs-Gurus oder Mascara-Empfehlungen zu hören. Sie waren unterwegs in Richtung Bristol zu einer Hochzeit von Louisas Freundin, und wenn er das Radio einschaltete, würde sie jedes Mal die Lautstärke herunterdrehen. Ob er schon gehört habe, dass Victoria Beckham jetzt stricke? Und warum um alles in der Welt gehe Russell Brand mit Kate Winslet essen?

Zack hielt vor dem Kiosk an, parkte hinter einem blauen Volkswagen. Louisa sprang in ihrer schicken blassgrauen Bluse und dem rosa Rüschenrock aus dem Mercedes und verschwand im Zeitungskiosk an der Regents Park Road.

Ellie reihte sich in die Schlange ein, um für ihre Zeitung und ihre Rolos zu bezahlen, als sie im Zeitschriftenregal ein Cover sah, auf dem eine voluminöse schwarze Frau in einem goldenen Bikini und mit weißblonder Perücke zu sehen war. Die Schlagzeile daneben lautete: *Dolly Deeva meldet sich zurück – größer, besser und mit einem Paukenschlag!*

Erst gestern Abend hatte Roo sich gefragt, was wohl Dolly dieser Tage so treibe. Ellie verließ die Schlange vor der Kasse und griff nach der Zeitschrift. Es war die letzte im Regal. Sie wollte sie für Roo kaufen.

»Hoppla, tut mir leid.« Ihr Ellbogen traf auf eine andere Kundin. Ellie presste die Zeitschrift an ihre Brust und lächelte dem eleganten Rotschopf im grau-rosa Outfit entschuldigend zu, obwohl es gar nicht ihre Schuld gewesen war. Die Rothaarige akzeptierte die Entschuldigung mit einem Nicken und fragte: »Wo haben Sie diese Zeitschrift gefunden?«

Ellie zeigte auf die leere Stelle im Regal, und die Rothaarige seufzte verärgert.

»Wollen Sie damit sagen, das war das letzte Exemplar?«

»Keine Ahnung.« Erwartete die Frau ernsthaft, dass sie ihr die Zeitschrift überließ? »Ich bin sicher, es gibt noch jede Menge Exemplare in anderen Zeitschriftenläden.«

Zwei Minuten später verließ sie den Kiosk und blieb auf dem Gehweg kurz stehen, um die Zeitschrift durchzublättern. Sie fand das Interview, das sich über zwei Seiten zog. Dolly beharrte darauf, dass die Zeiten, in denen sie ihre Brüste gezeigt hatte, vorbei seien, und sie sei jetzt eine Christin, die immer ihre Bibel mit sich führte. Ellie schlängelte sich zwischen einem dunkelgrauen Mercedes und einem himmelblauen VW Beetle hindurch auf die Straße. Dem zufolge, was Roo ihr über Dolly Deeva erzählt hatte, würde sie darüber herzlich lachen können.

»Da bist du ja! Ich dachte schon, der Wagen ist leer.«

Zack richtete sich auf. »Ich habe das Handschuhfach durchwühlt und CDs gefunden, die ich längst vergessen hatte.« Er zeigte seine Fundstücke. »Und eine Tüte gemischtes Lakritz!«

»Bäh, iss die bloß nicht, die könnten schimmelig sein.« Louisa machte es sich auf dem Beifahrersitz bequem. »Ich habe die Zeitschrift, die ich eigentlich wollte, nicht bekommen. Eine Frau hat mir das letzte Exemplar vor der Nase weggeschnappt. Sehr ärgerlich. Aber ich habe was anderes gefunden.« Sie klopfte auf die drei Hochglanzmagazine auf ihrem Schoß. »Die werden mich unterhalten, bis wir in Bristol sind.«

»Gut!« Zack schob die längst verlorengeglaubte Gogol-Bordello-CD in das Gerät, drückte auf *Play* und ließ den Motor an. »Kennst du das schon? Brillant!«

Keine zwei Minuten später langte Louisa nach vorn und drehte die Lautstärke herunter. »Ist das zu glauben? Was für eine falsche Schlange!« Sie klopfte mit dem Finger auf das Foto eines ehemaligen Bond-Girls.« Sie ist mindestens 55, aber sie behauptet, sie hätte noch nie Botox gespritzt!«

»Zack, es tut mir so leid. Ich schaffe es einfach nicht. Es ist einfach zu viel.«

»Ehrlich?« Zacks erste Reaktion war Erstaunen, die zweite Erleichterung. Ihm war nie der Gedanke gekommen, dass er als Arbeitgeber allzu fordernd sein könnte. Andererseits: Nie wieder Eiersandwiches mit Mayonnaise. Gott sei Dank.

»Es liegt an meinem Ehemann«, jammerte Christine. Ihre hellen Augen wurden feucht. »Er ist … einfach nicht mehr er selbst. Tagsüber ist er in einem Pflegezentrum, aber nachts ist es schwierig. Er wandert durch das Haus, versucht hinauszukommen. Ich bekomme einfach nicht genug Schlaf und bin völlig erschöpft. Mein Arzt hat mir geraten, nicht länger zu arbeiten. Ich kann Ihnen gar nicht sagen, wie unwohl ich mich bei dem Gedanken fühle, Sie einfach im Stich zu lassen, wo Sie doch so ein wunderbarer Arbeitgeber sind.«

Jetzt schämte er sich. Er war unglaublich eigensüchtig. Zack schüttelte den Kopf. »Bitte, machen Sie sich darüber keine Gedanken. Es besteht absolut kein Grund, sich zu entschuldigen. Das mit Ihrem Ehemann tut mir sehr leid, ich hatte ja keine Ahnung. Natürlich müssen Sie mit Ihrer Energie haushalten, wenn Sie ihn zu betreuen haben.« Ihn plagten Schuldgefühle. Jetzt erst sah er, wie erschöpft sie wirkte. Sie hatte dunkle Ringe unter den Augen. »Hören Sie, Sie müssen keine Kündigungsfristen einhalten. Ich komme schon zurecht.«

Christine sah ihn an und fummelte im Ärmel ihrer Bluse nach einem Taschentuch. Eine Träne kullerte über ihre Wange. »O Zack, das ist ja so nett von Ihnen. Aber das kann ich Ihnen unmöglich antun. Ich lasse Sie hier nicht einfach so sitzen.«

»Ich bitte Sie, Ihre Gesundheit ist viel wichtiger. Warum gehen Sie nicht gleich nach Hause?« Zack stand auf und langte nach seinem Autoschlüssel. »Kommen Sie, ich fahre Sie schnell.«

»Also schön, das ist jetzt etwas überfallartig, und vermutlich haben Sie längst einen anderen Job gefunden.« Zack McLarens Stimme hallte durch die Leitung. »Aber falls … Meine neue Sekretärin musste kündigen, darum suche ich nach Ersatz. Das wollte ich Sie einfach wissen lassen.«

Zack McLaren. War das Schicksal? Ellie saß im Schneidersitz auf dem Sofa und stellte ihren Becher Tee ab. »Sie musste nach zwei Wochen schon wieder kündigen? Sind Sie als Chef so schlimm?«

Er klang amüsiert. »Bin ich nicht, versprochen.«

»Dann laden Sie mich also zu einem Vorstellungsgespräch ein?«

»Wenn Sie noch interessiert sind.«

Ellie lächelte in sich hinein. War sie das? Vor zwei Wochen war sie wild entschlossen gewesen, den klaustrophobischen Verhältnissen von Brace House zu entfliehen. Doch nachdem sie die anfängliche Anspannung mit Michael überstanden hatte, war es sogar leichter als zuvor. Trägheit, so hatte ihr Hausarzt versichert, war Teil des Trauerprozesses.

Doch jetzt rief Zack McLaren sie an und gab ihr noch eine Chance. »O ja, ich bin definitiv interessiert. Wann wollen Sie mich sehen?«

Sie hörte ihn sagen: »Sobald Sie mögen. Wie wäre es mit jetzt gleich?«

»Einverstanden.« Ellie kletterte bereits vom Sofa. Vielleicht stellte sich heraus, dass sie nicht für diesen Mann arbeiten wollte, aber ein innerer Instinkt sagte ihr, dass dem nicht so sein würde.

Verdammt und zugenäht. Verdammt und zugenäht. Sie war es!

Geschockt zuckte Zack vom Fenster im ersten Stock zurück. Er hatte das Gefühl, einen Schlag gegen die Brust erhalten zu haben … nein, es war eher, als ob sich jemand von hinten angeschlichen und ohne Vorwarnung den Heimlich-Griff an ihm durchgeführt hätte. Er war nicht leicht zu schockieren, aber jetzt war es so. Die Frau, die gerade die Ancram Street entlangschritt, war dieselbe, die er im Ivy gesehen hatte. Sie hatte ihn damals völlig um den Verstand gebracht – wann war das doch gleich gewesen? schon vor über zwei Monaten –, obwohl er sich immer noch an jedes Detail jenes Mittagessens erinnern konnte.

Er hatte geschickt seine Besprechung zu einem raschen Ende gebracht, damit er das Restaurant mehr oder weniger zur selben Zeit wie sie verlassen konnte. Als er auf den Gehweg getreten war, hatte er gesehen, wie sie mit Tony Weston in ein Taxi stieg. Ein Bedürfnis, den Wagenschlag aufzureißen und sie an sich zu ziehen, stieg in ihm auf.

Was er natürlich nicht getan hatte. Er hatte sich unter Kontrolle gehabt. Man konnte für ein derartiges Verhalten schließlich verhaftet werden. Also hatte er im Regen gestanden und dem davonbrausenden Taxi nachgesehen und gedacht, dass Tony Weston alt genug war, um ihr Vater zu sein.

Und jetzt war sie hier und kam geradewegs auf sein Haus zu. Höchstwahrscheinlich würde sie in weniger als einer Minute an seiner Tür läuten, denn diese Frau in ihrer weißen Bluse und dem schmalen, knielangen blauen Rock war sichtlich für ein Bewerbungsgespräch gekleidet.

Das hieß, dass es sich bei ihr um Ellie Kendall handeln musste.

Zacks Mund wurde trocken. Emotionale Komplikationen waren das Letzte, das *Allerletzte*, was er in seinem Arbeitsleben gebrauchen konnte. Jeder wusste doch, dass es nichts als Probleme mit sich brachte, wenn man sich auf eine Affäre mit seiner Privatsekretärin einließ.

Wie sollte er mit dieser Situation umgehen?

11. Kapitel

Wer behauptet hatte, es bringe Glück, von einer Taube angeschissen zu werden, musste umnachtet gewesen sein. Als sie die Stufen zur Eingangstür hochstieg, fiel plötzlich ein weißer Klumpen in Ellies Sichtfeld und landete mit einem Platschen nur wenige Zentimeter von ihrem rechten Fuß entfernt. Sie nahm das als gutes Omen. Wenn man beinahe von einer Taube angeschissen wurde, durfte das doch ganz sicher als Glücksfall gelten.

Sie klingelte und wartete. Aufgrund der Fotos aus dem Internet wusste sie, was sie zu erwarten hatte, aber im wahren Leben war er viel größer, als sie gedacht hatte. Zweifelsohne imposant. Kein Wunder, dass Roo so begeistert reagiert hatte. Großartige Augen und umwerfende Wangenknochen. Hoffentlich besaß er auch Sinn für Humor. Vor allem, wenn Roo sich auf ihn stürzen sollte. Na gut, das würde nicht passieren, solange Niall noch aktuell war.

»Ellie, hallo, ich bin Zack.« Den Bruchteil einer Sekunde zögerte er, dann nahm er ihre Hand und schüttelte sie. »Schön, Sie endlich kennenzulernen. Kommen Sie herein.«

Also schön, jetzt musst du dich von deiner besten Seite zeigen. Sag ihm nicht, dass dir gerade beinahe eine Taube auf den Kopf geschissen hätte. Ellie umklammerte den Bügel ihrer Schultertasche und folgte ihm zu dem Büro im Erdgeschoss. Er trug Jeans und ein hellgraues T-Shirt. Roo hätte seinem Hintern sicherlich eine Bestnote geben. Ellie selbst war Männern gegenüber derzeit immun, aber blind war sie natürlich auch nicht.

»Ich habe meinen Lebenslauf mitgebracht.« Sie zog die Papiere aus ihrer Handtasche und reichte sie Zack. »Es gibt nicht viel, was ich über Büroarbeit nicht weiß. Meine Computerkenntnisse sind gut, ich tippe schnell. Sie dürfen mich gern testen. Und ich arbeite engagiert.«

»Das freut mich zu hören.« Zack schenkte ihr ein rasches Lächeln. In den nächsten zwanzig Minuten erläuterte er ihr, mit welchen Arbeiten sie zu rechnen hatte. Er diktierte ihr einen Brief, den sie tippte. Danach zeigte er ihr das Ablagesystem, das ziemlich einfach war. Er erkundigte sich nach ihren Erfahrungen im Brace House, und sie erzählte ihm, dass sie nach sechs Jahren bereit für eine Veränderung sei und sich eine Arbeitsstelle nahe ihrer Wohnung wünschte.

»Ach, darf ich noch etwas anmerken?« Ellie wusste, dass er ihr diese Frage nicht stellen durfte, aber sie hatte bemerkt, wie er auf ihren Ringfinger der linken Hand gestarrt hatte. »Ich bin nicht verheiratet.« Wenn ihr das half, diese Stelle zu bekommen, dann versicherte sie ihm gern, dass er sich in dieser Hinsicht keine Sorgen machen musste. »Ich habe auch nicht vor, Kinder zu bekommen. Das wird nicht passieren.«

»Gut.« Er wirkte erleichtert, musterte sie aber immer noch aufmerksam.

Sie zögerte, wog ihre Optionen ab. Nein, es war besser, ihm nicht von Jamie zu erzählen. Sie wollte ja gerade einen Neuanfang, wollte nicht länger anders behandelt werden als andere. *Andere, normale Menschen …*

»Ja, ich bin Single.« Nachdem Ellie das nun ausreichend bekräftigt hatte, wechselte sie das Thema. »Darf ich fragen, was aus der letzten Privatsekretärin wurde?«

Zack erzählte ihr von Christine. Er beendete seine Erzählung mit einem gutmütigen: »Es wäre also ein Pluspunkt, wenn Sie keinen pflegebedürftigen Ehemann zu Hause hätten.«

Da war nun *die* Gelegenheit, normal zu wirken. Ellie brachte ein fröhliches Lächeln zustande: »Nein, definitiv nicht!«

Er bot ihr eine Tasse Kaffee an und führte sie in die Küche, die ganz in Graugrün und Edelstahl gehalten war. Deckenhohe Fenster gingen auf einen kleinen, ummauerten Garten hinter dem Haus hinaus.

Da es draußen jedoch nicht warm genug war, stiegen sie die Treppe zum Wohnzimmer hoch, das in Rottönen und Taubengrau eingerichtet war. Es beruhigte sie, dass es hier Anzeichen des täglichen Lebens gab. Zeitungen waren unordentlich in einen Ständer gestopft, auf dem Couchtisch stand eine leere Coladose, und über einer der Stuhllehnen hing ein Jackett.

»Setzen Sie sich.« Zack zeigte auf das Sofa und setzte sich auf einen der Stühle gegenüber. Er war höflich, sogar charmant und hatte sie auf eine Tasse Kaffee in sein privates Reich eingeladen.

Dennoch blieb eine schwache, wenn auch deutlich wahrnehmbare Reserviertheit. Ellie fragte sich, ob sie den Job schon in der Tasche hatte? Oder hatte er sich noch nicht entschieden?

»Danke.« Sie konzentrierte sich darauf, ihren Kaffee nicht zu verschütten.

»Sie wohnen also in der Nevis Street. Sehr nett.«

»Ja, genau. Und da ich so nah wohne, heißt das, dass ich sehr flexibel arbeiten kann.« Es fiel ihr nicht leicht, sich anzupreisen, aber sie wollte diesen Job unbedingt.

»Hervorragend.« Nach kurzer Pause sagte Zack: »Teilen Sie sich die Wohnung mit einer Mitbewohnerin?«

»Äh, nein.«

»Oh.« Er zuckte die Schultern. »Ich wundere mich nur, weil die Hypothek auf eine Immobilie dort ziemlich hoch sein muss.«

»Ich habe keine Hypothek.« Ellie suchte nach Ausflüchten. Sein Einwand erwischte sie unvorbereitet. Solche Fragen waren ihr bei einem Bewerbungsgespräch noch nie gestellt worden.

»Dann wohnen Sie also zur Miete? Die Miete muss astronomisch sein. Schaffen Sie das mit dem Gehalt, das ich Ihnen anbieten kann?«

»Nun ja, ja-a.« Ellie spürte, wie sie angesichts dieses Verhörs rot wurde. Wenn sie ihm von Tony erzählte, würde das die Sache nur kompliziert machen, aber Zack starrte sie forschend an. »Die Sache ist die, ich habe die Wohnung auch nicht gemietet … ich … wohne da nur. Um die Miete wird sich … gekümmert.« Sie schluckte geräuschvoll. »Ein Freund erledigt das.«

Es folgte eine peinliche Stille. Sie spürte, wie ihr heiß wurde. Nach mehreren unangenehmen Sekunden nickte Zack und sagte: »Also gut.«

Was hatte er nur getan? Großer Gott, was hatte er sich dabei *gedacht*? Wie schon zuvor stand Zack am Fenster und sah zu, als Ellie Kendall das Haus verließ und die Ancram Street entlangging.

Er hatte gegen alle Regeln verstoßen, nach denen er je gelebt hatte. Er hatte Ellie Kendall den Job angeboten, und sie hatte begeistert angenommen. Wenn Barbara jetzt hier wäre, hätte sie ihm die Ohren langgezogen.

Aber er hatte einfach nicht anders gekonnt. Der Grund, warum er Frauen wie die herrische Barbara und Christine eingestellt hatte, war der, dass seine beiden ersten Privatsekretärinnen sich in ihn verliebt hatten. Und er konnte sehr gut ohne solche Komplikationen auskommen.

Der Unterschied war, dass dieses Mal *er* derjenige zu sein schien, der emotional verwickelt war. Außerdem lag es auf der Hand, dass Ellie mietfrei in einer Wohnung lebte, für die der Schauspieler Tony Weston zahlte, der alt genug war, um ihr Vater zu sein.

Zack sah, wie sie das Ende der Straße erreichte und kurz stehen blieb. Das orangefarbene Licht der Straßenlampe erhellte sie, dann bog sie nach links und verschwand aus seinem Blickfeld. Als er sie nicht mehr sehen konnte, schien es dunkler geworden zu sein. O Gott, das war doch verrückt. Er hätte ihr die Stelle niemals anbieten dürfen. Wenn er solche Gefühle für sie hegte, musste er jemand anderes engagieren und ihr erklären, warum es unvernünftig war, wenn sie für ihn arbeitete. Danach konnte er sie stattdessen zum Abendessen einladen.

Aber er konnte eine Frau nur dann anrufen und zum Abendessen einladen, wenn zuvor ein Funke übergesprungen war, der ihm die Existenz gegenseitiger Anziehung signalisierte.

Und aus genau diesem Grund war ihm das jetzt unmöglich. Zack schob die Hände in die hinteren Taschen seiner Jeans und wandte sich vom Fenster ab. Auf Ellie Kendalls Seite hatte es keinen Funken gegeben. Überhaupt keinen. Was bedeutete, wenn er sie anrief und einlud, würde sie ihm wahrscheinlich höflich absagen.

Was wiederum bedeutete, dass er sie niemals wiedersehen würde. Was … einfach unvorstellbar war. Offensichtlich derart unvorstellbar, dass er ihr stattdessen die Stelle angeboten hatte.

»Rate mal?«, fragte Roo zwei Tage später, als Ellie sich mit ihr nach der Arbeit im *Café Rouge* traf.

»Was?« Erwartete Roo ernsthaft, dass sie jetzt wild spekulieren würde? Ihrem Gesichtsausdruck zufolge war die Neuigkeit nicht gut.

»Wenn ein Mann zu gut klingt, um wahr zu sein … und zu gut *aussieht*, um wahr zu sein … dann ist die Wahrscheinlichkeit hoch, dass …«

»Zu gut, um wahr zu sein?« Einen Augenblick lang geriet Ellie in Panik. Sprach Roo von Zack McLaren? O Gott, und sie hatte ihre Stelle im Brace House schon gekündigt. Hatte Roo etwas über ihn herausgefunden, was sie ihr gleich erzählen würde? War er ein Krimineller, ein Terrorist, ein verurteilter Betrüger?

»Ganz genau. Kor-rekt.« Roo trank Rotwein und trug weiße Jeans, was angesichts ihres Erregungszustands keine kluge Wahl war. »Andererseits, warum überrascht es mich? Wir sprechen hier schließlich von meinem Leben.«

Roos Leben. Nicht ihres. Ellie stieß erleichtert die Luft aus. »Hat es mit der Arbeit zu tun?« Roos Vorstellung von Arbeit beinhaltete Treffen mit anderen Songschreibern, bei denen sie sich stundenlang Textzeilen vorsangen und Akkorde zupften und dann beschlossen, dass es kein guter Tag für die Musik sei, und stattdessen in einen Pub gingen.

»Nein, es hat mehr damit zu tun, dass mein Freund verheiratet ist.«

»Niall?« O Gott, sie war doch ganz verrückt nach ihm. Schockiert meinte Ellie: »Bist du sicher?«

Roo drehte die silbernen Armreifen an ihrem Handgelenk. »Ziemlich sicher, ja. Wenn man bedenkt, dass er es mir selbst gesagt hat.«

»Aber sie leben getrennt? Und er lässt sich scheiden?« Das wär doch okay, oder nicht?

»Nein.« Roo schüttelte den Kopf. »Sie sind immer noch zusammen.« Nervös klimperte sie weiter mit den Armreifen, die Niall ihr erst vor einer Woche gekauft hatte.

»O nein, dieser Mistkerl.« Ellie war voller Mitgefühl. »Das ist meiner Kollegin Sally vor ein paar Jahren auch passiert. Allerdings hat sie es herausgefunden, weil die Ehefrau eines Nachts vor ihrer Tür stand. Sie war am Boden zerstört. Es war schrecklich. Warum glauben Männer eigentlich immer, sie könnten mit so was durchkommen?«

»Weil sie Männer sind.« Roo nahm noch einen großen Schluck Wein.

»Tja, sein Pech. Du bist ohne ihn besser dran«, meinte Ellie tröstend. »So einen Mist brauchst du nicht. Vertrau mir, du findest jemanden, der tausendmal netter ist. Was für eine schleimige Kröte. Gut, dass du den Penner los bist.«

Roo zuckte zusammen. »Sag so was nicht!«

»Und wie ich das sage! Er ist ein Dreckskerl, und du kannst von Glück sagen, ihn los zu sein!«

»Du kennst ihn doch gar nicht persönlich.«

»Und darüber bin ich froh! Komm schon.« Ellie beugte sich über die Tischplatte und drückte Roos Arm. »Dir geht es bald wieder besser. Da draußen laufen haufenweise phantastische Männer herum, die nur darauf warten, dich kennenzulernen. Reizende Männer, die nicht lügen, die nicht verheiratet sind ...

oh, ich weiß sogar schon einen. Dir hat Zack McLaren doch so gefallen, oder nicht? Wenn ich nächste Woche bei ihm anfange, finde ich heraus, ob er Single ist, und falls ja …«

Roo zuckte zusammen, als ihr Handy plötzlich klingelte. Sie riss es vom Tisch, presste es an ihr Ohr und flüsterte: »Ja? Ja. Nein. Nein. Ich weiß. Ja, ich auch. Ist gut. Okay. Ja. Bye.«

Der verstohlene Blick in Roos Gesicht ließ Ellie ahnen, wer eben angerufen hatte. »Das war Niall, nicht wahr?«

»Ja.«

»Und?«

»Nichts.«

»Was wollte er?«

»Nur … fragen, wie es mir geht.« In die Verstohlenheit mischte sich nun Trotz.

»Das war alles?«

»So ziemlich.« Verstohlenheit und Trotz mit einer Prise Schuldbewusstsein. Roo nahm noch einen Schluck Wein und starrte in ihr Glas.

»Du sprichst also noch mit ihm.«

»Hat ganz den Anschein.«

»Triffst du dich noch mit ihm?«

»Vielleicht.« Pause. »Ja.«

»O Gott.« Ellie schüttelte den Kopf. »Warum?«

»Schau mich nicht so an«, klagte Roo. »Ich liebe ihn!«

Darum hatte es Roo also nicht gefallen, als sie Niall eine schleimige Kröte genannt hatte. Ellie staunte über die Macht, die er über sie hatte. »Aber er ist *verheiratet*.«

»Aber nicht glücklich.«

»Dennoch verheiratet.«

»Das ist nicht seine Schuld.« Roo eilte zu seiner Verteidigung. »Sie hat ihn in eine Falle gelockt.«

Ellie sah sie fest an. »Sprichst du von einer großen Menschenfalle?«

»Schlimmer!«

»Dann willst du mir also sagen, dass sie Kinder haben.«

Zwei rote Flecken tauchten auf Roos Wangen auf. »Nur eines. Nur ein Kind. Hör zu, er ist kein schlechter Mensch«, flehte sie. »Er versucht nur, das Richtige zu tun. Er wollte mit ihr Schluss machen, als sie ihm sagte, sie sei schwanger. Er hätte sie einfach sitzenlassen können, aber das hat er nicht getan. Er blieb dem Kind zuliebe. Aber sie ist ein Albtraum. Sie macht ihm das Leben zur Hölle ...«

»Das Baby?«

»Nein! Seine Frau! Yasmin.« Roo schürzte die Lippen. »So heißt sie. Klingt ziemlich ... prinzessinnenhaft, nicht? Sie ist voll das Miststück, du hast ja keine Ahnung. Echt, er hat alles versucht, damit die Ehe funktioniert, aber es war unmöglich.«

»Dann wird er sie also verlassen?«

»Ja, natürlich wird er das.«

»Wann?«

»Bald.«

»Warum verlässt er sie nicht jetzt sofort?«

»Das kann er nicht, das Kind ist doch noch so klein. Er muss durchhalten, bis es ein Jahr alt ist. Sonst sieht das nicht gut aus.« Roo hielt kurz inne. »Du billigst das nicht, oder? Aber du hast kein Recht zu nörgeln.«

»Wenn es schiefgeht, darf ich dann sagen, ich hab's dir ja gleich gesagt?«

»Es wird nicht schiefgehen. Er ist wundervoll. Ich habe *Jahre* darauf gewartet, so glücklich zu sein!«

»Aber ...«

»O bitte, sag nichts«, flehte Roo. »Wenn du Niall kennenlernst, wirst du es verstehen. Ich *liebe* ihn.« Sie presste die Hand auf die Brust. »Und es ist nicht meine Schuld, dass er verheiratet ist.«

12. Kapitel

Ellie hatte herausgefunden, wie man mürrische Londoner zum Reden brachte. Man musste nichts weiter tun, als einen gewaltigen, in Zellophan gehüllten Blumenstrauß von der Arbeit nach Hause tragen.

»Sind die für mich, Schätzchen?«, erkundigte sich der Zeitungsmann vor dem Brace House, als sie das Gebäude an ihrem letzten Arbeitstag verließ.

»O danke, aber das wäre doch nicht nötig gewesen!«, rief ein Taxifahrer aus dem Fenster seines Wagens.

»Wie schön, das sind meine Lieblingsblumen«, erklärte ein Mitarbeiter der U-Bahn.

»Woher wussten Sie, dass heute mein Geburtstag ist?«, strahlte eine Fremde auf der Straße.

Es war, als ob man in einer Mary-Poppins-Welt lebte, und ihre letzte Pendlerfahrt wurde so zu einer fröhlichen Angelegenheit. Man sollte es vielleicht zu einer Regel machen, dass Leute Blumen bei sich trugen. Schließlich erreichte Ellie die Nevis Street und ging in die Wohnung. Tony war bereits da; sie konnte sein Acqua di Parma Eau de Cologne riechen.

Er trat in den Flur, um zu sie begrüßen. »Hallo, Süße, sind die für mich? Das wäre doch nicht nötig gewesen.« Entzückt über seinen eigenen Scherz, nahm er ihr den Blumenstrauß ab und umarmte sie herzlich. »Du siehst gut aus.«

»Du auch.«

Tony war für ein paar Tage in der Stadt, um sich mit Produzenten zu treffen und Interviews zu geben. Es war schön, ihn wiederzusehen.

»Schon eingelebt?«

»Absolut. Ich liebe es hier. Und am Montag fange ich meinen neuen Job an.«

»Großartig. Wie war deine Abschiedsparty im Büro?«

Ellie wickelte die Blumen aus. »Emotional. Paula hat geheult wie ein Schlosshund. Alle waren besorgt, ob ich ohne sie zurechtkommen werde. Ich hatte fast Schuldgefühle, weil ich gekündigt habe und mich auf die neue Stelle freue. Zack, mein neuer Chef, weiß nichts von Jamie, und ich will es ihm auch nicht sagen.« Ellie hatte Tony das bereits am Telefon erzählt, aber es schadete nicht, das noch einmal zu wiederholen.

»Soll mir recht sein.« Tony nickte. »Schau nicht so besorgt. Tu einfach, was sich für dich gut anfühlt.«

Er machte Kaffee, während sie die Blumen in einer Vase arrangierte. Bevor er zu seinem Treffen mit den Produzenten ging, erzählte er ihr von dem Projekt. »Sie preisen es als eine Mischung aus *Bube, Dame, König, As* und *Tatsächlich ... Liebe* an. Sie wollen, dass ich einen liebenswerten Gangster spiele, der einen Line Dance Club führt, Chihuahuas als Schoßhunde hält und Leute, die ihn nerven, erschießen lässt.«

»Ich würde mir so was gern im Kino ansehen.« Ellie schnitt ein paar Zentimeter vom Stiel einer gelben Gerbera ab. »Wirst du es machen?«

»Vielleicht. Wir würden in London, Cardiff und Reykjavik drehen. Ich muss mal sehen.« Er gab Zucker in seinen Kaffee und rührte um. »Übrigens, ich hab neulich eine E-Mail von Todd bekommen. Er wohnt jetzt wieder hier.«

Ellie konzentrierte sich auf die Blumen. »Ich weiß. Mir hat er auch gemailt.«

»Hast du dich mal mit ihm getroffen?«

»Nein.«

»Warum nicht?«

»Keine Ahnung.« Ellie zuckte mit den Schultern und kürzte noch einen Stiel.

»Hasst du ihn?«

»Natürlich hasse ich ihn nicht.«

Tony lenkte ein. »Ist ja gut, ich will dich nicht unter Druck setzen. Ich frage ja nur. Wann lerne ich denn deine neue Freundin kennen? Die von gegenüber?«

»Sobald sie sich von ihrem Freund losreißen kann. Oder er anderweitig beschäftigt ist …« Sie konnte ihre Missbilligung nicht ganz verbergen. »Mit seiner Frau und seinem Baby.«

»Ach herrje.«

Verdammt, was hatte sie da nur gesagt? Ellie biss sich auf die Zunge. Es war allgemein bekannt, dass Tony Jamies Mutter nicht treu gewesen war. Hastig fügte sie hinzu: »Roo hatte bisher nicht viel Glück mit Männern. Ich will nicht, dass man ihr weh tut.«

»Wie ist er denn so?«

»Keine Ahnung. Phantastisch, behauptet Roo. Aber wer weiß? Liebe macht schließlich blind.« Es klingelte, und Ellie spürte eine Welle der Erleichterung. »Na also, das wird dein Wagen sein.«

Am Samstag stieg Ellie um die Mittagszeit in die U-Bahn nach Camden und schlenderte auf dem Parkway in der Sonne. Bevor sich Tony an diesem Morgen auf den Weg zu seinem Schneider gemacht hatte, hatte er noch verkündet, dass er im *York and Albany* einen Tisch reserviert hatte. Für 13 Uhr.

Als sie protestiert hatte, das sei doch nicht nötig, sie könne doch etwas zu essen machen, hatte er nur den Kopf geschüttelt.

»Wenn ich in einem Hotel wohnen würde, dann hätten wir uns in einem netten Lokal zum Essen getroffen, nicht wahr? Das wollen wir beibehalten.« Mit unbewegter Miene hatte er noch hinzugefügt: »Nicht, dass deine Rühreier auf Toast nicht ausgezeichnet wären.«

Da hatte er nicht unrecht. Tony genoss gutes Essen, und sie hatten sich beide immer auf gemeinsame Restaurantbesuche gefreut. Als Ellie im *York and Albany* eintraf, knurrte ihr der

Magen. Sie war zehn Minuten zu früh, aber vielleicht war Tony ja schon da.

Als sie ihn nicht sah, ging sie nach unten auf die Damentoilette, zupfte eine Weile an ihrer Frisur herum und erneuerte ihren Lipgloss. Zurück im Erdgeschoss, sah sie Todd an dem Tisch vor dem Fenster. Ihre Kopfhaut prickelte, und ihr Mund wurde trocken. O Gott, nein. In diesem Moment wendete Todd seinen Kopf, um zu sehen, wessen Schritte so abrupt angehalten hatten.

Angesichts seines Gesichtsausdrucks war klar, dass auch er nicht Bescheid gewusst hatte. Er war ebenso geschockt wie sie. Er sah älter aus, erwachsener. Und er trug ein dunkelgrünes Hemd und eine marineblaue Hose, was nicht gut harmonierte.

Ellie sammelte sich, ließ das Geländer der Treppe los und ging auf ihn zu. »Hallo, Todd.« Sah sie ebenfalls älter aus?

»Hallo, Ellie.« Unbeholfen stand er auf. »Was für ein Zufall, dich hier zu treffen.«

»Ich gehe davon aus, dass es kein Zufall ist. Tony hat mich zum Mittagessen eingeladen.«

Todd wirkte unbeholfen, ob er sie zur Begrüßung umarmen sollte. »Mich hat er auch eingeladen.«

Typisch Tony, er nahm die Dinge gern selbst in die Hand. Ellie nahm ihr Handy aus der Tasche und wählte seine Nummer.

»Hallo, Süße. Ist er schon da?«

»Ja. Wirst du dich uns anschließen?«

»Ellie, iss einfach mit ihm zu Mittag. Wirst du das für mich tun? Und mach dir keine Gedanken um die Rechnung.« Tony klang beruhigend. »Ich werde mich um alles kümmern.«

»Das wirst du noch bedauern«, drohte Ellie. »Ich werde den teuersten Wein auf der Getränkekarte bestellen.« Sie beendete das Telefonat und sah Todd an. »Er kommt nicht.«

Todd sah sie vorsichtig an. »Und was passiert jetzt?«

»Keine Ahnung.« Ellie schloss für eine Sekunde lang die Augen. Sie hasste es, so hereingelegt zu werden. Sie wollte sich nicht in dieser Situation mit Todd befinden. Die Situation auf der Beerdigung war schlimm genug gewesen, und sie hatte sich nichts anderes gewünscht, als die Kirche zu verlassen und zu laufen und immer weiter zu laufen. Damals war das nicht gegangen, heute schon. Wenn sie wirklich wollte, könnte sie einfach aus dem Lokal spazieren …

»Was ist das für ein Lärm?« Todd schaute ungläubig. »Ist das etwa dein Magen?«

Blöder Magen. Er knurrte so laut wie ein Zementmixer. Ellie hatte absichtlich nicht gefrühstückt. »Ich glaube, ich sollte mal nach Hause.«

»Was hat Tony am Telefon gesagt?«

»Er will, dass ich mit dir zu Mittag esse.«

»Und warum willst du das nicht?«, erkundigte sich Todd mit fester Stimme.

Ellies Zehennägel rollten sich auf. »Ich … es ist einfach so …«

»Guten Tag!« Der Oberkellner näherte sich ihnen lächelnd. »Ihr Tisch ist jetzt bereit. Wenn Sie mir folgen würden …«

Todd hob die Hand. »Moment bitte, unsere Pläne haben sich möglicherweise geändert.«

Na schön, das war jetzt albern. Todd sah sie an. Der Oberkellner wartete. Das Paar neben der Bar sah zu und lauschte …

Knurrrr.

Um Himmels willen, hatte das Paar das etwa auch gehört? Hatte es jedermann im Restaurant gehört?

»Na gut.« Ellie presste die Hand auf ihren knurrenden Magen, um ihn zum Schweigen zu bringen. »Lass uns etwas essen.«

Zunächst konzentrierte sie sich auf die Speisekarte. Als Ellie die Karte schon beinahe auswendig kannte und es keine Sekunde länger mehr aushielt, sagte sie seufzend: »Es tut mir leid.«

»Ist schon in Ordnung.« Todd senkte seine Speisekarte. »Was tut dir leid?«

»Du weißt schon. Alles.« Ein dicker Klumpen bildete sich in

ihrem Hals, und sie starrte auf das Besteck. »Das heute. Die E-Mails. Dass ich dich nicht sehen wollte. Einfach alles.«

»Weißt du, warum du solche Gefühle hast?«

»Weil ich ein schrecklicher Mensch bin.«

Er schüttelte den Kopf. »Komm schon, das bist du nicht.«

»Doch, bin ich.« Der Klumpen in ihrem Hals wurde größer.

Eine hübsche Kellnerin trat an ihren Tisch und wollte die Bestellung aufnehmen. Ellie stieß ihren Stuhl nach hinten und rief im Aufstehen: »Ich nehme die Ententerrine und das Risotto. Bin gleich wieder da ...«

Sie eilte zum zweiten Mal die Treppe zur Damentoilette hinunter, schloss sich in eine Kabine ein und weinte lautlos, bis die andere Frau die Toilette verließ und Ellie unbemerkt mehrmals laut schluchzen konnte. Ihr Schniefen war würdelos und geräuschintensiv und dauerte eine ganze Weile, aber sie konnte es nicht stoppen. Es musste einfach raus, wie der Wutanfall eines Kleinkindes.

Zu guter Letzt warf Ellie einen Blick auf ihr Spiegelbild und zuckte zusammen. Großer Gott, wie sie aussah! Geschwollene Augen und fleckige Wangen, ganz wie vor gut einem Jahr. Sie hatte seit Monaten nicht mehr so ausgesehen. Sie wühlte in ihrer Handtasche und fand ihre Puderdose sowie ihren Lipgloss.

Na ja, immer noch ein wenig furchteinflößend, aber das musste reichen. Hätte sie doch ihre Wimperntusche eingepackt!

»Du musst nichts sagen.« Ellie setzte sich wieder zu Todd an den Tisch. »Ich weiß.«

»Tut mir leid.« Es schien ihm peinlich zu sein.

»Muss es nicht. Jedenfalls fühle ich mich jetzt besser. Hast du schon bestellt?«

Todd nickte.

Sie sah sich im Restaurant um, bemerkte einige Blicke, die sich hastig abwandten. »Die Leute starren nicht grade unauffällig. Ich wette, sie versuchen herauszufinden, was hier vor sich geht.«

Er brachte ein Lächeln zustande.

Ellie trank etwas Wasser. Es half alles nichts, sie musste es aussprechen. »Darf ich dir sagen, warum ich ein schrecklicher Mensch bin?«

»Lass mich raten. Jamie ist tot, und ich bin noch da. Wenn schon einer von uns sterben musste, dann hätte ich es sein sollen.«

O Gott. Er wusste es.

»Ja.« Beschämt nickte sie. Unter dem Tisch presste sie die Knie aneinander.

»Ell, glaubst du etwa, ich wusste nicht, was du denkst?«

»Tut mir leid. Ich wollte es nicht denken, aber ich konnte nicht anders.« Sie fühlte sich wie ein ausgewrungenes Handtuch.

»Und ich fühle mich schuldig, weil ich noch am Leben bin. Warum habe ich überlebt? Das ist kein schönes Gefühl«, sagte Todd. »Ich weiß, ich war nicht besser als Jamie. Ich verdiene es nicht, derjenige zu sein, der gerettet wurde. Warum ich? Ich habe mir diese Frage tausendmal gestellt.« Seine Augen waren voller Schmerz. »Die Sache ist die, ich habe keine Antwort darauf. Darum gehen die Schuldgefühle auch nie ganz weg. Mein bester Freund lebt nicht mehr, und ich vermisse ihn so sehr … und ich frage mich immer noch, was passiert wäre, wenn ich an diesem Abend zu spät gekommen oder wenn ich einmal um den Block gelaufen wäre, wie Jamie es wollte. Vielleicht wäre der Unfall dann nie passiert.«

Jetzt schwappte über Ellie eine Welle an Schuldgefühlen hinweg. Sie griff über den Tisch und nahm seine Hand. »O Todd, ich vermisse ihn auch. Aber es war nicht deine Schuld.« Sie drückte seine Hand, um ihm zu zeigen, dass sie es ernst meinte, und sah, wie sich Erleichterung auf seinem Gesicht breitmachte. »Das war es ehrlich nicht. Und von jetzt an benehme ich mich auch nicht länger wie eine Kuh, versprochen.«

Der erste Gang kam, und die Atmosphäre entspannte sich. Jetzt, da sie ihm gebeichtet hatte, dass sie sich ihn tot wünschte, war die Spannung zwischen ihnen auf wundersame Weise wie weggeblasen. Das Essen war köstlich, aber sie hatten sich viel zu viel zu erzählen, um angemessen darauf zu achten. Todd berichtete von Massachusetts und demonstrierte ihr seinen Bostoner Akzent, was sich nach einer Melange aus Loyd Grossman und Dick Van Dyke anhörte. Obwohl die Arbeit dort spannend gewesen war, hatte er sich nur nach Amerika versetzen lassen, um seiner Trauer zu entkommen. Doch die Flucht hatte nicht funktioniert, und nun war er wieder hier, bereit, sein Leben in London fortzusetzen – dieses Mal allerdings ohne Jamie.

Dann war Ellie an der Reihe. Sie erzählte ihm von Tonys Schock, als er die Wohnung in Hammersmith gesehen hatte, und von seiner Entscheidung, eine Immobilie in der Nevis Street zu kaufen. »Ich habe Schuldgefühle, dass ich in einer derart schönen Wohnung leben darf, nur weil Jamie gestorben ist.« Das hatte sie noch nie zuvor jemandem anvertraut. So mussten sich Menschen fühlen, denen eine Lebensversicherung für einen toten Angehörigen ausgezahlt wurde, und die erschreckt feststellten, dass sie sich nun einen Luxusurlaub leisten konnten.

»Tony wollte das für dich tun. Ich wette, er fühlt sich jetzt besser«, meinte Todd.

Möglicherweise. Im Grunde wusste sie, dass es natürlich so war. Der Hauptgang wurde serviert, und Ellie beschrieb, warum sie sich im Brace House gefangen gefühlt hatte. »Die Leute waren netter zu mir, als ich das verdiente. Ich fühlte mich nie normal. Es war, als hätte jemand WITWE auf meine Stirn geschrieben. Aber ab dem kommenden Montag beginnt mein Neuanfang. Ich habe eine neue Stelle und einen neuen Chef.«

Sie aßen weiter und unterhielten sich. Ellie erzählte Todd von Roo. Er wiederum erzählte von Erlebnissen in den Vereinigten Staaten, wenn es aufgrund des unterschiedlichen Gebrauchs der englischen Sprache zu Missverständnissen kam. Die Kellnerin schenkte ihnen Wein nach.

»Sehe ich älter aus?« Ellie beugte sich vor und hob das Kinn, damit er sie besser sehen konnte.

»Nein.« Todd lächelte. »Du siehst noch genauso aus wie früher. Warum?«

»Weil du älter aussiehst. Sorry.« Sie schnitt eine Grimasse. »Vielleicht liegt es am Haarschnitt. Du siehst … irgendwie erwachsener aus.«

»Ich *bin* erwachsener. Ich bin reifer. Ich schaue nicht einmal mehr *SpongeBob* an.«

Ermutigt von seinem Humor, meinte Ellie neckend: »Was machen die Frauen in Boston? Hast du jemand Nettes kennengelernt? Eine, die so geistig verwirrt war, um mit dir auszugehen?«

»Ganz ehrlich? Ich kann mich nicht beschweren.« Todd verzog das Gesicht. »Offenbar liegt es am britischen Akzent. Die sind dort ganz verrückt danach. Sie halten uns alle für ungeheuer vornehm.«

»Du willst mir damit also sagen, dass du mit Angeboten förmlich überhäuft wurdest?« Natürlich. Todd war ein exzellenter Typ. Welche Frau würde sich nicht von ihm angezogen fühlen. Sein gewinnendes Lächeln und die heitere Art waren umwerfend.

»Mit Angeboten, jawohl.« Er nickte zögerlich.

»Was soll das heißen?«

»Du willst die Wahrheit wissen? Na gut, ich bin mit einer Frau ausgegangen. Ein paar Wochen lang. Sie war … nett. Mit ihr war alles in Ordnung, aber ich konnte mich einfach nicht binden. Weil ich mich schuldig fühlte. Es fühlte sich so unfair an, dass ich all das noch machen konnte, Jamie aber nicht lebte.« Todd zuckte mit den Schultern und sagte schlicht: »Also habe ich damit aufgehört.«

»Damit?«

»Richtig.«

»Du sprichst von Sex?«

»Stimmt haargenau.«

»Wie bitte? Hast du es nicht einmal probiert?«

»Ich wollte nicht.«

»Und wie kam die Frau damit zurecht?«

»Sie war am Boden zerstört, dachte, es läge an ihr. Als ich ihr von Jamie erzählte, glaubte sie, ich sei schwul.« Todd nahm einen Schluck. »Also musste ich ihr erklären, dass ich das nicht bin. Und in den meisten Frauen weckte das eine Art Kampfgeist. Sie stritten darum, mich zu verführen. Je mehr sie es versuchten, desto mehr zog ich mich in mein Schneckenhaus zurück. Echt schräg.« Er schüttelte den Kopf. »Ich war noch nie so beliebt. Ich wette, Jamie da oben hat sich kringelig gelacht.«

Wie hatte sie Todd nur so lange aus ihrem Leben ausschließen können? Er hatte Jamie ebenso geliebt wie sie. »Die Wette hast du sicher gewonnen.«

Er beugte sich zu ihr und senkte die Stimme. »Sprichst du manchmal mit ihm?«

Ellies Magen schlug einen Purzelbaum. Sie nickte. »Ja.«

»Ich auch.«

Sie legte die Gabel aus der Hand. »Antwortet er dir?«

»Nein.« Todd wirkte amüsiert. Offensichtlich war ihm diese Idee nie gekommen. »Wie sollte er? Er ist tot.«

»Sprecht ihr noch mit mir?« Tony begrüßte sie, als sie in die Wohnung traten.

»Du hast genau das Richtige getan.« Ellie umarmte ihn. »Danke.«

Er tätschelte ihre Schulter. »Ich bin froh, dass es funktioniert hat. Nennt mich einfach ›den alten Magier‹. Todd, komm her. Schön, dich wiederzusehen.«

Ellie ließ die beiden allein und ging in die Küche, um Wasser aufzusetzen. Als die Männer sich ihr anschlossen, sagte sie: »Du bist eher eine gute Fee für mich. Wie du meine Probleme löst, ist wirklich unglaublich.«

»Nutze es aus, so gut du kannst, ich bin nur noch bis Mittwoch hier.« Tony schnappte sich einen Plätzchen aus der Keksdose. »Ach ja, dein neuer Chef hat vorhin angerufen. Du möchtest ihn bitte zurückrufen.«

Ellie brühte Kaffee auf, dann rief sie Zack an.

»Hallo, ich wollte Ihnen nur mitteilen, dass ich am Montagmorgen einen Frühstückstermin im *Savoy* habe. Sie brauchen also nicht um neun zu kommen, zehn Uhr reicht auch. Bis dahin bin ich auf jeden Fall zurück.«

»Prima, danke.« Solche Neuigkeiten hörte sie gern.

Zack räusperte sich. »Wen hatte ich eigentlich vorhin am Apparat?«

Ellie zögerte. Warum interessierte ihn das? Wo es doch immer hieß, Frauen seien so neugierig. Egal, er konnte Tonys Stimme unmöglich erkannt haben, so unverwechselbar war sie nicht. Unbekümmert erwiderte sie: »Meinen Freund. Also gut, um zehn Uhr am Montag. Sollte ich noch etwas wissen?«

»Nicht, dass ich wüsste.« Einen Moment lang klang es, als wolle er noch etwas sagen, aber das tat er nicht. »Gut, dann genießen Sie den Rest Ihres Wochenendes«, meinte Zack abrupt. »Wir sehen uns.«

13. Kapitel

Es war Montagnachmittag, ein lauer Sommertag, und das Leben in Primrose Hill spielte sich im Freien ab.

Nun ja, nicht das gesamte menschliche Leben. Aber genug, um stundenlang zusehen zu können. Nach einem Morgen mit Presseterminen genoss es Tony, seiner Stimme eine Pause zu gönnen. Von seinem Platz auf der nach Süden gehenden Bank hatte er einen ungehinderten Blick auf die wahrscheinlich spektakulärste Aussicht von ganz London. Die Sonne brannte vom fast wolkenlosen Himmel. Es gab massenweise Menschen, die ihre Hunde ausführten, und Eltern mit kleinen Kindern, die im Gras spielten. Eine Gruppe Erwachsener praktizierte Tai-Chi. Sonnenhungrige, die nur das Notwendigste trugen, lagen auf den Wiesen und sogen die Strahlen gierig auf. Kleinkinder schleckten ihr Eis am Stiel und inspizierten Gänseblümchen; Teenager spielten Fußball; ein Großvater versuchte seinem Enkel beizubringen, wie man einen Drachen steigen ließ.

Enkelkinder, dachte Tony und wurde von einer Welle neuer Trauer überwältigt. Er sah zu, wie sich der Mann vergeblich mit dem Drachen in der windstillen Luft abmühte.

Nicht darüber nachdenken.

Ein Inlineskater fuhr vorbei, der einen Labrador an einer Leine hinter sich herzog. Auf einer Bank weiter hügelabwärts fütterte ein alter Mann die Vögel mit Samenkörnern aus einer Tüte. Mit geradem Rücken und hochkonzentriert saß eine Frau vor einer Staffelei und malte die Aussicht. Ihre Haare waren sehr kurz, ihre Haut war kaffeebraun, und sie trug ein langes, geranienrotes Baumwollkleid, das einen üppig gerundeten Körper bedeckte. Tony sah zu, wie ihr Pinsel souverän über die Leinwand fuhr. Ihr nackter Arm schien beinahe zu tanzen, während sie dem Himmel mehr Farbe verlieh. Wenn sie zufrieden lächelte, lächelte er unwillkürlich mit, weil das Vergnügen, das sie beim Malen empfand, ansteckend war. Aus zwölf Metern Entfernung konnte er nicht ganz sicher sein, aber er glaubte, dass sie leise vor sich hin summte.

Hinter ihr kam eine sehr junge Frau mit einem Kinderwagen den Hügel hinauf. Mit einem Bein schoss sie einem Jungen im Vorschulalter einen Ball zu. Das Baby im Kinderwagen weinte, und der kleine Junge lief voraus.

»Kick mir den Ball zu! Kick mir den Ball zu!«, rief er.

Abgelenkt, wie sie war, schaffte es das Mädchen im Teenageralter nur etwas ungelenk, den Ball zu dem Jungen zu schießen. Er trat wild danach, und der Ball segelte durch die Luft. Das Teenagermädchen hatte sich bereits dem Baby zugewandt. Im Bruchteil einer Sekunde wurde Tony klar, was als Nächstes passieren würde … und mit einem lauten *Plopp* traf der Ball die Frau im roten Kleid.

Sogar aus seiner Entfernung sah Tony, wie der Pinsel aus der Hand der Frau geschleudert wurde und platschend gegen die Leinwand prallte. Dem Jungen wurde klar, dass er jetzt Schwierigkeiten bekommen würde. Abrupt blieb er stehen und schaute ängstlich.

Aber als die Frau sich umdrehte, um zu sehen, wer der Schuldige war, zauberte sie ein wundervolles Lächeln hervor und bückte sich nach dem Ball. Sie winkte den Jungen zu sich und legte dann die Hand auf seine Schulter, während sie über das Gemälde sprachen. Innerhalb weniger Sekunden kicherte der Junge und sah bewundernd zu ihr auf.

Während Tony die beiden beobachtete, schob sich eine graue Wolke vor die Sonne, und die Temperatur sackte ab. Zwei Minuten später fielen die ersten Tropfen. Das Teenagermädchen rief den Jungen zu sich, und der Kleine lief mit seinem Ball zu ihr. Er blieb noch einmal kurz stehen, um der Frau in Rot zuzuwinken, dann verschwand er hinter der Hügelkuppe. Die Frau winkte und rief: »Leb wohl, Kleiner.«

Der Regen wurde stärker. Die Frau hatte die Staffelei bereits abgebaut und das Gemälde umgedreht, um es vor dem Regen zu schützen. Aber sie packte nicht zusammen und lief auch nicht davon, um sich irgendwo unterzustellen. Tony stand auf und suchte Schutz unter einer Eiche. Als er an ihr vorbeikam, fragte er: »Kann ich Ihnen mit Ihren Sachen behilflich sein?«

»Danke, nein, ist schon gut. Der Regen wird nicht lange anhalten.«

Ihre Stimme war wundervoll, samtig und melodisch.

Tony sagte: »Sie werden nass.«

Ihr Lächeln wurde breiter, ließ ihr Gesicht erstrahlen. Sie fuhr sich mit der Hand über den nackten Arm und erwiderte unbekümmert: »Keine Sorge, ich bin wasserfest.«

Sie sollte recht behalten. Keine fünf Minuten später war die Wolke verschwunden, der Regen hörte auf, und die Sonne kam wieder hervor. Alle, die Schutz gesucht hatten, kehrten auf den Hügel zurück. Kaum hatte die Frau ihre Staffelei wieder aufgebaut und den Deckel ihres Farbkastens geöffnet, ging Tony zu ihr.

Aus der Nähe sah er glitzernde Wassertropfen in ihrem kurzgeschnittenen Haar. Er vermutete, dass sie Ende vierzig war, aber ihr afrokaribischer Knochenbau und ihre faltenlose Haut machten es schwer, ihr genaues Alter zu schätzen. Sie trug kein Makeup. Ihre Augen hatten die erstaunliche Farbe von hellbraunem Ahornsirup.

Ihre Aufmerksamkeit war ganz auf das Gemälde vor ihr gerichtet. Genauer gesagt, auf den roten Fleck, der dank des Fußballs unabsichtlich entstanden war.

Der Rest des Bildes war eine wahre Augenweide. Schwungvoll und mit viel Stil ausgeführt, zeigte es nicht nur einen Panoramablick von London, sondern erzählte auch die Geschichten der Leute auf dem Hügel. Tony lächelte, entdeckte die älteren Tai-Chi-Enthusiasten, den Jogger und den Inlineskater mit dem hechelnden Labrador. Die beiden stießen zusammen, weil sich die Leine des Hundes um einen der Laternenpfosten entlang des Weges gewickelt hatte.

»Hat er es ruiniert?«

»Der kleine Junge? Der Arme, er wäre beinahe in Tränen ausgebrochen.« Die Frau schüttelte den Kopf. »Ich habe ihm gesagt, dass es völlig egal ist. Womöglich ist das Bild jetzt sogar besser.«

Sie zückte einen Bleistift und zeichnete rasch etwas um den Fleck herum. Dann lehnte sie sich zurück. »Na bitte, sehen Sie? Wie finden Sie das?«

Tony beugte sich vor. Unten links im Bild hatte sich eine rubeneske Dame materialisiert, die vor einer Staffelei saß. Sie schaute verärgert auf ihr eigenes Bild, das jetzt einen roten Fleck hatte, während über ihrem Kopf eine schuldbewusst dreinschauende Möwe flog, die einen umgedrehten Farbtopf im Schnabel hielt.

»Genial.« Das Gemälde hatte etwas an sich, das einen unwillkürlich faszinierte. Hingerissen sagte Tony: »Verkaufen Sie Ihre Arbeiten auch?«

»Manchmal. Warum? Hätten Sie Interesse?«

»Vielleicht. Ich mag Bilder, die eine Geschichte erzählen. Wie viel wollen Sie dafür?«

»150 Pfund.«

Tony nickte. »Ich möchte es gern kaufen.«

»Ehrlich? Wie nett von Ihnen.« Sie lächelte. »In diesem Fall müssen Sie es nicht kaufen. Sie dürfen das Bild so haben.«

»Wie meinen Sie das?« Er war verwirrt.

»Haben Sie jemals ein Geschenk erhalten, das Sie nicht mochten?«

Tony zögerte. »Ja.«

»Ein schreckliches Gefühl, nicht wahr? Aber haben Sie jemals etwas geschenkt, wovon Sie sicher wussten, dass der andere absolut begeistert davon sein würde?«

»Nun ja … ja.« Er nickte.

»Fühlt sich das nicht großartig an?«

»Es gibt kein schöneres Gefühl.«

Endlich drehte sie sich zu ihm um. Ihre goldenen Augen tanzten. »Aus diesem Grund freut es mich, Ihnen mein Bild zu schenken. Wenn es Ihnen so sehr gefällt, dass Sie dafür bezahlen wollen, dann gehört es Ihnen. Geht aufs Haus. Ein kleines Geschenk von mir an Sie. Natürlich erst, wenn es fertig ist.«

Als sie ihn ansah, war in ihrem Blick kein Aufflackern des Erkennens zu entdecken. Durch jahrelange Übung wusste Tony, wann die Leute nur so taten, als würden sie ihn nicht erkennen. Diese Frau mit ihrem arglosen Lächeln und der unbekümmerten Art spielte kein Spielchen.

»Das ist unglaublich großzügig von Ihnen. Danke schön.« Tony schüttelte den Kopf. »Aber auf diese Weise kommen Sie sicher nie in die Endauswahl für die Geschäftsfrau des Jahres.«

»Mag sein, aber ich weiß immerhin, dass mein Bild ein gutes Zuhause gefunden hat.« Sie tunkte einen schmalen Pinsel in gelbe Farbe. »Das reicht mir.«

»Pflegen Sie Ihre Bilder häufig zu verschenken?«

»Nur wenn ich dazu in Stimmung bin.«

»Wo stellen Sie Ihre Arbeiten aus?«

»Hin und wieder auf Kunstmärkten. Und online.« Sie beugte sich näher an die Leinwand und malte ein Kind im Sommerkleid.

»Wie heißen Sie?«

»Martha.«

»Ich werde mehr als das brauchen, wenn ich Sie im Internet googeln möchte«, sagte Tony.

Sie lachte laut auf. »Tut mir leid, ich bin ein hoffnungsloser Fall. Ich heiße Martha Daines. Sind Sie von hier? Können Sie morgen Nachmittag hierherkommen?«

»Allerdings erst nach 14 Uhr.« Um 12 Uhr 30 hatte er noch ein Interview.

»Dann sehen wir uns morgen. Ich bringe das Bild mit. Und wie heißen Sie?«

»Tony.« Sie hatte wirklich keine Ahnung.

»Tony, es hat mich gefreut Sie kennenzulernen. Danke, dass Sie meine Arbeit mögen.« Ihre Armbänder klapperten, als sie ihm mit dem Pinsel zum Abschied zuwinkte. »Leben Sie wohl!«

14. Kapitel

Ihr erster Arbeitstag neigte sich dem Ende zu. Angesichts all der neuen Informationen, die Ellie zu verarbeiten hatte, fühlte sich ihr Kopf an, als wolle er gleich explodieren. Zack hatte das Haus mehrmals verlassen, um sich mit Kunden zu treffen, empfing jedoch auch ein paar Männer bei sich. Sein Arbeitsleben schien chaotisch: Sein Telefon klingelte unablässig. Ellie tippte Berichte ab, nahm Anrufe entgegen, organisierte Zacks anstehende Reisen nach Zürich und Madrid und machte sich mit dem überaus wichtigen Terminkalender vertraut. Nebenbei eignete sie sich die sonstigen anfallenden Bürotätigkeiten an.

Zack war in der oberen Etage für ein Konferenzgespräch, als es um 17 Uhr 10 an der Tür klingelte. Ellie öffnete die Haustür und stand einer eleganten Rothaarigen in einem maßgeschneiderten grünen Leinenkleid gegenüber.

»Ah, hallo. Sie müssen die neue Sekretärin sein.« Ihre getuschten Wimpern klimperten, während sie Ellie kritisch musterte. »Alice?«

»Ellie.«

»Stimmt. So ganz anders als Barbara. Ich bin Louisa. Zack hat mich sicher erwähnt.«

Hatte er nicht, aber das verschwieg Ellie diplomatisch. Sie kannte die Frau jedoch aus dem Zeitungskiosk, war aber keineswegs erstaunt, dass sich Louisa ihrerseits nicht erinnerte. Sie schien nicht der Mensch zu sein, der anderen viel Aufmerksamkeit schenkte. Vermutlich war sie Zacks Freundin. Pech für Roo, die unbedingt hatte wissen wollen, ob Zack Single war.

Dann hörten sie Schritte auf der Treppe, und Zack erschien. Die Konferenzschaltung war offenbar vorüber.

»Hallo, Liebling.« Louisa trat auf ihn zu und begrüßte ihn mit einem Kuss, der eindeutig das Beziehungsverhältnis klarstellte. Zumindest war das ihre Intention, denn Zack lehnte sich abrupt nach hinten und drehte den Kopf leicht zur Seite, um dieser öffentlichen Zurschaustellung von Zuneigung zu entgehen. Oder den damit einhergehenden Besitzansprüchen.

Ellie fragte sich, ob es ihnen allen Schwierigkeiten ersparen würde, wenn sie jetzt einfach sagte: »Ist ja gut, Sie müssen sich keine Sorgen wegen mir machen, ich bin wirklich nicht scharf auf ihn.« Aber nein, das konnte sie wohl kaum. Stattdessen sagte sie: »Ich habe die Flüge und die Hotels gebucht, und die Briefe liegen zur Unterschrift bereit.«

»Großartig, danke. Kommen Sie mit.« Zack ging voraus in die Küche und sagte: »Es ist an der Zeit, dass Sie jemand kennenlernen, mit dem Sie viel Zeit verbringen werden.«

»Wen?«

Er grinste. »Die Liebe meines Lebens.«

Aus der Art und Weise, wie Louisa mit den Augen rollte, schloss Ellie, um wen es sich handeln musste. Während des Bewerbungsgesprächs hatte Zack sich nach ihrer Einstellung zu Hunden erkundigt. Er hatte ihr von Elmo erzählt, aber sie hatte ihn bisher nicht gesehen. Jetzt war es anscheinend so weit.

»Geraldine ist eben von einem Besuch bei Freunden in Brighton zurückgekehrt. Sie hat angerufen und gesagt, dass er gleich vorbeikommt.« Irgendwo draußen hörte man ein rhythmisches Klappern. Zack hielt kurz inne, dann sagte er: »Fünf ... vier ... drei ...«

»Wehe, er ist verschlammt«, warnte Louisa.

»Zwei ... eins ...«

Ein weiteres Klappern, dieses Mal näher, dann ging die Hundeklappe auf. Louisa drückte sich in eine Ecke der Küche, als ein strubbeliger Hund in die Küche gestürmt kam. Er jaulte vor Freude, tanzte einige Sekunden lang um Zack herum, dann warf er sich in seine Arme.

»Ich habe keine Angst«, erläuterte Louisa. »Aber meine Strümpfe sind Fadenstärke acht. Sie haben ein Vermögen gekostet.«

Das war also Elmo, Zacks wahre Liebe. Ein drei Jahre alter, struppiger und äußerst eigensinniger Terriermischling. Er hatte Knopfaugen, ungleich große Ohren und ein keckes Benehmen. Ganz zu schweigen von seinen buschigen Augenbrauen und dem strähnigen Bärtchen. Elmo erinnerte an einen Teenager, der eine Woche lang im Matsch von Glastonbury Party gemacht hatte. Der Hund wand sich beglückt in Zacks Armen.

Hmm, kein Wunder, dass Louisa sich ausgeschlossen fühlte.

»Ich warte oben«, verkündete sie. »Die Drewetts erwarten uns übrigens um 18 Uhr 15.«

»Ich komme gleich hoch.«

Bildete Ellie sich das nur ein, oder entspannte Zack sich tatsächlich, als Louisa den Raum verließ? Er drehte sich zu ihr um. »Elmo, sag hallo zu Ellie.«

Eine wortgewandte Begrüßung war es natürlich nicht, aber Ellie war darüber verzückt, wie der Hund an ihr schnüffelte, mit seinem Schwanz wackelte und mit seinem ganzen Körper den Eindruck vermittelte, dass er sich über die Begegnung mit ihr freute. Zack setzte ihn auf den Boden, und Ellie kniete sich hin, um den kleinen Kerl angemessen zu begrüßen.

»Er ist hinreißend! Hallo, Baby, wir werden bestimmt gute Freunde werden, was? Du bist *fabelhaft*.« Sie spitzte ihre Lippen, machte einen Kussmund, während Elmo sich mit den Vorderpfoten auf ihren Schultern abstützte und ihr aufgeregt den Hals leckte. Sie sah auf. »Verwirrt es ihn gar nicht, wenn er in zwei Häusern wohnt?«

Elmo war nämlich ein Hund mit geteiltem Sorgerecht. Vor zwei Jahren hatte Zacks Nachbarin Geraldine erklärt, wie gern sie einen Hund hätte, aber eine Beinverletzung mache ihr das unmöglich. Zack wiederum erzählte ihr, dass er sich immer schon einen Hund gewünscht hatte, aber seine langen Arbeitszeiten und die regelmäßigen Auslandsreisen jedem Tier gegenüber unfair wären. Am nächsten Tag war ihnen das Arrangement eingefallen, und eine Woche später trat Elmo in ihr Leben.

»Es funktioniert wunderbar. Er bekommt das Beste aus beiden Welten. Geraldine ist meistens zu Hause. Unsere Hundeklappen an den Küchentüren sind identisch.« Zack nickte in Richtung des Fensters und zeigte auf ein besonders niedriges Mauerstück zwischen den beiden Gärten. »Elmo springt einfach hinüber, wenn er einen Tapetenwechsel braucht. Wenn ich zu viel arbeite, läuft er zu Geraldine und leistet ihr Gesellschaft. Wenn er eine Runde drehen will, kommt er wieder zu mir. Wir teilen uns die Tierarztkosten und sprechen uns ab, wer ihn wann füttert.« Sein Blick wurde weich, wie der eines stolzen Vaters, als Elmo sich an seinen komischen Ohren kratzte. »Er mag Sie.«

»Gut, denn ich mag dich auch.« Ellie küsste Elmos stoppelige Augenbrauen und ließ sich im Gegenzug von ihm das Kinn lecken. »Dich kann man so gut umarmen!«

»Zack?« Louisas Stimme hallte durch das Treppenhaus. »Komm schon, du musst dich noch umziehen, bevor wir fahren. Wir dürfen nicht zu spät kommen.«

»Und? Wie war dein erster Arbeitstag?«

»Ziemlich gut. Aber hektisch.« Ellie lag im Bett. Sie legte ihr Buch beiseite und sah zu Jamie, der am Fußende ihres Bettes lag und den Kopf auf einem Ellbogen abstützte. »Ich denke, es wird mir dort gefallen.«

»Du hast ein neues Kapitel in deinem Leben begonnen.« Jamie schaute sie intensiv an.

»Dein Dad hat das auch gesagt. Aber es fühlt sich für mich gar nicht so an.« Es war schwer zu erklären, aber innerlich wollte sie eigentlich gar keine Veränderung. Die Aussicht darauf verursachte ihr sogar Schuldgefühle. »Ich liebe dich immer noch. Das wird sich niemals ändern. Es ist einfach nur eine neue Arbeitsstelle, mehr nicht. Bei Menschen, die mich normal behandeln, weil sie meine Vorgeschichte nicht kennen.«

Jamie meinte leichthin: »Zack scheint nett zu sein.«

»Er ist auch nett.«

»Wie ist seine Freundin?«

»Louisa? Nach außen hin selbstsicher, innerlich aber vermutlich sehr unsicher. Sie wünscht sich bestimmt, ich wäre dreißig Jahre älter. Wenn sie nur Bescheid wüsste.«

Jamie grinste und strich sich die blonden Haare aus der Stirn. »Wenn sie nur was wüsste? Dass du eine Sexbesessene bist?«

»Ich meinte, was für eine Eunuchin ich bin. In meinen Händen ist Zack so sicher wie bei einer lesbischen Nonne.«

»Ich kannte mal einen Witz über eine lesbische Nonne.«

Ellie zog eine Schnute. »Das weiß ich.«

»Er fällt mir gerade nicht mehr ein. Du wirst Todd fragen müssen.«

»Lieber nicht.«

»Sei doch nicht so. Meine Witze sind urkomisch.« Jamie tat so, als wolle er unter der Decke nach ihren Füßen greifen, um sie zu kitzeln. Aber da dies jetzt nicht mehr ging, blieb ihm nur das Vortäuschen.

»Todd schaut am Wochenende vorbei.«

»Gut. Ich bin froh, dass ihr beide wieder miteinander sprecht.«

Ellie fühlte sich getröstet. Natürlich war er froh. Hatte sie es nicht aus ebendiesem Grund getan, weil Jamie es genauso gewollt hätte?

»Dafür ist dein Dad verantwortlich. Er hat das eingefädelt.«

»Aber du hast auch dazu beigetragen, indem du dich überwunden hast. Ich bin stolz auf dich.«

»Bring mich nicht zum Weinen.«

»O Baby, ich liebe dich.«

»Ich dich auch.« Sie wischte sich eine Träne aus dem Augenwinkel.

»Du schlägst dich tapfer. Und jetzt schlafe ein wenig. Gute Nacht, meine Kleine.«

Ellie schloss die Augen und spürte, wie sich die Einsamkeit in ihrer Brust breitmachte. »Gute Nacht.«

15. Kapitel

Er konnte sich nicht erinnern, wann er sich das letzte Mal so auf jemanden gefreut hatte. Es fühlte sich beinahe wie eine Verabredung an. Während Tony hügelaufwärts schritt, musste er sich förmlich zwingen, langsamer zu gehen. Er wollte nicht schnaufend und keuchend oben ankommen. Oder einen roten Kopf haben. Die Farbe würde sich unschön mit seinem lila Hemd beißen.

Er erklomm die letzten Meter des Hügels, und da war sie, saß am selben Fleck wie gestern, nur war ihre Staffelei dieses Mal mehr nach Westen gerichtet. Tony blieb stehen und sah sie an, sein Herz pochte. Heute trug sie ein langes, smaragdgrünes Kleid mit einer leuchtend rosa Halskette und flachen rosa Sandalen an den Füßen. Die Art, wie sie sich aufrecht hielt, wie sie den Eindruck vermittelte, sich absolut wohl in ihrer Haut zu fühlen, war unglaublich faszinierend. Sie nur anzuschauen brachte ihn zum Lächeln. Und nicht nur, weil sie ihm ein Gemälde schenken wollte …

Martha bemerkte ihn, als er auf sie zukam. Sie winkte zur Begrüßung mit dem Pinsel und rief: »Hurra, Sie sind wieder da!«

Ihre Stimme verzauberte ihn. Sie war warm und samtig und karibisch.

»Dachten Sie etwa, ich komme nicht?« Von nahem sah er, dass

ihre Kette aus riesigen, ungleichmäßig geformten Kugeln bestand, die an überdimensionale Kieselsteine erinnerten und betörend im Licht leuchteten.

»Doch, ich wusste, Sie würden kommen.« Martha lächelte. »Besser gesagt, ich hoffte es. Ansonsten hätte ich dieses Ding den ganzen Weg umsonst geschleppt.« Sie beugte sich zur Seite und griff nach der großen Stofftasche, die im Gras lag.

Tonys Herz schlug rascher, als sie ihren glatten braunen Arm in die Tasche schob und das nunmehr vollendete, auf ein elfenbeinfarbenes Brett aufgezogene Bild herausnahm.

»Ich kann immer noch nicht fassen, dass Sie das tun wollen. Und jetzt haben Sie es auch noch aufgezogen.«

»Pst, das war doch überhaupt kein Aufwand. Ich habe es selbst gemacht.« Ihre Augen funkelten. »Ich bin eine Meisterin am Teppichmesser. Außerdem sieht es so besser aus. Sie können sich dann Ihren eigenen Rahmen aussuchen. Hier bitte. Es gehört Ihnen.«

Die skurrilen Figuren, die sie gestern noch rasch mit Stift und Tinte hinzugefügt hatte, machten das Bild noch interessanter. Das Ergebnis war in jeder Hinsicht bestechend.

»Ich weiß nicht, wie ich Ihnen danken soll.« Tony schüttelte den Kopf. »Das bedeutet mir viel. Sie wissen gar nicht, wie viel.«

»Ich freue mich, dass es Ihnen gefällt. Und ich weiß durchaus, wie Sie sich fühlen.« Sie berührte die rosa Kette. »Ich fühlte dasselbe, als mein Sohn mir die hier schenkte.«

Na gut, das erklärte die unterschiedliche Größe der rosa Kugeln. Tony fragte sich, wie alt sie wohl war. Hatte sie ihren Sohn mit Anfang vierzig bekommen?

»Natürlich ist das schon eine Weile her«, beantworte sie seine nicht gestellte Frage. »Er ist jetzt 28 und arbeitet als Strafrechtler. Es ist ihm ohne Ende peinlich, dass ich die Kette immer noch trage, was ich jedes Mal lustig finde. Aber wann immer ich die Kette berühre, sehe ich ihn vor mir, wie er in seinen kurzen

Hosen am Küchentisch sitzt und die Perlen aus Lehm rollt und sie dann mit meinem nigelnagelneuen Nagellack bemalt.«

Tony nickte. Und urplötzlich flackerten fast vergessene Erinnerungen an Jamie in ihm auf. Wie er eines Tages aus der Schule nach Hause gekommen war und ihm eine selbstgetöpferte Schale geschenkt hatte. Jamie hatte vor Stolz geglüht und verkündet: »Das ist eine Daumenschale, Dad. Wir haben sie mit unseren Daumen gemacht! Du kannst deine Manschettenknöpfe darin aufbewahren.«

Was war aus dieser komischen blauen Schale geworden? Er hatte keine Ahnung. Na schön, nicht über Jamie nachdenken, seinen Namen nicht erwähnen, nicht sagen, dass der eigene Sohn gestorben war. Das würde nur zu Peinlichkeiten führen und die Stimmung ruinieren.

Stattdessen sagte er: »Eine wunderbare Kette. Sie hat Charakter. Ich habe übrigens einen Blick auf Ihre Webseite geworfen.«

Das klang jetzt, als hätte er sich mal eben kurz durch ihre Seite geklickt. In Wirklichkeit hatte er fast zwei Stunden damit zugebracht. Es war keine schicke Seite, vielmehr eine bescheidene, selbsterstellte Fotogalerie von alten und neuen Bildern. Potentielle Käufer mussten eine E-Mail schicken. Jedes der Bilder war eine Augenweide, so individuell und herzerwärmend wie jenes, das er nun in der Hand hielt.

»Und?« Sie presste sich in gespielter Furcht die Hand an die Brust. »Ich werde immer nervös, wenn man mir das sagt. Es ist wie damals in der Schule, wenn der Lehrer sagte, ›ich habe deinen Aufsatz gelesen‹.«

»Nun, von mir würden Sie eine Eins bekommen. Ich bin nun ein offizieller Fan Ihrer Arbeit.« Tony schwieg kurz. »Ich würde gern ein paar Bilder kaufen. Aber dieses Mal müssen Sie mir erlauben, dafür zu zahlen.«

»Ehrlich?« Martha wirkte entzückt.

»Ehrlich!«

»Jetzt komme ich mir fast wie eine Drogenhändlerin vor. Die erste Kostprobe gab es umsonst, damit Sie am Haken hängen.« Sie musterte seinen Gesichtsausdruck. »Ganz ehrlich? Oder tun Sie das nur, um höflich zu sein?«

Tony sah sie ernst an: »Ich bin nur höchst selten gezwungen höflich.«

Sie lächelte. »An welchen Bildern sind Sie denn interessiert?«

»An den Schwimmern in den Hampstead Ponds. Und das mit dem Feuerwerk über der Themse. Vielleicht auch an der Hochzeitsgesellschaft.«

»Das tut mir leid, die Hochzeitsgesellschaft ist schon verkauft.«

»Oh.«

»Aber ich habe noch jede Menge anderer Bilder zu Hause.« Martha strahlte. »Ich bin nur noch nicht dazu gekommen, sie auf meine Webseite zu stellen. Ich muss sie erst noch fotografieren.«

»Aha.« Er nickte bedächtig. »Tja … ich hätte großes Interesse daran, sie mir anzuschauen.«

»Gern, großartig.« Sie setzte ihre Arbeit an der Staffelei fort.

Und was bedeutete das nun? Laut fragte Tony: »Stellen Sie die Bilder nun auf die Webseite? Oder gibt es die Möglichkeit, dass ich mir die Bilder in echt anschaue?«

Martha lehnte sich zurück und betrachtete die halbfertige Szene auf ihrer Staffelei. »Wenn Ihnen das lieber wäre?«

»Ja.«

»Wir können sofort gehen, wenn Sie wollen. Haben Sie Zeit?«

Er wünschte sich nichts sehnlicher. »Ist das für Sie auch wirklich in Ordnung?«

Sie lächelte. »Wenn ich nicht sicher wäre, würde ich es nicht sagen.«

Gemeinsam packten sie ihre Sachen ein. Er klappte die Staffelei und den Stuhl zusammen. Martha steckte alles andere in ihre Stofftasche. Dann gingen sie nebeneinander den Hügel hinunter.

»Meine Wohnung ist etwa zweieinhalb Kilometer von hier entfernt. Schaffen Sie das zu Fuß?«

Tony, der in Los Angeles niemals zu Fuß ging, weil … nun ja, weil dort überhaupt niemand zu Fuß ging, antwortete: »Wollen Sie damit sagen, dass ich altersschwach wirke?!«

Sie wohnte in der Lanacre Road in Tufnell Park, in einem terrassenförmigen Backsteingebäude. Neben der leuchtend gelben Eingangstür hingen zwei einladende Blumenkörbe.

»Warum überrascht es mich nicht, dass Ihre Eingangstür gelb ist?«, sagte Tony.

»Ah, ich liebe Farben.« Martha öffnete die Tür. »Sie sind eine der Freuden des Lebens. Immer herein mit Ihnen!.«

Er atmete den leichten Sommerduft ein, den sie verströmte, während er ihr ins Wohnzimmer folgte. Klugerweise hatte sie es mit den Farben nicht übertrieben. Drei Wände waren weiß, nur eine leuchtete pfauenblau. Das Sofa war mit flaschengrünem Samt bezogen, und es gab weiße Teppiche auf dem Parkettboden. Ihre Regale waren voller Bücher. An den Wänden hingen Gemälde, und überall standen Blumenvasen.

»Die sind nicht von Ihnen.« Er zeigte auf die gerahmten Bilder.

»Ich kann doch nicht meine eigenen Bilder im Wohnzimmer aufhängen, das wäre nun wirklich zu schräg.« Sie schnitt eine Grimasse, während sie ihre Tasche auspackte. »Das wäre ja, wie wenn eine Schriftstellerin ihre eigenen Bücher lesen würde.«

Tony sah sich noch einmal im Raum um. »Sie haben kein Fernsehgerät?«

»Schon seit Jahren nicht mehr. Ich höre Radio. Manchmal singe ich auch.« Sie lächelte. »Meine Arbeiten sind oben. Ich kann die Bilder entweder herunterbringen, oder wir gehen nach oben und schauen sie uns dort an.«

Sie wusste wirklich nicht, wer er war. Verzaubert von ihrem Charakter … okay, von so gut wie allem an ihr, stellte Tony die

Staffelei sowie das Bild ab, das sie ihm geschenkt hatte. »Lassen Sie uns nach oben gehen.«

Das nach vorn gehende Schlafzimmer war in ein Atelier umgewandelt worden. Hier waren Bilder an alle vier Wände gelehnt. Einige kannte er von der Webseite, andere nicht. Die Sonne strahlte durch die Fenster. Mitten im Raum stand eine weitere Staffelei auf einem fleckenübersäten Laken, das den Teppichboden schützen sollte.

»Die Laken brauche ich«, entschuldigte sich Martha. »Ich kleckse viel. Stolpern Sie nicht darüber. Und jetzt lassen Sie mich Ihnen die Bilder zeigen, die Sie noch nicht kennen.« Sie legte ihre Hand auf seinen Arm: »Versuchen Sie herauszufinden, welches davon mein Lieblingsbild ist.«

Von diesem Augenblick an war Tony verloren. Es war ihm beinahe unmöglich, sich auch nur auf ihre Worte zu konzentrieren. Sie war ihm so unglaublich nah. Und wie wunderbar sie duftete, ja überhaupt wie unglaublich es war, dass sie diese Gefühle in ihm zu wecken vermochte. Gestern noch hatte er sie nicht gekannt. Jetzt fühlte er sich intensiv zu ihr hingezogen. Sie hatte eine Stimme wie Honig und ein Lächeln, das jeden Raum erhellen konnte.

»… nun?«

Also gut, er musste besser aufpassen. »Was nun?«

Sie betrachtete ihn amüsiert. »Haben Sie mir überhaupt zugehört?«

Er wies hektisch auf ein Bild, das ein Picknick am Strand zeigte. »Das da drüben. Das ist Ihr Lieblingsbild.«

»Ich habe Sie gerade eben gefragt, welche Farbe Ihre Wände haben.«

»Oh, tut mir leid, ich … war wohl kurzzeitig abgelenkt.« Sollte er es sagen? Konnte er es ihr sagen? Tony holte tief Luft. »Von Ihnen.«

»Von mir? Wieso denn das?«

»Weil Sie so überraschend wunderbar sind.« Klang das jetzt lächerlich? Tja, es entsprach der Wahrheit. Laut sagte er: »Sie wissen gar nicht, wie sehr ich mich darüber freue, Sie kennengelernt zu haben.«

Martha wandte den Blick ab, dann sah sie ihn wieder an. Schließlich atmete sie hörbar aus. »Das geht mir ebenso. Sie sind ein sehr schöner Mann.«

»Dann fühlen auch Sie so eine … Anziehung?«

Sie schüttelte den Kopf und schluckte schwer. »Ja.«

»Sie müssen wissen, dass ich das nicht ständig mache.« Er griff nach ihrer Hand, streichelte die braunen, unberingten Finger. »Aber gerade kann ich nicht anders.«

Im nächsten Augenblick lag sie in seinen Armen, er küsste sie und fühlte sich wieder wie zwanzig. Marthas weicher Körper presste sich an ihn, ihre silbernen Armreife klimperten, als sie mit der Hand durch sein Haar fuhr. Sie zitterte vor Erregung. In ihm wuchs der Wunsch, sie in alle Ewigkeit zu halten und zu küssen. Gott, sie war so *schön* …

»Tony?« Atemlos entzog sie sich ihm und studierte sein Gesicht. »Bist du Single?«

Er nickte. »Seit vielen Jahren geschieden. Ich lebe schon sehr lange allein.«

»Ich auch.« Er spürte ihre Trauer. Doch schon im nächsten Moment hatte sie sich aufgelöst. »Und ich möchte dich auch wissen lassen, dass ich so etwas nie zuvor gemacht habe.«

Ein weiterer Kuss, dann führte sie ihn aus dem Atelier und auf die andere Seite des Treppenhauses. Ihr Schlafzimmer war kleiner, ultrafeminin und in Creme- und Goldtönen gehalten.

Tony nahm ihr Gesicht in die Hände. »Bist du sicher, dass du das willst?«

In ihren goldenen Augen lag eine ganze Welt an Gefühl. Mit zitternder Stimme flüsterte sie: »Ich habe mir in meinem ganzen Leben nichts sehnlicher gewünscht.«

16. Kapitel

Eine Stunde war vergangen, und es war vermutlich die unglaublichste Stunde seines Lebens gewesen. Er sah ein Aufflackern von Furcht in ihren Augen, als er sagte: »Ich muss dir etwas beichten.«

»Was?«

»Wahrscheinlich hätte ich dir das schon vorher sagen sollen. Aber es ist nichts Schlimmes, wir kriegen das hin.«

Martha war sehr still geworden. »Erzähl es mir.«

»Ich wohne nicht in London. Ich bin in Los Angeles zu Hause.«

Sie ließ sich in die Kissen sinken. »Oh. Das ist ziemlich weit weg.«

»Aber wir finden eine Lösung. Ich möchte dich wiedersehen. Ich hoffe, dir geht es ebenso. Ich kann alle zwei, drei Wochen herkommen. Und vielleicht kannst du mich ja einmal besuchen und eine Zeitlang bleiben. Glaub mir, es gibt dort viel zu malen.«

»Du arbeitest in L. A.?« Sie betrachtete fragend sein Gesicht. »Was bist du von Beruf?«

»Ich bin Schauspieler.«

Ihre Augenbrauen schossen nach oben. »Ehrlich? Ein guter?«

»Ziemlich gut, ja.«

»Erfolgreich?«

»Na ja, schon.«

Martha dachte kurz darüber nach: »Bist du berühmt?«

Er nickte.

Sie musste über das ganze Gesicht lächeln. »Tja, das erklärt manches! Als wir hierhergelaufen sind, haben dich völlig fremde Menschen angestarrt. Ich dachte, es liegt daran, dass du so gut aussiehst. Aber das war es wohl dann nicht. Sie haben dich erkannt. O Gott, wie heißt du denn?«

»Tony Weston.«

»Der Name sagt mir etwas!« Martha presste die Hand auf den Mund. »Du … Du warst in diesem Film über die beiden Brüder … ach, wie hieß der gleich wieder … *Mr. and Mr. Black*!«

»Stimmt.«

»Ich habe davon im Radio gehört! Es hieß, du seist sehr gut gewesen.«

Tony lächelte. »Zu Recht.«

»Ich will immer ins Kino gehen, aber dann schaffe ich es doch nicht. Du musst mich für einen hoffnungslosen Fall halten. Ich hätte wissen müssen, wer du bist.«

»Sei doch nicht albern.«

»O Gott!« Jetzt raufte sie sich die Haare. »Ich hatte gerade Sex mit einem Filmstar!«

»Phantastischen Sex«, korrigierte Tony.

»Phantastischen Sex. Absolut. Es tut mir leid, ich komme mir so unbedeutend vor. Das ist einfach bizarr.«

»Darf ich dir etwas sagen?« Er fuhr mit den Fingerspitzen über ihr Schlüsselbein. »Das ist das Wunderbarste, was mir seit Jahren passiert ist.«

Martha nickte, ihre Augen wurden feucht. Sie flüsterte: »Mir auch. Wann musst du in die Staaten zurück?«

»Übermorgen. Du könntest mich begleiten?«

Sie schüttelte den Kopf. »Ich kann nicht. Aber ich danke dir für das Angebot. Meine Güte, ist es wirklich schon so spät? Das war mir gar nicht klar – « Sie streifte einen weißen Morgenmantel über. »Ich habe einen Termin um 18 Uhr. Und du hast dir die anderen Bilder noch gar nicht angeschaut.«

»Oh, schau dir die an. Sie sind so … schön!« Als Ellie von der Arbeit kam, lehnten vier Bilder am Sofa. Sie wies auf das Gemälde von Primrose Hill. »Das ist das Bild, von dem du mir gestern Abend erzählt hast, oder? Hat sie dir etwa alle geschenkt?«

Tony schüttelte den Kopf. »Ich habe dafür bezahlt. Wir sind zu ihr ins Atelier gegangen, und sie hat mir ihre Arbeiten gezeigt. Die anderen drei habe ich gekauft.« Den Rest behielt er besser für sich. Sosehr er über Martha reden wollte, er war immerhin Ellies Schwiegervater und konnte ihr unmöglich erzählen, was er an diesem Nachmittag getrieben hatte.

»Du solltest öfter Bilder kaufen.« Ellie lächelte ihn an. »Das tut dir anscheinend gut.«

Seine Seele jubilierte. Wenn sie nur wüsste. »Vielleicht tue ich das.«

Der nächste Vormittag war mit Terminen vollgestopft, es folgte ein Mittagessen in Soho mit einem alten Schauspielerfreund, dem er unmöglich absagen konnte. Als ihn ein Taxi um 14 Uhr 30 zum Tufnell Park brachte, pochte Tonys Herz heftig in seiner Brust. Er war 55 Jahre alt, aber er fühlte sich wie ein Teenager bei der ersten Verabredung.

Es war einfach unglaublich. Ihm war nie der Gedanke gekommen, dass ihm so etwas passieren könnte. Noch dazu in seinem Alter. Liebe – oder etwas, das dem gefährlich nahekam – auf den ersten Blick. Martha, Martha, einfach nur ihren Namen zu denken, erregte ihn. Letzte Nacht hatte er kaum ein Auge zugetan, ständig dachte er an sie und ging jede Sekunde des Tages noch einmal durch. Er hob die Hand und betätigte die Türglocke. Was würde sie heute tragen? Es war ihre letzte Begegnung für viele Wochen. Würde sie erlauben, dass er die Nacht bei ihr verbrachte? Er würde Ellie anrufen und ihr eine glaubhafte Ausrede unterschieben müssen, warum er nicht nach Hause kam.

Die Tür öffnete sich, und Martha in einem lila Etuikleid stand vor ihm und sah … völlig anders aus. Es hatte den Anschein, als ob sein Anblick das Letzte war, was sie wollte. Sie schüttelte sogar in Zeitlupe den Kopf, während sie sagte: »O hallo, geht es um die Bilder? Ich fürchte, der Zeitpunkt ist gerade unpassend.«

»Wer ist gekommen, Martha?« Hinter ihr tauchte eine andere Frau auf. Älter, von afrokaribischer Herkunft, größer und dünner, mit grauen Haaren und flachen Schuhen. Über Marthas Schulter hinweg starrte sie Tony unverwandt an. Ihrem Blick schien nichts zu entgehen.

»Niemand. Nur jemand, der sich für meine Arbeit interessiert …«

Was war hier los?

»Ich heiße Tony.« Er schüttelte Martha die Hand, dann langte er an ihr vorbei und sagte freundlich: »Guten Tag, Tony Weston.«

Die grauhaarige Frau war gezwungen, ihm die Hand zu schütteln. Sie nickte. Ihr Griff war eisenhart, und sie blinzelte wie eine Eule.

»Darf ich hereinkommen? Ich habe mein Taxi schon weggeschickt.«

Martha schluckte und meinte ängstlich: »Ist gut, aber nur fünf Minuten.« Es gefiel ihr augenscheinlich nicht, aber sie trat zur Seite. Tony folgte der älteren Frau ins Wohnzimmer.

»Ich hole die Bilder.« Martha eilte nach oben und rief noch: »Eunice, warum machst du Mr. Weston nicht eine Tasse Tee?«

Eunice hob eine Augenbraue. »Sind wir seit neuestem ein Café?«

»Danke, nicht nötig.« Sein Charme schien auf sie offenbar nicht zu wirken. Tony lächelte dennoch. »Ich bin ein großer Fan von Mrs. Daines. Sind Sie eine Freundin von ihr?« Falls dem so war, würde er Marthas Geschmack wohl hinterfragen müssen.

»Schwägerin.«

»Oh.« Dann war Eunice also die Schwester des Exmannes? Oder war sie mit Marthas Bruder verheiratet? Und durfte er sie das fragen? Nein, natürlich nicht.

Keine dreißig Sekunden später kam Martha mit einem Arm voller Drucke zurück. Eins war sicher: sie benahm sich wie eine Katze auf dem heißen Blechdach. Jede Minute, die er unter ihrem Dach verbrachte, war eine Minute zu viel. Kaum lagen die Drucke auf dem Tisch, sagte sie: »Hier bitte, mehr habe ich nicht. Welchen möchten Sie?«

Die Spannung im Raum war förmlich greifbar. Tony wurde klar, dass er keine andere Wahl hatte, als sie von ihrem Elend zu erlösen. »Ich nehme den hier.«

»Sehr gut.« Martha brachte ein Lächeln zustande und atmete erleichtert aus. »Eine gute Wahl.«

Und das war es dann. Vier Minuten später stand er wieder auf dem Gehweg. Mit einem Bild unter dem Arm und keinem Plan für den Rest des Tages. Auf dem Weg nach draußen sagte er in seiner Verzweiflung: »Darf ich Ihre Telefonnummer haben, falls ich noch ein Gemälde kaufen möchte?«

Eunice erwiderte spröde: »Sie gibt Fremden doch nicht ihre Telefonnummer! Oder etwa doch, Martha?«

Martha schluckte. »Wenn Sie Fragen bezüglich meiner Arbeiten haben, finden Sie meine E-Mail-Adresse auf der Webseite.«

»Gut, dann mache ich es so.« Mit Nachdruck sagte Tony: »Ich werde zwei Wochen außer Landes sein, aber Anfang Juli komme ich zurück.«

»Ist gut. Tja, es war schön, Sie kennenzulernen, Mr. Weston.« Martha war sichtlich bestrebt, die Tür hinter ihm zu schließen. »Viel Freude mit dem Bild. Auf Wiedersehen.«

»Oder darf ich Ihnen meine Telefonnummer geben?« Es war ein letzter, verzweifelter Versuch. Er wollte vor seinem Abflug unbedingt noch einmal mit ihr sprechen.

»Warum sollte sie Sie anrufen?«, unterbrach Eunice kalt.

Weil wir den gestrigen Nachmittag zusammen im Bett verbracht haben, du verdammte Störenfriedin. Und weil ich sie liebe. Aber das sagte Tony natürlich nicht laut.

17. Kapitel

»Kannst du das bitte übernehmen?« Ellie schrubbte gerade ihre Lieblings-Flipflops im Waschbecken, als es am Samstagmorgen an der Haustür klingelte.

Todd drückte auf den Knopf der Sprechanlage und wartete.

»Hallo, ich bin's.« Roos Stimme hallte flüsternd aus der Muschel. »Ich bin auf dem Weg zu einem Undercover-Einsatz. Willst du mitkommen?«

»Ein großartiges Angebot.« Todd imitierte Sean Connery. »Sollen wir in meinem Aston Martin fahren?«

Für den Bruchteil einer Sekunde herrschte Stille, dann: »James Bond, sind Sie das?«

»Süße, ich fürchte, diese Information ist vertraulich. Ich könnte es Ihnen sagen, aber dann müsste ich Sie verführen.«

»Los, lass sie herein.« Ellie drehte den Wasserhahn zu, nachdem sie den Schaum von ihren Flipflops abgespült hatte. Das versprach interessant zu werden: Wie würden sich ihr alter Freund und ihre neue Freundin verstehen?

Roo kam die Treppe hochgeschossen und stürmte in einer schwarz-weiß-karierten Bluse mit weißem Jeansrock und schwarzen Uggs in die Wohnung.

»Ich ahne, wer Sie sind.« Sie zeigte mit dem Finger auf Todd. »Aber besitzen Sie wirklich einen Aston Martin?«

»Tut mir leid.«

»Sehen Sie, jetzt bin ich enttäuscht. Und Sie sehen auch kein bisschen wie Sean Connery aus.«

»Ich bin jünger als er. Und lustiger«, wandte Todd ein. »Und ich habe noch all meine Haare.«

»Worum geht es bei deinem Undercover-Einsatz?« Ellie tupfte die Flipflops mit Küchenkrepp trocken und zog sie an.

»Also gut, Niall kam gestern Abend vorbei. Und während er auf dem Klo war, habe ich in seiner Jackentasche eine Einkaufsliste gefunden. Nichts Aufregendes, nur Windeln und Babyfeuchttücher und so Zeugs. Aber die Liste war in einer Frauenhandschrift auf einen Post-it-Zettel geschrieben, auf dem der Name eines Kosmetikstudios aufgedruckt war.« Roo kniff die Augen zusammen. »Niall hat sich immer geweigert, mir zu sagen, wo seine Frau arbeitet. Also habe ich vorhin in diesem Studio angerufen und gefragt, ob Yasmin heute arbeitet … und das tut sie! Jetzt rate? Ich habe heute Nachmittag einen Termin bei ihr! Wir könnten zusammen gehen!«

Ellie schnitt eine Grimasse. Wie konnte man das nur für eine gute Idee halten?

»Wer ist Niall?«, fragte Todd.

Roo sah ihn an. »Mein Freund.«

»Er hat eine Ehefrau?«

»Ja, aber sie ist schrecklich.«

»Und es gibt ein Baby?«

»Das ist ja der Grund, warum er noch mit seiner Frau zusammen ist.«

»Warum haben Sie eine Affäre mit einem verheirateten Mann?«

»Ich liebe ihn. Und er liebt mich.«

»Wo ist Ihr Selbstrespekt?«

Roo erstarrte. »Was haben Sie eigentlich für ein Problem?«

»Hört mal, wollen wir nicht über etwas anderes reden?« Ellie war bemüht, die Situation zu entspannen.

»Nein, wollen wir nicht.« Todd wandte sich an Roo. »Als ich ein Kind war, hatte mein Vater eine Affäre mit einer anderen Frau. Er hat meine Mum und mich einfach sitzenlassen. Ich finde, die Ehe anderer Leute zu zerstören ist ziemlich mies.«

Roo reagierte abwehrend: »Vertrauen Sie mir, Nialls Ehe war schon lange zerstört, bevor ich ins Bild kam.«

»Warum hast du dir einen Termin im Kosmetikstudio geben lassen?«, wollte Ellie wissen.

»Weil ich sie sehen möchte. Ich will wissen, wie sie ist. Ich werde ihr schon nichts tun«, protestierte Roo. »Sie wird nicht einmal erfahren, wer ich bin. O bitte, komm doch mit«, flehte sie. »Es wäre so viel leichter, eine Unterhaltung zu führen, wenn wir zu zweit sind. Und dann kannst du diesem … Dingsda hier versichern, dass ich kein Monster bin.«

Todd erwiderte in aller Seelenruhe: »Dingsda kann sich seine eigene Meinung bilden, vielen Dank auch.«

Ach herrje. Das war kein guter Anfang.

Das Kosmetikstudio lag in Hampstead. Von außen dominierten subtile Rosa- und Cremetöne. Im Innern duftete es himmlisch. Ellie war noch nie zuvor in einem Kosmetiksalon gewesen. Wenn sie dreißig Pfund übrig hatte, kaufte sie davon lieber eine Flasche Badesalz und ein neues Top. Sie hatte sich daher immer selbst gewachst und manikürt. Aber das war jetzt egal. Jetzt ging es um die Mission. Roo war nervöser, als sie durchblicken ließ. Die Frau hinter der Empfangstheke mit dem unterkühlten Gesicht einer Eiskönigin und den straff nach hinten gebürsteten Haaren mochte schließlich Nialls Ehefrau sein.

»Für 12 Uhr 30 … einen Moment bitte …« Mit ihrem blutrot lackierten Fingernagel fuhr sie über die Seite des Terminkalenders. »Ja, hier sind Sie. Setzen Sie sich doch bitte. Yasmin ist gleich bei Ihnen.«

Dann war es also nicht die Eiskönigin.

Sie setzten sich, warteten und beobachteten, wie eine andere Kundin eine Pediküre bekam. Zwei Minuten später wurde die Tür zum Salon aufgestoßen, und eine Frau in den Zwanzigern stürmte herein mit einer Großpackung Windeln unter dem Arm und einer Tüte aus dem Drogeriemarkt am Handgelenk.

Nachdem sie beides in einem Hinterzimmer verstaut hatte, kehrte sie zurück. »Hallo, tut mir leid, dass Sie warten mussten, ich war rasch noch ein paar Dinge besorgen. Ich bin Yasmin. Meine Güte, wenn Sie andere Haare hätten, würden Sie aussehen wie diese Sängerin vor ein paar Jahren. Wie war doch gleich ihr Name … Dings … Daisy Deeva.«

»Das bekomme ich ständig zu hören.« Roo zog eine Schnute. »Ich bin ihr einmal bei *Selfridges* begegnet. Sie trug einen furchtbaren Hut.«

»Es wäre aber nicht schlimm, wenn wir so viel Geld hätten wie sie, oder?« Yasmin schien alles andere als ein Albtraum zu sein. Sie lächelte und war freundlich, hatte lockiges, honigblondes Haar und hübsche Augen. »Ich habe gehört, dass Sie speziell nach mir gefragt haben. Kennen Sie eine meiner Stammkundinnen?«

Roo fühlte sich überrumpelt, vermutlich aufgrund Yasmins Herzlichkeit. »Äh …«

»Wir waren gestern in einem Weinlokal«, eilte Ellie zu Hilfe, »und die Frau am Nebentisch erzählte einer Freundin, wie phantastisch Ihre Maniküren sind. Sie hatte umwerfende Nägel, darum haben wir sie nach Ihrem Namen gefragt.«

»Oh, das ist ja toll! Ich frage mich, wer das gewesen sein könnte?« Yasmin strahlte entzückt. »Ich hoffe, Sie werden auch so zufrieden sein.«

Die nächsten Minuten drehte sich die Unterhaltung nur um Nägel. Ellie sah zu, wie Roos Hände gewissenhaft gereinigt, gepeelt und eingecremt wurden. Anschließend wurde ein spezielles Öl in die Nägel und die Nagelhaut massiert.

Roo erkundigte sich: »Ich habe Sie mit Windeln kommen sehen. Haben Sie ein Baby?«

Yasmin grinste. »Na, für mich selbst wären die Windeln wohl zu klein. Ja, wir haben einen Jungen. Benjamin. Sieben Monate. Er ist anbetungswürdig.« Ihre Augen funkelten. »Ich kann kaum glauben, wie sehr er unser Leben bereichert. Was ist mit Ihnen?«

»Kinder? Ich? Nein.« Roo schüttelte energisch den Kopf, dann jedoch wurde ihr klar, dass diese Antwort für das weitere Gespräch nicht sinnvoll war. Sie zeigte auf Ellie: »Aber sie hat eines.«

Na toll, vielen Dank auch.

Yasmin wandte sich um. »Ach ja? Ist ein Kind nicht etwas Großartiges? Haben Sie einen Jungen oder ein Mädchen?«

»Ein Mädchen.« Ellie nickte und betete insgeheim, dass es nun nicht um Details der Geburt gehen würde. »Fünf Monate. Sie heißt Alice.«

»Ach, wie nett.« Fröhlich sagte Yasmin: »Die Kleinen machen aber auch viel Arbeit, nicht wahr? Hilft Ihr Mann, oder ist er so nutzlos wie meiner?«

»Viel macht er nicht gerade. So gesehen, sind sie alle ziemlich nutzlos, nicht?«, antwortete Ellie.

»Wem sagen Sie das! Mein Mann sollte gestern Windeln besorgen, und was war? Er kommt um Mitternacht nach Hause, sagt, er habe länger arbeiten müssen. Aber das war frech gelogen. Er hat nicht gearbeitet. Ich weiß genau, wo er war!«

Roo schluckte.

»Wo war er denn?«, wollte Ellie wissen.

»Ist mit seinen Kumpels um die Häuser gezogen! Das hat er früher jeden Freitagabend gemacht, und er kann es einfach nicht lassen. Es würde mir ja nichts ausmachen, wenn er nicht versprochen hätte, Windeln und Feuchttücher zu besorgen.« Yasmin schüttelte den Kopf. »Aber so sind Männer eben. Einfach nicht multitaskingfähig.«

Ellie sah auf den schmalen Ehering, der an Yasmins linker Hand funkelte. »Wie ist er so beim Wickeln?«

Yasmin lächelte. »Einmal hat er sich daran versucht, eine Windel zu wechseln. Ich kann Ihnen sagen … ein Anblick für die Götter! Man hätte denken können, er wolle eine Bombe entschärfen. Es war köstlich. So, jetzt wickeln wir Ihre Hände in warme Handtücher, damit die Feuchtigkeitscreme gut eindringt. Sie dürfen sich unterdessen den Nagellack aussuchen …«

»Aber manchmal bekommen Sie doch sicher Hilfe, oder?« Ellie runzelte die Stirn. »Beispielweise jetzt, wo Sie hier arbeiten.«

»Ah keine Spur, er kümmert sich nicht um Benjamin.« Aus ihrer Stimme klang Resignation. »Niall schläft samstags gern länger. Ich habe Benjamin zu meiner Mutter gebracht, bevor ich zur Arbeit gefahren bin.«

»Wie interessant«, murmelte Ellie, während Yasmin ging und sich um eine andere Kundin kümmerte.

Roo wirkte etwas verwirrt, dass die Frau ihres Geliebten so nett war. »Siehst du? Ich habe dir doch gesagt, dass sie ein Albtraum ist«, flüsterte Roo ihr etwas unbehaglich zu. »Sie ist total der Kontrollfreak.«

Todd wartete im Pub und schaute ein Tennisspiel auf dem gigantischen Fernsehbildschirm an der Wand.

»Und? Wie ist es gelaufen?«

»Ich habe mir die Nägel machen lassen.« Roo zeigte ihm ihre Hände. »Eigentlich hat sie ganz gute Arbeit geleistet.«

»Gott sei Dank.« Todds Stimme troff vor Sarkasmus. »Wie war sie so?«

»Reizend«, sagte Ellie.

»O bitte, das ist nicht fair.« Roo schüttelte den Kopf. »Sie hat so *getan*, als sei sie nett. Sie ist bei der Arbeit, ich bin ihre Kundin, natürlich muss sie da eine Show abziehen. Aber man hat gleich gemerkt, wie sie in Wirklichkeit ist.«

»Sie war großartig«, beharrte Ellie. »Fröhlich, herzlich, fleißig. Willst du meine ehrliche Meinung hören?«

»Nein.« Roo polierte ihre Sonnenbrille.

»Niall scheint mir ein Arsch zu sein.«

»Du bist voreingenommen.«

»Er ist wirklich ein Arsch.«

»Hätte ich dich nur nicht mitgenommen.«

»Yasmin ist eine alleinerziehende Mutter«, fuhr Ellie fort. »Sie macht alles, und er macht nichts.« Wie konnte Roo dem gegenüber nur so blind sein?

»Wenn er versucht zu helfen, dann meckert sie immer, er würde alles falsch machen!«

»Er hat ihr gesagt, er habe länger arbeiten müssen. Aber er war bei dir.«

Roo ging in Abwehrhaltung. »Wenn er nach Hause geht, nörgelt sie fortwährend an ihm herum.«

»Wahrscheinlich weil sie erschöpft ist! Sie arbeitet und kümmert sich allein um das Baby.«

»Hör mal, sie hat bestimmt übertrieben. Das war doch eine Mitleidsnummer.«

Todds Kopf drehte sich von einer zur anderen. »Das ist besser als Tennis. Jetzt mal ehrlich, werden Sie mit diesem Kerl Schluss machen?«

»Seien Sie nicht so gefühlskalt! Ich liebe ihn!«

Er wirkte aufgebracht. »Der Mann lügt und betrügt.«

»Jeder lügt.« Die Getränke kamen, und Roo nahm einen großen Schluck. »Sie hätten mal Ellie hören sollen, wie sie von ihrem Baby erzählt hat.«

»Was für ein Baby?«

Roo spreizte die Arme. »Ja, eben. Welches Baby? Womit ich meine Beweisführung abschließe.«

Todd verstand den Scherz nicht, er starrte Ellie ungläubig an. »Du bist *schwanger*?«

Ellie prustete in ihr Weinglas. »Nein! Wie soll ich denn schwanger sein? Wir haben nur so getan, als ob ich ein Baby hätte, damit Yasmin und ich etwas gemeinsam haben.« Sie las ihm die Erleichterung vom Gesicht ab. »Es war nichts weiter als eine Notlüge. Harmlos.«

»Apropos Not.« Roo sah auf ihre Armbanduhr, trank den Rest ihres Wodkas und fuhr sich durch das raspelkurze weißblonde Haar. »Ich habe einen Termin, um mir die Ansätze nachfärben zu lassen. Ich muss los. Noch viel Spaß beim Tennis.« Sie sah Todd an. »Ich würde ja sagen, es war nett, Sie kennengelernt zu haben, aber das wäre eine weitere Lüge.«

Er erwiderte freundlich: »Es war nicht nett, weil ich recht habe und Sie unrecht. Und das wissen Sie auch.«

Aus dem Tennisspiel wurde ein spannendes Match über fünf Sätze. Jeder im Pub feuerte die Spieler an und stimmte am Ende in die euphorische Stimmung mit ein. Hinterher gingen Ellie und Todd zu einem Italiener auf eine Pizza, dann in einen Club in Camden, um sich eine Band anzuhören.

»Das war ... laut«, sagte Ellie drei Stunden später, als sie durch die Chalk Farm Road zum Primrose Hill gingen. »Meine Ohren klingeln.«

Todd nickte zustimmend. »Sie waren so laut, dass ich nicht mal sagen könnte, ob sie gut waren. Ist das ein Zeichen dafür, dass wir alt werden?«

»Wir *sind* alt. Vielleicht sollten wir das nächste Mal draußen auf der Straße bleiben und uns das Ganze aus sicherer Entfernung anhören.«

»Wir könnten Liegestühle mitnehmen, es uns bequem machen, unsere Hosenbeine aufrollen.«

»Und uns Halstücher über den Kopf binden«, schlug Ellie vor. »Nichts geht über ein verknotetes Kopftuch. Und warum sollen wir uns so eine laute Band überhaupt anhören? Wie wär's mit einer schönen, altmodischen Volksmusikgruppe?«

»Famose Idee, Ethel, ganz famos. Wir nehmen eine Thermoskanne Tee mit und ein paar Schinkenbrote.« Er schwieg kurz und sah fragend zu ihr, um zu sehen, ob sie mit dieser Art von Witz klarkam. Es war immer Jamies Ding gewesen, eine Idee weiterzuspinnen und Figuren zu erfinden und daraus eine Improvisationsshow zu machen. Hin und wieder hatten Ellie und Jamie das zusammen gemacht, aber noch nie Todd und sie.

Ellie brachte ein Lächeln zustande, um ihm zu zeigen, dass alles in Ordnung war. Dennoch war es merkwürdig, wie wenn man seine Zahnbürste in der falschen Hand hielt. Man wusste, dass man seine Zähne putzte, aber es fühlte sich anders an.

»Gott, wie er mir fehlt«, sagte Todd.

Sie nickte. Die vertraute Leere in ihrer Magengrube wuchs wie ein Ballon an. Sie schritten die Gloucester Avenue entlang. Es war eine warme Nacht, und aus den Fenstern drangen immer wieder Musikfetzen. In einem Hauseingang stand ein betrunkenes, kostümiertes Paar und stritt sich. Die Frau, die den Habit einer Nonne trug, beschuldigte den Mann, der als Frankensteins Monster verkleidet war, mit jemandem geflirtet zu haben. (»Sie ist nicht Superwoman, sie ist nur eine fette Schlampe!«) Etwas weiter die Straße entlang küsste sich ein anderes Paar leidenschaftlich. Oben am nachtschwarzen Himmel funkelten die Sterne, und der Mond schien rund und voll auf die Dächer hinab. In der Nähe wurde eine Soulballade gespielt. Unter anderen Umständen hätte das als romantische Situation gezählt. Die Leere in ihrer Magengrube nahm zu. Wie schön wäre es gewesen, mit Jamie hier entlangzuschlendern. Und wenn Jamie jetzt hier wäre, hätte er sie sicher gepackt und mit ihr in Walzerschritten die Straße entlanggetanzt und dazu im Stil von Dot Cotton lauthals die tränenreiche Ballade mitgesungen.

Sie erreichten die Nevis Street, und Ellie fischte ihre Schlüssel aus der Umhängetasche.

»Danke. Es war ein schöner Tag.«

»Mir hat es auch Spaß gemacht.«

»Du hättest mich nicht nach Hause bringen müssen. Jetzt hast du meinetwegen die letzte U-Bahn verpasst.«

Todd zuckte unbeschwert mit den Schultern. »Kein Problem, ich nehme den Bus.«

Bis nach Hause zur Wohnung seiner Mutter in Wimbledon? Das würde eine Weile dauern.

»Ist gut.« Sie trat vor und drückte ihm einen Kuss auf die Wange.

»Ich rufe dich an. Wenn du nächstes Wochenende nichts weiter vorhast, könnten wir ja wieder was machen. Wir könnten nachsehen, welche Bands spielen, und unseren Vorrat an Ohrstöpseln aufstocken.« Er zögerte. »Also, kein Druck … nur wenn du möchtest.«

Mochte sie? Ellie wusste es nicht. In den letzten siebzehn Monaten hatte sie sich so daran gewöhnt, nicht auszugehen oder gesellig zu sein, dass das Nein mittlerweile ganz automatisch kam. Sobald sie eingeladen wurde, suchte ihr Hirn nach plausiblen Ausreden, warum sie unmöglich kommen konnte.

Aber heute war es anders gewesen. Sie hatte sich nicht heimlich gewünscht, endlich wieder zu Hause zu sein. Das war doch ein ermutigendes Zeichen, oder nicht?

Ellie sah Todd an. Er war Jamies ältester Freund, und jetzt, wo sie diese dumme Phase des Grolls hinter sich hatte, fühlte sie sich in seiner Gesellschaft wohl.

»Ja, ruf mich an. Ich freu mich darauf.« Na also, das war doch gar nicht so schwer gewesen.

»Großartig.« Er klang erfreut. »Die Ohrstöpsel gehen auf mich.«

Ellie lächelte. »Und ich bringe die Thermoskanne mit.«

18. Kapitel

Elmo tanzte wie ein Verrückter herum, jagte die Löwenzahnsamen, die wie kleine Fallschirmspringer über seinem Kopf schwebten. Zack behielt die beiden Schäferhunde im Auge, die weiter unten am Hügel spielten, steckte den Finger in den Mund und pfiff. Wie ein D-Promi, der Paparazzi entdeckt hat, spitzte Elmo die Ohren und kam gleich darauf angelaufen.

»Die beiden sind größer als du.« Zack zupfte Löwenzahnsamen aus Elmos struppigen Augenbrauen und zog sein Halsband zurecht. »Die würden dich zum Frühstück verspeisen. Komm, wir müssen jetzt ohnehin nach Hause.«

Er und Elmo schritten den Hügel hinunter zur Ancram Street. Am späten Vormittag wollte er nach Amsterdam fliegen, um sich mit einem Co-Investor zu treffen. Gegen 20 Uhr würde er wieder zu Hause sein. Morgen stand ein Besuch in einer Schuhfabrik in Derby an. Für übermorgen waren mehrere Einzelgespräche mit potentiellen Partnern angesetzt, und die Recherchen zu den Firmen, die er noch durchzuführen hatte, waren lächerlich umfangreich.

Aber so führte Zack nun mal sein Leben. Die Arbeit kam an erster Stelle. Immer schon. Die Geschäfte gingen vor, und persönliche Beziehungen standen hintenan. Er schob Privates zwischen zwei Termine, wenn es sich einrichten ließ, und genoss diese Momente, natürlich tat er das, aber sie ließen sein Herz nicht so schnell schlagen wie die Aussicht auf einen brillanten Geschäftsabschluss.

Zumindest war das so gewesen, bevor Ellie Kendall in sein Leben getreten war.

Elmo schnüffelte eifrig an einer weggeworfenen Eisverpackung. Zack zog ihn aus dem Gras auf den Gehweg. Die Situation, in der er sich befand, war verrückt, geradezu lächerlich. Noch nie zuvor waren seine Gedanken während wichtiger Besprechungen abgelenkt gewesen – und erst recht nicht von einer Frau, die nicht im Geringsten an ihm interessiert war.

Und was noch schlimmer war, er hatte sie eingestellt. Es war eine Zwangshandlung gewesen, denn wer konnte sagen, ob er sie sonst jemals wiedergesehen hätte?

»Elmo, aus!« Er zog an der Leine, als Elmo an den Knöcheln eines alten Mannes schnupperte, der übergroße Shorts und Birkenstock-Sandalen trug. In diesem Moment läutete sein Handy.

Louisas Name tauchte auf dem Display auf. Sollte er rangehen? Oder nicht?

»Heeeey, du.« Sie bediente sich absichtlich ihrer sexy Telefonstimme. »Hör zu, wie wäre es, wenn ich heute Abend vorbeikomme?«

Zack wusste, es war dämlich, dass ihn dieser Vorschlag nicht mit Vorfreude erfüllte. Ihre Beziehung hatte so gut begonnen, darum dauerte es eine Weile, bis ihm dämmerte, dass die Louisa, die er kennengelernt hatte, nur Fassade war. Im Laufe der Zeit hatte sie allmählich ihre herrische, besitzergreifende Seite gezeigt. Es stellte sich heraus, dass sie viel weniger gemeinsam hatten, als er anfangs geglaubt hatte. »Die Sache ist die, wenn ich aus Amsterdam zurückkomme, werde ich ziemlich groggy sein.« Das war nur eine halbe Lüge.

»Ich weiß, darum habe ich auch eine gute Idee. Ich koche das Abendessen und werde dich nach allen Regeln der Kunst verwöhnen. Du wirst dich in null Komma nichts besser fühlen. Komm schon«, gurrte Louisa in sein Ohr.

Er wollte wirklich nicht, nicht an diesem Abend. »Hör mal, vielleicht muss ich bei den Van den Bergs noch auf ein Paar Drinks bleiben. Keine Ahnung, wann genau ich zurück sein werde.«

»O Schatz, du bist so rücksichtsvoll, aber das macht mir wirklich nichts aus.«

Jetzt war sie auch noch extra nett zu ihm. Er fühlte sich gleich schlechter. »Aber mir macht es etwas aus. Es ist dir gegenüber einfach nicht fair, wenn du den ganzen Abend warten musst.« Von Schuldgefühlen geplagt, sagte Zack: »Lass uns heute Abend lieber nichts planen.«

»Na gut. Und wie wäre es mit morgen?«

»Morgen. Prima.« Seine Stimme wurde weich. Hauptsache, der Friede war gewahrt. Er mochte sie immer noch, wenn sie entspannt war und sich selbst nicht so ernst nahm. Aber das kam in letzter Zeit immer seltener vor. Wenn er ehrlich war, wusste er, dass er mit Louisa Schluss machen musste, aber das würde nicht leicht sein. Louisa war so theatralisch, sie würde auf jeden Fall Rabatz machen. Diese Aussicht war abschreckend genug. Wenn man sich ausschließlich auf seine Arbeit konzentrieren wollte, war der Gedanke an so viel Tumult entmutigend, um es vorsichtig zu formulieren.

Zack beendete das Gespräch, lockte Elmo von einer Verpackung mit Essensresten weg und ging zielstrebig nach Hause. Es war zehn nach neun, und Ellie würde jetzt da sein. Tief in sich fühlte er, dass die Beziehung zu Louisa falsch war, wenn er einer anderen Frau gegenüber solche Gefühle hegte. Aber Ellies völlige Gleichgültigkeit durfte er auch nicht außer Acht lassen. Es war ja nicht so, dass Ellie plötzlich ihre Meinung ändern und sich in ihn verlieben würde, wenn er mit Louisa Schluss machte. So lief das einfach nicht. Leider.

Ellie war bereits im Büro, duftete himmlisch und hatte die Haare mit einem grauen Samtband nach hinten gebunden, was ihren schönen Hals freilegte. Die Post war bereits zu kleinen Haufen sortiert, und sie goss gerade den Topfpflanzen-Urwald, der – dank Barbara – auf dem Fensterbrett wucherte.

»Einige von denen sehen nicht mehr so ganz fit aus«, warnte sie ihn über ihre Schulter hinweg. »Ich habe Ihnen ja gleich gesagt, dass ich mit Pflanzen nicht so gut kann. Was Pflanzen angeht, bin ich ein Serienkiller. Schauen Sie sich nur die Blätter an.«

Sie trug ein graues Jerseytop mit eckigem Ausschnitt und ellbogenlangen Ärmeln, dazu einen roten Rock. Zack trat näher, atmete ihr frisches, zitroniges Parfüm ein und sah, wie ihr dunkles Haar im Sonnenlicht funkelte.

»Ja, die sehen definitiv nach Blättern aus.«

»Aber die Ränder sind ganz komisch und gelb.« Frustriert hielt sie ihm den blauen Keramiktopf entgegen. »Ich dachte, sie braucht mehr Wasser, also habe ich sie gestern ausgiebig gegossen, aber heute sieht sie noch schlimmer aus. Glauben Sie, ich sollte die Erde irgendwie trocknen?«

Die Art, wie sich ihre Augenbrauen besorgt krümmten, weckte in ihm den Wunsch, sie zu küssen. Bei der Pflanze handelte es sich um eine absolut gewöhnliche Lilie, praktisch ein Unkraut, aber sie machte sich tatsächlich Sorgen. Da er sie unmöglich küssen konnte, sagte er: »Was wollen Sie nun tun?«

»Ich dachte an einen Föhn.« Ellie stellte den blauen Topf ab und steckte den Finger vorsichtig in die durchweichte Blumenerde.

»Versuchen Sie es ruhig. Wenn es nicht funktioniert, werden zumindest die Blätter perfekt gestylt aussehen.«

Sie zog den Finger aus der Erde. »Machen Sie sich über mich lustig?«

Zack lächelte. Er wusste, dass er nicht mit ihr flirten durfte. »Ich amüsiere mich nur darüber, dass keiner von uns auch nur die leiseste Ahnung hat, wie man sich um eine Topfpflanze kümmert.«

»Wie gut, dass wir keine Kinder haben.« In fröhlicher Ahnungslosigkeit, welche Wirkung dieser Satz auf ihn hatte, fuhr Ellie fort: »Na gut, ich bringe sie nach draußen. Vielleicht braucht sie nur ein wenig Sonne, damit es ihr bessergeht. Ach übrigens, auf dem Anrufbeantworter war eine Nachricht von jemand namens … Huggy?« Sie schaute verwirrt. »Kann das sein?«

»Huggy Hill.« Zack hielt ihr die Tür auf und sah zu, wie sie den Topf vorsichtig an eine sonnige Stelle vor der Hauswand abstellte. »Mein allererster Geschäftspartner.«

»Der Allererste? Wie kam es dazu? Waren Sie damals noch an der Uni?«

Er nickte und folgte ihr zurück ins Büro. »Genau. Ich machte meinen Abschluss in BWL. Huggy war ein Kumpel, auf seine Art sehr intelligent, aber völlig ahnungslos in geschäftlichen Dingen. Er gründete eine winzige Firma, die Handys verkaufte, und bat mich um meinen Rat. Nach ein paar Monaten sah ich das Potential seiner Geschäftsidee – das war lange bevor Handys zum Megaverkaufsschlager wurden –, und er entlohnte mich für meine Arbeit mit Anteilen an der Firma, weil er nicht flüssig war und sich keine andere Bezahlung leisten konnte. Dann kam die Sache ins Rollen, und mir wurde klar, dass ich viel lieber mit Huggy arbeiten wollte, als meinen Abschluss zu machen.«

»Daraufhin haben Sie Ihr Studium abgebrochen, stimmt's?« Ellie kannte die Geschichte schon, und er wusste, dass sie vor ihrem Bewerbungsgespräch sicher seinen Lebenslauf studiert hatte. Aber sich mit ihr zu unterhalten war ihm ein Vergnügen. Und vielleicht konnte er sie sogar ein wenig beeindrucken.

»Genau. Wir bauten das Geschäft aus und verkauften es zwei Jahre später für eine irrsinnige Summe. Aber da hatte ich mich schon längst diversifiziert. Ich glaub, mein Instinkt kam mir dabei zunutze. Ich sah, woran es bei den Firmen anderer Leute haperte und was man tun konnte, um sie wieder auf solide Füße zu stellen. Anschließend war ich für eine Softwareberatungsfirma tätig und konnte für sie das Ruder herumreißen.«

Sie nickte. »Dann kam der Eiscremehersteller.«

Er lächelte. »Den Job habe ich geliebt.«

»Und die Ferienparkanlage in Dorset.«

»Sie haben Ihre Hausaufgaben gemacht.«

»Und das Restaurant mit dem Lieferservice. Hat Ihr Freund Huggy auch in andere Firmen investiert?«

»Nein, er ist in die Karibik gezogen, wo er seine Tage mit Surfen zubrachte und ein richtiger Strandgammler wurde. Er lebt da immer noch. Amüsiert sich prächtig.«

»Haben Sie sich nie gewünscht, ein Leben wie er zu führen?«

»Nie. Ich bin hier glücklich.« Klang das jetzt langweilig? Oder besessen von der Arbeit? War er ein öder Workaholic? »Würden Sie gern ein Leben am Meer führen?«

Ellie dachte kurz darüber nach. Schließlich sagte sie: »Das kommt darauf an, mit wem ich zusammen wäre. An einem perfekten Ort mit dem falschen Menschen zu sein wäre schrecklich.«

Zack konnte nicht anders. »Und wie wäre es, wenn Sie mit dem perfekten Menschen am falschen Ort zusammen wären?«

Eine Sekunde lang flackerte in ihren Augen etwas auf. Dann brachte sie ein Lächeln zustande und meinte schlicht: »Wenn der Mensch perfekt ist, ist es der Ort auch.«

Was hatte dieses Lächeln zu bedeuten? Dachte sie gerade an diesen Schauspieler, den sie an der Angel hatte, diesen Tony Weston? Fragte sie sich gerade, ob sie mit ihm in irgendeiner Müllhalde leben *könnte* und trotzdem glücklich wäre, was sie aber glücklicherweise ja gar nicht musste, weil er – hurra! – ihr für eine halbe Million Pfund ein Liebesnest in Primrose Hill gekauft hatte?

In den wenigen Momenten, in denen er subtil Fragen zu ihrem Privatleben gestellt hatte, war sie dem Thema ausgewichen. Er hatte ihr mehrmals die Chance geboten, ihm von Tony Weston zu erzählen, aber sie hatte sich dagegen entschieden. Wenn sie ihre Privatsphäre wollte, dann sollte sie sie haben. Sein Instinkt sagte ihm, dass er momentan nichts weiter tun konnte, als abzuwarten. Es würde ihm nicht leichtfallen, aber er musste es schaffen. Dank seines untrüglichen Instinkts wusste er, dass Ellie im Augenblick nicht das geringste Interesse an ihm hatte. Das hieß, er *musste* sich einfach zurückhalten. Flirten war nicht erlaubt. Nicht einmal die *Andeutung* eines Flirts war gut. Sie arbeitete für ihn, er war ihr Chef, und es gab nichts Entsetzlicheres, als unfreiwillig zum Objekt der Begierde eines Arbeitskollegen zu werden. Damit hatte er Erfahrung, und darum wusste er, wie absolut abtörnend das war. Und für eine Frau war es sicher noch unangenehmer, wenn sie ungewollte Avancen bekam.

Das stand also völlig außer Frage. Er würde sich komplett zurücknehmen. Er würde so charmant und nett sein, wie er nur konnte, aber ohne zu flirten. Das hier war viel zu wichtig, als dass er es vermasseln durfte.

»Aus! Oh, du unartiger Junge, lass das!«

Wenn sie nur mit ihm so reden würde. Aber sie sprach mit Elmo, der wie verrückt herumhüpfte, wahrscheinlich weil er unter dem Schreibtisch eine Spinne gesehen hatte. Und nun hatte er sich in dem Kabelgewirr verfangen. Ellie konnte sich gerade noch auf den Schreibtisch werfen und den Drucker festhalten, bevor der zu Boden gezerrt wurde.

»Gute Reaktion. Hier, ich helfe Ihnen.« Als Zack an ihr vorbeilangte, um den Drucker wieder auf die Schreibtischplatte zu ziehen, berührte er versehentlich ihren Arm. Ein Adrenalinstoß schoss durch seine Adern. Also gut, das war lächerlich. Er war doch keine vierzehn mehr! »Na bitte, alles wieder gut. Elmo, jetzt sei aber artig.« Er hob den Hund hoch und sah ihm in die Augen. »Benimm dich, verstanden? Ellie geht nachher mit dir Gassi.«

Er hatte das G-Wort ausgesprochen. Elmo wand sich in seinen Armen und stieß ein vorfreudiges Jaulen aus.

»Nein, nein, ganz ruhig, wir kommen doch gerade erst von draußen.« Zack fragte sich, ob Ellie ihn insgeheim für verrückt hielt, weil er mit Elmo sprach. »Also gut, wir sehen uns später. Schön brav sein.«

Ellie hatte gerade begonnen, die Post zu öffnen. Sie schaute kurz auf und meinte fröhlich: »Ich werd's versuchen.«

Ihre Lippen waren unwiderstehlich. Als sie »versuchen« sagte, formte sie einen vollkommenen Schmollmund. Und jetzt lächelte sie wieder.

Zack verließ das Büro. Beiläufig rief er im Gehen: »Wir sehen uns dann morgen.«

Gott, dieses Nichtflirten war verdammt schwer.

19. Kapitel

Was war nur los? In den letzten zwei Wochen hatte er Martha ein Dutzend E-Mails geschickt. Als Antwort hatte Tony nichts weiter bekommen als eine einzige, kurze Nachricht am ersten Tag. Darin hatte sie sich entschuldigt und erklärt, ihre Begegnung sei ein gewaltiger Fehler gewesen. Es tue ihr leid, wenn sie ihm etwas vorgemacht habe. Er möge bitte ihre Privatsphäre achten und sie nicht weiter belästigen.

Das war alles. Seit jenem Tag war jede weitere Mail unbeantwortet geblieben. Die Telefongesellschaft hatte sich geweigert, Marthas Telefonnummer herauszugeben. Tony, der in Hollywood feststeckte, weil er eine langweilige Rolle in einem absolut schrecklichen Film zu spielen hatte, zählte die Tage. Es war eine Sache, nach London zu fliegen und herauszufinden, was los war, aber Martha davon zu überzeugen, ihre Meinung in Bezug auf ihn zu ändern, war eine völlig andere.

Jedenfalls war er jetzt wieder in London und nicht dazu in der Lage, ihrem Wunsch nach Privatsphäre nachzukommen. Als der Wagen in die Lanacre Road bog, wurde Tony die Brust ganz eng. Er wusste nicht einmal, ob sie zu Hause war, aber der Drang, sie wiederzusehen, war überwältigend.

Der Taxifahrer fragte: »Wo soll ich anhalten?«

»Noch etwas weiter, bitte. Es ist das Haus mit der gelben Tür, dort vorne links.« Das Taxi wurde langsamer. »Halten Sie hinter dem blauen Lieferwagen.«

In diesem Augenblick ging die gelbe Tür auf, und Eunice, der Griesgram auf zwei Beinen, trat heraus, gefolgt von Martha.

»O Gott, nicht stehen bleiben.«

»Wie? Aber Sie sagten doch …«

»Nicht stehen bleiben!« Tony rückte von der Scheibe ab und zischelte: »Fahren Sie weiter.« Mein Gott, was für ein schlechtes Timing. Was machte Eunice hier, *wohnte* sie im Haus? Aus der hintersten Ecke des Taxis erhaschte er einen Blick auf Marthas Profil. Das Taxi rollte ans Ende der Straße und hielt an der Kreuzung.

»Und wohin jetzt?«

»Äh …« Tony lugte aus der Heckscheibe. Er sah, dass die beiden Frauen in die andere Richtung gingen. »Drehen Sie um, und warten Sie einfach. Mal sehen, wohin die Damen gehen.«

»Und was dann?« Der Taxifahrer drehte sich um und sah ihn an. »Wollen Sie, dass ich ihnen folge? He, Sie ahnen gar nicht, wie lange ich darauf gewartet habe, dass das mal jemand zu mir sagt.« Er kicherte, packte das Lenkrad und wendete professionell. »Sie sind Tony Weston, stimmt's?«

»Ja.«

»Darf ich fragen, was hier abgeht?«

»Es wäre mir lieber, Sie würden das nicht tun«, erwiderte Tony.

»Die steigen in kein Auto. Sieht aus, als wollten sie einen Spaziergang machen.«

Tony dachte rasch nach. Bei seinem Glück waren sie auf dem Weg in den nächsten Supermarkt. Aber jetzt war er nun mal da, und was hätte er sonst tun sollen?

»Folgen wir ihnen.«

»Ehrlich, Kumpel? Wir sitzen hier drin«, der Fahrer zeigte auf sein Taxi, »und die beiden sind zu Fuß unterwegs.«

»Sie müssen einfach langsam fahren, nicht wahr? Und sorgen Sie dafür, dass sie uns nicht sehen.«

Glücklicherweise drehten sich Martha und Eunice nicht um. Das Taxi folgte ihnen in sicherer Entfernung, rollte im Schneckentempo. Als sie an die verkehrsreiche Hauptstraße kamen, wurde es schon schwieriger. Der Taxifahrer musste immer wieder stehen bleiben und darauf achten, dass er nicht auf der Busspur blockiert wurde.

»Ich bin sicher, dass so eine Verfolgung eigentlich aufregender sein sollte«, brummte er. »Quietschende Reifen, abrupte Wendemanöver, Polizeisirenen, der ganze Quatsch.«

»Schätzen Sie sich glücklich, dass es nicht so ist«, stellte Tony klar. »Wenn so was passiert, wird der Fahrer am Ende nämlich meistens nicht bezahlt.«

Martha und Eunice machten keinen Schaufensterbummel. Sie trödelten auch nicht. Ganz offensichtlich hatten sie ein klares Ziel vor Augen. Schließlich bogen sie von der Hauptstraße in eine begrünte Seitenstraße. Sie redeten nicht miteinander, liefen einfach nur Seite an Seite. Es war völlig offen, wohin sie unterwegs waren. Vielleicht zu einem Kirchentreffen? Eine Freundin besuchen? Ein Termin beim Zahnarzt?

»Na also«, sagte der Taxifahrer, als die beiden Frau schließlich in die Auffahrt eines Hauses bogen, das etwas von der Straße zurückgesetzt lag.

Tony beugte sich vor. Vermutlich war es eine Arztpraxis. Als das Taxi näher heranfuhr, sah er das Schild neben der Pforte.

Stanshawe Pflege- und Altenheim, stand darauf geschrieben.

»Das Geheimnis wäre somit gelöst.« Der Taxifahrer klang erleichtert. Die vergangenen 25 Minuten waren die langweiligsten seines Lebens gewesen. »Sie besuchen ihre alte Oma.«

»Vielleicht. Vielleicht aber auch nicht. Es könnte viele Gründe geben.«

»Oder sie arbeiten dort«, schlug der Taxifahrer vor. »Und was jetzt? Wollen Sie hineingehen?«

»Nein.« Tony lehnte sich in den Sitz zurück. »Bringen Sie mich zurück nach Primrose Hill.«

Die Wohnung war leer, da Ellie noch bei der Arbeit war. Tony schlug das Stanshawe Pflege- und Altenheim in den Gelben Seiten nach und notierte sich die Nummer. Dann zwang er sich abzuwarten, denn er konnte unmöglich dort anrufen, solange Martha und Eunice vor Ort waren.

Um 17 Uhr tätigte er den Anruf.

»Hallo, ich rufe wegen eines ihrer Bewohner an. Der Name ist Daines.« Es war ein Schuss ins Dunkle, aber seine einzige Möglichkeit.

»Wie bitte, wer?« Die Frau klang abgelenkt.

»Daines.«

»Können Sie mir den Vornamen nennen?«

Tony zögerte. Nein, konnte er nicht, weil er ihn nicht kannte. Er wusste nicht einmal, ob es ein Mann oder eine Frau war. »Äh …«

»Ach, Sie meinen Henry Daines? Tut mir leid, ich bin neu hier. Ich habe ihn erst jetzt auf der Liste entdeckt.«

Bingo. »Das ist er. Henry.« Tony fragte sich, ob echte Detektive auch schwitzige Handflächen bekamen.

»Gut. Worum geht es denn? Ich nehme gern eine Nachricht auf.«

»Oh, es geht nicht direkt um eine Nachricht. Ich rufe nur an, um zu fragen … wie es ihm geht.«

»Einen Moment, bitte. Ich schreibe das schnell auf. Würden Sie das noch einmal wiederholen?«

Gott, war die Gute schlicht gestrickt. »Ich habe Henry schon eine Weile nicht mehr gesehen. Ich hörte, dass er in Ihrer Obhut ist. Könnten Sie mir bitte sagen, warum er bei Ihnen ist?«

»Oh, das dürfen wir nicht, tut mir leid! Ich sage Ihnen was, warum nehmen Sie nicht einfach Kontakt zu seiner Familie auf? Die können Ihnen alle Informationen geben, die Sie brauchen.«

Typisch. »Ist gut, könnten Sie mir dann sagen, wie ich seine Familie …«

»Ach herrje, jetzt blinkt das rote Licht! Tut mir leid, ich muss los. Rufen Sie einfach seine Familie an … Wiederhören!«

Am nächsten Morgen um neun Uhr klingelte Tony an der Tür und hörte gleich darauf, wie sich im Innern des Hauses Schritte näherten. Die gelbe Tür öffnete sich, und zum ersten Mal seit zwei Wochen stand er Martha gegenüber. Sein Herz brannte vor Sehnsucht. Es war so wunderbar, sie wiederzusehen, und gleichzeitig war er erschreckt über den Ausdruck der Qual in ihrem Gesicht.

Er sprach leise. »Bist du allein?«

Sie schloss kurz die Augen, dann nickte sie. »O Tony, tu mir das doch nicht an. Du hättest nicht kommen sollen.«

»Ich musste. Du kannst nicht einfach sagen, ich solle dich in Ruhe lassen. Ich dachte, zwischen uns *sei* etwas …«

»Bitte, nicht.« Martha schüttelte verzweifelt den Kopf, ihre Finger krallten sich in die Knopfleiste ihrer himbeerrosa Bluse.

»Darf ich hereinkommen?«

»Nein.«

»Warum nicht?«

»Ich sagte dir doch, wir können uns nicht mehr sehen.« Auf der anderen Straßenseite wurde eine Tür zugeschlagen. Sie hob zitternd die Hand und winkte demjenigen zu, der drüben offenbar gerade sein Haus verließ. Flach atmend sagte sie: »Tony, geh bitte einfach. Glaubst du, das Ganze ist leicht für mich? Das ist es nicht, das kann ich dir versichern.«

»Ich weiß, aber wir müssen reden.« Er schwieg. »Wer ist Henry?«

Sie erstarrte. Ihre Finger, die die Klinke umklammert hielten, zuckten.

»Wer hat dir von ihm erzählt?«

»Ist er dein Schwiegervater?«

»Nein.«

»Dein Schwager?«

Martha schüttelte den Kopf.

»Dann ist es also dein Exmann.« Tony hatte das bereits vermutet. Er musste sie nicht anschauen, um zu wissen, dass er ins Schwarze getroffen hatte.

»Er ist nicht mein Exmann«, flüsterte Martha schließlich.

»Willst du damit sagen, dass ihr noch verheiratet seid?«

Sie presste die Lippen aufeinander, nickte elend.

»Wollen wir nicht hineingehen?«, fragte Tony. Dieses Mal trat sie zur Seite und ließ ihn ins Haus.

In der Küche rieb sich Martha das Gesicht. »Ich weiß nicht, wie du es herausgefunden hast. War es Eunice?« Sie schüttelte den Kopf. »Nein, Eunice kann es nicht gewesen sein.«

Anstatt ihr zu sagen, dass er ihr gefolgt war, bat Tony: »Erzähle mir von Henry.«

»Wie viel weißt du schon?«

»Gar nichts.«

»Wir waren 33 Jahre verheiratet. Glücklich. Sehr glücklich.« Ihre Stimme wurde brüchig. »Tja, bis vor sechs Jahren. Also gut, ich werde jetzt weinen. Sag nichts, ignoriere es einfach.« Sie langte nach einer Rolle Küchenpapier, riss ein paar Tücher ab und lehnte sich mit der Hüfte an die Küchentheke. »Er hat Alzheimer. Offiziell präsenile Demenz. Es fing vor sieben Jahren an, als er gerade mal 55 war. Erst verlor er Schlüssel und vergaß die Namen von Leuten, was lustig wirkte. Bis er bei der Arbeit einen schweren Fehler beging, und es nicht länger lustig war.« Tränen rollten still über ihre Wangen. »Daraufhin ging er zum Arzt und ließ eine Reihe von Tests mit sich machen … den Rest kannst du dir denken. Wir erhielten die Diagnose und waren am Boden zerstört. Ich versprach, mich um ihn zu kümmern. Henry war ein renommierter Steuerberater. Aber innerhalb eines Jahres brachte er nicht einmal mehr eine Einkaufsliste zustande.« Martha schwieg und wischte sich über die Augen. »Es ging alles so viel schneller, als ich gedacht hatte. Plötzlich stellte er seine Schuhe in den Ofen. Er wollte dem Briefträger unsere Mikrowelle schenken. Und anstatt sein Abendbrot zu essen, versteckte er es irgendwo in der Wohnung.«

Sie schwieg erneut, um sich zu sammeln. Es kostete Tony viel

Kraft, sie nicht in den Arm zu nehmen. Aber er blieb, wo er war – am anderen Ende der Küche.

»Von da an ging es nur noch bergab«, sagte Martha leise. »Ich schwöre, ich tat mein Bestes. Aber es war so viel schwerer, als ich es mir vorgestellt hatte. Ich war 21, als ich Henry heiratete. Er war der beste Ehemann, den sich eine Frau wünschen kann. Ich habe ihn so sehr geliebt … Er war klug, er war praktisch veranlagt, wenn jemand ein Problem hatte, dann war er derjenige, der es lösen konnte. Eine unserer Nachbarinnen war verzweifelt, als ihr Klempner sie versetzte. Ich erwähnte das Henry gegenüber, und er ging hinüber und reparierte ihre Toilette.« Sie hing ihren Erinnerungen nach, schüttelte dann aber den Kopf. »Aber das war vorher. Plötzlich änderte sich alles, und ich war es, die sich um Henry kümmern musste. Er bekam Stimmungsschwankungen, dann Wutanfälle. Es war nicht seine Schuld, er hatte einfach Angst und war frustriert. Aber es war, als müsse man ein Kleinkind bändigen, das einen Meter neunzig groß ist. Es war nicht … einfach. Und im Hinterkopf hatte man außerdem, dass es nur noch schlimmer wird. Schließlich musste ich ihn füttern. Und waschen. Und ihm die Zähne bürsten.« Marthas Stimme brach. »Es war schrecklich. Es war entwürdigend. Ich hatte versprochen, mich um ihn zu kümmern, aber es war die … einsamste … Aufgabe der Welt –«

Tony sagte: »Darum hast du zu mir gesagt, du seist schon lange allein.«

Sie nickte, versuchte krampfhaft, sich wieder unter Kontrolle zu bringen. »Ja. Aber es war nicht fair von mir, dir das zu sagen. Ich ließ dich denken, ich wäre geschieden. Das war falsch.«

»Aber absolut nachvollziehbar.«

»Nein, es war … widerlich. Ich habe mich noch nie so geschämt.«

»Ich habe dich unterbrochen.« Tony machte mit seinem Finger eine Bewegung, als wolle er eine Seite zurückblättern. »Bitte fahr mit deiner Geschichte fort.«

»Die Geschichte?« Martha schnitt eine Grimasse. »Eine Geschichte ohne Happy End. Also gut … ich machte weiter, solange ich konnte. Mit Hilfe von Eunice«, fügte sie hinzu. »Sie ist Henrys Schwester. Sehr fleißig, sehr ernst. Ich stehe tief in ihrer Schuld. Jedenfalls wurde mir vor einem Jahr alles zu viel. Ich war erschöpft, fühlte mich überfordert. Ich verkaufte unser großes Haus in Notting Hill und zog dafür in dieses kleine hier. Dank Henry hatte ich ein gutes finanzielles Polster. Und wie habe ich es ihm gedankt?« Sie seufzte schwer. »Indem ich ihn in ein Pflegeheim steckte. Und weißt du, was? Wenn es andersherum gewesen wäre, dann hätte er das nicht getan, das garantiere ich dir. Henry hätte sich um mich gekümmert bis zu meinem Tod.«

»Das weißt du doch gar nicht.«

»O doch.«

»Er bekommt die beste Pflege. Du besuchst ihn … wer könnte schon sagen, was letzten Endes besser für ihn ist?«

Martha sah ihn merkwürdig an. Tony hielt kapitulierend beide Hände hoch. »Es tut mir leid, ich bin dir gestern Nachmittag gefolgt. Ich musste es einfach wissen.«

Sie nickte bedächtig. »Es war dumm von mir, dich zu ignorieren. Aber jetzt verstehst du doch, warum wir uns nie wiedersehen dürfen?«

»Es ist eine furchtbare Situation.« Tony fühlte in sich den Wunsch, sie zu trösten und ihre Qual zu lindern. »Wie geht es ihm jetzt?«

»Er ist verwirrt. Manchmal traurig. Aber er erkennt mich noch. Er weiß, wer ich bin. Er nennt mich seine wunderschöne Ehefrau.« Marthas Gesichtsausdruck veränderte sich. »Und ich habe ihn betrogen.«

»Als ich dich damals auf dem Hügel sah, da wirktest du so sorglos«, sagte Tony. »Du schienst völlig glücklich. Deswegen fühlte ich mich zu dir hingezogen.«

»Ich war auch glücklich.« Sie nickte, um das zu unterstreichen.

»Als Henry in das Heim kam, war ich erleichtert. Und im gleichen Augenblick fühlte ich mich schuldig. Mein Leben war so viel leichter geworden, seins aber nicht. Ich schämte mich. Aber im Laufe der Zeit verblassten die Schuldgefühle. In den letzten beiden Monaten wurde ich lockerer und war wieder eins mit meinem Leben. Seit langem schien alles wieder zu stimmen. Es war Sommer, die Sonne schien mir ins Gesicht, ich kam mit meinem Bild gut voran. Der süße kleine Junge kam mit seinem Fußball angelaufen, und er war einfach anbetungswürdig. Plötzlich wurde mir klar, dass ich in Frieden mit mir und der Welt war. Das war eine unglaubliche Erfahrung, als ob ein tonnenschweres Gewicht von meinen Schultern genommen würde.« Martha starrte die Wand an. »Und dann kamst du, und du warst ebenfalls wunderbar.«

Deshalb hatte sie ihm also das Bild schenken wollen.

»Der nächste Tag war noch einmal genauso schön«, sagte Tony.

Sie nickte. »Ich kann immer noch nicht glauben, was ich getan habe. Du warst einfach … so vollkommen. Es war, als würde ich Urlaub von mir selbst machen. Einige Stunden lang durfte ich jemand anderes sein. Ich fühlte mich normal. Nein, ich fühlte mich *wundervoll.*« Erneut quollen Tränen in ihren Augen auf. »Es kam mir wie der schönste Traum aller Zeiten vor.« Ihre Fingernägel gruben sich in ihre Handflächen. »Und dann war es vorbei, und ich wachte auf.«

»Aber es war kein Traum.«

»Das weiß ich. Ich wünschte, es wäre einer gewesen. Ich war meinem Ehemann untreu, und ich hasse mich dafür. Darum will ich auch keinen Kontakt mehr. Es darf nie wieder geschehen.«

Tony drehte sich der Magen um. »Ich glaube nicht, dass es falsch war, was wir getan haben.«

»Natürlich war es *falsch*.« Martha sah ihn aus traurigen Augen an. »Du leugnest das nur, weil du es rechtfertigen willst.«

»Aber es *gibt* eine Rechtfertigung.«

»In guten wie in schlechten Tagen. Das habe ich ihm an meinem Hochzeitstag versprochen.«

»Aber das ist nicht –«

»Stopp! Sprich es nicht aus.« Martha hielt die Hand hoch, um ihn zum Schweigen zu bringen. »Wir sprechen hier von meinem Ehemann. Frag doch mal Eunice, ob es ihrer Meinung nach eine Rechtfertigung gibt? Was glaubst du, würde sie dir darauf antworten? Sie wohnt übrigens direkt gegenüber. Als wir an jenem Nachmittag zu mir gingen, da wusste ich, dass sie Freunde in Stockport besucht. Aber Eunice ist nicht dumm. Ihr entgeht nichts. Darum musst du jetzt auch gehen.«

Das war unerträglich. »Aber ich liebe dich«, sagte Tony.

Seine Worte trafen sie wie Pfeile, und sie zuckte zusammen. »Sag das nicht. Es darf nicht sein. Wir haben einen innigen Moment geteilt, aber das war's auch schon. Du bist ein Hollywood-Schauspieler, und ich bin eine ganz gewöhnliche verheiratete Frau aus Tufnell Park.«

»Du bist nicht gewöhnlich.«

Martha presste die Lippen fest aufeinander und durchquerte die Küche. Draußen im Flur öffnete sie die Haustür.

»Ich kann das nicht. Du hast dein Leben und ich meines.« Sie klang, als ob ihr das Herz brach, aber ihr Blick war unbeugsam. »Wenn dir wirklich etwas an mir liegt, dann gehst du. Jetzt sofort.«

20. Kapitel

Nach einem üblen Reitunfall vor sieben Jahren war die gebrochene linke Hüfte von Dr. Geraldine Castle nie wieder richtig zusammengewachsen. Jetzt setzte auch noch Arthrose ein, was die Situation nicht leichter machte. Es war, wie sie selbst zu sagen pflegte, eine verdammte Kacke. Das Gehen war schmerzhaft, Reiten gehörte der Vergangenheit an. Gleiches galt für hohe Absätze. Das hielt sie jedoch nicht davon ab, Schuhe mit hohen Absätzen zu kaufen. Einmal schuhsüchtig, immer schuhsüchtig.

Der Paketbote, der sie nicht zu Hause antraf, deponierte die Sendung daher bei Ellie. Als Geraldine von ihrem Essen mit einer früheren Arbeitskollegin zurückkehrte, wollte sie das Paket abholen.

»Die müssen Sie sehen«, rief sie. »Zum Sterben schön!«

Weder ihr Hinken noch ihr geschnitzter Gehstock aus Elfenbein lenkten von ihrem Glamour ab. Mit ihren 61 Jahren vereinte sie die erworbene Haltung eines Models mit einem angeborenen Stilgefühl, und wann immer Geraldine einen Raum betrat, drehten sich alle Köpfe zu ihr um. Im Vorjahr hatte sie ihre Arbeit als selbständige Ärztin aufgegeben und war in Rente gegangen.

In Ellies Büro setzte sie sich und öffnete das Paket.

»Oh, da seid ihr ja endlich. Hallo!« Sie hob den Deckel von der Schachtel und begrüßte die Schuhe wie lang verschollene Kinder. »Meine Güte! Wie schön ihr seid!« Sie hob sie aus der Schachtel und streichelte liebevoll das butterweiche lila Leder.

»Hätte Ihnen eine Patientin erzählt, dass sie mit ihren Schuhen spricht, würden Sie sie sicher an einen Psychiater verweisen«, meinte Ellie.

»Da haben Sie vermutlich recht. Aber bei diesen Schuhen ist die Sachlage eine völlig andere.« Geraldine bewunderte die Verzierung aus silbernen Lederblumen. »Diese Schuhe sind ein Kunstwerk. Sie verlangen nach Vergötterung!« Sie war ganz verzückt von ihrem Neubesitz.

Ellie sah, wie sie die Schuhe ehrfurchtsvoll in die Schachtel zurücklegte. »Ich persönlich ziehe ja Flipflops vor.«

»Ach, sie haben ja keine Ahnung, Mädchen!«, erklärte Geraldine. »Wo ist Zack heute?«

»In Northampton. Er kommt gegen 18 Uhr zurück.«

»Sie sind jetzt schon fast einen Monat hier.« Geraldines Augen musterten Ellies Gesicht. »Gefällt es Ihnen?«

»Absolut. Nie wieder das Ölsardinengefühl in der U-Bahn. Das ist einfach himmlisch.«

Eine Augenbraue der alten Dame hob sich. »Das ist alles?«

»Und dass ich Elmo jeden Tag sehen darf.«

»Nun, das versteht sich von selbst.« Geraldine wirkte amüsiert. »Ich dachte mehr an Zack. Ist es nicht auch ein Bonus, für ihn zu arbeiten?«

Seit sie nicht mehr arbeitete, hatte Geraldine zu viel Zeit, und ihre Neugier kannte keine Grenzen. Sie war wie eine Kummerkastentante ständig auf der Suche nach Problemen, die sie lösen konnte. Vermutlich lag es aber auch an ihrer langjährigen Tätigkeit als Ärztin, dass es keine Fragen gab, die ihr peinlich gewesen wären. Nicht zum ersten Mal versuchte sie herauszufinden, ob Ellie insgeheim für Zack schwärmte.

»Man kann sehr gut für ihn arbeiten«, erwiderte Ellie geduldig.

»Und er sieht gut aus.«

»Das Aussehen ist doch nicht alles.«

»Aber Sie haben keinen Freund.« Das hatte Geraldine schon herausgefunden. »Finden Sie ihn nicht attraktiv?«

»Zugegeben, sein Antlitz tut den Augen nicht weh, aber das ist auch alles.« Ellie zuckte mit den Schultern. »Ehrlich.«

»Ist das Ihr Ernst? Wie enttäuschend.« Geraldine kam eine neue Idee. »Oh«, rief sie und strahlte auf. »Sie sind lesbisch?«

Die Frage erweckte in Ellie eine bittersüße Erinnerung. Wann immer Jamie Lust auf Sex gehabt hatte, sie aber nicht auf ihn eingegangen war, lautete seine Standarderwiderung: »Wie kannst du mich verschmähen? Was bist du, eine Lesbe?«

Aber das war damals. Heute war alles anders. Ellie lächelte und sagte: »Nein.«

»So ein *Pech*. Die Tochter meiner Freundin ist lesbisch. Ich hätte Euch einander vorstellen können.«

»Tut mir leid.«

»Ich finde ja nur, dass Zack wirklich reizend ist.«

»Ich bin sicher, das denkt Louisa auch.«

»Ach, *die*.« Geraldine klang abschätzig. Ihre Begeisterung für eine Person, die Elmo nicht ebenso anbetete wie sie, hielt sich in Grenzen. »Er hat jemand Besseres verdient. Ich war letzte Woche im Garten draußen und hörte, wie sie eine Panikattacke bekam, weil sich ein paar Hundehaare auf ihrem Rock verirrt hatten. Bei dem Aufstand, den sie veranstaltete, hätte man denken können, es handele sich um Schlangengift.« Nach einer Weile fügte sie hinzu: »Sie sind viel netter als Louisa. Und hübscher.«

»Ich habe es trotzdem nicht auf Zack abgesehen«, stellte Ellie klar. »Und das weiß er auch. Darum hat er mich ja eingestellt.«

»Da haben Sie absolut recht, meine Liebe.« Geraldine wusste, wann sie sich geschlagen geben musste. Sie schloss die Schuhschachtel und stand auf. »Touché.«

»Ich wünschte, du wärst nicht verheiratet«, flüsterte Roo.

Niall packte sie noch fester um die Taille und zog sie an sich. »Ich auch.«

Roo schloss die Augen. Es war Mittwochnachmittag, und er hatte gegen Mittag angerufen und gesagt, dass er auf dem Weg zu ihr sei. Dank ihrer hyperaktiven Vorstellungskraft hatte sie sich eingeredet, etwas Gewaltiges müsse passiert sein: ihm sei beispielsweise bewusst geworden, dass er ohne sie nicht leben konnte; dass er Yasmin verlassen wolle … oder, besser noch, dass Yasmin entschieden habe, die Ehe zu beenden, denn dann würde sich Roo nicht schuldig fühlen müssen …

Aber wie alle glücklichen Phantasiebilder entsprach auch dieses nicht der Wirklichkeit. Als Niall eintraf, erkundigte sich Roo atemlos: »Was ist passiert?«

Niall nahm sie an der Hand, führte sie zum Schlafzimmer und sagte: »Ich hatte Sehnsucht nach dir.«

Das war natürlich schmeichelhaft. Die Tatsache, dass er so gern mit ihr schlief, war reizend, aber ihre Erwartungen waren noch größer gewesen. Seine Stimme hatte am Telefon so aufgeregt geklungen, dass sie sich auf etwas anderes eingestellt hatte, auf etwas, nun ja, mehr …

Aber es war trotzdem nett gewesen.

»He, alles in Ordnung?«

Eins war sicher: Sie konnte ihm unmöglich sagen, was nicht in Ordnung war.

»Alles bestens.« Einer der Gründe, warum sich Niall zu ihr hingezogen fühlte, war ihre Selbstsicherheit. Spielerisch fuhr sie mit den Fingernägeln seine Brust entlang und stupste mit ihrer Zungenspitze gegen seinen Mund. »Ich habe gestern Abend angefangen, einen Song über dich zu schreiben.«

»Ach ja?« Er wirkte erfreut. »Wie geht er?«

Roo räusperte sich und sang: »Es fühlt sich so echt an, wenn eins und eins zwei ergibt … Schau mich nur an, sei froh, dass es mich gibt …« Sie schüttelte den Kopf. »Das ist noch nichts … Ich arbeite noch daran. Du musst warten, bis der Song fertig ist.«

Niall küsste sie. »Klingt toll. Du bist unglaublich.«

»Ich weiß.« Eine Brise ließ die blassgrauen Vorhänge aufflattern, und Roos ganze Vorsätze flogen in einem Nu zum offenen Fenster hinaus. »Wann wirst du deine Frau verlassen?«

»He.« Er zog ihren Kopf zu sich, schüttelte dabei seinen Kopf. »Ich dachte, wir wollten dieses Thema ad acta legen.«

Geduld war noch nie Roos Stärke gewesen. »Ich will doch nur, dass wir beide richtig zusammen sind.«

»Das werden wir auch. Ich *liebe* dich«, sagte Niall. »Aber die Situation ist heikel. Wir dürfen nichts übereilen.«

»Warum nicht?« Es platzte weinerlich aus ihr heraus.

»Es sähe nicht gut aus. Und weil sich die Anwälte meiner Frau schön ins Fäustchen lachen würden.« Er sah erst auf seine Armbanduhr, dann über ihre Schulter. »Ich muss zurück zur Arbeit.«

»Wie ist Yasmin so?«

»Das habe ich dir doch schon gesagt. Können wir es dabei bewenden lassen?«

»Wo arbeitet sie denn?«, erkundigte sich Roo unschuldig.

»Süße, lass es gut sein. Das brauchst du nicht zu wissen.«

Aber ich weiß es ja schon. Ein Knoten bildete sich in ihrem Magen, als er sich von ihr löste und aus dem Bett stieg. »Vielleicht ist sie ja richtig nett.«

»Ist sie nicht.«

»Wenn du heute Abend nach Hause kommst, was machst du dann?«

»Ehrlich? Willst du das wirklich wissen?« Niall zog seine Hose an. »Na schön, hier kommt mein übliches Abendprogramm: Ich komme nach Hause, schaue nach, ob es etwas zu essen gibt. Gelegentlich kocht sie mir etwas, meistens aber nicht. Wenn nicht, brate ich mir ein Omelette, mache irgendeine Dose auf oder schiebe etwas in die Mikrowelle. Egal, was ich mache, Yasmin nörgelt. Dann verbringe ich etwas Zeit mit Benjamin, und daran hat sie auch immer etwas auszusetzen. Wenn ich versuche, etwas in die Geschirrspülmaschine zu stellen, faucht sie mich an, dass ich es völlig falsch anstelle. Wenn ich mich hinsetze, um fernzusehen, dann kommt sie an und verlangt, dass ich den Müll rausbringe. Im Grunde kritisiert sie mich ununterbrochen. Und das war's, das ist die Kurzfassung meiner Märchenehe.« Niall hatte sein Hemd zugeknöpft und zog nun die Jacke über. »Vertrau mir, mein Leben ist erbärmlich.« Er kam zum Bett und beugte sich nach unten, um sie zu küssen. »Außer, wenn ich mit dir zusammen bin.«

Roo stöhnte auf. Warum konnte das Leben nicht unkompliziert sein? Warum war er kein Single? Die Ungerechtigkeit ihrer Situation schmerzte sie. Roo klammerte sich einen Moment an ihn. »Wann sehen wir uns wieder? Wie wäre es mit Samstag?«

»O Gott, ich wünschte, ich könnte.« Niall streichelte ihr kurzes Haar. »Aber das ist Yasmins Geburtstag. Sie zetert schon seit einer Weile rum, dass sie mit mir wegfahren will. Ich habe gar keine Lust, aber aus der Nummer komme ich wohl nicht raus.«

Roo wurde übel. »Ihr fahrt in den Urlaub?«

»Nicht Urlaub, nur ein Wochenende in Norfolk.«

»In einem Hotel?«

»Wir wohnen bei Freunden, die auch Kinder haben. Ich muss auf jeden Fall Ohrenstöpsel mitnehmen.« Niall zog eine Schnute. »Es wird garantiert ein Albtraum, aber was bleibt mir übrig?«

Roo sah ihn an. Ein Teil von ihr hatte Mitleid mit ihm, der andere Teil war eifersüchtig.

Niall hatte ihr geschworen, dass er und Yasmin nicht mehr miteinander schliefen, aber sie musste es jetzt einfach wissen. »Wenn es ihr Geburtstag ist, dann wird sie doch sicher mit dir schlafen wollen?«

»Und lebenslange Gepflogenheiten einfach brechen?« Er musste laut lachen. »Keine Chance. Und falls doch, werde ich so tun, als ob ich eingeschlafen sei. Hör zu, ich wünsche dir ein schönes Wochenende. Ich hoffe, ich überlebe meines, und rufe dich dann am Montag an. Vielleicht kann ich ja abends vorbeikommen. Wie klingt das?«

Es war erst Mittwoch und wenn man sich verzweifelt wünschte, jede Minute jeden Tages mit jemand zusammen zu verbringen, dann waren fünf Tage Pause die Hölle.

Aber welche Wahl hatte sie schon? Er war die Liebe ihres Lebens.

Sie würde jetzt supercool reagieren müssen, um ihren Anflug von Bedürftigkeit zu kompensieren. Roo schaute nachdenklich und sagte: »Montag, Montag ... möglicherweise habe ich da schon einen Termin ...«

»Ist gut, dann vielleicht nächsten Donnerstag.«

Um Himmels willen, das war ja eine *ganze* Woche! Roo kämpfte kurz mit sich, dann schlang sie die Arme um seinen Hals. »Lass uns Montag sagen.« Zwischen zwei Küssen murmelte sie: »Ich sage meine Termine ab.«

Niall lächelte. »Gut.«

21. Kapitel

Dieser Abend war irgendwie anders. Die Erkenntnis kam Ellie nur allmählich. Anfangs glaubte sie noch, sich das Ganze nur einzubilden. Aber das tat sie nicht. Todd Howard küsste sie. Innerlich trat sie einen Schritt zurück, registrierte ihre Reaktion auf diese Erfahrung mit der Losgelöstheit eines Prüfungsbeobachters.

Wahrscheinlich war der Kuss als mittelstark einzustufen. Nicht zu feucht, nicht zu trocken, nicht zu fest, nicht zu weich. Es fühlte sich absolut bizarr an, und doch konnte man es nicht als unangenehm bezeichnen. Es wäre nicht angebracht gewesen, sich wie eine Sechsjährige, die von einer damenbärtigen altjüngferlichen Großtante geküsst wurde, entsetzt loszureißen, *bääääh* zu rufen und Würgegeräusche von sich zu geben oder sich den Mund abzuwischen.

Aber jetzt reichte es. Sie löste sich von Todd und öffnete die Augen. Er beobachtete sie, wartete auf ihre Reaktion.

»Tut mir leid.« Er atmete ziemlich schwer. »Alles gut?«

»Ja.« Ihre Stimme klang seltsam fern. Da sie sich miteinander wohl fühlten, hatten sie sich angewöhnt, die Wochenenden zusammen zu verbringen. Dieser Tag machte da keinen Unterschied: erst Shopping in der Portobello Road, dann ein paar

Drinks am Nachmittag und anschließend ein Spaziergang im Regents Park, gefolgt von einem Besuch in einem Comedy Club in Camden, und auf dem Heimweg noch eine Pizza zum Mitnehmen. In der Wohnung hatten sie es sich auf dem Sofa gemütlich gemacht, die Quattro Staggioni mit Weißwein hinuntergespült und *Ocean's Eleven* auf DVD angeschaut.

Mitten im Film hatte Todd sich zu ihr umgedreht und gesagt: »Ell? Ich möchte dich küssen.«

Und sie war so verblüfft gewesen, dass sie sagte: »Echt?«

»Ja.«

»Oh, okay.« Mehr aus Höflichkeit hatte sie zugestimmt.

Gleich drauf hatte sich Todds Mund auf den ihren gepresst. In diesem Moment teilte sich gewissermaßen ihre Persönlichkeit. Eine Hälfte von Ellie bewertete Druck, Feuchtigkeit und Geschmack des Kusses, nahm den Geruch seiner Haut und die Bartstoppeln wahr, die sanft über ihre Haut strichen. Die andere Hälfte fühlte sich versteinert an, wie eine Schaufensterpuppe.

Denn natürlich musste es sich merkwürdig anfühlen. Jamie war vor achtzehn Monaten gestorben. Achtzehn Monate waren vergangen, seit sie das letzte Mal Mund-zu-Mund-Kontakt gehabt hatte. Und dies hier war ein fremder Mund.

Zu spät merkte sie, dass er etwas sagte. Huch, sie war so sehr damit beschäftigt, sich zu fragen, wie sie sich fühlte, dass sie gar nicht zugehört hatte. Ellie schüttelte den Kopf. »Tut mir leid, was hast du gesagt?«

»Ich habe dich gefragt, ob du wirklich sicher bist, dass alles gut ist.«

»Mir geht's gut.« Der arme Todd, er wirkte besorgt. Sie lächelte, um ihn zu beruhigen. »Alles bestens.«

»Du hast es nicht kommen sehen, was?«

»Nein.«

»War es dir unangenehm?«

»Nein.«

Todd wirkte erleichtert. »Ich habe all meinen Mut zusammengenommen.«

»Oh?« Was sollte sie darauf sagen?

»Ja.« Er nickte, suchte in ihrem Gesicht nach einer Reaktion. »Ich mag dich, Ellie. Ich habe früher nie darüber nachgedacht, als du und Jamie ein Paar wart. Aber in den letzten Wochen … Ich weiß nicht, irgendetwas ist passiert. Ich bin einfach gern mit dir zusammen.« Seine Augen strahlten. »Du bist reizend.«

»Bin ich das?« Es war bizarr, ihn das sagen zu hören.

»O ja.« Er gewann an Zutrauen. »Aber ich muss dich warnen, ich kann auch ziemlich reizend sein, wenn ich es darauf anlege.«

Ihr Lächeln wurde breiter, denn das war die Art von Geplänkel, die sie von ihm und Jamie kannte. Bevor man sich versah, stritten die beiden darum, wer von ihnen der Reizendere sei.

»Hör zu«, fuhr Todd fort, »ich will dich nicht unter Druck setzen. Ich gehe jetzt.«

Eine kurze Pause entstand. Als sie nicht sagte, dass er bleiben könne, stand er auf. »Du brauchst Zeit, um darüber nachzudenken. Ruf mich an, wann immer du willst. Ich weiß, es muss sich für dich komisch anfühlen. Aber ich glaube, wir zwei kämen gut miteinander aus. Wir können es ja mal versuchen, wenn du magst.«

Sie stand auf. »Ist gut, danke.« Das war seltsam und wirkte nun wie ein Vorstellungsgespräch. Sollten sie sich jetzt die Hand schütteln?

Todd reagierte souverän, indem er sie rasch und rein freundschaftlich umarmte. »Ich warte auf deinen Anruf.«

Sie drückte ihm einen höflichen Wir-sind-nur-gute Freunde-Kuss auf die Wange. »Ist gut, danke.« Es fühlte sich alles so surreal an. Sie tätschelte seinen Arm. »Mach's gut.«

»Da schau an, wer hätte das gedacht?«

Ellie saß im Bett, hatte die Knie angezogen und musterte Jamies

Gesichtsausdruck. Sie musste wissen, was er von der ganzen Sache hielt. Gut war, dass er nicht erbost wirkte. Er schien völlig entspannt.

Andererseits war sie ja diejenige, die ihn so aussehen ließ.

»Ich weiß. Es hat mich auch völlig überrumpelt. Ich habe ihn nicht dazu ermutigt, ehrlich.«

Jamies blaue Augen funkelten. »Du musst dich nicht verteidigen. Es ist erlaubt, Männer zu verzaubern.«

»Ist das gar nicht komisch für dich?« Das musste es doch zweifelsohne sein.

»Na ja, schon. Ein wenig.« Er lehnte an der Wand und zuckte mit den Schultern. »Aber vielleicht ist es besser, dass es jemand ist, den ich kenne. Ich vertraue ihm. Todd wird dir nicht das Herz brechen. Das ist doch schon mal was, oder nicht?«

»Vermutlich.«

»Auf jeden Fall ist es besser, als wenn du losziehst und betrunken einen One-Night-Stand mit irgendeiner Zufallsbekanntschaft hast, die sich am nächsten Tag nicht einmal an deinen Namen erinnert.«

»Verdammt«, grinste Ellie. »Dabei hatte ich mich schon so darauf gefreut.«

Jamie lachte laut auf. »Sorry, dafür kenne ich dich einfach zu gut.«

»Jedenfalls sprechen wir ja nicht über Sex.« Die Aussicht, sich nackt auszuziehen und es tatsächlich zu tun, war viel zu bizarr, um auch nur darüber nachzudenken. »Das wird eh nicht passieren.«

»Genau. Geh es langsam an.« Er nickte zustimmend. »Ein paar Küsse hier, ein wenig Händchenhalten dort, das reicht für den Moment. Warte ab, wie es dir damit geht.«

»Ich weiß schon, wie es mir damit geht. Es fühlt sich *merkwürdig* an.«

»Es ist jetzt achtzehn Monate her!«

»Ach, tatsächlich?« Gespieltes Erstaunen. »Schon so lange? Ist mir gar nicht aufgefallen.«

»Nur eines noch: Küsst er gut?«

»Er ist ganz okay.«

»Besser als ich?«

Ellie tat so, als müsse sie über die Frage nachdenken. »Hm, das muss ich mir noch überlegen.«

»Wehe dir, wenn er besser ist als ich«, drohte Jamie. »Das gilt fürs Küssen und fürs Händchenhalten.«

Sie schaute auf seine langen, gebräunten Finger, erinnerte sich daran, wie sie sich anfühlten, wie gut ihre Hand in seine gepasst hatte. Sie hätte alles dafür gegeben, diese Hand wieder halten zu dürfen. Na toll, da kamen auch schon die Tränen. Wann würde das endlich aufhören?

»Nicht weinen«, sagte Jamie.

»Ich weiß.« Sie zog ein Taschentuch aus der Schachtel auf dem Nachttisch.

»Soll das jetzt heißen, dass er tatsächlich besser ist?«

Jamie versuchte, sie zum Lachen zu bringen. Ellie lächelte und wischte sich die Augen. »Keine Panik. Du bist immer noch der Beste.«

»Gott sei Dank.« Gespielt erleichtert steckte er die Hände in die hinteren Taschen seiner tiefhängenden Lieblingsjeans. »Nur, dass du es weißt: Ich finde das mit Todd total in Ordnung. Du könntest es weitaus schlimmer treffen.«

22. Kapitel

»Es tut mir leid, Zack ist heute nicht da. Hatten Sie einen Termin?«

Das Pärchen vor der Haustür wirkte enttäuscht. Die Frau, eine zierliche Brünette, sagte: »Oh, wie schade! Wir sind aufs Geratewohl vorbeigekommen. Wir haben neulich im *Telegraph* den Artikel über ihn gelesen, und es klingt, als sei er genau der Richtige.«

»Jemand, der keine Angst hat, auch einmal einen Senkrechtstarter zu nehmen.« Der Mann neben ihr war groß, dünn und hatte eine Nase, die an einen Schnabel erinnerte, aber nicht unsympathisch wirkte. Sein Haar war skandinavisch blond. Er strahlte Begeisterung aus und hatte etwas von einem nachlässig gekleideten Tennisspieler. Eifrig fügte er noch hinzu: »Und das ist genau das, was wir sind.«

»Tja, kommen Sie doch kurz herein, dann sehe ich, was ich für Sie tun kann.« Ellie führte sie ins Büro. Sie zog den Terminkalender heran. »Ein Treffen morgen Vormittag wurde gestrichen. Ich könnte Ihnen elf Uhr anbieten. Was halten Sie davon?«

»Das passt uns gut. Prima.« Das Paar sah sich an und strahlte.

»Wie heißen Sie denn?« Ellie griff nach einem Stift.

»Kaye und Joe Kerrigan.«

»Und worum geht es bei dem Angebot?« Ellie zeigte auf den wattierten DIN-A4-Umschlag, den Joe wie einen kostbaren Schatz an seine Brust presste. »Warum lassen Sie den Projektvorschlag nicht einfach da, dann kann Zack sich den Inhalt anschauen, bevor er mit Ihnen spricht. Das würde Zeit sparen.«

»Oh, aber …« Kaye wirkte besorgt. »Wir würden das Ganze lieber persönlich beschreiben …«

Joe legte eine knochige Hand auf ihren Arm. »Wir sollten machen, was für Mr. McLaren am einfachsten ist.« Er sah Ellie entschuldigend an. »Tut mir leid, aber das bedeutet uns einfach so viel.«

»Nichts auf der Welt bedeutet uns mehr«, bekräftigte Kaye. »Und wenn jemand es realisieren kann, dann Zack McLaren. Wir haben alles über ihn gelesen.« Ihre Augen glänzten. »Sie haben ja so ein Glück, für ihn zu arbeiten.«

»Er ist ein Albtraum.« Ellie grinste. »Nein, das war ein Scherz, er ist toll. Und ich werde natürlich dafür sorgen, dass er Ihre Sachen bekommt.« Sie streckte die Hand nach dem wattierten Umschlag aus. »Und wir sehen uns dann morgen.«

»Moment noch!« Kaye griff nach dem Umschlag. »Nur rasch noch ein Kuss drauf, das bringt Glück …«

Zack kam um 16 Uhr zurück. Ellie brachte ihn auf den neuesten Stand, was die Ereignisse im Büro betraf. Dann reichte sie ihm die Mappe, die sich in dem wattierten Umschlag befunden hatte.

Zack ging das Angebot flüchtig durch, dann schloss er die Mappe und warf sie wie eine Frisbeescheibe auf den Schreibtisch.

»Sie müssen es lesen«, sagte Ellie.

»Habe ich gerade.«

»Alles!«

»Ich muss nicht alles lesen, nur das Wesentliche erfassen.«

»Und?«

»Es ist ein Drehbuch für einen Film.«

»Ich weiß!«

»Sie wollen mich als Geldgeber. Ich soll den Film finanzieren.« Amüsiert schüttelte Zack den Kopf. »Das ist völlig verrückt. Überhaupt nicht mein Ding. Nie und nimmer.«

»Aber wenn der Film ein Erfolg würde …«

»Wird er aber vermutlich nicht. Wir sprechen hier vom riskantesten Gewerbe auf dem Planeten. Ich würde so ein Projekt nicht einmal mit einer Feuerzange anfassen.«

Vor Ellies innerem Auge tauchten die ernsthaften Gesichter von Kaye und Joe Kerrigan auf. Die beiden würden am Boden zerstört sein. »Denken Sie an *Mamma Mia*?«

»Ausnahmen bestätigen die Regel.«

»*Titanic*.«

»Eine weitere Ausnahme, die die Regel bestätigt.«

»*ET*.«

»Wie viel von Ihrem eigenen Geld würden Sie denn darauf verwetten, dass dieses Drehbuch so gut ist wie das von *ET*? Hören Sie, ich werde diesen Leuten kein Geld geben, das wäre Wahnsinn«, sagte Zack. »Und schauen Sie mich nicht so an. Ich bin kein Monster, aber ich will auch nicht mein hart verdientes Geld sinnlos verfeuern.«

»Sie haben das Drehbuch ja nicht einmal gelesen«, protestierte Ellie.

»Das muss ich auch nicht. Was sollte das bringen?«

»Nun kommen Sie schon, Sie sind doch Unternehmer. Es könnte großartig sein. Und dieses Pärchen hat so hart daran gearbeitet. Wenn Sie das Drehbuch nicht lesen, ist das … ist das, wie wenn man einen Lottoschein auf dem Gehsteig findet, aber sich nicht bückt und ihn aufhebt, weil die Wahrscheinlichkeit groß ist, dass man nicht den Jackpot gewinnt!«

Zack hob resignierend die Hände. »In Ordnung, Sie haben Ihren Standpunkt deutlich gemacht. Sie wollen mich also wirklich dazu treiben, dass ich das Drehbuch lese?«

»Ja, das ist meine Absicht.«

»Na schön, Sie haben gewonnen. Ich werde es lesen.«

»Versprochen?«

»Versprochen.« Sein Handy erwachte zum Leben, und Zack meldete sich. »Robert, danke dass Sie mich zurückrufen. Haben Sie gerade kurz Zeit, die Zahlen durchzugehen? Großartig, Moment, meine Notizen sind oben …« Als er das Büro verließ, zeigte er auf die Mappe auf dem Schreibtisch, dann presste er die Hand an die Brust und formte lautlos die Worte: »Ich verspreche es.«

Als er gegangen war, zog Ellie das Drehbuch zwischen dem Wust von Papieren heraus. Es waren knapp einhundert, nicht gebundene A4-Seiten. Sie ging zum Kopiergerät und drückte auf *Start*. Sie mochte keine millionenschwere Unternehmerin sein, aber Kaye und Joe Kerrigans Begeisterung hatten ihre Neugier geweckt.

Sie würde das Drehbuch auf jeden Fall lesen, auch wenn Zack das nicht tat.

»Und?«, fragte Ellie am nächsten Morgen.

»Und was?« Zack warf Elmos Gummiball quer durch die Küche, und er prallte vom Einbauschrank ab. Elmo schlitterte über die cremefarbenen Marmorfliesen hinterher.

»Haben Sie es gelesen?«

»Was gelesen?«

»Das Drehbuch.«

»Oh, das. Ja, habe ich.«

Elmo bellte ungeduldig. Er wollte, dass Zack den Ball erneut warf.

»Wie hat es Ihnen gefallen?«

»Eigentlich war es ziemlich gut.« *Plong*. Der Ball flog erneut.

Ellie füllte den Wasserkessel an der Spüle und trat rasch aus dem Weg, als Elmo dem Ball begeistert hinterherjagte.

»Und weiter?«

»Ich werde den Film trotzdem nicht finanzieren.«

Elmos Schwanz wackelte hektisch, als Zack sich bückte und er den Ball Sekundenbruchteile vor Elmo zu fassen bekam.

»Wer war der Priester?«, fragte Ellie.

»Welcher Priester?«

Ha! »Der im Drehbuch natürlich, der am Ende auftaucht.«

Zack richtete sich auf. Sein rotes Polohemd war aus der Hose gerutscht, und seine Levis hatte einen neuen Riss. »Ach, der Priester.« Seine Augen wurden schmal, dann meinte er unschuldig: »Tut mir leid, an den kann ich mich nicht erinnern.«

Ellie schüttelte den Kopf. »Sie haben es doch versprochen.« Eigentlich war sie der festen Überzeugung, dass Zack eine ehrliche Haut war. Wenn er es sagte, dann tat er es auch.

»Ich hatte gestern Abend wirklich viel um die Ohren.« Er beobachtete ihre Reaktion. »Und woher wissen Sie überhaupt, dass ein Priester darin vorkommt?«

»Ich habe mir eine Kopie gemacht und sie mit nach Hause genommen.« Vielsagend fügte sie hinzu: »Anders als andere.«

»Habe ich Sie jetzt enttäuscht?« Zack warf ihr, über Elmos Kopf hinweg, den Ball zu. »Hier, fangen Sie.«

Ellie fing ihn mit der linken Hand. Elmo sprang in die Luft. »Ja, haben Sie.«

»Gut gefangen.« Er signalisierte seine Anerkennung. »Und was halten Sie von dem Drehbuch?«

Sie warf ihm ihrerseits den Ball zu, was Elmo ganz verrückt machte. »Ich halte es für brillant. Es *ist* brillant. Es ist lustig, es ist berührend, und es ist originell. Sollte es verfilmt werden, würde ich es mir auf jeden Fall anschauen wollen.«

»Würden Sie das?«

»Auf jeden Fall.«

Zack piesackte Elmo, indem er den Ball immer ein wenig außer dessen Reichweite hielt. »Würden Sie an den traurigen Stellen weinen?«

»Möglicherweise. Na schön, höchstwahrscheinlich«, räumte Ellie ein.

»Beispielsweise als Mary endlich den Sohn wiedersieht, den sie zur Adoption freigegeben hatte, und feststellt, dass es sich um Hochwürden Dermot handelt?«

»O Gott, *ja*!«

Einer der Stühle klapperte, als Elmo sich hinter dem Ball herhechtend beinahe den Schädel daran einschlug. Triumphierend nahm er ihn in Besitz.

Zack lächelte schief. »Es ist mir eben blitzartig wieder eingefallen.«

»Dann haben Sie das Manuskript also doch ganz gelesen?«

»Ich wollte nicht, aber Sie haben mich ja dazu getrieben.«

»Hervorragend.« Ellie spürte, wie sie vor Freude rot wurde. »Und werden Sie die Kerrigans unterstützen?«

»Ich kann nicht.« Er schaute bedauernd. »Im Filmgeschäft kenne ich mich nicht aus, und die Risiken sind astronomisch. Ich habe keinerlei Kontakte, die bereit wären, in ein solches Unternehmen zu investieren. Aber das Drehbuch hat mir gefallen, sehr sogar«, fuhr er fort. »Wenn die beiden nachher kommen, werde ich es ihnen schonend beibringen müssen.«

»Na schön.« Tja, immerhin hatte sie es versucht.

»Und falls ihr Film jemals realisiert wird, dann gehen wir zusammen ins Kino und sehen ihn uns an«, sagte Zack. »Ich bezahle.«

Elmo ließ den Ball zu seinen Füßen fallen, wollte unbedingt weiterspielen.

»Darf ich Sie dann damit aufziehen und Ihnen unter die Nase reiben, dass ich es ja gewusst habe?«, fragte Ellie.

Zack meinte gutgelaunt: »Abgemacht.«

Zwei Minuten vor elf klingelte es an der Tür. Ellie öffnete den Kerrigans. Hoffnungsvoll blickten sie ihr entgegen.

Als Ellie sie in den Flur ließ, flüsterte Kaye aufgeregt: »Hat er das Drehbuch gelesen?«

»Hat er.«

»Wir konnten letzte Nacht kein Auge zumachen! Und auf dem Weg hierher haben wir zwei Elstern gesehen. Zwei bringen Glück, nicht?«

Ach herrje. Die beiden waren wirklich voller Hoffnung. Und gleich würde Zack ihre Träume zerschmettern. Ellie führte sie die Treppe hinauf und klopfte an der Wohnzimmertür.

»Das könnte die Erfüllung all unserer Wünsche sein!« Joe Kerrigan holte tief Luft, während sie darauf warteten, dass Zack an die Tür kam. »Wünschen Sie uns Glück!«

Sie waren beinahe dreißig Minuten bei ihm. Während Ellie

tippte, spitzte sie die Ohren. Endlich hörte sie, wie oben die Tür geöffnet wurde. Es folgten Schritte auf der Treppe. Wenn das Treffen eine halbe Stunde gedauert hatte, hieß das, dass Zack seine Meinung geändert hatte?

Aber als sie Joe sagen hörte, »Tja, trotzdem vielen Dank«, wusste sie, dass er das nicht getan hatte.

Zack steckte den Kopf durch die Tür. »Ich muss einige Anrufe tätigen, aber Joe und Kaye möchten noch kurz mit Ihnen sprechen, darum überlasse ich es Ihnen, sie hinauszubegleiten.«

»Er kann uns nicht helfen«, erläuterte Joe, als Zack wieder nach oben gegangen war. »Aber wir wollten uns noch bei Ihnen bedanken, dass Sie sich für uns starkgemacht haben.«

»Er hat uns erzählt, dass Sie ihn dazu gebracht haben, das Manuskript zu lesen.« Kaye war herzerweichend tapfer. »Und er meinte, Sie hätten es ebenfalls gelesen.«

»Ich halte es für brillant.« Die beiden waren wirklich ein reizendes Paar.

»Das bedeutet uns viel.« Kaye schenkte ihr ein Lächeln.

»Sie dürfen nicht aufgeben.«

»Werden wir nicht, können wir gar nicht«, sagte Joe. »Wir halten es nämlich auch für brillant.«

»Das klingt jetzt ein wenig prahlerisch.« Kaye stieß ihn in die Seite.

»Ich sehe das ebenso. Es ist unser Traum, und das schon so lange.«

»Uns gehen nur langsam die Optionen aus.«

Joe schüttelte den Kopf. »Wir dürfen uns nicht unterkriegen lassen!«

»Hören Sie, ich weiß nicht, wie die Filmindustrie tickt, aber müssen Sie das wirklich alles allein stemmen?«, fragte Ellie. »Wie wäre es, wenn Sie das Drehbuch großen Filmgesellschaften schicken? Vielleicht beißt ja eine von denen an.«

»Das haben wir schon versucht. Jede einzelne Produktionsfirma, wirklich jede Drehbuchvermittlungsagentur. Alle haben uns abschlägig beschieden.«

»Oh.« Jetzt kam Ellie sich dumm vor.

»Wir haben so viele Ablehnungsschreiben bekommen, dass wir damit unser Haus tapezieren könnten. Es ist furchtbar frustrierend.« Kaye klang demotiviert. »Die meisten haben das Drehbuch nicht einmal gelesen. Ich habe angefangen, Haare zwischen die Seiten zu legen, um zu sehen, ob das Drehbuch aufgeschlagen wurde. Wurde es meistens nicht!«

Ellie fragte sich, was potentielle Produzenten von haarigen Drehbüchern hielten.

»Natürlich keine ganzen Haarbüschel.« Joe grinste. »Nur ein einziges Haar pro Drehbuch.« Er hatte ein sympathisches, freundliches Gesicht und legte ein ungezwungenes Verhalten an den Tag. Ihn und Kaye musste man einfach gernhaben.

»Wie auch immer, Sie müssen jetzt weiterarbeiten«, sagte Kaye. »Wir wollten uns einfach dafür bedanken, dass Sie sich bei Zack für uns eingesetzt haben.«

»Geben Sie nicht auf«, wiederholte Ellie, als sie das Paar zur Tür brachte.

»Keine Sorge.« Joe blieb auf der obersten Stufe stehen und hob salutierend eine Hand. »Das werden wir nicht.«

23. Kapitel

Tony, der nach drei Tagen in Wales zurück war, schaute *Deal or No Deal*, als Ellie von der Arbeit nach Hause kam.

Er winkte ihr vom Sofa aus zu. »Ich habe indisches Essen bestellt. Es kommt in zwanzig Minuten. Wie war dein Wochenende?«

Ellie wartete, bis das Essen angeliefert worden war, bevor sie ihm von der Sache mit Todd erzählte. Am nächsten Morgen würde Tony wieder nach Los Angeles fliegen, und er verdiente es, die Wahrheit zu erfahren. Falls sie sich vorher nicht überfressen sollte und platzte.

»Habe ich zu viel bestellt?«

»Womöglich einen Tick zu viel.« Tony war berühmt dafür, dass er sich im Angesicht einer Speisekarte einfach nicht zügeln konnte. Jetzt war jeder Meter der Abstellfläche in der Küche mit Plastikbehältern und Foliendeckeln übersät.

»Ich kann nicht anders, ich hasse die Vorstellung, mir könnte etwas Leckeres entgehen.« Er nahm etwas vom Lamm Jalfrezi, vom Saag Aloo und vom Bhindi Bhaji. Dazu fügte er Peshwari Naan und Reis mit Pilzen. »Weißt du noch, wie ich *ein* Tandoori Hühnchen bestellte und drei geliefert wurden?« Tony musste bei dieser Erinnerung kichern. »Jamie konnte dieser Herausforderung nicht widerstehen. Er hat sie alle gegessen!«

O nein, jetzt brachte er auch noch Jamie ins Gespräch. Ellie sank der Mut. Sie stellte den Behälter mit Bhuna-Garnelen ab. Wie sollte sie es ihm nur beibringen? Sie holte tief Luft. »Tony, glaubst du, es wäre für Jamie in Ordnung, wenn ich anfange, mich … äh … mit jemand anderem zu treffen?«

Tony, der Mango Chutney auf seinem Lamm verteilte, hielt abrupt inne. Schnell hatte er sich wieder gesammelt.

»O Schätzchen, aber natürlich wäre es für ihn in Ordnung. Es ist ja schon eineinhalb Jahre her. Habe ich nicht selbst gesagt, du *solltest* dich wieder mit Männern treffen. Jamie würde sich für dich freuen, das weiß ich. Und ich freue mich natürlich auch. Solange es jemand Nettes ist, der dich auch verdient hat.« Er sah sie aus den Augenwinkeln an. »Ist es jemand Nettes?«

»Ja.« Sag es ihm, sag es ihm …

»Ich glaube, ich weiß es bereits.« Tony lächelte aufmunternd. »Sprechen wir hier von Mr. McLaren?«

Was? Großer Gott, wie konnte er das nur sagen? »Zack? Nein, es ist nicht Zack.«

»Oh, tut mir leid, mein Fehler. Also gut, wer ist der Glückliche?«

Ellie wappnete sich. Sag es ihm einfach.

»Oder *die* Glückliche«, rief Tony hastig. »Das wäre auch in Ordnung. Es muss kein Mann sein.«

Ellie schnaubte vor Lachen, und die Spannung war augenblicklich wie weggeblasen.

Er schüttelte den Kopf. »Diese verdammte politische Korrektheit. Natürlich wäre es mir lieber, wenn es ein Mann ist.«

»Tja, das ist gut, denn es ist ein Mann.« Um Himmels willen, spuck es endlich aus. »Es ist Todd.«

Wieder eine Pause. Dann lächelte Tony breit und sagte: »Echt? Noch besser! Süße, das sind hervorragende Neuigkeiten. Ich hatte ja keine Ahnung.« Er schien sich wirklich zu freuen.

»Ich auch nicht. Ich dachte, wir sind nur Freunde. Und jetzt hat es den Anschein, als ob … na ja … als ob es sich in eine andere Richtung entwickelt.« Rasch schob sie hinterher: »Wir stehen aber noch ganz am Anfang. Er hat es mir erst am Samstagabend gebeichtet. Es ist noch nichts passiert.« Sie wollte Tony wissen lassen, dass sie nicht hier in der Wohnung hinter seinem Rücken fleischlichen Genüssen nachgegangen war.

»Vertrau mir, Jamie hätte gewollt, dass du ein erfülltes Leben hast.«

Hoffentlich hatte er recht. »Ich tue mein Bestes.«

»Und du musst dich auch nicht entschuldigen.« Tony war enorm scharfsinnig. »Du bist ihm nicht untreu.«

»Ich weiß.« Sie gab einen Löffel Reis auf ihren Teller. »Aber es fühlt sich dennoch merkwürdig an.«

»Notgedrungen.«

Jetzt, wo Ellie einmal angefangen hatte, konnte sie nicht mehr aufhören. »Es fühlt sich ein bisschen wie eine arrangierte Ehe an.«

»Ach Süße, das wird sich mit der Zeit ändern. Solange ihr euch grundsätzlich zueinander hingezogen fühlt, ist alles gut.«

Hm, das war die andere Sache, deren sie sich nicht so sicher war. Fühlten sie sich grundsätzlich zueinander hingezogen? Und woher sollte sie das wissen, wo sie doch völlig außer Übung war, was Dating anbelangte? Seit Samstagabend kreisten diese Fragen ständig in ihrem Kopf. Der Gedanke, sich emotional auf Todd einzulassen, machte ihr ein wenig Angst, ebenso wie es der Kuss getan hatte. Aber wenn sie ihn jetzt abwies, würde das seine Gefühle verletzen. Darum hatte sie beschlossen, bis auf weiteres mitzuspielen. Es war einfach nett, wieder Teil eines Paares zu sein und normal zu fühlen. Nun ja, relativ normal. Aber sie wollte die Sache langsam angehen lassen, abwarten, wie es sich entwickelte. Zumindest hatte sie es jetzt Jamies Dad erzählt. Das war eine Hürde weniger.

Ihre Teller waren randvoll beladen. Ellie hatte aber fast kaum noch Hunger. Sie nahm ihren Teller dennoch und sagte: »Sollen wir ins Wohnzimmer gehen?«

Dort angekommen, erzählte sie ihm von dem erfolglosen Treffen zwischen Kaye und Joe Kerrigan mit Zack.

»Es ist wirklich ein knallhartes Geschäft.« Tony nickte. »Die Wahrscheinlichkeit, vom Blitz getroffen zu werden, ist höher, als einen Film zu produzieren.« Lakonisch fügte er hinzu: »Und in Los Angeles ist es wahrscheinlicher, vom Blitz getroffen zu werden, als jemand zu finden, der noch kein Drehbuch geschrieben hat.«

»Aber es ist ein wirklich gutes Drehbuch.«

»Tausende Drehbücher sind wirklich gut. Zehntausende.«

»Aber die Filmgesellschaften und Agenten, denen sie das Drehbuch geschickt haben, haben es noch nicht einmal gelesen!«

»Das liegt daran, dass sie dort Tausende unverlangt eingesandter Drehbücher bekommen. Buchstäblich. Wenn sie jedes einzelne lesen wollten, würden sie sonst nichts anderes mehr gebacken kriegen. Manchmal schauen sie sich wenigstens die erste Seite an.« Er sagte es so, als wäre es dadurch besser.

Ellie war frustriert. »Das ist total unfair.«

»Wie ich schon sagte, ein knallhartes Geschäft eben.«

Sie schluckte ihren Bissen Bhaji hinunter. »Ja, ich weiß. Es ist nur Ironie, dass so viele Filme gedreht werden, die sich hinterher als Mist erweisen.«

Am nächsten Morgen stand Tony früh auf, packte und wartete auf den Wagen, der ihn nach Heathrow bringen sollte. Er ging mit seiner Tasse Kaffee ins Wohnzimmer und wühlte sich durch den Stapel an Zeitungen und Klatschmagazinen, um etwas zu finden, das er im Flugzeug lesen konnte. Fernsehzeitung, nein. *Cosmopolitan*, sicherlich nicht. Broschüren von Reiseveranstaltern, die besonders billige Urlaube anboten, danke nein. Der Argos-Katalog, Herr im Himmel. Dann stieß er auf das Drehbuch, von dem Ellie am Abend zuvor geschwärmt hatte. Sie hatte es sogar aus der Zeitschriftenablage herausgezogen, um ihn von der Lektüre zu überzeugen. Was ihr an Verkaufstüchtigkeit fehlte, machte sie durch Begeisterung wett, aber er hatte ihr Ansinnen erfolgreich mit der Frage abgeschmettert: »Gibt es in diesem Film auch eine Rolle für mich?« Und als sie ein langes Gesicht gemacht und verneint hatte, erwiderte er: »Dann ist das also wie wenn man einen Alligator fragt, ob er Interesse an einem Löwenzahnsandwich hat?«

Daraufhin hatte Ellie ihre Kampagne beendet und mit ihm *The Apprentice* im Fernsehen angeschaut. Dabei hatten sie sich über die Mitwirkenden lustig gemacht und über sein Wochenende in Wales geplaudert, das er mit der Besetzung des anstehenden Filmprojekts verbracht hatte.

Tony richtete sich auf und sah aus dem Fenster seinen Wagen

vorfahren. Gut, er würde am Flughafen eine passende Lektüre kaufen, aber bis nach Heathrow musste er sich die Zeit anders vertreiben. Ein weiterer Blick aus dem Fenster bestätigte ihm, das er bezüglich des Fahrers wieder einmal den Kürzeren gezogen hatte. Malcolm war eine Seele von Mensch, aber seine grenzenlose Fröhlichkeit, seine Geschwätzigkeit und ständige Imitation von Prominenten waren zu dieser frühen Morgenstunde etwas zu viel für ihn.

Tony leerte seine Kaffeetasse, zog das Drehbuch aus der Ablage und las das Titelblatt: *Mein verlorengeglaubter irischer Daddy. Geschrieben von Kaye und Joe Kerrigan*. Bei so einem grottenschlechten Titel war es nicht verwunderlich, dass kein einziger Profi reagiert hatte.

Also gut, er würde sich das Ding auf dem Weg nach Heathrow zu Gemüte führen. Vielleicht brachte das den geschwätzigen Malcolm dazu, auf seine Tom-Jones-Imitation zu verzichten. Tony zog den Reißverschluss seines Handgepäcks zu. Im Flur blieb er stehen und fragte sich, ob er an Ellies Tür klopfen sollte, um sich zu verabschieden?

Doch dann siegte die Vernunft. Es war erst sechs Uhr früh. In den Monaten nach Jamies Tod hatte Ellie schrecklich unter Schlaflosigkeit gelitten, ganz zu schweigen davon, dass sie regelmäßig um vier Uhr morgens aufgewacht war und nicht wieder einschlafen konnte. Er seit kurzem schlief sie wieder normal. Sie zu stören wäre ein Akt der Grausamkeit. Er würde einfach gehen.

Wieder ein Wochenende, wieder ein Samstag in Gesellschaft von Todd, wieder ein peinlicher Moment zum Tagesausklang. Dieses Mal hatte es drei – drei! – Küsse gegeben: einmal bei seiner Ankunft in der Wohnung, dann während des Spaziergangs im Regents Park und jetzt der Abschiedskuss vor ihrer Tür.

Ellie versuchte ihre Muskeln zu lockern. Sie wollte sich entspannen und den Kuss genießen, aber es fühlte sich trotzdem merkwürdig an. Ihrem ganzen Körper war unwohl. Und am schlimmsten war die Vorstellung, Jamie sei irgendwo in der Nähe und würde ihnen zusehen und sich köstlich über ihre Ungeschicklichkeit und ihren Mangel an Begeisterung amüsieren. Das war alles so abtörnend. Kein Wunder, dass sie sich nicht konzentrieren konnte.

»Ich fand, es war ein wirklich schöner Tag.« Todd berührte ihre Wange, strich ihr eine vorwitzige Haarsträhne aus der Stirn.

»Mm, ich auch.«

»Ach ja?« Sie hörte Jamies Stimme in ihrem Kopf so klar wie eh und je. »So lustlos hast du mich aber nie geküsst.«

Hör auf, hör auf, hör auf.

»Falls du vergessen haben solltest, wie man küsst«, meinte Jamie hilfreich, »dann solltest du vielleicht einen entsprechenden Volkshochschulkurs belegen.«

Um Himmels willen, wie sollte sie sich dabei entspannen können?

Todd strich ihr immer noch über die Haare. »Alles in Ordnung?«

Konnte er mal bitte damit aufhören? »Ja, alles bestens. Ich bin nur ein wenig müde.«

»Oje, oje«, spöttelte Jamie. »Das entspricht nun wirklich nicht der Wahrheit.«

Verzieh dich!

»Müde?«, wiederholte Todd, ebenfalls nicht überzeugt.

»Tut mir leid.« Ellie las an seinem Gesichtsausdruck ab, dass er wusste, was sie eigentlich damit sagen wollte. Falls er die Hoffnung gehegt hatte, über Nacht bleiben zu dürfen, würde sich das nicht erfüllen. Wieder nicht.

»Kein Problem.« Todd wusste seine Enttäuschung gut zu verbergen. »Schlaf gut.« Er umarmte sie freundschaftlich. »Ich rufe dich morgen an. Und vergiss ja nicht, dass wir bei meiner Mutter zum Grillen eingeladen sind.«

Ellie versuchte, die neuerlichen Skrupel zu unterdrücken. Es war ihre erste Einladung zu einem gesellschaftlichen Ereignis als Freundin von Todd. In der übernächsten Woche wurde seine Mutter sechzig. Am Mittwoch gab es aus diesem Anlass ein großes Grillfest mit Tanz im Garten, zu dem alle Freunde und Verwandten eingeladen waren. Als Todd seiner Mutter erzählt hatte, dass er und Ellie jetzt ein Paar waren, hatte Maria Howard offenbar vor Freude in die Hände geklatscht und gerufen: »Wie wunderbar! Ich freue mich ja so für euch!«

Das war es dann also: In elf Tagen würde Ellie vorgestellt und offiziell in der Familie willkommen geheißen werden. Sie hatte eigentlich nichts zu befürchten, denn von Jamie wusste sie, dass ausnahmslos alle absolut reizende Leute waren, die sich darauf freuten, sie kennenzulernen.

»Mittwoch in einer Woche.« Sie nickte und lächelte Todd an. »Ich schreibe es mir in den Kalender, dann vergesse ich es bestimmt nicht.«

»Ich kann's kaum erwarten, bis du alle triffst. Es wird toll.« Todd gab ihr einen letzten Kuss auf den Mund.

Na egal, sie liebte Partys, und sie war gern unter Menschen. Vielleicht würde sich alles realer anfühlen, sobald sie ganz offiziell als Todds Freundin eingeführt war …

24. Kapitel

»Was ist das? Das habe ich dir nicht geschickt.« Tonys Agent hatte ihn in seinem Haus in Beverly Hills aufgesucht, um einige Verträge unterschreiben zu lassen und mit seinem fabrikneuen, limonengrünen Ferrari anzugeben. Solange der Wagen als ›Tussen-Magnet‹ funktionierte – so waren Marvins eigene, scheußliche Worte gewesen –, störte es ihn nicht, dass sich der Lack mit seiner tomatenroten Gesichtsfarbe biss. Jetzt deutete er auf der schattigen Terrasse auf das Drehbuch, das auf dem Tisch neben der Wasserkaraffe lag. »Woher hast du das Ding, Tony? Alter, das ist der beschissenste Titel, den ich in meinem ganzen Leben gehört habe.«

»Ich weiß, aber das Drehbuch ist verdammt gut. Es ist sogar mehr als gut«, sagte Tony.

»Verdammt gut. Verdammt gut. Mehr als gut.« Marvin kicherte. Es amüsierte ihn jedes Mal aufs Neue, Tonys englischen Akzent nachzumachen. »Wer hat es verfasst?«

»Niemand, den du kennst. Lass es einfach liegen. Hier, trink was. Hast du Hunger?« Ach, es war ja so leicht, Marvins Neugier zu wecken. Umgekehrte Psychologie war etwas Großartiges. Aus den Augenwinkeln beobachtete Tony, wie sein Agent das Drehbuch zur Hand nahm und die erste Seite aufschlug.

Ehrlich gesagt, war es nicht die beste erste Seite aller Zeiten und neunundneunzig Prozent aller Agenten hätten das Drehbuch an dieser Stelle wieder aus der Hand gelegt. Andererseits stand neben diesen neunundneunzig Prozent auch kein Tony Weston, der sehr überzeugend sagte: »Ich meine es ernst, Marvin, leg es weg. Das ist nichts für dich.«

Das war der perfekte Köder.

Tony fuhr damit fort, die Verträge zu unterschreiben, die Marvin mitgebracht hatte. Und er wartete. Nach einigen Minuten fragte er: »Und?«

»Interessant. Anders.« Marvin schob seine Prada-Sonnenbrille auf die glänzende rote Stirn. Wenn es ihm möglich gewesen wäre, hätte er sie jetzt gerunzelt. »Für dich ist da aber keine Rolle drin.«

»Ich weiß. Aber ich habe ein sehr gutes Gefühl, was dieses Drehbuch angeht. Du weißt doch, wie das manchmal ist. Und es kann nie schaden, derjenige zu sein, der das richtige Drehbuch dem richtigen Produzenten in die Hand drückt. Ich habe ein Paar Kontakte, die …«

»Halloooo? Wer hat denn hier mehr Kontakte in der Branche? Du oder ich?«

»Schon, aber …«

»Kor-*rekt*!« Marvin zeigte mit einem Wurstfinger auf ihn. »Ich! Wer arbeitet für eine der größten Talentagenturen des Landes? Oh, hoppla, das wäre ja wieder ich! Tony, tu hier bitte nichts Falsches. Lass mich die Sache in die Hand nehmen. Ich zeige das Drehbuch Stephen von der Agentur. Wenn jemand das Projekt zum Laufen bringen kann, dann er.«

Tony verbarg sein Lächeln. Innerhalb weniger Minuten hatte er es nun geschafft, das Projekt anzukurbeln. Aber so war es eben in dieser Branche. Wenn man nach Verzweiflung roch, war man bereits tot. Aber wenn man jemandem sagte, er könne bei einem Projekt leider nicht mit von der Partie sein, riss er es einem förmlich aus der Hand. Schon jetzt blätterte Marvin die Seiten des Drehbuchs mit einem gierigen, gewinnorientierten Funkeln in den Augen durch.

Willkommen in Hollywood, Baby.

»Liebling, sag ja. Ich weiß doch, dass du es willst.«

Also gut, der Moment war gekommen. Zack bereitete sich auf den Super-GAU vor. Er hatte es nicht für diesen Abend geplant, nicht hier in Louisas Wohnung, aber sie ließ ihm keine andere Wahl. Während des Abendessens hatte sie ununterbrochen über den anstehenden Urlaub gesprochen. Freunde von ihr hatten eine Luxusvilla in der Toskana für Ende August gemietet und luden ein. Jetzt brauchten sie bis morgen eine feste Zusage, vermutlich um im Falle einer Absage das nächste Pärchen auf der

Liste ansprechen zu können. Da es bereits Mitte Juli war, ging Zack davon aus, dass er und Louisa nicht ganz oben auf dieser Liste gestanden hatten.

Louisa war dennoch begeistert von dem Angebot ihrer Freunde und wollte unbedingt in die Toskana. Sie versuchte alles, um ihn zu überreden, und bedachte ihn jetzt mit ihrem spielerischen, aufmunternden Blick. »Denk doch nur, wie phantastisch das wird. Und keine furchtbaren, schreienden Bälger, die die Atmosphäre ruinieren und den Pool mit aufblasbaren Spielzeugen zumüllen.« Offenbar stand aufblasbares Spielzeug im Pool für sie auf derselben Stufe mit gebrauchten Kondomen. »Nur himmlischer Friede, Stille, exzellentes Essen, Erwachsenenunterhaltungen und guter Wein. Was könnte idyllischer sein?«

Es verstand sich von selbst, dass sie mit Erwachsenenunterhaltungen die endlosen Diskussionen über Promis und das beste Facelifting meinte. Also gut, los geht's. Sei tapfer! Zack sagte: »Ist das dein Ernst? In meinen Ohren klingt das überhaupt nicht idyllisch. Für mich ist ein schöner Urlaub, wenn ich nach Hause fahre und in Cornwall mit meinen Nichten und Neffen am Strand herumtolle. Wir spielen Volleyball, graben Löcher in den Sand, essen Eiscreme, werfen uns gegenseitig ins Meer, und wir machen jede Menge – und ich meine wirklich *jede Menge* – Lärm.«

»Oh!« Louisa lehnte sich zurück. Sie war etwas bestürzt. »Oh … tut mir leid, ich hatte ja keine Ahnung.« Im Geiste organisierte sie sich neu und fügte rasch hinzu: »Aber das klingt auch sehr nett! Hör mal, vielleicht können wir ja erst deine Familie besuchen, bevor wir dann nach Italien fahren …«

»Ich glaube wirklich nicht, dass es dir gefallen würde«, unterbrach Zack. »Es gibt Babys, Hunde und Furzkissen. Wir essen Fish und Chips, spielen am Strand und fahren Karussell.« Er schüttelte den Kopf. »Und es gibt so gut wie keine Erwachsenengespräche.«

»Aber …«

»Genauer gesagt, wenn jemand auch nur ein Erwachsenengespräch andeutet, dann wird er in Algen gewickelt und im Meer versenkt.«

»Ist ja gut, ich habe schon verstanden. Du magst lärmintensive Urlaube. Also, was machen wir jetzt?« Ihr Blick und ihr Lächeln signalisierten, dass sie zu Verhandlungen bereit war.

»Ich finde, du solltest in die Toskana fahren und dich dort amüsieren«, schlug Zack vor.

Ihr Lächeln verblasste. »Willst du damit sagen … allein?«

»Wir mögen nicht dieselben Sachen.«

Louisas Augenbrauen schossen nach oben. »*Allein*?«

»Hör zu, wir müssen reden.« Zack legte sein Käsemesser aus der Hand. Großer Gott, diesen Teil hasste er. »Die Sache ist nämlich die, ich glaube, du wärst mit jemand anderem glücklicher.«

»Ich wäre mit jemand anderem glücklicher?«, wiederholte Louisa perplex. »Im Urlaub?«

»Nicht nur im Urlaub. Ganz allgemein. Im Leben.«

»Du meinst … statt deiner?«

»Nein, nein … na ja, doch.« Er war nicht gut darin. Wie machten andere Leute das nur? Bitte, lass sie jetzt nicht weinen.

»Du machst mit mir Schluss?«

»Nicht *Schluss*. Ich finde nur, es wäre besser, wenn wir … du weißt schon … es dabei bewenden lassen.«

Louisa legte ihren Löffel aus der Hand. »Aber es wäre nicht besser für mich. Ich will es nicht dabei bewenden lassen.«

Also gut, das führte zu nichts. Zack holte tief Luft und sagte mit fester Stimme: »Mag sein, aber ich will es.«

Sie gab einen Klagelaut von sich. »Zacky, *warum*?«

Er schauderte. Sie hatte ihn gerade *Zacky* genannt. Durfte er das als seinen wichtigsten Grund aufführen? Nein, das wäre grausam. Er wollte nicht grausam sein. »Hör mal, du bist großartig. Es liegt nicht an dir, es liegt an mir. Ich arbeite zu viel. Du verdienst jemanden, der dich glücklich macht.«

»Du machst mich glücklich.«

»Nein.« Zack schüttelte den Kopf. »Nicht auf lange Sicht.«

»Aber ich dachte, das mit uns wäre etwas auf lange Sicht!« Jetzt weinte sie und wollte über den Tisch nach seiner Hand greifen. »Ich bin 35, Zack. Das hier war unsere Zukunft. Ich dachte, wir würden irgendwann zusammen Kinder kriegen, das ganze Paket!«

Das hörte er zum ersten Mal. »Du magst doch gar keine Kinder«, stellte Zack klar. »Du wolltest doch überhaupt nur in die Toskana, weil es dort keine Kinder gibt, die dir den Urlaub ruinieren können.«

»*Anderer* Leute Kinder. Das ist doch etwas völlig anderes! Natürlich will ich schon irgendwie eigene Kinder haben!«

Schon irgendwie?

»Es tut mir leid.« Zack stand auf. »Ich sollte gehen. Du wirst es sicher bald verstehen …«

»Ich glaub das einfach nicht! Ich habe extra für dich gekocht.« Louisa streckte den Arm in Richtung Küche. »Boulangère-Kartoffeln und Lammkarree! Von einem richtigen Metzger!«

»Ich weiß, es war *köstlich*, aber …« Vielleicht sollte er ihr morgen Blumen schicken, um sich zu bedanken. Gott, das war alles so kompliziert und belastend. Warum war es so viel einfacher, eine schwierige Geschäftsbeziehung zu beenden als eine hoffnungslose emotionale Beziehung?

»Gibt es eine andere?« Sie inspizierte sein Gesicht.

Zack achtete sehr auf einen neutralen Gesichtsausdruck. »Nein, niemand.«

»Bist du sicher? Das würde nämlich Sinn ergeben. Jedenfalls mehr Sinn, als dass du aus heiterem Himmel zu der Erkenntnis kommst, dass wir unterschiedliche Vorlieben in Bezug auf unseren Urlaub haben. Und, hey, dann lass uns Schluss machen.«

»Es gibt sonst niemanden.«

»Nicht einmal die Dings? Deine niedliche kleine Privatsekretärin?« Mascara-Schlieren zogen sich um Louisas sorgfältig geschminkte Augen. »Ellie?«

»Nein.« Er schüttelte den Kopf. Ja, es gab Ellie in seinem Leben, aber nicht so, wie Louisa es meinte. Es brachte ihn fast um, dass er sie jeden Tag sah, aber nichts tun konnte. Aber sie nicht zu sehen, wäre noch viel weniger zu ertragen.

Wenigstens befanden sie sich jetzt in Louisas Wohnung, das hieß, er konnte einfach gehen. Im Flur versuchte sie, sich in seine Arme zu werfen. Er umarmte sie ein letztes Mal.

»Wie wäre es mit Disney World?« Sie murmelte tränenreich in seine Schulter. »Wir könnten Disney World besuchen, wenn du magst.«

Er antwortete nicht.

Louisa löste sich von ihm und starrte kläglich zu ihm auf. »Nein?«

»Tut mir leid.« Zack schüttelte den Kopf. Es war Zeit, dass er hier wegkam. »Leb wohl.«

25. Kapitel

Okay, war das jetzt hinterhältig? Normalerweise bediente er sich keiner heimtückischen Tricks. Aber wenn es half, warum nicht? Zack beugte sich nach unten, löste Elmos Leine und stieß die Haustür hinter sich zu. Elmo trottete schwanzwedelnd den Flur entlang, um Ellie zu begrüßen.

»Hallo, Baby! Hattest du einen schönen Spaziergang?«

Wäre es nicht großartig, wenn sie das zu ihm sagen würde?

»Guten Morgen.« Als er das Büro erreicht hatte, saß Elmo schon auf ihrem Schoß. »Gerade auf Diät?«

»Nein.« Sie sah ihn verwundert an.

»Gut. Dann dürfen Sie sich ein süßes Stück nehmen.« Zack

schlug den Deckel der Kuchenschachtel auf und zeigte ihr den Inhalt. »Ich musste sie einfach kaufen. Wir kamen an einer Konditorei vorbei und haben sie im Schaufenster gesehen.«

»Und die Leckereien haben Ihnen zugerufen, was?« Ellie grinste. »Haben Ihnen zugezwinkert und Ihren Namen geflüstert? Das machen sie manchmal. Vor allem die unanständigen hier, die mit Erdbeeren.«

Er liebte es, wie sie gespielt zwinkerte und flüsterte, ohne auch nur die leiseste Ahnung zu haben, wie unwiderstehlich sie dabei wirkte. Er wurde es nicht satt, ihr dabei zuzusehen.

»Mögen Sie ein Stück?«

»Aber nur eines.«

»Ich hole uns zwei Teller.«

»Danke«, sagte Ellie, als er aus der Küche zurückkam. Sie ließ Elmo von ihrem Schoß springen und nahm sich ein Plunderstück. Genussvoll biss sie in eine glasierte Erdbeere. »Hm, lecker.«

Ein klein wenig Bestechung schadete nie. Zack nahm sich ebenfalls ein süßes Stück und setzte sich auf den Stuhl ihr gegenüber.

»Nur, dass Sie es wissen. Von heute an werden Sie Louisa hier nicht mehr sehen. Wir haben uns getrennt.« Er sagte es beiläufig, beobachtete aber genauestens ihre Reaktion. Wäre es nicht phantastisch, wenn sie aufstrahlen würde und sich vielleicht Gefühle, die sie all die Zeit so angestrengt vor ihm verborgen hatte, jetzt Bahn brechen würden …

»O nein, das tut mir aber leid.« Ellie stellte ihren Teller beiseite. »Geht es Ihnen sehr nahe?«

So viel zu ihren verborgenen Gefühlen.

»Nein.«

»War es Ihre Entscheidung oder die von Louisa?«

Sie wirkte ehrlich besorgt. Für den Bruchteil einer Sekunde überlegte er, ob er die Mitleidskarte ausspielen sollte. Aber nein, das war wirklich zu heimtückisch. Zack lächelte kurz. »Meine.«

»Na ja, in dem Fall bin ich froh.«

»Wirklich?« Hoffnung flackerte auf.

»Sie war nicht die Richtige für Sie.« Ellie nahm den Kuchenteller wieder zur Hand und schleckte einen Klecks Sahne auf. »Sie war *definitiv* nicht die Richtige für Elmo.«

»Ich weiß.«

»Sie traute mir nicht. War regelrecht eifersüchtig, weil ich hier arbeite.« Ellie lutschte etwas Erdbeerglasur von ihrem Zeigfinger. »Ehrlich gesagt, das war nachgerade peinlich.«

»Nun denn, jedenfalls ist sie jetzt weg.« Zack zog den Terminkalender heran. »Wenn sie nicht die Richtige für mich war, wer könnte es dann sein?« Er lehnte sich zurück, täuschte amüsierte Abgeklärtheit vor. »Was für eine Art Frau sollte ich mir als Nächstes angeln?«

»Soll ich ehrlich sein? Jemand Lustiges. Mit viel Humor. Extrovertiert. Eine Frau, die Hunde mag. Aber keine Lakritze.«

»Aber ... ich *mag* Lakritze.«

»Ganz genau! Wenn sie auch Lakritze mag, streiten Sie beide sich nur über die besten Stücke. Viel besser, wenn sie keine Lakritze mag.«

»Sie haben wirklich ausgiebig darüber nachgedacht, oder?«

Elli schluckte ihren Bissen Blätterteig und Sahne. »Es ist auch in meinem Interesse, wenn Sei mit jemand Nettem zusammenkommen. Dann sind Sie nicht länger so griesgrämig.«

»Ich bin niemals griesgrämig«, protestierte Zack. Frechheit!

»Ja klar, das behaupten griesgrämige Menschen immer.«

»Na schön. Ich mache mich auf die Suche nach einer Lakritze hassenden, Hunde liebenden, fünfzig Jahre jüngeren Version von Joan Rivers. Aber bis dahin ...« Müßig blätterte er durch den Terminkalender. »... müssen Sie mir einen Gefallen tun.«

Ellie zögerte keine Sekunde. »Gar kein Problem. Was für einen Gefallen?«

O ja, das war brillant. Der Gedanke war ihm erst an diesem Morgen gekommen, dass er diese Situation durchaus zu seinem

Vorteil nutzen konnte. Vielleicht würde Ellie ihn in einem anderen Licht sehen, wenn sie ihn außerhalb des Büros bei einem gesellschaftlichen Anlass erlebte. Wer weiß, womöglich entfachte das den Funken.

»Ich muss an einigen Abendterminen teilnehmen. Manchmal brauche ich dafür eine Begleitung. Niemand sonst kommt allein, und es bringt die Tischordnung durcheinander, wenn man nicht zu zweit erscheint ... jedenfalls sind die Veranstaltungen meistens ganz okay, nicht allzu langweilig ...« Sei jetzt bloß still, hör dir nur selbst zu, du klingst wie ein Idiot. »Also, was halten Sie davon? Würden Sie mir gelegentlich aushelfen?« Großer Gott, du klingst nicht wie ein Idiot, du klingst wie ein Riesenidiot.

»Warum nicht? Klingt lustig. Super.« Ellie lächelte ihn an. Sie hielt ihn sichtlich nicht für einen Riesenidioten. Traurigerweise aber auch nicht für jemand, dem sie nicht widerstehen konnte.

»Super.« Autsch, sie hat gerade super gesagt, du kannst jetzt nicht auch super sagen. »Prima, gut, das hier ist die erste Veranstaltung.« Er klopfte auf die Seite, zu der er geblättert hatte. »Sie findet nächsten Mittwoch im *Dorchester* statt und ...«

»Mittwoch?« Ellie presste die Hand vor den Mund. »Nächsten Mittwoch kann ich nicht. Tut mir leid!«

»Oh. Schade.« Es war nicht wirklich entscheidend, in Begleitung zu kommen, aber er war trotzdem enttäuscht. So viel zu seinem großen Plan.

»Das ist doch wieder typisch. Ausgerechnet etwas, das ich unmöglich absagen kann. An jedem anderen Abend hätte ich gekonnt.«

»Kein Problem, es wird schon irgendwie gehen. Haben Sie wenigstens etwas Nettes vor?«

Ellie zögerte. Nach einem Augenblick, in dem sie zu entscheiden schien, ob sie es ihm sagen sollte oder nicht, meinte sie: »Ich hoffe doch sehr. Es ist eine Party für die Mutter meines Freundes.«

Tja. Der Schlag kam wie aus dem Nichts. Zack war kurz benommen und fragte sich, was zu ihrer Offenbarung geführt hatte. Wollte sie ihm nach all der Zeit reinen Wein bezüglich ihrer Beziehung zu Tony Weston einschenken? Und wenn sie von Tony Weston sprach, wie alt war dann dessen Mutter? 104?

Laut sagte er: »Tja, die dürfen Sie natürlich nicht verpassen.« Da Ellie das Thema aufgebracht hatte, hakte er weiter nach. »Wo findet die Party denn statt?«

»In ihrem Garten. Es ist eine Grillparty.« Ellie spielte mit Elmos ungleichen Ohren. »Was bedeutet, dass es höchstwahrscheinlich wie aus Kübeln gießen wird, aber egal.«

»Ist es ein besonderer Geburtstag?«

»O ja, sie wird sechzig.«

Dann war es also nicht Tony Westons Mutter. Zacks Herz hämmerte gegen seinen Brustkorb. »Wie heißt Ihr Freund?«

Ellie lief rot an. »Todd.«

»Sie haben ihn noch nie erwähnt.« Es fiel ihm wirklich nicht leicht, beiläufig zu klingen.

»Nein, nun ja, es ist noch alles ziemlich neu. Wir sind erst seit zwei Wochen ein Paar.«

»Läuft es gut?«

Ellie nickte und meinte enthusiastisch: »Es läuft bestens!«

Verdammt. Verdammter Todd, wer immer du sein magst.

»Und gab es davor jemanden?« Stellte er jetzt allzu viele persönliche Fragen? Durchaus möglich, aber es musste es unbedingt wissen.

Sie zögerte. »Meinen Sie *jemals*?«

»Ich meine, seit Sie hier in Primrose Hill wohnen.«

Ellie schüttelte den Kopf. »Nein, das ist seit langem meine erste Beziehung.« Sie wirkte erstaunt. »Warum?«

Er erinnerte sich, dass man seine Lügen immer möglichst nahe an der Wahrheit halten sollte. »Es ist nur so, dass mir jemand erzählte, er habe Sie mit Tony Weston gesehen«, sagte Zack.

Ellies zarte Röte verdunkelte sich signifikant. »Oh.«

»Und dann wurde mir klar, dass er derjenige war, der damals meinen Anruf in Ihrer Wohnung entgegennahm.«

»Stimmt. Ja, das war er.« Sie schnippte mit den Fingern, um Elmo anzuzeigen, dass er wieder auf ihren Schoß springen durfte. Klassische Ablenkungstaktik.

»Und Sie sagten mir ja damals, dass Sie mietfrei bei einem Freund wohnen.«

»O Gott.« Ellie lachte auf und war gleichzeitig zutiefst beschämt. Sie vergrub ihr Gesicht in Elmos flauschigen Ohren. »Er ist nur *ein* Freund, nicht *mein* Freund! Ich kann nicht glauben, dass Sie das wirklich gedacht haben.«

»Tut mir leid, ich konnte ja nicht ahnen …« Er hatte voreilige Schlüsse gezogen und die Lage gründlich missverstanden. »Ich kann es jetzt auch nicht mehr glauben. Geben Sie Michael Douglas und Catherine Zeta-Jones die Schuld.« Okay, die gute Nachricht lautete also, dass Ellie noch nie etwas mit Tony Weston hatte. Die schlechte Nachricht war, dass er seine Chance offenbar verpasst hatte und sie jetzt mit einem anderen Mann ekstatisch glücklich war. Ehrlich, hatte da oben jemand etwas gegen ihn?

»Er ist nur ein Freund.« Ellie schüttelte immer noch den Kopf.

»Was für ein großartiger Freund«, sagte Zack, um das Thema zu wechseln. »Wie haben Sie ihn kennengelernt?«

Ellie schluckte schwer, sah aus dem Fenster, bereitete sich sichtlich auf etwas vor. Das Telefon auf dem Schreibtisch läutete. »Tja, äh …«

»Lassen Sie es klingeln.« Zack hielt ihren Arm fest, als sie den Hörer abnehmen wollte. »Wenn es wichtig ist, meldet sich der Anrufer wieder.« Er war viel zu fasziniert, um jetzt aufzugeben. »Erzählen Sie mir die Geschichte.« Denn da musste eine Geschichte dahinterstecken, so viel war sicher.

Das Telefon verstummte. Ellie klammerte sich an Elmo fest. Der Hund genoss die Aufmerksamkeit, die ihm zuteilwurde, und schmiegte sich lasziv wie eine haarige Mini-Kleopatra in ihre Arme.

»Tony ist mein Schwiegervater. Nun ja, er *war* mein Schwiegervater«, räumte Ellie ein.

»Dann waren Sie also verheiratet.« Kaum hatten die Worte ihren Mund verlasen, kombinierte Zack schon. Er hatte es *gewusst*. Hatte er nicht gleich am ersten Tag, nachdem er die beiden im Ivy zusammen gesehen hatte, Tony Weston gegoogelt? Hatte er nicht auf Wikipedia gelesen, dass Tony Weston in Wirklichkeit Tony Sowieso hieß? Damals war ihm der Nachname Kendall nicht bedeutsam genug erschienen, um sich daran zu erinnern. Und genau aus diesem Grund hatten auch keine Glocken bei ihm geläutet, als Ellie in sein Leben getreten war. Hatte er im selben Eintrag nicht auch gelesen, dass Tony seinen Sohn bei einem tragischen Autounfall verloren hatte? O Gott.

»Ich war verheiratet.« »Ellie nickte. »Er hieß Jamie. Er war … zauberhaft.« Sie streichelte zärtlich Elmos Kopf. »Aber er ist gestorben.«

»Es tut mir so leid.« Zack konnte sich nicht annähernd vorstellen, was sie durchgemacht haben musste. »Das wusste ich nicht.« Er sah, wie ihre Finger mit Elmos Ohren spielten.

Sie zuckte mit den Schultern. »Mir tut es auch leid. Ich hätte es Ihnen sagen sollen. Aber ich wollte völlig neu anfangen.«

»Das ist verständlich.« Erklärte das, warum sie zu ihm so freundlich distanziert war? Oder war er grundsätzlich nicht ihr Typ?

»Aber ich bitte Sie, ich will jetzt keine nette Sonderbehandlung, o. k.?«

»Sie wollen nicht, dass ich damit anfange? Soll das etwa heißen, ich sei bisher nicht nett zu Ihnen gewesen?«

Ellie sah zu dem leeren Kuchenteller und musste lächeln. »Sie wissen, wie ich das meine. Ich möchte einfach, dass alles so weiterläuft wie bisher.«

»Ist gut.« Zack wünschte sich jedoch innerlich nichts mehr, als dass es eben *nicht* so weiterlief wie bisher. Jetzt, da er um ihre Geschichte wusste, erlaubte er sich ein schwaches Aufflackern von Hoffnung. Es war trotzdem Pech, die Sache mit Todd.

»Und? Sagt Ihrem Schwiegervater Ihr neuer Freund zu?«

Sag nein, sag nein.

»Tony?« Er ist hocherfreut. Man könnte sogar meinen, er hätte es selbst eingefädelt. Ellies Augen glänzten.

»Ah. Hervorragend.« Zack nickte, als ob ihn das freute.

Verdammt.

»Hören Sie, Ihr nächster Termin ruft.« Ellie schloss das Thema ab. »Aber was nächsten Mittwoch angeht, könnte ich meine Nachbarin Roo fragen, ob sie Zeit hat, um Sie ins *Dorchester* zu begleiten. Würde Ihnen das helfen?«

Die verrückte Freundin mit der wilden Vergangenheit und dem zweifelhaften Geschmack in Sachen T-Shirts?

»Ich denke, nicht«, sagte Zack fest. »Aber danke.«

Puh. Die Katze war aus dem Sack. Nachdem Zack das Büro verlassen hatte, seufzte Ellie vor Erleichterung. Sie hatte das nicht geplant, aber jetzt, wo es sich nicht hatte vermeiden lassen, war sie froh. Hoffentlich würde die Arbeitsbeziehung zwischen ihr und Zack darunter nicht leiden. Außerdem gab es noch etwas Gutes zu vermelden: Sie hatte nicht geweint, was definitiv ein Fortschritt war.

Und sie hatte Todd als ihren Freund bezeichnet. Es war ein Experiment gewesen, das Wort auf ihrer Zunge zu spüren. Und es hatte sich zugegebenermaßen sehr merkwürdig angefühlt. Aber beim ersten Mal war das ja immer so. Nur war der Probelauf für die kommenden Wochen überstanden, wenn sie die Verwandten von Todd kennenlernen würde. Wenn sie dort erst einmal überall als seine *Freundin* vorgestellt worden wäre, würde das F-Wort – hoffentlich – nicht mehr so abschreckend und merkwürdig klingen, wie beispielsweise *Fischbrötchen*.

»Wie ich neulich zu meinem Frischbrötchen sagte …«

»Ja, ich weiß, mein Fischbrötchen steht auch total auf Rugby …«

»Mein Fischbrötchen und ich haben diesen Film geliebt …«

»O ja, ich habe meinem Fischbrötchen am Samstag ein neues Hemd gekauft …«

Der Punkt war, sie würde sich bald daran gewöhnen, von ihrem *Freund* zu sprechen. Und bis dahin durfte sie einfach nicht länger darüber nachdenken. Aber wirklich schade, was das Timing anging. Ein Abend mit Zack im *Dorchester* wäre bestimmt lustig gewesen. Tja, das ließ sich nicht ändern. Die Geburtstagsgrillparty würde auch gut werden.

Abrupt fingen Ellies Augen an zu brennen. Sie musste ein paar Tränen wegdrücken. Manchmal passierte das noch immer und ohne Vorwarnung.

Nicht weinen, nicht weinen. O Jamie, wo bist du? Bist du noch da? Mache ich alles richtig?

26. Kapitel

Behutsam massierte Tony seine schmerzenden Schläfen. Das war definitiv eine Nebenwirkung des Alterns, auf die er sehr gut verzichten konnte. Früher hatten ihn sechs Glas Scotch kaum gekratzt. Auf gar keinen Fall hätten sie ihm einen solch ausgewachsenen Kater beschert. Aber seine Kopfschmerzen waren an diesem Morgen noch seine geringste Sorge.

Warum gab es nicht irgendeinen Geschicklichkeitstest, der an den Computer angeschlossen war und den man bestehen musste, bevor man Zugang zum Internet bekam. Wenn man also im

Laufe eines Abends zufällig sechs große Glas Scotch intus hatte und daraufhin von dem brennenden Verlangen überwältigt wurde, die Art von E-Mail zu versenden, die man in nüchternem Zustand niemals abschicken hätte, dann würde einem das verwehrt.

Aber da er diese schöne Erfindung ohnehin nicht installiert hatte, klappte er seinen Laptop auf, tippte Marthas E-Mail-Adresse ein, schrieb seine Nachricht und drückte auf *Senden*. So schnell ging das.

Blöderweise so schnell. Seinen Worten mochte die literarische Finesse gefehlt haben, aber sie waren von Herzen gekommen – immerhin erinnerte er sich daran. Es waren Worte aus seinem verwundeten, einsamen, verzweifelten und angetrunkenen Herzen gewesen.

O Martha,
ich weiß, ich sollte das hier nicht tun, aber ich kann nicht anders. Du fehlst mir. Ich vermisse Dich so sehr, Martha. Andauernd. Ich weiß, das sollte ich nicht, aber das macht es nur umso schlimmer. Ich versuche wirklich alles, um über Dich hinwegzukommen. Aber weißt Du was? Es funktioniert nicht.
Ich hoffe, Dir geht es gut. Hast Du viele Bilder verkauft? Hoffentlich keine mehr verschenkt. Und wie geht es Henry? Kommst Du gut zurecht? Ich werde nicht fragen, ob ich Dir fehle.
Also gut, ich gehe jetzt zu Bett. Wirst Du meine Zeilen überhaupt lesen? Vielleicht löschst Du meine Mails auch, ohne sie eines Blickes zu würdigen. Aber mach Dir keine Gedanken. Ich rechne nicht mit einer Antwort. Tut mir leid. Das musste ich jetzt einfach schreiben.
Ich liebe Dich und ich vermisse Dich, mehr als Du ahnst, meine wunderschöne Martha. Aber ich verstehe Deine Situation.
Sei glücklich.
Alles Liebe, T

Tony sah zu, wie der Bildschirm flackernd zum Leben erwachte. Hatte er gestern eine Grenze überschritten? Wartete nun ein Schreiben von Marthas Anwälten in seinem elektronischen Posteingang, die ihn verwarnten, dass seine Mails den Tatbestand der Belästigung erfüllten und in Zukunft zu seiner sofortigen Verhaftung führen würden?

Doch dann vollführte sein Herz einen Hüpfer, denn in der Liste der Mails, die über Nacht eingegangen waren, fand sich auch eine von Martha. Tony bemühte sich, seinen Atem unter Kontrolle zu halten. Er zögerte einige Sekunden lang, bevor er ihre Mail öffnete, weil er sich vor einer harschen Reaktion fürchtete. Wenn sie ihm mitteilte, dass sie ihn blocken würde, musste er das akzeptieren.

Wie sollte er damit fertig werden?

Seine Hand zitterte, als er die Maus bewegte. *Klick.* Und schon erschien Marthas Mail auf dem Bildschirm. Kurz und bündig hatte sie geschrieben:

Du fehlst mir auch.

»Oh, du hast mir ja *so* gefehlt!«

»Hey, ich kriege keine Luft mehr.« Niall grinste sie an, sein volles Haar war feucht vom Regen.

Roo lockerte ihre Umarmung. Als er durch die Tür getreten war, hatte sie sich wie ein Äffchen an seine Brust geklammert. »Ich kann nicht anders. Ich bin total aufgeregt. Hattest du auch so ein klägliches Wochenende?«

»Was glaubst denn du?« Er war gezwungen gewesen, an einer Konferenz in Southampton teilzunehmen. »Mir stehen Verkaufsziele und Expansionsstrategien bis hier. Lass uns erst gar nicht drüber reden.« Seine Finger öffneten geschickt den Verschluss ihres marineblauen Satinbüstenhalters. »Du siehst *umwerfend* aus.«

»Du siehst auch nicht übel aus.« Roo revanchierte sich, indem sie ihn aus seiner Anzugsjacke schälte und ihm die Krawatte abnahm. Sie würde ihn nicht fragen, wie es Yasmin und Ben ging. Daran wollte sie keinen einzigen Gedanken verschwenden. Es war Montagmittag, und Niall war direkt von seinem Arbeitsplatz gekommen. Sie hatten nur vierzig Minuten, bevor er zurückmusste. Es galt, keine Zeit zu verlieren. Dadurch erklärte sich der Umstand, dass sie so gut wie nicht bekleidet war …

Dreißig Minuten vergingen wie im Fluge. Mit schweißglänzender Haut legte sich Roo schließlich auf den Rücken und räkelte sich wohlig. Im Badezimmer neben der Treppe stand Niall bereits unter der Dusche. Es blieben zehn Minuten, dann musste er sich auf den Rückweg zur Arbeit machen. Aber Roo würde nicht jammern, denn morgen Abend kam er schon wieder zu ihr. Daher würde sie sich fröhlich und verständnisvoll geben, und in ein paar Monaten, wenn …

Di-dii-du-ding.

Roo hielt den Atem an und drehte den Kopf. Der Ton war gedämpft, aber unverkennbar. Nialls Handy signalisierte, dass eine SMS eingegangen war.

Das war an sich nicht ungewöhnlich. Aber in all den Monaten, die sie Niall nun schon kannte, hatte er sein Handy zum ersten Mal nicht in Reichweite. Normalerweise nahm er es überallhin mit, sogar ins Badezimmer. Doch konnte Roo vor Neugier nicht mehr an sich halten. Sie glitt aus dem Bett und ging in die Richtung, aus der der Ton gekommen war.

Und da war es, steckte in der Tasche seiner Hose, die er vorhin so eilig abgestreift hatte. Sie nahm das Handy zur Hand und las die SMS, deren Absender nur als V gelistet war.

V… V… spontan fiel ihr der Name Vivica ein. Sie war eine

seiner Exkolleginnen und hatte vor ein paar Monaten die Firma verlassen. Niall war auf ihrer Abschiedsparty gewesen. Er hatte beiläufig erwähnt, dass sie eine verdammt gute Verkäuferin, alleinstehend und fleißig war.

Da stand Roo nun, nackt, mit seinem Handy in der Hand. Ihre Gedanken rasten. Einerseits wollte sie nicht schnüffeln. Andererseits sagte ihr sechster Sinn, dass sie diese SMS lesen sollte. Ihr Daumen schwebte über den Tasten. Wenn sie jetzt drückte, würde die SMS erscheinen.

Allerdings würde Niall das auch bemerken. In diesem Moment wurde das Wasser in der Dusche abgedreht. Das Adrenalin schoss durch ihre Adern, denn nun blieb ihr weniger als eine Minute. Wenn sie die SMS wirklich lesen wollte, dann musste es jetzt sein. Möglich, dass Niall sie dann hasste, weil sie ihm nachspionierte. Vielleicht würde er richtig wütend werden.

Aber sie musste einfach in Erfahrung bringen, wie die SMS lautete.

Sie *musste* einfach. O bitte, lass es nichts Schlimmes sein …

Sie drückte.

O mein Gott, das beste Wochenende aller Zeiten!!! Wann können wir das wiederholen? (Und wieder und wieder und wieder!!!!!) Ruf mich baldmöglichst an. Tausend Küsse, V

Nein, bitte nicht. Roo wimmerte vor Schock, ihr Gehirn musste kämpfen, um die Bedeutung der Worte zu erfassen. Ihr wurde übel … als ob sie tatsächlich krank würde. Sie hörte, wie Niall die Tür der Duschkabine öffnete und auf den Fliesenboden trat. In ihren Ohren ertönte ein Klingeln. In wenigen Sekunden würde er aus dem Badezimmer kommen. Es blieb keine Zeit für eine Auseinandersetzung, er musste zurück zur Arbeit …

Okay, du musst die SMS loswerden. Atemlos fummelte sie

herum, ihre Finger waren plötzlich zu Würsten mutiert. Roo drückte und drückte unnötige Tasten. Sie presste das Handy an ihre Brust, um die klickenden Geräusche zu dämpfen, die bei jedem neuen Tastenkontakt erklangen. Schließlich war die SMS gelöscht, für immer. Als ob sie es sich nur eingebildet hätte.

Unbeholfen und gerade noch rechtzeitig schob sie das Handy zurück in Nialls Hosentasche. Da ging die Badezimmertür auch schon auf, und er trat heraus, trocknete sich dabei kräftig mit ihrem lila Lieblingshandtuch ab.

Roo platzte heraus: »Ich muss aufs Klo«, und rannte an ihm vorbei.

Als sie wieder herauskam, war er angezogen und aufbruchsbereit.

»Ich will nicht weg.« Er drückte ihr einen flüchtigen Kuss auf den Mund, während er gleichzeitig seine Jackentaschen abklopfte. »Aber ich muss. Scheiße, wo ist mein Handy?«

Roo stand nur da, ließ ihn sein Handy suchen. Sie sah, wie ein Anflug von Angst in seinen Augen zu Erleichterung wechselte, als er das Handy aus seiner Hosentasche zog und instinktiv den Bildschirm checkte. Keine neuen Nachrichten. Cool. Er lächelte ihr selbstsicher zu. »Also gut, ich muss los. Wir sehen uns morgen, okay?«

»Ja.« Ihre Stimme klang hoch und fremd, aber Niall fiel nichts auf. Er verstrubbelte ihr Haar, dann rannte er nach unten, war auch schon aus dem Haus – *wupp, klick, klonk* – sprang in sein Auto.

Roo war wie festgefroren. Sie hörte das Geräusch seines Wagens, der auf der Straße davonbrauste. Ihr Gehirn brodelte, rationales Denken war völlig ausgeschlossen. Noch vor zehn Minuten hatte sie einen Freund gehabt, den sie anbetete. Okay, er hatte eine Ehefrau und ein Baby, aber abgesehen davon war er nahezu perfekt gewesen. Und jetzt stand ihre ganze Welt aufgrund einer kurzen Textnachricht – auf dem Kopf. Sosehr sie es auch versuchte, ihr fiel einfach keine überzeugende Erklärung für das alles ein.

Fünf Minuten später schwitzte sie immer noch, aber es war Angstschweiß. Es gelang ihr, Vivica auf Google zu finden. Ein Wunder der Technik, das in manchen Momenten sehr schmerzhaft war. Vor der Erfindung des Internets war das Leben zweifelsohne einfacher gewesen.

Auf Google Bilder fand sie unter ›Vivica + Broughton and Wingfield Associates‹ drei Fotos von Vivica Mellon, wie sie im vergangenen Jahr einen Preis für herausragende Verkaufsergebnisse überreicht bekam. Sie *sah* in der Tat wie eine Verkäuferin aus. Ihr glänzendes dunkles Haar trug sie in einem effizienten Kurzhaarschnitt, dazu roten Lippenstift und einen marineblauen Polyester-Hosenanzug.

Na gut, das mit dem Polyester stimmte vermutlich nicht, aber Roo fühlte sich besser, wenn sie es sich vorstellte. Der Ausdruck des Ich-schaffe-alles-Triumphs in ihrem herzförmigen Gesicht sagte Roo alles, was sie über Vivicas Charakter wissen musste. Wenn man bei ihr einen Liter Milch wollte, kam man erst wieder aus dem Laden, wenn man gleich den ganzen Kühlschrank gekauft hatte.

Schlief sie mit Niall? Wurde nun auch sie betrogen? Zitternd schaltete Roo den Laptop aus. Sie konnte es nicht ertragen. Ihr ganzes Leben lang war sie auf Männer hereingefallen, die sich als Mistkerle entpuppten. Immer wieder hatten sie sie auf die eine oder andere Weise enttäuscht, hatten ihr das Herz gebrochen, waren darauf *herumgetrampelt*.

Sie hatte wirklich geglaubt, mit Niall hätte sie den Jackpot geknackt. Und endlich würde alles anders sein. Dann hatte er ihr eröffnet, dass er verheiratet war. Zugegeben, das war nicht toll, aber er nannte ja auch die allerbesten Gründe, warum er seiner Frau untreu wurde.

Oder nicht? Und jetzt das. Es hatte alles den Anschein, als ob

Yasmin nicht die Einzige war, die von Niall hintergangen wurde. Roo bemerkte, wie Panik und Schwindelgefühle in ihr aufstiegen. Sie fühlte sich schrecklich einsam. Irgendwie musste sie dem entfliehen.

27. Kapitel

Nialls Name tauchte auf dem Display auf, und Roo wappnete sich. Der Moment war gekommen. Sie drückte auf *Annehmen*. »Hallo?«

»Hallo, ich bin's.« Seine Stimme klang verhalten, was ihre schlimmsten Ängste bestätigte.

»O hallo.« Roo zwang sich zu einem fröhlichen Tonfall. In der Nacht zuvor hatte sie kaum geschlafen. Ihr Magen brannte, und seit gestern hatte sie keinen Bissen herunterbekommen. Aber es war in diesem Moment notwendig, normal zu klingen, normal, normal, normal …

»Alles in Ordnung?«

»Alles wunderbar! Warum?«

»Nur so.« Pause. »Äh, hast du gestern mein Handy in der Hand gehabt?«

»Dein Handy?«

»Es ist so, dass jemand meinte, er habe mir im Scherz eine SMS geschickt, aber die habe ich nicht erhalten.« Niall war nicht dumm. Er hatte sich Gedanken über den Sendezeitpunkt gemacht.

Roo wartete, dann sagte sie mit fester Stimme: »War das jemand, dessen Name mit V beginnt? Und dessen Nachricht mit tausend Küssen endete?«

Sein Schweigen sagte ihr alles, was sie wissen musste. Das war es also.

»Es war nur ein Scherz«, sagte Niall. »Einer der Jungs aus dem Büro wollte mich auf den Arm nehmen. Er hat sich einen Spaß erlaubt …«

»Niall, es war kein Scherz! Warum bist du nicht Manns genug und gibst es zu? Du schläfst mit Vivica Mellon.«

Erneut Schweigen. Die endgültige Bestätigung.

»Vermutlich sind manche Menschen einfach zu gierig«, fuhr Roo fort. »Warum sich mit einer Geliebten begnügen, wenn man zwei haben kann?«

»Hör zu, das mit ihr ist nicht dasselbe. Ich schwöre bei Gott, sie ist einfach jemand, mit dem ich zusammengearbeitet habe.«

»Und jetzt schläfst du mit ihr.«

»Ein einziges Mal. Nur ein Wochenende, mehr war da nicht. Es ging von ihr aus. Sie hat mich förmlich *gedrängt*.«

Er log immer noch. Ganz plötzlich sah sie alles ganz klar vor sich. Es war wie ein Einwegspiegel, der durch einen Zauber plötzlich durchsichtig wurde und alles offenbarte. »O mein Gott«, sagte Roo, »du bist unglaublich.«

Eine weitere Pause.

»Tja, also schön.« Plötzlich legte Niall einen anderen Ton an den Tag. »Das war es also dann? Du willst mich niemals wiedersehen. Es ist alles aus.«

Furcht und Panik ergriffen Besitz von Roo. Furcht und Panik und … das deutliche Gefühl eines Déjà-vu. Natürlich, da war er, der gute, alte Doppel-Bluff. Dieser Taktik war sie schon früher begegnet. Damit sollte sie zum Einknicken gebracht werden. Und sie *war* schon oft eingeknickt. Es war, als ob man eine schicke Handtasche in einem Geschäft sah und sich fragte, ob man sie kaufen solle oder nicht, und plötzlich rief jemand: »Oh, wie toll, schaut euch diese umwerfende Handtasche an, die muss ich einfach haben!« In diesem Moment wollte man die Handtasche selbst besitzen. Die Möglichkeit, etwas zu verlieren, rief Angst und Schrecken hervor und brachte die Seele zum Verzweifeln …

Aber nicht heute. Sie würde nie wieder auf diese Taktik hereinfallen. Dieses Mal würde sie das Richtige tun.

»Ja, es ist alles aus.«

»Roo.« Seine Stimme wurde sofort weich. »Baby, dass kannst du doch nicht so meinen.«

»O doch.« Sie zitterte, war aber fest entschlossen. »Ich meine es so.«

»Du willst alles aufgeben, was wir miteinander geteilt haben, nur wegen dieses dummen … Ausrutschers? Das ist verrückt. Ich versichere dir, Vivica bedeutet mir nichts. Hör zu, ich kann gerade nicht aus dem Büro weg, aber ich komme heute Abend bei dir vorbei. Gegen acht, ja? Dann können wir miteinander reden.«

»Komm bloß nicht. Ich will dich nie wiedersehen. Und auch nicht mit dir reden. Ich kann nicht glauben, dass ich dir jemals vertraut habe. Aber so bin ich eben, eine dämliche Gans.«

»Roo, wir müssen …«

»Und ich werde auch meine Meinung nicht ändern.« Sie musste jetzt auflegen, bevor sie die Kontrolle verlor. »Leb wohl, Niall. Sag Vivica, dass ihr der Lippenstift wirklich nicht steht. Und warum gehst du heute Abend nicht einfach mal zur Abwechslung nach Hause zu deiner Frau?«

»Wie sehe ich aus?« Ellie kam aus dem Schlafzimmer und drehte sich, um ihr neues rotes Kleid mit den Spaghettiträgern und dem schwingenden Saum zu präsentieren. Sie hatte es speziell für morgen Abend bei Wallis gekauft. »Ist es gut genug, um darin deine Familie kennenzulernen?«

»Perfekt.« Todd streckte die Arme aus und kam auf sie zu.

O Gott, geht das wieder los, er will wieder einen Kuss. Sie löste das Dilemma, indem sie die Lippen schürzte und das Ganze in einen scherzhaften Schmatzer verwandelte.

»Und falls es kühl werden sollte, kann ich meine lila Seidenjacke dazu tragen. Also gut, ich ziehe mich rasch wieder um, dann können wir los.«

Sie floh vor seiner Umarmung ins Schlafzimmer. An diesem Abend wollte eine Gruppe von Exkolleginnen aus dem Brace House zu einer Show. Paula, die den Ausflug organisiert hatte, bestand darauf, dass Ellie mitkam und auf ihrem Sofa schlief, um nicht mitten in der Nacht durch die halbe Stadt zurückfahren zu müssen.

»Oh Ellie, du *musst* einfach mitkommen. Wir haben dich seit Ewigkeiten nicht gesehen! Wie kommst du zurecht? Wie geht es dir?«

Paula, Gott segne sie, glich einer jungen Mutterglucke. Aber sie meinte es gut und hatte ein großes Herz. Jedenfalls würde es nett, alle wiederzusehen und sich das Neueste von ihnen erzählen zu lassen. Ellie freute sich darauf. Todd, der vorbeigekommen war, um ihr sein neues Auto zu zeigen, würde sie ins West End bringen.

Ellie zog das Kleid aus und schlüpfte in weiße Jeans und eine khakifarbene Weste. Als sie das Trägerkleid auf den Bügel hängte, klingelte es an der Tür. »Schaust du mal nach, wer das ist?«

Gleich darauf rief Todd: »Es ist Roo. Sie kommt hoch.«

»Bin gleich da. Hat sie gesagt, was sie will?«

»Eigentlich nicht. Ich glaube, sie weint.«

Ellie legte den Kleiderbügel zur Seite. »*Wie* bitte?«

Roo weinte tatsächlich, auch wenn es ihr sichtlich peinlich war. Ihr weißgebleichtes Haar sah zerrupft aus, und die Lider waren geschwollen. Als sie sah, dass Ellie sich für einen Mädelsabend fertiggemacht hatte, sagte sie: »Oh, du willst ausgehen …«

»Komm, setz dich. Was ist passiert?«

»Niall …« Roo umklammerte ein zusammengerolltes Taschentuch. »Es ist alles aus.«

Todd hob eine Augenbraue. »Hat er mit dir Schluss gemacht?«

Ehrlich, Männer. Ellie schüttelte angesichts seines mangelnden Taktgefühls mit dem Kopf.

»Nein, ich habe mit ihm Schluss gemacht«, sagte Roo. »Ich kann nicht glauben, dass ich das getan habe. Weißt du, was? Er trifft sich mit einer anderen.«

Ellie schnappte nach Luft. »*Neben* dir und Yasmin?«

»O ja. Irgendeine Frau, mit der er zusammengearbeitet hat. Sie haben das Wochenende gemeinsam verbracht.« Roo wischte sich über die Augen, als erneut Tränen herausquollen. »Er ist so ein Mistkerl.«

»Aber das wusstest du doch längst«, verkündete Todd. »Sei froh, dass du ihn los bist. Ohne ihn bist du besser dran.«

»Ich weiß.«

»Dann verstehe ich nicht, warum du heulst.« Er wirkte ehrlich verblüfft.

»Weil ich ihn geliebt habe. Weil ich dachte, dass er mich auch liebt.« Roo schnüffelte und jammerte: »Weil das die ewige Leier meines dummen, elenden, nutzlosen Lebens ist.«

»Ach, Roo …« Ellie schaute hin- und hergerissen auf ihre Uhr. Eigentlich musste sie sich jetzt auf den Weg machen.

»Vielleicht schaut er heute Abend noch vorbei«, fuhr Roo fort. »Er will mit mir reden. Aber ich will nicht zu Hause sein, wenn er dort auftaucht. Schade, dass du ausgehst.« Sie starrte Ellie flehentlich an. »Kann ich nicht hierbleiben? Nur ein paar Stunden? Würde das gehen?«

Ellie fasste einen Entschluss. »Ich sage ab. Ich rufe nur schnell Paula an und erkläre ihr alles, dann kann ich hier bei dir bleiben.«

»Nein, nein.« Roo schüttelte heftig den Kopf. »Das ist ja eigentlich nicht fair. Du darfst dein Treffen nicht wegen mir absagen. Dann fühle ich mich nur noch schlechter.«

»Ich lasse dich hier ganz sicher nicht allein zurück.« Ellie verschränkte die Arme, gleichermaßen unnachgiebig. »Das kann ich einfach nicht.«

»Ist ja gut, ich bleibe hier bei ihr.« Todd nahm die Schlüssel zu seinem geliebten, neuen Toyota und wandte sich an Roo. »Ist das in Ordnung?«

Sie blinzelte perplex. *»Du?«*

Ellie war sich der Spannung zwischen den beiden immer schon bewusst gewesen. Todd hatte kein Geheimnis aus dem Umstand gemacht, dass er Roos Verhältnis mit Niall nicht guthieß. Roo wiederum hatte schnippisch und abwehrend auf ihn reagiert.

»Ich weiß nicht, ob das so eine gute Idee ist«, sagte Ellie.

»Komm schon, es ist die einzige Möglichkeit. Ich setzte dich in der Shaftesbury Avenue ab, dann fahre ich zurück und leiste ihr Gesellschaft.«

Roo meinte argwöhnisch: »Damit du mir den ganzen Abend Vorträge halten kannst? Ich sag's dir gleich, ich bin nicht in der Stimmung für moralinsaure Belehrungen.«

»Das wird er nicht tun, er wird nett zu dir sein. Nicht wahr?« Ellie hob warnend den Zeigefinger. Todd hatte natürlich recht. Paula hatte dieses Beisammensein nur wegen ihr organisiert. Es war unfair, die anderen jetzt sitzenzulassen.

Mit süßlicher Stimme erklärte Todd: »Natürlich werde ich nett zu ihr sein.«

Erneut kullerten Roo Tränen aus den Augen, während sie an einem losen Faden ihrer ausgefransten Jeans zupfte. Offensichtlich fühlte sie sich noch unwohler. »Und du darfst auch nicht sagen, du hättest es mir ja gleich gesagt.«

Todd antwortete nicht.

»O Gott.« Roo stieß einen Verzweiflungsschrei aus. »Was soll's, ich habe es verdient, dass es mir schlechtgeht. Nur zu, sag es.« Sie schüttelte resignierend den Kopf. »Es ist alles meine eigene Schuld.«

Die Uhr zeigte nun 23 Uhr an, und etwas Unglaubliches war passiert. Noch nie hatte Roo etwas Ähnliches erlebt. In den vergangenen drei Stunden hatten Todd und sie ununterbrochen geredet. Er hatte ihr von seiner Kindheit und Jugend mit Jamie erzählt, von seinen Exfreundinnen, seiner Familie und seinem Beruf. Sie wiederum hatte ihm ihre Arbeit in der Musikindustrie, ihre Kindheit und ihre beklagenswerten Geschichten mit Vertretern des anderen Geschlechts beschrieben. Und ganz nebenbei hatte sich im Laufe des Abends ihre Einstellung zu Todd Howard einer völligen Änderung unterzogen.

Oder *seine* Wahrnehmung von ihr hatte sich geändert, was bedeutete, dass sie sich entspannen konnte und nicht mehr so kratzbürstig und abwehrend sein musste. Was auch immer. Jedenfalls war das eine unglaubliche Wandlung. Aus dem Nichts war ein Funke übergesprungen. Jedes Mal, wenn sie Todd anschaute, konnte sie es spüren. Und so, wie er ihr unverwandt in die Augen sah, spürte er es offenbar auch.

Nicht, dass einer von beiden es ausgesprochen hätte. Aber es war da, schwebte zwischen ihnen in der Luft wie eine Rauchwolke. Raubte ihnen den Atem. Roo fiel es zunehmend schwer, Luft zu holen …

»Also schön.« Abrupt brach Todd die Stille zwischen ihnen. »Wartest du darauf, dass ich den ersten Schritt mache?«

»Was?« Roos Glas war leer, aber sie nahm es zur Hand und tat vor lauter Nervosität so, als würde sie einen Schluck trinken. Ihre Zähne stießen gegen den Rand.

»Komm schon, du weißt, was ich meine.« Er griff ihr Glas und stellte es auf den Couchtisch. Dann nahm er ihr Gesicht in seine kühlen Hände und sagte: »Ich hätte nie gedacht, dass ich das mal tun würde, aber ich muss einfach.«

Sein Mund war nur wenige Zentimeter von ihrem entfernt. Wenn er noch näher kam, musste sie schielen. Auf dem Rückweg zur Wohnung hatte Todd in einer Weinhandlung angehalten und eine einzige Flasche gekauft. Mehr hatten sie nicht getrunken. Roo wusste, dass sie nicht betrunken war, dennoch hatte sie sich noch nie so willenlos gefühlt.

»Was ist mit Ellie?« Ihre Stimme krächzte.

»O Gott, ich weiß. Ich will sie auf gar keinen Fall verletzen. Aber ... es ist nicht richtig.«

»Ich weiß. Wir dürfen das hier nicht tun! Ich muss gehen ... Das war's, ich gehe nach Hause.« Roo rückte etwas ab und erhob sich unbeholfen.

Todd schüttelte den Kopf. Er stand ebenfalls auf, ohne ihr Gesicht loszulassen. »So habe ich das nicht gemeint. Das mit Ellie und mir ... unsere Beziehung ist nicht richtig. Wir haben es wirklich versucht, aber es funktioniert einfach nicht.«

»Wir sollten das hier trotzdem nicht tun.«

»Ich weiß.«

Er zog sie an sich, nahm sie in die Arme und hielt sie fest. Zwanzig, dreißig Sekunden standen sie so da. Je länger der Moment andauerte, desto verzweifelter wünschte sie sich, dass Todd sie küsste. Ihre Haut prickelte, ihr ganzer Körper vibrierte vor Lebendigkeit.

Schließlich ließ er sie los und sah ihr tief in die Augen. »Und? Sollen wir aufhören?«

Roo konnte nicht sprechen. Fühlte es sich so an, wenn man im Todestrakt saß und das Gnadengesuch abgelehnt wurde? Sie konnte nur verwundert in seine Augen schauen und die Details seines Gesichts in sich aufnehmen. Jene Gesichtszüge, die zuvor so gewöhnlich gewirkt hatten, waren innerhalb weniger Stunden so *außer*gewöhnlich geworden: die breite Stirn, die geschwungenen Wimpern und die grauen Augen, die bei genauer Betrachtung mit bernsteinfarbenen Punkten durchsetzt waren. Sein Gesicht hatte genau die richtige Form für seinen Körper, sein Mund war unwiderstehlich ... o Gott, sie sollte lieber gehen, aber sie konnte es nicht, sie konnte es einfach nicht ...

»Nein.« Todd deutete ein Lächeln an. »Ich kann es auch nicht.« Er griff wieder nach ihrer Hand.

Wie ein Stromschlag schoss es durch ihren Körper. Strom, mehr Strom, als sie handhaben konnte.

Er führte sie zur Tür. »Komm schon, hier können wir nicht bleiben.«

Gemeinsam verließen sie die Wohnung und überquerten die Straße. Ihre Haut prickelte noch immer. Roo fühlte sich wie in einem Traum … sie war nicht länger für ihr Tun verantwortlich … Aber, um Gottes willen, wie jämmerlich! Natürlich trug sie die Verantwortung. Auf wen hoffte sie, die Schuld abwälzen zu können? Sie blieb auf dem Gehweg vor ihrem Haus wie versteinert.

»Das ist falsch. Wir können das nicht tun!«

»Roo.« Todd holte tief Luft. »Die Sache zwischen mir und Ellie ist kompliziert. Lass mich erklären –«

Sie schlug die Hände vors Gesicht. Das war wirklich immer das Gleiche mit den Männern. »Ich will es nicht hören.«

»Du musst! Verstehst du denn nicht? Hör mir zu. Es ist keine richtige Beziehung. Wir hatten keinen Sex. Es gibt keine Intimität. Es ist nicht real. Ich dachte, das würde es mit der Zeit werden, aber das stimmte nicht. Und jetzt, ich habe mich in eine Situation manövriert, aus der ich nicht herauskomme.«

»Willst du mir damit sagen, dass du gar nicht mit Ellie zusammen sein willst?« Roo stützte sich auf das gusseiserne Geländer. »Aber sie will doch mit dir zusammen sein.«

»Ich bin mir nicht sicher. Ich glaube, nicht. Aber ich weiß es ehrlich nicht.« In seinem Blick lag echter Kummer. »Theoretisch sind wir füreinander geschaffen. Wir vermissen beide Jamie. Ich wusste, wie sehr sie ihn geliebt hat, und ich wollte, dass sie sich besser fühlt. Und ich habe es versucht, aber wenn wir uns berühren, fühlt es sich merkwürdig an.« Todd zuckte hilflos mit den Schultern. »Bei jeder anderen hätte ich längst Schluss gemacht, aber wie kann ich das Ellie antun? Sie hat so viel durchmachen müssen. Ich wollte nicht derjenige sein, der ihr weiteren Schmerz zufügt.«

Gott sei Dank, sie waren noch rechtzeitig zu Besinnung gekommen. Voller Selbstverachtung sagte Roo: »Natürlich sollst du auch nicht. Wie schrecklich, schau nur, was wir ihr heute Nacht beinahe angetan hätten?«

»Aber Nialls Frau hast du es doch auch angetan.«

Das hielt Todd also von ihr? War sie die unterste Schublade? Ihre Finger schmerzten, so fest umklammerten sie das Geländer. »Das war etwas anderes.« Auch wenn es trotzdem verachtenswert gewesen war. »Ellie ist meine Freundin.«

»Es geht doch nicht nur um Sex. Bei mir und dir.« Er sah sie voll echter Gefühle an. »Diese … Sache zwischen uns … ich weiß, es kommt aus dem Nichts … aber es fühlt sich *real* an.«

»Vergiss es. Nichts davon ist real, und so wird es auch bleiben. Du gehst jetzt besser, ich muss ins Bett.« Rot vor Scham, fragte Roo: »Wirst du Ellie davon erzählen?«

Seine Reaktion war blitzschnell. Es war, als ob man Prinz Charles fragte, ob er gern gekochte Kätzchen aß. Ungläubig rief Todd: »Natürlich nicht!«

»Gut. Dann leb wohl.« Roo sah ihm nach, als er ging. Die Schuldgefühle waren beinahe unerträglich.

28. Kapitel

»Was machst du da?«, fragte Todd.

Ellie tippte eine Textnachricht in ihr Handy. Sie waren auf dem Weg zum Grillfest bei seiner Mutter in Wimbledon. »Ich habe schon den ganzen Tag versucht, Roo zu erreichen. Sie geht aber nicht ans Telefon. Ich hoffe, es geht ihr gut.«

»Es ist bestimmt alles in Ordnung. Du siehst übrigens hübsch aus.«

»Hm?« Ellies Finger flogen über die Tasten. Geistesabwesend erwiderte sie: »Ach, das Kleid? Danke.« Warum sah er sie so komisch an? Hatte sie etwas falsch gemacht? Also schön, sie war seine Freundin, vielleicht erwartete er, dass sie ihm im Gegenzug auch ein Kompliment machte. Sie lächelte strahlend, berührte den Ärmel von Todds Baumwollhemd und sagte: »Dein Hemd ist auch sehr hübsch!«

»Da sind sie ja! Oh, schaut euch das an!« Maria Howards Freude kannte keine Grenzen, als sie ihren Sohn durch die Gartentür kommen sah. Ihre Arme breiteten sich aus wie die Flügel eines Engels. Aus ihrem Glas schwappte ein Schwall Pimm's Likör in ein Kräuterbeet. »Mein wundervoller Sohn und seine wunderschöne Freundin! Kommt her, kommt her … o Ellie, wie schön, dich zu sehen! Ihr zwei seid ein herrliches Paar!«

»Tut mir leid«, flüsterte Todd Ellie ins Ohr, »aber ich habe dich gewarnt.«

Das hatte er tatsächlich, aber nun gab es kein Entkommen. Ellie wurde in Marias Arme geschlungen, die in einen geblümten Stoff gehüllt waren und nach Estée Lauder dufteten. Der herzliche Empfang rührte sie, auch wenn sie sich dadurch ein wenig wie eine Hochstaplerin fühlte. Alle glaubten jetzt, sie und Todd seien ein richtiges Paar in einer normalen Beziehung.

»Du weißt gar nicht, wie glücklich mich das macht.« Maria hielt Ellie jetzt auf Armeslänge von sich, musterte sie voller Stolz. »Euch beide so zu sehen … Der arme Jamie, wir haben ihn alle sehr geliebt. Aber er selbst würde wollen, dass ihr euer Leben lebt.«

Ellie nickte. »Ich weiß«, sagte sie und musste schwer schlucken.

Sie hatte Todds Mutter zuletzt auf Jamies Beerdigung gesehen, und ihre Erinnerungen an jenen Tag waren verschwommen. Im gegenwärtigen Moment war es allerdings ein wenig einschüchternd, dass Maria sie verzückt wie eine künftige Schwiegermutter inspizierte.

Hastig reichte sie ihr das Geschenk mitsamt Karte und wechselte das Thema: »Alles Gute zum Geburtstag! Sie sehen phantastisch aus!«

»Ehrlich? Du bist ja so lieb!« Maria umarmte sie erneut. »Wir werden viel Spaß haben … Jetzt stelle ich dich aber erst einmal allen vor. Alle sind schon ganz gespannt. Todd, besorge Ellie etwas zu trinken und zu essen … Sue, Sue, wo ist Tanya? Schaut nur, wer hier ist!«

Die nächste Stunde bestand aus einem Strudel von Gesichtern. Ellie versuchte, sich alle Namen einzuprägen. Immer und immer wieder musste sie sich anhören, was für ein reizendes Paar sie und Todd abgaben. Manche Gäste sahen sie auch mitfühlend an und murmelten aufmunternd, wie tapfer sie doch sei, bevor sie das Gespräch einer glücklicheren Zukunft zuwandten. Marias Schwestern, Cousinen, Freunde und Nachbarn meinten es alle gut und waren liebe Menschen. Es wurde viel über sie und Todd gescherzt und fröhlich spekuliert, ob es schon an der Zeit sei, nach einem neuen Outfit für eine Hochzeit Ausschau zu halten.

Als Ellie an einem Hühnchenschlegel knabberte und Maria fragte, womit er mariniert worden sei, rief Tanya: »Oho, Sie interessieren sich fürs Kochen? Da hat der gute alte Todd aber Glück!«

Und während eines Gesprächs über Sues Kette krallte sich diese begeistert in Ellies Arm. »Die habe ich in Venedig gekauft. Waren Sie schon einmal dort? Oh, Sie und Todd müssen unbedingt hin, es ist der romantischste Ort auf der ganzen Welt.«

Prompt fiel Dave und Hazel von gegenüber ein, dass sie ihre Flitterwochen in Venedig verbracht hatten, woraufhin Rita, eine Blondine mit toupierten Haaren aus dem Nachbarhaus, Ellie anstrahlte: »Na, *das* ist doch mal eine gute Idee, oder nicht?«

Ellie lächelte und tat ihr Bestes, die harmlosen Neckereien herunterzuspielen, aber es war zu plump, war zu viel. Sie schien in einer Sitcom aus den siebziger Jahren festzustecken. Wenn sie und Todd ein richtiges Paar gewesen wären, dann hätten ihr die schlüpfrigen Anspielungen und das Gerede über eine mögliche Hochzeit vielleicht nichts ausgemacht, sondern vielleicht sogar ein Gefühl der Dazugehörigkeit vermittelt. Aber so war das Ganze einfach nur klaustrophobisch. Sie musste etwas dagegen unternehmen.

Allerdings nicht jetzt, nicht auf Marias Geburtstagsparty. Das würde nur den Abend verderben. Daher konzentrierte sie sich darauf, fröhlich zu sein, das Essen zu genießen und sich auf der Tanzfläche zu amüsieren.

Um Mitternacht teilte sich Ellie mit Brendan und Judy, Freunden von Maria, die in Hampstead wohnten, ein Minitaxi. Bevor sie gingen, umarmte Maria sie und säuselte angeschickert: »Weißt du, was? Ich finde das Armband, das du mir ausgesucht hast, großartig. Aber *du* bist das eigentliche Geburtstagsgeschenk. Dass du und Todd zusammen seid, macht mich richtig glücklich!«

Ellie hatte sich geweigert, Todds Angebot anzunehmen, sie nach Hause zu fahren. Er sollte sich entspannen und etwas trinken können. Als sie sich verabschiedeten, küsste er sie und flüsterte: »Danke. Ich rufe dich morgen an.«

Im Minitaxi auf dem Heimweg nach Primrose Hill bestand Judy darauf, Ellie auf ihrem Handy eine scheinbar endlose Reihe an verschwommenen, briefmarkengroßen Fotos ihrer drei Enkelkinder zu zeigen. »O ja, sie sind das Licht unseres Lebens, nicht wahr, mein Schatz?« Sie lächelte ihren Mann Brendan verträumt an. »Wir möchten sie um nichts in der Welt missen. Maria, die Gute, erkundigt sich oft nach ihnen. Seit Jahren wünscht sie sich nichts mehr, als Großmutter zu werden.«

Grundgütiger.

»Du kannst dir bestimmt vorstellen, als Todd nach Boston zog, fürchtete sie, er könne dort jemand kennenlernen und sich in den Staaten niederlassen«, fiel Brendan ein. »Sie war unglaublich erleichtert, als er seine Rückkehr nach England verkündete.«

»Und jetzt hat er Sie«, sagte Judy. »Kein Wunder, dass Maria vor Freude ganz aus dem Häuschen ist. Ich sage Ihnen, meine Liebe, mit Maria werden Sie nie einen Babysitter brauchen.«

Hilfe …

Es war nach Mitternacht, und Roo hatte einen Kloß im Hals. Schuldgefühle hatten in ihrem Leben bislang nie eine Rolle gespielt. Doch heute Morgen umschlossen sie die Schuldgefühle wie ein Schraubstock. O ja, sie holte die Versäumnisse auf einen Schlag nach. Und sie, Roo Taylor, würde sich von nun an ändern.

Das war nicht einfach eine Laune. Es war nicht so, wie wenn man morgens aufwacht und beschließt, Frühjahrsputz zu machen oder auf Diät zu gehen. Es war so viel mehr. Bislang hatte sie ein beschütztes, stressfreies, *selbstsüchtiges* Leben geführt. Und ganz ehrlich, sie war nicht immer ein netter Mensch gewesen. Am schlimmsten von allem war, dass sie das nie gemerkt hatte. Sie hatte einfach stets Vergnügen gesucht und ihr Ding durchgezogen, auch wenn andere dadurch verletzt wurden. Sie hatte zu viel getrunken, zu viele Drogen konsumiert, mit Männern geschlafen, mit denen sie nie hätte schlafen sollen. Und wenn diese Männer zufällig eine Ehefrau oder Freundin zu Hause hatten … tja, dann hatte sie es trotzdem getan. Denn warum zur Hölle auch nicht? Großer Gott, wenn sie jetzt zurückdachte, war sie eine verachtenswerte, widerwärtige Person gewesen. Ihr Verhalten musste anderen ekelhaft vorgekommen sein, und sie hätte sich gründlich schämen sollen.

Roo sah aus dem Fenster auf die leere, dunkle Straße und grub ihre Fingernägel in die Handflächen. Ihr altes Leben musste sie hinter sich lassen, ein neues hatte begonnen. Sie war fest entschlossen, Wiedergutmachung zu leisten. An diesem Tag hatte sie nicht einmal Kaffee getrunken. Nur Leitungswasser. So ernst war es ihr. Es würde auch keinen Alkohol mehr geben. *Niemals wieder*. Nur Besuche ... in der Kirche. Sehr, sehr viele. O ja. Wenn es nötig sein sollte, würde sie das tun. Sie war an diesem Nachmittag schon in der Kirche gewesen, in der verzweifelten Hoffnung, dass Gott mit ihr sprechen würde. Es war kalt gewesen, hatte moderig und nach Holzpolitur gerochen. Die Bänke waren hart und unbequem gewesen. Staubpartikel hatten in den Sonnenstrahlen getanzt, die durch die Buntglasfenster fielen.

Gott hatte leider nicht mit ihr gesprochen, aber darauf kam es auch gar nicht an. Womöglich wäre sie auch völlig ausgeflippt, wenn sie Gottes Stimme gehört hätte. Dafür hatte ihr Gewissen seine Stimme erhoben. Und das war gut so.

Roo erstarrte, als Scheinwerfer um die Ecke bogen und die Straße erhellten. Das Minitaxi fuhr gegenüber vor. Ellie kam zurück. Roo hielt den Atem an. Bitte, lass sie allein sein. Ja, das war sie.

Roo riss ihre Fenster auf und steckte den Kopf heraus. »Ellie?«

Ellie wirbelte herum und sah hoch, als das Taxi davonfuhr. »O Süße, ich hab mir ja solche Sorgen um dich gemacht! Ist alles in Ordnung?«

Würde sie die Freundschaft mit Ellie für immer verlieren? War es überhaupt sinnvoll, das hier zu tun? Ja. Sie musste endlich ehrlich sein. Nur so funktionierte es. Ihre Brust wurde vor Angst ganz eng.

Roo rief: »Alles gut. Hör mal –«, ihre Stimme versagte beinahe, »ich weiß, es ist spät, aber kannst du kurz zu mir kommen?«

29. Kapitel

»… und das war es. Ich weiß, du wirst mich jetzt hassen. Ich hasse mich ja selbst … Todd wollte nicht, dass ich mit dir rede, aber ich musste einfach. Du darfst ihm keine Vorwürfe machen. Es war allein meine Schuld. Aber ich verspreche dir hoch und heilig, dass es nie wieder vorkommen wird. Und ich mache es wieder gut, wenn du erlaubst. Ich will mich ändern. Ich werde für alles Schlimme, was ich je getan habe, Wiedergutmachung leisten. Und der erste Schritt ist, dich wissen zu lassen, wie unglaublich leid es mir tut.«

Ellie schüttelte langsam den Kopf. Sie hatte schweigend der Beichte von Roo zugehört. Sie hatte unterbrechen wollen, aber Roo war so verzweifelt bemüht, sich alles von der Seele zu reden, dass es falsch gewesen wäre, ihr das Wort abzuschneiden.

Jetzt sagte Ellie: »Ich glaube es einfach nicht.«

Roo ließ den Kopf hängen. »Es tut mir so leid.«

»Gott sei Dank.«

»Was?«

»Das ist die beste Neuigkeit seit Monaten.«

Roo begriff nicht. »Wie kann das eine gute Neuigkeit sein?«

»Weil es zwischen Todd und mir nicht funktionieren kann. Es hat sich von Anfang an falsch angefühlt, auch wenn wir beide uns gewünscht haben, dass es klappt. Trotzdem wollte ich Todds Gefühle nicht verletzen. Ich habe niemandem von meinen Zweifeln erzählt, nicht einmal dir. Anfangs dachte ich auch noch, es läge daran, dass ich außer Übung bin, aber das war es nicht. Todd und ich sind nicht dafür geschaffen, etwas anderes zu sein als gute Freunde. Jetzt weiß er das vermutlich auch. Oh, Gott sei Dank!«

Roos Gesichtsausdruck war ein Bild für die Götter. »Sagst du das auch nicht nur so, um mich zu beruhigen?«

»Nein.«

»Du bist mir wirklich nicht böse?«

»Nein!«

»Aber ich habe etwas Schreckliches getan.«

»Wie bitte? Was denn? Oder ist mir da was entgangen? Hast du etwa mit ihm geschlafen?«

»Nein!«

»Hast du ihn geküsst?«

»Nein, aber ich wollte es! Und ich hätte es *beinahe* getan.«

»Tja, jetzt darfst du. Du kannst alles mit ihm anstellen, was du magst. So oft, wie du magst.«

»Nein.« Roo schüttelte heftig den Kopf.

»Wie, nein?« Wie oft musste sie ihr die Erlaubnis dafür eigentlich noch erteilen?

»Ich werde gar nichts mit ihm anstellen!«

»Aber ich *möchte* das.«

»Ellie, ich habe es dir doch gesagt. Ich will mich ändern. Ich habe einen Pakt mit mir selbst geschlossen. Erstens, keine Lügen mehr. Ich musste dir die Wahrheit sagen, auch wenn mich das deine Freundschaft gekostet hätte. Zweitens, wenn du sauer auf mich gewesen wärst, hätte ich es irgendwie wiedergutgemacht. Und drittens …«, Roo zählte an den Fingern ab, »… wie auch immer, zwischen Todd und mir wird nie etwas passieren.«

»Das ist doch dumm. Du magst ihn. Und er mag dich.«

»Umso mehr ist es eine Strafe. Wenn ich versprochen hätte, dass niemals etwas zwischen mir und Woody Allen passieren wird, dann wäre das ja nicht wirklich eine Strafe, oder?«

»Du musst dich doch nicht bestrafen.« Ellie runzelte die Stirn. Drückte sie sich nicht klar genug aus? »Ich bin *froh*, dass es so gekommen ist.«

»Das mag ja sein, aber darauf kommt es nicht an. Der Punkt ist der, dass ich nicht wusste, wie du reagieren würdest. Es hätte dich wahnsinnig verletzen können, und ich hab's trotzdem einfach passieren lassen.«

»Aber es ist doch nichts passiert!«

»Ich habe mich von ihm in den Arm nehmen lassen.«

»Das ist doch keine große Sache.«

»Okay, aber was, wenn es nicht Todd gewesen wäre? Sondern dein Jamie?«, fragte Roo unverblümt. »Dann würdest du jetzt etwas anderes sagen.«

Ellie sah sie an. Da hatte sie nicht ganz unrecht. Andererseits hätte Jamie Roo hoffentlich nie in die Arme genommen. In Gedanken konsultierte Ellie ihn rasch.

»Hättest du, Jamie?«

»Soll das ein Witz sein? Niemals, nicht in einer Million Jahren, nicht einmal, wenn wir in der Antarktis wären.«

»Ist ja gut, übertreib's nicht.«

Apropos Ehemänner …

»Was ist eigentlich mit Niall? Bitte sag mir, dass du nicht vorhast, Yasmin alles zu erzählen, was du mit ihrem Ehemann gemacht hast.«

»Ich habe mich tatsächlich gefragt, ob ich das soll.«

»Denke nicht mal dran!«

Roo wirkte verloren. »Warum, findest du, ist das keine gute Idee?«

»Es ist eine entsetzliche, schreckliche Idee.« Ellie erschauderte bei dem Gedanken. »Sie hat ein Baby und einen Ehemann, der sie betrügt. Ist das nicht schon schlimm genug?«

»Oh. Na gut.«

»Versprich es.«

»Ich verspreche es.«

»Gut. Na schön, komm her.« Ellie stand auf und umarmte sie fest. »Alles wird gut.«

Roo brach in Tränen aus. »O Gott, du bist so nett, das verdiene ich nicht. Ich bin ein furchtbarerer Mensch.«

»Bist du nicht, bist du nicht.« Roos stachelige Frisur fühlte sich wie Teppichrasen an. »Du hast einen Fehler gemacht. Das ist alles. Ich bin froh, dass du dich nicht mehr mit Niall treffen wirst.

Und ich bin glücklich, dass Todd und ich nicht länger so tun müssen, als seien wir ein Paar. Wir können einfach wieder Freunde sein. Schau mich an.« Ellie löste sich von Roo und betrachtete deren verheultes, klägliches Gesicht. »Nicht weinen. Ich bin glücklich, dass ihr zusammengefunden habt.«

Aber Roo schüttelte schon wieder den Kopf, war fest entschlossen, mit ihrer Selbstkasteiung fortzufahren. »Niemals. Das wird nicht passieren. Ich lasse das nicht zu.«

»Wie war die Party im Garten?« Zack kam zwischen zwei Terminen ins Büro. Er aß eine Scheibe Toast.

Tja, natürlich musste er fragen. »Es war großartig!«, sagte Ellie. »Kein Regen, alle waren reizend, das Essen toll. Ich habe sieben Hühnchen-Samosas verdrückt. Wie war Ihr elegantes Beisammensein im *Dorchester*?«

»Wahrscheinlich viel langweiliger als Ihr Grillfest. Bedauerlicherweise gab es auch keine Samosas.« Er aß den letzten Rest seines Toasts. »Am Montagabend gibt es ein weiteres Essen, im *Claridge's*. Was meinen Sie, hätten Sie Zeit?«

Das *Claridge's*? Wow!

»Montag? Kein Problem, passt mir gut.« Ellie nickte begeistert. Da klingelte es auch schon an der Tür. Sein nächster Termin war da.

»Gut. Hervorragend. Ich gehe selbst zur Tür.« Zack wirkte erfreut. Er ging hinaus, ließ den Kunden ein und führte ihn nach oben.

Ellie tippte weiter. Sie hatte es nicht über sich gebracht, ihm von Todd zu erzählen. Erst letzte Woche hatte sie Todd zum ersten Mal erwähnt und Zack gegenüber geprahlt, wie glücklich sie war. Es wirkte blöd, wenn sie jetzt, nur wenige Tage später, verkündete, es sei alles vorbei. Und Zack würde ihr sicher auch nicht glauben, dass sie die Trennung befürwortete. Er würde denken, sie sei auf herzlose Weise hintergangen worden. Oder schlimmer noch, er würde Mitleid mit ihr haben. Und damit hätte sie wieder ganz am Anfang gestanden, denn das Bild der bedauernswerten Witwe, die man mit Samthandschuhen anfassen musste, passte ihr gar nicht.

Nein, fürs Erste war es viel einfacher, nichts zu sagen. Es bestand überhaupt keine Veranlassung, ihm die Wahrheit zu beichten. Apropos Wahrheit, sie musste noch einige Dinge mit Todd klären. Ach herrje, seine arme alte Mutter. Maria war zweifellos am Boden zerstört, wenn sie erfuhr, dass ihr Sohn wieder Single war. Ein Grund mehr, Roo zu einer Meinungsänderung zu bewegen.

Todd kam direkt nach Büroschluss vorbei. Er wirkte ungeheuer reumütig. »Es tut mir so leid.«

»Fang du jetzt nicht auch noch damit an. Ich sagte dir doch, es ist eine gute Nachricht! Das mit uns hat nicht funktioniert, das wussten wir doch beide. Wir waren nur zu höflich, es auch auszusprechen. Jetzt können wir uns entspannen und endlich mit der Schauspielerei aufhören. Und wir müssen auch nicht länger eklige Küsse austauschen!«

Todd musste losprusten und entspannte sich sichtlich. »O Gott, war das nicht bizarr? Ich hatte keine Ahnung, dass es so sein würde. Mir war einfach nicht klar, warum es sich so … so …«

»Unappetitlich anfühlte?«, schlug Ellie vor. »Nimm es nicht persönlich, es lag nicht an dir.«

»An dir auch nicht.«

»Es war einfach falsch. Wie ein Erdbeerbrötchen mit Maggi. Wir sind beide nett, aber wir passen nicht zueinander.«

»Schokolade und Senfgurken.«

»Lakritze und Schinken. Okay«, sie wedelte mit den Händen,

um sich von ihrem Lachanfall zu erholen, »wir müssen sofort aufhören. Mir wird schlecht.«

»Dann sind wir wieder einfach nur Freunde?«

»Weißt du, was? Ich fühle mich jetzt schon besser.« Sie schob ihre Stirn in Falten. »Wie wird deine Mutter es aufnehmen?«

»Tja, nun ja, sie wird schon darüber hinwegkommen.«

»Warte, bis sie Roo kennenlernt.«

Todd fuhr sich mit den Fingern durch die Haare. »Ich schwöre bei Gott, ich hatte keine Ahnung, dass das passieren würde. Es gab doch vorher überhaupt keine Anzeichen dafür.«

»Ich weiß. Ist es nicht erstaunlich, wie schnell so was gehen kann? Ich hatte immer gedacht, du findest sie nicht einmal sympathisch.«

»Genau so war es ja auch.« Er gestikulierte hilflos. »Ich fand sie tatsächlich unsympathisch. Weil sie sich mit einem verheirateten Mann abgab. Aber dann am Dienstag … ich weiß nicht … sie ging so streng mit sich ins Gericht, und irgendwie veränderte sich da alles. Die Gefühle kamen aus dem Nichts. Und bei ihr war es genauso. Wir wussten es beide sofort. Ich wollte natürlich nicht, dass sie mit dir darüber spricht, weil ich dir auf gar keinen Fall eine weitere Verletzung zufügen wollte.«

»Du bist süß! Gut, dass Roo mir trotzdem alles erzählte. Wir hätten uns sonst monatelang noch etwas vorgespielt.« Ellie fächelte sich vor Erleichterung Luft zu. »Du musst jetzt zu ihr!«

Todd zögerte. »Sie will nicht, dass wir uns treffen.«

»Ach, das war vorhin. Mittlerweile ist sie darüber hinweg. Komm schon, ich begleite dich, damit sie weiß, dass alles in Ordnung ist.«

Es schien ihm unangenehm. »Kannst du sie nicht anrufen und ihr das sagen? Dann gehe ich allein rüber.«

»Ausgeschlossen! Ich will es mit eigenen Augen sehen. Du darfst mir diesen Spaß nicht nehmen«, bat Ellie. »Das wird so romantisch. Ich kann es kaum erwarten!«

»Nein! Und noch mal nein!«

Ellie versuchte es erneut. »Roo, ich bitte dich, mach die Tür auf.«

Im oberen Fenster schüttelte Roo den Kopf. »Das werde ich nicht.« Ihre Haare standen nach allen Seiten ab. Sie ähnelte einer weißen Katze, die einen elektrischen Schlag erhalten hatte. Ihr Gesicht war verschmiert. Ihre Aufmerksamkeit richtete sie allein auf Ellie. Todd warf sie nicht einmal einen Blick zu. »Er kommt hier nicht rein.«

»Aber es ist doch alles in Ordnung. Wenn du mich glücklich machen willst, dann komm mit ihm zusammen.«

»Das wird nicht geschehen. Es verletzt mich auch ein wenig, dass du meinen Standpunkt nicht respektierst. Das ist nicht nur so eine Laune, weißt du. Ich arbeite wirklich an einem völlig neuen Ich. Mit Moral. Und Skrupeln.«

»Und einem schmutzigen T-Shirt«, sagte Ellie mit Blick auf ihre Kleidung. »Was machst du da oben eigentlich?«

»Ausräumen. Entrümpeln. Ich entgifte mein Leben. Ist er mit dem Wagen hier?«

»Ich kann dich hören«, stellte Todd klar. »Und ja, ich bin mit dem Auto hier.«

»Gut. Wartet.« Roo verschwand im Innern.

»Siehst du?«, meinte Ellie ermutigend. »Ich sagte doch, es klappt. Sie ist auf dem Weg nach unten.«

»Nein, bin ich nicht.« Roos Kopf tauchte wieder im Fenster auf. »Tretet zurück, ich kann nicht so gut zielen.«

»Was hast du vor?«, rief Ellie. »Willst du uns erschießen?«

Plopp. Plopp. Plopp. Drei volle Müllsäcke landeten auf dem Gehweg. Einer von ihnen war nicht richtig verschnürt und platzte auf. Das Bein einer Jeans mit Leopardenmuster lugte heraus.

»Wenn du dich nützlich machen willst«, rief Roo nach unten, »dann bring das in einen Secondhandladen.«

Ellie bückte sich und las das Label der Jeans. »Was soll das?

Das ist deine Lieblingsjeans!« Außerdem stammte sie aus der Kollektion von Vivienne Westwood.

»Ich weiß. Jetzt wird es die Lieblingsjeans von jemand anderem.«

Ihre geliebte lilafarbene Wildlederjacke, das schwarze Spitzentop mit dem roten Samtsaum, der weiße Minirock, der silberne Ledergürtel … Ellie ging den Inhalt des Müllbeutels durch »O Roo, das sind alles Sachen, die du ständig getragen hast. Das kannst du nicht tun.«

Plopp. Plopp. Plopp. Ellie sprang beiseite, als drei weitere Müllbeutel durch die Luft geflogen kamen.

»Doch, ich kann«, konterte Roo, »ich muss.«

»O mein Gott«, murmelte Todd. »Vor zwei Tagen habe ich mich in diese Frau verliebt, und heute finde ich heraus, dass sie wahnsinnig ist.«

»Du hast dich *verliebt*?« Ellie drehte sich um und starrte ihn mit offenem Mund an.

Todd wurde klar, was er gerade gesagt hatte. Seine Ohren wurden feuerrot. »Hör zu, so habe ich das nicht gemeint. Ich wollte sagen, ich habe mich *verknallt*. Interpretiere da jetzt nichts hinein …«

»Quatsch, das war dein Unterbewusstsein. Das bedeutet, dein Gehirn weiß, was du empfindest.« Sie packte ihn am Arm. »Das muss dir nicht peinlich sein. Lass es einfach zu.«

»Wie ich schon sagte, das war, bevor ich herausfand, dass sie wahnsinnig ist.«

»Roo? Lass Todd rein. Er liebt dich!«

»Der kommt mir nicht ins Haus. Ich will, dass er geht.«

Ellie versuchte es noch eine Weile, aber Roo gab nicht nach. Offenbar hatte sie einen festen Vorsatz gefasst. Da Todd weiter nichts tun konnte, lud er die vielen Müllsäcke in seinen Wagen und fuhr davon.

Als er fort war, schloss Roo die Haustür auf. »Versuche ja

nicht, mir gut zuzureden, denn ich werde meine Meinung nicht ändern. Hier, wie gefällt dir das?« Sie zielte mit einem Zerstäuber nach oben und sprühte Parfüm in die Luft. Wie ein zarter Nebel legte sich der Duft auf Ellies Gesicht. Es roch köstlich nach Mittelmeer und Zitronen.

»Das ist dein Annick Goutal.«

»Wenn du willst, ist es ab sofort deins. Komm mit nach oben, ich habe noch haufenweise andere Sachen für dich.« Roo war es offensichtlich ernst. Ihre Wohnung war voll mit Schachteln und halbvollen Müllbeuteln. »Du kannst meine Make-up-Sachen haben.« Roo zeigte achtlos auf die Utensilien. »Ich brauche das alles nicht mehr.« Sie war ungeschminkt, trug nur ein altes, verschlissenes T-Shirt und abgewetzte Jeans.

»Also schön, jetzt gehst du zu weit«, sagte Ellie. »Du kannst doch nicht deine ganzen Schminksachen weggeben.«

»Wenn du sie nicht willst, finde ich halt einen anderen Abnehmer. Das Trinken habe ich auch aufgegeben. Im Kühlschrank stehen noch zwei Flaschen Sauvignon Blanc aus Neuseeland, wenn du magst …«

»Roo, aber das musst du doch nicht tun.«

»Ich will es aber. Ich fühle mich dadurch besser. Und ich habe auch einen Job.« Sie strahlte. »Morgen fange ich an.«

Grundgütiger. »Was für einen Job?«

»Ich werde ehrenamtlich in einer karitativen Einrichtung in der Ormond Road aushelfen. Es ist der Secondhandladen neben dem Reisebüro.«

»Das heißt, du musst den ganzen Tag stehen. Dir werden die Füße weh tun.«

»Wenn kleine alte Damen das können, kann ich das auch.«

Das war fraglich. Die kleinen alten Damen, die ehrenamtlich in karitativen Secondhandläden auszuhelfen pflegten, waren vermutlich aus weitaus härterem Holz geschnitzt als Roo, die eher einer Gewächshauspflanze glich.

»Hast du was von Niall gehört?«

»Nein. Ich habe seine Nummer blockiert.«

»Du könntest ein besserer Mensch werden und dich trotzdem mit Todd treffen, weißt du?«

»Lass gut sein. Mich nicht mit Todd zu treffen ist Teil meiner Strafe, weil ich ein schlechter Mensch war. Ich *verdiene* es, bestraft zu werden«, erklärte Roo.

»Ist ja gut, schön.« Ellie schwieg. »Sollen wir jetzt in den Pub?«

»Das ist nicht komisch!« Roo warf eine Goldlaméhose nach ihr.

»Gibst du die auch weg?«

»Wahrscheinlich.«

Ellie tänzelte außer Reichweite. »Gut so!«

30. Kapitel

»Jamie? Bist du da?« Sie sprach es nicht laut aus, aber er hörte sie trotzdem.

»Ich bin immer da.« Er erschien im Wohnzimmer, grinsend und barfüßig. »Ich bin wie Lurch aus der Addams Family. *Sie haben geläutet*?«

»Du siehst besser aus als Lurch.« Ellie wartete. »Das war jetzt dein Stichwort, um mir zu sagen, dass ich auch ziemlich gut aussehe.«

»Das weißt du doch auch so. Du trägst mein Lieblingskleid.«

Sie hatten es vor drei Jahren im Schaufenster einer kleinen Boutique in Totnes entdeckt. Es war schlicht geschnitten, aus matter, pfauenblauer Seide, mit handgedruckten smaragdgrünen und goldenen Wirbeln entlang von Dekolleté und Saum. Es war ein zauberhaftes Kleid, das sie getragen hatte, als sie an seinem letzten Geburtstag essen gegangen waren.

»Es ist doch nur dein Lieblingskleid, weil du herausgefunden hast, wie du den Reißverschluss mit einer Hand öffnen kannst.«

Gutmütig meinte Jamie: »Gut, dass ich heute Abend ohnehin zu Hause bleiben wollte. Ich möchte nicht miterleben müssen, wie dein Kleid bei diesem schicken Abendessen mit deinem Boss zu Boden gleitet.«

Ellie öffnete ihren Lipgloss. »Ich hasse es, dir das sagen zu müssen, aber du bist nicht wirklich hier. Deine reißverschluss-öffnenden Tage sind vorbei.«

»Ich weiß.« Er sah zu, wie sie eine dicke Schicht Lipgloss auflegte. »Ist das der, der nach Aprikose schmeckt?«

»Ja.« Ellie wurde der Hals eng. Früher hatte er ihr den Lipgloss immer von den Lippen geküsst und dabei seinen Mund fest auf ihren gepresst.

»Nicht weinen. Du ruinierst dein Make-up.«

Leichter gesagt als getan. Sie warf den Lipgloss in ihre Handtasche und sagte: »Ich muss jetzt los.«

»Viel Spaß.« Jamies Gesichtsausdruck wurde weich. »Ich meine es ernst. Ich möchte, dass du dich amüsierst.«

Ein schickes Essen im *Claridge's* in Mayfair. Was hätte sie nicht dafür gegeben, um diesen Abend mit Jamie zu verbringen. Also gut, hör auf damit, denk jetzt nicht darüber nach. »Das werde ich. Mach's gut.«

Zack war nicht Jamie, aber er hinterließ Eindruck. Als das Taxi die Brook Street davonfuhr, erhaschte Ellie einen Blick auf ihr Spiegelbild im Schaufenster von Vidal Sassoon gegenüber des *Claridge's*. Sie sah besser aus als sonst, und nach Zack in seinem dunklen Anzug drehten sich buchstäblich alle Köpfe um. Eine Frau starrte ihn so intensiv an, dass sie von der Bordkante rutschte und beinahe in die Gosse stürzte.

Zack, dem nicht klar war, warum sie gestolpert war, legte seine Hand beschützend auf Ellies Rücken und sagte: »Vorsichtig, diese Bürgersteige haben es in sich.« Er führte sie über die Straße zum Hotel, und sie erhaschte einen Blick auf ihre Silhouetten in einer Glasscheibe.

Oho, sieh mal an, wie wir auf den Eingang des *Claridge's* zugehen. Wie ein Glamourpaar aus einer Chanel-Anzeige, vorausgesetzt, die Frauen in den Chanel-Anzeigen trugen smaragdgrüne Schuhe aus dem Topshop und mit Strass besetzte Haarkämme von Primark. Na ja, wer wusste das schon, vielleicht taten sie das ja.

Sie erreichten die andere Straßenseite. Ellie blieb stehen und sah zu den Fahnen hoch, die vor dem Hoteleingang hingen. In den Zimmern nächtigten Staatsoberhäupter. Könige betteten hier ihr Haupt zur Ruhe. Und viele, viele Berühmtheiten waren durch diese Drehtüren gegangen …

»Oh, hallo! Ellie, nicht wahr? Gerade habe ich Ihr Kleid bewundert, und da merkte ich, dass ich Sie ja aus dem Kosmetiksalon kenne! Sie waren neulich mit Ihrer Freundin da.«

Es war Yasmin Brookes. Die Zeit führte einen ihrer merkwürdigen Tricks durch, wobei sie schneller wurde und gleichzeitig in Zeitlupe ablief, während Ellie versuchte, die Situation zu erfassen. Sie hatte Niall nie getroffen, aber Roo hatte ihr ein Foto von ihm gezeigt. Der Mann bei Yasmin war definitiv Niall. Himmel, er ging doch tatsächlich mit seiner eigenen Ehefrau aus. Und das nach allem, was er gemacht hatte.«

»O ja, hallo.« Yasmin sah zu Zack. Hastig erklärte Ellie: »Das ist mein Chef. Wir haben ein Geschäftsessen.«

»Im *Claridge's*? Wie toll! Ihr Kleid gefällt mir wirklich. Das ist übrigens Niall, mein Ehemann.«

Niall nickte ihnen leutselig zu, während Yasmin zu ihm sage: »Wir haben uns im Salon sehr nett unterhalten. Ich habe dir doch von Ellies Freundin erzählt. Sie war diejenige, die aussah wie diese Popsängerin, Daisy Deeva. Erinnerst du dich an die Drei Deevas? Ist schon Jahre her. Sie war es natürlich nicht. Aber sie war trotzdem sehr nett!«

Nialls Gesichtsausdruck fror ein. Sein Blick huschte von Yasmin zu Ellie. Ein Muskel an seinem Auge zuckte, und sein Hals bekam rote Flecke, als ihm klarwurde, um wen es sich handelte. Ellie erwiderte sein Lächeln. Empfand sie da etwa Schadenfreude? Hervorragend!

Laut sagte sie: »Ja, sie ist wirklich sehr nett.« Sie sah, wie Nialls Adamsapfel auf und ab hüpfte wie eine Gummiente auf unruhiger See.

»Ist sie jetzt bei Ihnen zu Hause als Babysitter, solange Sie ausgehen?«

Tja, so rasch konnte es mit der Schadenfreude vorbei sein, und man wurde für seine vergangenen Lügen bestraft. Rasch rief Ellie: »Ja, ja genau. Und wohin gehen Sie heute Abend?«

»Ach, wir treffen uns nur mit Freunden in einer Bar in der South Molton Street. Ist es nicht ein Luxus, abends ohne Kinder auszugehen? Ellie hat ein kleines Mädchen«, erläuterte Yasmin ihrem Mann. Sie wandte sich wieder an Ellie. »Es tut mir so leid, ich habe den Namen Ihrer Kleinen vergessen …?«

O Mist, Mist, Mist … Ellies Herz galoppierte. Was hatten sie damals im Kosmetiksalon nur gesagt? Zack sah sie mittlerweile erstaunt an … Um Himmels willen, wie hieß gleich wieder ihr Baby?

»Ich hab's! Alice.« Yasmins Gesicht spiegelte eine Erleichterung, die sich allerdings nicht annähernd mit der von Ellie vergleichen ließ. »Ehrlich, ich hasse das. Diese Vergesslichkeit. Das liegt an unseren Babys, nicht wahr? Wegen ihnen haben wir ein Gedächtnis wie ein Sieb!«

So ein Riesenglück! Ellie war gerade noch mal davongekommen. Ihr war übel. Alice, haargenau, Gott sei Dank, dass sich wenigstens eine von ihnen erinnern konnte. Sie brachte ein Lächeln zustande und meinte fröhlich: »Wem sagen Sie das, manchmal fällt mir nicht einmal mein eigener Name ein!« Sie zeigte auf Zack. »Oder der von Dingelskirchen hier.«

Kaum waren sie im Hotel, sagte Zack: »Ich gehe davon aus, dass Ihre Freundin Roo heute Abend nicht babysittet.«

»Nein, tut sie nicht.« Konnte er ihr Herz schlagen hören? Es hämmerte in ihrer Brust, als ob es herausspringen wollte.

»Ich hoffe aber, Sie haben Alice nicht allein zu Hause gelassen.«

»Oh, der geht es gut. Solange sie eine Flasche Rum und die Fernbedienung in der Hand hat, ist sie glücklich. Sie ist für ihr Alter schon sehr weit.« Ellie sah über ihre Schulter, prüfte gewissenhaft, dass Yasmin und Niall ihnen nicht durch die Drehtüren gefolgt waren. Dann atmete sie tief aus. »Danke, dass Sie mich losgeeist haben.«

»Keine Ursache.« Zack hatte geschickt eingegriffen und gesagt, sie seien spät dran und müssten leider weiter. »Aber ich muss schon sagen, ein paar Sekunden lang war ich sprachlos. Ich war schon dabei, mich zu fragen, ob das ein weiteres Familienmitglied ist, von dem Sie mir nichts erzählt haben.«

»Ich habe kein Kind, ehrlich.«

»Das war mir in dem Moment klar, als Sie sich nicht an seinen Namen erinnern konnten.«

»O Gott.« Ellie zuckte zusammen. »War es derart offensichtlich?«

»Nur für jemand, der sich ziemlich sicher war, dass Sie kein Baby haben. Ich glaube, den beiden ist nichts aufgefallen.«

»Puh.« Sie sah auf ihre Uhr. »Sind wir spät dran? Sollen wir nach oben?«

»Wir haben noch ein paar Minuten.«

»Wollen Sie damit sagen, dass ich Ihnen jetzt alles über mein imaginäres Kind erzählen muss?«

»*Wollen* wäre eine Untertreibung«, stellte Zack klar.

»Also gut, ich erzähle es Ihnen, aber es ist keine schöne Geschichte.« Ellie holte tief Luft. »Niall ist der verheiratete Mann, mit dem meine Freundin Roo eine Affäre hatte. Sie fand heraus, wo seine Frau arbeitete, und brachte mich dazu, sie dorthin zu begleiten. Sie wollte selbst sehen, ob Yasmin so ein Albtraum war, wie Niall immer behauptete. Damals schien es eine gute Idee, vorzugeben, dass ich ein Baby habe. Denn so würden wir Gesprächsstoff haben. Das lief auch sehr gut, bis wir zum Thema Geburt kamen.«

Mit unbewegter Miene sagte Zack: »Wie ich hörte, ist sie sehr schmerzhaft.«

»Ja, das war sie, aber ich war tapfer. Jedenfalls, so haben wir seine Frau kennengelernt. Und Yasmin war entzückend. Roo wollte sich das anfangs nicht eingestehen. Aber dann fand sie letzte Woche heraus, dass sie nicht die einzige Geliebte von Niall war. Also hat sie ihn abserviert und hat sich vorgenommen, eine Nonne zu werden.«

»Er ist also einer der Männer, die nicht glücklich sind, solange sie ihre Partnerin nicht betrügen. Nett.« Zacks Gesichtsausdruck zeigte deutlich, was er davon hielt. »Ich hoffe, Ihr Freund ist nicht so.«

»Nein, ist er nicht.« Da sie ihm immer noch nicht die Wahrheit über Todd erzählt hatte, konnte sie ihm jetzt wohl kaum von dem Todd/Roo-Fiasko berichten.

»Er hat doch nichts dagegen, dass Sie mich heute Abend begleiten, oder?«

»Es ist ihm völlig egal.« Zumindest das entsprach der Wahrheit.

»Gut. Tja, dann sollten wir jetzt nach oben gehen.« Als Zack zum Aufzug ging, streifte seine Hand ihren Arm, und Ellies Haut prickelte. Merkwürdig, das war ihr noch nie zuvor aufgefallen. Gleich darauf glitten die Aufzugtüren auf, und er legte den Kopf schräg und deutete mit einem Lächeln an, dass sie vor ihm einsteigen solle. Für den Bruchteil einer Sekunde spürte sie ein Ziehen in der Magengrube. O Gott, Schluss damit! Sie war hoffnungslos außer Übung an der Männerfront, und ihr erster

Versuch in Sachen Comeback war ein Desaster gewesen. Sie wollte sich jetzt auf gar keinen Fall einer verzweifelten Schwärmerei hingeben – und ausgerechnet ihren Chef als Opfer auserwählen. Wie peinlich. Wie jämmerlich. Wie absolut demütigend und unangemessen!

Eben, das würde nicht passieren. Hirn siegte über Herz. Sie würde jedes Prickeln unterdrücken, bevor es Wurzeln schlagen konnte. Es ... einfach nicht anfangen lassen.

31. Kapitel

Das Geschäftsessen erwies sich mehr als Vergnügen denn als Geschäft. Bob Nix war ein stattlicher, ungestümer, milliardenschwerer Finanzier aus Texas, mit dem Zack in der Vergangenheit schon mehrmals zusammengearbeitet hatte. Er wollte seine Kontakte erweitern und hatte daher ein Dutzend Geschäftsleute und ihre Begleiterinnen zu Drinks und einem Essen in den Clarence Room eingeladen. Die Privatsuite befand sich im sechsten Stock.

Es ging laut und entspannt zu. Wenn man Dallas-Schauspieler J. R. Ewing nahm und ihn mit einer Fahrradpumpe aufblies, dann bekam man Bob. Er hatte ein rotes Gesicht und sah aus, als würde er gleich an den Nähten aufplatzen. Von seinem Naturell her war er so lärmig und überschwänglich, wie man es von einem texanischen Milliardär erwartete. Bob war Ende fünfzig, maß ohne Stetson einen Meter zweiundneunzig, und seine Zähne leuchteten im Dunkeln. Er überragte seine Frau Bibi, einen jungen, superglamourösen Dolly-Parton-Verschnitt, haushoch. Aber sie war genauso herzlich wie Bob. Kaum hatte sie Ellie Komplimente zu ihren Haarkämmen gemacht, plauderten sie schon über Mode, Musik, Schuhe und Make-up.

»Dann seid ihr zwei also ein Paar?«

»Nein, nein, ich arbeite nur für Zack.« Glücklicherweise war Zack am Kamin in ein Gespräch vertieft.

»He, man kann zusammen arbeiten und trotzdem ein Paar sein.« Bibis Augen funkelten. »So habe ich Bob kennengelernt! Ich war sein Personal Trainer.«

Ellie verdrängte schnell das Bild von Bob in zu engen Shorts, wie er grunzend Rumpfbeugen machte. »Tja, das wird bei uns nicht passieren. Zack hat mich nur eingestellt, weil er wusste, dass ich nicht auf ihn stehe. Außerdem habe ich einen Freund.«

»Oh, natürlich. Tut mir leid. Zack ist aber ziemlich süß.«

Das weiß ich. Laut sagte Ellie: »Mein Freund auch.«

Bibi lachte. »He, achten Sie gar nicht auf mich, ich bin eine hoffnungslose Romantikerin! Bob und ich sind so glücklich, dass ich dauernd versuche, andere Leute zu verkuppeln.« Sie sah das Aufblitzen von Überraschung in Ellies Augen. »Aha! Sie haben gedacht, ich sei nur auf sein Geld aus gewesen. Aber so ist es nicht. Er ist die Liebe meines Lebens. Außerdem hab ich einen Ehevertrag unterschrieben. Wenn wir uns trennen, besitze ich nichts weiter als meinen Stolz.«

»Ah, o. k.« Unerklärlicherweise begannen Ellies Augen zu brennen. O Gott, sie war ein hoffnungsloser Fall.

»Und die Schlüssel zu seinem Safe … Scherz!«

Beim Essen erkundigte sich die Frau eines anderen Geschäftsmannes bei Ellie, ob sie ihr einen guten Botox-Arzt in der Harley Street empfehlen könne.

»Tut mir leid, ich habe mir noch nie Botox spritzen lassen«, sagte Ellie.

Die Frau – sie hieß Kara – sagte: »O mein Gott, warum nicht?«

»Ich bin 29.«

»Herrje, Sie lassen sich aber echt Zeit! Ich habe damit angefangen, als ich 20 war!« Kara, die ein Gesicht wie eine Riesenschlange hatte, beugte sich vor und blähte unter Mühen ihre Nasenlöcher auf. »Als ich so alt war wie Sie, hatte ich schon sechs Operationen hinter mir … Augen, Ohren und ein komplettes Facelifting!«

»Und du hast dir die Knie machen lassen«, fiel ihr Ehemann ein. »Was sagst du immer? Nichts ist schlimmer als eine Frau mit dicklichen Knien!«

»Wem sagst du das.« Kara tat so, als müsse sie würgen. »Mal ehrlich, wir waren mit den Mainwarings über Ostern in der Toskana, und Sie hätten Kizzys Knie sehen sollen. Pummelig, richtig eklig. Mir wurde jedes Mal übel, wenn ich sie sah!«

»Ist ja gut, Schatz, beruhige dich«, sagte ihr Ehemann. »Manche Menschen bevorzugen einfach ein natürliches Aussehen.«

»Tja, das sollten sie aber nicht.« Kara schauderte. »Sie sollten mehr Rücksicht auf andere nehmen.«

Es war ihr tatsächlich ernst. Ellie hätte Karas Ehemann gern gefragt, ob er sich die Knie auch hatte operieren lassen. Sie kreuzte Zacks Blick auf der anderen Tischseite und bemühte sich um ein Pokerface.

Das Gespräch wandte sich der Toskana zu, wo alle anderen offenbar schon Urlaub gemacht hatten. Mehrere der Anwesenden besaßen dort sogar eine Villa.

Bob fragte: »Was ist mit Ihnen, Ellie? Wo machen Sie am liebsten Urlaub?«

»Waren alle hier schon mal in San Gimignano?« Kara hatte einen Lauf. Ihre Schlangenaugen mit den kaum vorhandenen Lidern huschten um den Tisch. »Es liegt fünfzig Kilometer von Florenz entfernt, ein feudales Dorf aus dem Mittelalter, umgeben von einer gewaltigen Mauer. Wir waren in einem Bauernhaus in der Nähe untergebracht und haben einen Monat lang keinen Finger gerührt. Total idyllisch.«

»Ellie?«, wiederholte Bob.

Sie lächelte ihn an. »Mir gefällt Cornwall am besten.«

»Cornwaaaall?« Er klang ungläubig. Verblüfft schüttelte er

den Kopf. »Untere linke Ecke von England, nicht wahr? Kann nicht behaupten, jemals dort gewesen zu sein.«

»Oh, das sollten Sie aber.« Ellie stellte ihr Weinglas ab. »Es ist zauberhaft. Mein Lieblingsort ist Looe, er liegt …«

»*Loo*?« Bibi klatschte entzückt in die Hände. »Ist das nicht Englisch für *Toilette*? O wow, das ist klasse!«

»Und genau so würde ich es auch beschreiben«, rief Kara affektiert. »Wir waren dort einmal eingeladen. Ein echter Griff ins Klo! Der Ort war voller Proleten.«

Auf der Gabel in Ellies Hand häuften sich Meeresfrüchte in Safransoße. Die Versuchung war groß, Kara ganz versehentlich mit den Tieren abzuschießen »*Ich* mache dort Urlaub.«

»Dann haben Sie die Proleten ja gesehen. Sie verknoten Halstücher über ihren Köpfen und trinken am Strand Bier aus Dosen. Schreiende Babys, Kinder, die ihr Eis überall verkleckern, Souvenirläden …« Karas Oberlippe versuchte sich zu schürzen, blieb aber straff gespannt.

»Tja, ich war noch nie in Italien.« Ellie sah Zack fragend an. »Aber ich bin mir ziemlich sicher, dass es in Florenz ebenfalls Souvenirläden gibt. Und schreiende Babys.«

»Tja, wir sind eben alle unterschiedlich.« Ein schmales, zufriedenes Lächeln breitete sich über Karas Gesicht aus. »Manche von uns sind für die Toskana eben mehr geeignet als andere.«

Bibi sagte: »Wir haben es mal ausprobiert, Bob, nicht wahr? Haben uns zu Tode gelangweilt. Da würde ich jederzeit Disney World vorziehen.«

Ellie hätte sie am liebsten umarmt. Kara sah aus, als wäre sie von einer Manguste gebissen worden. Der Kellner kam und füllte ihre Gläser auf. Auf der anderen Tischseite zuckten Zacks Mundwinkel. Hoffentlich bedeutete das nicht, dass er ihr vom Fleck weg kündigen würde.

Am Ende des Abends umarmte Bibi sie zum Abschied. Einem Impuls folgend zog Ellie die beiden strassbesetzten Haarkämme, die Bibi zu Beginn so sehr bewundert hatte, aus ihrer Frisur. »Hier, Sie sagten doch, dass sie Ihnen gefallen. Ich möchte Ihnen die Kämme gern schenken.«

»Ach, das ist ja total nett von Ihnen! Moment … ich möchte Ihnen auch etwas schenken.«

Hastig rief Ellie: »Nein, das sollen Sie nicht.«

Sie tat es dennoch. Aber was Bibi ihr übergab, war ein Armband mit einem hochkarätigen Diamanten, was ein ziemlich beschämender Tauschhandel für zwei Haarkämme von Primark war, die jeweils ein Pfund fünfzig gekostet hatten.

Sie verließen das Hotel um 23 Uhr 15. Im Taxi sagte Ellie: »Die Sache mit Kara tut mir leid. Ich hoffe, ich habe Sie nicht in Schwierigkeiten gebracht.«

Zack fand es fast unmöglich, den Blick von ihr abzuwenden. In diesem Licht schienen ihre Augen riesig. Ihr Haar, das nun nicht länger hochgesteckt war, umrahmte ihr Gesicht. Ihr Kinn stand trotzig vor. Ihr Gesichtsausdruck signalisierte, dass sie sich lediglich dafür entschuldigte, wenn sie ihn beruflich in Schwierigkeiten gebracht hatte. Aber Reue für das, was sie gesagt hatte, spürte sie ganz offensichtlich nicht.

»Das macht gar nichts. Kara ist ein furchtbarer Snob, und ihren Ehemann finde ich auch nicht besonders prickelnd. Ich wusste gar nicht, dass Sie ein so großer Fan von Cornwall sind.«

»O Gott, ich liebe es, weil wir dort immer in den Ferien waren. Da war ich noch ein Kind. Wir fuhren immer zu einem Campingplatz zwischen Looe und Polperro. Später zeltete ich mit Freunden dort, manchmal an der Südküste, manchmal in Newquay. Andere Leute fliegen nach Spanien oder Griechenland, aber ich ziehe Cornwall vor.«

Das Taxi bog zügig um eine Ecke, und Ellie musste sich am Griff der Tür festhalten, um nicht auf Zack zu prallen. Zack wünschte sich eine größere, stärkere Kurve.

»Und dann haben Sie Jamie kennengelernt.«

»Genau. Und er liebte Cornwall auch. Wir sind drei- oder viermal im Jahr dorthin gefahren. Wir haben sogar unsere Flitterwochen dort verbracht, in diesem zauberhaften kleinen Hotel in St. Ives. Wir haben immer davon gesprochen, eines Tages nach Cornwall zu ziehen. Das war unser Traum.« Sie schwieg kurz. »Aber so ist es nicht gekommen.«

Zack verspürte das Bedürfnis, sie zu trösten. Problemlösungen waren eigentlich seine Spezialität, aber dieses Problem konnte er nicht wegzaubern. Eine Sekunde lang – Ellie schüttelte ihr Haar, und er atmete den letzten Rest ihres Parfüms ein – fragte er sich, was sie tun würde, wenn er sie jetzt küsste. Vermutlich aus dem Taxi springen. Also gut, er wollte es besser nicht auf einen Versuch ankommen lassen.

Laut sagte er: »Jedenfalls hatten Sie recht in Bezug auf Florenz. Es mag eine schöne Stadt sein, aber sie ist brütend heiß und voller Touristen.«

»Tatsächlich?«

»O ja. Und ständig wird man von Bettlern angegangen. Enorm schlecht riechenden Bettlern.«

Sie fuhren jetzt in Richtung Portland Place. Es war ihm gelungen, sie wieder zum Lächeln zu bringen. Gott sei Dank hatte er sich unter Kontrolle gehabt und gegen den Kuss entschieden. Das hätte alles ruiniert.

Ellie legte den Kopf schräg. »Wie steht es mit Ihnen? Waren Sie schon einmal in Cornwall?«

»Natürlich.«

»Dumme Frage, jeder war schon irgendwann einmal dort. Aber hat es Ihnen gefallen?« Sie machte eine entschuldigende Handbewegung. »Tut mir leid, aber es macht mich wütend, wenn Menschen wie Kara den Ort kritisieren, den ich so sehr liebe.«

»Es hat mir in Cornwall gefallen. Es gefällt mir heute noch

dort. Ich bin dort aufgewachsen.« Er sah, wie sich ihr Gesichtsausdruck veränderte, wie ihr Mund aufklappte.

»Ehrlich? Das haben Sie mir nie gesagt!«

»Ich wusste nicht, dass ich das hätte tun sollen.« Etwas in ihm entspannte sich. Endlich eine Verbindung zwischen ihnen, und es hatte sie schon die ganze Zeit gegeben. »Meine Familie wohnt noch dort. Ich fahre hin, wann immer es mir möglich ist.«

»Wo genau leben sie?«

»Perranporth.«

»Ich kenne Perranporth! Das liegt bei Newquay.« Ihre Augen funkelten, ihr ganzes Gesicht strahlte.

»Und ich kenne Newquay. Ich war oft für eine ganze Woche am Fistral Beach.«

Ellie presste die Hand an die Brust. »Ich liebe Looe wirklich, aber wenn man gern surft, ist Fistral Beach einfach unschlagbar … Aber offenbar voller Proleten.«

»Ach, ich bin gern ein Prolet.«

»Ich auch. Besser ein Prolet als eine Echse.« Sie schnitt eine Grimasse, imitierte Karas überdehntes Gesicht und die nach hinten gezurrte Reptilienhaut.

»Soll ich Ihnen sagen, warum ich mit Louisa Schluss gemacht habe?«, sagte Zack. »Weil sie wollte, dass wir unseren zweiwöchigen Urlaub bei irgendwelchen Freunden in einer Villa in der Toskana verbringen. Ohne Kinder, ohne Spaß, ohne Proleten.«

»Nein!« Ellie musste laut lachen. »Ist sie mit Kara *verwandt*?«

»Wissen Sie, das würde mich gar nicht überraschen. Jedenfalls war das der Tropfen, der das Fass zum Überlaufen brachte. Von da an wollte ich nicht mehr.«

»Gerade noch mal davongekommen, würde ich sagen. Wenn man anfängt, seine Ferien so zu verbringen, endet es damit, dass man Bücher von Salman Rushdie liest. Okay, das war jetzt zickig. Sagen Sie mir, dass ich aufhören soll.«

»Man liest sie nicht nur, man diskutiert sie auch. Bis hin ins kleinste Detail«, ergänzte Zack.

»Wenn man nicht gerade über Weinverkostungen spricht und dass der Lieblings-Montepulciano subtile Untertöne von Marmite besitzt und in der Kopfnote nach Weetabix schmeckt.«

»Mit nur einem Hauch Erdnussbutter und einem Spritzer Deodorant.«

»Hören Sie uns nur zu!« Ellies Augen tanzten. »Wir sind ja *solche* Proleten.«

»Gott sei Dank!«

»Erzählen Sie mir von Ihrer Familie in Perranporth.«

»Meine Eltern leben immer noch in dem Haus, in dem wir alle aufgewachsen sind. Es ist mittlerweile viel zu groß für sie, aber sie wollen nicht umziehen.«

»Mit Meerblick?«

»O ja.«

»Dann würde ich auch nicht umziehen wollen. Wie heißen sie?« Ellie schlug sich die Hand vor den Mund. »Tut mir leid, das war jetzt sehr neugierig. Sie müssen mir das nicht sagen.«

Er wollte es ihr sagen, und er wollte, dass diese Taxifahrt niemals enden würde. »Warum soll ich Ihnen nichts von meiner Familie erzählen? Aber sie sind ein bisschen peinlich. Meine Mutter heißt Teresa, aber alle nennen sie Tizz. Mein Vater heißt Ken. Sie haben bis zu ihrem Ruhestand vor ein paar Jahren eine Landschaftsgärtnerei betrieben. Ich habe drei Schwestern, die alle in Cornwall leben. Claire befindet sich in St. Ives, ist verheiratet und hat drei Kinder. Steph lebt mit ihrem Partner in St. Austsell. Sie haben Zwillingsmädchen. Und Paula wohnt mit ihren beiden, einem Jungen und einem Mädchen, in Helston.«

Ellie war angemessen beeindruckt. »Wow. Dann sind Sie also mehrfacher Onkel.«

»Kann man so sagen. Fünf Mädchen und zwei Jungs zwischen drei und elf. Wenn wir alle zusammen sind, kann man das nicht gerade als ein ruhiges Treffen bezeichnen.« Zack konnte nicht anders, er musste lächeln. Das war eine automatische Reaktion, wenn er an seine lärmende, hyperaktive Großfamilie dachte. »Es gibt auch Hunde. Sie sollten uns mal sehen, wenn wir an den Strand kommen.«

»Ich hoffe, Sie verteilen dann Ohrstöpsel an all die armen Leute, die ihren Salman Rushdie in Ruhe lesen wollen.«

»Am Fistral Beach liest niemand Salman Rushdie, das ist ja das Schöne. Wir sind ausnahmslos alle Proleten.«

»Vielleicht habe ich Sie dort einmal gesehen.« Ellie schüttelte den Kopf und staunte über diese Vorstellung. »Wir waren vielleicht zur selben Zeit dort. Ist das nicht ein merkwürdiger Gedanke? Vielleicht haben Sie uns unseren Ball zurückgeworfen, der mitten in Ihrer Sandburg gelandet ist.«

»Vielleicht habe ich Sand in die Richtung Ihrer Picknickdecke getreten.« Zack glaubte das zwar nicht.

Als er sie damals zum ersten Mal vor dem Ivy gesehen hatte, war seine Reaktion derart intensiv ausgefallen, dass er ziemlich sicher sein konnte, ihren Weg noch nie zuvor gekreuzt zu haben. Aber die Vorstellung, dass sie sich vielleicht einmal so nahe gewesen waren, stieg ihm dennoch zu Kopf. Na gut, eigentlich nicht, denn damals war sie ja mit ihrem Ehemann zusammen gewesen, und er hatte höchstwahrscheinlich eine Freundin im Schlepptau gehabt. Dennoch war es ein surrealer Gedanke, da hatte sie recht.

Als ob Ellie seine Gedanken lesen konnte, sagte sie: »Ich habe haufenweise Fotos von uns in Cornwall zu Hause. Wäre es nicht unglaublich, wenn man auf einem davon Ihre Familie im Hintergrund sehen könnte?«

Sie waren jetzt fast an ihrem Ziel, fuhren die Albany Street entlang. In zwei Minuten hatten sie Primrose Hill erreicht. Zack war dieser Moment etwas unangenehm, aber Gott sei Dank kam seine Antwort so heraus: »Ich weiß gar nicht, wie Jamie aussah.«

Ellie lächelte. »Er war hübsch. Ich kann Ihnen Fotos von ihm zeigen.«

»Ich würde sie gern sehen.« Bleib locker, entspannt, nur kein Druck.

»Meinen Sie morgen? Oder heute Abend? Sie können gern mitkommen, wenn Sie mögen. Ich könnte Ihnen meine Fotoalben zeigen. Dann sehen Sie, wie er war.«

»Wäre das nicht eine emotionale Zumutung? Ich möchte mich nicht aufdrängen.«

»Ich habe Sie doch eingeladen, oder nicht?« Ihr Gesichtsausdruck wurde weich. »Ich spreche gern über Jamie. Er war schließlich mein Ehemann, und ich war so stolz, mit ihm verheiratet zu sein. Nur weil es ihn nicht mehr gibt, heißt das nicht, dass man eine Löschtaste drücken muss und vergisst, dass es ihn gab.«

Mein Gott, sie war so schön.

»Wenn es Ihnen nichts ausmacht«, sagte Zack.

Ellie schüttelte den Kopf. »Aber Sie müssen mir etwas versprechen. Wenn Sie ihn sehen, dürfen Sie nicht über seine spindeldürren Beine lachen.«

32. Kapitel

Jetzt war er zum ersten Mal in ihrer Wohnung. Nun ja, in der Wohnung von Tony Weston. Ellie hatte ihm bereits erklärt, dass Tony in Los Angeles war. Sie entschuldigte sich für die Verpackungsreste der Lindor-Trüffelpralinen auf dem Couchtisch, die leere Cola-Dose auf der Sofalehne und die vielen Schuhe, die sie anprobiert und zur Seite geworfen hatte, bevor sie an diesem Abend ausgegangen war. Dann kickte Ellie ihre smaragdgrünen Stöckelschuhe von den Füßen und machte Kaffee. Als er sich auf das Sofa setzte, reichte sie ihm ein kleines graues Fotoalbum aus Leder.

»Hier. Und bitte auch keine Witze über meine Frisur.«

Der schwache Duft ihres Parfüms hing noch in der Luft. Er erkannte die Marke nicht. Zack blätterte durch das Album und nahm jedes Detail der Fotos in sich auf. Das war ihr Leben gewesen: Ellie und Jamie auf der Hochzeit eines befreundeten Paares. Die beiden, wie sie auf einer Party tanzten. Jamie, wie er in einen Swimmingpool sprang. Jamie, auf einem Teppich liegend, eine Dose Bier bedenklich auf seiner nackten Brust balancierend. Ellie und Jamie zusammen mit Tony Weston vor einem Restaurant in der Sonne sitzend, alle drei strahlten Gesundheit, Lebensfreude und Glück aus. Jamie hatte die blonden Haare eines Surfers, ein offenes, freundliches Gesicht und ein umwerfendes Lächeln.

»Er sieht ziemlich cool aus.« Was sollte er sonst auch sagen? Er konnte sie doch nicht fragen, ob sie auch Männer mit dunklen Haaren mochte.

»Das sagen Sie nur, weil Sie seine Beine noch nicht gesehen haben.« Ellie strich sich eine Locke hinter das Ohr. »Ich darf Witze darüber reißen, Sie nicht.«

»Ich würde nicht im Traum daran denken.« Zack erzählte ihr nichts von seinen Knien. Der Versuch, mit einem Toten einen Wettbewerb anzuzetteln, wer in Sachen Beine kurioser war, schien absurd. »Darf ich Sie etwas fragen?«

»Nur zu.« Sie beugte sich über die Armlehne des Sofas, um zu sehen, auf welches Foto er zeigte.

»Wer ist der pubertäre Junge im Rock?«

»He! Was habe ich Ihnen eben gesagt? Sie dürfen sich nicht über mich lustig machen.« Ellie entriss ihm das Fotoalbum. »Die Frisörin meinte, kurze Haare würden mir stehen.«

Zack grinste. »Tut mir leid. Kurze Haare stehen Ihnen tatsächlich. Ich finde nur, lange Haare stehen Ihnen besser.«

Machte er das gut? Freundlich, aber ohne zu flirten, ironisch, aber nicht idiotisch? Er lehnte sich mit seinem Kaffee zurück, während sich Ellie neben ihm auf die Armlehne setzte. Ihre sonnengebräunten nackten Füße mit den leuchtend rosa lackierten Zehennägeln konnte er aus dem Augenwinkeln gerade noch sehen. Gott, sogar ihre Zehen waren unwiderstehlich …

»Das war vor zwei Jahren«, sagte Ellie. »Am Fistral Beach.«

Zack besah sich das Foto. Ein lebhaftes Volleyballspiel war gerade in Gange. Ellie trug einen zitronengelben Kaftan über einem weißen Bikini. Jamie schien in der Luft zu schweben, weil er den Ball gerade über das Netz und über den Kopf seines Gegners hinwegschlug.

»Wer ist das?« Zack zeigte mit dem Finger auf einen jungen Mann.

»Todd.«

Todd. Der Mann, der Jamies Platz eingenommen hatte. Der Fairness halber musste man sagen, dass er vollkommen in Ordnung schien. Er trug ein graues SuperDry-T-Shirt und rote Shorts. Sein braunes Haar war kurz und dicht, er lächelte breit.

»Wer sind die anderen?«

»Keine Ahnung, wir haben einfach bei ihnen mitgespielt. Todds Freundin Anna hat die Fotos geschossen.«

»Was wurde aus ihr?«

»Sie haben sich ein paar Wochen später getrennt. Anna wollte nicht Volleyball spielen, weil sie Angst vor Sand am Körper hatte.« Ellie lächelte und blätterte weiter. »Ah ja, das Nächste ist lustig …« Ein riesiger Hund kam aus dem Meer gesprungen und rannte auf die Kamera zu. Das Bild war verschwommen und in einem merkwürdigen Winkel aufgenommen. »Dieser Hund kam plötzlich zu uns gerannt und hat sich über Anna ausgeschüttelt. Sie hätten sie schreien hören sollen«, erzählte Ellie. »Es gefiel ihr auch kein bisschen, nass zu werden.«

»Vielleicht sollte sie mal über einen Urlaub in einem Bauernhaus in der Toskana nachdenken?«, kommentierte Zack ironisch.

Die nächsten Schnappschüsse zeigten Jamie, der Ellie geschultert hatte und mit ihr den Strand entlang ins Meer lief. Er hatte dünne Beine, und beide kreischten vor Lachen. Die Vertrautheit zwischen ihnen war deutlich zu sehen. Das letzte Foto, eine Nahaufnahme, fing einen Blick zwischen Jamie und Ellie ein, als Jamie liebevoll eine feuchte Haarsträhne aus ihrer Wange strich. Es war der Ausdruck reiner Liebe, was Zack schlagartig klarmachte, dass er noch nie ein so tiefes Gefühl in einer Partnerschaft gekannt hatte. All die Jahre hatte ihm das gefehlt.

»Das war's.« Ellie schloss das Fotoalbum. »Das Wesentliche haben Sie jetzt gesehen. Jetzt kennen Sie Jamie.«

Er sah, wie sie sich rasch über den Augenwinkel strich, wo sich eine einsame Träne gelöst hatte. »Ich verstehe jetzt, wie glücklich Sie waren.«

Sie nickte. »Wir waren sehr glücklich.«

»Haben Sie sich nie gestritten?«

»O Gott, doch, die ganze Zeit. Und über völlig alberne Sachen. Das fehlt mir auch. Wir stritten immer über Toast. Jamie mochte Butter auf heißem Toast, ich nur auf kaltem, damit die Butter nicht schmilzt. Er machte mir den Toast aber immer auf seine Art, weil er nicht warten wollte, bis der Toast kalt war, und das hat mich rasend gemacht. Ihn trieb es hingegen in den Wahnsinn, wenn ich mich mal wieder weigerte, auf das Navi zu hören, weil ich überzeugt war, eine Abkürzung zu kennen. Was sich leider auch meist als Irrtum erwies.« Ellies Stimme zitterte ein wenig. »Ich vermisse dieses ganze dumme Zeugs wirklich. Die Sache ist die, wir hatten einen Camcorder und haben unsere guten Zeiten gefilmt, aber uns kam nie die Idee, dass wir auch schlechte Laune und Streit filmen sollten, weil einer von uns sterben könnte und der andere genau das vermissen würde.« Sie verstummte und holte tief Luft. »Tut mir leid, ich werde gerade sentimental. Achten Sie gar nicht auf mich, es ist ja ohnehin dumm, nicht wahr? Vor Hunderten von Jahren hatten die Leute weder Fotos noch Camcorder, und wenn jemand starb, hatten sie keinerlei Erinnerung, außer der in ihren Köpfen.«

Zack wünschte sich so sehr, ihr helfen zu können. »Wenn es jemand wie Jamie ist, jemand Wichtiges, dann vergisst man ihn nie.«

»Wahrscheinlich nicht.« Ellie zuckte mit den Schultern. »Aber ich habe Angst, dass ich ihn vergessen könnte.«

»Haben Sie seit dem Tod von Jamie mit jemand gestritten?«

Sie dachte darüber nach. Ganz allmählich veränderte sich ihr Gesichtsausdruck. »Sie … Sie haben recht, aber nein, habe ich nicht. Alle sind immer viel zu nett zu mir … ich hatte keinen einzigen Streit. Gott, ist das nicht verrückt? Es ist *abnormal.*«

»Nicht einmal mit Todd?«

Ellie schüttelte verwundert den Kopf. »Nicht einmal mit Todd. Ich war nach dem Unfall böse auf ihn, aber gestritten haben wir nie.«

Zack hasste sich dafür, dass Hoffnung in ihm aufflammte. »Warum waren Sie böse auf ihn?«

»Ach, ich habe ihm die Schuld am Unfall gegeben.«

»War es denn seine Schuld?«

»Aber nein, natürlich nicht. Ich habe mir selbst auch Vorwürfe gemacht.«

»Also schön, Sie brauchen jemand, mit dem Sie streiten können. Haben Sie schon überlegt, beim Finanzamt anzurufen? Oder beim Abschleppdienst? Sie könnten auch ins Rathaus gehen und sich im Ordnungsamt mal so richtig über den Zustand der Straßen beschweren?«

Sie wirkte nachdenklich. »Sie meinen, ich sollte mich langsam wieder in Streitsituationen begeben? Anfangs mit Fremden üben. Häppchenweise ausrasten, so was in der Art?«

»Wir könnten uns auch im Büro zanken, wenn Sie möchten.«

»Das ist wirklich sehr nett. Aber Sie müssen versprechen, mich nicht zu feuern.«

»Ich werde Sie nicht feuern.« Zack stand auf. Er wollte bleiben, aber es war Zeit, zu gehen. »Danke für den heutigen Abend. Und dafür, dass Sie mir die Fotos gezeigt haben.«

»Danke für Ihr Interesse.«

An der Tür hätte Zack sie am liebsten geküsst, aber das konnte er nicht tun. Schon ein leichter Kuss auf die Wange wäre unangemessen gewesen. »Was ist aus diesen Dingern geworden, die Sie in den Haaren hatten? Sie haben sie doch nicht verloren, oder?«

»Nein, ich habe sie nicht verloren.« Sie öffnete die Tür. »Auf Wiedersehen. Bis morgen.«

Als Ellie allein war, stellte sie sich ans Fenster und sah zu, wie Zack die Straße entlangging. Sie hatte Bibi ihre Haarkämme aus einem Impuls heraus geschenkt, weil Bibi gesagt hatte, dass sie ihr gefielen. Jetzt sorgte sie sich, dass es womöglich dumm von ihr gewesen war. Der Haarschmuck war so billig, und Bibi war womöglich nur höflich gewesen. Sie würde sie vermutlich niemals tragen. Hervorragend, jetzt stehst du wie ein Idiot da. Na ja, wenigstens wusste Zack nichts davon.

»Jamie?«

»Ich bin hier drüben.«

Ellie drehte sich um, und da war er, lag ausgestreckt auf dem Sofa.

»Hallo. Ich habe dich vermisst.«

Sein Blick wurde weich. »Ich weiß, Süße. Aber du hast dich heute Abend doch amüsiert, oder nicht?«

»Ja, es war nett.«

»Und dein Chef ist auch nett.«

»Ich weiß. Er mag Cornwall. Er ist dort aufgewachsen. In Perranporth. Nimm die Füße vom Sofa.«

»Warum?«

»Du trägst Turnschuhe. Ich will nicht, dass die Kissen schmutzig werden.«

Er wirkte empört. »Meine Turnschuhe sind sauber!«

»O bitte, tu es doch einfach, okay?«

»Aber ich liege gerade so bequem.«

»Dir ist es egal, wenn alles schmutzig wird, weil du ja nicht derjenige bist, der saubermacht. Du scharwenzelst einfach davon und überlässt mir die Hausarbeit.«

»Was soll denn das? Willst du einen Streit vom Zaun brechen?«

»Hey, hör auf, mich auszulachen.«

»Du hast seit Ewigkeiten mit niemand gestritten, und darum hackst du jetzt auf mir herum. Aber ich will mich nicht mit dir streiten. Das tue ich nicht.«

»Tja, das solltest du aber. Ich kann schließlich nicht mit dir streiten, wenn du nicht zurückstreitest.«

Er zuckte mit den Schultern. »Tut mir leid.«

»Typisch. Du tust immer, wonach dir der Sinn steht, ohne dabei an mich zu denken.«

»Ich denke immer an dich, das weißt du.«

So funktionierte das nicht. In ihrer Brust bildete sich ein Kloß. Ellie sah ihn an. »Wenn du mal an mich gedacht hättest, dann wärst du jetzt noch hier. Du wärst noch am Leben, du hättest mich nicht allein zurückgelassen. Das ist nämlich nicht *fair* ...«

Sie brach ab, als sich etwas vor ihrer Brust löste. Ihr Kleid war plötzlich weniger eng. Sie starrte nach unten. Ihre Hände tasteten zum Rücken, wo sich der Reißverschluss irgendwie geöffnet hatte. Er war nicht defekt, aber offen.

Sie starrte Jamie an. »Warst du das?«

Er zuckte nur unschuldig mit den Schultern. »Ich war das nicht.«

33. Kapitel

Er war lange unentschieden zwischen dem *Claridge's* und dem *Berkeley*, aber letzten Endes wählte Tony das *Berkeley*. Ellie hatte keine Ahnung, dass er in London war; sie glaubte ihn in Los Angeles. Es war natürlich verrückt, eine Eigentumswohnung in London zu kaufen und sie dann nicht zu benutzen, aber da die Beziehung von Ellie und Todd sich noch im zaghaften Anfangsstadium befand, wollte er ihnen nicht im Weg sein. Und falls sie schon zur nächsten Phase übergegangen sein sollten … tja, dann wollte er erst recht nicht in der Wohnung aufkreuzen.

So lautete zumindest der selbstlose Teil seiner Gründe. Der dritte Grund, nicht ganz so selbstlos, war der, dass er Ellie Peinlichkeiten ersparen wollte, falls bei seinem Besuch hier alles gut verlief. Auf diese Weise konnten alle ihre Privatsphäre wahren.

Also schön. Wie spät war es jetzt? Sollte er schon nach unten gehen und dort warten? Würde sie etwas früher kommen? Würde sie sich verspäten? Er fühlte sich wie ein Teenager.

Zehn Minuten später war Tony unten. Ihm stockte der Atem, als sie exakt auf die Minute in die Lobby trat. O Gott, sie war noch schöner als in seiner Erinnerung. Jetzt prägte er sich jedes Detail ein. Er öffnete die Arme.

Martha trug ein enges, zitronengelbes Kleid und farblich passende Schuhe. Sie nahm sein Gesicht in beide Hände und meinte zögernd: »Das ist falsch, das ist das Falscheste, was ich je getan habe. Letztes Mal geschah es ungeplant, aber jetzt ist es vorsätzlich.«

Das klang vielversprechend. Innerlich vibrierte er, weil ihre Berührung auf seiner Haut eine Reaktion von solcher Intensität hervorrief. »Es tut gut, dich wiederzusehen«, sagte Tony.

Gut war die Untertreibung des Jahres. Sie zu sehen vermittelte ihm das Gefühl, lebendig zu sein. Er drückte ihre Hände und sah den Mahlstrom an Gefühlen in ihren bernsteinfarbenen Augen.

»O Tony.« Marthas Stimme klang wackelig. »Was hast du nur mit mir gemacht? Ich hielt mich immer für einen guten Menschen. Ehrlich und anständig.«

»Das bist du auch. He, das hier ist keine große Sache. Wir treffen uns nur zum Mittagessen.«

»Ich weiß. Nur ein Mittagessen.« Sie atmete aus.

»Zwei Freunde, die einander wiedersehen und Neuigkeiten austauschen.« Darauf hatten sie sich verständigt; aber natürlich erhoffte er sich mehr. Dennoch würde er keinerlei Druck auf sie ausüben. Martha wiederzusehen, in ihre Augen zu schauen und ihre Stimme zu hören, genügte.

Fast.

Oh, wir sind so viel mehr als Freunde, die Neuigkeiten austauschen.

»Ich musste Eunice anlügen. Sie wollte heute Nachmittag gemeinsam mit mir Henry besuchen. Ich sagte ihr, ich müsse einen Käufer treffen.«

»Nun, das ist keine Lüge. Es stimmt. Ich bin ein Käufer. Ich bin dein größter Fan.« Er versuchte, die Stimmung aufzuheitern und ihre Schuldgefühle zu vertreiben. »Soll ich noch ein Bild kaufen? Ich kaufe gern noch eines. Ich kaufe so viele, wie du willst.«

Dieses Mal musste sie lächeln. »Ach Tony, was machst du nur mit mir?«

Darauf gab es alle möglichen Antworten, aber stattdessen drückte er ihre Hand. »Komm, lass uns ins Restaurant gehen. Ich lade dich zum Mittagessen ein.«

Die nächsten drei Stunden vergingen wie im Flug. Sie tranken Prosecco – aber nicht zu viel –, aßen köstliche Speisen – Tony schmeckte kaum etwas – und unterhielten sich ununterbrochen. Das Band zwischen ihnen war noch da, stärker denn je. In dieser privaten Atmosphäre konnten sie sich entspannen, und er wünschte, es würde niemals enden. Als das Restaurant schloss, gingen sie in die *Blue Bar* und redeten dort weiter, eingeschlossen in ihrer zweisamen kleinen Glücksblase. Oben hatte er ein Zimmer mit einem Bett, aber sie blieben, wo sie waren. Und das war okay. Keinerlei Druck. Immerhin war er für drei Tage in London. Oh, diese Augen. Dieser perfekte Mund. Wie ihre Grübchen aufblitzten, wann immer sie lächelte. Er liebte jeden Zentimeter an ihr, jede einzelne, herrliche, karamellfarbene Rundung. Und zu wissen, dass er ihr ebenso gefehlt hatte wie sie ihm … das machte ihm Hoffnung. Irgendwie, irgendwo konnten sie doch vielleicht auf eine Weise zusammen sein, die keine Schuldgefühle aufkommen ließ …

»Hörst du mir überhaupt zu?« Martha beugte sich vor und klopfte ihm auf den Arm.

»Entschuldige. Es fällt mir schwer, mich in deiner Gegenwart zu konzentrieren.« Er verschränkte seine Finger mit den ihren, fragte sich, ob er sie küssen durfte, bevor sie ging. Würde sie das zulassen? »Was hast du gesagt?«

»Ich habe dir von meinem Besuch im Blockbuster-Videoladen erzählt. Henry schaut sich so gern die alten Folgen von *Dad's Army* an, aber er hat seine DVDs zerstört, als er sich versehentlich daraufgesetzt hat. Ich wollte daher neue besorgen. Und da stehe ich gerade an der Theke, als ich dich sagen höre: ›Was machst du denn hier?‹ Ich bin förmlich an die Decke gesprungen. Es war unfassbar. Ich dachte, du ständest direkt hinter mir. Ich hätte beinahe einen Herzinfarkt bekommen!« Angesichts der Erinnerung musste sie sich Luft zufächeln. »Dann drehte ich mich um, und da warst du, auf einem Bildschirm, in einem Film, den du letztes Jahr gedreht hast. Ich kam mir wie ein Idiot vor … Oh, Augenblick bitte, das ist meines.«

Sie griff in ihre Handtasche, zog das klingelnde Handy heraus und zog eine Grimasse. »Ach herrje, das ist Eunice.«

»Geh nicht ran.« Tony wusste, dass sie es dennoch tun würde.

»Es dauert auch nicht lange.« Sie sprang auf und verließ die

Blue Bar, entfernte sich von der Geräuschkulisse. Tony sah ihr nach. Aus der Ferne sah er, wie sie erstarrte. Na toll, was war jetzt? Hoffentlich setzte Eunice sie nicht unter Druck oder spielte die Schuldkarte aus. Martha presste sich plötzlich die Hand an den Mund. Irgendetwas stimmte nicht. Warum musste das von allen Nachmittagen dieser Welt ausgerechnet an diesem passieren?

»Henry ist verschwunden.« Martha kam zurück, wühlte aufgeregt in ihrer Handtasche. »Er ist in Hampstead Heath weggelaufen und ist nun nirgends zu finden ... ihm könnte alles Mögliche passieren ... es tut mir leid, aber ich muss los.«

Konnte er sie allein losschicken? Vor dem *Berkeley* rief der Türsteher ein schwarzes Taxi, und Martha stieg ein. Im Schutz des Hotels hatten sie gar nicht bemerkt, dass es angefangen hatte zu regnen. Als sie jetzt nach Hampstead fuhren, kamen die Scheibenwischer des Taxis kaum nach. Es donnerte, der Himmel hatte sich dunkelgrau verfärbt, und über ihnen zuckte ein Blitz.

»Es bringt nichts, wenn du mitkommst.« Marthas Gesicht war angespannt. »Du kannst bei der Suche nicht helfen. Eunice darf dich nicht sehen.«

»Ich gehe ihr aus dem Weg.« Er wollte Martha umarmen und sie trösten, aber das war jetzt nicht der richtige Moment. »Wie konnte das überhaupt geschehen?«

»Henry hat Grünanlagen immer geliebt. Manchmal sind wir daher mit ihm in den Park von Hampstead Heath gefahren. Als sie heute auf einer Parkbank in der Sonne saßen, ist Eunice wohl eingenickt.«

»*Weggenickt?*«

»Sie ist erschöpft. Man kann ihr keinen Vorwurf machen, sie ist unermüdlich im Einsatz. Als sie aufwachte, war Henry verschwunden. Nirgends ein Zeichen von ihm. Und dann fing es an zu regnen. O Gott, das ist meine Strafe, weil ich sie nicht begleitet habe. Stattdessen wollte ich dich treffen, und nun ist er weggelaufen.«

»Hör auf. Keine Panik. Ihm wird nichts passieren.« Tony sprach mit fester Stimme. »Vertrau mir, man wird ihn finden.«

Aber als sie endlich in Hampstead eintrafen, gab es immer noch keine Spur von Henry. Der Taxifahrer hielt am unteren Ende der Millfield Lane, nahe den Highgate-Teichen. Martha sprach am Handy mit Eunice und erfuhr, dass sie am nördlichsten der Teiche war.

»Ich laufe zu ihr. Sie ist außer sich. Die Parkwächter halten ebenfalls Ausschau nach Henry.« Sie öffnete die Wagentür und war innerhalb von Sekunden klatschnass. »Bitte fahr, Eunice darf dich nicht sehen. Überlass die Suche mir. Fahr du nach Hause.«

»Ist gut, mache ich. Ruf mich an, sobald du kannst.« Jede Art von Kuss wäre in dieser Situation absolut unangemessen gewesen. Tony ließ sie gehen. Kaum war sie außer Sicht, bezahlte er den Fahrer und sprang aus dem Taxi. Martha war nach rechts abgebogen. Nachdem er sich versichert hatte, dass ihr zitronengelbes Kleid zwischen den Bäumen nicht mehr auszumachen war, bog er nach links.

Es goss wie aus Kübeln, und die dicken Tropfen klatschten heftig auf den Boden. Weit und breit war niemand zu sehen. Die Äste an den Bäumen wurden von kräftigen Windböen hin und her gerissen. Martha hatte ihm gesagt, dass Henry auf dem Parliament Hill verschwunden war, aber seine Lieblingsstelle im Park immer die Teiche gewesen seien.

Tony, der sekündlich nasser wurde, marschierte daher in diese Richtung. Da er mit dem Gelände nicht vertraut war, rutschte er ständig aus und schlitterte durch Schlamm, Steine und Unterholz. Also gut, jetzt war er am Ufer angelangt. Dort war niemand zu sehen. Der graue Teich war alles andere als einladend. Die Wasseroberfläche wurde von Wind und Regen aufgepeitscht. Sogar die Enten waren vernünftig genug und hatten Unterschlupf gesucht. Gräser, lang und scharfkantig, klebten wie Seetang an seinen Hosenbeinen. Gleich darauf blieb er stehen, als etwas Dunkles im Teich an die Wasseroberfläche stieg. Aber es war kein Kopf; es war eine entsorgte Tragetüte. Mein Gott, sein Herz pochte jetzt heftig. Es hätte immerhin Henry sein können. Tony blinzelte sich Regentropfen aus den Augen und setzte seine Suche fort. Irgendwann sah er in weiter Ferne eine winzige Gestalt auf dem Hügel und hörte eine Stimme, die kaum vernehmbar Henrys Namen rief.

Zehn Minuten später geschah es. Hatte er ein Geräusch gehört, oder war es purer Zufall, dass er sich zur Seite drehte und in etwa zehn Metern Entfernung einen nackten Fuß aus dem Gebüsch ragen sah? Die Angst kehrte schlagartig zurück. Tony stolperte über den unebenen Boden und sah schließlich, dass der Fuß zu einem Bein in durchnässten braunen Hosen gehörte. Dann rückte ein hagerer Körper in sein Blickfeld, lange Arme, ein Kopf … ja, das musste er sein …

»Hallo?« Vorsichtig näherte sich Tony. Henry saß auf dem Boden, lehnte mit dem Rücken an einem Baumstamm. Seine Augen waren geschlossen, sein Mund stand leicht offen. Er sah beinah wie eine geschnitzte Holzskulptur aus, die im Regen zurückgelassen worden war.

Plötzlich öffnete Henry die Augen und sah ihn an. »Ich bin nass.«

Er war noch am Leben.

»Henry? Alles in Ordnung?«

»Ja, danke. Ich bin nass.«

»Können Sie aufstehen?«

»Ich habe Hunger. Ist schon Zeit fürs Frühstück?«

Henrys Stimme war sanft, verunsichert, gebildet. Gehorsam streckte er seine Hände aus und ließ sich von Tony auf die Beine helfen. Seine Kleidung war so durchnässt, als wäre er im Teich gewesen. Vielleicht war er das ja auch.

»Sind Sie eine Runde geschwommen?«, fragte Tony.

Henry blinzelte. »Ich bin nass.«

Einige Sekunden lang standen sie im Regen und sahen einander an. Dann langte Henry in seine Hosentasche und zog eine graue Socke heraus. Er streifte sie über seine linke Hand, als sei sie ein Handschuh. Das war also Marthas Ehemann, der früher als Steuerberater gearbeitet hatte. Großer Gott, Alzheimer war eine brutale, widerwärtige Krankheit. Tony schoss der Gedanke durch den Kopf, dass weit und breit niemand zu sehen war. Niemand wusste, dass er überhaupt hier war. Wäre er eine Figur in einem Film gewesen, hätte er womöglich versucht, Henry ans Ufer des Teiches zu führen und ihn hineinzustoßen und so den unliebsamen Ehemann zu entsorgen. An dieser Stelle war das Wasser tief und das Ufer steil. Henry hätte allein nicht wieder herausklettern können.

Aber das hier war kein Film. Und Tony mochte in seinem Leben einige Dinge getan haben, auf die er nicht stolz war, aber ein Mörder war er nicht. Er lächelte und langte nach seinem Handy.

»Ich hätte gern eine Tasse Tee«, sagte Henry und strich sich die Regentropfen aus seinen weißgrauen Haaren.

»Wir besorgen Ihnen eine.« Tonys Finger schwebte über dem Handy. »Henry, wer ist Martha?«

Er erkannte ein Aufflackern des Erkennens in den braunen Augen mit den silbernen Wimpern. »Martha? Ich glaube, sie wohnt nebenan, nicht wahr?«

Tony sagte sanft: »Martha war Ihre Frau.«

»Ah ja. Stimmt.« Henry sah auf die Socke über seiner Hand. »Eine Tasse Tee und einen Keks.«

»Lieben Sie Martha?« Machte ihn seine Fragen zu einem verachtenswerten Menschen? »Henry, lieben Sie sie? Ihre Frau?«

»O ja. Wo sind meine Schuhe? Ich liebe sie sehr.« Henry nickte ernsthaft. »Und ein Schinkenbrot. Das wäre nett. Wissen Sie, ich habe nämlich Hunger.«

Tony tätigte den Anruf. »Ich habe ihn gefunden. Es geht ihm gut.«

»Oh, Gott sei Dank!« Marthas Stimme bebte vor Erleichterung. »Wo seid ihr?«

Er sagte es ihr und fügte noch hinzu: »Sag nichts zu Eunice, komm einfach sofort hierher.«

Martha brauchte weniger als fünf Minuten, um sie zu erreichen. Der Regen hatte etwas nachgelassen, aber mittlerweile waren sie alle dermaßen durchnässt, dass es keinen Unterschied mehr machte.

»Hallo!« Henry strahlte auf, als er sie durch das Gebüsch auf sie zukommen sah.

»Wie heißt sie?«, fragte Tony.

»Ach herrje, ich weiß es. Lassen Sie mich nachdenken ... sie ist meine wunderschöne Frau.«

»O Henry, wir haben uns solche Sorgen um dich gemacht. Wir wussten nicht, wo du bist.« Martha nahm ihn an den Händen, von denen eine immer noch in der grauen Stricksocke steckte. »Wo sind deine Schuhe?«

»Harrods, glaube ich. Oder Sainsbury. Ich bin nass.«

»Ich weiß, Liebling. Das ist egal, wir bringen dich jetzt nach Hause.« Sie sah Tony an. »Ich danke dir sehr. Aber du musst jetzt gehen.«

Tony drehte sich um und ging davon. Martha rief auf dem Handy bereits Eunice an, um ihr zu sagen, dass alles in Ordnung war und Henry sich in Sicherheit befand.

Henry betrachtete aufmerksam die Socke über seiner Hand und sagte zu niemand im Besonderen: »Oder Brathähnchen. Das wäre auch nett.«

34. Kapitel

Als sie um acht Uhr morgens die Haustür öffnete, überraschte es sie nicht, Niall gegenüberzustehen. Ellie hatte ihr alles über ihre jüngste Begegnung mit ihm und Yasmin vor dem *Claridge's* erzählt. Nur der Form halber fragte sie: »Was willst du?«

»Du hast meine Nummer blockiert, aber ich muss mit dir reden. Ich will wissen, was los ist.« Er verschwendete keine Zeit. »Du warst bei Yasmin.«

»Ja und?«

»Warum?«

»Reine Neugier, nehme ich an. Es hat mich interessiert, wie sie wirklich ist. Und rate mal? Sie ist reizend. Viel netter, als du es verdient hast, so viel ist sicher.«

»Tu das nie wieder, verstanden? Lass sie in Ruhe.«

»Sag mir bloß nicht, was ich zu tun habe«, erklärte Roo.

Niall atmete aus. »Ist ja gut. Bitte, geh nicht mehr zu ihr. Die Wahrheit würde ihr das Herz brechen.«

Wie dreist war dieser Mann eigentlich? Man stelle sich vor, sie war nun diejenige, die seiner Frau das Herz brach. Laut sagte Roo: »Glaubst du das wirklich?«

»Roo. *Bitte.*«

In einem Secondhandladen zu arbeiten mochte nicht besonders glamourös sein, aber zweifellos war es eine gute Sache. Die Menschen brachten all die Dinge vorbei, die sie nicht länger brauchten, und diese Dinge wurden dann von Menschen gekauft, die sie haben wollten. Der Erlös kam einem guten Zweck zu.

Schade nur, dass manche Menschen Dinge weggaben, ohne sich vorher zu vergewissern, ob diese Dinge auch sauber waren. An ihrem ersten Morgen im Laden musste Roo feststellen, dass es ohne Gummihandschuhe nicht ging. Sie wühlte den Haufen an Plastiktüten durch, die über Nacht vor der Tür abgestellt worden waren. Eine Jeans steckte noch in der Boxershorts. Weder Hose noch Unterhose waren gewaschen worden. Schon lange nicht mehr. Wenn überhaupt je.

Aber das war egal, denn sie tat ja Buße. Sie musste ein ganzes Leben voller Hedonismus und Selbstsucht gutmachen. Also würde sie jetzt ganz sicher nicht die Diva spielen und verlangen, dass man ihr eine leichtere, weniger eklige Aufgabe zuwies. Und das Beste von allem war Nialls Gesicht gewesen, als sie ihn an diesem Morgen mit den Worten fortschickt hatte: »Ich muss jetzt gehen, ich darf nicht zu spät zur Arbeit kommen.«

Verblüfft hatte er gefragt: »Wie meinst du das? *Arbeit?*«

Es hatte ihr einen echten Kick gegeben, ihm darauf zu antworten: »Oh, hat Ellie das nicht erwähnt? Ich habe einen neuen Job.«

Was auch schön war, wenn man ein neues Kapitel im Leben aufschlug, war die Erkenntnis, wie lebendig und klar man sich ohne Alkohol fühlte. Roo hatte ganz vergessen gehabt, was für einen himmelschreienden Unterschied es machte, wenn nicht der Kater vom Vorabend das Denkvermögen störte.

»'tschuldigung, Schätzchen, das hier ist zu eng für mich, haben Sie das auch in Größe 48?« Die Kundin war in den Vierzigern und zog einen dieser karierten Einkaufswagen auf Rädern hinter sich her. Sie hielt eine rosa Strickjacke hoch und schaute hoffnungsvoll.

Die alte Roo hätte gesagt: »Hallo? Wir sind ein Secondhandgeschäft, *Schätzchen*, keine Harvey-Nickols-Edelboutique.« Oder vielleicht auch: »Wenn Sie zwanzig Kilo abnehmen, *Schätzchen*, dann passt Ihnen die Jacke auch.« Aber sie war nicht mehr die alte Roo. Sie war die neue Roo, ohne Make-up, ohne abfällige Kommentare. Sie bemühte sich, das Leben dieser Kundin nachzuvollziehen: verarmt, ohne einen geliebten Menschen, mit nichts weiter beschäftigt, als den ganzen Tag fernzusehen … O Gott, abgesehen von der Armut, bin das ich! … Dieser Gedanke schlug ein wie eine Bombe. »Es tut mir sehr leid, wir haben die Jacke nur in dieser Größe. Aber heute Morgen kam eine zauberhafte Jacke in Blassgrün herein. Ich bin mir fast sicher, dass sie in 48 ist, und die Farbe würde Ihnen wirklich fabelhaft stehen. Soll ich schnell im Lager nach ihr suchen?«

Pat, die Geschäftsführerin des Ladens, hatte erklärt, die Jacke solle mit sechs Pfund fünfzig ausgezeichnet werden. Roo holte die Strickjacke, und sie passte perfekt. Sie behielt auch recht, was den Farbton anging; er unterstrich die Augen der Frau vortrefflich.

»Ach herrje, sechs Pfund fünfzig.« Die Frau zögerte, war sichtlich hin- und hergerissen. »Das ist mehr, als ich mir leisten kann.«

Gott, man stelle sich vor, sich keine sechs Pfund fünfzig leisten zu können. Roo beugte sich vor und flüsterte: »Ist schon gut, Sie können die Jacke für ein Pfund fünfzig bekommen.« Was sollte es, sie würde die Differenz begleichen.

»Ist gut.« Die Frau strahlte, und das zu Recht. Es war eine Strickjacke aus Lammwolle von Jaeger, in hervorragendem Zustand. »Ich nehme sie!«

Wenig später sah Roo auf, als die Frau gerade den Laden verließ und dabei geschickt ein Paar Stöckelschuhe von Russell und Bromley von einer Ablage nahm und sie in ihrer Tasche verschwinden ließ. Roo blinzelte ungläubig, als noch ein Arm voller Schals und Handtaschen folgte.

»He!«, rief Roo empört.

Die Frau blickte sich um, reckte ihr einen ausgestreckten Mittelfinger entgegen und spurtete schneller als Usain Bolt aus dem Laden. Roo verfluchte sich, weil sie an diesem Morgen unklugerweise Stöckelschuhe mit Zebrastreifenmuster und Knöchelbändern ausgewählt hatte, deren Absätze zwölf Zentimeter hoch waren. »Haltet sie auf! Sie hat *gestohlen*!«, gellte sie. Doch der Ruf war sinnlos. Sie war die einzige Person unter achtzig im Laden.

Und als sie die Knöchelbänder gelöst und die Schuhe ausgezogen hatte, war die Diebin mitsamt ihrem Einkaufswagen vermutlich schon längst in Camden.

Pat kam aus dem Hinterzimmer und sah sie missbilligend an. »Warum haben Sie sie nicht verfolgt?«

Roo zeigte nur stumm auf ihre Stöckelschuhe mit der Knöchelbindung.

Pat schnaubte abfällig, dann sagte sie: »Tragen Sie künftig etwas, worin Sie rennen können. Und was war das davor? Ich hörte, Sie haben ihr die Strickjacke für ein Pfund fünfzig überlassen?«

Also ehrlich, befanden sich Abhörgeräte unter der Theke? Roo musste sich fest auf die Lippen beißen. »Ist schon gut, ich habe nicht vergessen, dass ich der Kasse fünf Pfund schulde.«

Nach sechs Stunden in der abgestandenen Luft des Secondhandladens – es war eindeutig ein Fehler gewesen, sich bei der Wahl ihrer ehrenamtlichen Tätigkeit gegen einen der *sauberen* Läden zu entscheiden – mutete der Kosmetiksalon himmlisch an. Der Luxus, die herrlichen, teuren Düfte, die entspannte Atmosphäre, das Fehlen undankbarer Ladendiebe …

»Ach herrje, sehen Sie sich nur Ihre armen Nägel an!« Yasmin musterte sie prüfend und meinte dann mitfühlend: »Und der hier ist regelrecht abgebrochen. Das muss weh getan haben. Wie ist es passiert?«

Roo zuckte mit den Schultern. »Ich musste schwere Kisten heben, Tesafilm von einem hundertteiligen Lüster kratzen und einen Elektrokocher zwei Stockwerke hochtragen.«

»Alles gute Gründe.« Yasmin bereitete sofort ihr Maniküre-Set vor. Sie richtete ihre Aufmerksamkeit auf den abgebrochenen Nagel. »Warum die ganze körperliche Arbeit? Ziehen Sie um?«

»Nein. Ich arbeite seit neuestem ehrenamtlich in einem Secondhandladen. Sollte ich merkwürdig riechen, ist das der Grund.«

»Ach, Sie riechen nicht! Toll, dass Sie Ihre Zeit opfern und für eine gute Sache arbeiten … das ist unglaublich großzügig. Sie müssen ein wirklich selbstloser Mensch sein.«

Einerseits hatte Roo genau das hören wollen. Andererseits … wenn Yasmin nur wüsste. Aber sie würde es ihr nicht sagen. Niall konnte beruhigt sein. Deshalb war sie nicht hergekommen. Sie wollte Wiedergutmachung an Yasmin leisten, ohne dass diese die Wahrheit herausfand.

»Tausende Menschen arbeiten ehrenamtlich.« Sie zeigte Yasmin ihre Zebrastöckelschuhe. »Ich habe die falschen Schuhe getragen und wurde verwarnt.«

»Die sind herrlich.«

»Wir hatten eine Ladendiebin.«

»Eine Ladendiebin?« Yasmin zog eine Grimasse. »Das ist so *ordinär*.«

»Wie geht es Ihrer Familie?«

»Danke, gut. Hat Ihre Freundin Ihnen erzählt, dass ich sie neulich nachts zufällig getroffen habe?«

»O ja, das hat sie.«

»Wie ist es mit dem Babysitting gelaufen?«

»Mit Alice?« Roo war nicht dumm. Sie hatte sich den Namen extra gemerkt. »Völlig problemlos.«

»Gab es weitere Zähne?«

»Wie bitte?«

»Zähne? Hat das Baby wieder gezahnt?«

»Oh … bestimmt.« Also gut, das lag jetzt außerhalb ihrer Komfortzone. »Ich habe die Zähnchen nicht gezählt. Babys sind nicht so mein Ding.«

Yasmin lächelte. »Dann hat Alice Sie nicht gefühlsduselig gemacht. Sie haben keine Pläne, selbst Kinder zu bekommen?«

»Igitt. Nie und nimmer.«

»Das sagen Sie jetzt.« Die Augen von Nialls Frau funkelten. »Aber irgendwann ändern Sie Ihre Meinung. Sind Sie gerade mit jemandem zusammen?«

Roo sah zu, wie ihre Nagelhäute geschickt mit einem orangefarbenen Nagelhautschieber zurückgeschoben wurden. Sie spürte die Wärme von Yasmins Fingern, die auf ihrer Hand lagen. »Nein. Da ist niemand. Ich bin ganz allein.«

»Tja, so hübsch, wie Sie sind, könnten Sie jeden Mann haben.«

Jetzt nicht an Todd denken. Und schon gar nicht an Niall.

»So einfach ist das nicht«, platzte es aus Roo heraus. »Um ehrlich zu sein, ich hatte nie viel Glück mit Männern.«

»Ach, keine Sorge, es klappt schon noch. Sie finden den Richtigen, gründen eine Familie, bekommen ein Baby … Aber, o nein, ist alles in Ordnung? Habe ich etwas Falsches gesagt? Hier, nehmen Sie ein Kleenex. Es tut mir so leid, ich wollte Sie nicht verletzen.«

»Nein, ist schon gut, alles in Ordnung.« Diese verdammten Schamgefühle waren schuld. Hastig wischte sich Roo mit der freien Hand die Tränen weg, die aus dem Nichts gekommen waren. »Es klingt nur alles so wunderbar. Ist es Ihnen so gegangen?«

»Mit meinem Ehemann?« Yasmin schwieg kurz. Dann meinte sie kleinlaut: »Nein, ich hatte nicht geplant, schwanger zu werden. Aber das passiert nun mal, und dann macht man das Beste daraus, nicht wahr? Und jetzt, wo Ben da ist, würde ich ihn um nichts in der Welt wieder hergeben.«

Als Roos Nägel kunstfertig repariert, poliert und für ihre neue Tätigkeit leicht gekürzt waren, beglich Roo die Rechnung und legte noch zwanzig Pfund Trinkgeld drauf.

»Wow.« Yasmins Augen wurden groß. »Sind Sie sicher?«

»Natürlich, ich bin mir ganz sicher. Sie haben mich kurzfristig zwischen Ihre Termine geschoben. Und Sie haben großartige Arbeit geleistet. Sie haben es sich verdient.«

»Danke.« Yasmin grinste. »Sie dürfen gern wiederkommen.«

Das Merkwürdige war, dass Roo es kaum erwarten konnte. Sie nahm sich eine rosa- und cremefarbene Hochglanzbroschüre des Kosmetiksalons, in der die angebotenen Behandlungen aufgeführt waren, und fragte sich, welche sie als Nächstes wählen würde. »Das werde ich bestimmt.«

An diesem Abend klingelte das Telefon, als Ellie gerade schlafen gehen wollte.

»Oh, hallo? Sind Sie das, Ellie? Ist Tony bei Ihnen?« Tamara, Tonys persönliche Assistentin in Los Angeles, hatte eine dieser supersüßen, melodischen Stimmen, die einem das Gefühl gaben, in Sirup zu schwimmen.

»Nein, er ist nicht hier.« Ellie runzelte die Stirn. Was für eine merkwürdige Frage. »Er ist nicht in London, er ist in Los Angeles.«

»Nein, Schätzchen, ist er nicht. Er ist definitiv drüben bei Ihnen.«

»Das kann nicht sein. Und außerdem hätte er es mir gesagt, wenn er auf die Insel gekommen wäre.«

»Tja, er hat mich aber gebeten, die Reise zu organisieren. Ich habe die Flugtickets selbst gebucht und ihn zum Flughafen gefahren. Schon gut, keine Sorge, ich wollte ihn nur fragen, ob er noch ein Interview einschieben kann, aber sein Handy ist ausgeschaltet. Kein Problem, ich versuche es weiter. Bye, Schätzchen, bye!«

Das war jetzt merkwürdig. Ellie versuchte Tony anzurufen. Tamara hatte recht, sein Handy war ausgeschaltet. Sie hinterließ eine Nachricht, dass er sie zurückrufen möge, und fügte noch hinzu: »Warum hast du mir nicht gesagt, dass du in London bist?«

Sehr seltsam. Aber es gab bestimmt eine ganz einfache Erklärung … Ellie gähnte, putzte sich die Zähne und ging zu Bett.

35. Kapitel

Er meldete sich am nächsten Tag bei Ellie, als sie bei der Arbeit war.

»Tony! Ist alles in Ordnung?« Sie hatte sich Sorgen gemacht, weil sein Handy auch am Morgen noch ausgeschaltet war.

»Mir geht's gut, Süße.«

»Wo bist du?«

»Zu Hause in Los Angeles.«

Großer Gott, man durfte nie einem Schauspieler vertrauen. Tony war ein überzeugender Lügner. »Nein, bist du nicht«, sagte Ellie. »Ich habe mit Tamara gesprochen. Du bist hier.«

»Verdammt. Na schön, du hast recht. Ich wusste, ich hätte zuerst bei Tamara anrufen sollen.«

»Dein Handy war ausgeschaltet!«

»Der Akku war leer. Ich hatte vergessen, das Ladegerät mitzunehmen.«

»Warum bist du nicht in die Wohnung gekommen?« In der sich ein absolut funktionstüchtiges Ersatzladegerät befindet.

Tony schwieg kurz. »Ich dachte, du und Todd wüsstet es zu schätzen, wenn ihr die Wohnung für euch habt. Ich wollte diskret sein.«

»Ist das dein Ernst?«

»Ist überhaupt kein Problem, ehrlich nicht. Ich habe mir ein Zimmer im *Berkeley* genommen. Du und Todd wollt mich doch nicht ständig um euch haben und …«

»Ach Tony, es ist schon wieder aus und vorbei. Es hat nicht funktioniert. Das mit Tony und mir war einfach nicht richtig.« Ellie senkte ihre Stimme. Zack war in der Küche, und sie wollte nicht, dass er das hörte. »Wir haben es versucht, aber wir sind glücklicher, wenn wir nur Freunde sind.«

»Ach Süße, das tut mir aber leid.«

»Muss es nicht. Es geht uns beiden gut damit. Du kannst also sofort aus dem Hotel auschecken und musst nicht weiter den Anstandswauwau spielen.«

»Ich fliege morgen schon zurück. Es war nur eine Stippvisite.« Er klang … traurig.

»Hast du heute Abend schon etwas vor?«

»Nein, nein, ich habe nichts geplant.«

Irgendetwas stimmte da nicht. »Dann komm vorbei. Ich habe dich seit Ewigkeiten nicht mehr gesehen. Ich koche uns Abendessen«, schlug Ellie vor. »Ich habe gelernt, wie man das thailändische vegetarische Currygericht zubereitet.«

»Echt?« Das war sein Lieblingsgericht.

»Echt!«

»Schmeckt es gut?«

Ihr ehrliches Naturell zwang sie, Ausflüchte zu suchen. »Es *könnte* gut schmecken.«

»Es könnte aber auch schrecklich sein?«

»Ich übe noch. Komm vorbei und lass es mich versuchen. Wenn es schiefgeht, bestellen wir einfach was.«

Tony klang schon ein klein wenig fröhlicher. »Oder soll ich jetzt schon beim Bringdienst bestellen?«

Kurz darauf trat Zack ins Büro. Er trug einen Anzug und spielte mit seinen Wagenschlüsseln. »Alles in Ordnung? Ich habe eine Verabredung zum Mittagessen am Piccadilly. Können Sie irgendwann mit Elmo Gassi gehen? Ich bin spätestens um 16 Uhr wieder da.«

»Kein Problem, passt mir gut.«

Zack trug ein neues, türkisfarbenes Hemd, und es lag ihr auf der Zunge, ihm zu sagen, wie gut ihm die Farbe stand. Ellie spürte, wie sich in ihrer Brust wieder dieses Gefühl aufbaute, das ihr sagte, wie attraktiv sie ihn fand. Verdammt, sie hatte sich so bemüht, diese Gefühle zu unterdrücken. Also gut, nicht vom Hemd reden. Mund halten.

Aber sie musste so ausgesehen haben, als wolle sie etwas sagen, denn Zack blieb in der Tür stehen und schaute sie erwartungsvoll an. »War noch etwas?«

Ja, diese Farbe unterstreicht Ihre Bräune phantastisch. Sie sehen umwerfend aus und lassen mich an Dinge denken, an die ich nicht denken sollte … »Nein.« Ellie bedachte ihn mit einem geschäftigen Lächeln. »Sonst ist nichts. Viel Spaß!«

Um 14 Uhr 30 rief sie Geraldine an. »Hallo, ich bin's. Schicken Sie Elmo herüber?«

»Hallo, Liebes. Gern! Wuffschnuff, es ist für dich.«

Ellie hörte ein Schnüffeln und sagte: »Elmo, wollen wir Gassi gehen?«

»Na also«, sagte Geraldine zufrieden, »er ist schon auf dem Weg.«

Wenige Augenblicke später sah Ellie aus dem Küchenfenster, wie Elmo über das Mäuerchen sprang. Er kam durch die Hundetür gekrochen. Sein Schwanz wedelte heftig, und seine Pfoten schlitterten über den Fliesenboden.

»Komm her, mein Baby.« Ellie wollte ihm die Leine anlegen, aber in diesem Moment klingelte es an der Haustür. Elmo entwischte ihr, aber schließlich gelang es ihr doch, ihn auf den Arm zu nehmen. Gemeinsam öffnete sie die Tür.

»Oh.« Louisa stand auf der obersten Treppenstufe und zuckte beim Anblick von Elmo unmittelbar zurück. »Ich wollte Zack sprechen. Ist er oben?«

»Er ist nicht hier.«

»Das sagen Sie nur.«

»Nein.« Worum ging es hier?

»Sein Wagen steht dort drüben.« Louisa zeigte auf die andere Straßenseite.

»Er ist mit dem Taxi in die Innenstadt gefahren. Er ist wirklich nicht hier. Hat er Sie denn erwartet?«

»Nein. Aber ich muss mit ihm sprechen.« Louisas Frisur und

Make-up waren perfekt. Sie trug ein aprikotfarbenes Leinenkleid und ultrahohe, cremefarbene Stöckelschuhe.

»Tja, er hat eine Verabredung zum Mittagessen. Warum rufen Sie ihn nicht einfach später an?«

»Ich habe ja *versucht*, mit ihm am Telefon zu sprechen. Meistens nimmt er nicht einmal ab.« Louisas Stimme zitterte. »Hören Sie, kann ich nicht hereinkommen?«

Elmo zappelte wie wild, er wollte unbedingt spazieren gehen. Ellie zögerte. »Die Sache ist die, wir wollten gerade eine Runde drehen.«

»Gut. Ich begleite Sie.«

»Aber …«

»Bitte. Ich muss über Zack reden. Na du … gutes Hundchen.« Vorsichtig tätschelte Louisa Elmos Kopf, was zweifelsohne noch nie vorgekommen war. Sogar Elmo schaute überrascht. »Er ist eigentlich richtig süß, nicht wahr?«

»Wer? Zack?«

»Nein, der Hund.« Louisa sah zu, wie Ellie Elmo anleinte und dann absetzte. »Die letzten Wochen waren furchtbar. Ich habe ihn so sehr vermisst.«

»Wen? Elmo?«

»*Zack*!« Nachdem die Haustür abgeschlossen war, folgte Louisa ihr die Steinstufen hinunter. »Wie geht es ihm?«

»Gut. Eigentlich wie immer.« Ach herrje, war das jetzt unsensibel? »Ich bin sicher, er hat Sie auch vermisst«, ergänzte Ellie rasch. »Sie wissen doch, wie Männer sind. Sie können so was gut verbergen.«

Aber es war zu spät, Louisas Gesicht war bereits in sich zusammengefallen. »Es ist so unfair. Noch nie habe ich mich so schlecht gefühlt. Spricht er wenigstens manchmal von mir?«

»Äh … eigentlich nicht.«

»Aber das muss er doch. Er muss irgendetwas gesagt haben! Wir waren das *perfekte* Paar.«

Sie gaben ein seltsames Bild ab, wie sie an den Geschäften entlang zur Regents Park Road gingen. Elmo lief voraus, zog an seiner Leine, wollte unbedingt auf Gras. Hinter ihm ging Ellie, die in ihren Flipflops gut vorankam. Den Schluss bildete Louisa, die leicht hinkte und sich mühte, auf ihren hohen Absätzen mitzuhalten.

»Mir gegenüber hat er nichts gesagt«, rief Ellie über ihre Schulter. Sie winkte Briony in der Konditorei zu.

»Trifft er sich mit einer anderen?«, wollte Louisa wissen.

»Nein.«

»Wie können Sie das mit solch einer Sicherheit sagen?«

»Also gut, er hat mir gegenüber nicht erwähnt, dass er sich mit einer anderen trifft. Und letzte Woche musste ich ihn zu einem Geschäftsessen begleiten, weil …«

»O Gott, das Dinner im *Claridge's*? Er hat *Sie* eingeladen? Das ist so unfair!«

Ellie legte an Tempo zu. Langsam wurde es unangenehm. Louisa hatte die Stimme erhoben, und die Leute drehten sich schon nach ihnen um. Zumindest hatten sie endlich Primrose Hill erreicht, und sie konnte Elmo von der Leine lassen. Sie nahm einen Stock, warf ihn und sah zu, wie der Hund hinterherjagte.

»Ich wette, Sie sind froh, dass wir uns getrennt haben, stimmt's?« Louisa stützte die Hände in die Hüften und versuchte krampfhaft, wieder zu Atem zu kommen. »Jetzt haben Sie Zack ganz für sich.«

Nicht rot werden, nicht rot werden. »Ich arbeite für ihn, das ist alles.«

»Wäh!« Louisa sprang panisch zur Seite, als Elmo mit dem Stock im Maul auf sie zugelaufen kam. Ihre Absätze sanken tief in die Rasenfläche, und sie musste sich anstrengen, das Gleichgewicht zu halten. Anklagend sagte sie: »Sie sind zweifelsohne scharf auf ihn.«

»Jetzt reicht es aber. Ich bin nicht scharf auf Zack.« Ellie betete, dass man ihr die Halblüge nicht ansah. »Ich habe einen Freund. Er heißt Todd.« Todd würde es nichts ausmachen, wenn sie ihn sich wieder auslieh. Es war ja für einen guten Zweck. »Und ich muss mir diesen Unsinn auch nicht weiter anhören. Auf Wiedersehen.«

Prompt vergrub Louisa ihr Gesicht in den Händen und schüttelte verzweifelt den Kopf. »O Gott, es tut mir so leid. So habe ich es nicht gemeint. Ich w-weiß nur nicht, was ich noch *tun* kann …«

Die Leute starrten jetzt ganz offen. Ein kleines Mädchen zupfte am Ärmel ihrer Mutter und fragte laut: »Mami, weint die alte Frau?«

Woraufhin Louisa nur noch mehr weinte. Sie ballte die Fäuste und heulte: »Ich bin nicht *alt*.«

»Kommen Sie.« Ellie lenkte sie zu einer freien Bank. »Warten Sie, ich muss irgendwo noch ein Taschentuch haben.«

Das ganze Make-up, das sie Zack zu Ehren so sorgfältig aufgelegt hatte, blieb am Taschentuch hängen. Mehrere Minuten lang schluchzte Louisa lautstark. Ellie ließ sie sich ausweinen und warf noch zwanzig- oder dreißigmal den Stock, dem Elmo fröhlich hinterherjagte und apportierte. Wie eine Frau mit einem hoffnungslosen Geschmack in Sachen Männer, der das Herz immer und immer wieder gebrochen wurde, kam Elmo offensichtlich nie der Gedanke, innezuhalten und sich zu fragen, ob das Ganze nicht völlig sinnlos war.

»Haben Sie noch mehr Taschentücher?«, murmelte Louisa schließlich.

»Nein.«

»Sehe ich schlimm aus?«

Schlimm war eine Untertreibung. Wie sollte sie es diplomatisch formulieren? »Ein wenig.«

»O Gott …« Louisa stand auf. »Ich muss mich frisch machen.

Können wir zurück zum Haus, damit ich ins Badezimmer kann?«

Ellie zögerte, aber sie hatte nicht das Herz, ihr das zu verweigern. Sie würde es nachher bei Elmo mit einem ausgedehnten Spaziergang wiedergutmachen. Sie pfiff nach ihm, leinte ihn wieder an und sagte: »Also schön, gehen wir.«

Elmo äußerte seinen Protest, indem in der Ancram Street einen Haufen auf den Gehsteig machte.

»Wie schaffen Sie das nur?« Louisa schauderte, als Ellie sich nach unten beugte und den Trick mit dem nach außen gestülpten Plastiksack vollführte, um den Haufen einzusammeln. »Das ist ja so *eklig*.«

Dachte sie etwa, Haufen einzusammeln war ihr Lieblingshobby? Ellie sagte mit fester Stimme: »Es gefällt mir nicht, aber es muss getan werden.«

»Wann sagte Zack, dass er zurückkommt?«

»Er hat gar nichts gesagt.« Hoppla, noch eine Lüge. »Kann noch ein paar Stunden dauern.«

»Oder auch nicht. Ich werde warten.«

»Das geht leider nicht, ich muss arbeiten«, sagte Ellie.

»Ich falle Ihnen nicht zur Last. Ich warte einfach oben.«

»Ehrlich gesagt, das ist keine gute Idee.«

»Grundgütiger, Sie haben wirklich nicht viel Mitgefühl, oder?« Louisa wurde wieder wütend, und ihr Gesicht färbte sich rot. »Sie begreifen einfach nicht, wie wichtig das ist! Ich liebe Zack, und ich will ihn zurückhaben. Er bedeutet mir alles. Mir bricht es das Herz ... Verstehen Sie das nicht?«

Eine Mikrosekunde lang erschien Jamie. Ohne Vorwarnung lehnte er plötzlich an einem geparkten Auto, die Arme lässig verschränkt, sein blondes Haar glänzte im Sonnenlicht. Er betrachtete Louisa amüsiert. Als ob er spürte, dass Ellie kurz davor stand, etwas Spitzes zu sagen, schüttelte er den Kopf. »Tu es nicht.«

Er hatte recht. Diese Retourkutsche war billig. Ellie atmete tief aus. In diesem Augenblick fuhr ein Taxi vor, und Jamie löste sich in Luft auf. Elmo fing heftig an zu bellen, als Zack aus dem Taxi sprang.

36. Kapitel

»Sieh einer an, was für eine Überraschung«, höhnte Louisa. »Sie haben also gelogen.«

»Ich habe Ihnen gesagt, dass ich nicht weiß, wann er zurückkommt.« Ellie hatte langsam genug. Sollte Zack sich doch mit seiner Ex auseinandersetzen.

»Glauben Sie, ich bin blöd? Sie haben versucht, mich loszuwerden, weil Sie selbst hinter ihm her sind.«

Offenbar hatte Louisa vergessen, dass sie tatsächlich ziemlich blöd aussah. Tja, geschah ihr recht.

Zack bezahlte den Taxifahrer und kam über die Straße auf sie zu. Er erfasste die Situation auf einen Blick. »Was ist hier los? Was ist passiert?« Er trat auf Ellie zu. »Alles in Ordnung?«

Auf eine gewisse Weise war sein Verhalten nett, aber es trieb Louisa in einen ausgewachsenen Eifersuchtsanfall. »Zacky, ich habe dich so sehr vermisst! Ich musste dich einfach wiedersehen.«

Zacky? Großer Gott, nannte sie ihn wirklich so?

»Ernsthaft.« Zack sprach immer noch mit Ellie. »Geht es Ihnen gut?«

»Doch, doch, es geht mir gut.« Seine Hand lag auf ihrem Arm. Es fühlte sich wunderbar an …

»Zacky? Wir müssen reden!«

Er drehte sich zu Louisa um. »Das ist sinnlos.«

»O Gott, das glaube ich jetzt einfach nicht. Seht euch nur

an. Glaubst du, du müsstest sie *beschützen*?« Louisa wirbelte herum, ihre geschwollenen Schweinsäuglein durchbohrten Ellie. »Ich habe Sie gefragt, ob etwas zwischen Ihnen und Zack läuft, und Sie haben es geleugnet. Sie verlogene, hinterhältige, kleine …

»Das tu ich mir nicht an.« Ellie ging an Louisa vorbei in Richtung Haus. Zack eilte hinter ihr her und nahm ihren Arm.

Louisa stieß ein wütendes Heulen aus und schlug um sich. Der hauchdünne Plastikgriff der Hundetüte riss dabei, und das Säckchen prallte mit einem feuchten *Plopp* gegen Louisas Knöchel. Dieses Mal war ihre Reaktion ohrenbetäubend. Ihre Schreie hallten durch die Straße, während sie nach hinten taumelte und die Tüte wie einen Fußball in die Luft kickte. »Bäh … Igitt!« Die Tüte platzte nicht auf, aber die Tatsache, dass sie mit ihr in Kontakt geraten war, reichte wohl schon aus. Louisa hüpfte angeekelt herum, als ob sie das vermeintlich besudelte Bein amputieren wollte. Elmo, fasziniert von dieser neuen Art zu spielen, rannte über den Bürgersteig und brachte die Tüte fröhlich schwanzwedelnd zurück. Er legte sie zu Louisas Füßen und wartete darauf, dass sie erneut kickte.

»Du schmutziger, widerwärtiger Köter, MACH, DASS DU WEGKOMMST!«

»Jetzt reicht es.« Zack schloss die Haustür auf, schob Ellie hinein und pfiff nach Elmo. »Ich regele das. Geht ins Haus.«

Ellie zog die Tür hinter sich und Elmo zu und ging in die Küche. Sie sah zu, wie Elmo lautstark aus seiner Wasserschüssel trank. Wenige Augenblicke später klingelte das Telefon.

»Tja, das war definitiv das Highlight meines Tages«, sagte Geraldine. »Wie *Sex and the City* direkt vor meiner Haustür.«

Beim Klang der bekannten Stimme stellte Elmo die Ohren auf und verschwand durch die Hundeklappe.

»Elmo ist auf dem Weg zu Ihnen«, sagte Ellie.

»Sind Sie etwa in der Küche? Warum lassen Sie sich den ganzen

Spaß entgehen? Kommen Sie schon, holen Sie Ihr Fernglas raus! Louisa ist schon fast auf Knien, sie wird sich noch ihre schicken Treter ruinieren. Oder kommen Sie zu mir, und wir sehen gemeinsam zu ... oh hallo, süße Maus, hat die böse Tante nicht Apportieren mit dir spielen wollen?«

»Ich kann jetzt nicht vorbeikommen«, sagte Ellie. »Ich habe noch einen Haufen Arbeit zu erledigen.« Das stimmte nicht, aber sie hatte für heute schon genug Elend gesehen.

»Schade. Worum geht es da eigentlich?« Geraldines Stimme war anzuhören, dass sie es bereits wusste.

»Haben Sie das Fenster denn nicht geöffnet?«

»Doch, habe ich. Was hätte ich denn sonst tun sollen? Von den Lippen lesen? Sie ist überzeugt, dass zwischen Ihnen und Zack etwas läuft.«

Ellies Mund wurde trocken. »Ich weiß, aber sie irrt sich.«

Zwanzig Minuten später wurde die Haustür zugeknallt. Ellie tippte schneller auf die Tastatur ein ... *Sehr verwehrter Herr Mackenzie, vielen Fank für Ihr Schreibeb vom* ... aaah, hastig löschte Ellie die Fehler, bevor Zack sie entdeckte.

Aber Zack sah nicht auf den Bildschirm. Er steckte den Kopf durch die Tür und meinte seufzend: »Kommen Sie, ich glaube, wir könnten jetzt beide einen Drink vertragen.«

Er nahm eine Flasche aus dem Kühlschrank, Ellie holte zwei Gläser, und sie gingen nach oben ins Wohnzimmer. Der eisgekühlte Weißwein schickte kleine Wellen der Entspannung durch ihren Körper, half aber nicht gegen ihre Gefühle für Zack. Sie nahm noch einen Schluck. Wenigstens wusste er nicht, dass es diese Gefühle gab.

Zack fuhr sich mit den Fingern durch die Haare. »Tja, es tut mir leid.«

»War ja nicht Ihre Schuld.«

»Nein? Ich hasse es, Beziehungen zu beenden. Darin bin ich furchtbar. Vielleicht habe ich es falsch angestellt.« Er verstummte und rieb sich die Stirn. »Aber mit einer solchen Reaktion habe ich weiß Gott nicht gerechnet. Nicht bei Louisa. Sie ist doch gar nicht der Typ dafür.«

»Ich weiß, sie wirkt zu cool, zu erwachsen.« Herrje, Ellie bekam nun tatsächlich Mitleid mit ihr. In einigen Jahren würde Louisa auf diesen Tag zurückschauen und über ihren Verlust an Würde erschüttert sein.

»Es tut mir leid, dass sie Ihnen dieses ganze Zeugs an den Kopf geworfen hat. Sie hat sich darauf versteift, dass zwischen uns etwas läuft.« Zack sah sie an, seine Stimme klang fragend. »Ich weiß gar nicht, wie sie auf diese Idee kommt.«

Also gut, war das jetzt ein unausgesprochener Vorwurf? Wollte er damit andeuten, dass er Louisa diese Flausen sicher nicht in den Kopf gesetzt hatte? Gekränkt erklärte Ellie: »Tja, von mir hat sie das auch nicht! Warum sollte ich so etwas sagen? Sie haben mich ja überhaupt nur aus dem Grund eingestellt, weil Sie definitiv wussten, dass ich nicht an Ihnen interessiert bin. Und das ist auch die Wahrheit, das schwöre ich bei meinem Leben.« Sie log nicht, es stimmte. Als sie die Stelle angetreten hatte, war sie nicht an ihm interessiert gewesen. Es bestand kein Grund, ihre jüngste Meinungsänderung zu erwähnen.

»Ich weiß. Ich wollte damit auch nicht andeuten, dass Sie ihr gegenüber etwas gesagt haben könnten.« Zack war gleichermaßen entsetzt. »Louisa ist das Problem. Sie ist durcheinander und sucht einen Schuldigen. Jedenfalls ist es jetzt vorbei. Sie ist weg und kommt auch nicht mehr wieder. Aber ich habe ein schlechtes Gewissen, weil sie Ihnen gegenüber so ausfällig wurde.« Er leerte sein Glas. »Treffen Sie sich heute Abend mit Todd? Ich hoffe, die Angelegenheit heute macht ihm nichts aus.«

»Ich treffe mich heute nicht mit ihm.« Ellie schüttelte schon den Kopf, da hatte er noch gar nicht zu Ende geredet. »Aber es wird ihm nichts ausmachen.«

»Gut. Ich möchte mich dennoch bei Ihnen revanchieren.«

Zack dachte kurz nach. »Hören Sie, wenn Sie für heute Abend noch nichts geplant haben, darf ich Sie dann zum Essen einladen?« Er breitete die Hände aus. »Das ist meine Art, mich für die Unannehmlichkeit zu entschuldigen. Wie steht's?«

Unter anderen Umständen hätte Ellie sich gefreut, mit ihm essen zu gehen. Wenn sie nur nicht für Zack arbeiten würde … Aber sie tat es, also konnte sie nicht mit ihm essen gehen, auch wenn es sich um einen völlig harmlosen Vorschlag handelte und sie sehr versucht war.

»Danke, es geht nicht. Ich koche heute Abend für Tony.«

Allen Widrigkeiten zum Trotz war ein kleines Wunder geschehen. Ihr thailändisches Currygericht wurde ein Erfolg. Das Hühnchen war zart, der Jasminreis fluffig, und die Gewürze scharf, aber auf eine gute Weise. Ellie hatte endlich ihre schreckliche Phobie gegenüber Fischsoße überwunden und den Mut gefunden, eine Flasche zu kaufen. Und diese Tatsache merkte man dem Gericht an. Das Curry schmeckte phänomenal gut.

Umso besser, da Tony sichtlich aufgeheitert werden musste. Anfangs hatte er sich nach Todd erkundigt, und sie hatte ihm erzählt, wie froh sie war, nicht mehr in einer völlig falschen Beziehung gefangen zu sein. Tony war traurig, aber mitfühlend. Dann sprachen sie über die Szene mit Louisa, und er nickte und sagte ein paarmal »Die Arme« und nahm sich noch ein Bier.

Irgendwann nahm Ellie ihren Mut zusammen und fragte: »Tony? Wirst du mir nun endlich sagen, was los ist?« Sie wartete, sah zu, wie er das Bier langsam in sein Glas schüttete. »Ich fange an, mir wirklich Sorgen zu machen.«

Tony stellte die Flasche ab. Die Lachfältchen um seine Augen bekamen an diesem Abend nicht viel Bewegung. Seine Qual war greifbar. »Ich bin nicht krank.«

Sie rief sich in Erinnerung, dass er ein Schauspieler war, und musterte ihn kritisch. »Wirklich nicht?«

»Wirklich nicht, versprochen.« Er stützte sich mit den Ellbogen auf dem Tisch ab. »Also gut, ich erzähle es dir. Erinnerst du dich an die Bilder, die ich vor ein paar Monaten gekauft habe? Von der Künstlerin, die auf Primrose Hill gemalt hat …?«

37. Kapitel

Ellies Hals brannte, ihr Körper wog gefühlte zwei Tonnen, und sie konnte nicht aufhören zu zittern. Die Glieder schmerzten so sehr, dass sie sich nicht einmal umdrehen konnte. Fühlte es sich so an, wenn man den Kilimandscharo erklomm? O Gott, Jamie, das ist furchtbar, wo bist du, wenn ich dich brauche? Kannst du mir wenigstens ein Glas Wasser bringen?

Drei Stunden später wachte sie erneut auf. Draußen schien die Sonne, und das Licht schmerzte in ihren Augen. Es fiel ihr schwer, nur den Kopf zu heben und auf den Wecker zu schauen. Acht Uhr dreißig. O nein, sie musste doch zur Arbeit! Aber sie konnte heute unmöglich aufstehen; das war kein Schnupfen und keine Erkältung, das war eine ausgewachsene Grippe. Wenigstens musste sie in diesem Fall nicht mit ihrem Gewissen ringen – es stand völlig außer Frage, arbeiten zu gehen. Sie musste Zack anrufen und es ihm sagen.

Es kostete sie übermenschliche Anstrengung, aus dem Bett zu klettern. Am Abend zuvor hatte sie sich nur etwas müder und ein wenig erhitzt gefühlt. Jetzt schaffte sie es nur mit letzter Kraft ins Badezimmer, wo sie zwei Paracetamol nahm, ein Glas Wasser trank und die Toilette benutzte. Danach schleppte sie sich ins Wohnzimmer, um ihr Telefon zu holen.

Wieder im Bett, atemlos und völlig erschöpft von der Anstrengung, drückte Ellie einige Tasten, bis Zacks Name im Display erschien. Nach einem kurzen Tuten hörte sie seine Stimme, die ihr mitteilte, dass er momentan beschäftigt sei und sie bitte eine Nachricht hinterlassen möge.

»Zack, ich bin's. Es tut mir leid, äh, ich habe die Grippe.« Allein das Telefon in der Hand zu halten raubte ihr alle Energie. Die Schmerzen in ihrem Kopf waren unbeschreiblich. »Ich kann heute nicht zur Arbeit kommen.« Ihr Hals brannte, und sie krächzte wie ein Frosch. Sie klang lächerlich, beinahe wie eine schmierenkomödiantische Simulantin, auf deren Ich-bin-ja-so-krank-Stimme keiner hereinfiel. »Tut mir leid, aber ich kann wirklich nicht. Ich bin fix und fertig. Die Grippe ... Also gut ... Wiederhören.« Sie beendete das Gespräch und legte sich ächzend auf die Seite. Ihr fielen die Augen zu, was zweifelsohne ein gutes Zeichen war. Der Schlaf würde den Schmerz lindern.

Als Ellie wieder erwachte, war es 16 Uhr. Ihre Haut schmerzte so sehr, dass sie kaum noch das Gewicht der Bettdecke ertrug. Ihre Knochen knirschten förmlich, und ihr war in ihrem ganzen Leben noch nie so heiß gewesen. Keine zwei Minuten später, sie hatte die Decke von sich gestrampelt, zitterte sie unkontrollierbar. Ihr Mund war ausgetrocknet, und sie hatte furchtbaren Durst. Als sie sich das feuchte Haar aus dem Gesicht strich, nahm ihr der Schmerz die Luft. Das war schlimmer, als den Kilimandscharo in zu kleinen Stöckelschuhen zu besteigen. Also gut, nach dem Glas greifen, das Wasser trinken. Ellie gelang das, ohne allzu viel über ihr Kinn zu vergießen. Erst als das Glas leer war, fiel ihr ein, dass sie vergessen hatte, erneut zwei Paracetamol zu nehmen. Um die Tabletten trocken zu schlucken, war ihr Hals zu rau. Das bedeutete, dass sie das Bett verlassen musste, um frisches Wasser zu holen.

Tränen liefen ihr über die Wangen. In solchen Momenten vermisste sie Jamie am meisten. Sie hätte sich wirklich gar keinen schlechteren Zeitpunkt aussuchen können, um krank zu werden: Tony war letzte Woche nach Los Angeles zurückgeflogen; Todd befand sich auf einer Konferenz in Edinburgh, und selbst Roo war für einige Tage verreist, um ihrer Mutter in Marbella einen längst überfälligen Besuch abzustatten. Damit blieb ihr Paula, aber die wollte Ellie wirklich nur im absoluten Notfall anrufen.

Jamie? Jamie, bist du da?

Aber ihr Gehirn war durch Schmerz und Erschöpfung zu umnebelt, um ihn heraufbeschwören zu können. Und selbst wenn, hätte er ihr kein Wasser ans Bett bringen können. Es war nun einmal brutale Realität, dass sie ganz allein war. Wenn sie etwas brauchte, musste sie es sich selbst holen.

Ellie schlurfte in die Küche und versuchte, ihren Kopf so wenig wie möglich zu bewegen. Dort angekommen, füllte sie ihr Glas mit Leitungswasser. Im Kühlschrank stand noch ein Karton mit Orangensaft. Sie wollte ihn herausziehen und musste mit der Reaktionsgeschwindigkeit einer Weinbergschnecke mit ansehen, wie eine Flasche Olivenöl umkippte und aus dem Kühlschrank fiel. Sie zersprang auf dem weißen Fliesenboden, und eine große Pfütze extra vergine Olivenöl breitete sich auf dem Boden aus.

Ellie hielt sich an der Kühlschranktür fest und starrte die Bescherung an. Man war eindeutig krank, wenn man nicht einmal die Energie besaß, »Scheiße« zu sagen.

Da es ihr völlig unmöglich war, die Sauerei aufzuwischen, nahm sie ihr Glas mit Wasser und schlurfte zum Bett zurück. Sie schluckte zwei weitere Schmerztabletten, schloss die Augen und schlummerte unruhig ein. Ihr fieberndes Gehirn beschwor zusammenhanglose, verworrene Träume herauf … Sie drohte zu ersticken, wurde von einem riesigen Grizzlybären zu Tode gequetscht, und das Telefon klingelte, klingelte, klingelte … Okay, es war kein Bär. Ellie befreite sich von der Bettdecke und griff beim fünften und letzten Klingeln zum Telefon.

Verschlafen krächzte sie: »Hallo?«

»Habe ich Sie aufgeweckt?« Die Stimme gehörte Zack. »Ich wollte nur sichergehen, dass es Ihnen gutgeht.«

»Arggh.« Ihr Hals fühlte sich an, als würde er von einer riesigen Faust zugedrückt. Sie konnte kaum schlucken. Rief er sie an, um herauszufinden, ob sie wirklich krank war? Er klang besorgt, aber das war womöglich ein Trick. »Äh, ich glaube, ich kann morgen auch nicht zur Arbeit kommen …« Sie hustete schwach, der Schmerz schnitt wie ein Messer durch ihr Hirn. »Aua … tut mir leid …«

»Entschuldigen Sie sich nicht. Natürlich können Sie nicht arbeiten. Waren Sie schon beim Arzt?«

»Nein.« Dummerweise hatte sie sich seit ihrem Umzug noch nicht bei einem zugelassenen Arzt registrieren lassen. Wie groß war die Wahrscheinlichkeit, dass ihr alter Hausarzt extra aus Hammersmith zu einem Hausbesuch kam?

»Gibt es jemanden, der sich um Sie kümmert?«

Sie wurde von einem Hustenanfall geschüttelt. »Nein.«

»Wo ist Todd?«

»Fort. Auf einer Konferenz.«

»Können Sie das Bett verlassen?«

»Ja …«

»Gut. Dann komme ich jetzt vorbei.«

»Nein, nein … es geht mir gut. Sie dürfen sich nicht anstecken.«

Zack ignorierte sie. »Brauchen Sie etwas Bestimmtes?«

Ich brauche Jamie. Sie schloss die Augen und flüsterte: »Schmerztabletten. Starke. Meine sind mir ausgegangen.«

»Ich habe welche. Bin gleich bei Ihnen.«

Ellie rieb sich mit der Hand über das Gesicht. Hatte sie jemals schlimmer ausgesehen? Aber sie war zu krank, um sich darüber Gedanken zu machen. Mühsam schluckte sie. »Danke.«

Exakt fünfzehn Minuten später klingelte es an der Haustür. Sie ließ ihn herein und fiel wieder ins Bett.

Zack betrat die Wohnung und hörte eine schwache Stimme rufen.

»Ich bin hier.«

Die Tür zum Schlafzimmer stand offen, die Vorhänge waren vorgezogen. Der schwache Duft von Parfüm hing in der Luft. Unter der Bettdecke lag Ellie, zitternd und bleich. Sie wackelte zur Begrüßung mit den Fingern der linken Hand und murmelte: »Kommen Sie nicht näher.«

»Ich werde niemals krank.« Zack ignorierte sie und trat ans Bett. »Sind Sie hier den ganzen Tag allein gewesen?«

Sie nickte ansatzweise und krümmte sich. »Es ist nur eine Grippe.«

»Ich habe Ibuprofen, Paracetamol und MediNight mitgebracht.« Er stellte alle drei Medikamente auf den Nachttisch und nahm das leere Glas. »Ich bringe Ihnen frisches Wasser. Oder wie wäre es mit einer Tasse Tee?«

Ellie schüttelte den Kopf. »Nur Wasser.« Sie erstarrte, als ihr etwas einfiel. »Gehen Sie nicht in die Küche, da sieht es furchtbar aus. Ich hatte einen Unfall.«

Zack wollte sie in den Arm nehmen, aus dem Bett heben und zu sich nach Hause tragen. Stattdessen verließ er das Schlafzimmer und stieß die Tür zur Küche auf. Für den entsetzlichen Bruchteil einer Sekunde dachte er beim Anblick der goldenen Pfütze, es habe sich um *diese* Art von Unfall gehandelt. Dann sah er die Scherben der Flasche, und ihm wurde klar, dass es Olivenöl sein musste.

»Hier.« Er kam mit einem Glas Wasser zurück. »Lassen Sie mich Ihr Kissen aufschütteln.«

Ellie rollte sich auf die Seite, und er polsterte ihr flachgelegenes Kissen auf. Dann half er ihr in eine sitzende Position auf, damit sie die beiden Tabletten mit Wasser hinunterspülen konnte. So nahe waren sie sich noch nie gekommen, und es fühlte sich unglaublich an. Ellie war krank, und er genoss es, ihr zu helfen. Sie gefiel ihm sogar, obwohl ihre Haut blass glänzte und ihre schweißnassen Haare völlig verdrückt waren. Sie trug ein dunkelblaues Jerseynachthemd, das ihr auf einer Seite über die Schulter gerutscht war. Doch er dachte zu keinem Zeitpunkt daran, dass dies womöglich das einzige Kleidungsstück war, das sie trug.

Zwanzig Minuten später kehrte er ins Schlafzimmer zurück. »Wie wäre es mit einem Obstsaft?«

Ellie schüttelte so gut sie konnte den Kopf. »Gehen Sie nicht in die Küche.«

»Schon gut, ich habe die Küche geputzt.«

»Was?« Sie runzelte die Stirn. »Das Olivenöl? O nein, das hätten Sie nicht tun müssen.«

Es war tatsächlich ein Albtraum gewesen. Jedes Mal, wenn er den Boden gewischt hatte, stellte er beim Betreten fest, dass die Fliesen immer noch glitschig waren. Aber Zack wollte sie unbedingt beeindrucken, darum zuckte er nur mit den Schultern und meinte: »Gar kein Problem.«

»Ich kann nicht glauben, dass Sie meinen Küchenboden gewischt haben.« Sie wirkte beschämt.

»He, ist doch kein Thema. Machen Sie sich darüber keinen Kopf.« Er nahm die Kleenex-Schachtel vom Nachttisch. »Die ist ja fast leer. Haben Sie noch eine Schachtel?«

»Nein. Ist schon gut, ich nehme Klopapier.«

»Das kommt gar nicht in Frage. Ich besorge Ihnen eine neue Schachtel. Ich muss jetzt gehen, aber in zwei Stunden bin ich wieder da.«

»Sie müssen nicht zurückkommen.«

»Ich werde Sie nicht alleinlassen. Sie sind krank. Schlafen Sie jetzt ein wenig.« Zack beugte sich über das Bett und rückte unnötigerweise noch einmal das Kissen gerade. »Wollen Sie mir einen Schlüssel geben, damit ich nicht klingeln muss?«

Sie nickte. »In meiner Handtasche im Wohnzimmer. Könnte ich …? Nein, ist schon gut.«

»Sprechen Sie es aus. Alles, was Sie wollen.«

Ein schwaches Lächeln spielte um ihre Mundwinkel. »Gut, dann bitte einen roten Mercedes und eine Diamantentiara.«

»Ist gut.« In diesem Moment wusste Zack, dass er sie liebte. Er liebte sie wirklich. »Tja, um das zu organisieren, brauche ich ein paar Tage. Womit kann ich Sie in der Zwischenzeit glücklich machen?«

»Eine Dose Cola wäre phantastisch.«

»Jetzt werden Sie gierig. Na gut, aber nur, weil Sie krank sind.«

Ein weiteres Lächeln. »Danke.«

38. Kapitel

Ellie schlief wieder ein. Sie wachte zwei Stunden später auf, als sie hörte, wie Zack die Wohnung aufschloss. Meine Güte, wie tapfer von ihm, tatsächlich zurückzukommen. Eine Träne der Dankbarkeit quoll aus ihrem Augenwinkel. Wenn man krank war, war es herrlich, nicht verlassen und allein zu sein.

Wahrscheinlich brauchte sie eine Dusche, aber das war ein Ding der Unmöglichkeit. Allein der Gedanke an Wassertropfen auf ihrer Haut war schmerzhaft. Ellie betete, dass sie nicht allzu sehr roch.

Aber als Zack ins Schlafzimmer kam, mit einer Dose Cola und einem rosa Strohhalm, damit sie beim Trinken nicht kleckerte, schien er den Atem nicht anzuhalten. Vielleicht roch sie ja okay. Er schüttelte wieder ihr Kissen aus, glättete die Bettdecke und stopfte das Bettlaken, das durch ihren unruhigen Schlaf verrutscht war, wieder zwischen Bettrand und Matratze.

»Draußen ist es ja bereits dunkel.« Die Limonade, eiskalt und köstlich, linderte ihren wunden Hals.

»Es ist 22 Uhr. Zeit für Ihr Ibuprofen.« Er wickelte die Tablette aus der Folie und reichte sie ihr. Dann riss er das perforierte Pappoval vom Deckel einer neuen Kleenex-Schachtel. »Können Sie etwas essen?«

Ellie schloss die Augen, dachte über eine Nahrungsaufnahme nach und schüttelte dann den Kopf. »Danke, nein. Ich habe keinen Hunger. Die Limonade ist phantastisch.«

»Gut. Möchten Sie sich vielleicht ein bisschen aufs Sofa legen und eine Weile fernsehen?«

Fernsehen. Da musste man sich konzentrieren, die Augen offen halten. »Ich glaube, dafür bin ich zu müde.«

»Ist gut, dann schlafen Sie jetzt. Ich habe meinen Laptop mitgebracht. Ich werde ein paar Stunden arbeiten. Wenn Sie etwas brauchen, dann rufen Sie mich einfach.«

»Sie müssen nicht bleiben. Ich komme zurecht.«

»Vielleicht. Vielleicht aber auch nicht. Es ist wirklich kein Problem. Mir ist es egal, ob ich hier arbeite oder zu Hause. Und nur damit Sie es wissen: im Kühlschrank stehen noch jede Menge Cola-Dosen.«

So liebenswert, so fürsorglich. Und dabei hätte er nichts davon tun müssen. Ellie legte sich auf die Seite und nickte wieder ein. Es beruhigte sie ungemein, dass jemand in der Wohnung war, wenn auch nur vorübergehend.

Als sie wieder aufwachte, war es vier Uhr dreißig. Ihre Blase hatte sie geweckt. Einige Sekunden lang versuchte sie herauszufinden, ob es vier Uhr nachts oder vier Uhr nachmittags war. Da es draußen noch dunkel war, musste es kurz vor Sonnenaufgang sein. Im Halbschlaf krabbelte sie aus dem Bett und schlurfte ins Badezimmer. Schon besser. Jetzt, wo sie ohnehin stand, konnte sie doch auch in die Küche gehen und sich noch eine Dose Cola holen. Vom Flur aus sah sie, dass die Tür zum Wohnzimmer offen stand. Sie drückte sie auf. Das Licht war gedimmt, und Zacks Laptop stand geöffnet auf dem Couchtisch. Zack selbst lag auf dem Sofa und schlief tief und fest.

Trotz Benommenheit und wackliger Beine konnte Ellie nicht anders, als ihn zu betrachten. Es war ihr buchstäblich unmöglich, den Blick abzuwenden. Sie hatte Zack noch nie zuvor schlafend gesehen. Im gedämpften Licht der Tischlampe wirkte sein Gesicht weich und entspannt. Seine dunklen Wimpern warfen lange Schatten, und seine Wangenknochen stachen markant hervor. Bartstoppeln zierten sein Kinn. Er lag auf dem Rücken, die Beine in Knöchelhöhe gekreuzt, und eine Hand ruhte auf seiner Brust. Sein Atem ging gleichmäßig. Er machte dabei nicht das leiseste Geräusch. Ein Nichtschnarcher. Gut zu wissen. Hör auf damit. Du bist krank.

Ellie wandte sich ab und ging in die Küche. Er hatte gute Arbeit beim Boden geleistet; es war überhaupt nicht mehr rutschig. Sie fühlte sich schon jetzt ein klitzekleines bisschen besser als zuvor. Sie ging zum Kühlschrank und nahm eine Cola heraus. Ellie brauchte drei Anläufe, um die Dose zu öffnen. Zack hatte des Weiteren Joghurt, Erdbeercremespeise, Gelees und diverse frisch gepresste Fruchtsäfte gekauft. Ellie schloss den Kühlschrank wieder und verließ die Küche. Auf dem Rückweg ins Bett konnte sie einem weiteren Blick ins Wohnzimmer nicht widerstehen. Aber dieses Mal hatte Zack die Augen geöffnet. Ihre Erkundung des Kühlschranks hatte ihn offenbar geweckt.

Er sah sie an und meinte schläfrig: »Sie sollten mich doch rufen. Ich hätte es Ihnen ans Bett gebracht.«

»Schon gut, ich musste ohnehin pieseln.« O Gott, habe ich das eben wirklich gesagt?

»Wie geht es Ihnen?«

Ellie hielt sich am Türgriff fest. »Ich schäme mich gerade, dass ich vor meinem Chef *pieseln* gesagt habe.«

Er lachte. »Schämen Sie sich nicht. Meine Schwestern sagen das auch immer. Ich bin's gewohnt.«

»Ich dachte, Sie seien schon vor Stunden nach Hause gegangen.«

»Ich bin in Hinblick auf meinen Schlafplatz nicht anspruchsvoll, und das hier ist ein bequemes Sofa. Sie sehen schon besser aus.«

»Schwer zu glauben.« Ellie fuhr sich mit den Fingern durch die Haare. Sie sah nach unten, versicherte sich, dass ihr Nachthemd bis zu den Knien reichte. Sie wollte nicht, dass er unabsichtlich ihre Unterwäsche sah. Wenn ihr klar gewesen wäre, dass er sich noch in ihrer Wohnung befand, hätte sie ihren Morgenmantel übergeworfen. Aber dafür war es jetzt zu spät, er hatte sie bereits in ihrer zutiefst unglamourösen Nachtwäsche mit nackten Füßen gesehen.

Zack streckte sich und setzte sich auf. »Kann ich Ihnen sonst noch etwas Gutes tun?«

Sie zögerte. Nachdem sie so viel geschlafen hatte, ging es ihr tatsächlich ein klein wenig besser. »Könnten Sie … äh … einen Käsetoast machen?«

Zack grinste. Er erhob sich und zeigte auf das Sofa. »Setzen Sie sich. Woher wissen Sie, dass ich einen Käsetoast machen kann?«

Sie brachte ein Lächeln zustande. »Ist schon in Ordnung. Eine Schale Weetabix mit Milch reicht auch.«

Ellie setzte sich auf das Sofa und zog die Füße an. Ihren Kopf legte sie auf das Kissen, auf dem noch wenige Minuten zuvor Zacks Kopf geruht hatte. Draußen auf der Straße war es still. Es fühlte sich so an, als ob sie in ganz Primrose Hill die Einzigen waren, die nicht schliefen.

Dann kam Zack mit zwei Tellern zurück, auf denen perfekt gegrillte Käsetoasts lagen. Er schnitt ihren in schmale Streifen, damit er leichter zu essen war. Für sich hatte er starken Kaffee aufgebrüht. Gemeinsam teilten sie schweigend und in seltsam trauter Zweisamkeit ihren Mini-Imbiss. Als sie ihren Toast gegessen hatte, brachte Zack ihr noch die Erdbeercremespeise. Irgendwo weit weg hörte man eine Sirene. In der Morgendämmerung begannen die Vögel in den Bäumen vor dem Haus zu singen. Ein Motor heulte auf. Ellies Lider wurden schwer, und ihre Erschöpfung gewann wieder die Oberhand.

Wie aus weiter Ferne bekam sie mit, dass Zack die Sofakissen ausschüttelte, um es ihr bequemer zu machen. Es war, als sei sie wieder fünf Jahre alt, als würde sie umsorgt und verhätschelt. Ihr Kopf schmerzte, aber das war nicht weiter schlimm. Sie lächelte und murmelte: »Gut, dass Sie da sind … Sie sind ja so lieb …«

Stunden später erwachte sie mit einem Ruck. Sie lag allein auf dem Sofa und litt unter einem entsetzlichen Flashback. Gut, dass Sie da sind … Sie sind ja so lieb … O Gott, hatte sie das wirklich gesagt? Hatten diese Worte tatsächlich ihren Mund verlassen, während sie entkräftet in den Schlaf gesunken war? Sie hatte das nicht sagen wollen, aber möglicherweise hatte sie gedacht, dass es sich *gut* anfühlte, und er war ja auch wirklich *lieb* gewesen. Aber zu keinem Zeitpunkt hatte sie beabsichtigt, dass er das zu hören bekam.

Als Ellie sich umsah, merkte sie, dass sie unter ihrer Bettdecke lag. Irgendwann musste Zack die Decke aus dem Schlafzimmer geholt und sie damit zugedeckt haben. Auf dem Couchtisch, unter ihr Telefon geklemmt, lag eine Notiz in seiner unverkennbaren Handschrift:

Guten Morgen, wie geht es Ihnen? Ich bin los, um mit Elmo Gassi zu gehen und einige Büroarbeiten zu erledigen. Spätestens um elf Uhr bin ich wieder zurück. Wenn Sie etwas brauchen, rufen Sie mich an.
Bis bald, Z.

Das Z endete in einem kleinen Schnörkel, der vielleicht ein Kreuz, einen Fisch oder einen Kuss darstelle. Oder auch nicht. Ellie inspizierte ihn eingehend und versuchte herauszufinden, was genau dieser Schnörkel sein mochte. Also gut, hör damit auf, reiß dich zusammen – er hat dir keinen Liebesbrief hinterlassen. Es war einfach nur ein Schnörkel.

Auf dem Couchtisch standen noch ihr Wecker, ein Glas Wasser

und eine frische Dose Cola. Daneben lag eine Schachtel Ibuprofen. Er hatte wirklich an alles gedacht. Nach ihren dummen Bemerkungen von letzter Nacht kam es einem Wunder gleich, dass er nicht auch noch eine Zwangsjacke dazugelegt hatte.

Ellie schluckte zwei Schmerztabletten und trank etwas Wasser. Ihr tat immer noch alles weh, und sie war versucht, einfach weiterzuschlafen. Aber es war 9 Uhr 30, und Zack kam in gut einer Stunde wieder. Sie musste sich unbedingt etwas frisch machen.

Das Wasser prasselte auf ihre Haut wie Revolverkugeln. Der Schmerz war heftig, und es kostete sie Mühe, einfach nur unter der Dusche zu stehen. Die Arme so weit zu heben, dass sie die Haare einshampoonieren konnte, kam einer Riesenherausforderung gleich …

Also gut, reiß dich zusammen. Du schaffst das. Bleib einfach grade stehen, spül das Shampoo mit Wasser aus. Ihre Knie waren weich, und die Hitze des Wassers machte sie benommen … oh, und jetzt tanzten ihr auch noch kleine Punkte vor den Augen. Das war nicht gut, die Punkte wurden größer … okay, setz dich, bevor du in Ohnmacht fällst … *uff*.

»O Gott, wie ist das denn passiert? Was haben Sie getan?« Zack sah sie voller Entsetzen an.

Ellie sagte sich, dass es durchaus auch schlimmer hätte kommen können. Sie hätte das Bewusstsein komplett verlieren können, und dann hätte Zack sie als nasses, nacktes Häufchen Elend auf dem Badezimmerboden vorgefunden. Wenigstens trug sie jetzt einen Morgenmantel und hatte es auf das Sofa zurück geschafft.

»Ich bin in der Dusche ohnmächtig geworden. Na ja, halb in der Dusche, halb draußen.« Sie drückte sich ein Kleenex-Tuch an die Stirn. Die Schwellung hatte beeindruckende Ausmaße angenommen, aber immerhin blutete die Wunde nicht mehr. »Ich habe mir den Kopf am Heizkörper angeschlagen. Ich glaube aber nicht, dass es genäht werden muss.«

Zack inspizierte ihre Wunde. »Ich denke, wir werden diesbezüglich besser eine zweite Meinung einholen. Ich kann nicht glauben, dass Sie unter die Dusche gegangen sind. Um Himmels willen, Sie haben die *Grippe*.«

»Tut mir leid. Ich wollte mich einfach sauber fühlen.«

»Das hat wohl nur teilweise funktioniert. Sie hätten einen Schädelbasisbruch davontragen können. Glauben Sie mir, ich lasse Sie hier bestimmt nicht noch einmal allein.«

»Ist schon gut, ich verspreche, dass ich nicht wieder duschen werde.«

Wahrscheinlich interessierte ihn das gar nicht, und sie würde es ihm auch niemals sagen, aber er sah umwerfend aus, wenn er sich ärgerte. Ellie lehnte sich gegen die Kissen, als er in die Küche ging. Sie hörte, wie er im Tiefkühlfach wühlte. Gleich darauf kehrte er mit zwei Maiskolben zurück, die er in ein sauberes Küchenhandtuch gewickelt hatte.

»Hier, nicht bewegen. Sie sind totenbleich.«

»Sind Sie immer so herrisch?« Ellie schloss die Augen, als er das eiskalte Handtuch auf ihre eiergroße Schwellung presste.

»Immer.«

»Sie können nicht die ganze Zeit hierbleiben.«

»Ich weiß. Aber Sie brauchen jemanden, der sich um Sie kümmert.« Zack wischte einen Tropfen Kondenswasser von ihrem Hals. »Und deshalb kommen Sie mit zu mir in die Ancram Street.«

Zack fuhr mit seinem Wagen vor, parkte ihn in zweiter Reihe vor der Wohnung und ließ sie nicht einmal allein die Treppe hinuntersteigen. Stattdessen hob er sie hoch und trug sie in seinen Armen nach unten. Wo stand geschrieben, dass so eine Grippe nicht auch ihre guten Seiten haben konnte?

»Ich habe das Gefühl, entführt zu werden.« Gott, es fühlte sich phantastisch an. Ellie mied Blickkontakt, damit er ihre Gedanken nicht in ihren Augen lesen konnte.

»Ich werde nicht zulassen, dass Sie die Treppe hinunterfallen und sich das Genick brechen.« Zack klang ein wenig schroff.

Ihr Kopf rollte wie eine Bowlingkugel von einer Seite zur anderen; es war ein Kampf, ihn auch nur aufrecht zu halten. Schließlich gab Ellie nach und lehnte ihn an seine Schulter. Das war besser. Das Gefühl seines weichen Baumwollhemdes an ihrer heißen Wange war einfach himmlisch.

»Ich hoffe, ich bin nicht zu schwer.«

»Sie sind genau richtig. So, wir sind gleich da. Vorsicht mit den Füßen.« Er manövrierte sie vorsichtig durch die Haustür.

Zwei Minuten später kamen sie in der Ancram Street an, und das Ganze wiederholte sich in umgekehrter Reihenfolge. Ellie schloss die Augen, erinnerte sich an ihre Hochzeit, als Jamie sie feierlich über die Schwelle ihrer Wohnung in Hammersmith getragen hatte. Er hatte so getan, als wäre sie tonnenschwer, und sie hatte ihm dafür einen Stoß zwischen die Rippen versetzt. Am Schluss mussten sie beide so heftig lachen, dass er sie beinahe fallen ließ.

Nicht daran denken. Sie hatte nicht genug Energie, um jetzt emotional zu werden. Sie wurde die Treppe hinauf, am Wohnzimmer vorbei, den Flur entlang und bis zur Tür am anderen Ende getragen.

Zwanzig Minuten später klopfte es an die Tür. »Ich bin's nur.« Geraldine trat ein, lehnte sich schwer auf ihren Stock. »Ach herrje, Schätzchen, Sie sehen schlimm aus. Zack bat mich, nach Ihnen zu sehen. Sie haben eine ziemlich beeindruckende Beule an der Stirn.«

Ellie war in der Tat völlig fertig. Erschöpft ließ sie sich von Geraldine untersuchen. Zacks Gästezimmer war ganz in Blassgrün und Weiß gehalten und vermittelte den Eindruck eines

Sommertages. Vor dem Fenster bauschten sich laubgrüne Vorhänge. Das Doppelbett war bequem.

»Ich bin eine echte Plage, nicht wahr?« Ellies Schläfen pochten.

»Ist ja nicht Ihre Schuld. Also gut, ich bin fertig. Es ist nichts Ernstes. Ruhen Sie sich aus, und trinken Sie viel. Dann geht es Ihnen bald schon besser.«

»Der arme Zack. Jetzt hat er mich am Hals.«

»Manche Menschen haben es gern, wenn sie sich um jemand kümmern können. Das bringt das Beste in ihnen zum Vorschein. Und es gefällt mir, Zack so fürsorglich zu sehen.« Geraldine wackelte mit den Augenbrauen. »Ich habe ein gutes Verhalten am Krankenbett schon immer für einen besonders sympathischen Charakterzug an Männern gehalten.«

39. Kapitel

Hatte er sich richtig verhalten? Zack wusste nur, dass er sich mit Ellie im Haus komplett fühlte. Er hatte ohne zu zögern zwei geschäftliche Verabredungen für diesen Nachmittag abgesagt, weil sie ihm egal waren. So lange Zeit hatte er all seine Energie in sein Unternehmen gesteckt. Ja, er hatte praktisch der Arbeit sein Leben gewidmet. Aber nun schien all das nicht länger von Bedeutung. Nein, das stimmte so nun auch wieder nicht. Die Arbeit war ihm immer noch wichtig. Sie war nur nicht länger seine oberste Priorität.

Er klopfte an die Tür. »Kann ich reinkommen?«

Ellie saß aufrecht im Bett. Sie trug ein sauberes, weißes T-Shirt. Ihr Gesicht war bleich, und unter ihren Augen lagen dunkle Schatten. In seinen Augen sah sie dennoch entzückend aus.

»Danke.« Sie griff nach der Tasse mit Tomatensuppe, die er ihr reichte. Sie lächelte und nahm einen Schluck. »Sie schmeckt wunderbar. Das Schlimmste habe ich offenbar hinter mir.«

Das war natürlich eine gute Nachricht. Aber ein kleiner, selbstsüchtiger Teil von Zack wollte nicht, dass das Schlimmste vorüber war. Bis zu diesem Abend war es Ellie so schlechtgegangen, dass es absolut sinnvoll schien, sie bei sich zu behalten. Aber sobald es ihr wieder besserging, würde sie in ihre Wohnung zurückkehren. Und Todd würde von der Konferenz in Glasgow zurückkommen. Zack hatte Ellie gegenüber nichts gesagt, aber er persönlich fand, Todd hätte sich ruhig mehr anstrengen können. Er überhäufte sie nicht gerade mit Anrufen. War es ihm egal, wie es ihr ging? Kratzte es ihn kein bisschen? Es würde ihn ja nicht umbringen, wenn er ihr wenigstens Blumen schickte? Andererseits war das womöglich ein hoffnungsvolles Indiz dafür, dass es um ihre Beziehung nicht so rosig bestellt war.

Zack beugte sich vor, um die leeren Wassergläser vom Nachttisch zu nehmen. Beiläufig fragte er: »Haben Sie heute von Todd gehört?«

»O ja. Er hat vorhin angerufen.« Ellie nickte, wirkte aber defensiv. »Er simst mir auch.« Sie zeigte auf ihr Handy, das mit der Vorderseite nach unten auf der Bettdecke lag. »Ich habe unzählige Textnachrichten von ihm bekommen.«

War es ihr peinlich, dass Todd ihr keine Aufmerksamkeit schenkte? Hervorragend. »Hat er nichts dagegen, dass Sie hier bei mir sind?«

Sie schüttelte den Kopf. »Überhaupt nicht. Er ist sehr dankbar, dass Sie nach mir schauen.«

»Mach ich doch gern. Sie können sich revanchieren, sobald es Ihnen bessergeht.« Zack deutete ein Lächeln an. »Ich muss Sie nämlich um einen Gefallen bitten.«

»Ach ja? Nur zu, schießen Sie los.« Es ging Ellie definitiv besser, denn sie trank ihre Suppe voller Genuss.

»Ich habe gerade eine E-Mail von Steph bekommen.«

»Ihre Schwester, die in St. Austell wohnt«, sagte Ellie. »Zwillingsmädchen, richtig?«

Es rührte ihn absurderweise sehr, dass sie sich erinnerte.

»Genau die. Tja, Steph und Gareth sind seit sieben Jahren zusammen, aber jetzt haben sie beschlossen zu heiraten.« Er schwieg kurz. »Im September.«

»*Diesen* September? Wow.«

»Ich weiß, aber so was ist typisch Steph. Kein Funke von Geduld. Sobald sie sich etwas in den Kopf gesetzt hat, muss alles ganz schnell gehen. Im Grunde haben sie zufällig mitbekommen, dass eine Hochzeit in der Dorfkirche abgesagt wurde, und haben die Gelegenheit beim Schopfe gepackt.«

»Wie bei lastminute.com«, sagte Ellie. »Warum auch nicht?«

»Den Empfang wollen sie im Haus meiner Eltern abhalten. Einhundert Gäste.«

»Herrje.«

»Das geht schon. Meine Mutter ist bei solchen Sachen voll in ihrem Element. Die Hochzeit von Claire wurde auch in ihrem Haus gefeiert und war ein voller Erfolg.«

Ellie leerte ihre Tasse mit Suppe. »Und wo komme ich ins Spiel? Soll ich bei den Vorbereitungen helfen? Ach ja, die Einladungen, soll ich …?«

»Nicht diese Art von Hilfe. Eigentlich ist es etwas persönlicher.« Zack setzte sich ans Fußende des Bettes. »Die Sache ist die … Steph hat ihre Freundin Mya gebeten, eine ihrer Brautjungfern zu sein. Ich bin vor Jahren mit Mya gegangen. Also, sie ist harmlos im Vergleich zu Louisa«, fügte er rasch hinzu. »Mya ist mehr wie ein Labrador, lebhaft und voller Begeisterung. Laut Steph ist sie schon ganz aus dem Häuschen, weil ich komme. Wenn ich also allein gehe, muss ich sie mir die ganze Zeit vom Leib halten. Das wäre peinlich, denn sie ist sehr nett, und ich will ihre Gefühle nicht verletzen.« Er zögerte. »Es würde mir daher wirklich helfen, wenn ich jemand anderen mitnehmen könnte.

Das würde sie verstehen und mich in Ruhe lassen.« Die Geschichte hatte er sich nicht einfach ausgedacht; sie stimmte. Aber Zack wollte die Situation schonungslos für seine eigenen Zwecke ausnutzen. »Ich weiß, es ist viel verlangt, aber Sie würden mir wirklich aus der Klemme helfen.« Er schwieg erneut. »Natürlich nur, falls es Todd nichts ausmacht.« Zack McLaren, du bist ganz schön dreist!

Ellies Augen strahlten, und ihre Wangen hatten wieder etwas Farbe gewonnen. Zwei Sekunden lang dachte sie nach. Schließlich schluckte sie und sagte: »Ich werde es ihm erklären. Ich bin sicher, es macht ihm nichts aus.«

»Gut, prima, danke.« Sein Herz pochte heftig gegen seinen Brustkorb. Ellie hatte sich soeben einverstanden erklärt, mit ihm nach Cornwall zu fahren, um an der Hochzeit seiner Schwester teilzunehmen. Ziel erreicht.

So schön es auch war, von Zack umsorgt zu werden, so war Ellie doch bewusst, dass sie seine Gastfreundschaft vermutlich etwas überstrapazierte. Es war Sonntag, sie war immerhin schon drei Tage hier. Mittlerweile ging sie auch nicht mehr als Invalide durch. Die Schmerzen, der Schüttelfrost, das Fieber, alles weg. Ihr Appetit war zurückgekehrt, und sie sah auch nicht länger wie ein überfahrenes Tier auf der Autobahn aus. Auch ihre Erschöpfung war verschwunden. Sie fühlte sich beinahe wieder wie ein Mensch.

»Sind Sie ganz sicher, dass Sie zurechtkommen?« Zack hatte darauf bestanden, sie die wenigen hundert Meter nach Hause zu fahren. »Wann kommt Todd zurück?«

»Schon bald.« Ellie stieg aus. Es war 15 Uhr. »Jeden Moment kann er hier sein. Danke, dass Sie sich um mich gekümmert haben.« Sie schulterte ihre Reisetasche selbstbewusst, als er Anstalten machte, sie ihr abzunehmen. »Keine Sorge, ich schaffe das. Und nochmals … danke für alles. Ich nehme die Arbeit wieder auf, sobald ich dazu in der Lage bin. Mittwoch oder Donnerstag.«

Er hatte so viel für sie getan, dass sie nicht wusste, wie sie ihre Dankbarkeit zum Ausdruck bringen sollte. Aber wenigstens stand ein Abschiedskuss auf die Wange wegen der Krankheit völlig außer Frage. Den Grippeviren sei Dank. Und außerdem war er immer noch ihr Chef. Sie war seine Angestellte. Körperkontakt gehörte somit eigentlich nicht hierher.

Stattdessen sagte Ellie: »Wiedersehen.« Sie winkte unbeholfen, dann steckte sie den Schlüssel ins Schloss und drückte die Tür auf.

»Warum hast du mir nicht gesagt, dass du krank bist? Dann wäre ich sofort zurückgekommen! Ich hätte mich um dich kümmern können!« Roo war beleidigt.

»Du warst auf Besuch bei deiner Mutter«, machte Ellie ihr klar. »Und du wärst auch nicht glücklich gewesen, wenn du dir meine Viren eingefangen hättest.«

Roo wirkte enttäuscht angesichts dieser Worte. »Ich hätte es trotzdem getan. Ich schulde dir etwas, oder hast du das vergessen? Wie soll ich Wiedergutmachung leisten, wenn du mir keine Gelegenheit dazu gibst?«

»Du schuldest mir gar nichts, das habe ich dir doch schon eine Million Mal gesagt. Du hast vielmehr mir einen Gefallen getan, weil es meine Augen geöffnet hat.« Ellie seufzte.

Roo hielt streng an ihrem jüngsten Gelöbnis der Heiligkeit fest: kein Koffein, kein Alkohol, kein Make-up, viele gute Taten und die sture Weigerung, Todds Anrufe oder Textnachrichten zu erwidern. Ehrlich gesagt, war es langsam schon ein wenig ermüdend. Ellie wünschte sich, die alte, pietätlose Roo, die sich so gern amüsierte, zurück.

»Also gut, lass uns eine Liste erstellen.« Roo zog ein Notizbuch aus der Handtasche. »Sag mir, was du brauchst, und ich besorge es. Lebensmittel, Hygieneartikel … was immer du willst.«

»Ist gut, danke.« Ellie sah sie an, wie sie vorgebeugt mit gezücktem Stift auf der Sofalehne saß. »Mein Deodorant ist fast alle, du könntest mir eine neue Spraydose mitbringen.«

»Welche Marke?«

»Irgendeine, egal.«

Das reichte Roo nicht. »Aber welche Marke magst du am *liebsten*?«

»Also gut, Dove.«

Roo schrieb es auf. »Was noch?«

»Apfelsaft. Und etwas Brot. Weißbrot, geschnitten.«

Der Stift huschte über das Papier. »Hab' ich. Was noch?«

»Ruf Todd an.«

Der Stift hielt abrupt inne. »Und was soll ich ihm ausrichten?«

»Sag ihm, dass du dich mit ihm treffen möchtest. Erlöse ihn von seinen Qualen. Du schneidest dir nur ins eigene Fleisch.«

Roo schob das Kinn vor. »Vielleicht hat mein Fleisch das verdient.«

»Du hast versprochen, du tust alles, was ich sage.« Die Grippe hatte sie geschwächt. Ellie wusste, dass ihre Überzeugungskräfte zu wünschen übrigließen. »Genau das will ich. Ich will, dass du mit Todd zusammenkommst.«

»Das wird nicht geschehen.«

»Damit verursachst du aber doch nur *mir* Schuldgefühle. Wenn ich nicht gewesen wäre, würdet ihr beide jetzt ein Paar sein. Also ist alles meine Schuld!«

»Netter Versuch«, sagte Roo. »Aber die Antwort lautet dennoch nein. Deine Haare sehen scheußlich aus.« Sie wechselte das Thema. »Wie wäre es, wenn ich meine Friseurin anrufe, damit sie herkommt und dir die Haare schneidet und föhnt?«

Gut zu wissen, dass ihre Haare scheußlich aussahen. »Danke, nicht nötig.« Ellie hatte noch nie in ihrem Leben einen Friseursalon zufrieden verlassen. Sie fühlte sich hinterher immer wie eine der Frauen von Stepford.

»Wie wäre es dann mit einer Maniküre?«

»Nein.«

»Massage?«

»Ganz sicher nicht.«

»Bräunungscreme?«

»*Nein.*«

Roos Augen wurden zu schmalen Schlitzen. »Dickkopf.«

»Ein Esel schimpft den andern Langohr«, hielt Ellie dagegen.

»Ich versuche doch nur, dir zu helfen!«

»Ich auch!«

»Oh, du nervst«, rief Roo.

Ellie verzog keine Miene. »Dito.«

Roo kehrte mit den Einkäufen zurück, dann machte sie sich auf den Weg zur Ormond Road, um ihre Schicht im Secondhandladen anzutreten. Ellie legte sich aufs Sofa und hielt ein Nickerchen. Eine Stunde später wachte sie abrupt auf. Draußen auf der Straße lachte jemand laut.

Es war Jamies Lachen. Daran konnte kein Zweifel bestehen. Ellie lauschte fassungslos. Er war es … o Gott, er war zurück … sie sprang vom Sofa auf und stolperte zum Fenster. Ihre Haut kribbelte vor Freude. Jamie, ich bin hier …

Ihr Kreislauf konnte mit dem raschen Aufspringen nicht mithalten, und plötzlich drehte sich alles. Der Mann auf dem Gehsteig war korpulent und mit Glatze. Er war Ende vierzig und hatte einen beeindruckenden Bierbauch. Während er in seinen Wagen stieg, unterhielt er sich auf seinem Handy mit jemandem, der ihn gerade auf diese Jamie-ähnliche Art und Weise zum

Lachen gebracht hatte. Sei nicht albern, wie konntest du nur denken, es sei wirklich Jamie?

Der Wagen mit dem Mann fuhr davon, und Ellie ließ sich zurück auf das Sofa fallen. Vorübergehend getäuscht zu werden machte den Sturz zurück in die Realität umso schmerzhafter. Sie griff nach dem Handy und gab eine vertraute Nummer ein.

»Hallo, ich kann im Moment nicht mit Ihnen sprechen.« Es war die Stimme des echten Jamie.

»Dann gib dir mehr Mühe«, sagte Ellie.

»… Hinterlassen Sie eine Nachricht nach dem Piepston, dann melde ich mich bei Ihnen, sobald ich kann. Auf Wiederhören!«

Ellie wartete auf den Signalton, dann sagte sie: »Hallo, Jamie, hoch und heilig versprochen? Denn ich hinterlasse dir die ganze Zeit schon Nachrichten … haufenweise Nachrichten, und ich warte immer noch darauf, dass du mich zurückrufst.« Das hatte sie ihm schon früher aufs Band gesagt. Sie schluckte schwer, die Verärgerung wich Schuldgefühlen. So war das immer. Der arme Jamie, es war nicht seine Schuld, dass er nicht zurückrufen konnte. »Tut mir leid, ich wollte nur deine Stimme hören. Ich liebe dich, hörst du? Ich vermisse dich so.«

Sie legte auf und weinte. Mit dem Ärmel wischte sie sich über die feuchten Wangen. Es bestand kein Grund, aufzustehen und ein Taschentuch zu holen, denn es war ja niemand da, der sie sehen konnte. Niemand, für den sie den Schein wahren musste.

»Bäh!« Jamie spazierte ins Wohnzimmer, als sie sich mit dem Ärmel die Nase abwischte. »Das ist aber nicht sehr damenhaft.«

»Na und. Das ist mir egal.«

»Ach Süße, ich dachte, es geht dir besser.«

Ellie hievte sich vom Sofa und machte sich auf die Suche nach der Kleenex-Schachtel. Was die Grippe betraf, ging es ihr besser. Was Jamie betraf, lag ihr Verteidigungswall immer noch in Trümmern. Außerdem wurde sie von Schuldgefühlen geplagt. »Ich habe mir so gewünscht, dass du dich um mich kümmerst. Aber du warst nicht da.«

»Tut mir leid. Aber wenigstens ist Zack dir zur Rettung geeilt. Und er hat seinen Job ziemlich gut gemacht, oder etwa nicht?«

»Mag sein. Aber er ist nicht so wie du. Er ist mein Chef.« Sie schnäuzte sich lautstark und legte sich wieder hin. Jamies Haare waren an diesem Tag länger, er brauchte dringend einen Haarschnitt. Er trug sandfarbene Sandalen zu seiner Jeans und dem Ramones-Shirt.

»Du magst ihn doch. Hast du deshalb Schuldgefühle?«

Ellie zielte mit einem zusammengerollten Taschentuch auf den Papierkorb. Und warf daneben. »Ich weiß nicht. Vielleicht. Ja.«

»In ein paar Wochen fährst du mit ihm nach Cornwall zur Hochzeit seiner Schwester. Vermutlich fühlst du dich deswegen ebenfalls schuldig.«

»Nein.«

»Sicher nicht?« Jamie wirkte überrascht. »Du findest es nicht merkwürdig, den Leuten etwas vorzuspielen und so zu tun, als seist du seine Freundin? Wo du schon die ganze Zeit heimlich in ihn verknallt bist und dir wünschst, es würde etwas daraus werden?«

»Oh …« Ellie schloss die Augen. Es hatte keinen Zweck, etwas vor Jamie verbergen zu wollen, da er doch schließlich in ihrem Kopf war. »Du hast recht, ja, es wird merkwürdig werden. Aber ich muss es tun, und ich kann jetzt auch nicht mehr absagen. Zack braucht einen Strohmann, ein Double, jemanden, der ihm aus einer peinlichen Situation heraushilft. Solange er nicht erfährt, was ich für ihn empfinde, ist alles im grünen Bereich.«

40. Kapitel

»… danke, ja. Ich werde es ihm ausrichten. Auf Wiederhören.« Ellie legte auf und notierte die Nachricht auf einem Notizblock neben dem Telefon. Zack war oben in einer Telefonkonferenz.

Ihre Genesung war abgeschlossen. Es war Donnerstag, und sie arbeitete bereits seit einer Woche wieder. Die Grippe schien ihr mittlerweile so weit entfernt, dass allein der Gedanke, sich keinen Schluck Wasser holen zu können, bizarr schien.

Es klingelte in dem Moment an der Tür, als das Bürotelefon *Pling* machte und damit anzeigte, dass das Konferenzgespräch beendet worden war. Ellie öffnete die Haustür. Das Herz rutschte ihr in die Hose, als sie die Kerrigans erkannte. Zack hatte doch bereits gesagt, dass er nichts für sie tun konnte. Es war nicht fair von ihnen, wieder aufzutauchen und ihn noch einmal zu bedrängen.

»Hallo«, rief Kaye begeistert, »wir sind's! Wir sind wieder da!«

Na schön, es war die Aufgabe einer guten Privatsekretärin, das Leben ihres Chefs leichter zu machen. Sosehr sie die beiden auch mochte, nun mussten sie halt auf die harte Tour lernen, dass nein auch wirklich nein hieß.

»Hallo.« Ellie deutete ihr Lächeln nur an. »Hören Sie, es tut mir leid, aber Zack ist wirklich *sehr* beschäftigt …«

»Schon gut, wir sind nicht wegen Zack hier.« Joe Kerrigan trat einen Schritt auf sie zu und zog mit großer Geste einen Strauß riesiger, gelber Orchideen hervor. »Die sind für Sie. Weil Sie … einfach großartig waren! Wir können Ihnen nicht genug dafür danken, was Sie getan haben.«

»Moment mal.« Ellie trat einen Schritt zurück, während die Orchideen vor ihrer Nase hin und her wackelten und leuchtend orangefarbene Pollen auf ihrer weißen Bluse zu landen drohten. »Was habe ich denn getan?«

»Wir haben unser Drehbuch verkauft. Zwei Filmstudios haben

auf die Rechte geboten.« Kaye sah aus, als würde sie gleich vor Aufregung platzen. »Unser Wunschregisseur möchte mit uns bei diesem Projekt und auch bei Folgeprojekten zusammenarbeiten. Und alles dank Ihnen. Sie haben Tony Weston dazu gebracht, unser Drehbuch zu lesen. Sie haben unser Leben verändert!«

Vor lauter Trubel hatte Ellie nicht gehört, wie Zack die Treppe heruntergekommen war. Plötzlich tauchte er neben ihr auf. »Davon wusste ich ja gar nichts.«

»Ich auch nicht.« Ellie schüttelte den Kopf. »Ich hatte keine Ahnung, dass Tony auch nur einen Blick auf das Manuskript geworfen hat. Ich habe versucht, ihn zur Lektüre zu animieren, aber er meinte, er sei nicht interessiert, wenn es darin keine Rolle für ihn gebe. Es liegt immer noch bei mir zu Hause … ich glaube, im Zeitungsständer …« Ihre Stimme verlor sich beim Anblick von Kaye und Joe, die beide wie Honigkuchenpferde grinsten und die Köpfe schüttelten.

»Wie auch immer es zustande gekommen sein mag, es ist phantastisch«, sagte Zack. »Kommen Sie herein, und erzählen Sie uns alles.«

So erfuhr Ellie, dass das Drehbuch nicht länger sein Dasein zwischen diversen Hochglanzmagazinen fristete. Abwechselnd erzählten Joe und seine Frau, wie Tony es im Flugzeug gelesen und dann das Interesse seines Agenten Marvin geweckt hatte. Der wiederum konnte Stephen dafür begeistern, einen der führenden Drehbuchagenten der Künstleragentur. Stephen gelang es, mehrere Studios zu kontaktieren, die sich umgehend die Filmrechte sichern wollten. Fieberhafte Verhandlungen waren gefolgt.

»Es war einfach unglaublich«, rief Kay. »Sie haben uns einfliegen lassen. Erste Klasse! Es gab Champagner und kleine Slipper und alles!«

»Und dann haben wir an unzähligen Besprechungsterminen teilgenommen«, fuhr Joe fort. »Sie können sich nicht vorstellen, wie aufregend das war. Die Filmleute sprachen über mögliche

Budgets und A-Listen-Filmstars … sie sagten uns, das Drehbuch sei erstklassig …«

»Ich wusste doch, dass es brillant ist!«, platzte es aus Ellie heraus. »Ich wusste es!«

Joe strahlte mit seinen weißen Zähnen, die auf entzückende Weise schief standen. Er sah immer noch wie ein verlotterter Tennisspieler aus, der gerade ein Grand-Slam-Turnier gewonnen hat und sein Glück nicht fassen kann. Seine Augen blitzten, und er fuhr sich fahrig mit der Hand über die goldenen Bartstoppeln an seinem Kinn. »Das wussten wir auch. Jedenfalls ist der Vertrag jetzt unterschrieben. Wir schweben immer noch wie auf Wolken. Und nun wissen Sie, warum wir Sie unbedingt aufsuchen mussten.«

Ellie war überwältigt. »Das freut mich wirklich sehr.«

»Ellie?« Kayes Augen schwammen in Tränen des Glücks. »Wäre es in Ordnung, wenn ich Sie umarme?«

Ellie lachte und ließ sich begeistert in die Arme nehmen. Währenddessen schüttelte Joe Zacks Hand, dann ließ Kaye Ellie los und umarmte auch Zack. Es folgte ein etwas peinlicher Moment, in dem Ellie mit weit geöffneten Armen herumwirbelte, weil sie Joe umarmen wollte, der aber zu sehr damit beschäftigt war, Kaye anzuschauen. Egal, es war süß. Joe und Kaye waren so verknallt ineinander.

»Also gut«, sagte Kaye letztendlich. Sie tätschelte Joe. »Ich warte draußen.« Sie wandte sich an Ellie und fügte hinzu: »Joe möchte noch kurz mit Ihnen reden. Ist das in Ordnung?«

Joe wiederum sah Zack an. »Nur rasch ein paar Worte unter vier Augen, wenn es Ihnen nichts ausmacht. Es geht um Tony Weston … und ist privat …«

»Natürlich, kein Problem.« Zack öffnete die Bürotür und bedeutete Joes Frau, vor ihm hinauszugehen. »Ich bringe Kaye zur Tür.« Gleich darauf schloss sich die Bürotür hinter ihnen.

»Ich habe gelogen«, sagte Joe.

»Inwiefern?« Ellie befürchtete für einen Bruchteil einer Sekunde, er habe sich die Geschichte um den Verkauf des Drehbuchs nur ausgedacht. Kaye würde ihn umbringen und ausweiden, wenn sie das erfuhr.

»Es geht gar nicht um Tony Weston.«

»Nein?«

»Natürlich wollten wir uns bei Ihnen bedanken, aber es gibt noch einen anderen Grund, warum wir heute hier sind.« Er atmete aus. »Mit den Blumen wollte ich zum Ausdruck bringen, dass ich Sie für hinreißend halte. Ich schwärme seit unserer ersten Begegnung für Sie.«

Ellie traute ihren Ohren nicht. War das jetzt sein Ernst? *»Wie bitte?«*

»Wir wär's, hätten Sie Lust, mit mir auszugehen?« Joe schwieg kurz. »Sie wirken schockiert. So schlimm bin ich doch gar nicht, oder?«

Das konnte doch nicht sein Ernst sein? Ellie spürte, wie sie vor Zorn knallrot anlief. »Was ist mit Kaye?«

»Was soll mit ihr sein?«

»Sie sind verheiratet!«

»Ich bin nicht verheiratet! Mit wem sollte ich denn verheiratet sein? Mit *Kaye*?« Seine Augenbrauen verschwanden unter dem wuscheligen, blonden Pony über seiner Stirn. »O mein Gott, jetzt verstehe ich. Sie dachten … Aber Kaye ist meine *Schwester*!«

»Oh.«

»Oh.«

Tja.

»Hoppla«, sagte Ellie, »da habe ich wohl etwas falsch verstanden. Ich bin einfach davon ausgegangen. Sie haben denselben Nachnamen. Sie wirken verheiratet.«

Joe war milde entsetzt. »Wir wirken wie verheiratet?«

»Nun ja, Sie sehen sich doch auch überhaupt nicht ähnlich.«

Der Fehler war doch sicher nachvollziehbar. Joe hatte blonde Locken und grüne Augen; er war groß, schlank und schlaksig. Kaye war klein, dunkel und ordentlich. Sie trug außerdem einen Ehering. Zusammen waren sie die Kerrigans.

»Ich komme nach meiner Mutter, Kaye nach unserem Vater. Sie ist verheiratet. Keine Kinder. Wir schreiben zusammen, das ist alles. Ich bin durch und durch Single. Soll ich meine Frage also noch mal stellen?«

»Moment noch, lassen Sie mich das mal kurz verarbeiten.« Wenn man jemand in einem völlig neuen Licht sah, war eine gewisse Anpassungsphase erforderlich. Joe Kerrigan war nicht mit Kaye verheiratet. Er hatte sie gerade um ein Rendezvous gebeten. Er war ein gutaussehender Mann, aber nicht schön im herkömmlichen Sinn. Seine Nase zierte ein Höcker, aber er lächelte viel und oft, und sie fand seinen lässigen Geschmack in Kleidungsfragen sehr einnehmend. Im Grunde war er keiner dieser Männer, die einen einschüchterten.

»Nur, damit Sie es wissen«, sagte Joe, »ich werde allmählich nervös.«

»Ach ja?«

»O ja! Das Schlimmste ist, dass Kaye prognostiziert hat, Sie würden nein sagen. Ich hasse es, wenn ich falschliege und sie recht hat.«

»Wird sie dann unerträglich?«

Er schüttelte traurig den Kopf. »Kaye kann sehr hämisch werden. So gut, wie sie darin ist, könnte sie es zum Beruf machen. Jetzt versagen mir allerdings die Nerven. Können wir so tun, als sei das hier nie passiert? Ich kneife lieber, als dass ich abgewiesen werde.«

»Darf ich Ihnen eine Frage stellen?«

»Okaaay.«

»Woher wussten Sie, dass ich Single bin? Ich könnte ja auch mit jemandem zusammenleben«, sagte Ellie.

»Ich habe mit Tony Weston geredet. Daher weiß ich, dass Sie allein sind. Sie haben sich vor kurzem von jemandem getrennt, aber das hat Ihnen nicht das Herz gebrochen«, sagte Joe. »Das habe ich überprüft.«

Ellie entspannte sich. Er war lustig, keine Gefahr und ein netter Typ. Während sie Pro und Kontra abwog, fiel ihr nichts ein, was wirklich gegen ihn sprach. Je mehr sie darüber nachdachte, desto einladender schien ihr der Gedanke. Und desto attraktiver wurde Joe Kerrigan für sie. Der undefinierbare Funke, der sich zwischen ihr und Todd einfach nicht hatte einstellen wollen, schien hier nicht gänzlich zu fehlen. Als besonders positiv war zu vermerken, dass Joe nicht ihr Chef war. Und wenn es etwas gab, worin sie sich ganz sicher war, dann, dass sie rasch eine Gelegenheit brauchte, um über ihre peinliche Schwärmerei für Zack hinwegzukommen. Joe Kerrigan war perfekt für diesen Zweck.

»In Ordnung«, sagte Ellie.

Joe schaute misstrauisch. »Was ist in Ordnung? Dass ich kneife? Oder ist es in Ordnung, dass Sie mit mir ausgehen?«

»Letzteres.«

»Echt? Großartig!« Sein Gesicht strahlte auf. »Wann passt es Ihnen?«

»Jederzeit.« Kühn fügte Ellie hinzu: »Wie wäre es mit heute Abend?«

Er schüttelte bewundernd den Kopf. »Sie sind klasse! Ich weiß schon, warum ich Sie letztes Mal gut fand. Ha, jetzt kann *ich* mich hämisch brüsten. Warten Sie, bis ich das Kaye erzähle!«

Draußen im Flur unterhielten sich Zack und Kaye über Hunde. Als Joe und Ellie zu ihnen traten, sah Kaye sie an. »Und?«

Joe schaute stolz. »Sie hat ja gesagt.«

»Hat sie das?« Kaye strahlte Ellie an. »Ehrlich? Verdammt, ich war mir so sicher, Sie würden nein sagen!«

Ellie spürte Zacks Blick auf sich.

»Worum geht es hier eigentlich?«, wollte Zack wissen.

»Ich habe Ellie gebeten, mit mir auszugehen«, erläuterte Joe fröhlich. »Kaye dachte, ich hätte keine Chance. Ha! Wir gehen heute Abend aus.«

Zack sah aus, als habe ihn ein tödlicher Stromschlag erwischt. Ein Muskel zuckte in seiner Wange. »Oh.«

Ellie wurde klar, dass sie in ihrer Abgelenktheit Todd völlig vergessen hatte.

Kaye und Joe gingen. Zack verschwand in der Küche, um Kaffee aufzubrühen. Als er wenige Minuten später ins Büro kam, meinte er mit fester Stimme: »Darf ich fragen, was hier los ist?«

Ellie hörte auf zu tippen. Sie spürte, wie ein Schweißtropfen über ihren Nacken kullerte. Sie hatte ihn angelogen. Schlimmer noch, sie hatte gelogen, um nicht wie eine Idiotin dazustehen …

»Wollen Sie das Todd erzählen, oder wird das so eine heimliche Nummer? Nicht, dass es mich etwas anginge«, fuhr Zack fort. »Ich bin nur überrascht.«

»Hören Sie, Todd und ich sind kein Paar mehr. Es hat nicht funktioniert. Wir haben uns getrennt, aber wir sind immer noch Freunde. Tut mir leid, dass ich das nicht früher erwähnt habe.« Sie brauchte keinen Spiegel, um zu wissen, dass sie knallrot angelaufen war. »Ich wollte Sie nicht damit langweilen, indem ich mich über mein Privatleben auslasse.«

»Aha.«

Er war eindeutig verstimmt darüber, dass sie ihm nichts gesagt hatte. Womöglich fragte er sich gerade, ob er ihr überhaupt noch vertrauen konnte.

»Dann gehen Sie also heute Abend mit Joe Kerrigan aus?« Er runzelte die Stirn. »Kommt das nicht alles ein wenig plötzlich?«

Also gut, er ließ durchblicken, dass sie verzweifelt wirken könnte. Vielleicht war sie das auch, aber nicht aus den Gründen, an die er dachte. Ellie richtete sich auf. »Haben Sie noch nie beim ersten Kennenlernen eine sofortige Verbundenheit gespürt? Genau das ist heute geschehen. Ich mag Joe wirklich, und ich glaube, er mag mich auch. Wer weiß, vielleicht war es Schicksal, dass er mit dem Drehbuch hier gelandet ist.«

»Ich bin nur …«

»Nein«, unterbrach sie ihn, »lassen Sie mich ausreden. Ich gehe nicht einfach nur so mit ihm aus. Ich tue es, weil ich glaube, es könnte etwas Besonderes werden. Ich freue mich darauf«, betonte Ellie voller Begeisterung.

Zack ging nach oben, angeblich um vor dem Geschäftstermin morgen in Mailand noch an einigen Unterlagen zu arbeiten. In Wahrheit ging ihm nur ein einziges Wort durch den Kopf. Mist, Mist, Mist …

Wie hatte das geschehen können? Warum hatte Ellie ihm nicht gesagt, dass die Sache mit Todd vorbei war? Jetzt war es zu spät, weil irgendeine bescheuerte ›sofortige Verbundenheit‹ entflammt war, und er konnte absolut gar nichts daran ändern.

Mist.

41. Kapitel

Ellie presste die Hände ans Waschbecken, beugte sich vor und musterte ihr Spiegelbild. Das war es also. Sie wollte, dass es geschah, und es würde geschehen. Sie war fest entschlossen. Wer hätte das gedacht? In der Rückschau schien es unvorstellbar, dass sich ihr Leben innerhalb von sieben Tagen so drastisch geändert hatte. Es kam ihr so vor, als würde sie sich in einer Schneekugel befinden, die plötzlich hochgehoben und geschüttelt worden war.

Vor einer Woche um diese Zeit war sie eine dieser Privatsekretärinnen ohne einen Freund gewesen, die sich völlig naiv und hoffnungslos in ihren Chef verknallt hatten. Dann war Joe Kerrigan aufgetaucht, und alles hatte sich geändert. Beim ersten Date war er mit ihr in einem Boot auf der Themse gefahren, beim zweiten Date waren sie zum Inlineskaten im Hyde Park, das dritte Date war ein Picknick in Kensington Gardens gewesen und das vierte ein Ausflug zum London Eye. Es machte Spaß, mit Joe zusammen zu sein. Er war lustig. Ihre gemeinsame Zeit war herrlich, und als er sie küsste, genoss sie es, seinen Kuss zu erwidern. Die Chemie, die sie zwischen sich und Todd so schmerzlich vermisst hatte, gab es hier zuhauf. Die Aussicht, die Dinge weiterzutreiben, verursachte ihr weder Panik noch Unwohlsein. Nach neunzehn Monaten Winterschlaf war ihre Libido wieder zum Leben erwacht.

Jetzt war die Zeit gekommen, die nächste Phase in Angriff zu nehmen. Hier, an diesem Abend, in wenigen Minuten. Ellie inspizierte ihr Spiegelbild genau. Sah sie jetzt schon verändert aus? Waren ihre Pupillen größer als sonst? War das hier wirklich gut so?

Wenn sie in einen Spiegel schaute, sah sie oft Jamie hinter sich. Aber an diesem Abend war er nicht zu sehen, und ihr Verstand war zu beschäftigt, um ihn heraufzubeschwören. Wozu auch? Damit sie ihn fragen konnte, ob er damit einverstanden war? Nein, das war *ihre* Nacht. Es war nur fair, wenn Jamie wegblieb und sie allein damit klarkommen ließ. Immerhin war es emotional ein großer Schritt. Dennoch, ein kleiner Teil von ihr sorgte sich insgeheim, dass Jamie nun für immer verschwunden sein könnte.

Es klopfte leicht an die Tür. »Hallo?«, rief Joe von draußen. »Bist du noch da drin? Oder bist du aus dem Fenster gesprungen?«

Ellie lächelte und öffnete die Tür. »Ich bin noch da.«

Er schlang seine Arme um sie. »Nervös?«

»Ein bisschen.«

»Wir müssen gar nichts tun, wenn du nicht möchtest.«

»Ich möchte aber.«

»Das ist gut. Ich möchte nämlich auch.« Joe küsste ihre Nasenspitze, dann presste er seine Stirn an ihre. »Nur damit du es weißt, ich bin auch nervös.«

Vielleicht hätte sie ihm nicht sagen sollte, dass es für sie das erste Mal seit Jamie war. Natürlich setzte ihn das unter Druck. Kurz entschlossen führte Ellie ihn quer über den Flur zum Schlafzimmer. »Komm schon, lass es uns tun.«

Joe grinste. »Genau, dann ist es vom Tisch.«

Na also, er verstand es. Und hoffentlich würden sie es danach noch ein zweites Mal tun.

Es war ein herrlicher Morgen, sonnig und warm, über ihnen der wolkenlose Himmel. Die Art von Morgen, an dem man froh war, am Leben zu sein. Zack, der mit Elmo Gassi ging, war aber über gar nichts froh. Die letzte Woche gehörte eindeutig zu den miesesten Wochen seines ganzen Lebens. Zwischen seinem Kurztrip nach Mailand und einem weiteren Flug nach Dundee war er gezwungen gewesen, dabei zuzuschauen, wie Ellie sich in einen anderen Mann verliebte. Oder ihn zumindest begehrte.

Es war eine entsetzliche Erfahrung. In ihren Augen lag ein neues Funkeln, sie schien ständig zu lächeln, und es umgab sie eine Aura, die definitiv zuvor nicht da gewesen war. Es sprudelte aus ihr heraus wie ein außer Kontrolle geratenes Alka-Seltzer.

Ferner war Ellie nicht in der Lage, ihr neugefundenes Glück für sich zu behalten. Ständig erwähnte sie Joe. Als Zack von seinem Rückflug aus Mailand erzählt hatte, platzte sie mit einer lustigen Geschichte über Joes Rückflug aus Los Angeles heraus. Als er ihr einen Kaffee brachte, gab sie eine Anekdote zum Besten, bei der es um Joe und Kaffee ging. Als er sich erkundigt hatte, ob sie *Dragon's Den* gesehen hatte, konterte Ellie: »Nein, wir sind ausgegangen. Joe hat mich in eine Salsa Bar ausgeführt. Es war großartig.«

Als ob ihn das auch nur im Geringsten interessierte. Jedes neue Detail schmerzte ihn wie Zitronensaft in einer offenen Wunde, aber Ellie konnte einfach nicht an sich halten. Sie bombardierte ihn mit Geschichten über Joe Kerrigan, und er musste zuhören und nicken und lächeln.

Elmo tanzte am anderen Ende der Leine und schnüffelte an einer Schokoladenverpackung auf dem Gehweg. Zack zog ihn fort und sah auf seine Armbanduhr. Halb acht. Eigentlich führte der Weg von Primrose Hill zur Ancram Street nicht durch die Nevis Street. Aber an diesem Tag verspürte er rein zufällig Lust, in diese Richtung zu gehen. Merkwürdigerweise hatte er diese Lust auch schon gestern und am Tag zuvor verspürt. Tja, etwas mehr Bewegung schadete ja nie, oder?

Aber so, wie der Lauscher an der Wand seine eigene Schand' hörte, sah Zack keine zwei Minuten später genau das, was er nicht hatte sehen wollen. Er und Elmo standen am oberen Ende der Straße und beobachteten, wie Ellies Haustür sich öffnete und Joe Kerrigan heraustrat. Und er sah aus, als hätte er in dieser Nacht Sex gehabt!

Zacks Kiefer verspannte sich. Er hatte das Gefühl, einen Schlag in die Magengrube bekommen zu haben. War es ein Wunder, dass Joes Haare verstrubbelt waren? Er verließ Ellies Haus um acht Uhr dreißig morgens. Natürlich hatten sie Sex gehabt!

Dann drehte Joe sich auch noch um und rief breit grinsend: »Wir sehen uns später.«

Das Fenster wurde aufgerissen, und Zack sah Ellie: »Wie bitte?«

»Ich sagte, wir sehen uns später.« Joe grinste wie ein Honigkuchenpferd und warf ihr eine Kusshand zu. »Ich vermisse dich jetzt schon.«

Also schön, er hatte genug gehört. Zack verschwand aus dem Blickfeld, bevor Joe sich umdrehte und ihn erkannte. Zurück nach Hause. Das geschah ihm recht. Warum war er auch diesen Weg gegangen …

Ellie traf um Punkt neun Uhr im Büro ein. Ihre Haare waren noch feucht von der Dusche. Sie trug ein blassrosa Etuikleid, silberne Sandalen und ein schmales, silbernes Armband, das Zack noch nie zuvor gesehen hatte.

»Wie hübsch.« Er schrieb einen neuen Termin in seinen Kalender, während er mit dem Kopf zu dem Armband deutete.

»Das? Danke! Es ist ein Geschenk von Joe.«

Ein weiterer Tiefschlag. Na toll. Laut sagte Zack: »Wie nett.«

»Ist es nicht zauberhaft?« Ellie drehte ihr Handgelenk, damit sich das Licht im Armband fing. »Er hat es mir gestern Abend geschenkt. Ich liebe es!«

O Joe, verrecke.

»Sehr schön. Tja, ich muss am Dienstag in Monte Carlo sein. Buchen Sie mir bitte einen Flug nach Nizza. Der Termin ist für zwölf Uhr angesetzt.«

»Kein Problem, mache ich sofort.« Ihre Augen strahlten. Sie mochte in der vergangenen Nacht nicht viel Schlaf abbekommen haben, aber ihr Motor lief mit Adrenalin. »Überlassen Sie das mir.«

Am frühen Nachmittag holte sie allerdings der Schlafmangel ein. Zweimal, während er im Büro war, ertappte er Ellie beim Gähnen. Dreimal zirpte ihr Handy zum Zeichen einer eingegangenen Textnachricht, und jedes Mal unterbrach sie ihre Arbeit, um die SMS zu lesen und ihre Antwort zu tippen. Der Tropfen, der das Fass zum Überlaufen brachte, war, als Zack vergeblich eine Nummer anzurufen versuchte, die sie falsch notiert hatte.

»Hören Sie, es tut mir leid, aber Sie müssen sich besser auf Ihre Arbeit konzentrieren.« Als er ins Büro marschierte, tippte sie schon wieder eine Textnachricht in ihr Handy. »Ich habe versucht, diesen wichtigen Anruf zu tätigen, doch die Nummer stimmt nicht.« Er warf den Zettel auf den Schreibtisch, und sein Zorn nahm noch zu, weil Ellie erst ihre SMS zu Ende tippte und dann abschickte, bevor sie den Zettel zur Hand nahm und sich die Nummer ansah.

»Also gut, lassen Sie es mich versuchen. Das ist definitiv die Nummer, die man mir gegeben hat.« Sie streckte ihre Hand nach seinem Handy aus und leierte die Zahlen herunter. »Null-zwei-sechs-sieben-drei …«

»Nein, Sie haben 02073 geschrieben.«

»Das ist eine Sechs«, stellte Ellie klar.

Zack war demonstrativ sauer. »Es sieht wie eine Null aus.«

»Es mag vielleicht wie eine Ihrer Nullen aussehen«, konterte sie, »weil Sie Ihre Nullen oben immer offen lassen, aber ich schließe meine. Die hier ist nicht geschlossen, weil es keine Null ist. Es ist eine Sechs.«

Ungerechterweise ähnelte die Zahl tatsächlich zunehmend einer Sechs. Zack nahm sein Handy wieder an sich. Er war nicht bereit, seine Niederlage einzugestehen. »Sie gähnen außerdem schon den ganzen Tag.«

»Ich mag ein- oder zweimal gegähnt haben«, verteidigte sich Ellie, »aber das hält mich nicht von der Arbeit ab.«

»Das vielleicht nicht, aber die Textnachrichten sehr wohl. Ich muss schon sagen, es ist nicht gerade sehr professionell, alle paar Minuten Ihre Arbeit zu unterbrechen, um eine neue SMS von Ihrem Freund zu beantworten.«

»He, Moment mal, sind Sie jetzt sauer auf mich, weil *ich* eine Telefonnummer korrekt notiert habe, die *Sie* dann falsch abgelesen haben?« Ellies Augen blitzten. »Ich habe vielleicht zweimal gegähnt, aber nur, weil ich so viel zu tun hatte, dass nicht einmal Zeit blieb, mir eine Tasse Kaffee zu machen.«

»Vergessen Sie die Textnachrichten nicht«, sagte Zack.

»Halt, halt. Jetzt schauen Sie erst mal.« Sie griff nach seinem Handgelenk und knallte ihm ihr Handy in die nach oben gedrehte Handfläche. »Sehen Sie sich das gut an. Lesen Sie alle Textnachrichten, die ich heute geschrieben habe. Los, lesen Sie sie.«

»Nein.«

»Doch.«

»Ich will Ihre Textnachrichten nicht lesen.«

»Es ist mir egal, ob Sie das wollen oder nicht.« Ellie atmete heftig. Ihre Brust hob und senkte sich, als sie ihr Handy wieder an sich nahm und ein paar Tasten betätigte, bevor sie es ihm wieder in die Hand drückte. »Sie werden das jetzt lesen!«

Zack war gezwungen, jede einzelne SMS zu lesen. Keine davon ging an Joe Kerrigan. Stattdessen hatte Ellie mit den Privatsekretärinnen von zwei der anderen Geschäftsmänner kommuniziert, die ebenfalls an dem Termin in Monte Carlo teilnahmen. Dank ihrer Verhandlungen mussten sie die Strecke vom Flughafen Nizza nach Monte Carlo nicht mit dem Auto zurücklegen, sondern wurden mit einem Hubschrauber eingeflogen.

»O Gott, es tut mir leid.« Zack gab ihr das Handy zurück.

»Gut.«

»Ich meine, es tut mir *wirklich* leid.«

»Ist schon gut. Sie sind heute schon den ganzen Tag so gereizt. Sehr merkwürdig.«

»Ich weiß.«

Ellie sah ihn an. »Stimmt etwas nicht?«

Was sollte er darauf antworten? Ja, etwas stimmt nicht, und Sie sind schuld.

»Nein, alles gut.« Zack schüttelte den Kopf. »Ich hätte nicht so ausrasten dürfen. Das ist sonst gar nicht meine Art.«

»Das weiß ich doch. Jedenfalls, danke.«

»Dafür, dass ich mich entschuldigt habe? Das war doch das Mindeste, was ich tun konnte.«

»Nicht für die Entschuldigung«, sagte Ellie. »Für den Streit. Mein erster, richtiger Streit seit langer Zeit.«

»Oh.« Zack entspannte sich. »Hat es Ihnen gefallen?«

»Sehr sogar. Vor allem der Moment, als ich gewonnen habe. Eigentlich …«

»Eigentlich was?«

Ellie musterte ihn nachdenklich. »Ist das alles Teil eines Plans? Sie wussten, dass ich mich unbedingt einmal streiten wollte. Haben Sie diesen Streit absichtlich vom Zaun gebrochen?« Langsam breitete sich ein Lächeln über Ellies Gesicht aus. »O Gott, ich habe recht, nicht wahr? Sie haben das *absichtlich* gemacht!«

Kurz ging Zack die Alternativen durch. Was für eine verflixte moralische Zwickmühle. Verdammte Moral.

»Also«, fing er schließlich an, »ich würde jetzt zu gern sagen, dass Sie damit recht haben, aber ich fürchte, dem ist nicht so. Ich habe mich einfach wie ein schlechtgelaunter alter Sack benommen.«

Ellies Lächeln wurde noch breiter. »Das sagen Sie so, aber ich glaube Ihnen nicht.«

Zack konnte nichts darauf erwidern. Alles, was er jetzt wollte, war, sie zu küssen. Aber das durfte er auch nicht.

42. Kapitel

Die Ironie der Situation entging Roo nicht. Hier war sie nun, lag auf einer Behandlungsliege und gestattete der Ehefrau ihres Exgeliebten, ihr weh zu tun. Sie hätte auch noch größere Schmerzen ertragen, aber Yasmin war Profi. Zügig und geschickt hantierte sie mit den verzwirbelten Fäden, riss winzige Härchen heraus und hinterließ perfekt geformte Augenbrauen. Also, *hoffentlich* tat sie das.

»Und?«, erkundigte sich Yasmin fröhlich, »wie läuft es so bei Ihnen?«

»Gar nicht so schlecht.« Zwischen dem rasiermesserscharfen *Zing, Zing Zing*, wenn wieder ein Haar herausgezwirbelt wurde, brachte Roo sie auf den neusten Stand bezüglich ihrer Arbeit im

Secondhandladen. Am Vortag hatte ein Mann ein Bild gespendet, welches ein Porträt einer selten hässlichen Frau zeigte. An diesem Tag nun war er zurückgekommen und hatte erklärt, es handele sich um ein Bild seiner verstorbenen Frau, und er vermisse es zu sehr. Seine Erleichterung, als er erfuhr, dass es noch nicht verkauft war, hatte alle im Laden zutiefst gerührt. Als sie ihm das schauderhafte Gemälde überreichten, weinte er vor Freude.

»Und wie steht es bei Ihnen?« Roo wechselte das Thema.

»Ich? Och, ich lasse mich scheiden.«

»Wie bitte?« Roo, die die Augen geschlossen hatte, riss sie auf. »Sie lassen sich scheiden? Von Ihrem … Mann?«

»So läuft das für gewöhnlich.«

»Aber … warum?« Klang sie jetzt zu geschockt? O Gott, das war furchtbar, aber sie musste einfach nachfragen.

»Nichts Originelles leider. Das Übliche. Ich fand heraus, dass er eine Affäre hat.« Yasmin hörte mit dem Augenbrauenentfernen auf, ließ die Rückenlehne des Behandlungsstuhls nach oben fahren und reichte Roo einen Handspiegel. »Hier bitte. Wie gefällt es Ihnen?«

Roo betrachtete ihr Spiegelbild. Sie sah eine selbstsüchtige, ehebrecherische Schlampe mit umwerfenden Augenbrauen.

»Sind die Augenbrauen so in Ordnung, oder möchten Sie sie schmaler?«, fragte Yasmin.

»Sie sind genau richtig.« Roo konnte sich kaum in die Augen schauen. Sie senkte den Spiegel.

»Die Haut ist noch ein wenig rot. Ich werde Aloe Vera-Gel zur Kühlung auftragen. Legen Sie sich wieder zurück, und entspannen Sie sich.«

Als das Gel aufgetragen war, fragte Roo: »Wer war es?«

»Wer war was?«

»Die andere Frau.«

»Ach, eine ehemalige Kollegin. Sie arbeitet mittlerweile als Vertreterin bei einer anderen Firma.«

»Wie furchtbar.« Sie musste aufpassen, dass ihr nicht der Name Vivica herausrutschte. Roo presste die Lippen zusammen.

»Ja, es ist furchtbar, aber es geht mir gut. Meine Güte, wie lieb von Ihnen, dass Sie so mitfühlend schauen.« Yasmin drückte ihr dankbar die Schulter. »Aber Sie sind hier, um sich verwöhnen zu lassen, nicht um sich mein Genöle über meinen Ehemann anzuhören.«

»Sie nölen nicht.« Roo musste es unbedingt in Erfahrung bringen. »Was ist geschehen? Wie haben Sie es herausgefunden?«

»Voll das Klischee. Ich kam unerwartet früh nach Hause und habe sie in flagranti ertappt.«

O Gott, das hätte ich sein können. Nein, hätte sie nicht, weil sie ihn nie zu Hause besucht hatte, aber dennoch presste Roo entsetzt die Hand vor den Mund. Das Schlucken fiel ihr schwer. »Und dann?«

»Was folgte, war wirklich filmreif.« Yasmin bekam Grübchen. »Ich habe eine Dose extrastarkes Haarspray nach ihm geworfen. Normalerweise treffe ich nie, meine Freundinnen machen sich beim Darts immer über mich lustig, wenn ich nicht mal die Scheibe treffe. Aber ich erwischte ihn an der Stirn. Es war einer dieser unvergesslichen Momente, die man aufzeichnen müsste. Ich hätte den Clip zu gern auf YouTube eingestellt.«

Yasmin schien das Ganze unglaublich locker wegzustecken. Nahezu besser als Roo, deren Herz galoppierte.

»Und dann haben Sie ihn aus dem Haus geworfen?«

»Nein, ich wollte dort nicht länger bleiben. Ben und ich sind zu meiner Mutter gezogen.« Yasmins Grübchen wurden tiefer. »Es ist herrlich.«

»Die Affäre scheint Ihnen nicht allzu nahezugehen.«

»Soll ich ehrlich sein? Tut es auch nicht. Mit Niall verheiratet zu sein war ohnehin so, als wäre ich alleinerziehende Mutter. Er hat nie einen Finger gerührt. Er ist total selbstsüchtig. Am

Schluss musste ich alles allein erledigen. Ich vertraue Ihnen ein Geheimnis an.« Yasmin senkte ihre Stimme, als eine andere Kundin auf dem Weg zu den Bräunungsliegen an ihnen vorbeikam. »Ich bin mir ziemlich sicher, das war nicht seine erste Geliebte. Ich glaube, er hatte zuvor schon andere Affären.«

Eine entsetzliche Sekunde lang spürte Roo, wie ihr die Tränen in die Augen stiegen. Hör auf, hör auf, wage es ja nicht, jetzt zu heulen … Mental befahl sie ihren Tränendrüsen, sich zu schließen.

»Das glauben Sie?«

»O ja. Ist aber auch egal. Ich bin selbst schuld. Niall hatte nie die Anlagen zu einem guten Ehemann. Ich habe mir immer nur eingeredet, zwischen uns wäre alles in Ordnung.« Geistesabwesend gab Yasmin noch etwas mehr Aloe-Vera-Gel auf Roos Augenbrauen. »Meine Freundinnen haben mich immer gewarnt, aber ich wollte ja nicht hören. Ich war mir sicher, dass ich ihn ändern könnte. Meine Liebe stärker ist. Aber das war es nicht. Er wollte sich auch gar nicht ändern, wo er doch alles gleichzeitig haben konnte – mich und alle anderen.«

Roo schluckte. Sie war eine von den anderen gewesen.

»Und? Trifft er sich noch mit dieser Frau?«, fragte sie kühn. »Mit dieser ehemaligen Arbeitskollegin?«

»Keine Ahnung. Er sagt nein. Aber das ist typisch für Niall – er sagt viel, wenn der Tag lang ist. Ich höre schon gar nicht mehr zu. Na also, die Rötungen sind verschwunden. Wollen Sie sich aufsetzen?«

Roo richtete sich auf. Gab sich Yasmin nur so tapfer, oder machte ihr die Scheidung tatsächlich nichts aus?

»Darf ich Sie etwas fragen?«, sagte Yasmin.

Der Boden schwankte. O Gott, was kommt jetzt? »Nur zu.«

»Als Sie das erste Mal hier in den Salon kamen, hatten Sie sehr viel Make-up aufgelegt. Aber seither sind Sie überhaupt nicht mehr geschminkt. Das soll keine Kritik sein«, warf Yasmin hastig ein, »aber ich frage mich, warum Sie aufgehört haben, sich zurechtzumachen?«

Die Frage war weniger schlimm als befürchtet. Wenigstens konnte sie ehrlich sein. »Ich brauchte eine Veränderung. Ich musste ein anderer Mensch werden.« Roo stand auf, folgte Yasmin zur Kasse und zog ihren Geldbeutel heraus. »Es hat mir nicht mehr gefallen, wer ich war. Das Make-up war mein Panzer. Ich habe ein Vermögen für Lidschatten und Wimperntusche ausgegeben … es war verrückt. Also beschloss ich, all das hinter mir zu lassen und einfach nur noch ich zu sein.«

»Toll, das freut mich für Sie. Huch, danke!« Yasmins Augen wurden groß, als Roo ihr das Geld für das Augenbrauenzupfen zusammen mit zwanzig Pfund Trinkgeld gab. »Sind Sie sicher?«

Es war schlicht und ergreifend ihr schlechtes Gewissen. Das Trinkgeld ließ Roo sich besser fühlen. Es war einer der Hauptgründe, warum sie überhaupt in den Salon kam. Und sie musste noch sehr viel mehr Sühne tun.

»Absolut«, sagte Roo.

Zack war in Monte Carlo. Ellie hatte soeben eine SMS von ihm erhalten.

Der Hubschrauber ist grandios. Ich will nie wieder anders reisen. Danke, dass Sie daran gedacht haben! Im Büro alles in Ordnung? Z.

Ellie lächelte in sich hinein. Sie sah ihn vor ihrem inneren Auge, wie er im Helikopter saß und über Monte Carlo kreiste, wie er aufgeregt wie ein kleiner Junge auf die mehrere Millionen teuren Yachten schaute, die im aquamarinblauen Wasser des Hafenbeckens dümpelten.

Ellie schrieb zurück:

Habe die Firma verkauft und bin mit dem Erlös nach Barbados durchgebrannt. Viel Spaß!

Sie drückte auf *Senden*, dann schrieb sie eine zweite *SMS*:

Okay, vielleicht habe ich die Firma doch nicht verkauft. Wusste, dass Sie den Helikopter lieben würden! Danken Sie mir nicht, so was hat eine erstklassige Privatsekretärin einfach drauf. Hier ist alles in Ordnung. Viel Spaß!

Noch während sie auf *Senden* drückte, hörte sie, wie im Flur die Post durch den Briefschlitz geworfen wurde. Ellie sammelte sie ein. Die geschäftlichen Sachen arbeitete sie nach dem Öffnen nacheinander ab. Alles, was nach Privatpost aussah, legte sie für Zack auf einen Stapel. Aber zwischen den Briefen fand sich auch an diesem Tag eine Postkarte. Auf der Bildseite sah man boxende Kängurus. Ein weibliches Känguru mit Lippenstift und Schürze hob die Beine wie im Siegestaumel. Das männliche Känguru trug einen Tropenhelm und umklammerte eine Bierdose. Es lag auf dem Rücken.

Auf der Rückseite der Karte stand eine Nachricht gekritzelt:

Hallo Zack, ich komme nach Hause! Habe mein Handy verloren, darum habe ich Deine Nummer nicht mehr. Ruf mich nach dem 29. August bei meiner Mutter an. Habe Dich schrecklich vermisst und kann es kaum erwarten, Dich wiederzusehen. Alles Liebe und tausend Küsse, Meg

Meg. Gemischte Gefühle, mit denen sie nur allzu vertraut war, tauchten wieder auf. Zack hatte Meg ein paarmal erwähnt, als sie über frühere Beziehungen gesprochen hatten. Während er seine Firma aufgebaut hatte, war es zu einer Liebesbeziehung mit jener Meg gekommen, die als Journalistin für ein Hochglanzmagazin arbeitete. Doch dann war Meg von einer Freundin überredet worden, mit ihr einmal um die Welt zu reisen. Und das war es dann gewesen.

Als Zack das Ellie erzählte, fragte sie: »Vermissen Sie sie?«

Er hatte gesagt: »Ja, anfangs habe ich das.«

»Wie hätte eure Zukunft ausgesehen, wenn sie geblieben wäre?«

Zack hatte mit den Schultern gezuckt. »Wer weiß.«

Ellie starrte die Postkarte an und fragte sich, was jetzt passieren würde, wo seine ehemalige Freundin auf dem Weg nach Hause war. Wie war sie? Hatte sie sich während ihrer Abwesenheit verändert? Hatte sie ihn verdient?

Würde Zack beiläufig sagen: »Ach übrigens, Sie müssen Ihr Wochenende nicht opfern, um mich zur Hochzeit meiner Schwester zu begleiten. Ich gehe jetzt mit Meg.«

Allein diese Vorstellung weckte in Ellie den Wunsch, sich die Finger in die Ohren zu stecken und »La-la-la ich kann Sie nicht hören!« zu trällern. Ihr wurde übel vor Enttäuschung, weil – Joe hin oder her – eine Reise nach Cornwall mit Zack etwas war, worauf sie sich mehr freute, als sie jemals zugegeben hätte. Nicht mal Jamie gegenüber.

Rrrrinnnngggg. Froh über die Ablenkung, warf Ellie die Postkarte in Richtung von Zacks Posteingangskorb. Sie kreiselte durch die Luft, schlitterte über die Umschläge, die bereits im Korb lagen und rutschte dann hinter den Heizungskörper.

Hatte das geschehen *sollen*? Die Versuchung, die Postkarte dort einfach liegenzulassen, so zu tun, als sei sie verschwunden, war groß. Was, wenn das Schicksal ihr damit sagen wollte, dass Zack und Meg nicht wieder zusammenkommen sollten?

Also gut, es hatte an der Haustür geklingelt. Ellie öffnete sie und stand einer plumpen Frau Ende fünfzig gegenüber. Sie hatte blassblaue Augen, buschige Augenbrauen, die an Raupen erinnerten, und trug eine pfirsichfarbene Polyesterbluse zu einem türkisfarbenen Faltenrock. Man durfte wohl mit Sicherheit davon ausgehen, dass es sich bei ihr nicht um eine von Zacks Exfreundinnen handelte. Zumindest hoffte Ellie das nicht.

43. Kapitel

»Hallo, meine Liebe, ist Zack zu Hause?«

»Tut mir leid, er ist unterwegs. Vielleicht kann ich Ihnen weiterhelfen?«

»Ach, das hoffe ich aber sehr! Ich bin Christine, seine ehemalige Privatsekretärin.«

Ellie hatte schon alles von ihr gehört. Zack hatte ihr den Spitznamen Kunstfaser-Christine gegeben, weil ihre Röcke unweigerlich mit dem Nylon in ihren Strümpfen reagierten, und wann immer Sie sich bewegte, knisterte es elektrisch. Ihr die Hand zu geben, hatte Zack mit ernster Miene versichert, sei definitiv ein Gesundheitsrisiko. Der arme Elmo hatte sich deswegen nie ins Büro getraut.

»Kommen Sie doch herein. Ich bin Ellie. Wie schön, Sie kennenzulernen«, sagte Ellie. Zumindest schien es schön, wenn sie nicht hier war, um ihren alten Job zurückzuverlangen.

»Ah, da ist er ja. Sie haben ihn noch. Gott sei Dank!« Christine zeigte auf die größte Pflanze auf dem Fenstersims, eine launische Kreatur mit leuchtend orangeroten Blüten und glänzenden, herzförmigen Blättern. In letzter Zeit hatte sie leider häufig so gewirkt, als drohe sie zu sterben.

»Die Pflanze dort?« Ellie ging darauf zu. »Die gehört Ihnen?«

»Nicht die Pflanze, der Topf, in dem sie steckt. Meine herrische Schwester hat ihn mir zu Weihnachten geschenkt«, erklärte Christine. »Sie haben ja keine Ahnung, wie meine Schwester sein kann. Jedenfalls kommt sie morgen für ein paar Tage zu Besuch nach London. Heute Morgen sagte sie am Telefon: ›Und ich hoffe, du hältst auch den entzückenden Topf in Ehren, den ich dir geschenkt habe.‹ Tja, ich sagen Ihnen, mir wäre fast das Herz aus der Brust gesprungen.« Christine presste ihre Wurstfinger aneinander. »Ein paar Sekunden lang konnte ich mich beim besten Willen nicht daran erinnern, was ich mit dem Ding gemacht habe. Dann fiel es mir wieder ein, dass ich ihn hiergelassen hatte. Hören Sie, ich weiß, es ist unverschämt, aber glauben Sie, es würde Zack etwas ausmachen, wenn ich den Topf mit nach Hause nehme?«

Ellie gelang es, Christine zu versichern, dass es Zack bestimmt nichts ausmachen würde, ohne dabei eine Miene zu verziehen. Erleichtert ging Christine danach in den Plaudermodus über und erkundigte sich, wie Ellie die Arbeit für Zack gefiel. Dann wollte sie wissen, wie es ihrem früheren Chef ging und ob er noch mit Louisa zusammen war. Und ehe Ellie sich versah, hatte Christine ihnen einen Tee gebraut und machte es sich für ein Plauderstündchen gemütlich. Tja, was war schon dabei, sie versank nicht gerade in Arbeit und konnte zehn Minuten erübrigen.

Christine freute sich dankenswerterweise sehr, dass die Beziehung zu Louisa zu Ende war. Sie beugte sich auf ihrem Stuhl vor und vertraute Ellie an: »Ich hatte immer das Gefühl, dass sie auf mich herabsah. Einmal hatte ich selbstgebackene Butterkekse dabei und bot ihr einen an. Meine Güte, man mochte meinen, ich hätte ihr ein lebendes Neugeborenes zum Verzehr offeriert!«

Ellie erwärmte sich zusehends für Christine. »Mir gegenüber war sie auch zickig. Sie hat mich beschuldigt, ich hätte es auf Zack abgesehen.«

Christines helle Augen blitzten. »Und? Haben Sie?«

»Nein!«

»Wissen Sie, ich würde Ihnen da keinen Vorwurf machen. Er hat was, nicht wahr? Wenn ich 25 Jahre jünger wäre, hätte ich mich vielleicht auch an ihn herangemacht.«

Ach herrje. Vielleicht hatte es nicht nur an ihrer Vorliebe für Kunstfaserstoffe gelegen, dass so viele Funken geflogen waren.

»Und wie geht es Ihnen?« Ellie wechselte das Thema, weil ihr auffiel, wie fröhlich Christine schien. »Zack hat mir erzählt, dass es Ihrem Ehemann nicht besonders gutgeht. Es muss jetzt viel einfacher für Sie sein, wo Sie nicht mehr arbeiten.«

»Nun ja, eigentlich arbeite ich noch.« Das elektrische Knistern war deutlich zu hören, als Christine auf ihrem Stuhl hin und her rutschte und den Unterteller auf ihrem Schoß abstellte. »Es hat sich ganz zufällig ergeben. Wissen Sie, die Pflegeeinrichtung, in der ich Eric ursprünglich tagsüber untergebracht hatte, kam mit ihm nicht länger zurecht. Ich liebe meinen armen Ehemann wirklich sehr, aber ihn rund um die Uhr zu Hause zu pflegen, ging einfach nicht. Ich sage Ihnen ganz ehrlich, das macht einen einsam. Jedenfalls habe ich mich umgesehen und eine Pflegeeinrichtung ganz in unserer Nähe entdeckt. Zufälligerweise suchten sie dort grade eine Teilzeitkraft zur Aushilfe. Ich unterhielt mich mit der Leiterin der Einrichtung, und wir konnten uns einigen. Jetzt arbeite ich dort drei Tage die Woche, und Eric begleitet mich. Manchmal bleibt er auch über Nacht dort, dann kann ich abends ausgehen oder mich einfach ausruhen und ungestört durchschlafen. Alles in allem funktioniert das wirklich gut.« Christine lächelte tapfer. »Es ist nett, andere Menschen kennenzulernen, die unser Schicksal teilen. Eric gefällt es auch. Nur weil er sein Erinnerungsvermögen verliert, heißt das ja noch lange nicht, dass er netter Gesellschaft abgeneigt ist. Es ist eine gute Einrichtung. *Stanshawe House*. Das Personal ist großartig, und alle sind so verständnisvoll. Niemandem macht es etwas aus, wenn Eric ein Schachspiel beginnt und nach der Hälfte einfach davonwandert.«

Stanshawe House, *Stanshawe House*, warum läutete da bei ihr etwas? Ellie brauchte ein paar Sekunden, bis es ihr einfiel. Sollte sie es erwähnen? »Ich glaube, ein Freund von mir kennt jemanden, der dort untergebracht ist.« Einen Augenblick lang konnte

Ellie sich nicht an den Nachnamen erinnern. Sie musste vor ihrem inneren Auge erst das Gemälde heraufbeschwören, das bei ihr in der Wohnung über dem Kamin hing. Sie konzentrierte sich auf die Signatur in der unteren rechten Ecke: Martha Daines, genau.

Christine nahm einen Schluck Tee. »Wen denn?«

»Mr. Daines.«

»Henry? Ach herrje, das tut mir aber leid. Hat Ihr Freund es Ihnen denn nicht gesagt? Henry ist vor ein paar Wochen gestorben.«

Ellie schreckte zurück. »Oh, das wusste ich nicht. Das ist … traurig. Was ist passiert?«

Christine zuckte mit den Schultern. »Der Gute, er hatte eine so sanfte Seele. Ist einfach eingeschlafen und nicht wieder aufgewacht. Nicht die schlechteste Art zu gehen. Er musste nicht leiden. Glauben Sie, Ihr Freund weiß, dass Henry tot ist?«

Ellie schüttelte den Kopf. Tony hatte erst am Abend zuvor angerufen. Er hätte es doch erwähnt. »Ich glaube nicht, dass er es weiß.«

»O du liebe Güte, ich hoffe, ich habe jetzt nichts Unpassendes gesagt.« Christine wirkte besorgt. »Vielleicht sollte er mit den Angehörigen sprechen … mit Henrys Frau …«

»Martha?« Ellie wollte auf Nummer Sicher gehen, dass sie beide wirklich über denselben Mann sprachen.

»Ja, Martha. Die Arme, es hat sie schwer getroffen.«

»Das muss eine schlimme Zeit für sie sein.« Ellie nickte zustimmend. »Ich werde meinem Bekannten auf jeden Fall Bescheid geben.« Sie unterhielten sich noch eine Weile über Zack, dann trug Ellie den Übertopf mitsamt Pflanze zu Christines kleinem Auto.

»Leben Sie wohl, meine Liebe. Vielen Dank für den Topf. Ich bin froh, dass Sie sich so gut eingewöhnt haben. Grüßen Sie Zack von mir.« Mit einem plötzlichen Funkeln in den Augen sagte Christine: »Wenn Sie mögen, dürfen Sie ihm einen Kuss von mir geben.«

Es war pure Ironie, dass Zack Christine eingestellt hatte, um auf Nummer Sicher zu gehen, wo sie die ganze Zeit für ihn geschwärmt hatte. Daraus lernte man wieder einmal, dass auch hinter einem unscheinbaren Äußeren eine kokette Seele schlummern konnte.

Als Ellie wieder im Haus war, lehnte sie sich gegen die Bürotür und schaute zum Heizkörper. Es vergingen einige Sekunden. Nein, das ging nicht, sie brachte es nicht fertig. So ein Mensch war sie einfach nicht. Verdammt.

Mit der Fliegenklatsche fummelte sie so lange hinter dem Heizkörper herum, bis die Postkarte aus Australien hervorglitt. Auf Händen und Knien zog Ellie sie unter dem Schreibtisch hervor. Dann legte sie sie in Zacks Posteingangskorb.

Ein Holzsplitter von einer der Eichendielen hatte sich in Kniehöhe in ihre Strumpfhose gebohrt, die sie an diesem Morgen erst ganz neu angezogen hatte. Eine Laufmasche bahnte sich ihren Weg. Na toll. Das war nun der Lohn für ihre gute Tat.

44. Kapitel

Ehrlich, da versuchte man sein Bestes, und dann ging alles ganz furchtbar schief. Ellie gab dem Alkohol die Schuld. Genauer gesagt, dem Mangel an Alkohol. Als sie Roo zum Abendessen einlud, hatte der Plan vorgesehen, Roo klarzumachen, dass der Zeitpunkt gekommen war, endlich ihren Widerstand aufzugeben. Ellie hatte zwei Flaschen Barolo eingeplant, um ihre Argumente zu untermauern. Und wenn es dann an der Tür klingelte und Todd wie abgesprochen erschien, würden – bildlich gesprochen – die Violinen einsetzen. Ellie war sich so sicher gewesen, dass sich in den kommenden Jahren alle wohlig an diesen Abend erinnern würden, an dem sie die beiden davon überzeugt hatte, dass sie zusammengehörten. Außerdem konnte Ellie dann Brautjungfer werden.

Doch im wirklichen Leben, gänzlich ohne Alkohol, war Roo ablehnend und ernst und Todd am Ende seiner Weisheit.

»Ich gehe.« Roo stellte ihr Wasserglas ab.

»Nein.« Todd, der noch in der Tür stand, schüttelte den Kopf. »Ich gehe.«

»Könnt ihr nicht beide bleiben?« Fühlte es sich so an, wenn man Paartherapeut war? Frustriert sagte Ellie: »Können wir nicht alle zusammen einfach einen netten Abend verbringen?«

Todd sah Roo an. »Ich habe dir Briefe geschrieben und Textnachrichten und E-Mails, und du hast sie alle ignoriert. Können wir nicht wenigstens jetzt kurz reden?«

»Meinst du *über uns*? Lieber nicht.« Roo atmete heftig. »Das ist sinnlos.«

Die sexuelle Spannung in der Luft knisterte wie Aluminiumfolie. Ellie fragte: »Also schön, wie wäre es, wenn ihr beide bleibt und *nicht* über solche Sachen redet?« Sie wandte sich an Todd. »Du bist einer meiner ältesten Freunde. Und du …«, sie drehte sich wieder zu Roo, »… bist meine jüngste Freundin. Ich will mich nicht zwischen euch entscheiden müssen.«

Schweigen. Gefolgt von noch mehr Schweigen. Abgesehen von dem beinahe hörbaren Vibrieren der sexuellen Anziehungskraft zwischen den beiden.

»Bitte«, versuchte Ellie es erneut, »warum soll ich unter der ganzen Situation leiden müssen. Habe ich nicht schon genug durchgemacht?« O ja, wenn sie wollte, konnte sie schamlos sein. Jamie würde das nichts ausmachen.

»Ich kann nicht glauben, dass du das gerade gesagt hast«, meinte Roo.

Auch Todd sah Ellie an und schüttelte den Kopf. »Das war billig.«

»Ist ja gut. Bleibst du nun oder nicht?«

»Ich bleibe.«

Die nächsten beiden Stunden waren allerdings nicht einfach. Die Anspannung nahm nicht einmal für den Bruchteil einer Sekunde ab. Oberflächlich speisten und redeten Roo und Todd zwar, aber ihre Gefühle füreinander blieben wie ein riesiger Elefant im Zimmer.

Schließlich knickte Todd ein. »Das ist doch verrückt.« Er stellte sein Bier ab. »Roo, kann ich in der Küche mit dir reden?«

»Nein.«

In seinem Blick lag so viel Gefühl. »Nur eine Minute.«

»Nicht einmal eine Sekunde«, erklärte Roo.

Sie starrten sich über den Tisch hinweg an. Das Zuschauen war unerträglich. Ellie schob ihren Stuhl zurück. »Ich muss aufs Klo …«

»Bleib, wo du bist!«, platzte es aus Roo heraus.

»Hallo? Ich muss pinkeln.« Ellie stand auf. »Und nein, du kommst nicht mit.« Sie musste nicht wirklich pinkeln, aber sie lungerte dennoch eine Weile auf der Toilette herum. Ehrlich, gab es eine Situation, die noch lächerlicher war als diese?

Schließlich klopfte es an die Tür. »Wenn du taktvoll sein wolltest, darfst du jetzt herauskommen«, sagte Todd.

Ellie öffnete die Badezimmertür. Das Wohnzimmer lag verlassen da. »Wo ist sie?«

»Gegangen.«

»O Gott, es tut mir so leid.« Ellie ließ sich schwer auf ihren Stuhl fallen.

Er rieb sich mit der Hand über das Gesicht. »Sie lässt dir einen Dank für das Essen ausrichten.«

»Ist gut.«

Todd zeigte auf den Tisch, auf dem die Überreste des Tiramisus und drei Teller standen. »Ich danke dir auch.«

»Gern geschehen.« Die Reste würde sie zum Frühstück essen.

»Auch dafür, dass du es versucht hast. Das war nett von dir.«

»Es wäre noch netter gewesen, wenn es funktioniert hätte.«

»Die ganze Sache bringt mich noch um.« Todd wirkte am Boden zerstört.

»Ich weiß. Tut mir leid.«

»Ich komme mir wie die blöde Bridget Jones vor.« Er schnaubte verärgert und öffnete eine weitere Bierdose. »Wie ein Mädchen, innerlich total *aufgewühlt*. Ich sage dir, das nervt.«

»Geht mir genauso.« Ellie nickte.

»Klinge ich auch wie ein Mädchen?«

»Ein wenig.«

Todd schürzte die Lippen. »Wenn Jamie jetzt hier wäre, würde er sich ohne Ende über mich lustig machen. Na gut, hören wir auf damit.« Er tat so, als würde er seine Lippen mit einem Reißverschluss zuziehen. »Reden wir nicht länger über mich, reden wir über dich. Läuft es immer noch so gut mit Joe?«

Ellie lächelte und nickte. Sie hatte schon vorher alles erzählt, als Roo ihr dieselbe Frage gestellt hatte. Nur dass Todd vermutlich nicht wissen wollte, ob der Sex gut war.

»Wir haben Spaß miteinander. Ich komme mir wieder normal vor.«

»Das ist phantastisch. Toll.« Todd meinte es sichtlich ehrlich. »Ich kann's kaum erwarten, ihn kennenzulernen.«

Sie würden sich sicher gut verstehen. Ellie nickte. »Ich arrangiere etwas.«

Todd ging um 23 Uhr. Zwei Dinge hatte sie ihm nicht erzählt. Erstens, was sie von Christine erfahren hatte. Tony hatte ihr das mit Martha im Vertrauen erzählt, aber Todd wusste nichts davon, und so sollte es erst mal bleiben. Trotzdem hatte Ellie das Gefühl, sie müsse diesbezüglich irgendetwas unternehmen. Sie wusste nur nicht, was.

Ellie räumte auf und verstaute die Teller im Geschirrspüler, dann setzte sie sich auf das Sofa und schaltete ihren Laptop ein. Es kam natürlich überhaupt nicht in Frage, Tony eine E-Mail zu schicken, um ihm mitzuteilen, dass der Ehemann seiner Geliebten gestorben war. Wenn Martha gewollt hätte, dass er es erfuhr, wäre sie selbst aktiv geworden. Und das war sie nicht. Natürlich nicht. Ihre Schuldgefühle waren im Moment zweifelsohne ebenso groß wie ihre Trauer.

Ellie tippte Martha Daines in die Google-Suchfunktion ein, und schon tauchte der Link zu Marthas Webseite auf. Auf der Homepage fand sich eine Galerie mit ihren Gemälden und ihre E-Mail-Adresse. Ellie schrieb die Mail aus dem Bauch heraus und ohne auch nur einmal innezuhalten.

Liebste Martha,
gerade eben habe ich von jemandem, der im Stanshawe House arbeitet, vom Tod Ihres Mannes Henry erfahren. Es tut mir so leid, bitte lassen Sie mich Ihnen mein Beileid aussprechen. Mein Schwiegervater Tony ist ein großer Bewunderer Ihrer Kunst. Ich war mit seinem Sohn Jamie verheiratet und weiß, wie es sich anfühlt, wenn man seinen Ehemann verliert. Aus diesem Grund kann ich nachempfinden, was Sie gerade durchmachen und wie es Ihnen gehen muss. Wenn Sie je das Gefühl haben, sich per E-Mail austauschen zu wollen, oder wenn Sie mit mir reden möchten, dann melden Sie sich bitte jederzeit. Ich habe Tony nichts von Henrys Ableben erzählt.

Ellie listete ihre Telefonnummer und Adresse auf und fügte den Link zu einem Online-Forum für Witwen hinzu, den sie vor einem Jahr als hilfreich empfunden hatte, als ihre Trauer sie zu überwältigen gedroht hatte. Sie schloss mit:

Alles Liebe, Ellie Kendall
PS.: Bitte nehmen Sie Kontakt mit mir auf. Sie müssen natürlich nicht, wenn Sie nicht wollen, aber es hilft manchmal sehr, wenn man reden kann.

Dann lehnte sie sich auf den Sofakissen zurück und ließ Jamie ins Wohnzimmer kommen. »Und? Soll ich die Mail abschicken?«, fragte sie ihn.

Jamie blieb an der Tür stehen. Seine Haare schimmerten weißblond im Schein der Flurbeleuchtung. Er trug ein blassgelbes Hemd und die üblichen Jeans.

»Nur zu.« Er zuckte unbekümmert mit den Schultern. »Du willst es ja offensichtlich.«

Wenn Ellie sich genug Mühe gab, dann konnte sie sogar seinen Duft heraufbeschwören. »Ich weiß, aber tue ich auch wirklich das Richtige?«

»Süße, du willst ihr helfen. Und ihr beide habt etwas gemeinsam.« Jamie hielt kurz inne. »Mehr sogar, als du denkst. Tu's.«

Mit *mehr als du denkst* meinte er die Last der Schuldgefühle. Er wusste davon. Natürlich wusste er es.

Ellie drückte auf *Senden*, und die E-Mail verschwand im Cyberspace. Vielleicht würde sie von Martha hören. Vielleicht auch nicht.

In Jamies Augen lag ein schelmisches Funkeln.

»Ich will nicht über diese andere Sache reden«, erklärte Ellie.

»Ganz sicher nicht?«

»Ganz sicher nicht.«

Sein Grinsen wurde breiter. »Ist gut. Aber ich weiß es ja trotzdem.«

»Natürlich weißt du es.«

»Keine Sorge, ich verrate es niemandem. Leb wohl!«

Ellie schloss die Augen. Das war das zweite Geheimnis, das sie an diesem Abend nicht mit Todd geteilt hatte. Roo wusste auch nichts davon. Es handelte sich nicht um die Art von Information, die man einfach so ausplauderte. Jedenfalls nicht, solange man in einer Beziehung war. Denn wie würde sich ein Mann schon fühlen, wenn er herausfand, dass seine neue Freundin, während sie sich liebten, so tat, als wäre er ein anderer?

45. Kapitel

»Ihr Freund wartet draußen.«

War das der Grund, warum Zack ein klein wenig genervt schaute? Ellie sah auf ihre Armbanduhr: drei Minuten vor fünf. »Er hat mich gefragt, wann ich Feierabend habe. Es ist doch in Ordnung, wenn er mich hier abholt, oder?« Sie hörte selbst, wie defensiv sie klang. Zack war in letzter Zeit nicht gerade guter Laune gewesen. »Kann ich noch irgendetwas für Sie erledigen, bevor ich gehe?«

Er warf ihr einen ungeduldigen Blick zu, in dem die Andeutung eines Augenrollens lag. Ellie revanchierte sich, indem sie ihren Laptop unmittelbar zuklappte und ihren Stuhl geräuschvoll nach hinten schob.

»Gut, dann bin ich jetzt weg. Wir sehen uns morgen. Einen schönen Abend noch!« Sie schenkte ihm ein besonders strahlendes Lächeln, um den Umstand zu verbergen, dass ihr Herz immer noch wild zu pochen begann, wenn sie an Zack vorbeiging.

Zack hingegen gab sich gelangweilt. Er richtete seine Aufmerksamkeit auf den Kalender an der Wand. »Ihnen auch.«

Draußen streckte Joe seine Arme aus und umarmte Ellie heftig. »Ich warte schon seit Ewigkeiten.«

»Ich weiß. Zack hat gesagt, dass du hier bist.«

»Ich habe ihn oben am Fenster gesehen. Hatte eigentlich gedacht, er lässt mich ins Haus.«

Der Himmel über ihnen war bleiern, und ein zarter Nieselregen setzte ein. Ellie war es ein wenig peinlich, dass Zack Joe nicht ins Haus gebeten hatte. »Tut mir leid, in letzter Zeit ist er ein wenig merkwürdig.«

»Wo wir gerade von merkwürdig sprechen. Ich muss dir etwas erzählen.«

»O Gott, geht es um meine Haare?« Ellie dachte sofort daran, dass sie sich gestern Abend nicht den Pony hätte schneiden sollen. Sie zupfte an den Fransen. »Sind sie schief geschnitten?«

Joe schüttelte den Kopf. »Es geht nicht um deine Haare. Hör zu, es ist was ziemlich Großes.«

Was war los? Ellie hatte nicht die leiseste Ahnung. »Groß und gut? Oder groß und schlecht?«

»Groß und gut.« Er sah sie auf seine intensive, schräge Art und Weise an. »Das denke ich zumindest.«

Jetzt fing es richtig an, zu regnen. Sie standen auf dem Gehweg vor Zacks Haus und wurden nass. War der muffelige Zack noch im Büro, beobachtete sie und fragte sich, was da los war?

»Komm, lass uns zu mir nach Hause gehen.« Ellie lief los. »Erzähl's mir unterwegs.«

»Ist gut.« Joe lief neben ihr, den Arm um ihre Schultern gelegt. Seine ausgebeulte Jacke flatterte im Wind. »Hier kommt's. Ich habe eben einen Anruf von Stephen in Los Angeles erhalten.« Stephen war der Agent, bei dem sie in Los Angeles den Vertrag für ihr Drehbuch unterschrieben hatten.

»Und?«

»Mac Zeller hat ihn kontaktiert.«

»Aha«, sagte Ellie. Mac Zeller war der Produzent und Regisseur, der Joe und Kaye das Drehbuch abgekauft hatte.

»Er will, dass wir exklusiv mit ihm an einem neuen Drehbuch arbeiten!«

»Das ist phantastisch!«

»… er hat eine Sitcom produziert, die in den Staaten schon in der ersten Staffel alle Rekorde gebrochen hat. *The Afternooners.* Angeblich noch populärer und besser als *Friends.*« Die Worte purzelten nur so aus Joe heraus. »Mac möchte, dass wir uns dem Autorenteam anschließen. Kaye und ich! Das ist doch einfach unglaublich. Ich war total baff, als Stephen es mir sagte … Wahnsinn, wie sehr sie drüben an uns glauben …« Joe blieb stehen und packte ihre Hände. Seine Brille war übersät mit Regentropfen.

»Das ist einfach großartig.« Ellie wischte ihm über die Brillengläser, damit er etwas sehen konnte. »Das bedeutet, dass du wieder in die Staaten fliegen wirst?«

»Mehr als das.« Joes Adamsapfel hüpfte. »Es bedeutet, dass ich eine Weile drüben bleiben werde. Sechs Monate Minimum. Möglicherweise auch zwei Jahre. Wir können nicht von hier aus arbeiten. Wir müssen nach Los Angeles ziehen.« Seine Hände zitterten. »Ellie, er hat uns ein Angebot gemacht, das wir einfach nicht ablehnen können. Das ist die Chance meines Lebens. Ich kann das unmöglich ausschlagen.« Er versuchte, in ihrem Gesicht eine Reaktion abzulesen.

Ellie umarmte ihn. »Selbstverständlich kannst du das nicht! Nach Los Angeles ziehen, um mit Mac Zeller zu arbeiten … Das ist grandios. Und du hast es verdient.«

Joe trat einen Schritt zurück, sein Gesichtsausdruck war nicht zu deuten.

»Im Ernst?«

»Mein Gott, ja!« Warum sollte das nicht ihr Ernst sein?

»Okay, die Sache ist die … ich hatte irgendwie gehofft, du würdest etwas verstörter reagieren, damit ich sagen kann: ›Und ich will, dass du mit mir kommst.‹«

»Oh.«

Sein schiefes Lächeln flackerte wie eine Glühbirne, die drohte auszugehen. »Und? Was hältst du davon?«

Aus fünfzig Meter Entfernung beobachtete Zack von seinem Wohnzimmerfenster aus, wie Ellie und Joe stehen blieben und einander ansahen. Sie schienen den Regen gar nicht wahrzunehmen. Zack dachte kurz darüber nach, dass er einen besseren Blick gehabt hätte, wenn er das Fenster öffnen und sich hinauslehnen oder aber ein Fernglas besitzen würde, wie dasjenige, das er seinen Neffen zum letzten Weihnachtsfest geschenkt hatte, damit sie spionieren konnten.

Aber das ging natürlich nicht. So konnte er nicht hören, was sie sagten, aber Ellie umarmte Joe und streichelte seine Wange. Sie lächelte zu ihm auf. Zack wandte sich ab und verachtete sich selbst ein wenig. In diesem Moment klingelte das Handy in seiner Hosentasche.

Er zog es heraus und sah den Namen des Anrufers auf dem Display. Meg.

Zu Hause in der Nevis Street zog Ellie ihre nasse Jacke aus und setzte Wasser auf. Sie schindete Zeit, damit sie sich überlegen konnte, was sie sagen sollte. Aber Joe war nicht dumm. Er wusste es bereits.

»Du bist also kein bisschen versucht?«

Sie drehte sich zu ihm um. »Nein, tut mir leid.«

»Das ist echt schade. Ich muss auf jeden Fall gehen«, sagte Joe, »das verstehst du doch, oder?«

Ellie nickte. »Ja.«

»Ich werde dich vermissen.«

»Ich werde dich auch vermissen.«

»Aber nicht so sehr.« Sein schiefes Lächeln kehrte zurück. »Sonst würdest du nämlich mitkommen.«

Also schön, los geht's. »Joe, die letzten Wochen waren wunderbar. Wir hatten unglaublich viel Spaß.«

»Und das bedeutet?« Seine Stimme klang kleinlaut und resigniert.

»Hör zu, können wir ehrlich miteinander sein? Was empfindest du für mich, auf einer Skala von eins bis zehn?« Ellie hielt die Hände hoch. »Und sag nicht zehn. Du musst *absolut* ehrlich sein.«

Joe fuhr sich mit den Fingern durch die nassen Haare. »Neun. Also gut, keine neun. Achteinhalb. Aber das ist gut, das ist echt gut.«

»Danke schön. Jetzt bin ich an der Reihe.« Ellie hatte acht sagen wollen. Um ihm aber nicht weh zu tun, sagte sie: »Du bist für mich auch eine Achteinhalb.«

»Das klingt in meinen Ohren nach einer verdammt hohen Punktzahl.«

»Ist es auch, aber nicht hoch genug. Wenn du mit jemandem zusammenleben willst, dann muss es eine bedingungslose Zehn sein.«

Seine Augenbrauen schossen nach oben. »Aber du hast gesagt, ich darf nicht zehn sagen.«

»Weil es nicht der Wahrheit entsprochen hätte.« Ellie griff nach seinen Händen. »Du hast mir mein Selbstvertrauen zurückgegeben, und das ist das beste Geschenk der Welt. Dank dir weiß ich jetzt, dass ich wieder normale Gefühle haben kann, dass ich wie andere normale Leute zum Beispiel Sex haben und es genießen kann.«

Joe sagte ernst: »Das ist mein größtes Talent. Ich war beim Sex immer schon herausragend.«

Alles würde gut werden. Er konnte mit der Situation umgehen. Sie spürte, wie sie sich entspannte. »Du bist toll im Bett. Und auch außerhalb vom Bett.«

»Auf eine achteinhalb Art und Weise.«

Ellie musste grinsen. »Wenn du irgendwann deine Zehn triffst, will ich, dass du mich anrufst und sagst: ›Jetzt verstehe ich es, jetzt habe ich es begriffen, Ellie. Es tut mir leid, ich lag falsch, und du hattest recht.‹«

»Komm her, du.« Joe zog sie in seine Arme. »Ist schon gut, ich weiß ja, dass du recht hast. Ich werde dich nur schrecklich vermissen. Wir hatten es wirklich schön zusammen, nicht wahr?«

»Besser konnte es gar nicht sein.« Sie drückte ihm einen liebevollen Kuss auf den Mund. »Danke dir. Für alles.«

Sein Gesichtsausdruck wurde weich. »Glaube mir, es war mir ein Vergnügen.«

»Mir auch.« Es hatte aufgehört, zu regnen. Ellie sagte: »Komm, lass uns ausgehen und feiern. Ich bezahle. Du gehst nach Hollywood!«

»Und du fühlst dich wieder normal.«

»Wir hatten eine atemberaubende Affäre«, erklärte sie glücklich.

»Und phantastischen Sex«, rief Joe ihr nicht gerade bescheiden in Erinnerung.

Ellie lächelte und küsste ihn erneut. Es war schön gewesen. Da hatte er wirklich recht. Allerdings hatte sie beim Sex vor ihrem inneren Auge nie Joe gesehen. Das würde sie ihm natürlich nicht sagen.

46. Kapitel

Yasmin entfernte den alten Lack von Roos Zehennägeln und massierte ihre Füße anschließend mit einer Peelingcreme. »Los schon, erzählen Sie mir alles!«

Roo lächelte. Yasmin hörte sich zu gern die bizarren Vorfälle im Secondhandladen an. »Also gut, gestern kam diese junge Frau in den Laden. Anfang zwanzig. Sie gab uns zwei riesige Tüten mit Kleidern. Wirklich gute Sachen, alle in Größe 38. Sie meinte noch, wir könnten hoffentlich für alles einen guten Preis erzielen.«

Yasmin sah sie erwartungsvoll an. »Und?«

»Heute Morgen kam sie in aller Frühe zurück. Dieses Mal lächelte sie aber nicht. Sie war auf 180 und rief: ›War das Miststück hier?‹ Dann sah sie plötzlich eines ihrer Kleider und flippte total aus. Sie brüllte und fluchte und versuchte, das Kleid von der Schaufensterpuppe zu reißen …«

»Warum?« Yasmin lehnte sich verblüfft zurück.

»Anscheinend hatte sie gestern einen Riesenstreit mit ihrer Schwester«, erzählte Roo. »Ihrer eineiigen Zwillingsschwester, wohlgemerkt.«

»Oh …« Yasmin lachte. »Das ist hervorragend! Wir hatten letztes Jahr ein Zwillingspaar. Es waren pensionierte Lehrerinnen, die sich immer stritten, mit welcher Farbe sie ihre Nägel lackiert haben wollten. Eine von ihnen bevorzugte schimmerndes Rosa, die andere mattes Lila, aber …«

»Yaz?« Eine der anderen Kosmetikerinnen, die gerade an der Rezeption stand, sah aus dem Schaufenster. »Tut mir leid, wenn ich unterbreche, aber er ist wieder da. Er kommt direkt her.«

Roo gefror das Blut in den Adern. Auch Yasmin war erstarrt. Es konnte doch sicher nicht er sein … und falls doch, was sollte sie tun?

»Er hat Blumen dabei!« Jackie, die andere Kosmetikerin, zog sich hastig vom Schaufenster zurück. »Da ist er schon …«

Roo hörte, wie hinter ihr die Tür aufging. Yasmin stand mit wackeligen Beinen auf. O Gott, o Gott, das war ein Albtraum. Roos Herz galoppierte völlig außer Kontrolle, alles in ihr drehte sich, ihr wurde übel …

Dann wurde es um sie herum schwarz, und für einen Sekundenbruchteil glaubte Roo, sie sei ohnmächtig geworden. Aber, Moment mal, das konnte nicht sein, ihr Gehirn funktionierte ja noch. Gleich darauf erkannte sie, dass es sich um ein warmes, weiches Handtuch auf ihrem Gesicht handelte, als ob sie eine entspannende Gesichtsbehandlung gebucht hätte. Was sie nicht hatte. Und sie vermuten ließ, dass … Doch wie konnte das sein?

»Niall, das ist doch albern.« Yasmin stopfte die Enden des Handtuchs hinter Roos Kopf und stellte sicher, dass auch ihre

Haare nicht zu sehen waren. »Ich habe dir schon mehrmals gesagt, dass du nicht einfach hier auftauchen kannst. Ich habe zu tun.«

Roos Herz pochte jetzt so heftig, dass sie das Gefühl hatte, es würde ihr gleich aus dem Brustkorb springen. Sie lag flach auf dem Behandlungsstuhl, die Jeans bis zu den Knien hochgerollt, die Füße mit einer grobkörnigen Paste beschmiert, den ganzen Kopf unter einem dunkelblauen Handtuch. Und das alles weniger als einen Meter von Niall entfernt. Sie konnte sein Aftershave riechen. Spürte seine Verzweiflung. Hörte das Zittern in seiner Stimme.

»… aber du lässt mich nicht ins Haus deiner Mutter, und du weigerst dich, nach Hause zu kommen. Was bleibt mir da übrig? Yaz, es tut mir so leid.« Er brabbelte. »Ich habe es dir tausendmal gesagt, dass ich einen Fehler begangen habe, den ich den Rest meines Lebens bereuen werde. Aber ich liebe nur dich. Dich und Ben. Wir sind eine Familie, wir sollten zusammen sein … hier, nimm wenigstens den Strauß, es sind deine Lieblingsblumen.«

Unter dem Handtuch hörte Roo das Knistern von Zellophanpapier.

»Leg den Strauß einfach auf die Empfangstheke, Niall.« Yasmin klang so desinteressiert, als ob ein FedEx-Mann ihr eine Lieferung zugestellt hätte. »Ich will nicht, dass du vor meinen Kunden über unsere Privatangelegenheiten redest. Das ist unprofessionell. Außerdem machst du dich zum Idioten.«

»Yaz, begreifst du es denn nicht? Das ist mir egal! Ich will, dass du mir vergibst.« Nialls Stimme brach. »Ich will dich zurückgewinnen, und ich glaube, niemand hier nimmt es mir übel, wenn ich das versuche.« Eine Hand legte sich auf Roos Schulter. Sie erschrak so sehr, dass sie sich in ihre Liege drückte, bis diese quietschte. »Sie verzeihen doch hoffentlich die kleine Unterbrechung, oder?«

Es fiel Roo schwer, logisch zu denken, aber Yasmins Situation war ihr überdeutlich bewusst. Das war ihr Arbeitsplatz. Und sie war diejenige, die Roos Gesicht unter einem Handtuch versteckt hatte. Bedeutete das etwa … o Gott … dass sie *Bescheid* wusste? Wie auch immer, sie hatte kein Recht, sich jetzt aufzurichten und ihre Identität preiszugeben. Das wäre zu plump. Und so war es wahrscheinlich auch besser.

Also schüttelte Roo nur den Kopf und brummte mit einer Art muffligem Cockney-Akzent: »Nä, schon okay.« Himmel, sie klang wie ein Hafenarbeiter mit Bronchitis.

»Versteh doch, wir sind eine Familie.« Die Hand entfernte sich von ihrer Schulter. Niall sprach wieder mit Yasmin. »Du fehlst mir so sehr. Ich vermisse Ben. Ich tue auch alles, was du willst.« Jetzt bettelte er förmlich. »Ich werde Vivica niemals wiedersehen, ich schwöre, das ist die Wahrheit. Baby, das war doch nur ein einziger Ausrutscher, mehr nicht. Gib mir noch eine Chance. *Bitte*.«

»Also schön, drei Dinge.« Yasmin blieb ruhig. »Erstens mag ich es nicht, wenn du mich Baby nennst. Das hab ich noch nie gemocht. »Aua. Das saß.

»Tut mir leid, tut mir echt leid.«

»Zweitens will ich dir nicht noch eine Chance geben.«

»Aber …«

»Und drittens«, fuhr Yasmin fort, als habe er sie nicht unterbrochen, »lügst du mich immer noch an. Ein einziger Ausrutscher? Das stimmt nicht. Vivica ist nicht die einzige Frau, mit der du eine Affäre hattest.«

Omeingott. Das Rauschen in Roos Ohren erinnerte jetzt an einen Jumbojet. Darum hatte Yasmin also ein Handtuch über ihren Kopf gelegt. Wollte sie es ihr in triumphaler Geste herunterreißen? Ein Teil von Roo bewunderte sie dafür. Es würde ein grandioser Augenblick werden, der Coup de Grâce, der das Ende ihrer Ehe einläutete. Jetzt brauchten sie nur noch einen Trommelwirbel …

»Ich schwöre, da war sonst niemand.« Niall blieb standfest.

Roo biss sich auf die Lippe.

»Doch, Niall, du weißt, dass es noch andere gab.«

»Baby ... äh, Yaz, ich schwöre bei Gott, ich sage dir die Wahrheit!«

Also gut, jetzt kommt's. Roo grub die Fingernägel in die Handflächen. Jetzt kommt die große Enthüllung ...

»Ach, du sagst die Wahrheit? Na schön, wenn du meinst. Mit unserer Ehe ist es trotzdem aus und vorbei«, erklärte Yasmin. »Ich muss jetzt weiterarbeiten. Du hast deine kleine Rede halten können, würdest du nun bitte gehen und uns in Ruhe lassen?«

Hä? Wie bitte? Was ist mit mir?

Es trat eine lange Pause ein. Schließlich hörte Roo, wie Niall resignierend ausatmete und mit schlurfenden Schritten den Kosmetiksalon verließ. Die Tür ging auf und schloss sich wieder. Alle warteten.

Zu guter Letzt rief Jackie: »Er sitzt jetzt wieder in seinem Auto. Und fährt los. Weg ist er.«

Das Handtuch wurde von Roos Gesicht genommen.

Yasmin sah zu ihr hinunter. »Hoppla.«

Roos Mund war so trocken wie die Sahara. Sie löste die Zunge vom Gaumen. »Woher wussten Sie es?«

»Also erstens«, fiel ihr Jackie von drüben ins Wort, »Sie sind Daisy Deeva.«

»Wie bitte?« Roos Kopf fuhr herum. Jackie stand mit verschränkten Armen hinter der Empfangstheke. »Wollen Sie damit sagen, Sie wussten *alle* Bescheid?«

»Aber natürlich.« Jackie klang abgebrüht. Sie warf wieder einen Blick aus dem Schaufenster. »Yaz, da kommt Mrs. Simpson zu ihrem Termin. Sie bezahlt gerade das Taxi.«

»Ist gut.« Yasmin zeigte auf Roos unlackierte Zehennägel. »Soll ich Sie rasch saubermachen, und wir lassen es für heute gut sein? Nach dem nächsten Termin ist meine Mittagspause. Wie wäre es, wenn Sie in dem Café oben an der Straße warten, und ich komme in zwanzig Minuten nach?«

Sie gab nichts preis. Roo schluckte. »Ist gut.« Was hatte sie schon für eine Wahl?

Es dauerte keine zwanzig Minuten, sondern gute vierzig. Und es fühlte sich an wie vierzig Stunden. Roo konnte nicht aufhören zu zittern. Ihr Magen drehte sich. Saß sie womöglich im falschen Café? Woher sollte sie das wissen? Schließlich ging die Tür auf, und Yasmin trat ein. Sie plauderte mit der Kellnerin an der Theke, bestellte sich einen Latte, dann kam sie zu dem Ecktisch, an dem Roo saß.

»Es tut mir so leid«, platzte es aus Roo heraus. »Ehrlich! Ich hasse mich dafür. Und ich weiß, es hätte überhaupt nie passieren dürfen, aber es ist alles vorbei, das schwöre ich.«

»Das weiß ich«, sagte Yasmin.

Roos Handflächen waren feucht. Hektisch wischte sie sie an ihrer Jeans trocken. »Wie haben Sie es herausgefunden?«

»Tja, das ist eine lange Geschichte. Im Laufe der Jahre habe ich meinen Ehemann ziemlich gut kennengelernt. Ich weiß, dass er ein begnadeter Lügner ist. Abgesehen von einer Sache: Seine Lügen mögen gut sein, aber er kann seinen Hals nicht kontrollieren.« Yasmin klopfte auf ihren Hals. »Vielleicht ist es Ihnen auch schon aufgefallen. Er wird fleckig. Das verrät ihn jedes Mal. Jedenfalls, als Sie zum ersten Mal in den Salon kamen und wir Sie für Daisy Deeva hielten, leugneten Sie das. Als ich Niall an diesem Abend davon erzählte, passierte etwas total Merkwürdiges. Sein Hals wurde fleckig!«

Um Himmels willen, war das ihr Ernst? »Das war's? Alles wegen seines Halses?«

»Tja, ich war nicht sicher, aber Sie hatten definitiv gelogen«, stellte Yasmin klar. »Dann kam der Abend, als wir zufällig Ihre

Freundin Ellie trafen. Ich fand es doch etwas seltsam, dass sie sich nicht an den Namen ihres eigenen Kindes erinnern konnte.«

Roo leckte sich über die Lippen. Sie hatte immer noch keine Ahnung, in welche Richtung dieses Gespräch ging. »Und daraufhin war Ihnen alles klar?«

»Tja, die Sache mit dem Hals passierte erneut. Es war ziemlich offensichtlich, dass Niall irgendetwas verheimlichte.«

»Da war schon alles vorbei. Ich hatte mit ihm Schluss gemacht.«

»Aha.« Yasmin nickte und setzte die Puzzlestücke mental zusammen. »Dann traf er sich da schon mit Vivica?«

»Ja.«

»Und deshalb haben Sie mit ihm Schluss gemacht?«

Roo wurde rot und nickte beschämt.

»Nur aus Interesse, hat Niall Ihnen gesagt, wo ich arbeite?«

»Nein. Ich fand einen handschriftlichen Post-it-Zettel mit Dingen, die er einkaufen sollte. Darauf war das Logo des Kosmetiksalons.«

»Ja, das ergibt Sinn.« Yasmin beugte sich vor und nahm einen Schluck Latte.

»Warum haben Sie mir nicht gesagt, dass Sie Bescheid wussten?«

»Ganz ehrlich? Ich weiß es nicht. Ich war einfach neugierig. Sie kamen immer wieder, und Sie schienen echt nett – was mich total verwirrte. Ich hatte keine Ahnung, was Sie geplant hatten. Aber ich wollte Sie nicht konfrontieren, denn dann wären Sie nicht wiedergekommen.« Yasmins Mundwinkel zogen sich nach oben. »Das mag jetzt berechnend klingen, aber ich habe noch nie so viel Trinkgeld bekommen wie von Ihnen. Und da meine Haushaltskasse oft leer ist …«

Roo knetete die Ecken des blau-weißen Tischtuchs. »Sie müssen mich hassen.«

»Könnte man denken, nicht wahr? Aber das ist ja das Seltsame. Ich hasse Sie nicht.«

»Als ich erste Mal mit meiner Freundin Ellie in den Salon kam, wollte ich herausfinden, wie Sie sind.«

»Wollten Sie überprüfen, ob Nialls Darstellungen seiner Ehefrau der Realität entsprachen? Nörgelnd, zeternd, schlechtgelaunt und immer ungepflegt? Ich kann mir gut vorstellen, was er Ihnen erzählt hat. Manchmal hatte er damit ja sogar recht.« Mit einem ironischen Lächeln fuhr Yasmin fort: »Wenn man arbeiten, sich um ein Baby kümmern und den Haushalt führen muss, während der eigene Ehemann nicht einmal den kleinen Finger rührt, dann bleibt das nicht ohne Folgen.«

»Es tut mir so leid.«

»Das sagten Sie schon.«

»Ich hätte ihn schon in dem Moment in die Wüste schicken sollen, als ich herausfand, dass er verheiratet ist. Ich bin ein schlechter Mensch.« Tränen stiegen Roo in die Augen. »Aber ich werde alles versuchen, um das wiedergutzumachen, ich verspreche es.«

»O Gott, fangen Sie jetzt bitte nicht an zu weinen! Ich wollte Ihnen kein schlechtes Gewissen machen.« Hastig schob ihr Yasmin eine Serviette entgegen. »Sie haben doch gehört, was ich vorhin zu Niall gesagt habe. Ich will ihn nicht zurück! Ich bin ohne ihn besser dran. Falls er sich nicht mehr mit Vivica trifft, können Sie darauf wetten, dass er bis Weihnachten einer anderen Frau hinterherjagt. Er wird immer auf der Suche nach dem nächsten Sexabenteuer sein.«

Die Papierserviette kratzte. Roo tupfte sich die Tränen ab und zwang sich, die Fassung zu bewahren. »Ich glaube, da haben Sie recht. Aber es tut mir trotzdem leid.«

»Wie haben Sie das mit Vivica eigentlich herausgefunden?«

»Ich habe eine SMS von ihr auf seinem Handy gelesen, während er im Badezimmer war.«

Yasmin schüttelte den Kopf. »Ts-ts-ts. Typischer Schuljungenfehler. Das wird ihm so schnell nicht wieder passieren.«

»Ich dachte schon, Sie würden mir das Handtuch vom Kopf reißen, während er vorhin im Salon war.«

»Der Gedanke schoss mir durch den Kopf. Aber damit hätten wir nur erreicht, dass Niall Ihnen die Schuld am Ende unserer Ehe zuschiebt. Nein, so ist es mir lieber.« Yasmin deutete ein Lächeln an. »Ich bin ihm damit um eine Nasenlänge voraus. Und ich möchte auch, dass Sie weiterhin in den Salon kommen.« Sie sah auf ihre Armbanduhr. »Wenn Sie wollen, können wir gleich zurück, um die Pediküre nachzuholen.«

Roo sah auf ihre Uhr. Es war 13 Uhr 15. »Leider kann ich nicht, ich muss um 14 Uhr im Laden sein.«

»Wo wir schon mal klar Tisch machen ... Darauf konnten wir uns alle keinen Reim machen.« Yasmin schaute verblüfft. »Sie sind Daisy Deeva. Warum arbeiten Sie in einem Secondhandladen?«

»Das habe ich Ihnen doch gesagt. Ich versuche, ein besserer Mensch zu werden.«

»Ernsthaft?« Yasmin kam ein Gedanke. »Haben Sie deshalb ...? Nein, tut mir leid, es geht mich ja nichts an.«

»Habe ich deshalb *was*?«

»Die Sache mit dem Make-up. Ich habe mich das schon mehrmals gefragt.«

Roo nickte. »Ich habe alles weggegeben. Auch meine guten Kleider.«

»Mein Gott.«

»Und wo Sie gerade von Gott sprechen, ja, ich war auch in der Kirche. Zweimal.« Roo hatte allerdings nach dem zweiten Besuch ihre Kirchgänge eingestellt, weil sie von einer herrischen Frau einen Rüffel erteilt bekommen hatte, die sich über das Klacken ihrer Stöckelschuhe auf dem Steinboden ärgerte.

»Meine Güte.« Yasmin wirkte angemessen beeindruckt. »Und all das nur wegen Niall.«

»Nicht alles. Da war noch etwas. Ich hätte beinahe Ellies

Freund geküsst.« So, sie hatte es ausgesprochen. Jetzt wusste Yasmin alles, jedes einzelne, furchtbare Detail.

Yasmins Augen wurden groß. »Weiß sie das?«

Roo nickte müde. »O ja, ich habe es ihr gesagt.«

»Ist sie ausgeflippt?«

»Nein, sie war erleichtert.« O Gott, die Tränen kamen zurück. »Sie wollte ohnehin Schluss mit ihm machen. Aber darum geht es nicht, denn das wusste ich zu dem Zeitpunkt ja noch nicht. Und trotzdem hätte ich ihn beinahe geküsst.«

»Seien Sie jetzt bitte nicht beleidigt«, Yasmin griff nach ihrer hellblauen Ledertasche und stand auf, »aber wenn ich jemals wieder einen Mann finde, werde ich ihn Ihnen ganz bestimmt nicht vorstellen.«

Eine weitere Welle der Scham schwappte über Roo hinweg. »Ich würde nichts tun, das schwöre ich.« Es war Roo so wichtig, dass Yasmin verstand, wie ernst es ihr war. »Ich will alles, *alles* tun, um es bei Ihnen wiedergutzumachen …«

»Roo.« Yasmin unterbrach ihr Geplapper. »Beruhigen Sie sich. Das Letzte war nur ein Scherz.«

47. Kapitel

Ein Hauch von Venedig. Die Sonne strahlte vom wolkenlosen Himmel, ließ die Wasseroberfläche glitzern. Ellie wünschte, sie hätte sich am Abend zuvor nicht versehentlich auf ihre Sonnenbrille gesetzt. Sie war von Camden Lock am Regent's Canal entlangspaziert. Und nun war sie an der Stelle, wo Grand Union Canal und das Paddington Basin zusammentrafen. Leuchtend bunte Boote hüpften auf den Wellen auf und ab, Enten schwammen unbekümmert zwischen ihnen, und Bootsbesitzer saßen an Deck und tranken Wein. Es war ein herrlicher Nachmittag, und die Wege entlang der Kanäle wimmelten von Touristen und Einheimischen, die das unerwartet schöne Wetter genossen. Trauerweiden glitzerten in der Sonne vor den berühmten, weißen Nash-Häusern. Ellie legte die Hand über die Augen, betrachtete die Szenerie und sah zum gegenüberliegenden Ufer.

Dort erkannte sie eine Frau mit einem weiten, smaragdgrünen Kleid. Ihre Staffelei stand oben am Weg. Ellie ging zu der blauen Eisenbrücke, die auf die andere Seite des Kanals führte. Wie würde es sein, sich mit Martha zu treffen? Würden sie sich etwas zu sagen haben?

Ellie war überrascht gewesen, als Martha auf ihre spontane Idee der Kontaktaufnahme reagiert hatte. Kurz und bündig hatte die frisch verwitwete Frau ihr für die Mail gedankt und insistiert, dass Tony auf *gar keinen Fall* vom Tod ihres Ehemannes erfahren durfte. Das war alles gewesen. Bis zwei Tage später aus heiterem Himmel eine weitere Mail von ihr in Ellies Eingangsbox landete:

Liebe Ellie,
war ich sehr unhöflich? Zu schroff? Falls ja, tut es mir leid. Vielen Dank für Ihr freundliches Angebot. Ich halte es nicht für angemessen, zu Ihnen in die Wohnung zu kommen, aber ich male am Sonntagnachmittag in Little Venice. Falls Sie zufällig Zeit haben und in der Gegend sind, würde ich mich freuen, Sie zu treffen.
Mit besten Wünschen, Martha

Von nahem sah Ellie, dass Martha die Staffelei zwar aufgebaut hatte, die Leinwand aber noch weitgehend unberührt war. Die Frau saß auf ihrem Klappstuhl und hielt einen Kohlestift in der Hand. Tony hatte sie als sinnlich und strahlend beschrieben. Tja, momentan war das nicht der Fall. So attraktiv sie auch sein mochte, mit ihren ausgeprägten Wangenknochen und dem herrlich geformten Kopf, jetzt wirkte ihr Gesicht durch die dunklen Ringe unter den Augen wie eingefallen. Auffällig war höchstens das Fehlen von Ausstrahlung. Als sie sich aber umdrehte und Ellie sah, lächelte sie, und das machte einen gewaltigen Unterschied.

»Hallo, sind Sie Ellie?«

»Ich bin's«, bestätigte Ellie.

»Dachte ich mir doch. Hallo, meine Liebe, wie schön, Sie kennenzulernen.« Martha seufzte und zeigte mit einer Geste der Hilflosigkeit auf die wenigen Striche auf der Leinwand vor ihr. »Ich glaube, ich gebe auf. Sollen wir uns etwas suchen, wo wir einen Tee trinken können?«

»Können wir nicht hierbleiben?«

»Ach herrje, daran habe ich gar nicht gedacht. Ich habe keinen Stuhl für Sie …«

»Entschuldigung? Wollen Sie damit andeuten, dass ich alt bin?« Ellie, die Jeans und eine weiße Bluse mit aufgerollten Ärmeln trug, grinste. Im Schneidersitz setzte sie sich rechts von Martha in das Gras. »Das geht prima so.«

»Wenn es Ihnen wirklich nichts ausmacht? Lassen Sie mich aber wissen, wenn Ihnen der Hintern einschläft. Ich habe grade versucht ein bisschen zu malen, aber es will mir nicht mehr gelingen«, sagte Martha. Sie wirkte angeschlagen. »Vielleicht werde ich niemals wieder malen können.«

»Wie geht es Ihnen? Mir können Sie es offen und ehrlich sagen. Darum bin ich ja hier«, sagte Ellie.

»Schätzchen, ich weiß. Und ich danke Ihnen sehr. Wie es mir geht?« Martha schwieg und rollte den Kohlestift zwischen Daumen und Zeigefinger hin und her. »Ich komme mir vor wie ein Tier, das von einem Auto angefahren wurde und das nun im Graben liegt und auf den Tod wartet. Ich fühle mich wie ein leeres Haus, in dem alle Fenster offen stehen und durch das ein eisiger Wind fegt. Ich fühle mich schuldig und einsam, und manchmal frage ich mich, ob Henry jetzt wirklich an einem besseren Ort ist. Und dann hasse ich mich dafür, das zu denken … eigentlich hasse ich mich rund um die Uhr. Und er fehlt mir, er fehlt mir so sehr. Es zerreißt mir das Herz, weil es so weh tut. Wie klingt das?«

»Es klingt vertraut.«

»Sie wissen von mir und Tony? Das müssen Sie ja eigentlich …«

»Ja, er hat mit mir geredet.« War sich Martha bewusst, dass sie ihren Ehering unablässig drehte? Er saß sehr locker an ihrem Finger; sie hatte offenbar abgenommen.

»Hatten Sie während Ihrer Ehe eine Affäre mit einem anderen Mann?«

»Nein.« Ellie schüttelte den Kopf. »Hatte ich nicht.«

»Tja, dann kennen Sie vielleicht die Trauer, aber meine Schuldgefühle sind Ihnen fremd.«

»Ich weiß, das muss schrecklich sein. Aber die Schuldgefühle überkommen einen trotzdem. Ich fühlte mich schuldig, weil ich Jamie nicht gezwungen habe, mit öffentlichen Verkehrsmitteln anstatt mit dem Auto zu fahren.«

»Das ist nur ein normaler Teil des Trauerprozesses.« Martha lehnte sich zurück. »Ich habe einige Infobroschüren zu diesem Thema gelesen. Aber *ich* habe allen Grund, mich zu hassen.«

»Ihr Ehemann war nicht mehr er selbst.«

»Das reicht nicht.«

»Hören Sie, nichts, was ich sage, wird Ihnen helfen, sich besser zu fühlen.« Ellie beobachtete, wie zwei Schwäne vorbeiglitten. »Aber es ist auch erst ein paar Wochen her. Mit der Zeit wird es leichter.«

»Das sagen alle. Ich kann mir das im Moment nicht vorstellen.«

»Es stimmt aber. Sehen Sie mich an. Ich hätte mir nie vorstellen können, eines Tages wieder mit jemand zusammen zu sein, aber dann ging es doch«, sagte Ellie.

»O ja, Tony hat es mir erzählt.« Ein Lächeln flackerte auf Marthas Gesicht auf. »Er hat sich so für Sie gefreut. Jamies bester Freund. Ich habe alles darüber gehört. Wie schön!«

Ach herrje. »Eigentlich waren wir nie richtig zusammen. Es hat nicht funktioniert. Danach war ich mit einem anderen Mann in einer Beziehung und es war toll. Ich fühlte mich endlich wieder wie ein normaler Mensch.«

Martha schaute interessiert. »Sind Sie noch mit ihm zusammen?«

»Nun ja, nein …«

»Warum nicht? Was ist passiert?«

»Er zieht nach Amerika.«

»Dann hat er Sie sitzenlassen?« Martha war empört.

»Nein, er hat mich gebeten, mit ihm zu kommen. Aber das will ich nicht.«

»Warum nicht?«

Tja, warum eigentlich nicht?

»Weil er zwar fast der Richtige war«, sagte Ellie, »aber nicht genau der Richtige.«

»Wissen Sie, was es heißt, Künstler zu sein?«, fragte Martha unvermittelt. »Es bedeutet, jedes noch so kleine Detail zu bemerken. Winzige Kleinigkeiten, die andere Leute übersehen.« Sie schwieg. »Mich interessiert daher, warum Ihre Lider auf einmal so heftig flattern.«

Ellie schluckte. »Sie meinen, wenn ich aufs Wasser schaue und mir die Sonne in den Augen brennt?«

»Nein. Los, was verschweigen Sie mir?« Martha zeigte mit dem Kohlestift auf sie. »Und warum haben Sie gerade so schwer geschluckt? Das ist mir ebenfalls nicht entgangen.«

Um Himmels willen, war sie eine Hellseherin? Na schön, sie konnte ruhig ehrlich sein. Was hatte sie vor dieser fremden Frau schon zu verbergen? Ellie strich sich den Pony aus den Augen. »Früher hätte man Sie für Ihre Fähigkeit, emotionale Nuancen wahrzunehmen, auf dem Scheiterhaufen verbrannt. Das ist Ihnen klar, oder? Aber ja, unter uns, es gibt da jemanden … Aber es ist mir peinlich, und es wird nie etwas daraus werden.«

»Warum nicht? Ist er verheiratet?«

»Nein! Es ist nur so … er ist mein Chef.« So, sie hatte es gesagt. Es war kein Geheimnis mehr.

»Tja, so was kommt vor. Da ist doch nichts dabei. Außer …« Martha kam ein Gedanke. »Außer er wäre schwul?«

Ellie lächelte. Wenn er es nur wäre, denn das würde alles so viel leichter machen. »Er ist nicht schwul.«

»Tja, was hält Sie dann noch auf?«

»Er hat kein Interesse an mir. Das Letzte, was er will, sind Komplikationen am Arbeitsplatz. Er hat mich ja überhaupt nur deswegen eingestellt, weil ich ihm versicherte, dass etwas Derartiges bei mir nicht vorkommen würde. Und damals stimmte das auch«, bekräftigte Ellie. »Damals war ich so mit meiner Trauer beschäftigt, dass ich für ihn überhaupt nichts empfunden habe.«

»Ach, Schätzchen, Sie haben eben Ihre Meinung geändert. Das ist doch nicht schlimm« Martha schaute hoffnungsvoll. »Vielleicht hat er seine Meinung ebenfalls geändert.«

»Glauben Sie mir, das hat er nicht. Und er darf auch nie erfahren, welche Gefühle ich für ihn hege. Denn dann müsste ich kündigen.« Ellie schüttelte den Kopf. »Das wäre schrecklich, er ist nämlich ein phantastischer Chef. Und ich liebe meinen Job. Es ist ja auch nur eine jämmerliche Schwärmerei. Hey, was machen Sie denn da?« Martha war auf den Beinen, klappte ihre Staffelei zusammen und packte alles in ihre Tasche. O Gott, hatte sie etwas Falsches gesagt?

»Sie haben mich aufgeheitert. Und ich kriege heute ohnehin nichts zustande«, sagte Martha. »Ich trinke sonst nicht viel, aber ich glaube, jetzt ist mir nach etwas Alkoholischem. Kommen Sie, ich freue mich, dass wir uns kennengelernt haben. Darf ich Ihnen ein Glas Champagner spendieren?«

»Du kommst spät.« Roo öffnete die Haustür. »Ich sagte doch, du sollst um 18 Uhr hier sein. Jetzt ist es 18 Uhr 30.«

»Ich weiß, tut mir leid.«

»Wo bist du gewesen?« Roos Nüstern bebten. »Bist du betrunken?«

»Nein, ich hatte einfach einen zauberhaften Nachmittag«, protestierte Ellie.

»Du hast wohl getrunken! Ich kann den Alkohol riechen!« Roos Abstinenz hatte auch ihre Nachteile; sie stand kurz davor, zu einer spaßlosen Alkoholgegnerin zu werden.

»Es sollte nur ein Glas werden«, erzählte Ellie. »Aber dann war es billiger, die Flasche zu kaufen. Wir saßen vor einem Bistro in Little Venice und haben uns ununterbrochen unterhalten. Ich habe die Zeit aus dem Auge verloren.«

»Mit wem warst du unterwegs?«

Im Haus roch es nach Roastbeef und Soße. Ellies Magen knurrte vorfreudig. Es bestand kein Grund, warum Roo von ihrem Treffen mit Martha erfahren sollte. Das Ganze war eine einmalige Gelegenheit gewesen. Ellie hatte Martha versprochen, Tony nichts vom Tod Henrys zu erzählen, und Martha hatte im Gegenzug versichert, die Geschichte von der peinlichen, hoffnungslosen Schwärmerei für sich zu behalten.

»Das Abendessen riecht phantastisch. Hast du auch Yorkshire-Pudding gemacht?«

»Ja, aber der sieht ein wenig angebrannt aus.« In der Küche lugte Roo kritisch durch die Scheibe im Backofen. »Das ist deine Schuld, weil du zu spät bist.«

»Tut mir leid.« Ellie sah zu den blubbernden Töpfen auf dem Herd. Es gab Karotten und Saubohnen, und auf der Arbeitsplatte aus Granit standen Schüsseln mit Bratkartoffeln, geschmorten Zwiebeln und … das war doch … nein, das schien doch nicht möglich … »Was ist das?« Ellie deutete mit dem Finger vor sich.

»Eine Füllung aus Salbei und Zwiebeln.«

»Zu Roastbeef?«

»Ich *mag* eben Salbei-Zwiebel-Füllung«, fauchte Roo.

»Ich auch!« Ellie verbarg ihr Lächeln. Mit der blau-weiß gestreiften Schürze und den nach allen Seiten abstehenden Haaren wirkte Roo wie eine Kreuzung aus Küchengöttin und zerzaustem Küken.

»Und warum erzählst du mir nicht, mit wem du den Nachmittag verbracht hast?« Roo nahm einen Schneebesen zur Hand und schlug schwungvoll die Soße schaumig.

Ellie dachte kurz darüber nach. Todd war immer schon verrückt nach Soße gewesen. Er und Jamie hatten einmal bei einer Wette einen halben Liter davon getrunken. »Ich war mit Todd unterwegs«, sagte sie und sah zu, wie ein Soßensprühregen auf der Arbeitsplatte niederging.

»Ach so. Sag nichts, lass mich raten.« Roos Stimme klang spröde. »Er will immer noch, dass ich aufhöre, so dickköpfig zu sein, damit wir zusammenkommen.«

Das Großartige am Alkohol war, dass er die geistigen Prozesse verlangsamte und man über Dinge auf eine andere Weise nachdachte. »Das hat er nicht gesagt. Eigentlich hat er dich überhaupt nicht erwähnt.« Ellie stibitzte eine knusprige Bratkartoffel aus der blauen Schüssel. »Unter uns, ich bin ziemlich sicher, dass du dich entspannen kannst. Er ist über dich hinweg.«

Spritz machte die Soße. »Ach ja?«

»Mm. Mmmm.« Ellie wedelte mit der Hand, um zu zeigen, dass sie den Mund voll hatte und nicht sprechen konnte. Roos Kochkünste waren zwar noch sehr unstet, aber die Bratkartoffeln schmeckten sensationell. Ellie kaute und schluckte und sah, dass Roo immer noch auf eine Antwort wartete.

»Er hat jemand anderen getroffen«, improvisierte Ellie. Das war großartig. Wie ein Zauberer, der Kaninchen aus seinem Zylinder zog, produzierte sie nun Notlügen. »Und darüber haben wir dann auch die ganze Zeit geredet. Er konnte einfach nicht aufhören, von ihr zu erzählen. Sie heißt Lisa. Er ist völlig hingerissen von ihr!«

»Oh. Tja, wie schön für ihn. Das ist … großartig.« Roo setzte ein strahlendes Ich-könnte-gar-nicht-glücklicher-sein-Lächeln auf.

»Er behauptet, sie sei umwerfend hübsch!«

»Kannst du mir den Soßenspender reichen? Er steht im Schrank hinter dir.«

»Sie ist Mathematiklehrerin. Ist das nicht erstaunlich? Hattest du hübsche Mathelehrerinnen während deiner Schulzeit? Ich definitiv nicht.«

»Okay, ich bin jetzt fast fertig.« Roo huschte wie ein hyperaktives Kaninchen durch die Küche. »Warum wartest du nicht im Wohnzimmer auf mich? In einer Minute tische ich auf.«

»Warte, bis du hörst, wie sie sich kennengelernt haben«, sagte Ellie. »Das errätst du nie!«

»Keine Ahnung. Hier, nimm mal mein Wasser mit.«

»Lisas Auto gab in Fulham den Geist auf. Sie stand an einer Ampel, es wurde grün, aber der Motor starb ihr einfach weg. Alle hupten und wurden wütend. Außerdem regnete es auch noch. Jedenfalls hat ihr keiner geholfen. Todd kam gerade aus einem Supermarkt und sah, was los war. Er stellte seine Einkaufstüten ab und half ihr, den Wagen aus dem Weg zu schieben …«

»Ist das genug Roastbeef für dich? Willst du etwas Senf dazu?«

»Dann wollte er seine Einkaufstüten holen, aber jetzt rate mal? Jemand hatte sich mit seinen Tüten aus dem Staub gemacht! Ist das zu fassen? Das Lustige ist, der Dieb hatte ihm quasi einen Gefallen damit getan, denn als Todd Lisa davon erzählte, brach das Eis zwischen ihnen. Er wartete im Regen mit ihr auf die Leute vom Pannendienst, sie sagte, es sei ihre Schuld, dass jemand ihm sein Essen gestohlen habe. Das Mindeste, was sie tun könne, sei, ihn zum Abendessen einzuladen. Genau so kam es dann, und der Rest ist Geschichte! Ist das nicht unglaublich romantisch?«

»Ja, ist es. Können wir jetzt das Thema wechseln?« Roo scheuchte sie praktisch aus der Küche. »Es interessiert mich wirklich kein bisschen.«

Es war ein Wunder, dass Ellies Nase vor lauter Lügen nicht zu einem Teleskop heranwuchs und an der gegenüberliegenden Wand anschlug. Zufrieden trug sie das Wasser ins Wohnzimmer. Lass gut sein, jetzt kein weiteres Wort mehr. Das sollte nun erst mal sacken.

48. Kapitel

Ellie surfte im Internet, um einen komplizierten Reiseplan für Zacks anstehende Reisen nach Kopenhagen und Südafrika auszuarbeiten. Bislang schien das Hauptproblem darin zu liegen, dass zwei Termine bereits feststanden, die ihm kaum zwanzig Minuten ließen, um von Kapstadt nach Johannesburg zu fliegen. Im Grunde brauchte er kein Flugzeug, er brauchte die Raum-Zeit-Maschine von Dr. Who.

Zack kam nach unten und trat ins Büro. »Haben Sie die Mail von Bob Nix gelesen?«

»Nein. Ich habe hier ein Problem. Kommen Sie her und sehen Sie sich das an.« Sie klopfte auf die Liste mit den Uhrzeiten und Daten, die sie auf einem Notizblock neben dem Computer notiert hatte. »Sie haben dieses Treffen organisiert, und die andere Seite hat das hier geplant. Soll ich versuchen, den Termin in Kapstadt rückgängig zu machen?«

»Ah, ich sehe, was Sie meinen.« Mit einer Hand stützte Zack sich am Schreibtisch ab, während er über ihre Schulter auf den Terminplan schaute. »Ja, rufen Sie Annika an, und fragen Sie, ob wir den Termin vielleicht direkt morgens ansetzen können. Aber vorher«, fuhr er fort, griff nach der Maus und minimierte die

Seite auf dem Bildschirm, »will ich Ihnen etwas anderes zeigen.« Rasch klickte er sein E-Mail-Konto an und vergrößerte die Nachricht, die wenige Minuten zuvor eingegangen war.

Ellie konzentrierte sich auf das Geschriebene am Bildschirm. Zack körperlich so nahe zu sein verursachte in ihrem Innern das pure Chaos. Und täglich wurde es sogar noch schlimmer. Also gut, denk jetzt nicht über seinen Geruch nach, über seine Körperwärme oder über das Spiel seiner Muskeln und Sehnen in seiner Hand, während er die Maus bewegt …

Hallo Zack,
großartige Leistung letzte Woche bei SpencerInc – Ted hat mir davon erzählt. Bin beeindruckt.
Bibi hat mich gebeten, Dir das angehängte Foto zu schicken. Sie lässt Dich grüßen. Zeigst Du es bitte Ellie? Ich hoffe, sie arbeitet noch für Dich!
Bob

Ellie nickte, um ihm zu zeigen, dass sie fertiggelesen hatte und er jetzt den Anhang öffnen konnte. Man sah eine Seite aus einem Hochglanzmagazin. Bob und Bibi waren auf einem schicken Wohltätigkeitsball in Dallas abgelichtet worden. Ihre Zähne strahlten weiß. Bob sah aus wie ein riesiger, gutgelaunter Grizzly im Smoking. Bibi trug ein Kleid aus Silberlamé, das ihre spektakulären Brüste und ihre schmale Taille besonders gut zur Geltung brachte. Ihre türkisfarbenen Augen funkelten. Ihre Haare, die einer Explosion aus Löckchen glichen, waren mit Strasskämmen nach oben gesteckt. Quer über das Foto hatte Bibi gekritzelt: *Ellie! Ich habe noch nie so viele Komplimente erhalten!*

Ellie lächelte. Sie war sich des warmen Atems von Zack in ihrem Nacken überdeutlich bewusst.

»Diese Haardinger.« Er klang verwirrt. »Die sehen genauso aus wie die, die Sie damals im Hotel trugen, als wir bei Bob und Bibi eingeladen waren.«

»Tun sie.«

Zack sah genauer hin, sein Arm streifte ihre Schulter. »Es sind exakt dieselben.« Er drehte sich zur Seite, sah Ellie an. »Sind das Ihre?«

»Ja.«

»Sie haben sie Bibi geschenkt?«

Ellie wurde rot. War er jetzt wütend auf sie? War es ihm peinlich, dass sie der Frau eines Milliardärs so billige Haarkämme geschenkt hatte? »Sie meinte, sie würden ihr gefallen. Ich hätte nicht gedacht, dass sie sie tatsächlich tragen würde.« Ellie zeigte zum Foto auf dem Bildschirm. »Schon gar nicht zu so einem Anlass.«

»He.« Zack richtete sich auf und drehte ihren Stuhl, damit sie ihn richtig ansehen konnte. Er versuchte in ihrem Gesicht zu lesen. »Dachten Sie etwa, ich sei jetzt wütend?«

»Ich weiß nicht.« Ellie spürte, wie sie rot anlief. Wenn Zack sie auf diese Weise ansah, fiel es ihr schwer, sich zu konzentrieren. »Nachdem ich damals nach Hause kam, erschien mir das Ganze ziemlich dumm.« Gott, es fiel ihr *wirklich* schwer, sich zu konzentrieren. »Ich meine, Sie glauben nicht, wie billig die Haarkämme waren … ich hoffe nur, niemand sagt etwas zu Bibi … vielleicht wird sie wegen der Kämme ausgelacht.«

»Darf ich etwas sagen?« Zack unterbrach ihr Geplapper. »Bibi ist eine kluge Frau, die sich in der Welt auskennt. Sie trägt, was sie tragen will, und ich möchte nicht in der Haut dessen stecken, der sie auslacht. Abgesehen davon, hat sie einen schwarzen Gürtel in Karate.«

»Haben wir den nicht alle«, sagte Ellie.

Er stutzte. »Haben Sie einen?«

»Das verrate ich nicht, das müssen Sie schon selbst herausfinden.« Sie hatte natürlich keinen schwarzen Gürtel, aber im Alter von vierzehn Jahren hatte sie es immerhin zu einem grünen Gürtel gebracht.

»Jetzt bekomme ich es mit der Angst zu tun.« Er lächelte.

»Jedenfalls war das eine nette Geste von Ihnen. Bob und Bibi mögen Sie.«

»Ich mag die beiden auch.« Ellie verlagerte ihr Gewicht auf dem Drehstuhl. In den letzten Wochen war Zack distanziert und geschäftsmäßig gewesen. Hatte sich nun die Atmosphäre verändert? Jetzt lehnte er an ihrem Schreibtisch, sein Bein nur wenige Zentimeter von ihr entfernt, und es war, als sei alle Gereiztheit wie weggeblasen. Sein Verhalten war weicher und erinnerte an den lässigen Zack, der sich während der Grippe um sie gekümmert hatte und mit dem sie sich so gut amüsierte.

Bildete sie sich das nur ein, oder sah er sie nun so an, als gäbe es etwas, das er ihr sagen wolle, aber wüsste nicht, wie er es formulieren solle? Oder wünschte sie sich das nur? O Gott, sie tat es schon wieder, sie beschwor Phantasiebilder herauf wie ein wahnhafter *Take That*-Fan.

»Man weiß nie, manchmal verändert eine Kleinigkeit alles.« Zack nahm den Terminkalender zur Hand und blätterte die Seiten um. »Bob sucht einen Partner für eine neue Elektronikfirma. Vielleicht bittet er mich, mit einzusteigen. Falls ja, muss ich ein oder zwei Wochen nach Texas fliegen, vermutlich Anfang Dezember.« Er runzelte gedankenverloren die Stirn. »Wissen Sie, das wird bestimmt hektisch. Jede Menge zu tun, arbeitstechnisch und gesellschaftlich. Vielleicht müssen Sie mich begleiten.«

Hurra, rief ein Stimmchen in Ellies Kopf. Eine Reise nach Texas mit Zack! Aber Himmel, was, wenn sie über Nacht flogen und er im Flugzeug neben ihr schlief? Mist, ihr Gehirn preschte schon wieder voraus. Das war alles illusorisch. Wahrscheinlich würde er luxuriös in der Business Klasse fliegen, während sie in der Economy Klasse im hinteren Teil des Fliegers zwischen kreischenden Kindern eingequetscht saß. Laut sagte sie: »Kein Problem.«

Er musterte sie aufmerksam. »Sicher, dass Ihre Pläne dadurch nicht gestört werden?«

Er glaubte, sie würde sich noch mit Joe treffen. War das der richtige Augenblick, um ihm zu sagen, dass es vorbei war? Aber wenn sie das tat, würde er dann annehmen, sie sei wieder versetzt worden? Ellie schüttelte den Kopf. »Das ist mein Job. Es ist überhaupt kein Problem.«

»Gut, sehr gut.« Er blätterte im Terminkalender zurück. Sie sah, dass er seine Termine für den Monat September durchging. Am letzten Wochenende im September heiratete seine Schwester. Er blätterte darüber hinweg, ohne etwas zu sagen. Seit er sie gefragt hatte, ob sie ihn begleiten würde, hatte er seine Schwester nicht mehr erwähnt. Hatte er die Einladung vergessen? Hoffte er, *sie* hätte sie vergessen? Hatte er inzwischen jemanden kennengelernt? War er deshalb besserer Laune? Ellies Magen verkrampfte sich vor Angst. Also schön, frag ihn.

»Äh ...« Mist, ihre Stimmbänder versagten ihr den Dienst, und ihr Mund war völlig ausgetrocknet. Sie schob ihren Stuhl zurück. »Eine Tasse Tee?« Es würde leichter sein, die Frage zu stellen, wenn er ihr nicht so nahe war.

»Gern.« Aber als sie in die Küche ging, folgte er ihr. Also gut, bring es einfach hinter dich. Ellie warf jeweils einen Teebeutel in die zwei Becher. »Was ist eigentlich mit der Hochzeit Ihrer Schwester?«

»Da tobt das Chaos.« Zack entspannte sich sichtlich. »Eine Million Dinge zu tun, aber nicht annähernd genug Zeit. Die Zwillinge weigern sich, Brautjungfern zu sein, wenn sie keine leuchtenden Turnschuhe tragen dürfen. Außerdem wollen sie Hunde, die mit ihnen durch den Mittelgang zum Altar schreiten. Steph rauft sich ununterbrochen die Haare. Aber am Ende wird sicher alles gut.«

Die Teebeutel quollen auf, als Ellie das kochende Wasser darübergoss. »Hören Sie, wenn Sie mich für die Hochzeit nicht mehr brauchen, ist das in Ordnung.«

»Warum?« Zack erstarrte. »Wollen Sie nicht mehr mitkommen?«

»Nein … ich meine, doch …« Sie rührte zu heftig um, Tee spritzte auf die Arbeitsplatte.

»Ist es wegen Joe?«

»Nein, ich dachte nur, dass Sie vielleicht lieber mit jemand anderem gehen möchten.« Ehrlich, hatte er keine Ahnung, was für eine Wirkung es auf sie hatte, wenn er einen so intensiv ansah?

»Mit wem denn?«

Jetzt konnte sie es auch gleich sagen. »Also gut, ich habe die Postkarte gesehen, die neulich für Sie kam. Aus Australien. Ich war nicht neugierig«, erklärte Ellie rasch, »aber ich kam nicht umhin, den Text zu lesen.«

»Die Karte von Meg.« Sie sah, wie er lächelte. »Wie kommen Sie auf die Idee, ich würde mit Meg zu Stephs Hochzeit gehen wollen?«

»Nun ja, sie war Ihre Freundin. Und es schien ihr viel daran zu liegen, Sie wiederzusehen.« Okay, jetzt klang sie total neugierig. »Hören Sie, es tut mir leid, aber es ist doch besser, wenn ich Bescheid weiß.«

»Da läuft gar nichts.« Zack nahm die Milch aus dem Kühlschrank und reichte ihr den Karton. »Sie haben recht, Meg hatte feste Vorstellungen. Ich habe mich neulich abends mit ihr im *Queen's Head* auf ein paar Drinks getroffen. Es war schön, sie wiederzusehen und sich das Neueste zu erzählen, aber mehr ist da nicht. Wir kommen auf gar keinen Fall wieder zusammen.«

»Oh. Aha.«

»Und ich werde sie ganz sicher nicht einladen, mich zu Stephs Hochzeit zu begleiten.«

Milch. Spritzer. Milch. Noch mehr Spritzer. Hoppla. Verlegen meinte Ellie: »Dann wollen Sie mich also noch?« O Gott, habe ich das eben wirklich gesagt?

Nach einem kurzen Augenblick sagte Zack belustigt: »Ja, ich möchte immer noch mit Ihnen gehen.«

Oha. Lag es an ihr, oder wurde es hier drin immer heißer?

»Ich komme gern. Ich freue mich darauf, ihre Familie kennenzulernen.« Die Art, wie er sie ansah, machte ihre Knie zitterig.

»Es wird sicher lustig. Womöglich brauchen Sie Ohrstöpsel«, sagte Zack, »aber Sie werden sie mögen. Da bin ich mir sicher.«

Jetzt sah er auf ihren Mund. Fühlte es sich so an, wenn man hypnotisiert wurde? Ellie konnte keinen vernünftigen Gedanken mehr fassen. Sie murmelte: »Sie klingen sehr sympathisch.« Sie fragte sich, ob sie die Worte überhaupt richtig ausgesprochen hatte. Ihre Lippen waren wie aus Gummi, und sie hatte jede Kontrolle über sie verloren. Konnte sie überhaupt noch normal sprechen, oder kam nur noch blah-blah-bla aus ihrem Mund? Und Zack sah sie immer noch so merkwürdig an, fast als wolle er …

Wuff! Wuffwuff!

49. Kapitel

Ellie zuckte zusammen, als die Hundeklappe geräuschvoll aufsprang und Elmo in die Küche stürmte. Sie hörte, wie Zack ausatmete, es klang frustriert. Oder war das nur Wunschdenken von ihr? Mental zwang sie sich in die reale Welt zurück, nahm ein Wischtuch zur Hand und entfernte die Milchflecken von der Granitplatte.

»Es ist noch zu früh zum Gassigehen«, sagte Zack zu Elmo, der immer noch bellte und herumhüpfte wie ein Lachs an Land. Zack schüttelte den Kopf, dann gab er nach: »Na gut, was soll's, dann gehen wir eben jetzt.« Er griff nach der roten Leine, die neben der Hintertür an einem Haken hing. Das war das Zeichen für Elmo, mit dem Herumalbern aufzuhören und stillzustehen, damit Zack die Leine an seinem Halsband befestigen konnte.

Doch als Zack sich nach unten beugte, tapste Elmo ein paar Rückwärtsschritte, vollführte dann rasch eine Kehrtwende und sauste durch die Hundeklappe wieder davon.

»Was soll denn das?« Zack runzelte die Stirn und hängte die Leine wieder auf.

Ellie ging zum Fenster. Elmo rannte wie verrückt im Garten herum, sprang die Mauer hoch und wieder herunter. Gleich drauf kam er, immer noch laut kläffend, wieder durch die Hundeklappe in die Küche gestürmt. Ellie griff zum Telefon und wählte die Nummer von Geraldine.

»Es nimmt niemand ab.« Sie sah zu Elmo, dann zu Zack. »Hat sie gesagt, dass sie ausgeht?«

Zack schüttelte den Kopf. »Nein.«

»Wo ist der Ersatzschlüssel?«

»Sie hat ihn sich letzte Woche geholt, als ihre Schwester zu Besuch kam, und hat ihn seitdem nicht wiedergebracht.«

»Lassen Sie uns nachsehen, ob sie da ist.« Ellie öffnete die Küchentür. Die drei stiegen über das niedrige Mäuerchen, aber durch Geraldines Küchenfenster konnte man nichts sehen. Elmo kläffte immer noch wie außer Rand und Band. Als sie Geraldines Namen riefen, kam keine Antwort.

»Also gut, ich probiere es.« Ellie schlüpfte aus ihrer rosa Baumwolljacke, reichte sie Zack und sah zu der Hundeklappe in Geraldines Tür. Denk dich schmal, denk dich schmal.

»Passen Sie da durch?« Zack schaute zweifelnd. Die Hundeklappe war für einen mittelgroßen Hund angelegt.

»Danke für Ihr Vertrauen in mich«, fauchte Ellie bissig. »Falls ich steckenbleibe, ist es Ihre Schuld, weil Sie immer so viel Doughnuts kaufen. Und wehe, Sie filmen das mit Ihrer Handykamera und stellen es dann auf YouTube ein. Also gut, los geht's.« Sie kickte sich die Schuhe von den Füßen. »Sie müssen das mit dem Sensor übernehmen.«

War das klug? Wenn sie stecken blieb, musste er die Feuerwehr rufen, die dann die ganze Tür aushängte? Oder sie womöglich mit einem Brecheisen herausstemmte? Ellie kniete sich auf den Boden und wartete, bis Zack den Sensor von Elmos Halsband entfernt hatte. Er hielt ihn vor die Klappe, so dass Ellie sie öffnen konnte.

»Wehe, Sie lachen mich aus!« Ellie konnte Zack nicht mehr sehen. Sie griff mit den Armen durch die Klappe und schlängelte dann die Schultern hindurch.

Hinter ihr sagte Zack: »Daran würde ich nicht einmal im Traum denken.« Aber er lachte definitiv.

Sie hoffte, dass ihr Rock nicht nach oben gerutscht war. Also gut, die Hälfte hatte sie hinter sich. Jetzt waren die Hüften und der Hintern dran. Es würde eng werden. Ellie wappnete sich. »Wenn ich es nicht schaffe, dann rufen Sie bitte nicht die Feuerwehr, ja? Lassen Sie mich einfach hier liegen, bis ich von allein genug abgenommen habe.«

Aber schließlich schaffte sie es doch. Gerade so. Als sie sich erhob, kam ihr der Gedanke, dass sie möglicherweise überreagiert hatten. Vielleicht besuchte Geraldine nur eine Freundin. Oder sie genoss oben ein nachmittägliches Schaumbad oder einen Mittagsschlaf, und Elmo hatte seine Superhund-im-Einsatz-Nummer nur zum Spaß durchgezogen.

»Geraldine?«, rief Ellie, als Elmo hinter ihr durch die Hundeklappe kam. »Hallo? GERALDINE?«

Dann hörte sie Geraldine, sehr schwach und leise: »Ellie? Gott sei Dank, ich bin hier oben.«

Ellie drehte sich um, entriegelte die Küchentür und ließ Zack ein. »Sie ist oben.«

Sie folgten Elmo in den ersten Stock. Geraldine lag in der Tür zum Schlafzimmer. Als sie Zack und Ellie sah, brachte sie ein leichtes Lächeln zustande. »Ich habe mir den rechten Oberschenkelknochen gebrochen.«

Zack rief bereits den Rettungsdienst. Elmo leckte Geraldines

Hand, und sie tätschelte dankbar sein Ohr. »Kluger Junge. Hast du ihnen im Morse-Alphabet zugebellt?«

»Um es mal so zu sagen: Es hat sich wirklich ausgezahlt, dass Sie ihn gezwungen haben, die ganzen *Lassie*-DVDs anzuschauen.« Ellie kniete sich neben sie auf den Teppich. »Wie ist das passiert?«

»Da war eine riesige Spinne an der Wand, und ich habe versucht, sie mit einer eingerollten Zeitschrift zu erschlagen. Aber sie entwischte, also schlug ich erneut zu.« Geraldine klang erschöpft. »In dem Moment habe ich das Gleichgewicht verloren und ging wie ein gefällter Baum zu Boden.«

»Angewandtes Karma«, sagte Ellie.

»Wem sagen Sie das. Ich liege hier schon seit zwanzig Minuten, und die Spinne grinst mich die ganze Zeit hämisch an.«

Ellie folgte Geraldines Blick und quietschte auf. Die Spinne war mindestens zehn Zentimeter breit und schaute bösartig drein.

Zack beendete den Notruf. »Die Sanitäter sind auf dem Weg.«

»Danke, dass Sie mir zur Rettung geeilt sind. O Gott, die werden mich jetzt sicher ins Krankenhaus bringen.« Geraldine seufzte und sah Ellie an. »Wären Sie so gut und würden mir eine Reisetasche packen?«

»Kein Problem. Zack, bringen Sie bitte die Spinne um?«

»Wie bitte? Damit ich so wie Geraldine ende? Die Spinne bleibt am Leben. Ich gehe nach unten und warte auf den Rettungswagen.«

Als er gegangen war, murmelte Geraldine amüsiert: »Wie mein Ehemann. Der hatte auch Angst vor Spinnen, aber er wäre lieber gestorben, als das zuzugeben.«

Einen prekären Moment lang schwankte Ellie. Sollte sie sich Geraldine anvertrauen? Dann sah sie das schelmische Funkeln in den Augen der alten Frau und kam sofort wieder zu Sinnen. Es wäre purer Wahnsinn gewesen, ihr gegenüber Gefühle für Zack einzuräumen.

»Machen Sie sich keine Sorgen um Elmo, wir kümmern uns um ihn.« Ellie stand auf und verbot sich mental jedes weitere Wort über Zack. »Sagen Sie mir, wo sich Ihre Reisetasche befindet und was ich alles einpacken soll.«

Zack begleitete Geraldine zum University College Hospital und wartete in der Notaufnahme an ihrer Seite, bis man sie auf eine Station brachte. Die Operation, bei der die intrakapsuläre Fraktur gerichtet und stabilisiert werden sollte, wurde für den frühen Morgen des Folgetages angesetzt. Geraldine bekam Schmerzmittel verabreicht. Als Zack sich auf dem Heimweg befand, traf eine SMS von Ellie ein:

Reiseplan fertiggestellt, Besprechungen verlegt. Bin mit Elmo draußen. Sind um 18 Uhr zurück. Grüßen Sie Geraldine von uns. Kuss, E

Der Kuss, das verstand sich von selbst, war für Geraldine, nicht für ihn. Aber das hielt ihn nicht davon ab, sich die SMS dreimal anzuschauen. Einer Laune folgend bat Zack den Fahrer anzuhalten, als das Taxi Primrose Hill und die Regents Park Road erreichte. Der Hügel war in abendliches Sonnenlicht getaucht und immer noch sehr gut besucht. Zack ging in Richtung Gipfel und hielt Ausschau nach Ellie. Er hätte schwören können, dass sich ihr Verhalten ihm gegenüber an diesem Nachmittag geändert hatte. Allein, wenn er an die unglaubliche Sehnsucht dachte, die ihn erfüllt hatte, bevor … Er hatte sie unbedingt küssen wollen, hatte so kurz davor gestanden, es auch zu tun, doch dann kam Elmo durch die Hundeklappe gestürmt.

Zack hatte den Hügelkamm erreicht, als er den rosa Fleck entdeckte. Das waren sie: Ellie mit ihren langen dunklen Haaren, die im Wind flatterten, und Elmo, dessen Schwanz freudig wedelte, während sie seinen roten Ball in die Luft warf. Ellie wartete, bis er losgerannt war, dann sauste sie in die entgegengesetzte

Richtung. Als Elmo sie wieder eingeholt hatte, lag sie schon im Gras und tat so, als würde sie schlafen. Mit einem riesigen Sprung landete er bei ihr und ließ den Ball auf ihre Brust fallen. Sie kringelte sich vor Lachen und hob den Hund in die Luft. Elmo bellte vor Vergnügen und paddelte wild mit seinen Beinen. Gleich darauf warf Ellie seinen Ball erneut, und alle beide liefen hinterher.

Sie hatte keine Ahnung, dass er da war. Zack wollte sich nicht bewegen. Er wollte nur dastehen und sie beobachten. Ihr völliger Mangel an Befangenheit war unwiderstehlich. Eine Welle der Sehnsucht überkam ihn, und er fasste einen Entschluss. Nach den heutigen Ereignissen hatte er doch sicher die perfekte Ausrede, um sie zum Abendessen zu sich einzuladen. Sie würden sich darüber unterhalten, was mit Geraldine passiert war, könnten die Betreuung von Elmo in den kommenden Wochen besprechen und vielleicht ... vielleicht die Stimmung des Moments einfangen, bevor der verdammte Hund in die Küche geplatzt war. Als er Ellie vorhin gefragt hatte, ob sie sich um Elmo kümmern könnte, falls es im Krankenhaus länger dauern sollte, hatte sie gesagt, das sei kein Problem, weil sie an diesem Abend nicht mit Joe verabredet sei. Das konnte doch nur eine gute Nachricht sein. Wo immer Joe an diesem Abend ohne sie sein mochte, es geschah ihm recht.

»Hallo!« Ellie entdeckte die Gestalt, die auf sie zukam, und winkte wild mit beiden Armen. Als sie voreinander standen, sagte sie: »Ich kann nicht glauben, dass du mich zwingst, das zu tun.«

»Sei doch nicht so. Es wird toll.«

»Es wird nicht toll! Du hast mir doch schon gesagt, dass es furchtbar wird. Du willst doch nur, dass ich die Qualen mit dir teile.« Ellie musste trotz allem lächeln, sie konnte nicht anders.

Roo hatte sie vor zwanzig Minuten angerufen und verzweifelt um Unterstützung gebeten. Brian, Ende vierzig und mit schuppigem Kopf, gehörte zu den Menschen, neben denen man wirklich nicht im Bus sitzen wollte. Er arbeitete ebenfalls ehrenamtlich im Secondhandladen, redete ohne Punkt und Komma und war irgendwie exzentrisch. Außerdem trieb er jeden in den Wahnsinn mit seiner fehlgeleiteten Begeisterung für … nun ja, für so gut wie alles, was es gab.

»Ja, stimmt schon«, gab Roo zu, »aber er hat keine Freunde. Er ist sogar einer Amateurtheatergruppe beigetreten, um Freunde zu finden, aber das hat nicht funktioniert. Was konnte ich da sagen?« Es war die Premierennacht von Brians erstem Stück und fand im baufälligen Gemeindesaal einer Kirche in Crouch End statt. An diesem Nachmittag hatte er Roo voller Stolz zwei Eintrittskarten überreicht. »Es sind Karten für Angehörige und Freunde«, erläuterte sie Ellie. »Du musst mitkommen, damit Brian nicht denkt, er hätte eine Art Date mit mir. Oder mich nach der Vorstellung noch nach Hause bringen will!«

Ellie legte zum Schutz vor der Sonne die Hand über die Augen und sah zu, wie Elmo spielerisch mit zwei Terriern um seinen Ball raufte. »Wann müssen wir dort sein?«

»Um 20 Uhr geht der Vorhang hoch. Aber Brian sagt, wir sollten schon um 19 Uhr da sein, wenn wir gute Plätze haben wollen.« Roo legte den Kopf schräg. »Ist das der, für den ich ihn halte?«

Ellie folgte ihrem Blick, und ihr Magen schlug einen kleinen Purzelbaum. Das passierte immer, wenn sie Zack unerwartet sah. Sie nickte. »Das ist Zack.«

»Hab ich's mir doch gedacht. Das nenn ich mal einen tollen Körper.« Roo hob lächelnd eine Augenbraue. »Guck nicht so geschockt. Ich werde ihn nicht anbaggern.« Sie grinste. »Ich wollte es nur erwähnen, für den Fall, dass du es nicht selbst bemerkt hast.«

Der Fall, dass sie es nicht bemerkt hätte, würde ihr Leben ja so viel leichter machen. »Hallo«, rief Ellie etwas zu fröhlich, als Zack auf sie zukam. »Wie geht es Geraldine?«

»Angesichts der Umstände ziemlich gut.« Er nickte Roo zu. »Sie sind Roo? Endlich lernen wir uns einmal kennen. Ich habe viel von Ihnen gehört.«

»Dito.« Roo schob ihre Sonnenbrille auf die Stirn und strahlte Zack an. In diesem Moment kam Elmo angerannt. Seine Zunge hing weit heraus, und sein Schwanz glich einem Propeller.

»Sie sagten, dass Sie mit ihm Gassi gehen, da dachte ich, ich schaue hier vorbei.«

»Ich freue mich, dass Sie das dachten«, erklärte Roo. »Sonst hätte Ellie sich womöglich damit herausgeredet, dass sie zu Hause bleiben und auf Ihren Hund aufpassen müsse. Aber da Sie jetzt hier sind, steht unseren Abendplänen nichts mehr im Wege.«

Es trat eine winzige Pause ein. Dann sagte Zack: »Was haben Sie vor?«

»Wir gehen ins Theater und sehen uns ein Stück an. Es wird furchtbar.«

»Das steht noch nicht fest«, widersprach Roo.

»Doch, tut es.« Ellie schüttelte den Kopf. »Du sagtest, Brian spielt einen singenden spanischen Jongleur. Du hast mir auch gesagt, er ist unscheinbar, unmusikalisch und kann nicht jonglieren.«

»Wie auch immer, wir gehen da hin, und damit basta.« Roo schob ihre Sonnenbrille wieder nach unten. Sie nahm Ellie die Leine aus der Hand und reichte sie Zack. »Aber zuerst müssen wir nach Hause und uns umziehen. Wiedersehen.« Sie schenkte ihm ein weiteres strahlendes Lächeln. »Bis bald mal wieder.«

»Ich wette, Sie sind neidisch.« Ellie rollte gutmütig mit den Augen. »Wenn wir noch eine Eintrittskarte hätten, könnten Sie mitkommen, aber offenbar sind die Karten unglaublich gefragt.«

»Es ist ausverkauft!«, rief Roo über ihre Schulter. Sie war schon auf dem Weg hügelabwärts.

Ellie ging in die Knie, um Elmos Ohren zu tätscheln. »Mach's gut, Süßer, wir sehen uns morgen.«

Und wieder ging ein Plan von ihm den Bach runter.

»Auf Wiedersehen«, sagte Zack.

50. Kapitel

»Wir überlegen, wie wir Geld für das *St. Mark Hospiz* sammeln könnten«, sagte Yasmin. »Die Leute dort haben sich um meine Tante gekümmert, bevor sie letztes Jahr starb. Es ist ein phantastischer Ort, dem es aber an finanziellen Mitteln fehlt. Wenn sie ihre Zielvorgaben nicht bis Weihnachten erreicht haben, müssen sie womöglich schließen.«

»Das ist schrecklich«, sagte Roo. »*Aua*!« Yasmin war gut bei der Haarentfernung mittels Wachs, aber man merkte es trotzdem. Es tat weh.

»Tut mir leid! Jedenfalls haben wir beschlossen, hier im Salon eine Tombola durchzuführen. Und da Sie eine prominente Stammkundin sind, haben wir uns gefragt, ob Sie einen Preis spenden würden.«

Mehr Schmerz. Roo zuckte zusammen. »Natürlich, das mach ich gern, aber ich bin kein Promi.«

»Ich weiß, aber Sie waren es einmal. Vielleicht könnten Sie eine signierte Autogrammkarte spenden. Oder eines Ihrer alten Bühnen-Outfits. Wir nehmen alles.« Yasmin riss fröhlich den nächsten Wachsstreifen von Roos Bein. »Wir wollen so viel Geld wie möglich zusammenbringen. Bei unserer letzten Tombola haben wir 280 Pfund eingenommen!«

Roo fühlte sich hilflos. Sie hatte kein Bühnen-Outfit, das sie spenden konnte. Und niemand würde eine signierte Autogrammkarte von ihr wollen. Konnte sie denn nicht irgendwie anders helfen? *Aua.*

»Wen haben Sie noch gefragt?«

»Ach, eigentlich jeden. Natürlich kann man Behandlungen im Salon gewinnen. Und ein paar Kundinnen haben angeboten, selbstgemachten Kuchen oder Pralinen zu spenden. Alle wollen helfen«, freute sich Yasmin.

Das war ja alles reizend, aber es würde nicht reichen, um ein Hospiz zu retten, das kurz vor der Schließung stand. »Wer sind Ihre anderen prominenten Stammkundinnen?«

»Na ja …« Yasmin schnitt eine Grimasse. »Wir sind nicht gerade ein Kosmetiksalon, der Berühmtheiten anzieht.«

Jackie, die immer optimistisch war, rief: »Gary Barlow, der ehemalige Sänger von Take That, ist neulich an unserem Schaufenster vorbeigelaufen.«

»Das zählt nicht wirklich«, hielt Yasmin dagegen.

»Oh, und da war noch diese Frau, die früher das Wetter im Fernsehen angesagt hat. Wie hieß die doch gleich wieder?« Jackie fuchtelte mit dem Stift in ihrer Hand, als wolle sie ihr Erinnerungsvermögen ankurbeln. »Erinnert ihr euch an sie? Sie hat unglaublich zugelegt. Wollte dann bei ihrer nächsten Behandlung einen Bodywrap, aber mittendrin sind uns die Wickel ausgegangen.«

»Komisch, danach ist sie nie wiedergekommen.« Yasmin lachte und fuhr mit dem Entwachsen fort.

Jackie dachte kurz nach. »Und dann war da noch diese Schauspielerin, die immer verrückte Frauen darstellt? Thelma Irgendwas. Knubbelige Ellbogen und ulkige Zähne. Oh, jetzt fällt mir wieder ein, die ist nach Kanada gezogen.«

Yasmin rollte mit den Augen. »Wen wundert's, dass unsere prominenten Kundinnen auswandern?«

»Moment Mal, wir haben doch noch Ceecee Milton!«

Noch ein Name aus der Vergangenheit. Roo hatte Ceecee Milton ein paarmal getroffen, als sie beide auf dem Höhepunkt ihres Erfolges standen. Ceecee hatte ebenso wie sie einen kurzen Augenblick im Scheinwerferlicht genossen, bevor sie wieder in sepiafarbene Vergessenheit geriet. Das lag weitestgehend daran, dass ihr Ehemann, der auch als ihr Manager fungierte, es fertigbrachte, sich mit allen großen Namen in der Branche anzulegen. Ceecees kraftvolle Stimme war wunderbar, aber die Anfragen gingen rapide zurück, weil er nur Schwierigkeiten machte und sich unablässig über jedes noch so kleine Detail beschwerte. Vielen Veranstaltern erschien es daher einfacher, jemand anderen zu buchen. Und so ging eine weitere vielversprechende Karriere über den Jordan.

»Wen gibt es noch?«, fragte Roo.

»Äh, das war's.« Yasmin schaute entschuldigend.

»Nur ich und Ceecee?« Ach herrje. Das war nun wirklich der Bodensatz der Prominenz. »Zwei abgehalfterte Popsternchen.«

»Sie ist aber wirklich nett. Und sie wird uns ganz bestimmt etwas Tolles für die Tombola spenden.«

Paranoid fragte sich Roo, was das bedeuten sollte. Wollte Yasmin damit andeuten, dass Ceecee netter war als sie? »Ich gebe Ihnen auch etwas Tolles, ich weiß nur noch nicht, was genau.« *Aua.* »Ist sie noch verheiratet?«

»Gott sei Dank nicht. Den schrecklichen Typen hat sie schon vor einer ganzen Weile abserviert. Jetzt hat sie einen reizenden Ehemann.« Yasmin musste lächeln. »Sehen Sie? So was gibt es! Folglich dürfen wir alle noch hoffen.«

Es regnete wie aus Kübeln, als Roo aus der U-Bahn-Station trat. Innerhalb von Sekunden klebten ihr die Haare am Kopf, und ihr T-Shirt wurde durchsichtig. Passanten zuckten bei ihrem Anblick buchstäblich zusammen, was wohl bedeutete, dass sie irgendwie derangiert aussah, aber das war Roo egal. Ihr Herz sang, und ihr Verstand blubberte vor Freude. Es war zehn vor neun am Morgen, und sie hatte die ganze Nacht kein Auge zugetan. Das war ihr noch nie zuvor passiert. Zumindest nicht ohne die Hilfe von Alkohol oder anderen bewusstseinsverändernden Substanzen.

»Meine Güte, was ist passiert?« Yasmin, die beim Salon eintraf, blickte verwundert zu Roo, die vor dem Eingang stand. »Ist alles in Ordnung?«

»Klar, es geht mir gut.« Roo wischte sich das klatschnasse Haar aus dem Gesicht und folgte ihr in den Salon. »Ich war die ganze Nacht wach und habe geschrieben.«

Yasmin reichte ihr ein Handtuch. »Hier, trocknen Sie sich ab. Ich wusste nicht, dass Sie jetzt schreiben. Was denn? Eine Autobiographie?«

»Kein Buch, einen Song! Er ist wirklich gut.« Roo schüttelte den Kopf und versuchte es erneut. »Nein, er ist nicht gut, er ist brillant!«

»Oh, wie wunderbar! Singen Sie ihn mir vor!«

Selbst in guten Momenten klang Roos Singstimme wie das Schreien einer malträtierten Katze. »Das kann ich nicht, dazu brauche ich Ceecee. Können Sie mir ihre Telefonnummer geben?«

Yasmin war sichtlich perplex. »Ceecee Milton? Warum?«

»Weil es der beste Song ist, den ich je geschrieben habe. Ich kann nicht glauben, dass mir das gelungen ist, aber ich will, dass wir beide eine Wohltätigkeits-Single aufnehmen«, erklärte Roo. »Für Ihr Hospiz. Wenn wir das richtig anstellen, kann das ganz groß einschlagen.«

»Ehrlich? Im Ernst? O mein Gott, wie sollte das gehen?«

»Schnorren, betteln, jeden einzelnen Kontakt anzapfen, den wir haben.« Roo sah ein Kaleidoskop der Möglichkeiten vor sich. »Und dann kräftig die Werbetrommel rühren.«

»Aber wie?«

»Tja, in erster Linie durch eine Mischung aus Mund-zu-Mund-Propaganda, Klatsch und Tratsch und Technologie.«

Ellie hatte so etwas noch nie gesehen. Sie war in eine Villa in St. John's Wood bestellt worden. Als sie ankam, war es 20 Uhr. Der riesige Anbau hinter dem Haus war zu einem Aufnahmestudio umfunktioniert worden, in dem Techniker an Mischpulten standen und die Luft förmlich vibrierte. Roo stand mittendrin, ihr Motor lief auf Cola light und Adrenalin. Nachdem sie alle Fäden gezogen hatte, die sie in die Finger kriegen konnte, war ein Team an Fachleuten zusammengekommen, das gemeinsam ein Wunder bewirken sollte. Musiker, Musikproduzenten und Begleitsängerinnen liefen im Studio umher, hörten zu und kommentierten und riefen dann wiederum andere an, die bei dem Projekt helfen konnten. Ellie sah Yasmin mit ihrem kleinen Ben auf der Hüfte, wie sie mit Ceecee Milton sprach, einer Frau von klassischer Schönheit, schwarz und makellos und ebenfalls mit einem Baby im Arm, allerdings einem weiblichen.

»Hallo!« Yasmin entdeckte sie und winkte sie zu sich. »Ist das nicht Wahnsinn! Das ist übrigens Ceecee.«

»Hallo.« Ceecee lächelte herzlich. »Sie müssen die Frau mit dem unsichtbaren Baby sein.«

»Ja, tut mir leid.« Ellie sah zu Yasmin. »Der Vorteil ist, die Windeln sind ebenfalls unsichtbar.« Sie verstummte, als jemand einen Schalter umlegte und die Anfangssequenz des Songs im Studio erklang. »Das ist unglaublich.«

»Warten Sie, bis Sie den ganzen Song hören.« Die Musik erstarb. »Ceecees Stimme ist phantastisch. Und der Song selbst …«

Jemand hob die Hand, um alle zum Verstummen zu bringen, dann setzte die Musik erneut ein. Innerhalb von dreißig Sekunden war Ellie klar, dass der Song etwas Besonderes war. Bei Ceecees herzzerreißender Stimme bekam sie eine Gänsehaut. Irgendwann setzten die Begleitsängerinnen in dem Song ein, der *The Light in My Life* hieß. »Du bist das Licht meines Lebens … du bist alles für mich … wenn es finster ist, bist du meine Sonne, du bist meine Welt, ich glaube an dich …«

O Gott, es lag so viel Gefühl in den Worten, dass Ellie sich abwenden musste. Sie würde gleich heulen, wie peinlich. Sie fummelte in ihrer Handtasche und zog verstohlen eine Packung Taschentücher heraus. Gleich darauf verlangte auch Yasmin eins. Ellie sah sich um. Sie waren nicht die Einzigen, die der eindringlichen, tief bewegenden und gefühlvollen Musik erlagen. Sie packte einen und ließ einen nicht mehr los. Erwachsene Männer hatten Tränen in den Augen. Der knochige Mann mit dem Ziegenbart, der am Mischpult stand, legte seinen Arm um Roos Schultern und drückte sie, als der Song seinem Höhepunkt zustrebte … Ellie wusste, wie selten es vorkam, dass man auf einen Song auf Anhieb so extrem reagierte.

Als die letzten Töne verklangen, herrschte einige Sekunden lang völlige Stille im Studio. Dann fuhr sich Ceecee über die Augen und meinte mit rauchiger Stimme: »Verdammt, bin ich gut.« Daraufhin explodierte das Studio unter Hurrarufen und wildem Applaus.

Wie benommen, sagte Roo: »Wir haben es geschafft, oder? Ich glaube, wir haben es tatsächlich geschafft.« Sie ließ sich auf ein kastanienbraunes Ledersofa fallen und vergrub das Gesicht in den Händen. Um sie herum jubelten die Leute, aber Roo war innerhalb von dreißig Sekunden eingeschlafen.

Gegen 23 Uhr war das Video fertig. Es hatte überhaupt nicht lang gedauert. Jemand wurde zum nächstbesten China-Imbiss geschickt, um zahlreiche braune Zustelltüten zu besorgen. Mit einem Camcorder wurde dann zur laufenden Tonspur aufgezeichnet, wie sie den Song einspielten. Alle stülpten sich die

Tüten über den Kopf, in die schmale Sehschlitze geschnitten waren. Auch Ceecee und die Begleitsängerinnen trugen die Kopfbedeckung. Jedes einzelne Mitglied der Crew würde anonym bleiben.

Um Mitternacht war das Video fertig geschnitten und wurde auf YouTube eingestellt. Die Flüsterpropaganda begann. Alle posteten Links auf ihren Webseiten, auf *Twitter*, *MySpace* und *Facebook* und ließen Andeutungen darüber fallen, wer daran beteiligt sein könnte: Bono, Jay-Z, Elton John, Beyoncé ... Als Nächstes wurden Journalisten, Fernsehschaffende und andere Musiker kontaktiert, und alle wurden gebeten, sich das Lied nur ein einziges Mal anzuhören und dann möglichst viele Leute wissen zu lassen, dass es a) für einen guten Zweck war und b) der Song des Jahres war.

Nur eine Stunde später, um ein Uhr nachts, verbreitete sich die Nachricht bereits wie ein Lauffeuer. Der YouTube-Clip war über eine halbe Million Mal angeklickt worden, und die Spekulationen, wer dahinterstecken könnte, blühten. Der Techniker mit dem Ziegenbart, der tatsächlich Kontakte zu Bono, Jay-Z, Elton John und Beyoncé hatte, bat sogar diese, sich rätselhaft zu geben und eine Beteiligung weder zu bestätigen noch zu leugnen, um der guten Sache zu helfen.

Ceecee brachte um ein Uhr dreißig ihr schlafendes Töchterchen nach Hause. Yasmin war schon vor Mitternacht mit Ben gegangen. Um zwei Uhr legte Ellie die Hand auf Roos Schulter und weckte sie sanft. »He, draußen wartet ein Taxi, falls du mitkommen willst. Danny meinte aber, du kannst auch hier schlafen.«

Roo blinzelte zu ihr auf, war kurz verwirrt. Dann schwang sie die Beine vom Sofa und setzte sich auf. »Nein, ist schon gut, ich komme mit dir.« Sie rieb sich die Augen und sah auf ihre Armbanduhr. »Ich bin morgen für die Vormittagsschicht im Secondhandladen eingeteilt. Ich darf mich nicht verspäten.«

51. Kapitel

War es erst zehn Tage her? Roo konnte es nicht glauben. Alles war so unglaublich schnell passiert. Vor elf Tagen hatte es den Song noch gar nicht gegeben, nicht einmal in ihrem Kopf, und jetzt kannten ihn Millionen Menschen, vielleicht sogar Milliarden, rund um den Globus. Absolut surreal.

Roo saß in der Künstlergarderobe und wartete darauf, vor die Kamera gerufen zu werden. Liveauftritte im Fernsehen waren immer furchteinflößend. Tja, früher waren sie es nicht gewesen, aber da war sie im Allgemeinen angekifft gewesen. Jetzt war es eine völlig andere Sache.

»Ist alles in Ordnung?« Einer der freundlichen Showrunner trat auf sie zu. »Sind Sie sicher, dass Sie nicht vielleicht doch ein Glas Wein möchten?«

»Danke, nein.« Das war natürlich eine Lüge. Sie hätte zu gern ein Glas Wein gehabt. Sie würde sich nur keins genehmigen. Vor allem nicht, da sie bereits ein Gelübde gebrochen hatte. Der fassungslosen Visagistin erklären zu wollen, dass sie kein Make-up brauchte, hatte sich als vergeblich erwiesen.

»O nein, Sie müssen sich von mir schminken lassen! Wir sind hier im Fernsehen!« Die junge Frau war hart geblieben. »Sie wollen doch nicht aussehen wie etwas, das man eben ausgegraben hat, oder? Das können wir nicht zulassen – da bekommen die Zuschauer es mit der Angst zu tun.«

Roo war klar, dass sie für eine gute Sache eintrat und folglich einen passablen Eindruck machen sollte, also hatte sie nachgegeben. Dieses eine Mal würde ja nicht schaden, oder? Und nun, da die Freveltat begangen worden war, musste sie zugeben, dass es nett war, sich wieder schön zu fühlen.

Die Tür ging auf, und Ceecee, die keine solchen Skrupel gehabt hatte, kam aus der Maske zurück. In ihrem blutroten Samtkleid mit dem farblich abgestimmten Lipgloss sah sie einfach umwerfend aus. Sie zwinkerte Roo mit den glänzenden goldenen Lidern und den riesigen falschen Wimpern zu, drehte sich im Kreis und sagte: »Schau uns an. Für zwei alte Auslaufmodelle machen wir doch ziemlich was her!«

Für den nächsten Tag waren sie zusammen mit Yasmin für eine Reihe von Presse-Interviews gebucht worden. So viel zu der Idee, dass die Beteiligten anonym bleiben sollten; das hatte gerade mal vier Tage lang geklappt. Aber diese Zeitspanne hatte ausgereicht, um seinen Zweck zu erfüllen: Das Interesse von Millionen von Menschen war durch den Strom an Spekulationen geweckt worden.

Als sie sich schließlich zu erkennen gaben – okay, als sie ›enttütet‹ wurden –, hatten sie ihr Ziel bereits erreicht. Der Song *The Light in My Life* war an die Spitze der Download-Charts geschnellt. Der *YouTube*-Clip war sieben Millionen Mal angeklickt worden, und der Song selbst gehörte nun zu den größten Songs des Jahres. Und als enthüllt wurde, dass der Hit nicht von Superstars geschrieben und gesungen worden war, beschloss die Öffentlichkeit, ihn dafür nur noch umso mehr zu mögen. In dieser Woche kletterte er in den Single-Charts auf den ersten Platz und verkaufte sich mehr als alle anderen Singles zusammen.

Roo und Ceecee wurden bereits gedrängt, nach Amerika zu fliegen, um dort in den wichtigsten Talkshows aufzutreten. Die letzten Tage waren absolut chaotisch gewesen. Roo hatte keine Ahnung, was als Nächstes passieren würde; sie wusste nur, dass wegen der irrsinnigen Zahl von Paparazzi vor der Tür niemand mehr in den Secondhandladen kam. Unzählige Menschen drängten in den Laden, schossen Handyfotos und baten Roo um ein Autogramm. Die Lage hatte sich verschlimmert, als die Kollegen im Secondhandladen herausfanden, dass sie Geld für eine konkurrierende Wohltätigkeitseinrichtung sammelte. Die Geschäftsführerin verlor daraufhin die Beherrschung; Störungen dieses Ausmaßes konnte sie einfach nicht tolerieren.

Das war es gewesen. Roo wurde gebeten, ihre Sachen einzusammeln und zu gehen. Fristlos gekündigt. Aus dem Ehrenamt geworfen. Das war also der Dank, den man bekam, wenn man versuchte, ein guter Mensch zu sein.

Und trotz all des Trubels musste Roo immer wieder an Todd denken. Was machte er wohl gerade? Mit wem war er zusammen? Saß er gerade mit Lisa auf dem Sofa gekuschelt und sah fern? Wenn Roo gleich auf dem Bildschirm erschien, würde Todd sie dann mit der flotten, hübschen und hochbegabten Mathematiklehrerin in seinen Armen vergleichen und seinem Schicksal danken, dass er die richtige Entscheidung getroffen hatte? Würde die hübsche Lisa zu ihm auflächeln und sagen: »Das ist sie also?« Während sie dachte: Ha, ich bin doch tausendmal klüger als die.

Also gut, solche Gedanken waren destruktiv. Sie musste damit aufhören. Auf den Bildschirmen in der Künstlergarderobe sah man, wie das Interview vor ihnen zum Abschluss gebracht wurde, und eine Assistentin mit einem Headset kam auf sie zu. Es ging los.

Ellie war zum Einkaufen in der Oxford Street unterwegs. Sie suchte etwas, das sie zur Hochzeit von Zacks Schwester tragen konnte. In ihrer Eile, um rechtzeitig zum Fernsehinterview daheim zu sein, kaufte sie drei Kleider, ohne sie anzuprobieren. Der Plan war gewesen, etwas in Pfauenblau zu kaufen, damit es zu ihren neuen Schuhen passte. Und genau deshalb kam sie natürlich mit einem blutroten Etuikleid, einem hellgrauen Top mit dazu passendem Spitzenrock und einem flaschengrünen Kleid mit passender Jacke und lila Seidenfutter nach Hause. Es war halt kein Kinderspiel, sich für ein Hochzeitsoutfit zu entscheiden, oder?

Sie zog die Vorhänge im Wohnzimmer zu und schaltete das Fernsehgerät ein. Dann zog sie sich bis auf BH und Slip aus und probierte zuerst das Etuikleid an. Wie erwartet, war es in Ordnung, wenn auch ein wenig zu klassisch. Als sie sich jedoch nach vorn beugte, klappte der Wickelausschnitt auf; das war jetzt weniger klassisch. Nein. Zurück in die Tüte.

Als Nächstes waren die beiden silbernen Teile an der Reihe. Ach herrje, wie kam es nur, dass man etwas im Laden sah und für großartig hielt, in Wirklichkeit darin aber wie eine Witzfigur aus einer Vorabendserie aussah?

Ellie schälte sich aus Top und Rock und steckte sie in die zweite Tüte. Manchmal traf sie unglaublich schlechte Entscheidungen, was Kleidung betraf. Also gut. Sie nahm das dritte und letzte Outfit und betete, dass es das Richtige sein möge. Mist, das Kleid hatte einen dieser Reißverschlüsse am Rücken, die man nur als Schlangenmensch zubekam. Und immer dann, wenn man ihn nicht brauchen konnte, lag Jamie plötzlich auf dem Sofa, einen Arm hinter dem Kopf.

»Du gibst dir ganz schön viel Mühe«, konstatierte er.

»Es ist eine Hochzeit. Ich will gut aussehen.« Sie war in das Kleid geschlüpft und zog den Reißverschluss so weit hoch, wie es ihr gelang. Ach, um Himmels willen. Sie war eine Größe 42. Wenn das eine Größe 42 war, war sie ein Bleistift.

Jamie schnitt eine Grimasse. »Vielleicht sieht es mit der Jacke besser aus.«

Sie zog die Jacke an und betrachtete sich im Spiegel über dem Kamin.

»Du siehst wie bei einem Vorher-nachher-Bild aus«, meinte er wenig hilfreich, »in einem Kleid von früher, um zu zeigen, wie viel du abgenommen hast.«

»O Gott.«

»Die Farbe ist aber toll.« Als ob es das besser machen würde.

»Eine Katastrophe«, klagte Ellie. »Jetzt muss ich alles wieder zurücktragen.« Es war ungeheuer frustrierend. »Und was soll ich jetzt anziehen?«

»Wie wäre es mit meinem Lieblingskleid? Das Kleid, das wir in unseren Flitterwochen gekauft haben?«

»Das habe ich schon einmal getragen, als wir im *Claridge's* waren.«

»Wir waren im *Claridge's*? Kann mich gar nicht erinnern.« Jamies Augen funkelten verschmitzt.

»Als ich mit Zack dort war«, verbesserte Ellie sich und schlüpfte aus dem viel zu großen Kleid.

»Und das heißt, dass du es nicht noch einmal tragen kannst?«

»Nein, das heißt, dass ich es nicht noch einmal tragen will.«

Er wirkte perplex. »Warum nicht?«

»Weil nicht alle von uns ewig in denselben Klamotten herumlaufen wollen, bis sie auseinanderfallen.« Sie starrte auf seine abgewetzte Jeans. Aus einem der Löcher lugte sein Knie.

»Mag sein«, räumte Jamie grinsend ein. »Oder aber du willst dein Flitterwochenkleid nicht anziehen, während du ein Wochenende mit einem anderen Mann verbringst.«

Hatte er recht? War das der eigentliche Grund? Ellie nahm die drei Kleidertüten zur Hand und marschierte an ihm vorbei. Sie stellte die Tüten im Flur ab, ging ins Badezimmer und kam in Sweatshirt und Shorts zurück. Die Werbepause war vorüber, und die zweite Hälfte der Talkshow begann. »Du musst jetzt ruhig sein«, verkündete Ellie. »Ich will das sehen. Roo wird interviewt.«

»Willst du damit sagen, dass du lieber ihr zusiehst, als dich mit mir zu unterhalten?« Jamie tat so, als wäre er empört. Er hatte immer schon gern im Mittelpunkt der Aufmerksamkeit gestanden.

»Sie ist real«, sagte Ellie, »du bist es nicht.«

»... eben noch in der Vergessenheit versunken, jetzt Heldinnen!« Vince Torrance, der stolz auf sein kumpelhaftes Image und seine dreiste Ironie war, leitete das Interview ein. »Eben waren sie noch vom Pech verfolgte Verliererinnen, jetzt sind sie eine Sensation und brechen alle Rekorde … meine Damen und Herren, begrüßen Sie Ceecee Milton und Daisy Deeva!«

In Primrose Hill saß Ellie mit einer Dose Irn-Bru und einer großen Packung Kettle Chips vor dem Fernseher. Hinter seinem oberflächlichen Äußeren war Vince Torrance tatsächlich ein intelligenter Mann und ein scharfsinniger Interviewpartner.

Sie griff zum Telefon und drückte auf eine Kurzwahlnummer. »Schaust du zu?«

Er wusste, wer am Apparat war. Sie hatte ihm vorhin eine SMS geschickt.

»Nein«, sagte Todd.

»Schalte ein.«

»Warum, bin ich ein Masochist?« Er seufzte theatralisch. Aber es war ein nachgebendes Seufzen, kein verärgertes. Gleich darauf hörte sie, wie die Sendung aus der Leitung tönte.

»Sieht sie nicht phantastisch aus?« Unglaublicherweise hatte man Roo offenbar überreden können, Make-up zu tragen.

»Ja, tut sie. Erkläre mir mal etwas. Warum genau soll ich mich dadurch jetzt besser fühlen?«

»Pst, ich kann nicht hören, was sie sagen.« Ellie richtete ihre Aufmerksamkeit wieder auf den Fernseher, wo Vince einen lustigen Kommentar über Roos Arbeit im Secondhandladen abgab.

»… und dieses Outfit, das Sie heute Abend tragen«, belustigt zeigte er auf Roos graue Jacke und die hautenge weiße Hose, »ich nehme mal an, das haben Sie aus dem Laden.«

Roo nickte. »Stimmt genau.«

»Aha! Okay.« Autsch, das hatte ihn auf dem falschen Fuß erwischt. Er lachte. »Tja, das ist bewundernswert. Vergeben Sie mir, aber Sie scheinen eine beachtliche Verwandlung durchgemacht zu haben. Ich darf wohl sagen, in den alten Tagen waren Sie doch ein ziemlich verrücktes Huhn.«

»O ja.«

»Was führte zu dieser Verwandlung?«

»Ich mochte mich nicht mehr«, sagte Roo schlicht. »Ich wollte ein netterer Mensch werden.«

»Und jetzt? Halten Sie sich für netter?« Vince schien ehrlich daran interessiert.

Roo fuhr sich mit den Fingern durch ihr stacheliges weißblondes Haar und zuckte mit den Schultern. »Ich hoffe doch. Ja, ich denke schon.«

»Sie haben diesen phänomenalen Song geschrieben. Alle Einnahmen kommen dem St. Mark Hospiz zugute. Darauf darf man stolz sein. Sie sind sicher überglücklich?«

Das war Roo sichtlich peinlich. Sie rutschte auf ihrem Stuhl umher. »Nun ja, schon, wir freuen uns sehr darüber, wie gut der Song ankommt.«

»Dann ist dies also die glücklichste Zeit Ihres Lebens?« Vince beobachtete sie aufmerksam und drang weiter in sie. »Das muss es doch sein! Sie müssen unglaublich glücklich sein!«

Einen Augenblick lang tauchten Tränen in Roos riesigen dunklen Augen auf. Sie legte den Kopf kurz in den Nacken, schaute zur Decke, dann sah sie wieder Vince an. »Das Hospiz stand kurz vor der Schließung. Das wird jetzt nicht passieren. Es ist aber nicht nur mein Verdienst, sondern auch das von Ceecee und allen, die an diesem Projekt beteiligt waren. Wir alle haben erreicht, was wir wollten.« Ihr Lächeln war strahlend, aber jeder, der sie wirklich kannte, sah, dass es nicht bis zu ihren Augen reichte. »Natürlich bin ich glücklich«, erklärte Roo.

Entnervt riefen Ellie und Todd unisono in ihren jeweiligen Hörer: »Lügnerin!«

52. Kapitel

Nach der Show gab es Drinks in der Künstlergarderobe. Der erste Gast, ein Comedian, stand im Mittelpunkt der Aufmerksamkeit, kippte in einem unglaublichen Tempo einen Wodka nach dem anderen und war ebenso laut wie lustig.

»He, alles gut?« Vince trat auf Roo zu, die an der Wand lehnte und ihr Handy checkte. Jede Menge Nachrichten, aber darunter keine, die sie gleich hätte beantworten wollen.

»Alles gut, danke.«

»Tut mir leid wegen der Kleidersache. Ich dachte, es seien Designermodelle.«

»Kein Problem.« Roo steckte ihr Handy weg.

»Eben. Die Leute lieben Sie deshalb nur umso mehr.« Er schwieg. »Sind Sie sicher, dass alles in Ordnung ist?«

»Es geht mir gut.«

»Sie werden wieder ein Star sein. Von jetzt an können Sie alles tun, was Sie wollen.«

Roo zuckte unverbindlich mit den Schultern. Wenn es etwas gab, das sie nicht noch einmal sein wollte, dann ein Star.

»Wie wäre es, wenn Sie und ich uns davonschleichen?« Vinces Finger glitten zart über ihren Rücken. Vermutlich sollte das verführerisch sein, denn er bedachte sie mit seinem frechen Grinsen und flüsterte in ihr Ohr: »Wohin möchten Sie gehen? Die Welt steht uns offen«, murmelte er. »Darf ich etwas sagen? Sie sind eine umwerfende Frau.«

Und da war es, ein leuchtendes Beispiel dafür, warum sie nicht in diese Welt zurückkehren wollte. Die alte Roo hätte sich in null Komma nichts mit ihm aus dem Staub gemacht; sie hätte weder bemerkt, noch wäre es ihr wichtig gewesen, dass er ein schleimiger Charakter mit einem überdimensionierten Ego war. Der einzige Mensch, den Vince Torrance liebte, war er selbst. Wenn sie die Nacht mit ihm verbrachte, würde das morgen auf Twitter zu lesen sein. Und es gab eine Zeit, da hätte sie das sogar lustig gefunden.

»Danke nein.« Eine Welle der Scham über ihr altes Ich schwappte über sie hinweg. »Ich glaube, ich muss jetzt gehen.«

»O he, nein, tun Sie das nicht. Sie können jetzt nicht gehen … der Abend hat doch gerade erst angefangen.«

Seine Hand lag jetzt auf ihrer Taille. Roo löste sich mit einer Seitwärtsbewegung und sagte: »Meiner nicht. Ich gehe nach Hause.«

»Na gut.« Vince hatte offenbar nicht vor, deswegen in Tränen auszubrechen. »Ich dachte, wir könnten etwas Spaß zusammen haben, aber das muss ja nicht sein. Tom organisiert Ihnen einen Wagen.« Er winkte Tom zu, drückte ihr einen flüchtigen Kuss auf die Wange und ging zu dem Comedian, der immer noch seine Show abzog.

Roo fühlte sich unmittelbar einen Tick besser. Sie stellte ihr Wasserglas ab und griff nach ihrer Tasche, als Tom, der für die Chauffeurdienste zuständig war, auf sie zukam. Und doch hatte sie sich in ihrem ganzen Leben noch nie so einsam gefühlt.

Der Wagen bog in die Nevis Street und blieb vor Roos Haus stehen. Es war 22 Uhr 30, am Ende der Straße sah man den Halbmond, und die Sterne funkelten am Himmel. Roo stieg aus, dankte dem Fahrer und beobachtete, wie er davonfuhr.

Ob Ellie zu Hause war? Ob sie noch wach war? Das Licht im Wohnzimmer brannte, aber Roo hatte auf ihre SMS vor zwanzig Minuten keine Antwort erhalten. Das Gefühl erdrückender Einsamkeit kehrte zurück; es war, als lege sich eine schwarze Samtdecke über sie. Roo zog ihr Handy heraus und wollte grade Ellie anrufen, als sie eine Bewegung am Fenster wahrnahm. Die Vorhänge wurden zurückgezogen, und die Freundin tauchte auf. Sie winkte, riss das Fenster auf und lehnte sich heraus.

»He, ich kenne Sie! Sie sind doch diese Songschreiberin, die ich vorhin im Fernsehen gesehen habe.«

Roo spürte, wie sich ein Lächeln auf ihrem Gesicht ausbreitete. Ohne Ellie hätte sie die letzten beiden Monate sicher nicht durchgestanden. Gar nicht auszudenken, was passiert wäre, wenn sie an jenem Tag nicht ihren Schlüssel im Schloss hätte stecken lassen. Womöglich wären sie sich nie begegnet. Viele Großstädter lebten jahrelang nebeneinander und grüßten sich nicht einmal.

Andererseits, ohne Ellie hätte sie auch Todd nicht kennengelernt. Na gut, das war jetzt nicht das Thema. Nicht an Todd denken. Roo legte die Hand über die Augen, um sie vom Licht der Straßenlampe abzuschirmen. »Wie war ich?«

»Du warst toll. Nur eins –«, Ellie stützte die Ellbogen auf dem Fensterbrett ab, »warum ist das nicht die glücklichste Zeit deines Lebens?«

Roo hatte die Straße überqueren wollen. Jetzt blieb sie abrupt stehen. »Wie bitte?«

»Du hast mich schon verstanden. Aber wir wissen ja beide die Antwort. Es liegt daran, dass du immer noch verrückt nach Todd bist.«

Roos Magen zurrte sich zu einem engen Knoten zusammen. Das war nicht fair. Sie konnte jetzt keinen Vortrag ertragen, nicht jetzt, nicht heute Nacht …

»Schau mich nicht so an.« Ellies Stimme wurde weich, als Roo stumm blieb. »Ach Roo, hast du dich nicht schon genug bestraft?«

Roos Augen brannten. Sie biss sich auf die Lippe.

»Hör zu, du hast ein paar schlimme Dinge getan«, fuhr Ellie fort. »Aber jetzt hast du deine Schuld beglichen. Mehr als das. Ich verspreche es dir.«

Eine einzelne Träne glitt über Roos Wange und tropfte von ihrem Kinn. Mehr als das? Schlug die Waage nun zu ihren Gunsten aus? Hatte sie endlich die Bilanz ausgeglichen? Sie sah zu Ellie hoch und meinte hoffnungsvoll: »Glaubst du das wirklich?«

»Ja.« Ellie nickte. »Ganz ehrlich.«

Zum ersten Mal war Roo in der Lage anzuerkennen, dass Ellie vielleicht – nur vielleicht – recht haben könnte. Sie verlagerte ihr Gewicht von einem Fuß auf den anderen. Da war allerdings immer noch die Sache mit Todds Freundin. Die würde nicht einfach wieder verschwinden.

»Hey, das ist doch verrückt, warum muss ich eigentlich hier draußen stehen wie ein Gartenzwerg?« Sie ging weiter über die Straße. »Mach die Tür auf, ich komme.«

»Nein, heute leider nicht.« Ellies Stimme brachte sie zum Halten. »Tut mir leid, aber ich bin völlig erledigt. Zack will, dass ich morgen extra früh zur Arbeit komme. Ich muss jetzt ins Bett.«

»Oh.« Die unerwartete Zurückweisung tat weh. »Na gut.« Fünf Minuten hätten da auch keinen Unterschied gemacht.

»Aber Moment noch«, Ellie richtete sich wieder auf, »ich habe etwas für dich.«

»Was denn?«

»Warte eine Sekunde.« Ellie verschwand aus dem Blickfeld. Roo fühlte sich sofort wieder einsam. Vermutlich hatte Ellie Cupcakes gebacken.

Einen Augenblick später öffnete sich Ellies Haustür. Und Todd trat heraus. Er blieb stehen, sah sie an. Entschlossenheit war in seinem Blick.

O Gott …

Roo war unfähig, sich zu bewegen. Es fiel ihr schon schwer, einfach nur dazustehen. Jetzt kam er auf sie zu, und sie bewegte die Lippen, hilflos wie ein Goldfisch. Vermutlich sah das nicht besonders attraktiv aus.

»Pst.« Todd schüttelte den Kopf. »Sag einfach nichts. Nein«, warnte er, als sie zu einem Krächzen ansetzte, »kein Wort.«

Aber Roo sagte etwas. Sie musste einfach. »W-wo ist Lisa?«

»Lisa?« Ein weiteres Kopfschütteln. »Keine Sorge, sie ist weg.«

Weg, gut, Gott sei Dank …

In diesem Moment streckte Todd die Arme nach ihr aus und riss sie an sich. Sein Gesicht, das Gesicht, das ihr so lange unablässig vor Augen gestanden hatte, war nur noch wenige Zentimeter von ihr entfernt. Im Leuchten der Straßenlaterne konnte sie die bernsteinbraunen Punkte in seinen grauen Augen, die abgerundeten Wimpern, die winzige Narbe unter seiner linken Augenbraue erkennen. Und dann war da sein Mund … o Gott, konnte das alles wahr sein?

»Komm her«, murmelte Todd und legte eine Hand in ihren Nacken. Und dann *war* es so weit. Endlich trafen sich ihre Lippen, und Roo zitterte unkontrollierbar, denn das war er … das war der Kuss, auf den sie so lange gewartet hatte. Nur, dass sie ihn jetzt verpatzte, ihn völlig verpfuschte, weil die Gefühle einfach zu stark waren. Sie stand kurz davor, in Tränen auszubrechen, und wenn es zwei Dinge gab, die man nicht gleichzeitig tun konnte, dann küssen und weinen …

Roo löste sich gerade noch rechtzeitig von Todd, um haltlos zu schluchzen. Einige der Passanten blickten erschrocken, weil der Laut an einen schreienden Esel erinnerte.

»He, ist ja gut.« Todd hielt sie immer noch im Arm und lächelte. »So schlecht küsse ich eigentlich gar nicht.«

»T-tut mir leid, ich bin nur so g-g-glücklich.« All die Monate der aufgestauten Spannung mussten sich irgendwie auflösen. Sie klammerte sich an ihn, überwältigt von ihren Gefühlen. »Ich kann nicht glauben, dass du hier bist …«

»Ich auch nicht.« Er strich sanft über ihre Arme, wie bei einem Unfallopfer, das unter Schock stand. »Das war nicht geplant, weißt du. Ellie hat mich angerufen und zu sich eingeladen. Du solltest gar nicht davon erfahren.«

Roo küsste ihn rasch auf den Mund, dann lächelte sie und

küsste ihn erneut. Es war in Ordnung, der Weinanfall war vorüber. Sie sah zu Ellies Fenster hoch. Es war jetzt geschlossen. Ellie hatte sich diskret zurückgezogen.

»Ich liebe diese Frau«, sagte sie.

Todd grinste. »Ich auch.«

»Was ist mit Lisa?« Sie musste es einfach wissen. Hatte es einen Riesenstreit gegeben, oder hatte die Beziehung ihr natürliches Ende gefunden? Hatte Lisa es beendet oder Todd?

»Ah ja, Lisa. Die Mathematiklehrerin«, sagte Todd. »Die mit dem unzuverlässigen Auto.«

Roo hielt den Atem an. War ihm klargeworden, dass es nur eine Frau für ihn gab, und dass Lisa nicht diese Frau war?

»Sie ist verschwunden«, fuhr Todd mit ernster Stimme fort. »Zurück in Ellies Kopf.«

Es dauerte ein paar Augenblicke, bevor sie begriff. »Willst du damit sagen, es gab sie gar nicht?« Roo betrachtete forschend sein Gesicht.

»Nichts davon stimmte. Ellie hat sie erfunden. Sie hat sich die ganze Sache ausgedacht«, erklärte Todd. »Ich werde ihr nie wieder ein Wort glauben. Sie ist so eine gewiefte Lügnerin!«

»Ich auch nicht.« Pure Ironie. Wenn es nicht um Todd gegangen wäre, sie hätte die Geschichte, wie sie sich begegnet waren, geliebt.

»Aber sie hatte recht damit, dass du nicht glücklich bist. Sie sah es in der Sendung. Na ja, wir haben es beide gesehen.«

Roo fuhr mit ihren Fingern durch sein Haar. »Sie hat mir klargemacht, dass ich genug gebüßt habe. Endlich. Eigentlich ist sie ziemlich klug.«

»Ich liebe dich.«

»Ich dich auch.« Sie lehnte sich an ihn. Ihre Nasen berührten sich. Wie viele Küsse lagen noch vor ihnen? Ein schwindelerregender Gedanke. Und nicht nur Küsse …

»Ich bin so stolz auf dich.« Todds Gesichtsausdruck wurde weich. »Du bist erstaunlich.«

»Ich habe einige furchtbare Fehler begangen.« Sie spürte die Wärme, die sein Körper ausstrahlte.

»Jeder macht Fehler. Aber du hast etwas geändert. Die meisten Menschen tun das nicht.«

In diesem Moment bog ein weißer BMW in die Nevis Street und erfasste sie mit seinen Scheinwerfern. Als er an Roo und Todd vorbeifuhr, gellten Pfiffe und derbe Zurufe durch die Nacht.

»Das war mal ein anständiges Viertel«, schimpfte Roo. »Aber jetzt ist es vor die Hunde gekommen.«

»Andererseits waren die Aufforderungen ja gar nicht so schlecht«, meinte Todd grinsend.

Gemeinsam überquerten sie die Straße und gingen zu Roos Haus. Roo verschränkte ihre Finger mit seinen. Sie konnte es kaum erwarten.

Laut sagte sie: »Da könntest du recht haben.«

53. Kapitel

Es war die letzte Septemberwoche, und Ellie hatte dieses kribbelige Bauchgefühl, das sich bei Antritt einer Urlaubsreise immer einstellte. Der Altweibersommer zeigte sich von seiner besten Seite, keine einzige Wolke stand am leuchtend blauen Himmel, und sie und Zack waren auf dem Weg nach Perranporth. Endlich war es so weit, und Ellie kämpfte damit, ihre Aufregung zu zügeln. Wenn Zack auch nur die leiseste Ahnung gehabt hätte, wie sehr sie sich auf die Reise freute … tja, er wäre vermutlich zu Tode erschreckt gewesen. Wahrscheinlich hätte er sich postwendend über den Beifahrersitz gebeugt und sie aus dem Mercedes geworfen.

Aber er wusste es nicht, und er würde es auch nie erfahren. Ellie hüpfte verhalten auf ihrem Sitz, genoss das Gefühl der Sonne auf ihrem Gesicht. Sie nahm die Landschaft in sich auf, die an ihnen vorbeihuschte, während sie zügig auf der M4 fuhren.

Elmo schlief auf dem Rücksitz. Geraldine hatte das Krankenhaus mittlerweile verlassen und erholte sich bei ihrer Schwester in Exeter. Roo und Todd waren so verliebt, dass sie kaum die Hände voneinander lassen konnten. Wie zwei Magnete drängte es sie unwillkürlich immer zueinander. Das Beste war, dass Todds Mutter und Roo sich auf Anhieb verstanden. Maria schwärmte ebenso für die neue Freundin ihres Sohnes wie Todd selbst, und es gab bereits Pläne für eine große Party, auf der Roo jedem vorgestellt werden sollte.

Zack und Ellie ließen Berkshire hinter sich. Elmo schnüffelte im Schlaf, seine Pfoten zuckten, als ob er im Traum jagte. Tauben, selbstverständlich, denn er war durch und durch Stadthund.

Ellie zog eine Packung Weingummi aus ihrer Handtasche und bot sie Zack an. »Möchten Sie einen?«

»Danke. Können Sie mir einen Grünen heraussuchen?«

»Grün? Im Ernst?« Sie zuckte zusammen. »Sind Sie ganz sicher?«

»Ja, warum?«

»Niemand mag die Grünen! Die isst man erst, wenn es sonst keine mehr gibt. Man muss schon sehr verzweifelt dafür sein.«

»Ich mag die Grünen am liebsten«, erklärte Zack.

»Tja, das macht Sie ganz offiziell merkwürdig. Aber auch wiederum nützlich.« Ellie fand einen grünen Weingummi und reichte ihn Zack. »Sie können auch alle Gelben haben, wenn Sie wollen.«

Er warf ihr einen Blick zu. »Welche mag Joe am liebsten?«

»Keine Ahnung. Ich habe ihm nie Weingummis angeboten.«

»Ich habe schon lange nicht mehr gefragt, wie es zwischen Ihnen beiden läuft.«

»Gut.« Ellie nahm sich einen Roten, denn die waren mit Abstand die besten.

»Haben Sie sich gestern Abend getroffen?«

Sie nickte, war froh über ihre Sonnenbrille und den süßen Geschmack in ihrem Mund. »Mmm.«

»Ah, wie interessant.« Zack schwieg kurz. »Denn heute Morgen hat er auf Twitter ein Foto von sich veröffentlicht, dass ihn auf einer Party im Beverly Hills Hotel zeigte.«

Ellie hörte auf zu kauen. Mist.

Zack fügte belehrend hinzu: »Das so heißt, weil es in Beverly Hills liegt.«

Tja, früher oder später hatte es ja so kommen müssen. Sie kaute zu Ende und schluckte. »Ich dachte, Sie haben keinen Twitter-Account.«

»Habe ich auch nicht. Joe hat mir gestern eine E-Mail geschickt. Eine nette Geste, um mich wissen zu lassen, wie es ihm in Los Angeles ergeht. Danach war meine Neugier geweckt.

Ellie seufzte schwer und spielte mit dem Verschluss ihrer Handtasche. Es war nur eine Notlüge gewesen, aber jetzt war sie wohl aufgeflogen.

»Ein Hinweis«, sagte Zack. »In Zukunft sollten Sie die andere Person wissen lassen, was sie sagen darf und was nicht.«

»Ich werde darauf achten.«

Die Landschaft flog immer noch vorbei. Sie kamen jetzt nach Wiltshire.

»Wissen Sie, Sie hätten es mir ruhig sagen können.« Sie spürte, wie er sie aus dem Augenwinkel ansah. »Warum haben Sie gelogen?«

Weil ich verrückt nach dir bin und ich mich nicht zur Närrin machen will. Weil es leichter ist, wenn du denkst, ich wäre mit jemand anderem zusammen. Laut sagte Ellie: »Weil es mir … peinlich war.« Es fiel ihr schwer, die richtigen Worte zu finden. »Sie waren von Anfang an gegen meine Beziehung zu Joe. Es ist, wie wenn man sechzehn ist und seine Mutter warnt einen, sich ja nicht auf den stadtbekannten Hallodri einzulassen. Also zieht man los, geht mit ihm aus, wird wie der letzte Dreck behandelt und steht am Ende mit einem gebrochenen Herzen da. Aber man kann seiner Mutter gegenüber trotzdem nicht zugeben, dass sie recht hatte.«

Zack schaute nicht amüsiert. »Hat Joe Ihnen das Herz gebrochen?«

»Nein, o Gott, nein! Es war sehr nett, solange es währte, aber er war nicht der Richtige. Na ja, halt nicht ganz der Richtige.« Würde Zack es verstehen, wenn sie es ihm sagte? Ellie versuchte es. »Er war eine Acht.«

»Ich hatte nichts gegen Joe, er ist ein anständiger Kerl. »Zack nickte. »Ist er immer noch. Aber mir war gleich klar, dass er nicht Ihr Typ ist.«

»Oh.« Sofort ging sie in die Verteidigung. »Er hat mich nicht abserviert, wissen Sie. Er hat mich sogar gebeten, mit ihm nach Los Angeles zu ziehen.«

»Was hat Sie davon abgehalten?«

»Tja, da ist dieser Mann, für den ich arbeite. Ein ziemlich hoffnungsloser Fall. Gott allein weiß, wie er ohne mich zurechtkäme.« Das war schon besser, es brachte ihn zum Lächeln. Ellie entspannte sich wieder. »Und ganz ehrlich? Es war ein Ding der Unmöglichkeit. Man kann nicht mit jemand auf einen anderen Kontinent ziehen, der keine Zehn ist.«

Noch ein Blick aus dem Augenwinkel und eine hochgezogene Augenbraue. »Was braucht ein Mann, um eine Zehn zu sein?«

Sie hob das Kinn. Jetzt neckte er sie nur. »Ach, das hat überhaupt nichts mit bestimmten Eigenschaften zu tun. Man muss nur man selbst sein. Und die Chemie muss stimmen. Nur zu, was ist mit Ihnen?« Es war an der Zeit, den Spieß umzudrehen. »Was macht eine Frau in Ihren Augen perfekt?«

Sie überholten einen Tanklaster. Die Landschaft rauschte vorbei.

Zacks Mundwinkel zuckten. »Es hilft schon sehr, wenn sie mich nicht Zacky nennt.«

»Also gut, wappnen Sie sich.« Es war 17 Uhr, die lange Reise näherte sich ihrem Ende, als sie Perranporth erreichten. Zack sagte: »Manchmal kann meine Familie einen erschlagen. Wenn meine Mutter zum Beispiel impertinente Fragen stellt, ignorieren Sie sie einfach.«

Ellies Magen schlug Purzelbäume. Sie war davon ausgegangen, dass Zack sie als eine Freundin vorstellen würde. Erst als sie die M5 hinter sich gelassen hatten, eröffnete Zack ihr, dass es besser wäre, wenn sie so täten, als seien sie ein Paar. »Meine Familie kann keine Geheimnisse bewahren. Irgendeiner hätte es Mya gegenüber ausgeplaudert. Aber auf diese Weise wissen nur wir beide die Wahrheit.«

Angstinduziertes Adrenalin prickelte wie ein Sorbet in Ellies Adern. Den alten Wir-müssen-so-tun-als-seien-wir-ein-Paar-Trick hatte sie in Liebeskomödien schon oft gesehen, aber es handelte sich immer um Paare, die sich nicht ausstehen konnten. Gefühle vorzugaukeln, wenn man in Wirklichkeit eine Schwärmerei für den eigenen Chef hegte, die so groß war wie der Kilimandscharo, aber nicht erwidert wurde, war schon eine andere Sache.

Wenige Minuten später bogen sie um eine Ecke, und da war es, etwas zurückgesetzt am Ende einer kurvenreichen Auffahrt. Ein langgestrecktes Anwesen im georgianischen Stil, aus hellgrauen Steinen errichtet und fast gänzlich unter Efeu verborgen, mit einem silbergrauen Schieferdach und einem aufwendigen, altmodischen Wintergarten. Der Garten, der das Haus umgab, war spektakulär, aber nicht abschreckend formell. Die Haustür glänzte smaragdgrün. Fast alle Schiebefenster im Erdgeschoss standen offen, und hinter dem Haus sah man ein Zelt in Weiß und Rosa. Der Gesamteindruck war unglaublich einladend.

»Alle Fenster stehen offen«, sagte Zack. »Ich wette, dass meine Mutter wieder den Kuchen hat anbrennen lassen.«

Er brachte den Wagen zum Stehen. Elmo, der auf Ellies Schoß saß, bellte und kratzte mit den Pfoten an der Beifahrertür. Gleich darauf ging die smaragdgrüne Eingangstür auf, und eine Horde von Menschen und Hunden strömte heraus. Fühlte es sich so an, wenn man ein Popstar war?

»Willkommen im Schoß meiner Familie.« Zack klang ironisch. »Und? Schaffen Sie das?«

Wenn Jamie sie jetzt sehen könnte, hätte er sich angesichts ihrer Zwickmühle vor Lachen ausgeschüttet. Es blieb ihr nichts anderes übrig, als sich kopfüber in dieses Abenteuer zu stürzen und eine oscarreife Vorstellung abzuliefern.

Ellie grinste ihn an. »Zacky, keine Panik, alles wird gut.«

»Liebling, wie schön, dich endlich mal wiederzusehen!« Teresa McLaren umarmte ihren Sohn begeistert, dann wandte sie sich an Ellie. »Sie müssen Ellie sein. Es ist so schön, Sie kennenzulernen.«

Zack, der sich für das Zacky revanchieren wollte, sagte: »Mum, das ist Ellie, aber alle nennen sie nur Schweinchen.«

»Nein, tun sie nicht.« Ellie schüttelte etwas peinlich berührt den Kopf und sah Teresa an. »Ignorieren Sie ihn, das hat er gerade erfunden.«

»Er ist schlimm. Ich weiß. Aber mich nennen wirklich alle Tizz, also müssen Sie das auch.« Tizz strahlte. Sie war Mitte sechzig, hatte kaum zu bändigende braune Haare, die trotz der Hochsteckfrisur in alle Richtungen abstanden, dazu Zacks dunkle Augen und Mehlspuren auf der Stirn. Sie trug eine blau-weiß gestreifte Bluse über zerknitterten Jeans und hatte eine schmale, jungenhafte Figur. »Wir haben uns so sehr auf Sie gefreut. Ich stelle Sie gleich allen vor ...«

»Mama, warum stehen eigentlich alle Fenster offen?«, wollte Zack wissen.

»Du weißt genau, warum, mein Liebling. Es ist zu viel los, wir haben zu viel geredet, und ich habe vergessen, die Uhr am Backofen zu stellen.« Tizz zeigte sich reuelos. »Mir sind die verdammten Butterkekse verkokelt.«

Um 20 Uhr hatte Ellie das Gefühl, Zacks Familie schon seit Jahren zu kennen. Nun ja, abgesehen davon, dass sie sich nicht all die Namen der jüngeren Familienmitglieder merken konnte. Das Haus war geräumig und gemütlich durch seine Mischung aus Gothic-, Vorort- und Shabby-Chic. Zacks Vater, Ken, der von einer Einkaufsrunde in den Läden zurückkehrte, wo er einwandfreie Butterkekse und einen Vorrat an Bombay Sapphire Gin besorgt hatte, war groß und sonnengebräunt und besaß ein lautes, dröhnendes Lachen. Er hatte funkelnde blassgraue Augen und eine beachtliche Höckernase, die Zack nicht geerbt hatte.

Zacks Schwestern waren ebenfalls sehr herzlich und allesamt eine erkennbare Mischung aus den Genen ihrer Eltern, mit einem derben Sinn für Humor. Claire war die blondeste, Paula die mit dem lautesten Lachen. Und Steph, die in weniger als 48 Stunden verheiratet sein würde, war die lässigste Braut, die man sich vorstellen konnte – vor allem wenn man berücksichtigte, dass ihre Zwillingstöchter Joss und Lily immer noch wild entschlossen waren, zu ihren Brautjungfernkleidern leuchtende Turnschuhe zu tragen.

Ellie ging im Kopf die Familienmitglieder durch:

Also gut, Joss und Lily, eineiige Zwillinge, ein Haken dahinter.

Gareth, Stephs künftiger Ehemann, abgehakt.

Pauls Kinder hießen Tom und Zaylie, einer mit glatten, dunklen Haaren, der andere mit dunklen Locken, abgehakt, abgehakt.

Claire und ihr Ehemann Paul – nein, Phil – hatten zwei Mädchen und einen Jungen, Suki und Belle und … Moment … Lewis, genau. Drei Haken dahinter.

Was die Hunde anging, so handelte es sich um eine ungestüme Horde aus Labradoren, Mischlingen und Terriern, und Ellie unternahm nicht einmal den Versuch herauszufinden, welcher Hund zu welchem Teil der Familie gehörte. Einstweilen genügte es, dass Elmo sich großartig amüsierte.

Sie waren alle zusammen am Strand gewesen, wo die Hunde bis zum Sonnenuntergang Auslauf gehabt hatten. Dann hatten sie im besten Imbiss von Perranporth Essen zum Mitnehmen abgeholt und es sich damit auf der erleuchteten Terrasse gemütlich gemacht. Sie aßen Fisch mit Pommes, tranken Gin und diskutierten die Pläne für die Hochzeit. Nach einer Weile wandte sich das Gespräch dem Thema Zack zu.

»Einmal ließ er mich über eine Mauer springen«, erzählte Claire stöhnend, »und auf der anderen Seite war alles voll mit Brennnesseln.«

Zacks Augen wurden schmal. »Aber nur, um mich dafür zu rächen, dass du mir lebende Krabben in meine Gummistiefel gesetzt hast.«

»Das hattest du verdient«, fiel Paula ein. »Du hattest Kaulquappen in ihrem Schulranzen versteckt.«

»O Gott, die Kaulquappen, die hatte ich ganz vergessen.« Claire war empört. »Die haben gestunken!«

Die Kinder quietschten vor Lachen. Joss, die zu Ellies Füßen saß, rief: »Das mit den Krabben mache ich gleich morgen bei allen in meiner Klasse!«

»Das darfst du nicht.« Zack zeigte mit einem Kartoffelchip auf sie. »Es ist nämlich weder lustig noch besonders clever.«

Belle schüttelte den Kopf. »Ich finde es lustig. Und ziemlich clever.«

»Damals war es saukomisch.« Zack schaute ernst. »Aber als

ich am nächsten Tag in meine Gummistiefel schlüpfte und sich eine Krabbe meinen Zeh schnappte, war es schon nicht mehr so komisch.«

»*Ich* könnte es tun, ohne erwischt zu werden«, erklärte Zaylie. »Alle halten mich für brav.«

»Früher einmal mochte ich diese Kinder.« Zack zog Zaylie auf seinen Schoß und kitzelte ihre nackten Fußsohlen.

Innerhalb von Sekunden kicherte sie hilflos. »Ist Ellie deine Freundin?«

»Ja, sie ist meine neue Freundin.«

Ellie stockte der Atem. Wenn es nur so wäre.

»Hat sie dich ohne Kleider gesehen?«

Ach herrje, allein der Gedanke war grotesk. Gott sei Dank war die Beleuchtung mangelhaft.

»Nein, habe ich nicht.«

Über das Gelächter hinweg rief Ellie entsetzt: »Bäh, nie und nimmer.«

»Ich kenne ein Bild von Onkel Zack, auf dem er in einem Planschbecken sitzt, ganz nackt.« Zaylie schaute triumphierend. »Es ist in einem Fotoalbum in Omas Zimmer. Sie hat es uns gestern erst gezeigt. Soll ich es holen und dir zeigen?«

»Mum, ich dachte, das Foto hättest du weggeworfen.« Zack schaute gequält.

»O Liebling, wie könnte ich? Du warst so süß.«

Ellie verzog keine Miene. »Wurde das Foto in jüngster Zeit aufgenommen?«

»Sehr komisch. Ich war zwei Jahre alt. Und du willst es nicht sehen«, erklärte Zack.

Manchmal bot sich eine Gelegenheit, die einfach zu gut war. Angeblich war sie ja seine Freundin, oder nicht? Schamlos sagte Ellie: »Eigentlich möchte ich es sehr gern sehen.«

54. Kapitel

»Gute Nacht, Ellie, schlafen Sie gut. Es ist so schön, Sie hier bei uns zu haben.« Tizz umarmte sie herzlich und drückte ihr einen Kuss auf die Wange.

Claire und Paula waren mit ihren Familien schon gegangen. Steph und Gareth, die bis zur Hochzeit im Haus blieben, hatten die Zwillinge bereits vor Stunden ins Bett gebracht. Jetzt war es nach Mitternacht, und alle Übriggebliebenen gingen nach oben.

»Danke für alles. Gute Nacht.«

Durch das offene Fenster konnten sie Zack und Gareth hören, die mit den Hunden eine letzte Runde im Garten drehten, bevor sie sich zu Bett begaben. Wenn dies ein Film gewesen wäre, dann hätte Zacks Mutter in diesem Moment fröhlich ausgerufen: »Es gibt leider kein freies Zimmer mehr, darum müsst ihr euch eines teilen! Aber das stellt ja sicher kein Problem dar, oder?« Woraufhin unausweichlich alle möglichen peinlichen und komischen Situationen eingetreten wären. Aber es handelte sich um ein großes Haus mit sechs Schlafzimmern, und Tizz hatte bereits im Laufe des Abends gesagt: »Ich habe Zack gefragt, ob ihr euch ein Zimmer teilen wollt, aber er zog getrennte Schlafzimmer vor. Ihres ist das hier.« Dann hatte sie Ellie verschwörerisch ins Ohr geflüstert: »Ein genialer Schachzug. Das haben Sie wirklich gut gemacht!«

Sie glaubte also, Ellie spiele die Unnahbare, die ihren neuen Freund auf Armeslänge hielt, um die Flamme seiner Leidenschaft am Lodern zu halten. Das wiederum weckte in Ellie Schuldgefühle, aber was hätte sie tun sollen? Wenigstens würde sie so ohne Nervosität schlafen können.

Als sie fünf Minuten später aus dem Badezimmer trat, kam Zack gerade die Treppe hoch.

»Alles o. k. bei dir?«

»Ja.« Es fühlte sich sehr intim an, in ihrem Baumwollpyjama

direkt vor ihm zu stehen. Seit ihrer Zeit als Grippe-Invalidin war das nicht mehr vorgekommen.

»Du machst das großartig.« Er sprach mit leiser Stimme. »Abgesehen von dem Teil mit dem Nacktfoto.«

Er roch schwach nach Aftershave, Cognac und dem Meer. Ellie prägte sich diesen köstlichen Duft ein. »Die Kinder fanden es komisch.«

Gareth, der die Hunde zu ihren Schlafkörben in der Küche gebracht hatte, kam die Treppe hoch. Ellies Herz pochte im Galopp, als Zack näher an sie herantrat. Für Außenstehende erweckten sie den Anschein eines richtigen Paares kurz vor einem Gutenachtkuss. Einen Moment lang glaubte sie, es würde tatsächlich geschehen. Dann trat Zack einen Schritt zurück, als hätte er Gareth eben erst bemerkt, und rief: »Nacht.«

»Nacht, ihr zwei.« Gareth schlenderte vorbei, hob eine Hand und verschwand im Zimmer am Ende des Ganges.

Sie waren wieder allein. Also schön, das war verrückt. Sie standen hier unschlüssig herum, als ob jemand einen Kuss erwartete.

Ellie löste sich aus ihrer Benommenheit, ging zu ihrer Zimmertür und sagte: »Gut, dann bis morgen.«

Zack sah sie lange an, dann ging auch er zu seiner Zimmertür. »Ja, bis morgen. Schlaf gut.«

Ellie schloss die Tür hinter sich und ließ sich dagegensinken. Es war pure Folter. Wenn Zack wüsste, wie verzweifelt sie sich wünschte, von ihm geküsst zu werden, könnte sie ihm nie wieder in die Augen schauen. O Gott, aber wie hätte es sich wohl angefühlt? Okay, du phantasierst schon wieder. Hör sofort damit auf, reiß dich zusammen. Geh zu Bett.

Wenn er in London war, viel zu tun hatte und sich wünschte, in Cornwall zu sein, dann scrollte Zack oft die Lieblingswebseiten auf seinem Laptop herunter und klickte auf die Seite mit der Webcam von Perran Sands, die ihn an zu Hause erinnerte. An diesem Tag musste er nicht klicken; er war hier und konnte den Strand mit eigenen Augen sehen.

Es war Freitagnachmittag, sonnig mit leichter Brise, die Schule war vorüber, und das Wochenende stand an. Das gute Wetter zog scharenweise Menschen an den Strand, wo der Atlantik glitzerte. Zur Freude unzähliger Surfer rollten Brecher heran und schlugen Wellenschaumkämme.

Zack musste über zwei bestimmte Surferinnen lächeln. Joss in ihrem kleinen Neoprenanzug kämpfte gegen einen Wutanfall an. Ellie hatte ihr die letzte halbe Stunde dabei geholfen, auf dem Brett das Gleichgewicht zu halten. Sie hatte ihr ermutigende Worte zugerufen, wenn Joss versuchte, eine Welle zu reiten, und sie aufgefangen und getröstet, wenn ihr das nicht gelang.

Zacks Eltern hatten mit den letzten Vorbereitungen für die Hochzeit im Haus zu tun. Sie hatten ihn und Ellie gebeten, mit Steph, Gareth und den Zwillingen für ein paar Stunden an den Strand zu gehen.

Tizz hatte Zack am Morgen zur Seite gezogen und frei von der Leber weg erklärt: »Bei der musst du am Ball bleiben. Sie ist fabelhaft.«

Er fühlte sich dadurch nur noch mehr hin- und hergerissen. Er hasste es, seine Mutter zu täuschen, andererseits war sie das größte und unverbesserlichste Plappermaul auf Erden. Außerdem hatte sie recht. Er wusste nur zu gut, dass Ellie eine Perle war. Aber er hatte Angst davor, seine Gefühle zu offenbaren und ihr freundschaftliches Arbeitsverhältnis zu zerstören. Schlimmer noch, zu riskieren, dass er *alles* ruinierte.

Angst war eigentlich kein Gefühl, mit dem Zack vertraut war, aber jetzt hatte sie ihn fest im Griff. Am Vorabend hatte er sich so sehr gewünscht, Ellie zu küssen, dass er der Versuchung beinahe erlegen war. Nur die Vorstellung, wie peinlich es auf der Hochzeit sein würde, wenn sie ihn zurückstieß, hatte ihn davon abgehalten.

Jetzt rannte sie mit den Surfboards unter dem Arm über den Strand auf ihn zu. Die Kinder folgten ihr.

»Ich f-f-friere.« Joss klapperte mit den Zähnen, ließ sich auf das Strandtuch fallen und zog den Reißverschluss ihres Neoprenanzugs auf.

»War sie nicht toll?« Ellie nahm ein türkisfarbenes Handtuch und rubbelte Joss energisch trocken.

»Das war sie.« Zack liebte die Begeisterungsfähigkeit von Ellie, das Funkeln ihrer grauen Augen, den Glanz ihrer Haut und wie ihre Nasenspitze vor Kälte rosa glänzte. »Hier, wärm dich auf. Ich helfe Joss.«

Das war edel von ihm, aber es wusste ja nur er, wen er lieber aufgewärmt hätte.

»Ellie, schau mich an! Ich friere nicht.« Lily, die ihrer Schwester immer eine Nasenlänge voraus sein wollte, tänzelte heran. »Können wir jetzt Volleyball spielen? Volleyball mag ich am liebsten!«

»In einer Minute, Süße.« Ellie trocknete sich die Haare. Dabei brachte sie es fertig, wie eine Vogelscheuche auszusehen, und schenkte den beiden Mädchen ihre komischste Grimasse.

»Zack, ich bin gut im Volleyball, nicht wahr?« Joss wandte sich hilfesuchend an ihren Onkel. »Ich kann besser werfen als Lily.«

»Oh!« Lily zeigte mit ausgestrecktem Arm über Zacks Schulter hinweg.

»Was?« Zack drehte sich um. In diesem Augenblick wurde alles um ihn herum schwarz.

Das war also Mya. Ellie sah, wie sie über den Strand auf sie zukam und dabei den Finger an die Lippen presste. Dunkle Haare, attraktive Rundungen und erstaunlich stark geschminkt für einen Strandgang. Sie trug eine weiße Spitzenbluse, enge, schwarze Jeans, jede Menge Silberschmuck und … meine Güte, dem Duft nach zu urteilen, eine halbe Flasche Chanel No. 5.

Tja, es war entweder Mya oder die sehr viel jüngere Schwester von Nancy Dell'Olio. Aber wie sie sich jetzt hinter Zack kniete, mit den Händen seine Augen bedeckte und von einem Ohr zum anderen grinste, war Ellie ziemlich sicher, mit welcher von beiden sie es zu tun hatte.

»Überraschung!« Endlich ließ Mya ihn los. »Hallo, du! Ich war gerade bei deiner Mum, und sie meinte, ihr seid alle hier. Da dachte ich, ich schaue rasch vorbei.« Sie gab Zack einen begeisterten, wenn auch nur freundschaftlichen Kuss und umarmte ihn, bevor sie die anderen fröhlich anlächelte. »Hallo, Kinder. Seid ihr schon aufgeregt wegen morgen?«

»Ellie, das ist Mya.« Zack stellte sie einander vor. »Mya, meine Freundin Ellie.«

»Ja, hallo, Steph sagte schon, dass Sie zur Hochzeit kommen. Wie schön, Sie kennenzulernen.«

Mya war freundlich und herzlich, aber Ellie wusste, dass sie gründlich inspiziert und höchstwahrscheinlich für mangelhaft befunden wurde. Auch egal, daran ließ sich jetzt nichts ändern. Sie fuhr sich mit den Fingern durch ihr Vogelscheuchenhaar und sagte: »Gleichfalls.« Dann schenkte sie Mya ein Tja-ich-bin-aber-seine-Freundin-ätsch-Lächeln.

»Kommt schon!« Lily sprang ungeduldig auf die Beine und verteilte dabei jede Menge Sand. »Ich will jetzt endlich Volleyball spielen! Mya, du kannst auch mitspielen.«

Man musste Mya zugutehalten, dass sie tatsächlich mitspielte. Ihre Armbänder und Ketten klirrten wie der Schlüsselbund eines Gefängniswärters, aber ihre Frisur blieb aufgrund der undurchdringlichen Schicht Elnett-Haarspray superstark absolut unbeweglich. Sie beteiligte sich mit Begeisterung am Spiel, und mehrmals warf sie sich dabei absichtlich-zufällig Zack entgegen. Ellie mochte sie trotzdem. Zacks Vergleich von Mya mit einem riesigen Labradorwelpen traf den Nagel auf den Kopf.

Das Spiel machte großen Spaß, war laut und ungestüm. Hinterher legte Zack den Arm um Ellies Schultern und drückte ihr einen zärtlichen Kuss auf die Stirn. »Gut gemacht. Wenn dein Team nicht geschummelt hätte, wären wir jetzt die Sieger.«

Diese kleine Geste war natürlich nur für die anderen, aber es fühlte sich trotzdem phantastisch an. Man stelle sich vor, wenn es echt wäre. Ellie stieß ihn freundschaftlich zwischen die Rippen. »Lass dir gesagt sein, ihr hättet trotzdem keine Chance gegen uns gehabt.«

Auf dem Rückweg zum Haus schloss Mya zu Ellie auf, während Zack die Hunde an der Leine führte. »Hören Sie, es tut mir leid, wenn ich vorhin etwas übertrieben habe. Steph sagte eben zu mir, ich hätte mich … na ja … auf Zack geworfen. Die Sache ist die, das will ich gar nicht, ich kann nur nicht anders. Meine Körpersprache verrät mich. Wenn man so lange wie ich für jemand schwärmt, dann kann man sich nur schwer unter Kontrolle halten.«

»Ist schon gut, kein Problem.« Ellie war von Myas Offenheit entzückt.

»Sie müssen sich aber wirklich keine Sorgen machen, ich würde nie etwas unternehmen. Nicht, solange er mit Ihnen zusammen ist.« Mya schüttelte heftig den Kopf. »So ein Mensch bin ich nicht.« Sie seufzte. »Oh, aber er ist einfach wunderbar. Sie haben ja so ein Glück.«

»Ich weiß.« Ellie wechselte die gestreifte Strandtasche auf die andere Schulter. »Er ist großartig.«

»Und Sie beide sind so ein glückliches Paar.«

»Sind wir.« Nun ja, vor allem bin ich glücklich, wenn er seinen Arm um meine Schulter legt und mich auf die Stirn küsst wie ein richtiger, echter Partner.

»Waren Sie ihm auch sofort verfallen? Ich meine, als Sie ihn zum ersten Mal gesehen haben, hat Sie Ihre Körpersprache da verraten? Haben Sie Dackelaugen bekommen und ihn ständig berührt, ohne sich zurückhalten zu können?« Mya berührte einen unsichtbaren Arm in der Luft, und ihre Armbänder schepperten wie Schlittenglocken. »Oder konnten Sie sich bremsen?«

»Ich glaube, ich war vermutlich … diskreter.« Zack und Steph holten auf, was – gelinde gesagt – bei diesem Gespräch höchst irritierend war. Ellie sagte: »Ich wollte mich nicht verraten, weil ich für ihn arbeite. Ich meine, wenn er von meinen Offerten unangenehm berührt gewesen wäre, hätte ich meinen Job verlieren können. Das wäre furchtbar gewesen.«

»O Gott, ich wusste es. Sie haben sich nichts anmerken lassen, und das hat sein Interesse geweckt. Anstatt wie ich auf und ab zu hüpfen und ›Ich, Ich, Ich!‹ zu rufen. Ich bin so eine Versagerin.« Mya wirkte verzweifelt. »Ich schieße mir immer wieder ins eigene Knie.«

»Mag sein, aber wenigstens ist Körpersprache ehrlich. Auf diese Weise teilt die Natur anderen Menschen mit, was man fühlt. Ich glaube, Ihre Art ist die bessere.« Natürlich nur in der Theorie.

»Ach, wie nett von Ihnen, das zu sagen.« Ohne zu merken, was sie tat, drückte Mya Ellies Arm. »Aber ich muss versuchen, mich mehr am Riemen zu reißen. Es wenigstens mal probieren, sehen, wie es läuft.« Hinter der Mascaraschicht strahlten ihre Augen hell und voller Entschlossenheit. »Schließlich hat Ihre Methode funktioniert.«

Elmo holte sie ein. Zack tauchte kurz darauf neben Ellie auf und meinte unbekümmert: »Worüber redet ihr beide?«

»Wie Ellie bei der Arbeit so cool bleiben konnte und nicht verriet, wie sehr sie in dich verknallt ist.« Mya stieß ihn zwischen die Rippen. »Ich wette, du hast dir auch nichts anmerken lassen, stimmt's?«

»Stimmt.« Zack deutete ein Lächeln an.

»Ha, ich wusste es! Keiner von euch beiden hat etwas gesagt, keine verräterische Körpersprache, nur diese unglaublichen Emotionen, die unter der Oberfläche brodelten. Das muss ein Adrenalinrausch, eine Elektrizität gewesen sein!« Mya seufzte voller Neid. »Das ist ja *so* romantisch.«

Einen Augenblick lang sagte keiner etwas. Ellie konnte Zack nicht anschauen. Schließlich meinte sie leise: »Ja, genau so war es.«

»Ellie!« Ihre Hand wurde gepackt. »Schnell, wir machen ein Wettrennen! Wir müssen Zack und Lily schlagen!« Joss versuchte bereits, ihr auf den Rücken zu springen. »Komm, halt meine Beine fest, du musste mich huckepack nehmen.«

55. Kapitel

Zwei Paar Turnschuhe blinkten und veränderten mit jedem Schritt ihre Farbe, während Lily und Joss vor ihrer Mutter den Kirchengang entlangschritten. Sie hatten sich durchgesetzt, aber so geschickt, dass niemand ihnen diesen Moment des Sieges übelnahm. Ellie, die neben Zack in einer der vordersten Bankreihen stand, musste angesichts ihrer Erinnerung lächeln. Sie hatte Kaffee in der Küche gebrüht, während die Mädchen mutlos auf die lila Brautjungfernschuhe aus Satin an ihren Füßen geschaut hatten.

Schließlich hatte Joss gefragt: »Mummy, warum hast du gerade dieses Kleid für deine Hochzeit ausgesucht?«

Steph, die in ihrem hautengen gelben Satinkleid fabelhaft aussah, hatte erwidert: »Weil mir dieses Kleid am besten gefallen hat, meine Süße.«

Woraufhin Joss mit trauriger Stimme gesagt hatte: »Und ich mag meine Leuchtturnschuhe am liebsten.«

Ellie und Steph hatten quer durch die Küche einen Blick ausgetauscht. Das war dann der Moment gewesen, in dem Steph nachgab. Schließlich, so erklärte sie dem Rest der Familie, heirateten sie ja überhaupt nur der Kinder wegen.

Und hier waren sie nun. Wurden verheiratet. In einer herrlichen Kirche aus dem 14. Jahrhundert, umgeben von Freunden und Familienangehörigen. Der Gottesdienst wurde von einem jovialen Pfarrer gehalten, der Steph schon kannte, seit sie sieben war. Wie er die Gemeinde wissen ließ, wäre sie damals sicher auch ein Fan von blinkenden Turnschuhen gewesen, wenn es so etwas bereits gegeben hätte.

Die Atmosphäre während des Gottesdienstes war entspannt und feierlich. Mya trug Blumen im Haar und ein lila Kleid, das sich um ihre Kurven schmiegte. Sie sah umwerfend aus. Als die Ehegelübde ausgetauscht waren und der Pfarrer erklärte, dass Gareth nun die Braut küssen dürfe, sagte Lily mit genervter Stimme: »das machen sie doch sowieso dauernd«, was zu viel Gelächter und Applaus führte und Gareth verkünden ließ, dass er es nun erneut zu tun gedenke.

Zack drehte sich zu Ellie und lächelte sie an. Er griff nach ihrer Hand und drückte sie. Gleich darauf wurde ihm ein knochiger Finger zwischen die Schulterblätter gedrückt.

»Gerade sagten wir, ihr beide könntet die Nächsten sein«, flüsterte eine ältere Frau mit Pfauenfedern am Hut.

Nach dem Hochzeitsgottesdienst versammelten sich alle draußen in der Sonne. Ellie rutschte mit ihren Stöckelschuhen auf einer der Steinstufen aus, doch Zack bekam sie noch rechtzeitig zu fassen.

»Alles in Ordnung?« Sein Arm lag um ihre Taille. Es fühlte sich wunderbar an.

»Alles gut. Das war übrigens ein echter Ausrutscher, keine Kontaktsuche im Stil von Mya.« Sie wollte nicht, dass er dachte, sie hätte das absichtlich getan.

»Das weiß ich doch.«

»Meine Güte, schaut mich nur an.« Tizz tupfte sich mit einem Taschentuch die Augen trocken. »Ich heule wie ein Baby. Das ist so lächerlich. Dazu kommt, dass ich diese ganze Schminkerei auch nicht gewöhnt bin.« Sie hielt Ellie ihr Gesicht zur Inspektion hin. »Bin ich verschmiert? Sehe ich wie ein Panda aus?«

Da keine von ihnen einen Spiegel hatte, übernahm Ellie das Taschentuch und wischte vorsichtig die Mascaraschlieren weg. »So, bitte, alles wieder perfekt.«

»Sie sind die Beste.« Tizz beugte sich vor und murmelte plump: »Man weiß ja nie, vielleicht treten Sie mit Zack als Nächste vor den Altar!«

»Mum«, sagte Zack.

»Was ist? Ich sage doch nur, dass es sein könnte.«

»Der Fotograf sucht dich übrigens.« Zack zeigte auf einen rundlichen Mann, um dessen Hals zahlreiche Fotoapparate hingen. Er versuchte, die Hauptakteure für ein Gruppenbild zusammenzutreiben.

»Er sucht uns alle. Kommt schon.«

Das war jetzt peinlich. Ellie wollte zurückbleiben. »Das ist ein Familienbild. Ich gehöre nicht dazu.«

»Unsinn, natürlich gehören Sie dazu.« Zack wurde von einigen der Kinder mitgezogen. Kaum war er außer Hörweite, packte Tizz Ellies Ellbogen. »Ich habe ein sehr gutes Gefühl, was euch beide angeht. Es ist mir ernst, meine Liebe. Ich hege größte Hoffnungen. Wir haben so lange darauf gewartet, dass Zack die Richtige trifft, und ich glaube, das ist endlich der Fall.«

Das war schrecklich. Ellie hasste es, zu lügen. »Aber wir stehen noch ganz am Anfang, es ist viel zu früh, um zu wissen …«

»Mag sein, aber ich sehe doch, wie er Sie anschaut.« Sie näherten sich jetzt dem Fotografen. »Lassen Sie mich Ihnen versichern, Zack hat es schwer erwischt. Vertrauen Sie mir, ich sehe so was. Ich bin seine Mutter.« Ihre Augen funkelten.

Dann wurde Tizz vom Fotografen an den für sie vorgesehenen

Platz geschoben. Zack murmelte in Ellies Ohr: »Was hat sie zu dir gesagt?«

Sein Mund berührte versehentlich ihr Ohr, als er das fragte, was Ellies ganzen Körper zum Kribbeln brachte. Als das Kribbeln nachließ, flüsterte sie zurück: »Im Grunde nur, dass du einen großartigen Job erledigst«

»Was soll das heißen?«

»Deine Mum ist davon überzeugt, dass du mich magst. Sie sagt, sie könne das sehen.« Ellie staunte über ihre Fähigkeit, amüsiert zu klingen. »Ich bin beeindruckt. Ich wusste nicht, dass du so ein guter Schauspieler bist. Die eigenen Familie auszutricksen. Womöglich bekommst du dafür noch einen Oscar.«

Um 15 Uhr waren sie wieder im Haus, und die Hochzeitsparty konnte steigen. Eine Zigeuner-Punk-Band aus St. Anstell spielte eingängige russische Weisen. Geigen und Balalaikas duellierten sich mit dem hypnotischen Rhythmus der Trommeln. Es wurde wild getanzt, gesungen, und sogar die Hunde machten mit. Dann war es Zeit, sich zu Tisch zu setzen. Auf dem Weg zu ihren Plätzen im Festzelt wurde Ellie vom Pfarrer angehalten.

»Na, amüsieren Sie sich?«

»O ja.«

»Sie sind Zacks Freundin, nicht wahr?«

Sollte sie einen Mann Gottes anlügen und riskieren, umgehend vom Blitz getroffen zu werden? Ellie nickte und meinte fröhlich: »Ja, das bin ich!«

Der Blitz kam nicht. Der Pfarrer strahlte sie an. »Vielleicht sind Sie beide ja die Nächsten, die heiraten!«

Okay, sie konnte das nicht. Es war einfach falsch, einen Pfarrer anzulügen. »Werden wir nicht. Zwischen mir und Zack liegt die Sache anders. Wir sind nur Freunde.« Na also, sie hatte es gesagt.

»Hahahahahaha!« Der Pfarrer warf den Kopf in den Nacken

und präsentierte seine Amalgamfüllungen. »Sehr gut, hahaha. Na schön, wo ist mein Tisch? Ah ja, ich sitze da drüben …«

Auf den Tischen lagen weiße Tischtücher, die mit Blüten und silbernem Konfetti übersät waren. Der Wein floss seit einer guten Stunde, und alle waren angenehm entspannt. Als das Personal der Cateringfirma den ersten Gang auftrug, stellte Zack Ellie die anderen Gäste an ihrem Tisch vor: zwei langjährige Nachbarn der McLarens, drei ehemalige Schulfreundinnen von Steph und einen gutgekleideten Mann Anfang sechzig, der Gareths Patenonkel war.

»Seid ihr die Nächsten vor dem Altar?« Die Frau, die so viele Jahre neben Zacks Eltern wohnte, stieß ihm liebevoll zwischen die Rippen.

»Wer weiß? Durchaus möglich.«

Ellie sah sich mit einem Lächeln von Zack konfrontiert, das jeden von seiner Aufrichtigkeit überzeugt hätte. Gott, er war wirklich brillant. Andererseits konnte sie da durchaus mithalten. Spielerisch erklärte sie: »Erst musst du mir eine Gehaltserhöhung geben.«

Er schüttelte den Kopf. »Du verhandelst verdammt hart.«

»Möglich.« Ellie drehte sich um und sah ihm tief, tief, *tief* in die Augen. »Aber ich bin es wert.«

Auf der anderen Tischseite rief Stephs Freundin fröhlich: »Nehmt euch ein Zimmer, ihr beiden!«

Das brachte Ellie ruck, zuck wieder auf den Boden der Tatsachen. Sie konzentrierte sich auf ihre Jakobsmuscheln in Pernod. Bis die Teller abgedeckt wurden, unterhielt sich Zack mit Gareths Patenonkel, der Paul hieß. Wenige Augenblicke später stattete Elmo ihnen einen Besuch ab und wollte auf Zacks Schoß springen.

»Tut mir leid. *Nein*, Elmo, runter.«

»Ach, lass nur, mir macht das nichts aus. Ich liebe Hunde.« Paul kratzte Elmo hinter den Ohren und rückte das Lederhalsband zurecht, das in all der Aufregung verrutscht war. »Wenn Zack doch McLaren heißt, wieso steht dann Castle auf der Hundemarke?« Er sah Ellie an. »Oder sind Sie das?«

Ellie schüttelte den Kopf. »Wir teilen uns den Hund mit einer Nachbarin. Zack und sie haben beide das Sorgerecht. Keiner von beiden kann sich allein um ihn kümmern, also geht Zack mit Elmo Gassi, wenn er zu Hause ist, und wenn Zack auf Reisen ist, lebt Elmo bei Geraldine.«

Paul nickte. »Klingt sinnvoll. Guter Plan.« Dann lächelte er und streichelte Elmos Kopf. »Geraldine Castle, das ruft Erinnerungen wach. Ich kannte vor vielen Jahren eine Frau dieses Namens.«

»Wenn Sie unsere Geraldine einmal getroffen hätten, würden Sie sie nicht vergessen. Sie ist ein echtes Original«, sagte Zack.

»Das war die Frau, die ich kannte, auch. Was für ein Prachtmädel.« Paul lehnte sich zurück, damit die Kellnerin den Hauptgang auftragen konnte. »Sie hat auf unserem Maiball einmal mit einem Skelett getanzt.«

Ellie und Zack tauschten einen Blick aus. »Unsere Geraldine ist Ärztin«, sagte Ellie.

Paul wechselte von schwelgenden Erinnerungen zu dämmernder Realität. Er stellte sein Weinglas ab. »Ich bin auch Arzt.«

Es entstand eine kurze Pause. Konnte es sich wirklich um dieselbe Geraldine handeln? Ellie sagte: »Wo haben Sie Medizin studiert?«

»Edinburgh.«

»Dann ist sie es!« Ellie nickte. »Geraldine hat auch in Edinburgh studiert. Sie erzählte mir einmal, wie sie mit ihren Kommilitonen ein Schubkarrenrennen auf der Princes Street veranstaltete. In echten Schubkarren.«

»Warum überrascht mich das nicht?«, sagte Zack.

»Hat sie auch erwähnt, dass sie dabei ein Bikinioberteil und ein Baströckchen trug?« Paul schüttelte ungläubig den Kopf. »Es war unglaublich. Ich war dabei. Wir hatten an einem Kostümfest teilgenommen. Es war Mitternacht, auf der Straße wurde gebaut, und die Arbeiter hatten die Schubkarren zurückgelassen. Also beschlossen wir, sie einem guten Zweck zuzuführen …«

»Sie und Geraldine! Wie toll!« Ellie klatschte in die Hände. Gab es etwas Befriedigenderes, als eine Verbindung zwischen zwei Menschen aufzudecken? »Waren Sie beide ein Paar?«

»Nein, nein, gar nicht. Ich hatte eine Freundin, Geraldine einen Freund. Obwohl ich zugeben muss, dass ich heimlich für sie schwärmte. Sie sah damals umwerfend aus.«

Ellie konnte den Blick nicht von ihm abwenden. Seine Haare mochten graumeliert sein, um seine Augen lagen Fältchen, und sein Kiefer war nicht mehr ganz so ausgeprägt, aber sie könnte schwören, dass er in seiner Jugend ebenfalls ein echter Hingucker gewesen war.

Hastig fügte Paul hinzu: »Sagen Sie ihr nicht, dass ich das gesagt habe!«

»Wir müssen sie anrufen«, meinte Ellie. »Das ist einfach zu gut.«

»Nein …« Paul schaute panisch.

Aber Zack hatte schon sein Handy gezückt. »Wir müssen!« Er drückte ein paar Tasten und wartete. Die restlichen Tischgäste schwiegen mittlerweile erwartungsvoll. »Hallo, Geraldine. Ja, Elmo geht es gut. Nein, es ist nichts passiert, alles ist gut. Hören Sie, es geht um die Zeit, als Sie in einem Schubkarren über die Princes Street gesaust sind.« Er drückte gerade noch rechtzeitig auf die Freisprechfunktion, damit alle Geraldines papageienhaftes Aufquietschen der Erinnerung hören konnten.

»O mein Gott, wie haben Sie das herausgefunden? Das ist doch nicht möglich!«

»Was trugen Sie doch gleich? Nicht sehr viel, wie es heißt.«

»Einen Blumenkranz, einen roten Bikini und einen Bastrock. Und lassen Sie sich das gesagt sein, für Edinburgh war das ziemlich kühn. Ich kann mir nur nicht erklären, wie Sie davon erfahren haben.«

»Wir sind hier mit jemand zusammen, der Sie von damals kennt.« In Zacks dunklen Augen funkelte der Schalk. »Er heißt Paul.«

»Paul Fletcher«, ergänzte dieser. Paul ging offenbar davon aus, dass sie sich nur anhand seines Vornamens nicht an ihn erinnern würde.

»Meine Güte, Paul *Fletcher*? Ist das Ihr Ernst? Er wusste es nie, aber ich war ja so in ihn verknallt! Wir nannten ihn immer unseren griechischen Gott«, rief Geraldine. »Er sah so umwerfend *gut* aus.«

Nun sahen alle am Tisch, wie ein über sechzigjähriger Arzt errötete. Zack schaltete schnell die Freisprechfunktion wieder ab und hörte ihr weiter zu. Schließlich sagte er: »Nein, nein, natürlich werde ich ihm nicht sagen, dass Sie das gesagt haben. Einen Moment, ich suche ihn rasch, dann reiche ich Sie weiter, und Sie beide können sich unterhalten.« Er bedeckte die Sprechmuschel mit der Hand. Alle am Tisch saßen in höchster Anspannung da.

Paul zitterte sichtlich. »Ich kann das nicht. Sie hält mich für einen griechischen Gott.«

»Sie sollen ja nicht skypen.« Ellie tätschelte seinen Arm aufmunternd. »Geraldine kann Sie nicht sehen. Und Sie sehen immer noch sehr gut aus.« Autsch, das Falsche gesagt.

»Danke.« Paul lächelte schief.

»Und Geraldines Schubkarrentage sind lange vorbei«, warf Zack ein. »Sie erholt sich gerade von einer gebrochenen Hüfte.« Er reichte Paul das Handy. »Hier bitte.«

Paul nahm es und rückte seinen Stuhl nach hinten. »Ich kann nicht mit ihr sprechen, wenn Sie alle zuhören. Sie haben ja keine Ahnung, wie aufgeregt ich bin. Es ist, als müsse ich mit Barbra Streisand reden.«

Er fädelte sich zwischen den Tischen hindurch in den Garten, erst dann hielt er das Handy an sein Ohr.

56. Kapitel

Zwanzig Minuten später lag Pauls Hauptgang kalt auf seinem Teller, alle anderen hatten ihre Teller leergegessen. Als Dessert trafen Erdbeer-Pawlowas ein. Die Gespräche am Tisch waren lebhaft und wurden immer wieder von Gelächter unterbrochen. Ellie musste Pauls Pudding vor Stephs Freundin Tara schützen, die ihn als Geisel nehmen wollte. Erst über vierzig Minuten später, die Reden sollten gleich anfangen, kam Paul wieder. Er strengte sich sehr an, nicht selbstzufrieden auszusehen, scheiterte aber tragisch. Glücklicher konnte man gar nicht aussehen.

»Tja.« Er schüttelte den Kopf und setzte sich.

»Sie konnten wohl ein Gesprächsthema finden?« Zack bot ihm an, sein Weinglas aufzufüllen.

»Nein, danke, ich meine, doch ja.« Benommen legte Paul die Hand auf sein Glas. »Kein Wein. Das war wirklich erstaunlich. Was für eine Frau … ja, danke, nehmen Sie ihn mit.« Er winkte seinen unberührten Teller beiseite und schenkte der Kellnerin ein geistesabwesendes Lächeln. »Tut mir leid, ich bin sicher, es war köstlich … mein Gott, wer hätte gedacht, dass so etwas aus heiterem Himmel passieren kann? Wir konnten einfach nicht aufhören zu reden. Nein, nicht für mich.« Jetzt versuchte die Kellnerin, ihm nachzuschenken. »Nur Wasser, danke. Geraldine wohnt derzeit in Exeter, wussten Sie das?«

»Ja.« Ellie nickte. »Ihre Schwester hat einen Bungalow in der Nähe der Universität.«

»Das ist nur siebzig Meilen von hier entfernt. Geraldine hat mich zu sich eingeladen.« Er sah auf seine Uhr. »Ich könnte in einer Stunde dort sein.«

»Sie wollen jetzt fahren?«

»Ich kann problemlos fahren, ich hatte erst ein halbes Glas Wein. Gareth macht es nichts aus, wenn ich früher gehe. Mein Gott, schon ihre Stimme zu hören war unglaublich.« Mit der

Hand glättete er sein graumeliertes Haar. »Wie sehe ich aus?« Er war benommen und glücklich, wie ein verknallter Teenager.

»Sie sehen großartig aus.« Ellie lächelte. Seine Erregung hatte etwas von weihnachtlicher Bescherung.

Am Tisch mit dem Hochzeitspaar erhob sich ein Mann und schlug mit einem Löffel gegen sein Glas, um die Aufmerksamkeit aller einzufordern.

»Die Reden beginnen«, konstatierte Paul. »Ich warte, bis sie vorüber sind.« Er klang, als wäre es ihm am liebsten, wenn sie nicht länger als fünf Minuten dauerten. »Dann mache ich mich auf den Weg.«

Ein Mann, ein Wort. Eine halbe Stunde später, als die Reden zu Ende waren und sich die Tanzfläche zu füllen begann, entschuldigte er sich bei Gareth und Steph. Schließlich schüttelte er Zacks Hand und küsste Ellie auf die Wange.

»Ich bin froh, dass man mich an Ihren Tisch gesetzt hat.«

»Fahren Sie vorsichtig.« Sie umarmte ihn. Wie erstaunlich, dass er das tatsächlich durchzog.

»Werde ich.«

Als er das Zelt verlassen hatte, sagte eine von Stephs Freundinnen: »Hut ab, alte Leute verlieren echt keine Zeit!«

Neben ihr sagte Tara: »Das können sie sich auch nicht leisten. Warum Zeit vergeuden, wenn man jeden Augenblick tot umfallen kann?« Sie wandte sich an Zack. »Du musst uns erzählen, wie es mit den beiden weitergeht. Wir wollen wissen, ob es ein Happy End gibt.«

»Mach ich.« Zack legte seinen Arm auf Ellies Stuhllehne und legte den Kopf schräg. »Und? Begeben wir uns jetzt auf die Tanzfläche?«

»O ja, unbedingt.« Aber vorher musste sie auf die Toilette. Sie schob ihren Stuhl zurück. »Gib mir zwei Minuten.«

Draußen vor dem Festzelt glitzerten Lichterketten in den Bäumen, und die Luft war frisch und kühl. Ellie ging zum Haus. Die

Gästetoilette im Erdgeschoss war belegt, darum wartete sie im Flur. In der Küche plauderten Hochzeitsgäste. Ellie hörte mit halbem Ohr zu. Sie erkannte Myas Stimme. Dann wurde ihr plötzlich klar, dass man über sie sprach, und sie spitzte die Ohren.

»Ich meine, sie ist ja nett und alles. Ich mag sie wirklich. Aber die Zwillinge haben mir erzählt, dass sie in getrennten Räumen schlafen! Liegt das nur an mir, oder ist das so merkwürdig, wie es sich anhört?«

»Ihr Ehemann ist gestorben.« Ellie erkannte die zweite Stimme nicht, aber vermutlich war es eine der Freundinnen von Steph. »Vielleicht hat es damit zu tun.«

»Möglich, aber ich habe sie beobachtet. Sie sehen so aus, als würden sie total aufeinander stehen, aber er hat sie nie geküsst. Kein einziges Mal, also auf die Lippen. Und du musst zugeben, dass ist nun *wirklich* merkwürdig.«

Die Tür der Gästetoilette wurde entriegelt, und Gareths Mutter trat heraus. Sie lächelte Ellie auf diese Weise zu, wie Frauen der Nächsten in der Schlange vor dem Klo zulächeln. Eine Minute später betätigte Ellie die Spülung und wusch sich anschließend die Hände. Es war eine schöne Gästetoilette, geräumig und ganz in Silber und Weiß, mit einem Fliesenboden aus schwarz-weißen Rauten und einem venezianischen Spiegel über dem Waschbecken.

Jamie, der sein hellgraues SuperDry-Polo-Hemd und Shorts trug, schaute sie aus dem Spiegel heraus an. Es überraschte Ellie nicht, ihn zu sehen. Sie hatte ihn erscheinen lassen. Jamie war ein Produkt ihrer Phantasie – von den zerzausten, sonnengebleichten Haaren und dem Geruch seines Aftershaves bis hin zu den dürren Beinen und dem Sand auf seinen gebräunten, nackten Füßen.

»Das ist eine Hochzeit.« Jamie zeigte um sich. »Wenn du mich hier schon heraufbeschwörst, sollte ich dann nicht etwas besser angezogen sein?«

»Du magst keine Anzüge. Und du wirst die Toilette auch nicht verlassen. Hör zu, was denkst du? Soll ich Zack küssen oder nicht?«

»Willst du es denn?«

»Natürlich will ich es! Ich fürchte nur, dass ich dann nicht mehr damit aufhören kann. Was, wenn mein Mund ihn nicht wieder freigibt und er sein Gesicht von mir lösen muss wie einen Gummistöpsel vom Abfluss?«

Jamie schaute nachdenklich. »Willst du, dass ich mitkomme?«

»Nein!« Das würde sie auf gar keinen Fall dulden.

»Wie kommt es eigentlich jetzt auf einmal zu dieser Überlegung?«

Ellie atmete aus. »Paul und Geraldine. Er hat keine Zeit verschwendet. Weil beide in den Sechzigern sind, und wer weiß, wie viel Zeit ihnen noch bleibt. Und schau uns an.« Sie spürte, wie ihr das eigene Blut in den Ohren rauschte. »Wie viel Zeit bleibt jedem von uns? Ich könnte morgen tot sein. Nein, das war's, ich werde es tun. Wenn es total schiefläuft, darfst du mich später auslachen. Du darfst mich im Bus auf der Rückreise nach London begleiten.«

»He, weißt du noch, wie wir uns begegnet sind?« Er sah sie schmunzelnd an.

Selbstverständlich erinnerte Ellie sich. Sie waren mit ihren jeweiligen Freunden in einem Club in Piccadilly gewesen. Als Ellies Freundin Lisa merkte, wie sie Jamie anstarrte, hatte sie ihr einen Stoß versetzt und gesagt: »Trau dich, geh zu ihm und küss ihn einfach, ohne ein Wort zu sagen. Wenn er mit dir reden will, tu so, als würdest du kein Englisch sprechen.«

Und das hatte sie getan. Der Kuss war ganz erstaunlich gewesen. Hinterher hatte sie Kauderwelsch von sich gegeben. »Ke, mi andzengo. Vamejski.«

»Vemejskiola!« Ohne mit der Wimper zu zucken, hatte Jamie gegrinst und sie sanft an der Wange berührt. »Laksadi ja, pelodria. Tibo!«

Das war es gewesen. In diesen wenigen wundersamen Sekunden hatten sie beide gewusst, dass sie zusammen die Langstrecke angehen würden. Von jetzt auf gleich war es klar gewesen. Bis dass der Tod uns scheidet.

Aber das war damals. Heute war heute. Sie war jetzt ein anderer Mensch.

»Süße, tu es!« Jamie erinnerte sich ebenfalls an jene Nacht, das sah sie seinem Lächeln an. »Bei mir hat das Wunder gewirkt.«

Ellie wünschte, sie könnte ihn berühren. »Ich weiß, aber ich vermisse dich immer noch.«

»He, es besteht keine Veranlassung für Schuldgefühle. Ich werde immer für dich da sein, wenn du mich brauchst.« Sein Gesichtsausdruck wurde weich. »In fünf, zehn oder zwanzig Jahren … ganz egal. Tja, bis auf eine Sache –«

»Und die wäre?«

Das freche Lächeln war wieder da. »Du wirst alt und faltig werden, Süße«, sagte Jamie, »aber ich werde immer so gut aussehen wie jetzt.«

Es lief jedoch nicht wie geplant. Als Ellie ins Festzelt zurückkehrte, hatte sich eine andere Frau kurz entschlossen ihre Abwesenheit zunutze gemacht und Zack auf die Tanzfläche gezerrt. So viel zu Loyalität unter Frauen.

Ellie ging zum Tisch und schenkte sich Wein ein. Dann sah sie zu, wie Zack mit ihrer Rivalin scherzte und lachte. Ihr Herz presste sich vor Liebe zusammen, denn nichts war unwiderstehlicher als ein Mann, dem es vollkommen egal war, ob er sich zum Narren machte. Denn wenn er seine Tanzpartnerin damit beglückte, was gingen ihn dann die anderen an?

Zack und Lily gaben alles. Sie tanzten wie die Verrückten zu *All the Single Ladies.* Joss schoss über die Tanzfläche und schloss sich ihnen an. Sie stampften mit den Füßen wie Beyoncé, wackelten mit den Hüften, klatschten in die Hände und schüttelten die

Köpfe. Als der Song endete, applaudierten alle, und Zack nahm beide Zwillinge in den Arm. Er tat so, als würde er vor Erschöpfung schwanken. Der DJ hatte Mitleid mit ihm und spielte etwas Langsames. Zack, der quer durch das Zelt schaute, ob Ellie wieder zurück war, sah sie am Tisch sitzen und lächelte.

Und dann stand er auch schon vor ihr und streckte die Hand aus. »Jetzt sind wir an der Reihe. Tut mir leid, dass ich nicht gewartet habe. Ich wurde gekidnappt.«

»Das habe ich bemerkt. Keine Sorge, wir haben es gefilmt. Um Mitternacht stehst du schon auf YouTube.«

Sie erreichten die Tanzfläche, und Zack nahm sie in die Arme. Himmel. Dann begannen sie, sich langsam zur Musik zu bewegen. Noch himmlischer.

Ellie holte tief Luft. »Es gibt da etwas, das wir tun müssen.«

»Und das wäre?«

Sie liebte ihn. Was sie jetzt fühlte, das war es, das war Liebe. »Ich habe zufällig Mya in der Küche gehört. Sie hat Verdacht geschöpft.«

»Warum?«

Seine Augen. Die Art, wie er zu ihr herabsah. Seine Hände, eine auf ihrer Taille, die andere in ihrem Nacken.

»Sie beobachtet uns mit Luchsaugen. Wir haben uns noch nicht geküsst.« Na also, ich habe es gesagt. Ellie sah ihm fest in die Augen. »Ich glaube, wir müssen es tun.«

»Denkst du?«

Sein Gesichtsausdruck war nicht zu entziffern, aber sie spürte die Anspannung in seinen Schultern. O Gott, war er jetzt total geschockt?

»Nichts Großes. Nur … du weißt schon, ein kleiner Kuss.« Mehr als ein kleiner Kuss war eh zu gefährlich.

»Ein kleiner Kuss. Jetzt und hier?«

»Das wäre wohl am besten. Dann haben wir es hinter uns.« Ihr Herz fühlte sich an, als ob es gleich in ihrer Brust explodieren würde, aber sie konnte jetzt unmöglich zurück. »Tut mir leid, aber wir sollten das wirklich tun.«

»Ich weiß nicht recht …«

Er machte Ausflüchte, würde gleich ablehnen und sie auf Armeslänge von sich halten. Nein, das würde sie nicht dulden, sie *musste* es einfach tun … »Sei nicht feige. Es ist doch nur ein Kuss. In zwei Sekunden ist alles vorbei.« Ellie griff nach oben und legte die Hand auf seinen Hinterkopf. Sie spürte Widerstand und murmelte mit einem Hauch Verzweiflung in der Stimme: »Tu einfach so also ob, okay?« Dann hob sie sich auf Zehenspitzen und streckte ihm ihr Gesicht entgegen. Ihr Mund berührte seinen, ein Stromschlag fuhr durch ihren Körper, und ihre Lippen öffneten sich …

O Gott, fühlte sich so das Paradies an? Ihre Lippen passten perfekt zusammen. Das viele Adrenalin verursachte ihr Schwindelgefühle, und was sie befürchtet hatte, geschah nun tatsächlich. Denn nachdem sie angefangen hatte, gab es nichts in der Welt, was sie zum Aufhören hätte bewegen können. Aber das war auch egal, denn Zack schien es auch nicht beenden zu wollen. Er hatte offenbar beschlossen, sich nicht länger zur Wehr zu setzen, sondern mitzuspielen. Seine linke Hand lag in ihrem Haar, seine rechte Hand in ihrem Nacken, und ihre Körper waren eng aneinandergepresst … O wow, das war genau so, wie sie es sich erträumt hatte, und noch viel besser … außer, dass sie immer noch mitten auf der Tanzfläche standen.

»Okay, wir liefern hier eine Show ab.« Zack riss sich von ihr los, was sie beinahe dazu brachte, vor Enttäuschung zu wimmern. Er griff ihre Hand und zog sie in Richtung Ausgang.

Schauten die Leute ihnen nach? Ja, das taten sie. Brachte sie es fertig, mehr oder weniger normal zu gehen? Nun ja, im weitesten Sinne schon. Hatte Mya es gesehen? Ja, da war sie, am anderen Ende der Tanzfläche. Sie beobachtete sie mit Enttäuschung im Blick …

Sobald sie das Zelt verlassen hatten, führte Zack sie um das Haus herum, bis niemand sie mehr sehen konnte. Und dann küssten sie sich wieder … es war wie eine Droge, von der man nicht genug bekam. Ellie stand unter Strom und sehnte sich nach so viel mehr. Ihr war nicht einmal ansatzweise klar, was das bedeutete.

Unglaublicherweise schien Zack dieselben Gefühle zu hegen wie sie. Sein Atem kam unregelmäßig, seine Hand hielt ihr Gesicht umfasst. O Himmel, er konnte sensationell gut küssen – und es ging immer weiter und weiter, obwohl längst keine misstrauischen Exfreundinnen mehr in der Nähe waren. Was heißen konnte … Nein, sie durfte das nicht denken.

Zu guter Letzt löste sich Zack von ihr und sah sie an. Es war dunkel, aber nicht so dunkel, dass sie sein Gesicht nicht gesehen hätte.

»Und?«, sagte er. »Wie war das?«

Was für eine Frage. Keuchte sie eigentlich? »Das war … gut.«

»Ich nehme an, das ist besser als schlecht.«

Sie konnte kaum schlucken. »Ich weiß nicht, was ich sagen soll.«

»Warum nicht?« In seinen Augen lag ein Funkeln, definitiv die Andeutung eines Lächelns. »Du hast damit angefangen.«

»Ich hätte nicht gedacht, dass du mitmachst.«

»War das alles nur Mya zuliebe?«

»Zum Teil. Sie war nicht der ganze Grund.« Also gut, stürz dich kopfüber hinein. »Ich wollte, dass wir das tun.« Ellie verstummte, kämpfte um einen ruhigen Atem. Einem Impuls folgend sagte sie: »Werde ich jetzt gefeuert? Wegen Impertinenz und sexueller Belästigung?«

Seine Hände lagen auf ihren Schultern. Seine Daumen streiften zärtlich ihren Hals. Wellen des Verlangens liefen durch ihren Körper.

»Du hast ja keine Ahnung.« Zack schüttelte den Kopf. »*Keine* Ahnung, wie lange ich mir das schon gewünscht habe.«

War das sein Ernst? »Hast du nicht! Das kann nicht sein!«

»O doch, habe ich.«

»Ehrlich? Das ist unmöglich.«

»Warum?«

»Du wolltest doch unbedingt eine Sekretärin, die wegen dir *nicht* zu sabbern anfängt. Ein rein professionelles Arbeitsverhältnis. Ohne Schnickschnack.«

»Stimmt, das wollte ich.« Zack räumte das unumwunden ein. »Bis *du* des Wegs kamst und mich vom Fleck weg umgehauen hast.« Er schwieg kurz. »Sabbern?«

»Ist mir nur so herausgepurzelt. Manchmal trifft es eine derbe Formulierung eben am besten.« Ihr Gehirn fühlte sich wie Eiweiß an, das von einem Schneebesen geschlagen wurde. Ein Wunder, dass sie überhaupt reden konnte. Sie klammerte sich ungläubig an ihn. »Habe ich das wirklich? Dich vom Fleck weg umgehauen?«

»O ja. Und das war lange bevor du mich kennengelernt hast. Weißt du noch, wie du dich mit Tony im *Ivy* zum Mittagessen verabredet hast?« Zacks dunkle Augen funkelten im schwachen Licht. »Du bist in deinem rosa Mantel an mir vorbeigelaufen, und ich habe hier drin etwas gespürt.« Er presste die Hand an die Brust. »So etwas war mir nie zuvor passiert. Aber an diesem Tag geschah es.«

Ellie zitterte. »Das hast du mir nie gesagt. Du hast nie eine Andeutung gemacht.«

»Du warst damals noch nicht bereit.« Er berührte ihr Gesicht. »Für niemanden. Was mich nicht störte, denn ich war bereit zu warten. Dann passierte das mit Todd. Ich kann dir sagen, es fiel mir verdammt schwer, mich damit abzufinden. Dann hast du dich von Todd getrennt …«

»Aber ich habe mich geschämt, dir das zu sagen. Ich kam mir so dumm vor, wie ein hoffnungsloser Fall.«

»Und dann kam Joe.« Zack hob eine Augenbraue. »Ich konnte

nicht glauben, dass ich meine Chance schon wieder verpasst hatte.«

Das Zittern nahm zu. Ihre Knie wurden weich. Dass diese Worte über Zacks Lippen kamen, schien zu unglaublich.

»Die ganze Zeit habe ich mit aller Kraft versucht, meine Gefühle zu verbergen. Ich dachte, du würdest entsetzt sein.«

Ellie zuckte zusammen, als ein Weberknecht über einen der beleuchteten Zweige der Kastanie neben ihnen lief.

»Ich konnte nicht aufhören, an dich zu denken. Auf die eine oder andere Weise warst du immer außerhalb meiner Reichweite.« Er zog sie an sich, und sie spürte die Wärme seiner Brust. »Ich glaube, ich habe mich in dich verliebt.«

War das ein Traum. »Ehrlich?«

»Nein, das stimmt nicht. Ich *weiß*, dass ich mich in dich verliebt habe.«

In Ellie drehte sich alles. Sie hatte immer ihr Bestes versucht, aber zwischen Todd und ihr hatte es nicht annähernd gestimmt. Dann war Joe gekommen, und es lief besser, aber eben nicht gut genug. Und nun das. Man konnte niemals hundertprozentig sicher sein, aber das hier war womöglich wirklich … perfekt.

Im Festzelt machte der DJ in seinem Status-Quo-T-Shirt jetzt ordentlich Dampf. Er hatte seine Lieblingsband aufgelegt. Es gab lärmende Jubelrufe, und alle stampften auf die Tanzfläche.

»ROCKIN' ALL OVER THE WORLD!« Angetrunkene Menschen sangen aus vollem Hals mit.

Im Garten ließ sich Ellie erneut herrlich küssen. Zack war darin wirklich gut. Gleich darauf sprangen sie auseinander, als man Schritte auf dem gepflasterten Weg hörte.

»Huch, tut mir leid …« Tizz war aus dem Haus getreten und wollte zum Zelt. Sie blieb stehen und strahlte Ellie und Zack an. »Meine Güte, ihr beide seht aber glücklich aus!«

Zack sah Ellie an. Ellie sah Zack an. Beide versuchten, keine Miene zu verziehen. Das Schweigen zog sich.

Verwirrt sagte Tizz: »Kommt schon, spuckt es aus! Was ist los?«

»Also gut, ich sag es ihr, okay? Ich habe dich angeschwindelt. Ellie und ich waren vor dem heutigen Tag gar kein Paar.« Zacks Arm glitt um Ellies Taille. »Aber jetzt sind wir es.«

»Ihr wart es nicht? Ihr seid es jetzt? Tja, das sind wunderbare Neuigkeiten! Aber du hättest mich fragen sollen, ob ihr auch füreinander geeignet seid.« Die Augen seiner Mutter blitzten. »Ich hätte euch sagen können, dass ihr es seid.« Ihr kam ein Gedanke. »Ha, *darum* wolltet ihr also in getrennten Zimmern schlafen!«

»Sorry.« Ellie grinste. »Und Sie dachten, ich wollte auf ›schwer zu kriegen‹ machen.«

»Ach, meine Liebe, entschuldige dich nicht, sonst mag ich dich nur noch mehr. Kommt jetzt, lasst uns wieder auf die Party gehen!«

Sich heimlich aus dem Staub zu machen war damit vom Tisch. Sie konnten nicht verschwinden. Tizz blieb hartnäckig, und wie sich herausstellte, war das gar nicht weiter schlimm. Wenn überhaupt, verstärkte es nur die köstliche Vorfreude. In den nächsten drei Stunden tanzten und feierten Ellie und Zack mit Familienmitgliedern und Freunden und genossen das Prickeln sexueller Spannung, das schon so lange zwischen ihnen existierte, aber erst jetzt, nach so langer Zeit, offen zutage treten durfte. Das Adrenalin rauschte nur so durch Ellies Adern. Es war schwer, sich auf jemand anderen als auf Zack zu konzentrieren. Immer wieder dankte sie ihrem Schicksal, dass sie einander über den Weg gelaufen waren.

Gerade als sie sich fragte, wie lange sie es noch würde aushalten können, murmelte Zack in ihr Ohr: »Also gut, wir müssen jetzt los. Das ist alles wunderbar, aber ich bin auch nur ein Mensch.«

Hurra!

Hand in Hand schlichen sie verstohlen aus dem Zelt hinaus und zum Haus, das sie durch die knarzende Hintertür betraten. Sie liefen durch den leeren Flur und die Treppe hinauf.

»Die anderen werden sich fragen, wo wir sind.« Ellie stieß die Tür zu ihrem Zimmer auf.

»Die merken gar nicht, dass wir weg sind«, meinte Zack, während das Dröhnen der Musik die Wände erbeben ließ. »Die amüsieren sich prächtig ohne uns.«

»Ich glaube, wir werden ohne sie noch mehr Spaß haben.« Ob das mit ihnen nun funktionieren würde oder nicht, Ellie wusste, sie würde es niemals bereuen. Manchmal musste man einfach ein Risiko eingehen. Vielleicht würde es eine kurze, aber zauberhafte Romanze, vielleicht würde es für den Rest des Lebens halten. Sie griff nach Zack, zog ihn in ihr Zimmer und kickte die Tür mit dem Fuß zu. »Das ist nichts Persönliches, aber ich weiß, dass ich im Moment sehr viel lieber hier bin und nicht draußen, um zu *Coldplay* zu tanzen.«

In diesem Moment verstummte die Musik, und sie hörten den DJ rufen: »Als Nächstes kommt *Eminem*, in der jugendfreien Version. Das spiele ich speziell für Ellie, aber ich sehe sie nirgends auf der Tanzfläche. Komm schon, Ellie, wo bist du?«

»Hoppla.« Ellie schnitt eine Grimasse. »Das habe ich ganz vergessen. Sollen wir zurück?«

Durch die Lautsprecher bellte der DJ: »Und wo ist Zack? Ihn sieht man auch nicht. Kumpel, wir warten hier alle auf dich!«

»O Gott.« Zack presste sie fester an sich und lächelte kläglich. »Wir gehen nicht zurück.«

»Gut«, sagte Ellie.

Im Festzelt sorgte die Erkenntnis, dass beide von der Party verschwunden waren, mittlerweile für viel Gelächter und obszöne Kommentare.

»Nein? Keiner von beiden anwesend? Ehrlich, die Zustände

hier sind skandalös«, rief der DJ. »Sich so früh ins Bett zu schleichen! Was ist los mit diesen jungen Menschen von heute? Beschämend, so nenne ich das. Also gut, wenn sie nicht hier sind, um meine Bemühungen angemessen zu schätzen, dann gibt es noch mehr *Status Quo*!«

Epilog

Elf Monate später Ellie lehnte sich aus dem Fenster im zweiten Stock und sah nach draußen. Da war Todd, der einen Apfel als Fußball missbrauchte. Er dribbelte an Zacks Neffen vorbei über den gepflegten Rasen und im Zickzackkurs zwischen den Krocketbügeln hindurch. Da waren Tizz und Ken, die mit Paul und Geraldine plauderten, während sie die Blumen in den Beeten bewunderten. Und drüben kniete Steph und band Lilys Schnürsenkel. Dieses Mal gab es keine leuchtenden Turnschuhe. Lily hatte die neuen Schuhe dieses Mal ohne ihre Schwester ausgesucht. Sie waren grün, mit aufgestickten Glitzerschmetterlingen. Im Moment durchlief Lily eine intensive Glitzerphase, angesichts deren Joss ungläubig die Lippen zu schürzen pflegte.

Knapp ein Jahr war seit der Hochzeit von Steph und Gareth vergangen. Und jetzt feierte sie ihre eigene. Wie sehr sich ihr Leben in den letzten elf Monaten verändert hatte!

Ellies Handy klingelte. Sie sah auf das Display. »Du bist in fünf Minuten da? Sehr gut. Ja, alles ist bestens. Bis gleich.«

Sie wandte sich vom Fenster und prüfte rasch, ob ihr Haar noch richtig saß. Es war Zacks Idee gewesen, die Hochzeit hier im Colworth Manor Hotel abzuhalten, wo sie im letzten November ein so idyllisches Wochenende verbracht hatten. Das war, kurz nachdem er Roo um Vorschläge für einen romantischen Antrag gebeten hatte. Und Roo hatte aufgeregt ausgerufen, er müsse den Verlobungsring unbedingt in ein Glas Champagner werfen. Das habe sie in einem Film gesehen und sei so romantisch gewesen, dass sie Rotz und Wasser geheult habe.

Ellies Augen blitzten angesichts der Erinnerung. Zack hatte

beinahe auch geweint, als sie einen großen Schluck Champagner nahm und dabei fast den Diamantring verschluckte.

Aber es war wirklich sehr gefühlvoll gewesen. Und die Geste zählte. Seitdem glitzerten drei umwerfende Diamanten an ihrem Ringfinger. Sie wusste ohne jeden Zweifel, dass Zack der Richtige für sie war. Genauer gesagt, er war sogar perfekt. Sie waren immer noch so verliebt ineinander wie in jener ersten Nacht. Sie lachten viel, liebten sich und stritten miteinander, und jeder gemeinsame Tag war die pure Freude. Die Verzweiflung, die sie nach Jamies Tod durchlebt hatte, schrumpfte schließlich so sehr, wie sie es nie für möglich gehalten hatte.

Sie sah Jamie jetzt nicht mehr so oft. Das Bedürfnis existierte einfach nicht länger. Gelegentlich beschwor Ellie ihn für ein paar Sekunden herauf, nur um in Verbindung zu bleiben und hallo zu sagen. Aber er beschäftigte sie nicht mehr im selben Ausmaß. Ihre langen Gespräche gehörten der Vergangenheit an. Ihr reichte das Wissen, dass Jamie mit Zack – und auch mit dem nächsten Schritt, der nun anstand – einverstanden war.

Ellie betrachtete sich in dem kunstvoll gerahmten Ganzkörperspiegel. Meine Güte, sie sah aus wie eine richtige Braut! Die Haare waren hochgesteckt, aber locker, nicht fest zementiert. Ihr Kleid aus elfenbeinfarbener Seide war schräg geschnitten und reichte bis zum Boden. Zacks Schwester Paula hatte sie geschminkt, und sie hatten heroisch dem Drängen Lilys widerstanden, rosa Glitzer hinzuzufügen. Alles in allem sah sie ziemlich gut aus.

»Ist auch gut so«, erklärte Jamie, der hinter dem Spiegel auftauchte und ihr sein übliches lässiges Grinsen schenkte. »Sonst hätte Zack womöglich das Weite gesucht, und das wäre ja peinlich.«

Ellie lächelte. Es war nur fair, dass er gerade heute vorbeischaute.

»Und?« Sie stellte sich in Pose. »Wird es so gehen?«

Jamie inspizierte sie einige Sekunden. »Du siehst phantastisch aus. Ich bin ungeheuer stolz auf dich.«

»Danke.« Sie würde nicht weinen, nicht heute. »Ich liebe dich immer noch.« Das musste sie sagen. Sie wollte sicher sein, dass er das verstand. »Nur weil ich wieder heirate, heißt das nicht, dass ich dich jemals vergessen werde.«

»Ich weiß, aber du hast jetzt Zack.« Jamie wirkte nachdenklich. »Das Einzige, womit ich nicht glücklich bin, sind seine Beine. Sie sind nicht knochig genug.«

»Ich weiß, aber seine Knie sind knubbelig. Somit seid ihr quitt.«

»Freut mich zu hören. Na schön, ich gehe jetzt. Sei glücklich, meine Süße.«

Nun gut, vielleicht doch *eine* Träne. »Danke. Leb wohl.« Vorsichtig tupfte sich Ellie die Träne mit einem Taschentuch ab. Als sie wieder aufsah, war Jamie verschwunden. Gleich darauf klopfte es an der Tür. »Komm rein«, rief sie, und Tony trat ein. Sie umarmten einander fest.

Dann löste sich Tony und betrachtete sie voller Stolz. »Ach Süße, ich vermisse meinen Jungen so sehr. Und obwohl ich nie geglaubt hätte, das zu sagen, aber heute ist ein sehr guter Tag. Es ist ein … herrlicher Tag.«

Ellie war tief bewegt. Sie rückte seine hellgraue Krawatte zurecht. Tony kleidete sich immer noch sehr elegant, aber das vergangene Jahr hatte seinen Tribut gefordert. In seinem Haar gab es jetzt sehr viel mehr graue Strähnen, die Falten in seinem Gesicht waren ausgeprägter. Er gab sich tapfer, aber sie wusste, dass er sehr intensiv an verschiedenen Projekten arbeitete, um sich von der Leere in seinem Leben abzulenken. Die Wohnung in der Nevis Street hatte er behalten, nachdem sie bei Zack eingezogen war, aber sie stand meistens leer, da er überwiegend in den Staaten zu tun hatte. Ellie war sich ziemlich sicher, dass sie den Grund dafür kannte. Er hatte im Internet von Henrys Tod gelesen, jedoch Marthas Wunsch respektiert, keinen Kontakt aufzunehmen. Niemand wusste besser als Tony, welche Macht die Trauer hatte.

»Ja, es ist ein herrlicher Tag.« Ellie wischte einen Fussel von seinem Cut. »Du siehst sehr gut aus.«

»Schmeichlerin.« Ganz Schauspieler, versteckte er seine Einsamkeit hinter einem lässigen, charismatischen Lächeln. Er sah aus dem Fenster. »Dürfen schwangere Frauen eigentlich wie verrückt herumrennen?«

Er meinte damit Roo, deren topasgelbes Kleid sich eng um ihren eindrucksvollen Sieben-Monats-Bauch schmiegte, während sie barfuß über den Rasen rannte. Lily, Joss und Elmo ihr dicht auf den Fersen. Roo hielt ihre Schuhe in der einen Hand und Elmos neues Lieblingsquietschespielzeug in der anderen, was den Hund zu hektischen Begeisterungsstürmen veranlasste. Gleich darauf sprangen alle vier über ein Blumenbeet wie bei einem Grand-National-Pferderennen.

»Roo darf das. Die Bewegung tut ihr gut. Habe ich dir schon erzählt, dass sie Todd dazu gebracht hat, jeden Sonntagmorgen fünf Kilometer mit ihr zu laufen?« Ellie hatte das Angebot, sich ihnen anzuschließen, ausgeschlagen. Sobald das Baby auf der Welt war, wollte Roo für den London Marathon im nächsten Jahr trainieren. Ellie wandte sich vom Fenster ab und sah Tony an. »Hör zu, kannst du mir einen großen Gefallen tun?«

Sein Gesichtsausdruck wurde weich. »Alles.«

»Hier kennt jeder jeden. Aber ich habe eine Freundin eingeladen, die außer mir niemand kennt.« Ellie schnitt eine Grimasse. »Das bedeutet, sie wird sich ein wenig verlassen vorkommen. Ich hatte gehofft, dass du dich ein wenig um sie kümmern kannst. Wäre das für dich in Ordnung?«

»O Gott, muss ich?« Tony war sichtlich nicht begeistert und zögerte einen Moment, bevor seine gute Erziehung überhand nahm. »Tut mir leid, natürlich kümmere ich mich um sie. Ist es eine ehemalige Kollegin von dir?«

Ellie sah auf ihre Uhr. »Komm mit, sie wird schon unten warten. Wir suchen sie, und ich stelle dich vor.«

Gemeinsam schritten sie die imposante Hoteltreppe hinunter. Ellie übte das Schreiten einer Braut, ohne auf ihren hohen Absätzen umzuknicken. Die Hochzeit sollte in zwanzig Minuten beginnen. Tony, ihr geliebter Exschwiegervater, würde sie in den eichengetäfelten Saal führen, in dem die Zeremonie abgehalten werden sollte, und sie an Zack übergeben.

Doch vorher galt es, noch eine Kleinigkeit zu erledigen. Eine *zündende* Kleinigkeit, wie Ellie hoffte. Sie führte Tony durch die Tür zur Linken, und da stand Martha und wartete auf sie. Sie war schmaler, aber immer noch schön. Sie trug ein weites Kleid mit Jacke in Cadbury-Lila und umklammerte nervös ein eckiges Geschenk in Tablettgröße mit aufgewellten, silbernen und weißen Geschenkbändern als Tragegriffen.

Tony blieb abrupt stehen, als er sie sah. Ellie ließ seinen Arm los und trat diskret zur Seite. Martha versuchte mit aller Kraft, ihr ein Lächeln zu schenken, aber ihr Blick wurde magisch von Tony angezogen, der seinerseits die Augen nicht von ihr abwenden konnte.

»Martha … mein Gott, du bist *hier.*«

»Ellie hat mich eingeladen. Wir haben lange darüber geredet.« Das Timbre und die Wärme ihrer Stimme waren unverändert. »Sie hat mir klargemacht, dass es in Ordnung ist und das Leben weitergeht. Vorher konnte ich es nicht, aber jetzt schon. Das vergangene Jahr war ein Albtraum.« Martha schwieg, lächelte zögernd. »Aber jetzt geht es mir allmählich besser.«

Tony trat zaghaft einen Schritt auf sie zu. »Ich kann es nicht glauben.«

»Sie hatte Angst, du hättest vielleicht jemand anderen getroffen«, warf Ellie erklärend ein.

»Nein, niemals.« Er schüttelte den Kopf. »Es tut mir so leid wegen Henry.«

»Danke.« Die Kette aus handgefertigten rosa Perlen an Marthas Hals hüpfte.

»Und Eunice? Geht es ihr gut?«

»Sehr gut. Sie wohnt jetzt in Carlisle, in der Nähe ihrer Tochter.« Das Funkeln in Marthas Blick ließ erkennen, dass die Freude von Eunices Tochter angesichts dieser Entwicklung fraglich war. »Mein Sohn hat eine wunderbare Frau kennengelernt, da heißt es Daumen drücken. Ich bringe die beiden ständig in Verlegenheit, weil ich es kaum erwarten kann, Großmutter zu werden.« In diesem Moment fiel Martha ihr Geschenk wieder ein. Sie hielt es Ellie entgegen. »Tut mir leid, das hier ist für Sie.«

»Wie nett, das wäre doch nicht nötig gewesen.« Sie umarmten sich.

»Ach, meine Liebe, ich bin einfach nur froh, dass ich hier sein kann.«

Ihr Gesichtsausdruck verriet Ellie, dass sie das Richtige getan hatte. »Danke. Bist du sicher, dass es dir nichts ausmacht, dich um sie zu kümmern?«, wollte Ellie von Tony wissen.

Er drückte ihre Hand. »Ich werde mein Bestes geben.«

Ellie schloss die Tür hinter ihnen. Draußen in der Halle nahm sie das Bild aus der Verpackung. Da war er, der sonnige Sommertag in Little Venice. Martha war an den Ort zurückgekehrt, an dem sie sich kennengelernt hatten, um ihr zu zeigen, dass ihre Fähigkeit zu malen wiedergekehrt war. Zusammen mit ihrer Lust auf das Leben.

Gleich darauf ging eine andere Tür auf, und sie hörte Zacks Stimme. »Mach die Augen zu«, befahl Ellie.

Zack trat vor, das dunkle Haar mit Gel nach hinten gekämmt, das sonnengebräunte Kinn frisch rasiert. Seine Augen waren geschlossen.

»Es bringt Pech, wenn du die Braut vor der Hochzeit siehst«, rief Ellie ihm in Erinnerung.

»Dann geh weg«, sagte Zack. »Sonst sehe ich nicht, wohin ich trete.«

Nun, manchmal ergab sich eine Gelegenheit, die zu gut war, um sie verstreichen zu lassen. Ellie lief quer durch die Halle und drückte einen Kuss auf seine herrlichen, nichtsahnenden Lippen.

»Woher weiß ich, dass du das bist?« Zack hielt die Augen weiterhin geschlossen. »Das könnte jede sein.«

»Ich bin's.«

»Ich weiß nicht, ob ich dir glauben soll.« Seine wunderbaren Mundwinkel zuckten.

»Lass es mich mal so ausdrücken.« Ellie presste sich an ihn und kniff ihn in den Po. »Lass dir geraten sein, dass das besser ich sein sollte!«

Zack berührte ihr Gesicht, erforschte dessen Rundungen und Winkel, bevor er sie erneut küsste. »Also schön, du bist es. Jetzt bin ich mir sicher.« Er lächelte. »Ellie Kendall, du hast ja keine Ahnung, wie sehr ich dich liebe. Willst du mich heiraten?«

War es möglich, noch glücklicher zu sein als in diesem Moment? »Wenn du deine Karten richtig ausspielst«, sie fuhr spielerisch mit dem Finger in den Kragen seiner cremefarbenen Weste, »dann überlege ich mir das vielleicht.«

Jill Mansell
Glücksgriff
Roman
Aus dem Englischen von Tina Thesenvitz
Band 17748

Er ist attraktiv, witzig und interessiert. Miranda ist begeistert, als sie Greg kennen lernt. Genau der Richtige, um sie zum Strahlen zu bringen. Greg findet Miranda süß. Sie ist jung, hübsch und spricht nie vom Kinderkriegen. Natürlich hat er ihr nicht alles erzählt – selbst die nettesten Mädchen fahren nicht auf einen Mann ab, der seine schwangere Frau verlassen hat. Aber Miranda wird es nie erfahren – denkt Greg. Auf ihrer chaotischen Suche nach dem Glück küsst Miranda nicht nur einen Frosch. Bis der Prinz kommt.

Fischer Taschenbuch Verlag

fi 17748 / 1

Jill Mansell
Herzflittern
Roman
Aus dem Englischen von Tatjana Kruse
Band 17189

Nadia ist glücklich verliebt in ihren langjährigen Freund Laurie. Wäre sie nur nicht eines Nachts in ein Unwetter geraten. Denn aus dem rettet sie der höchst attraktive Jay. In der Not teilt sie mit ihm sogar das Hotelzimmer – aber auch nur das. Sehr standhaft, doch wofür? Ihr Freund Laurie verlässt sie kurz danach. Als Nadja dann Jay wiedersieht, gibt es bald Herzflattern. Es könnte alles so einfach sein, glaubt Nadia. Bis auf einmal Laurie zurückkommt …

»Schmunzel-Lektüre mit Tränchen zwischendurch, bei der Sie sich in (fast) jede Romanfigur verlieben!«
Echo der Frau

Jill Mansell
Sommerkussverkauf
Roman
Aus dem Englischen von Tatjana Kruse
Band 17190

Nachts und ohne Kontaktlinsen begegnet Maddy Harvey dem Mann ihrer Träume. Doch bei Tageslicht erkennt sie erschrocken, wer er wirklich ist: Kerr McKinnon. Das darf ihre Familie nie erfahren! Denn die Harveys und die McKinnons sind offiziell verfeindet. Doch Maddy und Kerr können die Finger nicht voneinander lassen. So ein Geheimnis bleibt nicht lang verborgen, besonders weil Maddys Bruder Nachforschungen anstellt, mit wem sich Maddy heimlich trifft. Und dann taucht auch noch Kate auf, eine Erzfeindin von Maddy aus Kindertagen. Sie wirft ein Auge auf Kerr, denn schließlich ist der angeblich Single …

»Köstliche Verwirrungen!«
Daily Mail

Jill Mansell

Mitten im Gefühl

Roman

Aus dem Englischen von Tatjana Kruse

Band 17746

Daisy MacLean leitet ein Landhaushotel – Spezialität Hochzeiten. Aber diesmal kann auch die beste Planung nicht verhindern, dass es Schwierigkeiten gibt. Da versucht der Bräutigam plötzlich, Daisys beste Freundin zu verführen. Und der Trauzeuge Dev ist, wie Daisy findet, nicht nur ziemlich unverschämt, sondern auch unverschämt attraktiv. Aber wer eincheckt, den kann man nicht einfach rauswerfen. Oder doch? Da taucht plötzlich jemand aus Daisys Vergangenheit auf, den sie unbedingt vergessen wollte … Das Leben im Hotel ist aufregend. Denn man weiß nie, wer ankommt – und wer bleibt.

»Jill Mansell ist wunderbar unterhaltsam.«
Daily Telegraph

Fischer Taschenbuch Verlag

fi 17746 / 1